JOYCE CAROL OATES

DER SCHLÄCHTER

JOYCE CAROL OATES

DER SCHLÄCHTER

Aus dem Amerikanischen
von Silvia Morawetz

BLESSING

Die Originalausgabe erschien 2024 unter dem Titel
BUTCHER bei Alfred A. Knopf, New York.

Die Übersetzerin dankt dem Deutschen Übersetzerfonds e. V.
für seine Förderung der Arbeit am vorliegenden Text.

MIX
Papier | Fördert
gute Waldnutzung
FSC® C014496
FSC
www.fsc.org

Penguin Random House Verlagsgruppe FSC® N001967

1. Auflage, 2025

in der Penguin Random House Verlagsgruppe GmbH,
Neumarkter Straße 28, 81673 München
produktsicherheit@penguinrandomhouse.de
(Vorstehende Angaben sind zugleich
Pflichtinformationen nach GPSR.)

Coverdesign: semper smile, München
Unter Verwendung von ©plainpicture/Pupa Neumann
©shutterstock/fizkes, mimagephotography, Pressmaster,
Cast of Thousands, VolodymyrSanych, paseven, Vectoressa, Refluo
Redaktion: Anna Koliska
Satz: satz-bau Leingärtner, Nabburg
Druck und Bindung: GGP Media GmbH, Pößneck
Printed in Germany
ISBN 978-3-89667-768-6

www.blessing-verlag.de

Für alle Brigits – die Ungenannten & die Genannten,
die Stummen & die, deren Stimmen gehört wurden,
die Vergessenen & die von der Geschichte Bewahrten.

Wie Kolumbus staunend auf die *Neue Welt* blickte,
wie Kopernikus & Galileo in den Himmel blickten, so blickte
Dr. Silas Aloysius Weir, Arzt, in das *dunkle Rätsel*
des Weibes – bis dato allein unter den Männern.

Silas Aloysius Weir

Ein Chirurg braucht das Gehirn eines Apolls,
das Herz eines Löwen & die Hand einer Frau.

Sir John Bell

Freude gab es, im Schmerz.
Im Schmerz, Freude.
Denn Freude, die schmerzt,
dringt tiefer
als reine/reinste
Freude.

Brigit Agnes Kinealy

Verlorenes Mädchen, wiedergefunden:
Die wahre Geschichte einer Waise, erzählt von ihr selbst

Anmerkung des Herausgebers

Nachfolgend eine Biografie, bestehend aus verschiedenen Stimmen, jedoch hauptsächlich der meines verstorbenen Vaters Dr. Silas Aloysius Weir, Arzt (1812–1888), fünfunddreißig Jahre lang Direktor der Heilanstalt für weibliche Geisteskranke des Staates New Jersey in Trenton, New Jersey: nach übereinstimmender Meinung seiner Ärzte – Chirurgen & Psychiaterkollegen – der »Begründer der Gynäkopsychiatrie«, das heißt, der auf Frauen spezialisierten Psychiatrie. Doch Silas Aloysius Weir leistete Bahnbrechendes auch auf anderen Gebieten der medizinischen Wissenschaft, wie diese Biografie aufzeigen wird.

Als Testamentsvollstrecker meines Vaters hatte ich zunächst die Absicht, anlässlich der (zehnten) Wiederkehr seines Todestags aus Zeugnissen von Berufskollegen ein Kompendium der Pionierarbeit von Silas Aloysius Weir zu erstellen, habe dieses ursprüngliche Vorhaben jedoch nun durch andere Dokumente aus unerwarteten Quellen & eigene Bemerkungen ergänzt.

Ich musste erkennen, dass es so gut wie unmöglich ist, ein gerechtes Bild von Silas Aloysius Weirs Leben & beruflichem Werdegang zu zeichnen. Als couragierter, wenn auch zuweilen eigenwilliger Pionier auf seinem Gebiet hat mein Vater zu Lebzeiten naturgemäß viel Missgunst, Konkurrenz & Kritik erfahren; nach seinem Tod haben sich die Ansichten über seinen Ruf verfestigt.

Sie verteilen sich weitgehend auf zwei Lager: *zustimmend & ablehnend.*

Mein Standpunkt als Vollstrecker des Testaments meines Vaters, aber auch als sein ältester Sohn, ist, wie ich hoffe, dessen ungeachtet *objektiv*.

Festgehalten werden muss jedoch, dass Silas Aloysius Weir ein höchst ungewöhnlicher Forscher war, ein Vorreiter nicht nur auf dem Gebiet der Psychiatrie, sondern der Gynäkopsychiatrie, einer zu ihrer Zeit umstrittenen Spezialisierung, von Vater nebst seinem Verwandten Medrick Weir überhaupt erst begründet; heute folgen ihnen freilich nur noch wenige. Mancherorts wurde Vater verleumdet als ein Arzt, der seine (hilflosen) Patientinnen für sein berufliches Fortkommen, aber auch aus persönlicheren, lüsternen Beweggründen ausnutzte. Keiner der dogmatischeren Kollegen seiner Zeit hätte jedoch den Wunsch verspürt, Vaters typische Patientin zu untersuchen, geschweige denn den Versuch unternommen, sie von ihren Beschwerden zu »heilen«. Seine Patienten im Krankenhaus in Trenton waren häufig Mittellose, »das Strandgut der Erde«, wie Vater sie nannte. Eine Zeit lang führte er zwar außerdem eine florierende Privatpraxis für Wohlhabendere in Trenton, als seine wichtigste Aufgabe aber betrachtete er es, sich um die Leidenden in der Staatlichen Heilanstalt für weibliche Geisteskranke zu kümmern. Dies hielt er für eine heilige Pflicht, ihm auferlegt vom Gouverneur des Staates, von der staatlichen Kommission für öffentliche Gesundheitsfürsorge, vom Steuerzahler von New Jersey & von der Vorsehung selbst, an die er nie aufhörte zu glauben.

(Tatsächlich durchzieht es als ein wiederkehrendes Thema Silas Weirs gesamte Autobiografie, dass alles, was er tat, auf der Überzeugung fußte, *die Vorsehung habe ihm die Hand geführt.* Vater hielt noch die geringsten Tätigkeiten für einen Ausweis seiner Bestimmung. Was wir, die einer jüngeren Generation angehören, eher als bloßen Zufall, wenn nicht gar als Laune des Schicksals betrachtet hätten, deutete Vater als den Willen Gottes.)

Ich räume ein, dass anzügliche Gerüchte über Silas Weir in Umlauf gebracht wurden von Personen, die ihn kaum kannten, sogar unter den angeheirateten Cleffs, den Verwandten meiner Mutter, von denen ich mich, wie ich zugeben muss, aus Gründen, die in dieser Biografie deutlich werden, entfremdet habe.

Alles in allem erwiesen sich die Zeugnisse der Ärztekollegen meines Vaters als enttäuschend & wären allein eine überaus langweilige Lektüre: Hagiografien seiner engsten Mitarbeiter & Verteidiger oder erzürnte Bekundungen von Empörung, Abscheu & Missbilligung seiner Verleumder. Da ich zudem nicht die Absicht habe, Zeugnisse von Vaters Verwandten beizuziehen, von denen ich mich ebenfalls entfremdet habe, mangelt es hier nachfolgend an biografischem Material, das über das hinausginge, was Vater in Auszügen in seiner (posthum publizierten) Autobiografie *Chronik eines Arztlebens* selbst zur Verfügung gestellt hat, die ich für die Aufnahme in dieses Buch aufbereitet habe.

(Im Interesse vollständiger Offenlegung sollte ich anmerken, dass die *Authentizität & Genauigkeit* von Vaters Autobiografie seitens einiger Historiker in Zweifel gezogen worden ist. Insbesondere wurde gegen Silas Weir vorgebracht, er habe seine chirurgischen »Erfolge« stark übertrieben & geflissentlich unterlassen, seine entsetzlichen Fehler festzuhalten, wie ein Arzt es aus ethischen Gründen zu tun gehalten ist. Nach einem verheerenden Brand in Silas Weirs Labor in der Heilanstalt in Trenton im März 1861 sind Niederschriften zu seinen umstrittensten Experimenten verloren gegangen; von dem, was er hier vollbrachte, ist nur das bekannt, was Vater in der *Chronik* bewahren wollte.)

Was ich schließlich zusammengetragen habe, ist, wie ich hoffe, ein überzeugendes & authentisches Porträt meines Vaters Dr. Silas Aloysius Weir, Arzt, bestehend aus einem Chor von Zeugen:

einige erkennbar voreingenommen, andere objektiver. In seiner Schonungslosigkeit am überraschendsten ist Teil V mit Auszügen aus dem erfolgreichen Memoir von Brigit Agnes Kinealy, Silas Weirs berühmter ehemaliger Patientin, mit dem provokanten Titel *Verlorenes Mädchen, wiedergefunden: Die wahre Geschichte einer Waise, erzählt von ihr selbst* (Matthew Carey Publishers, 1868), das Belege zu den Arbeitsmethoden & zu der Persönlichkeit meines Vaters liefert, die aus anderen Quellen nicht erhältlich wären & auf höchst frappierende Weise von den Schilderungen meines Vaters abweichen.

Sie sind daher ein Dokument von unschätzbarem Wert in der unruhigen Geschichte der Gynäkopsychiatrie, in der der eigentliche Gegenstand der Wissenschaft, das heißt *Frauen*, viel zu selten selbst zu Wort kamen.

Dass viele Leser meine eklektische Biografie vermutlich »strittig« – sogar »skandalös« – finden werden, ist eine Zwangsläufigkeit, die ich als Silas Weirs ältester Sohn, eine Enttäuschung für den Mann & dennoch sein kämpferischster Chronist & Erbe, hinnehmen muss.

Jonathan Franklin Weir
Boston, Massachusetts
Oktober 1898

Prolog

März 1861

... wir hatten noch nicht angefangen, ihn zu ermorden, da war es schon vorbei. Doktor Bluthand, der Schlächter, war sofort auf den schmutzigen Boden geplumpst wie ein von Gott persönlich gefälltes blödes Tier, wand sich jämmerlich in seinem eigenen Blut. Wie ein gescholtenes Kind weinend, aller Hoffnung beraubt & beschämt, die Kleider zerfetzt & ihm vom Leib gerissen, blutete er in seiner Nacktheit aus verstümmelten Genitalien zwischen bleichen Altmännerschenkeln, wir kreischten vor Lachen bei dem Anblick. Halleluja! – der Ruf des zornigen Jehova, Gott der Israeliten, wir drängten voran in seliger Wut, wie Hochwasser über die Ufer tritt, die Kühnsten von uns sannen auf Mord, die Wonne des Metzelns unsere Messer hungerten nach dem zarten Fleisch der Brust des Schlächters mit den roten Händen, der uns gefangen gehalten hatte, nach dem Herzen des Schlächters mit den roten Händen, der uns gefoltert hatte, nach dem Leib des Schlächters mit den roten Händen, der uns sodomisiert hatte, während die Besonneneren riefen: Nein! Nein, das dürfen wir nicht! – Es nimmt für uns ein schlimmes Ende, wenn wir den Schlächter-Doktor ermorden.

Ich verbarg die Augen, ich konnte nicht mitansehen, was wir getan hatten.

I

Der junge Doktor Weir

Der Bewerber (1835)

Mrs. Elias Rollins, geb. Tabitha Tyndale

Chestnut Hill, Pennsylvania

Gott vergib uns! – Wir verkannten das junge Genie, das im Herbst 1835 aus heiterem Himmel in unserer Mitte auftauchte; wie alberne Gänse, die wir ja waren, hielten wir, blind vor Eitelkeit & dem permanenten Spreizen unserer Federn, diesen wenig verheißungsvollen Arzt in spe für einen Narren, mochte er auch scheu & unbeholfen wirken & aus einer in seiner Heimatstadt Concord, Massachusetts, »sehr angesehenen« Familie stammen.

Wir *lachten* sogar über ihn. Der, ein *Bewerber*? – ganz gleich, bei welcher von *uns*.

Stellte sich in einem feierlich ernsten Ton, in dem etwas Großsprecherisches mitschwang, als Dr. Silas Weir, Arzt, vor. In Chestnut Hill bestimmt der reizloseste Junggeselle der Saison!

Das Erste, was einem an Silas Weir auffiel: Seine Haut war ungesund fahl, die farbliche Entsprechung von *Ernst*. Das Gesicht eines jungen Arztes, der zu lange nicht an der frischen Luft gewesen war, sich in Lehrbücher versenkt hatte, in luftlose Operationssäle & die entsetzlichen Orte namens »Leichenhallen«, in denen Kadaver grausam zerschnitten werden. Ein Gesicht, jungenhaft & verhärmt zugleich, die (hohe, knochige) Stirn von Sorgenfalten durchzogen, wie man mit einer Gabel Linien in den Teig zieht, & etwas Verhuschtes um die Augen wie von Unbehagen, von Schuld.

Silas Weir war von mittlerem Wuchs, der Kopf übergroß auf herabhängenden dünnen Schultern, das dicke, büschelige Haar ohne klar erkennbare Farbe, weder dunkel noch hell, einen besseren Schnitt benötigend; die Augen, ziemlich tief in den Höhlen liegend wie bei einem Nagetier, feucht & flink hin- & herhuschend; die Ohren, seltsam weiß, standen ein wenig vom Kopf ab, & doch hatte seine Haltung etwas ungelenk Würdevolles wie bei einem, der sich für jemand ausgibt, der er nicht ist.

Seine Kleider aus leichter dunkler Wolle waren von guter Qualität (wie Mutter mit scharfem Blick bemerkte), aber etwas zerknittert, so als hätte er darin geschlafen. Seine Wäsche mochte frisch gewesen sein, als er von seiner Unterkunft in der weiter entfernten Unterstadt aufgebrochen war, wurde in unserem überhitzten Wohnzimmer aber schon nach kurzer Zeit feucht & sein gestärkter Kragen schlaff. Wir *jungen Damen* in unserer hellen Seide & Satin & fest in unsere Fischbeinkorsetts geschnürt, waren mit Talkum weiß gepudert, am stärksten unter den Achseln & zwischen den Beinen, in der niederen Region, die nicht benannt war & daher auch nicht genannt werden konnte; kam für irgendeine von uns *die bestimmte Zeit im Monat*, war sie zwischen den Beinen mit dicken Mullbinden bewehrt, schon bald schwer geworden von brackigem Blut, das trocknete & an der zarten Haut scheuerte wie gröbstes Sandpapier; ebenfalls großzügig mit Talkum gepudert, wäre es doch das Allerschlimmste, schlimmer noch als abscheuliche Sünden & Verbrechen, wenn *die bestimmte Zeit im Monat* für irgendwen anders & insbesondere für Männer, zumal für solche, die als *geeignete Junggesellen* ausersehen waren, erkennbar wurde. Vor lauter Angst, ausgespürt, von (männlichen) Nasen *erschnuppert, gerochen & entdeckt* zu werden, waren wir ständig auf der Hut, was uns launisch & (manchmal) grausam sein ließ & allemal wachsam, denn wir wollten nicht ertappt werden.

Daher nahmen wir Silas Weir mit gewisser Herablassung & Erleichterung zur Kenntnis, hatten wir hier doch einen *geeigneten Junggesellen* vor uns, dessen Ansichten uns nicht im Mindesten interessierten. Unsere Verehrer aus Chestnut Hill kannten wir seit Kindertagen, & noch der unansehnlichste unter ihnen war für uns so ansehnlich wie ein Verwandter; in Wahrheit war der junge Dr. Weir weniger hässlich als schlicht *zu gewöhnlich* & machte in Gesellschaft nichts her.

Die eindrucksvollen Konterfeis von *Dr. Silas Aloysius Weir, Arzt*, in späteren Jahren, die in Zeitungen & unlängst in *Harper's Weekly* erschienen sind – so streng & souverän mit vorspringendem Kinn & finsterem Blick, ein angesehener, preisgekrönter Wissenschaftler & Forscher, der im Weißen Haus geehrt wurde –, entsprechen ganz & gar nicht meiner Erinnerung an den blässlichen jungen Doktor.

In unserem Salon in Chestnut Hill gab Silas Weir im Herbst 1835 ein merkwürdiges Bild ab. Er lächelte, wenn er ein ernstes Gesicht hätte machen müssen, & machte ein ernstes Gesicht, wenn er hätte lächeln sollen. Sein Mund wirkte wachsweich & wurmfarben; bei der Aussicht, dass ein solcher Mund es *wagen* würde, dich zu küssen, würdest du laut aufschreien. (Bei keiner von uns ging die Fantasie so weit, das will ich schnell versichern!) Er hatte das Benehmen eines Vierzigjährigen, war angeblich aber erst dreiundzwanzig!

Für unsere Ohren klang sein Akzent sehr – seltsam. In Boston sprechen die Leute, als ob sie erkältet wären, & Silas Weirs Akzent war besonders stark ausgeprägt. Zwar brachte er ausgefallen klingende Wörter *(Aristoteles, Galen, Kontagium, Verbluten)* über die Lippen, der Effekt aber war komisch. Wir hätten uns ausgeschüttet vor Lachen, wenn wir es gewagt hätten, Blicke zu wechseln wie früher manchmal in der Schule & in der Kirche, doch wir waren keine Kinder mehr, sondern *junge Damen*.

Von Zeit zu Zeit, einer züngelnden Schlange gleich, flogen Blicke aus Silas Weirs feuchten Augen in meine Richtung: glitten von der Spitze meines unter dem schweren Rock & den Petticoats hervorlugenden Schuhs über meine eingeschnürte Taille bis zum Spitzenbrokat meines Mieders & hoben sich zu meinem weißen Hals & dem hell gepuderten Gesicht, wagten es aber nicht, meinem Blick zu begegnen.

Natürlich konnte er nichts dafür, dass er zu einem gerade noch tolerierten allwöchentlichen Gast beim Tee in unserem Haus in Chestnut Hill geworden war – er hatte sich nicht selbst eingeladen. Mein Großonkel Clarence Tyndale war Diakon in unserer Kirche, der Ersten Episkopalkirche von Chestnut Hill, deren Gemeinde Silas Weir beigetreten war; aus reiner Nächstenliebe & mit den besten Absichten hatte Onkel Clarence den »jungen Dr. Weir« (wie er ihn nannte) ermutigt, uns »seine Aufwartung zu machen«. Er kenne in Chestnut Hill keinen Menschen, hieß es. Er hatte gerade das Medizinstudium in Philadelphia abgeschlossen & famulierte beim Arzt unseres Orts, Ambrose Strether, der sich dem Ruhestandsalter (sechzig) näherte & in vermindertem Umfang noch praktizierte – für einen jungen Arzt kein vielversprechender Beginn einer medizinischen Laufbahn.

(Erst später erfuhren wir, dass Silas Weir von seiner eigenen Familie – sozusagen – »verbannt« worden war, da er den hohen Maßstäben an Vortrefflichkeit, die von den Weirs aus Concord, Massachusetts, erwartet wurden, nicht genügte; er hatte sich beim Studium nicht ausgezeichnet & war daher an der Fakultät von Harvard, die in der Geschichte der Weirs bisher alle männlichen Mitglieder besucht hatten, nicht zugelassen worden.)

Zweifellos hoffte Onkel Clarence, dem jungen christlichen Herrn behilflich zu sein. Jesu Mahnung *Liebe deinen Nächsten wie dich selbst* hatte sich in den Kopf des Onkels eingegraben wie der Eschenprachtkäfer in unsere stattlichen Eschen & ihn seiner Familie zum Ärgernis werden lassen.

Ein geeigneter Junggeselle, der studiert hat & Arzt werden will. Wer weiß, welche Zukunft vor ihm liegt. Ihr jungen Damen werdet freundlich zu ihm sein, das weiß ich. Ihr werdet dafür sorgen, dass er sich wohlfühlt in Chestnut Hill, wo es seit eh & je, fürchte ich, einen »Standesdünkel« gibt.

So lange her, es schwindelt mich regelrecht.

Ich war gerade mal achtzehn, hatte die Lehranstalt für Mädchen in Chestnut Hill abgeschlossen. Fiona Fox, meine beste Freundin, war mit mir von der Schule abgegangen. Zu unserem Kreis gehörten außerdem meine (ältere) Schwester Katherine, eine Schönheit mit ernstem Gesicht, & unsere lebhaften Cousinen June & Jetta. & Belinda Prescott, die Tochter des Richters. Ich will nicht übertreiben, aber ich muss sagen, unser Kreis war in diesen Jahren in Chestnut Hill das *Nonplusultra*. Mädchen aus den besten Familien rissen sich darum, unsere Freundinnen zu sein, wie sich ihre Brüder & Cousins darum rissen, uns »den Hof zu machen«, aber wir waren jung & verwöhnt & wählerisch, & das machte uns grausam.

Ja, ich gebe es zu: Wir waren *hübsch*. Alle miteinander!

Und sehr hübsch angezogen mit unseren mit Rüschen & Bändern aus geblümter Spitze besetzten Kleidern mit den engen Miedern & den bodenlangen bauschigen Röcken, die unsere (schmalen, in weißen Strümpfen steckenden) Fesseln bedeckten; in unseren feinen Kleidern saßen wir zwangsläufig ja auch sehr gerade, wie gemalt, so eng in Fischbeinkorsetts geschnürt, dass wir kaum Luft holen konnten.

Meine Sechzigertaille, zwischen dem wie Satin schimmernden Mieder & dem Volant des Rocks auf unter fünfzig geschnürt, um das Auge eines jungen Herrn zu verlocken.

Der kranke, unglückliche Ausdruck in Silas Weirs Gesicht, als sein Blick das erste Mal auf uns fiel, wie eine Reihe Gladiolen in einem üppigen Garten; er tat uns – fast – ein bisschen leid …

Er hielt den Hut mit beiden Händen, als Lettie ihn an die Tür des Salons geleitete. Schaute & blinzelte, als blendete grelles Licht seine Augen. Schnell nahm Mama dem linkischen Besucher die Befangenheit oder versuchte es zumindest: Der arme Dr. Weir stolperte über die eigenen Füße, als er sich auf einem Stuhl am Kamin niederließ, & errötete tief. In so vornehmer Gesellschaft war er wohl noch nie gewesen!

Hatte offenbar noch nie *junge Damen* wie uns zu Gesicht bekommen.

Wie oft Silas Weir in jenem & einem Teil des folgenden Jahres in unser Haus zurückgekehrt war, weiß ich nicht mehr genau. Wir nahmen ihn nicht ernst, wenn außerdem bestimmte andere, wesentlich attraktivere junge Männer aus »guten« Familien in Philadelphia anwesend waren, die mit ihm um unsere Beachtung wetteiferten; unter all den »geeigneten Junggesellen« war er der Kümmerling. Was er aber – natürlich – nicht wusste.

Nach dem ersten unbeholfenen Besuch brachte Dr. Weir jedes Mal Blumen für Mama mit: häufig gewöhnliche Hortensien, schon voll erblüht, sogar Stockrosen & Tigerlilien! (Wahrscheinlich fand er diese Blumen auf Feldern & in Straßengräben, wo sie wild wuchsen, als ob wir uns das nicht denken könnten.) Mama brachte es nicht übers Herz, ihn zu entmutigen, stand ihm doch in Chestnut Hill kein anderes Haus offen. Es waren nicht unser gut gezogener englischer Tee oder die köstlichen Tee-Sandwiches & Crumpets unserer Köchin, die den linkischen jungen Mann anlockten, denn er hatte in unserem Beisein kaum einmal Appetit; hob er mit zitternder Hand eine zarte Teetasse zum Mund, verschüttete er den Inhalt gern auf seine schlecht sitzende Hose. Wir stellten ihm höfliche Fragen, & er antwortete stammelnd mit einem Lächeln, das schiefe Zähne & feuchte Gaumen entblößte, voller Eifer, so als wären wir wirklich interessiert & nicht bloß höflich; schlimmer noch, zuweilen – auch ich habe mich solcher Grausamkeit schuldig gemacht, ich gebe es zu – neckten wir ihn wie einen täppischen Hund.

Was hatte der junge Mann, der eines Tages so berühmt werden sollte, vor so langer Zeit in unserem Salon in Chestnut Hill uns zu sagen? Ich entsinne mich, dass Silas Weir mit einer gewissen schüchternen Ruhmredigkeit darüber schwadronierte, das menschliche Wissen erweitern & sich auf dem Gebiet der medizinischen Forschung »einen Namen machen«, die Laufbahn eines Klinikers & Chirurgen einschlagen zu wollen; er sprach von einer ihm vorschwebenden »experimentellen Chirurgie«, von seiner Hoffnung, »angeborene Fehlbildungen« bei Kindern & sogar Säuglingen korrigieren zu können. Wir fuhren zusammen, wenn wir Vulgarismen wie *Gaumenspalte, Klumpfuß, Schielen* hörten – derbe Ausdrücke, die man in gemischter Gesellschaft vermied. Der junge Doktor brachte sogar das Schreckenswort *Tuberkulose* über die Lippen oder Obszönitäten wie *Kadaver, Niederkunft*, sogar *Uterus*. (Doch vielleicht war es nicht »Uterus«, was Silas Weir sagte, denn dieses Wort hätten wir nicht gekannt, da es geradezu unaussprechlich war; möglicherweise sagte er mit seinem näselnden Neuengland-Akzent in Wirklichkeit »Usher«, ein höchst eigentümlicher, aber poetischer Ausdruck, der an das Werk Edgar Allan Poes gemahnte.)

In dem schicklichen Gemurmel gedämpfter Stimmen erhob sich jäh eine tiefe Stille, in der Silas Weirs Stimme überlaut & töricht erscholl; der junge Doktor errötete tief & blickte sich im Raum um wie jemand, der aus Versehen derangiert & unordentlich vor andere hingetreten ist & hofft, es habe niemand bemerkt.

Mitleidlos zogen meine Freundinnen mich damit auf, dass »der

Einfaltspinsel« Silas in mich *verliebt* sei. Meine Cousinen June & Jetta waren die Schlimmsten.

Seinem Benehmen nach zu urteilen – sah ich auch nur kurz in seine Richtung oder wechselte ein paar Worte mit ihm oder lächelte ihn gar an –, war es wohl tatsächlich so; wagte er es, meinen Namen auszusprechen – »M-Miss Tabith-a« –, tat er es mit so brüchiger, krächzender Stimme, dass wir uns beinahe vergessen hätten & in schallendes Gelächter ausgebrochen wären.

Ich wiederum hütete mich, den jungen Doktor je anders als mit »Dr. Weir« anzusprechen. Ich sagte gewiss niemals »Silas«. Was andere auch denken mochten, *ich ermunterte ihn nicht* einmal aus bloßem Mutwillen.

So dämmerte Silas Weir schließlich, dass Tabitha Tyndale nicht von ihm angezogen war, & er wandte sich ein bisschen verzweifelt der lieben Fiona zu, deren Herzensgüte es nicht zuließ, irgendwen grob zu behandeln, mochte er noch so plump sein; allerdings ermutigte auch Fiona ihn nicht, sodass sich Silas Weir kurz darauf, als Fionas Aufmerksamkeit ganz von ihrem eleganten Verehrer Rufus Clark beansprucht war, noch verzweifelter meiner koketten Cousine Jetta zuwandte.

Von allen aus unserem Kreis ausgerechnet *Jetta*! Die darauf aus war, mit dem Herzen des naiven jungen Mannes zu spielen, wie eine Katze mit einer Maus spielt, einer anfangs intakten, lebendigen Maus, zuletzt aber mit ihren bloßen Überresten, den Innereien, ihrem Köpfchen & zu allerletzt mit ihrem elastischen Herzchen.

Denn Jetta legte es auf eine Vorführung an & beschwor Gelächter herauf, das auf Kosten der (unwissenden, ahnungslosen) »Maus« ging – der arme Weir so verblendet, zu glauben, die temperamentvolle rothaarige Jetta, siebzehn Jahre alt, könnte auch nur flüchtig an ihm interessiert sein.

Wie wir hinterher in meinem Schlafzimmer über den Narren

lachten – unbändig! Das feste Korsett, das mich an Oberkörper, Taille, Hüften & Gesäß einschnürte, schmerzte mich so stark, dass ich beinahe in Ohnmacht gefallen wäre & *aufgeschnürt* werden musste.

»Ihr Mädchen! Das ist sehr grausam von euch & ganz & gar nicht christlich. Der arme junge Mann verehrt euch alle. Schickt es sich, ihm das so zu vergelten?«, schalt Mama uns seufzend.

Von den Possen beim Freitagnachmittagstee in unserem Salon wusste Papa nichts – zum Glück! Er setzte nie einen Fuß in diese Zusammenkünfte, die ihn, einen calvinistischen Geschäftsmann, für den vornehmes Geplauder wenig Reiz besaß, ganz & gar nicht interessierten.

Am Ende würden seine Töchter junge Männer heiraten, die er für gut befand, weil er ihre Väter kannte & respektierte, wie sie ihn respektierten; alles Übrige war Geplänkel & Koketterie, aber harmlos.

Als Silas Weir das nächste Mal bei uns vorsprach & Mama einen struppigen Strauß aus Sonnenhut & Maßliebchen überreichte, war Jettas vorgetäuschtes Interesse an dem jungen Mann abgeflaut, denn es waren andere, interessantere junge Männer zugegen, & auch Fiona erwies ihm nicht mehr als steife höfliche Aufmerksamkeit, sodass er völlig verloren war. Inzwischen war auch Elias Rollins nach Chestnut Hill zurückgekehrt & bot in seiner Uniform eines Kadetten von West Point einen so hinreißenden Anblick, dass ich die Augen kaum abwenden konnte, & auch wenn meine perfekte Haltung dank der unsichtbaren Schnürung nichts davon verriet, war es um meine kokette Sprödigkeit geschehen.

Denn das war ein gut aussehender junger Mann, dessen Vater mein Vater respektierte, da er in der Stadt Geschäfte mit ihm tätigte; das war ein junger Mann, der tatsächlich als *Bewerber* infrage kam.

Doch ohne Gespür für die Torheit & Aussichtslosigkeit seines Betragens zog Silas Weir unbeholfen einen Stuhl in meine Richtung, um sich an der Unterhaltung zwischen mir & Elias zu beteiligen, wie ein Esel, der auf der Weide mit den zwei reinrassigen Hengstfohlen herumtollen will. Ich blickte den hässlichen jungen Mann mit dem lächerlichen Bostoner Akzent kalt an, als ob ich ihn noch nie gesehen hätte, stellte ihn Elias nicht vor, denn – wozu auch? Ich überhörte scheinbar jedes Wort, das er stammelnd an uns richtete.

Schließlich wurde Mama aufmerksam & erbarmte sich Weirs, kam herüber, schob ihren Arm unter seinen, führte ihn zu einem unserer älteren Verwandten & stellte ihn ihm als einen »höchst vielversprechenden jungen Arzt, neu in Chestnut Hill« vor.

Der Ausdruck in dem missmutigen Pferdegesicht! Die tiefe Röte, die eng aneinander stehenden Mäuseaugen & der gekränkte Mund – man rechnet doch nicht damit, dass ein Narr so *verletzt* sein kann.

Es war an jenem Nachmittag, dass Mama, als sie sich in der Eingangshalle unseres Hauses von Silas Weir verabschiedete, im Ton tiefen Bedauerns flüsterte: »Ich glaube, wir sind nächsten Freitag nicht zu Hause, Dr. Weir. Wir fahren alle weg, wissen Sie. Es tut mir sehr leid.«

»Oh, es tut *mir* sehr leid.« Er hätte nicht verblüffter sein können, wenn jemand ihn mit einem Schüreisen auf den Kopf geschlagen hätte. »W-wohin denn?«

»Wohin …?«

»… fahren Sie denn?«

Er stellte diese grobe Frage so unbedarft, mit einem Blick von so jungenhafter Unschuld, dass Mama sie nicht schlicht überging, wie sie es vielleicht zu tun gewünscht hätte, sondern etwas von einem Todesfall in der Familie murmelte, einer Beerdigung, einer Trauerzeit …

»Ah, verstehe! Es tut mir sehr, sehr leid. Darf ich Ihnen mein Mitgefühl aussprechen, Mrs. Tyndale?«

»Sie dürfen, Dr. Weir. Sie dürfen.«

Sogar unser irisches Mädchen lächelte mit kaum verhohlenem Spott, als es ihn aus dem Haus & für immer aus unserem Leben geleitete.

Endlich los den Plagegeist! Wir frohlockten alle, denn wir würden Silas Weir nicht vermissen.

Und doch hatte ich bei aller Freude über meine aufregende Zukunft einen Anflug von schlechtem Gewissen.

Zu unserer Überraschung erschien Silas Weir aber mindestens noch ein weiteres Mal in unserem Haus anlässlich eines großen Weihnachtsessens. Vermutlich hatte Onkel Clarence ihn eingeladen, der das hinterher allerdings bestritt; wir trauten es dem aussichtslosen »Bewerber« jedenfalls zu, in unserem Haus zu spionieren, die Gelegenheit einer großen Zusammenkunft wahrzunehmen & einfach Gästen nach innen zu folgen, wohl wissend, dass er von so liebenswürdigen Menschen kaum an der Tür abgewiesen worden wäre.

Liebeskrank, mit feuchten Mäuseäuglein, ließ er den Blick durch den Salon schweifen & heftete ihn auf *mich*.

An jenem Tag war ich entschlossen, Silas Weir endgültig zu entmutigen. Ich ging umstandslos auf ihn zu, wie ich noch nie auf ihn zugegangen war, streckte ihm fröhlich die Hand entgegen – »Ich habe Neuigkeiten, Dr. Weir, ich bin verlobt!« –, zeigte ihm triumphierend den wunderschönen Ring, ein Erbstück mit einem Diamanten im Prinzessinnenschliff, besetzt mit Rubinen, der einmal Elias Rollins' Urgroßmutter gehört hatte.

In seine Augen, die sich bei meinem Kommen aufgehellt hatten, trat der Farbton von trüber Teichbrühe, & sein Mund erschlaffte vor Bestürzung. Ich bin nicht stolz darauf, derart herzlos gewesen zu sein. Bestimmt leuchteten meine Augen vor Genugtuung. Als träte man auf eine Motte, auf die man nicht hatte treten, die man nicht hatte verletzen wollen, doch nun zuckt & flattert das arme Ding halt im Gras, & man ist, ohne recht zu wissen, warum, *verärgert*.

Trotz seines Schocks brachte Dr. Weir stammelnd eine Gratulation heraus. Zum Glück war mein fescher Verlobter Elias nicht zugegen, wodurch der Wortwechsel weniger strapaziös für Weir war, der sich mannhaft wieder fing & nicht auf dem Absatz kehrtmachte. Allerdings war der ganze Salon verstummt, denn bei meiner Grausamkeit gegen ihn fuhr ein leiser Schauer durch die Herzen von Fiona, Katherine & Belinda, June & Jetta, die, beim Blick auf die geeigneteren jüngeren Männer aus unserem Bekanntenkreis schon lange in Unruhe & Angst, sich ungetrübt an unserer gemeinsamen Verachtung für den Störenfried erfreuten.

Danach verschwand der junge Dr. Weir aus unserem Leben. Wir hatten so wenig Interesse an ihm, dass wir uns nie nach ihm erkundigten, nicht einmal an ihn dachten, bis Onkel Clarence uns Monate später beiläufig mitteilte, Silas Weir habe Chestnut Hill & seine Famulatur bei Ambrose Strether »ziemlich plötzlich« drangegeben & eine Stelle in New Jersey angetreten.

»Tabitha! Silas Aloysius – ist das Dr. Weir – *unser* Dr. Weir?«

Mama war zwar gealtert, hatte aber noch fast dasselbe scharfe Auge wie immer & in der neuesten Ausgabe von *Harper's Weekly* ein ihr bekanntes Konterfei erblickt, das sie mir gebieterisch hinhielt.

»Oh, ich glaube – ja –, das ist er. Er nennt sich jetzt anscheinend Silas Aloysius Weir.«

Ich betrachtete die Zeichnung eines äußerst würdevollen Herrn mittleren Alters mit borstigem Schnurrbart, schämte mich nicht wenig. Und Mamas mokantes Lächeln war mir kein sonderlicher Trost.

Jahrzehntelang hatte niemand in Chestnut Hill einen Gedanken an »Dr. Silas Weir, Arzt« verschwendet. Er war ebenso spurlos aus unserem Gedächtnis verschwunden wie das eine oder andere unserer irischen Mädchen, die ihre Dienstschuld in unserem Haushalt abgearbeitet hatten & bei Auslaufen ihres Vertrags gegen geringen Lohn & mit Vaters Segen aus unseren Diensten entlassen, ihrer Wege geschickt & vergessen wurden. Bis Dr. Weir Jahre später Bekanntheit dafür erlangte, dass die »Nationale Gesellschaft der Medizinischen Wissenschaft« ihm für seine »tiefgreifenden Neuerungen« in der Chirurgie, insbesondere im Hinblick auf die »weibliche Anatomie«, einen bedeutenden Preis verlieh & ihn, höchst erstaunlich, als »Begründer der modernen Gynäkopsychiatrie« bezeichnete.

Gynäkopsychiatrie! Ein Wort, das man nicht einmal laut murmeln kann, so hässlich & beunruhigend ist sein Klang.

Wir hatten nur eine vage Vorstellung davon, was das sein mochte – *Gynäkopsychiatrie* –, eine besondere Krankheit des »Geistes« bei Frauen. Aber doch offenbar eine sehr seltene, wenn kein einziger Arzt in Chestnut Hill auf dem Gebiet ausgebildet war.

Was Dr. Weirs medizinische Neuerungen sind, weiß ich nicht. Ich habe den Artikel im *Harper's Weekly* nur überflogen. Ich würde die Besinnung verlieren, würde ich genauere Kenntnis über solche Details des *weiblichen Körpers* erlangen, da bin ich mir sicher; meine Nerven sind so angegriffen, dass bestimmte Wörter mich beunruhigen.

Und erst recht unerwünschte Erinnerungen an eine Mädchenzeit, die lange vorbei ist, als ich so schön war, dass ich über einen »Verehrer« grausam lachen konnte …

Ah, Dr. Weir! Nach zwölf Schwangerschaften, sieben Totgeburten & fünf Geburten, mit zwei noch lebenden Kindern, beide inzwischen erwachsene Männer, & sieben (noch lebenden) Enkeln gesegnet, würden Sie Ihr ausgelassenes Kätzchen Tabitha nicht wiedererkennen, fürchte ich.

Meine Nerven sind nicht mehr so stabil, wie sie es einst waren, & meine Gedanken nicht mehr so spielerisch & funkelnd. Meine geschwollenen Knöchel & mit Krampfadern überzogenen Beine können meinen umfänglichen Leib kaum tragen. Meine eutergleichen Brüste würden mir auf den Schoß sinken wie Sandsäcke, würden feste Unterkleider sie nicht in Schach halten.

Wirklich, ich finde es schwierig, mir auch nur *vorzustellen*, geschweige denn zu *bereuen* – ich weiß nicht, was …

Und Mama bringt das Thema Dr. Weir auf, um mit mir zu schimpfen, als wäre ich keine Frau in späten mittleren Jahren, deren Haut ständig gerötet ist & deren Haar dünner wird, sondern ein eigensinniges junges Mädchen mit Fünfziger-Taille.

»*Ich* fand, dieser junge Doktor war sehr vielversprechend, wenn du dich erinnerst – *du* & deine Schwestern, ihr wart sehr dumm, das nicht zu sehen. Wäre der Rollins-Clan dir nicht zu Kopfe gestiegen & hättest du stattdessen den feschen jungen Silas Weir geheiratet – wärst zu dieser Stunde *du* die Frau des Begründers der Gynäkopsychiatrie …«

Der Famulus (1835–1836)

Dr. Milton Thorpe, Arzt

Chestnut Hill, Pennsylvania

Ihn! »Silas Aloysius Weir«, wie er sich nun nannte, den würde ich sicherlich nicht vergessen.

Tatsache ist, solange wir ihn in Chestnut Hill kannten, war er »Silas Weir« – nichts Auffallendes an ihm oder seinem Abschluss vom medizinischen College in Philadelphia, wo der gesamte Einführungskurs bloße *vier Monate* dauerte.

Meine Erinnerungen an Silas Weir stammen aus dem turbulenten Jahr, das wir gemeinsam in Dr. Strethers Praxis als Famuli des lang gedienten Arztes verbrachten; ich, zwei Jahre älter als er & mit einem medizinischen Abschluss vom selben College in Philadelphia (wie er), & er, 1834 gerade fertig geworden & für einen Dreiundzwanzigjährigen noch sehr jung & unerfahren.

Als Arzt war Silas Weir allerdings nicht vielversprechend & als Chirurg erst recht nicht. Unter den Weirs in Massachusetts, ließ er mich wissen, gebe es »bedeutende« Ärzte & einer seiner Onkel sei ein berühmter Astronom in Harvard, weshalb mich natürlich interessiert hätte, warum Silas an eine mittelmäßige medizinische Hochschule gegangen war & nicht vielmehr nach Harvard oder an die Universität von Pennsylvania, auch wenn ich nicht so unhöflich war & danach fragte.

Er hatte erkennbar richtig Angst, in Strethers Untersuchungszimmer einem Patienten gegenüberzutreten, drängte mich jedes Mal, ihm vorauszugehen, & folgte mir dann in den Raum.

Sofern Strether ihn nicht direkt ansprach & aufforderte, ein Urteil zu riskieren, brachte Weir die ganze Untersuchung hindurch keinen Ton heraus & blickte ängstlich auf die erkrankte Person, wenn es ein Mann war; eine Frau wagte er kaum anzusehen.

Zuweilen *zitterte* er förmlich, stellte ich fest, wie vor Kälte.

(Und tatsächlich fror er anscheinend viel. Bei kalter Witterung waren seine Fingernägel bläulich, häufig auch seine Lippen. Seine Ohren, ein bisschen größer als normal & an den Enden leicht spitz zulaufend, waren eigentümlich wächsern weiß, wie erfroren.)

Die meiste Zeit war daher ich genötigt, Dr. Strether zu assistieren, was mir nichts ausmachte, lernte ich auf die Weise doch viel über das praktische ärztliche Handwerk alter Schule, während Weir wie der Hasenfuß, der er war, in der Ecke hockte.

Denn schon bald zeigte sich, dass Weir bei *Körperkontakt* unwohl war – ein ziemlicher Nachteil für einen Arzt! Zweifellos hatte er noch keine intime Erfahrung mit einer Frau gemacht & sicher noch nie einen unbekleideten weiblichen Körper betrachtet. Eine nackte oder auch nur eine halb bekleidete Frau zu sehen flößte zu der Zeit vielen christlichen jungen Menschen Angst ein, & Weir war keine Ausnahme; sogar Mädchen aus guten christlichen Familien hatten keine Vorstellung davon, wie ihr unbekleideter Körper aussah, da man ihnen beigebracht hatte, ihre Geschlechtsteile zu betrachten sei eine Sünde, wenn nicht gar dämonisch. Und natürlich hatten sie keinerlei Kenntnis von den physiologischen Vorgängen der *Fortpflanzung* & traten in völliger Ahnungslosigkeit in die Ehe ein.

Zusätzlich zur normalen Unsicherheit empfand Weir wie viele Männer & Jungen seiner Zeit insbesondere Abneigung gegen weibliche »Geschlechtsteile«; unbestreitbar eine Anziehung der Art, wie sie von Verbotenem & Obszönem ausgeht, alles in allem aber ein instinktives Missfallen, das in unverhohlenem Ekel gipfelte.

Mit der Zeit, so geht es aus seiner Autobiografie hervor, sollte er sich nicht mehr schwertun, Frauen der *unteren Klassen* zu behandeln, vor allem Dienstschuldnerinnen & irische Immigrantinnen, die er für »Tiere« hielt, in Gegenwart von Frauen aus »gutem Hause« aber war er mit Stummheit geschlagen.

Vor den vornehmeren, den begüterten schreckte er zurück, als wären es Göttinnen, ähnelten sie doch den Frauen aus der eigenen Familie & den Nachbarn in Concord. Als ein jüngerer Sohn selbst gewissermaßen *deklassiert*, kam er kaum als Haupterbe des väterlichen Vermögens in Betracht & war daher besessen von der Hoffnung, durch eine (wenig wahrscheinliche) Verbindung mit einer der jungen Erbinnen in Chestnut Hill eine gute Partie zu machen.

Da sich Dr. Strether dem Ruhestand näherte & junge Ärzte in Chestnut Hill, dem wohlhabenden Vorort von Philadelphia, im Überfluss vorhanden waren, hatte er seine reichsten Patienten verloren; in seine Praxis kamen meist die Frauen & Töchter hiesiger Händler, Handwerker & Arbeitsmänner, unterbezahlter Lehrer & dergleichen samt einer Prise Diener & Landarbeiter, von ihren Herren geschickt. Einige der eingewanderten Frauen ärmerer Sorte boten, ungeschnürt, einen erstaunlichen Anblick: Ihre Tiermutterleiber, von zahlreichen Schwangerschaften grotesk in die Breite gegangen, verströmten häufig einen höchst widerwärtigen Geruch; solche Frauen aus nächster Nähe zu untersuchen ist für jeden Arzt eine Prüfung, sogar für einen gestandenen Mediziner wie Strether.

»Den Atem anhalten, das werden Sie lernen müssen, Silas«, sagte Strether mitleidig lächelnd zu Weir & warf mir einen verständnisinnigen Blick zu, »wenn Sie Arzt werden wollen. Unsere Brüder in der Geistlichkeit haben es besser getroffen, sie befassen sich mit dem Odem der Seelen, der keine Gerüche ausdünstet.«

Weir versuchte lahm zu lachen. Er konnte einem fast leidtun, dieser Mann mit dem kranken, untergehenden Blick & dem verdrossenen Pferdegesicht.

»Ja. Ich sage mir: ›Jesus liebt uns *alle*.‹« Doch seine Miene sprach eine andere Sprache.

Fragen Sie sich, wie es sein kann, dass wir unsere Approbation als Ärzte erhielten, wenn wir so wenig Erfahrung mit Patienten hatten? In Philadelphia bestand der Hauptteil des Medizinstudiums aus Vorlesungen, meist langweiliger, trockener Art, gehalten von einem älteren Dozenten in einem monotonen Singsang, bei dessen Klang wir bald einschlummerten. Im Gegensatz zu den Studenten an angeseheneren Einrichtungen wie der medizinischen Fakultät der Universität von Pennsylvania sind wir Patienten nie begegnet; wir besuchten keine Krankenhäuser, kamen offiziell mit Krankheit nicht in Berührung. Unsere Vorlesungen beschränkten sich auf die Anatomie des Menschen, großer Wert wurde auf das Auswendiglernen der Körperteile & der unzähligen Knochen des Skeletts gelegt. Ein praktizierender Arzt hatte keinen Grund, sich diese Kenntnisse in Erinnerung zu rufen, da er, wie Dr. Strether, in seiner Praxis über Fachbücher & Tafeln verfügte, die er zurate ziehen konnte. Die zu der Zeit herrschende Lehre lautete: *Im Zweifel zur Ader lassen* – sprich, den Patienten; wir hatten jedoch noch nie gesehen, wie Blut aus Adern abgelassen wird, eine unschöne Prozedur, die wir als Anfänger bei älteren Ärzten lernten.

Wir mussten Sezierungen beiwohnen, durften uns zu unserer Erleichterung aber nicht daran beteiligen. An der Schule herrschte Leichenmangel, sie hatte sich mit den am stärksten verwesten &

schäbigsten Leichnamen von Armen zu begnügen, nachdem sich die angesehenere medizinische Fakultät der Universität die besseren Exemplare gesichert hatte.

Die »klinische Untersuchung« übten wir an Puppen, deren Gestalt der männlichen & der weiblichen Anatomie ähnelte. Auch wenn sie wenig lebensecht waren mit ihren leeren blinden Augen & der porenlosen sandfarbenen Epidermis, wirkten sie beunruhigend realistisch auf die Empfindsameren unter uns, die wir allesamt noch sehr junge Männer waren, kaum älter als Jungen & ziemlich unerfahren; sogar eine rudimentäre Darstellung *menschlicher Genitalien* war schockierend für unsere Augen. Noch bestürzender aber waren die »schwangeren« weiblichen Puppen mit geschwollenen Bäuchen, in denen, wurden sie zu unserem Schrecken geöffnet, Fötusse befestigt waren, die hernach durch einen widerwärtig fleischfarbenen Kanal im Uterus aus dem Schoß der Puppe ausgetrieben wurden … Medizinstudenten, die so unbedarft waren wie Silas Weir, wurde flau bei dem grässlichen Anblick, oder sie ekelten sich.

Da die meisten Babys nicht von Ärzten, sondern von Hebammen entbunden wurden, wurde die Niederkunft innerhalb der Ärzteschaft nicht ernst genommen. Nur wenn eine Frau aus einer guten Familie ungewöhnlich komplizierte Wehen hatte, wurde vielleicht ein Arzt hinzugezogen & war als persönliche Gefälligkeit für den Hausherrn anwesend; im Übrigen nahm man hin, dass zahlreiche Kinder bei der Geburt oder kurz danach starben. Es kam vor, dass eine gesunde Mutter bei der Geburt eines Kindes verblutete oder aus einem rätselhaften, nicht feststellbaren Grund hohes Fieber bekam & starb. (Die »Entzündung« war offensichtlich – aber wodurch war sie verursacht? Und wie sollte man sie behandeln? Eine Patientin zur Ader zu lassen, die bereits viel Blut verloren hatte, war nicht zweckmäßig. Aristoteles hatte sich zu diesem medizinischen Problem nicht geäußert, doch wenn er es getan hätte, hätte man es sicher auf eine *Hysterie* des weiblichen Bluts zurückgeführt, die mit dem Uterus zu tun hatte. Und wie sollte man *die* behandeln?)

Die Schwierigkeit war, dass Puppen reglos sind, gleichgültig gegenüber »Schmerz« & nicht zu bluten beginnen, wenn die Geburtswehen einsetzen. Wir jungen Ärzte waren also auf eine tatsächlich komplizierte Geburt schlecht vorbereitet. Man nahm an, dass ein junger Arzt alles, was er wissen musste, in der Famulatur bei einem ausgewiesenen Arzt lernte, wie jeder junge Lehrling, ganz gleich in welchem Handwerk, von einem Älteren lernte, denn die Medizin galt zu dieser Zeit als Handwerk & nicht als geachteter Beruf. Von einem Studenten dieses Fachs wurde erwartet, dass er die Körperteile auswendig lernte, nicht jedoch, dass er wusste, *wie* der lebendige Körper tatsächlich funktionierte; Maßstab für das Körperbild war ein Weißer im besten Mannesalter; Frauen & Kinder waren von untergeordnetem Interesse.

Silas Weirs erster persönlicher Kontakt mit einer schwangeren Frau war verheerend – für ihn. Der bloße Anblick der (voll bekleideten) Frau mit dem geschwollenen Leib in Dr. Strethers Praxis, die unbequem saß & dem prüfenden Blick des finster dreinschauenden Arztes füllige weiße, grotesk von Besenreisern durchzogene entblößte Beine präsentierte, von denen sie die dicken Strümpfe heruntergerollt hatte, bewirkte, dass er auf der Stelle in Ohnmacht fiel!

Ich war es, der Weir mit Riechsalz wiederbelebte. Mit bebender Stimme erzählte er mir, er habe mal die unbedeckten Beine seiner Schwestern gesehen, als sie Kinder waren, nur flüchtig, noch nie im Leben aber die *nackten Beine* einer erwachsenen Frau, & habe sich nicht vorstellen können, wie »grob, hässlich & behaart« die seien – nicht wesentlich anders als seine eigenen.

Zum Glück wurden weibliche Patienten mehr oder weniger vollständig bekleidet untersucht, nur männliche teilweise entkleidet. Wenn Strether es nötig fand, legte er beim Körper eines männlichen Patienten Hand an, berührte weibliche Patienten aber nicht, wenn er es vermeiden konnte. Seine Famuli waren noch zaghafter. Wir hatten uns noch nicht einmal mit dem Stethoskop einen Herzschlag angehört, bis Strether es uns verschmitzt aufdrängte: »Hier! Hören Sie mal, ob da drin irgendetwas schlägt.«

Der Humor des älteren Doktors war mitunter etwas bemüht. Einmal, er untersuchte gerade einen betagten Patienten, reichte Strether das Stethoskop an Weir weiter, der sich den Herzschlag anhören sollte, hatte die Finger aber so um das Instrument gelegt, dass das Geräusch unterdrückt war. Weir wurde ganz blass, als er vergeblich horchte, & platzte schließlich heraus: »Mein Gott! Sein Herz ist stehen geblieben!«, während Strether mir zuzwinkerte & herzhaft zu lachen begann.

Noch erheiternder war Weirs Angst vor dem Anblick von Blut. Zuweilen *bei der bloßen Aussicht auf den Anblick von Blut.*

Mit der Zeit kam heraus, dass Silas Weir gegen den Willen seines Vaters darauf bestanden hatte, Medizin zu studieren. Percival Weir hatte offenbar keine hohe Meinung von seinem jüngsten Sohn; dessen Angst vor Blut wie vor anderen natürlichen Phänomenen war in der Familie bekannt & wurde bespöttelt. Es gab einen älteren Bruder namens Franklin, mit Abstand der Liebling, der an der medizinischen Fakultät von Harvard einen Abschluss mit Auszeichnung gemacht & eine vielversprechende Laufbahn als Chirurg in Boston eingeschlagen hatte. Sogar ein jüngerer Bruder, eben erst in Harvard abgegangen, hatte eine aussichtsreiche Laufbahn als Chemiker vor sich. Alles, was Silas in Angriff nahm, stand in scharfem Kontrast zu den Erfolgen seiner Brüder & ließ zu wünschen übrig.

Widerstrebend erklärte sich Weirs Vater bereit, ihm die Ausbildung an der Medizinischen Fachschule von Philadelphia zu bezahlen, aber nur, weil Silas keine anderen Fähigkeiten oder

Talente – für Recht, Pädagogik, nicht einmal für ein geistliches Amt – erkennen ließ; er würde höchstwahrscheinlich auch weder eine reiche Bostoner Erbin heiraten noch eine einträgliche Position im Geschäftsleben oder Finanzwesen finden. Ärzte, deren Praxis nicht von Wohlhabenden aufgesucht wurde, insbesondere in ländlichen Gegenden, galten nicht wesentlich mehr als reisende Handlanger, die man für Reparaturen bestellte, & wurden schlecht bezahlt, wenn überhaupt. Zum Verdruss der Weirs von Concord, Massachusetts, sah es danach aus, als stünde Silas Weir so ein minderwertiges Leben bevor.

Als ich ihn fragte, wie er verhindern wollte, dass Dr. Strether seine Angst vor Blut bemerkte, bettelte er: »Kannst du mir helfen, Milton? Ich *will* ja.«

Als ein junger Arbeiter in die Praxis gebracht wurde, dem bei einem Unfall mit einer Axt beinahe der Fuß abgetrennt worden wäre, stand Weir hilflos zitternd daneben, als Strether & ich uns wacker (wenn auch vergeblich) bemühten, den Mann davor zu bewahren, dass er vor unseren Augen verblutete; ein andermal ging Weir mir (träge) zur Hand, als ich mich in fliegender Hast um die heftig blutende Platzwunde kümmerte, die sich eine Frau beim Sturz auf der Steintreppe vor einer Kirche in Chestnut Hill zugezogen hatte, wo sie mit dem Kopf auf jeder Stufe aufgeschlagen war & sich die Haut so stark lädiert hatte, dass sie fast vom Schädel abgerissen worden wäre; die Frau, korpulent & in mittleren Jahren, stammte aus einer sehr angesehenen hiesigen Familie.

Ein andermal kippte Weir gleich um, als ich Strether bei der Entfernung gangränöser, stark verfaulter Zehen vom Fuß eines (zuckerkranken) Patienten assistierte, der festgeschnallt werden musste, damit wir »operieren« – das heißt mit einer Säge amputieren – konnten.

Zogen sich Geburtswehen über drei Tage hin & machten es erforderlich, dass der blutbespritzte Arzt eine Zange in den weit geöffneten Muttermund der Frau einführte & den lebenden oder – eher – toten Säugling herauszog oder, noch blutiger, ohne Betäubung einen kunstlosen Kaiserschnitt durchführte, musste Weir die Augen schließen & leise vor sich hin beten, damit er nicht in Ohnmacht fiel.

Bei einer Gelegenheit erforderten schmerzhaft verdickte Hämorrhoiden, die einen (korpulenten) männlichen Patienten plagten, einen strapaziösen, mit dem als *Écraseur* bekannten Instrument durchgeführten Eingriff – bei dem der Blutfluss zur Hämorrhoide durch das Zuziehen einer Schlinge, ähnlich wie bei einer Garrotte, unterbunden wird. Auch diese Operation fand ohne Betäubung statt, sodass der Patient zu seiner eigenen Sicherheit an einen Tisch gefesselt werden musste; denn der Schmerz war so groß, dass er sich herumwarf, mit den Beinen ausschlug & Strether getroffen hätte, der mit einem Ausdruck äußerster Konzentration, wenn auch Widerwillen das Instrument anlegte, bevor er es an mich, der ihm assistierte, & dann an Weir weiterreichte, der zaghaft danach griff, da es glitschig war von Blut.

Strether herrschte Weir an: »Zufassen, Silas, & verwenden, wie es sich gehört – oder für Sie war es das hier in Chestnut Hill.«

Weir versuchte es also, hantierte ungeschickt mit dem Instrument herum; zu seinem Glück war der schreiende Patient inzwischen in Ohnmacht gefallen & wehrte sich nicht mehr. Trotzdem stümperte Weir noch herum & ließ den *Écraseur* sogar zu Boden fallen, wo er etwas Schmutz abbekam.

Geduldig hielt Strether Weir zum Weitermachen an, denn es war nur noch eine geschwollene Hämorrhoide übrig, & die hatte der junge Arzt einige unangenehme Minuten später auch verkleinert.

»Sie sehen, Silas – mit Beharrlichkeit kommen Sie voran. Wer weiß, eines Tages finden Sie vielleicht sogar Gefallen an diesen gröberen Handgriffen.«

Als wir hinterher alles säuberten, fragte Weir mich mit aschgrauem Gesicht, ob ich gewusst hätte, dass es solche grauenhaften Dinge in Gottes Schöpfung gab – *er* jedenfalls habe das nicht gewusst.

Kühl erwiderte ich: »Gott gilt alles, was er sieht, gleich viel, würde ich meinen.«

»*Alles* – gleich viel? Das kann ich nicht glauben.«

Weir starrte mich verständnislos an. Sein Gott war der Gott Johannes Calvins, der menschliche Schwäche tief verachtete & nur zu bereit war, manches, worauf sein Blick fiel, für höllisch, ja verdammt zu halten.

War ein Patient kein Notfall & ging es in der Praxis relativ ruhig zu, war Silas Weir als Famulus durchaus tüchtig, das muss ich zugeben. Nach & nach gebärdete er sich, zumindest wenn Strether nicht anwesend war, ziemlich aufgeblasen & autoritär, wenn er die häufig auftretenden Beschwerden behandelte – Ballenzehen, Ausschläge, (normalgroße) Hämorrhoiden, Zysten & Furunkel, Magenverstimmungen, Kopfschmerzen, Gelenkschmerzen, Verstopfung, Pfeifatmung, Fieber & Erkältungen, Grippe, »Klingeln in den Ohren« oder die »Nerven« et cetera; bei diesen Leiden wie bei allen anderen lernten wir die jeweils übliche Behandlungsmethode & verschrieben ein begrenztes Repertoire an Arzeneien: Laudanum, Fingerhut, Quecksilber, Tollkirsche, Echinacea, Ginkgo biloba, Weißdorn, Knoblauch, Schwarzwurz, Johanniskraut & geringe Mengen von Arsen- & Kokaintropfen.

Wie bereits erwähnt, war der gängigste medizinische Eingriff die *Phlebotomie*, der Aderlass, der für alle Leiden verschrieben wurde, da man glaubte, die meisten Krankheiten rührten aus einem Überfluss von Blut oder »erhitztem« Blut her. An diese auf die Antike zurückgehende Tradition glaubte Strether fest: *Im Zweifelsfall zur Ader lassen.* Es war jedoch eine unangenehme, unappetitliche Prozedur, die der ältere Arzt am liebsten an seine Famuli delegierte.

Überraschenderweise stellte Weir fest, dass er ein besonderes Talent dafür besaß. Anscheinend linderte es seine panische Angst beim Anblick von Blut, wenn *er* den Patienten selbst zur Ader ließ & nicht bloß Zeuge war.

Ja, mit der Zeit entdeckte ich, dass ein seltsames Funkeln in Weirs tiefliegende feuchte Augen trat, wenn er zum Aderlassmesser griff & die Vene eines Patienten eröffnete, mochte der an Fieber oder Erkältung leiden, an kaltschweißiger Haut, an pochenden Kopfschmerzen oder an Pfeifatmung, Brustschmerzen & Palpitationen, einer Rückenverletzung, schwerer Verstopfung oder Diarrhö, Übelkeit oder tumorhaften Gewächsen – Weir wurde so geschickt in der Kunst der *Phlebotomie*, dass er schon bald sogar weibliche Patienten zur Ader lassen konnte, vorausgesetzt, sie stammten nicht aus »guten« Familien & waren vollständig bekleidet & nicht jung oder hübsch. Mehr als einmal hatte ich einen Blick auf Weir erhascht, der seine rot glänzenden Hände mit einem Ausdruck verdutzter Bewunderung betrachtete, bevor er sie wusch.

»Endlich etwas, was unser junger Freund zuwege bringt«, sagte Strether trocken zu mir. »Und wird nicht mal selbst ohnmächtig, sondern sorgt bloß beim Patienten dafür.«

Natürlich ist die Phlebotomie als Wissenschaft ebenso unzuverlässig wie die Phrenologie, & manchmal kam es vor, dass schwache, blasse Patienten, wenn wir sie zur Ader ließen, noch schwächer & blasser wurden & in Ohnmacht fielen, gelegentlich sogar vor unseren Augen *verschieden*, während ihr Blut in den Eimer auf dem Boden tropfte, ein Umstand, der Strether entsetzte & sehr fuchste, denn er wollte, auf seine alten Tage reizbar geworden, von seinen Famuli nicht in Verlegenheit gebracht werden.

»Hast du Narr es wieder geschafft? Tut noch einer seinen

letzten Atemzug?«, fauchte Strether Weir an, dessen Angewohnheit, fest die Augen zu schließen & Gebete vor sich hin zu murmeln, wodurch er in einen tranceartigen Zustand geriet, unter diesen Umständen nicht hilfreich war.

In Todesfällen wie dem in der Praxis des Arztes sah man *Werke Gottes*. Ein Christ verstand: *Seine Zeit war gekommen*.

Durch seine Erfolge als *Phlebotomist* mutig geworden, bildete sich Weir mit der Zeit ein, er wäre *Experimentalchirurg*.

Mit bloßer klinischer Medizin hatte man keine Zukunft, wurde ihm klar. Wollte er mit seinen Brüdern & anderen Weirs, die sich »einen Namen gemacht« hatten, mithalten, müsste er auf ein neues Gebiet vorstoßen, Risiken eingehen & seine Ergebnisse in den angesehensten medizinischen Fachzeitschriften publizieren.

Schloss die Praxis in den frühen Abendstunden, blieb Weir noch da & las bei Kerzenlicht medizinische Zeitschriften, manchmal bis Mitternacht. Ach, einer der berühmten amerikanischen Ärzte zu sein! Der Ärzte, die medizinische Verfahren, die grundlegend neue Behandlungsmethoden entwickelt hatten! Er gab sich verführerischen Fantasien hin, in denen er neue Wege bei der Heilung gewöhnlicher Gebrechen (Klumpfuß, Gaumenspalte, Schielen) beschritt – das allein sicherte ihm den Erfolg & einen Platz in der Geschichte der Medizin. Er verfiel auf die Idee, »Geisteskrankheit« als Variante von »Fieber« zu behandeln; er geriet in den Bann der Phrenologie, einer neuen Disziplin, die Zusammenhänge zwischen Arealen des Gehirns & menschlichen Handlungen & Gefühlen herstellte, die lehrte, dass sich von der Gestalt der Schädelknochen bedingte Krankheiten wie Epilepsie, geistige Behinderung, Wahnsinn & »Stimmungsschwankungen« durch chirurgische Eingriffe behandeln ließen.

Ursache für viele dieser Krankheiten, glaubte man, sei das Handeln unwissender Hebammen bei der Geburt; so wurde es weithin an medizinischen Fakultäten gelehrt. Allein schon, dass die Hebammen *Frauen* waren, erklärte einen Großteil der Irrtümer, auf die erhebliche Schädigungen der Gebärenden & der Säuglinge zurückgingen; & dennoch war die Entbindung als medizinische Prozedur verpönt & galt als die buchstäblich schmutzigste & scheußlichste von allen, sodass sich angesehene Ärzte, außer unter besonderen Umständen, nicht dazu herabließen, bei Geburten zu assistieren.

Es war um diese Zeit, dass Silas Weir vom Diakon der Kirche, die er besuchte, mit guten Absichten vermittelt, zum Freitagstee ins Haus der Tyndales, einer der führenden Familien von Chestnut Hill, eingeladen wurde – & er, eitler Narr, der er war, brüstete sich mir gegenüber damit. (Als ob ich eifersüchtig auf *ihn* sein könnte.) Treuherzig vertraute er mir an, er hoffe, sich »einen Namen zu machen« & Tabitha, die jüngste Tyndale-Tochter, zu beeindrucken, eine »engelsgleiche Schönheit«, die eines Tages eine Tyndale-Erbin sein würde; Weir schien sogar zu glauben, Mrs. Tyndale sei von ihm eingenommen & ermutige ihn, Tabitha, die gerade mal achtzehn Jahre alt war, »den Hof zu machen«.

Weirs plumpe Prahlerei war so geschmacklos & unreif, dass ich ihm schließlich sagen musste, ich wolle nichts mehr von den Tyndales hören. Wenn er mit Tabitha verlobt war, sei zum Prahlen immer noch Zeit.

»Stimmt! Du hast recht«, sagte Weir & errötete, mehr aus Zorn als vor Verdruss. »So weit ist es noch nicht. Aber – wir werden sehen.«

Bei solchen Gelegenheiten kam das immense Geltungsbedürfnis des Mannes zum Vorschein. Persönlich nicht eben eindrucksvoll, von eher schmächtiger Statur, mit vor der Zeit herabhängenden Schultern & runzliger Stirn & mit einer Art wie ein aufgeregter Hund, der zwanghaft im Schmutz herumscharrt – & doch hatte er eine hohe Meinung von sich.

Zweifellos sind *Selbsttäuschungen* gang & gäbe unter denen, die Größe erstreben, ohne die dafür notwendige Integrität, Einsicht & Begabung mitzubringen.

Bald darauf fiel Weir ein besonders bedauernswertes Kleinkind in die nach *chirurgischen Experimenten* gierenden Hände.

Dieses Kleine, ein Mädchen & gerade einmal fünf Monate alt, war das neunte Kind einer Frau, die nicht in Chestnut Hill, sondern unweit davon in einer ländlichen Siedlung aus Landarbeitern, Tagelöhnern & Taugenichtsen lebte, viele davon aus verschiedenen Gründen – Alter, Krankheit, Verletzungen, Alkohol – stellungslos. Die Frau, deren Name Brush lautete, lebte nichtehelich mit einer kunterbunten Abfolge von Männern zusammen, alle dem Trunk ergeben, & war angeblich wie ihr Nachwuchs von sehr geringer Intelligenz; eine weitläufige Familie mit zweifelhafter Ahnenreihe, unverkennbar gemischten Bluts, der »Schwachsinn« für das scharfe Auge unverkennbar.

Das christliche Empfinden stand einem sündhaften Leben außerhalb der Ehe entgegen, & medizinische Versorgung für in Armut Lebende war kaum vorhanden, sodass eine derart heruntergekommene Mutter & ihre Kinder kaum Nachsicht & Hilfe fanden. Sogar Dr. Strether, seinem Wesen nach weder selbstgerecht noch voreingenommen, sagte oft mit mitleidigem Kopfschütteln, ein *kurzes Leben* sei die einzige Wohltat für solche Menschen. Es war nicht zu erwarten, dass diese kranken Kinder älter als sechs oder sieben wurden; doch es ergab sich auf verdrehte Weise, dass die schwachsinnige Familie Brush in einer baufälligen Hütte am Rande der Stadt wuchs, wenn nicht gar gedieh.

Wie genau Weir von der liederlichen Mutter des fünf Monate alten Mädchens erfuhr, wie es kam, dass die kleine Brush zu ihm gebracht wurde – als die Praxis, wie Dr. Strether annahm, doch schon seit Stunden geschlossen war –, habe ich nie erfahren, auch wenn nach dem Unglück Gerüchte grassierten.

Vielleicht hatte der ehrgeizige junge Arzt, wie manche spekulierten, Erkundigungen unter den ärmeren Bewohnern der Gegend eingezogen & Bargeld angeboten, wenn sich Freiwillige für seine chirurgischen Experimente zur Verfügung stellten; gut möglich, dass er das kleine Kind für seine Zwecke »gemietet« hatte.

Anfangs war Weir offenbar zufrieden mit dem Kind – sogar von ihm beflügelt. Denn dies war ein Geschöpf, das dringend reparaturbedürftig war, wie jeder auf den ersten Blick sehen konnte.

Das quengelige, fiebrige Kind hatte einen missgebildeten Schädel wie eine Melone, die asymmetrisch gewachsen war. Oberhalb des rechten Auges trat eine knochige Wulst hervor, die sich wie ein flacher Kamm über den gesamten Scheitel hinzog & nichts ähnelte, was der angehende Arzt je außerhalb eines Fachlehrbuchs gesehen hätte. Weir konnte mit den Fingern über die Erhöhung hinwegstreichen & den deformierten Schädel *fast* schon mit den Fingern in eine andere Form drücken, denn die Schädelknochen eines Kleinkindes wachsen erst im Laufe des ersten Lebensjahrs nach & nach zusammen & sind bis dahin in Maßen veränderbar. Der Kopf dieses Kindes, stellte Weir fest, fühlte sich heiß an – auch wenn er, zugegeben, nicht wusste, wie warm ein Säuglingskopf sein sollte. War das Fieber? Der Hautton war zweifellos ungesund, ein ikterisches Gelb im Gegensatz zum natürlicheren rosigen Schimmer eines normalen Kleinkindes, & die Augen sahen aus wie asymmetrisch eingestellt – das heißt, als »sähen« sie aus verschiedenen Winkeln. (Oder war das arme Ding *blind*? Weir schwenkte die Finger vor den Augen, wurde sich aber nicht schlüssig.)

Beim Vergleich des kindlichen Schädels mit der phrenologischen Schautafel an der Wand von Strethers Untersuchungszimmer kam er zu dem Schluss, dass die Hirnregion, die als der Sitz der »moralischen & religiösen Empfindungen« galt, unnatürlich abgeflacht war, während die Regionen, die mit »Destruktivität«, »Heimlichkeit« & »Unaufrichtigkeit« in Zusammenhang standen, unverhältnismäßig ausgeprägt waren.

Die kleine Brush würde also, konnte sie ungehemmt heranwachsen, eine ebenso unmoralische Kreatur werden wie ihre Mutter. *Er* würde diese Krankheit kurieren.

Weir bemühte sich, mit starkem Druck seiner Finger dem Schädel der Kleinen, die strampelte & sich brüllend, das Gesicht rot wie ein Teufel, hin & her warf, eine andere Form zu geben. Die Schreie des Kindes waren so laut & kraftvoll, dass Weir sich eines Wattebauschs bedienen musste, den er ihm in den Mund steckte, um das Geräusch zu dämpfen, was halbwegs gelang. Bald darauf resignierte er an einer manuellen Verschiebung der Schädelplatten, wofür mehr Kraft benötigt wurde, als er in den Händen besaß, & griff zu einem chirurgischen Instrument aus Strethers Praxis, ähnlich einer (spitzen) Zange, um die (weichen) Schädelplatten des Kindes neu auszurichten, & danach zu einer Schuhmacherahle, in einer Schublade gefunden, mit der sich besser hebeln ließ.

Unversehens flossen Rinnsale von Blut aus den Wunden im Kopf des Kindes.

Weir wischte das Kinderblut mit Verbandmull weg. Ah, er durfte der Angst nicht nachgeben! Er hatte vergessen, falls er es je wusste, dass Schädelarterien besonders fein sind & Schädelwunden höchst eindrucksvoll bluten, sogar (offensichtlich) bei einem kleinen Kind.

»Hör auf! Herrgott, dir tut doch niemand was …«

Der Kampf zog sich noch einige mühsame Minuten hin, in denen Weir versuchte, die Ahle anzusetzen & die (sichtbare) Fehlstellung zu korrigieren, & das Kind sich wehrte, um sein Leben strampelte & zappelte.

»Ich sagte – *hör auf.* Du bist ein kleiner *Teufel.*«

Dann hörte das Kind zu Weirs Entsetzen unvermittelt auf zu strampeln & atmete kurz darauf auch nicht mehr.

Er entfernte den Knebel aus dem Mund & bemühte sich einige Minuten lang, das Kind wiederzubeleben, indem er hektisch auf den kleinen Brustkorb pochte & inbrünstig betend Gott um Hilfe & Erbarmen anflehte. Wie zur Schur für den großen Traum des jungen Doktors hatten die kleine Lunge das Atmen & das kleine Herz das Schlagen eingestellt. Eine *Puppe* mit warmer Haut, aber ohne Leben – Weir schreckte angewidert vom Operationstisch zurück.

Wie konnte das sein? – der kleine Teufel, unter seinen Händen erst ungemein *lebendig* & kampflustig; dann *leblos.*

Bevor ihm genügend Zeit gegeben worden war, die Missbildung des Schädels zu korrigieren, hatte die Vorsehung sein Bestreben vereitelt – doch *warum*? War es eine Missachtung von Gottes Willen, wenn ein Arzt & Chirurg den Versuch unternahm, so ein Leiden zu *beheben*?

Mit seinem unerschütterlichen Glauben an seinen Schöpfer & an Jesus Christus, seinen Erlöser, konnte Weir nicht begreifen, *wieso Gott zugelassen hatte, dass er beim ersten Experiment seiner Laufbahn scheiterte*, & das bei besten Absichten.

Eine kurze Weile stand er reglos vor dem blutbeschmierten kleinen Körper, mit Stummheit geschlagen. Die Stille im Raum war ohrenbetäubend. Noch nicht einmal die Verärgerung seines Vaters über ihn war zu vernehmen.

Bis es Weir langsam dämmerte: Die kleine Brush war offensichtlich fehlerhaft & nicht zum Weiterleben bestimmt gewesen.

Sehr wahrscheinlich war das Kind bei der Geburt von einer unkundigen Hebamme beschädigt & danach von der schlampigen Mutter unachtsam gestillt worden. Deshalb war dieser Tod mit Sicherheit *nicht seine Schuld.*

Trotzdem wühlte der Anblick des kleinen Körpers Weir auf. Jetzt, wo er sich nicht mehr bewegte, war er so viel kleiner, als er beim Kampf um sein Leben ausgesehen hatte. Er hatte noch nie zuvor ein totes Kind gesehen, überhaupt keinen toten Körper, nur die Leichname in der medizinischen Fakultät, & diese zerstückelten Exemplare hatte er nur durch die Finger hindurch zu betrachten gewagt.

»Es ist nicht meine *Schuld*. Doch – irgendwie muss ich dafür verantwortlich sein.«

Weir ließ der Mutter mitteilen, sie solle sofort ihr Kind abholen. Angesichts des Kummers der Frau & trotz des widerwärtigen Gin-Geruchs, den ihr Atem verströmte, bemühte er sich, in Ruhe mit ihr zu sprechen, weder ihr Vorwürfe zu machen noch überhaupt irgendwem die Schuld zu geben, kam jedoch nicht umhin, zu wiederholen, dass das Kind *fehlerhaft* gewesen sei, als es ihm geliefert worden war.

Wie besprochen bezahlte er der Mutter die volle Summe, war freilich überzeugt, dass man ihm mit dem Kind beschädigte Ware untergejubelt & die Frau ihn sehr wahrscheinlich zum Narren gehalten hatte, vielleicht angestiftet von einem zynischen Gefährten.

Es war ein Bild des Jammers & ging dem jungen Doktor zu Herzen, als die Frau mit dem rotfleckigen Gesicht ihr lebloses Kind, eingewickelt in das schmuddelige Umschlagtuch, in dem man es ihm gebracht hatte, schicksalsergeben aufhob & weinte wie ein Tier, falls ein unvernünftiges Tier weinen konnte, & noch jämmerlicher, demütig einen Dank für die Geldscheine, die er ihr in die Hand gedrückt hatte, murmelte.

Silas Weir war sich so sicher, dass er eines Tages eine Berühmtheit der medizinischen Wissenschaft werden würde, dass er all diese Lehrjahre hindurch ein Ärztetagebuch führte. Ein eindeutiger Verweis auf diesen verpfuschten Eingriff findet sich im ersten der elf Diarien, allerdings ohne Datumsvermerk:

Was für ein Schlag! Ich konnte es nicht begreifen. Wem war damit gedient, dass die grausame Vorsehung es zuließ, dass ich den ersten Patienten verlor, der ganz meiner gewesen war, in einer kleinen Gemeinde wie Chestnut Hill, in der alle darüber klatschen würden? Das einzig Gute daran war, dass es sich um ein geistesschwaches kleines Kind handelte, von einer geistesschwachen & kranken Mutter, die die ihr gezahlte bescheidene Summe annehmen & mir keine Schwierigkeiten machen würde, da war ich mir sicher.

In Dr. Strethers Untersuchungszimmer war einiges Blut vergossen worden, & Weir war sich nicht sicher, ob er in seiner Aufregung alles weggewischt hatte. Der junge Doktor hielt es daher für das Klügste, am nächsten Morgen früh zu erscheinen, weiter sauber zu machen & gleich selbst vor den älteren Arzt hinzutreten & ihm den unglücklichen Vorfall zu »beichten«.

Zuerst starrte Dr. Strether ihn ungläubig an & ließ den Blick durch die Praxis schweifen, als rechnete er damit, das verstümmelte kleine Kind irgendwo in einer Ecke liegen zu sehen. Weir suchte noch stammelnd nach einer Entschuldigung, da fiel Strether ihm ärgerlich ins Wort: »Silas, ich hoffe, Sie haben sich bei der Brush nicht so feige entschuldigt! Was Sie getan haben, war sehr dumm, aber vergessen Sie nicht: *Sie sind der Arzt.*«

»Aber …«

»Nein, nein! Nicht dieser kriecherische Ton. *Sie sind der Arzt.*«

»Ich – *ich bin der Arzt …*«

»Wenn die Frau Geld von Ihnen angenommen hat, ist die Sache erledigt. Ein Unfall – oder vielmehr *kein Unfall*: ein Werk Gottes.«

Weir wollte diese goldenen Worte zwar erfassen, setzte jedoch mit bebender Stimme, denn er hatte in der vergangenen Nacht nur wenig Schlaf gefunden, abermals zu einer Entschuldigung an, woraufhin Strether die Geduld verlor: »Schauen Sie, Silas. Sie mögen ja ein Dummkopf sein, aber Sie haben es gut gemeint. Ich hoffe, Sie haben Ihre Lektion gelernt & machen nicht noch einmal solchen Unsinn. Erst recht nicht in diesen Räumlichkeiten! Aber Sie dürfen nicht herumlaufen & sich entschuldigen oder auch nur anderen davon erzählen – es muss Ihr Geheimnis bleiben. Und schon gar nicht sollten Sie sich bei den Brushs entschuldigen – wer immer diese Unglücklichen sind. Damit gestehen Sie nur Ihre Schuld ein.«

»Aber, ich – ich glaube, ich habe Schuld daran, Doktor.«

»*Sie haben keine Schuld* – ein Arzt hat niemals Schuld. Die Unglücklichen suchen Hilfe bei uns, & wir helfen mit Gottes Gnade, so gut wir können. Wenn Gott nicht großzügig mit seiner Gnade umgeht, ist das nicht unsere Schuld. Wir tun, was wir können, mehr als das können wir nicht tun. Sie wollten einer notleidenden Familie helfen. Wie ein guter Christ haben Sie Ihre Zeit zur Verfügung gestellt. Sie wollten ein gutes Werk tun. Die Fehlbildung des Schädels bei einem armen Kind korrigieren – das ist durchaus bewundernswert, zumindest die Absicht. Ich habe über die Jahre ähnliche Vorkommnisse erlebt – nicht mit Kindern natürlich, etwas so Abwegiges wie das Ausrichten eines Kinderschädels hätte ich nicht in Angriff genommen, aber ich habe Patienten gehabt, die mir unter den Händen weggestorben sind, plötzlich & unerwartet. Genau genommen muss man damit *rechnen*, dass ein Patient stirbt. Wie Sie sagen, dieses Kind war fehlerhaft, dazu verurteilt, geistesschwach zu sein wie seine Mutter; es ist eine Gnade, dass sein Leben vorbei ist. Ich bin mir sicher, würden wir die Familie gut kennen, erführen wir, dass der Tod des Kindes für sie eine Erleichterung ist, falls die Mutter noch viele andere hat & sie arm sind. Dass Kinder sterben, ist ihnen nicht fremd – gut möglich, dass die Mutter nebenbei dem einen oder anderen selbst in die nächste Welt geholfen hat. Darf ich fragen, was Sie der Frau bezahlt haben?«

Mit gehöriger Verlegenheit nannte Weir dem Älteren die Summe, die ihm jetzt, da das Kind tot war, so unverblümt ausgesprochen, nicht eben großzügig vorkam.

»Nun ja – Sie hätten der trauernden Mutter etwas mehr geben können, wissen Sie, Silas. Ich würde vorschlagen, dass Sie anbieten, für einen Sarg & das Begräbnis aufzukommen. Das werden die Brushs sehr großzügig von Ihnen finden.«

»Aber – was kostet denn ein Kindersarg? Und ein Begräbnis? – Ich habe keine Ahnung.«

Strether lachte, als hätte Weir etwas sehr Originelles gesagt.

»Silas, seien Sie nicht albern. Die werden das arme Kind hinter dem Haus begraben, in einer Kiste oder in ein Tuch gewickelt, & das Geld für Gin verwenden. Das sollen Sie bloß nicht erfahren. *Sie* werden sich großzügig zeigen – geben Sie der Frau noch einmal das, was Sie ihr gestern Abend gegeben haben, & sie wird überwältigt sein vor Dankbarkeit.«

»Ich – ich verstehe. Mach ich ...«

»Und sagen Sie ihr, dass Sie für die Seele ihres Kindes beten, damit es von Gott in den Himmel aufgenommen wird & nicht in der Hölle landet wie die übrigen Brushs. Das wird Eindruck auf sie machen, denn sie hat natürlich Respekt vor einem jungen Arzt wie Ihnen, der bei *mir* in die Lehre geht.«

Weir erwiderte rasch, ja, er habe gebetet. Natürlich. Als sich der Zustand des Kindes verschlechterte, habe er gleich damit angefangen.

»Und ich habe die ganze Nacht auf den Knien für die Seele des Kindes gebetet & auch für die trauernde Mutter.«

»Gut, sagen Sie ihr das. Wenn Sie ihr das Geld für den Sarg & das Begräbnis geben, sagen Sie es, unbedingt. Was nützt es, für die Seele eines toten Kindes zu beten, wenn niemand es weiß?«

Weir protestierte: »Gott weiß es ...«

Strether lachte ungeduldig.

»Gott wohnt nicht in Chestnut Hill, Dr. Weir. Gott kann hier für Ihr Ansehen nichts tun.«

Trotz Dr. Strethers ausgezeichneten Rats & der Eile, mit der Weir der Brush Geld für einen Sarg & ein Begräbnis übergab, Geld, das er sich (heimlich) von seiner Mutter geliehen hatte, war das Glück dem naiven jungen Arzt nicht hold. Binnen einer Woche verlangte ein übellauniger Gefährte der Frau, der sich als Vater des »ermordeten« Kindes ausgab, weitere Zahlungen von Weir & drohte, andernfalls zu den Behörden zu gehen. In seiner Not war Weir gezwungen, sich (heimlich) Geld von seiner betagten Großmutter zu leihen, der er immer nahegestanden hatte; er war töricht genug, dieses Geld dem brutalen Erpresser zu übergeben, woraufhin eine Woche darauf, was er hätte wissen müssen, eine dritte Zahlung gefordert wurde, an der er resignierte.

»Möge Gott mir beistehen. Denn ich selbst kann es offenbar nicht.«

Weir sann darüber nach, ob er Strether um einen Vorschuss auf seinen (sehr bescheidenen) Lohn bitten sollte, der kaum die Kosten in seiner Pension deckte; der Dummkopf war so verzweifelt, dass er sich sogar an mich wandte & seltsamerweise wähnte, jemand, der Famulus war wie er, könnte Geld zu verleihen haben, zumal für einen Zweck, den zu verraten er sich sträubte.

(Mit der Zeit sollte ich herausfinden, aus welchem entsetzlichen Grund Weir so aufgelöst & beunruhigt war & sich Geld leihen musste, aber noch nicht gleich.)

Auch wenn der brutale Erpresser nicht zu den Behörden ging, zweifellos aus Angst vor der Ordnungsmacht, breiteten sich unschöne Gerüchte wie anbrandende Schmutzwasserwellen in Chestnut Hill aus, die man nicht übergehen oder leugnen konnte; & schon bald sprachen viele im Dorf offen & mit großer Sorge über den jungen Assistenten bei Dr. Strether, dessen »dämonische Experimente« zum Tod eines kleinen Kindes geführt hatten.

Als die Gerüchte schließlich bei Strether ankamen, blieb ihm keine andere Zuflucht als die, totale Überraschung, Missbilligung & Ablehnung zu bekunden. Ein unerheblicher Kindstod, der in der Ordination des erfahrenen Arztes ohne große Formalitäten abgehakt worden wäre, war zu einer offenen, unheilbaren Wunde geschwärt, ausgelöst durch einen jungen Assistenten, der ohne Wissen seines Vorgesetzten gehandelt hatte.

»Und mit meinen Instrumenten! So ein Gemetzel anzurichten!«, murrte Strether & steigerte sich in eine Empörung hinein. »Ein Verstoß gegen die medizinische Ethik, mindestens. Ein *Vertrauensbruch.*«

Nein, es spielte keine Rolle, hielt er seinem Famulus verärgert vor, dass die kleine Brush von geschwächtem Stamm & mit Sicherheit von »gemischtem« Blut war; Tatsache blieb, Weir hatte den Tod des Kindes verheimlichen & die Eltern gar noch mit Geld zum Schweigen bringen wollen, klare Anzeichen für ein Verbrechen & für Schuld.

»Verteidigungsversuche können Sie sich sparen«, sagte Strether & schnitt Weir, der gerade angesetzt hatte, das Wort ab – »Ihre Laufbahn in Chestnut Hill ist zu Ende.«

Ohne Weirs direkte Mitwirkung an den Verhandlungen arbeitete Strether mit den Behörden aus Chestnut Hill eine Vereinbarung aus: Sofern der schuldige Famulus die Gegend sofort verließ & versprach, niemals wieder in den Staat Pennsylvania zurückzukehren, würde man auf eine Strafanzeige gegen ihn & eine gegen Strether verzichten.

Hastig trafen in New Jersey lebende Verwandte von Weirs Mutter Vorbereitungen dafür, dass Weir bei ihnen in Morristown logieren konnte, wo der einzige Arzt des Orts kürzlich an Cholera verstorben war.

»Verbannt – nach New Jersey! Gott steh mir bei, dass Vater das nicht erfährt.«

So gedemütigt, sprach Weir fortan offener mit mir, wie zu einem Kameraden, auch wenn ich Abstand zu ihm hielt & sein unreifes Benehmen & die Gedankenlosigkeit verachtete, mit der er die »Versuchsperson« umgebracht hatte, was er inzwischen abtat, als wäre es ein dummer Schnitzer gewesen & keine ruchlose Tat.

Da Strether sich Weir, wie er es ausdrückte, »vom Hals geschafft« hatte, fiel es mir zu, dessen wenige Besitztümer in einen Schrankkoffer zu packen & dafür zu sorgen, dass er in einer Kutsche die Stadt verließ. Mit seinem Zeugnis der medizinischen Fakultät des College von Philadelphia könne er, meinte Weir, eine Praxis irgendwo auf dem Land in New Jersey eröffnen, wo die Anforderungen nicht so hoch waren wie im kultivierteren Umkreis von Philadelphia. Dort wurden Ärzte für die Farmhelfer benötigt, viele von ihnen Vertragsschuldner & häufig von ihren Herren genauso schlecht behandelt wie schwarze Sklaven im Süden.

Es war die unterste Klasse ärztlicher Tätigkeit, kaum eine Stufe höher als Krankenpflege & Geburtshilfe, daher würde wohl niemand Silas Weirs Vergangenheit allzu gründlich ausleuchten.

Anstatt Dankbarkeit dafür zu bekunden, dass die Behörden von Chestnut Hill ihn so leicht davonkommen ließen, beschwerte sich Weir gereizt bei mir. »Ich habe keine faire Chance bekommen! Der Alte« – (womit er Dr. Strether meinte; es sah Weir ähnlich, sich mäkelig gerade über den zu äußern, der ihn geschützt hatte) – »hat mir keine Gelegenheit gegeben, es zu erklären: Dieses Kind war irreparabel beschädigt! Und krank! In Zukunft wird die Operation des Schädels die Rettung für die Menschheit sein & hätte in Chestnut Hill ihren Ursprung haben können, doch jetzt bleibt Chestnut Hill für immer ein rückständiges Nest.«

»Und was wird aus deiner Verlobten, Miss Tabitha Tyndale –

was willst du ihr sagen?« Ich konnte nicht widerstehen, Weir zu piesacken, der sich aufrichtete wie eine angegriffene Schlange, die sich auf den Schwanz erhebt, & sagte, Tränen der Entrüstung in den tiefliegenden Augen: »Sie war auch treulos. Ich bin mit euch allen hier fertig.«

Anmerkung des Herausgebers

Obwohl Vater die weibliche Vagina für ein »Höllenloch aus Schmutz & Verderbtheit« & die weiblichen Genitalien für »abscheulich in Form, Funktion & Ästhetik« hielt, kam es durch Gottes Ratschluss dazu, dass wir neun waren, die aus seinen Lenden & aus dem Schoß unserer lieben Mutter hervorgingen, wovon das erste & älteste, ich, in der Christnacht 1838 zur Welt kam.

(Da Vater praktisch keinerlei Anteil an seinen Nachkommen nahm, spielen meine acht Geschwister in dieser Lebensbeschreibung keine Rolle.)

Als erstgeborenes Kind von Silas Weir wie als Verwalter & Haupterbe seines Nachlasses inklusive des Arzttagebuchs, betitelt Chronik eines Arztlebens *(mehrere Tausend Seiten in Hauptbüchern, mit Unterbrechungen über mehrere Jahrzehnte geführt), darf ich wohl geltend machen, einen einzigartigen Einblick zu besitzen: Ich bin der Einzige, der sämtliche privaten Aufzeichnungen von Silas Weir gelesen hat, & besitze das Privileg, daraus zitieren zu können; außerdem bin ich in der Lage, mich an Silas Weir in der Familie & nicht lediglich im Beruf zu erinnern.*

Vielfach haben Personen, als sie von meiner Beziehung zu Silas Weir erfuhren, mich gefragt: »Aber wie war er denn, Ihr Vater?« – was sehr schwer zu beantworten ist, wie jedes Kind eines prominenten Vaters verstehen wird.

Daher will ich gleich geradeheraus zugeben, dass Vater zum Ausdruck brachte, enttäuscht von mir zu sein, da ich »zu ängstlich« sei, den Staffelstab der experimentellen Gynäkopsychiatrie aufzunehmen, sein Vermächtnis, ja sogar der Grund, weswegen die Vorsehung ihn erschaffen hatte. Gedrängt, ihm bei seinen Experimenten zur Hand zu gehen, als er 1853 zum Leiter der Staatlichen Heilanstalt für weibliche Geisteskranke in Trenton, New Jersey, aufstieg, ertrug ich es schon kaum, auch nur die stickige, fäkulente Atmosphäre des Experimentallabors im obersten Stockwerk von North Hall zu betreten; genau wie meine Geschwister musste ich mir manche Nacht Kissen auf den Kopf drücken, um die aus diesem Höllenort dringenden Schreie zu dämpfen, die in unseren Haushalt auf dem Gelände der Anstalt drangen, wenn der Wind aus dieser Richtung wehte; ich war außerstande, den Staffelstab zu ergreifen, das heißt Skalpell & Kürette, die Silas Weir an mich weiterreichen wollte, damit ich sein Vermächtnis auf dem Gebiet der Gynäkopsychiatrie fortführe.

Ein einziges Mal nur von Vater betraut, eine unbotmäßige Vertragsschuldnerin mit der Peitsche zu maßregeln, habe ich ihn ein weiteres Mal im Stich gelassen, zum Glück ohne sein Wissen.

Meine politischen Ansichten, die dem Abolitionismus zuneigten, waren in Philadelphia, New York & Boston für die Zeit nicht radikal, aber in New Jersey, wo ich in Vaters Haushalt aufwuchs, ziemlich deplatziert; da Vater selbst wie alle Weirs in Neuengland zu einer moralischen Missbilligung der Sklaverei tendierte, war er nicht grundsätzlich anderer Ansicht als ich, widersprach aber, geriet sogar in heftige Erregung, wenn ich mich im Beisein bestimmter Kollegen, die, wenngleich nicht selbst Sklavenhalter, der moralischen Frage der Sklaverei gleichgültig gegenüberstanden, zu deutlich dagegen aussprach.

Wie viele Nordstaatler, ja wie Abraham Lincoln selbst, glaubten die Weirs nicht, dass schwarze Männer & Frauen »gleich viel wert« wie Weiße waren, lehnten als Christen aber Besitzsklaverei ab. Erbittert wurde zu dieser Zeit darüber debattiert, eine Kontroverse, die sich wohl nicht einmal durch den Bürgerkrieg beilegen ließ, ob die wohlhabenden Sklavenhalter des Südens Reparationen für ihre Verluste erhalten sollten oder nicht & ob schwarze Sklaven zur »Rückkehr« nach Afrika angehalten werden oder zu Bürgern der Vereinigten Staaten gemacht werden & das Wahlrecht erhalten sollten (das heißt, die männlichen Schwarzen). An solchen Themen entzündeten sich unfehlbar zornige Debatten, häufig innerhalb der Familien & erst recht zwischen Vätern & Söhnen. Meine Beziehung zu meinem Vater war stark von diesen Meinungsverschiedenheiten geprägt, die nie ganz ausgeräumt wurden.

Doch Vater blieb nichts anderes übrig, als mir zu verzeihen, denn ein erstgeborener Sohn & Erbe ist unbezahlbar für einen Christen, der sich als Teil einer langen Abstammungslinie betrachtet, die bei Moses persönlich ihren Anfang nahm. Und wirklich ist keiner meiner fünf Brüder unserem Vater in die Medizin gefolgt, geschweige denn in die Gynäkopsychiatrie; auch hat nicht eine unserer drei Schwestern einen Arzt geheiratet, & das trotz der Fülle von jungen Ärzten, die um sie als Töchter des berühmten (wenngleich umstrittenen) Silas Weir warben.

Einige von ihnen werden meine Entscheidung, Passagen aus Vaters Tagebuch wiederzugeben, die man als obszön, wenn nicht gar lüstern bezeichnen könnte, sehr kritisch sehen, desgleichen andere Passagen in dieser Biografie, die manche vielleicht abstoßend finden. Mein Anliegen aber war es, für die Geschichtsbücher ein vollständiges Porträt von Silas Aloysius Weir zu liefern & keine einseitige, herablassende Hagiografie der Sorte, wie sie bereits in zahlreichen Nachrufen erschienen ist.

Jonathan Franklin Weir

Exil: Morris County, New Jersey

1837

Aus der *Chronik eines Arztlebens*
von Dr. Silas Aloysius Weir

Denn die Ersten werden die Letzten sein & die Letzten die Ersten. Gelobt sei der Name des Herrn.

Diese ergreifenden Worte Jesu: meine Rettung. Wie viele Male laut vor mich hin gemurmelt während der Monate meines Exils im Morris County, New Jersey.

In tiefste Schande gefallen, wie in einen Höllenschlund, in die feuchten Sümpfe & gefährlichen Moore dieser ländlichen Wildnis, ein *verachteter armer Verwandter*, so hause ich beengt im Farmhaus eines Großonkels nördlich von Morristown, unter ärmlichsten Bedingungen, schlage mich mehr schlecht als recht als Arzt auf Bestellung durch, kann keine eigene Praxis betreiben, sondern bin gezwungen, wie ein Handelsvertreter mit Pferd & Wagen über tief zerklüftete ländliche Straßen zu ziehen, durch Mückenschwärme, die mir folgen wie eine altägyptische Plage.

Verbannt & so gedemütigt, dass nur Mutter von meinem Verbleib weiß, während mein Vater & die Familie in dem Glauben gelassen wurden, dass ich weiter bei einem angesehenen lang gedienten Arzt in Chestnut Hill, Pennsylvania, ausgebildet werde.

Diese Ungerechtigkeit! Mein Herz klopft heftig vor Entrüstung & Groll, hatte die Vorsehung mir doch ein ganz anderes Schicksal zugedacht: Lob & Ehre für die Korrektur des missgebildeten Schädels eines kleinen Kindes, eine Anstrengung, unternommen in der Hoffnung auf ein Fortschreiten der medizinischen Wissenschaft, aus reiner Nächstenliebe & ohne dabei einen Penny zu verdienen. Zumindest die Veröffentlichung in einer medizinischen Zeitschrift – ein Artikel von Dr. Silas Weir, Arzt, im *Boston Journal of Medicine.*

Vater wäre beeindruckt, die gesamte Familie – *wenn nur …*

Doch ich muss mein Schicksal tragen, wie ich mit der Zeit einsah – Jesus als Vorbild vor Augen.

Missverstanden, geschmäht, verraten – *gekreuzigt.*

Und nun dieses Interim in der Hölle, aus der ich, wofür ich mit Mutter nur beten kann, eines Tages erlöst werde.

Wer kann vorhersehen, wann diese meine stockenden Worte gelesen werden? Und von wem? Da ich fast zu gebrochen & erniedrigt bin, um nach diesem Stift zu greifen & zum Ausdruck zu bringen, was mich im Innersten bewegt.

Aus Chestnut Hill & aus dem Haus der Tyndales verstoßen. Aus der Zivilisation verstoßen.

Tabitha höchstwahrscheinlich nie mehr sehen; ohne Zweifel bereits vergessen von dem flatterhaften Mädchen, das mir in unnötiger Grausamkeit seinen Verlobungsring unter die Augen hielt.

Das Weib, die Gottesanbeterin. Unter dem Putz & dem Mieder, was für ein Teufel!

Ich habe mich bestimmt nicht getäuscht: Zwischen uns bestand ein Einvernehmen, gab es einen *Rapport.*

Und die Mutter, Mrs. Tyndale, dem Anschein nach so freundlich, drängt mich, in den Salon zu gehen, am Kamin Platz zu nehmen & mit ihr & den anderen den Tee zu nehmen, *als wären wir tatsächlich gleichgestellt.*

Meiner Vorfahren aus Neuengland rühmte ich mich nur in Maßen, indem ich die frühe Ankunft der Weirs am Hafen von Boston im Jahre 1679 schilderte. Ich habe weder meinen Vorfahr Thaddeus Leiden erwähnt, der in hoher Position in der Niederländischen Westindien-Kompanie Dienst tat, noch meinen Urgroßvater Demetrius Weir, der im Unabhängigkeitskrieg Adjutant von General Washington war; ich habe auch nicht von meinem Vater Percival Weir gesprochen, abgesehen von einem gemurmelten Beiseite zu Mrs. Tyndale, als es passend schien anzumerken, dass Vater einer der Gründer der Bank von Concord ist & dass mein ältester Bruder Franklin wie ich ein junger Arzt ist & am Beginn seiner Laufbahn steht. Denn ich hatte verstanden, dass die Tyndales, durch einen in Familienhand befindlichen Kornspeicher am Delaware River zu Wohlstand gelangt, erst seit relativ kurzer Zeit in Amerika ansässig & längst nicht so bedeutend waren wie die Weirs. Käme es zu einer Hochzeit, sollten unsere Familien vereinigt werden, wäre das ein geeigneter Zeitpunkt für solche Mitteilungen, & wie viel löblicher, sie sich noch aufzusparen.

Silas ist so überaus bescheiden! Wir hatten keine Ahnung, dass seine Herkunft so eindrucksvoll ist.

Seine Familie! So überaus eindrucksvoll.

Ich hegte die (naive) Hoffnung, dass ich der Welt schon bald das Gelingen meines ersten Experiments in *Schädelchirurgie* vermelden konnte. Mit der Sorgfalt eines Forschers & Wissenschaftlers wollte ich erst noch ein oder zwei weitere Kleinkinder mit Schädelmissbildungen operieren & das Verfahren vervollkommnen.

Das hätte die Familie Tyndale ohne Zweifel enorm beeindruckt & mich in ihrer Achtung steigen lassen – denn ich musste Tabithas Vater, Robert, einen der herausragenden Bürger von Chestnut Hill, erst noch kennenlernen.

Im Frühjahr 1835 hatte ich manch eine Nacht fiebrig wach gelegen & mir ausgemalt, wie Tabithas Augen aufleuchten würden, wenn ihr aufging, *wer Silas Weir ist* – eine Gestalt, die eines Tages den Erdball beherrschen & deren klinische Tätigkeit nicht auf Chestnut Hill & die Umgebung begrenzt bleiben würde. Wir brauchten kaum Worte für das Einvernehmen, das zwischen uns bestand – *sie* würde *mein* sein & alles, was *sie* durch Abstammung & Erbe besaß, würde *mein* werden.

Ein schöner Traum, unsanft durchkreuzt, als Tabitha eines Tages die Hand vor mir erhob & mir den Ring an ihrem Finger zeigte – erklärte, dass sie *verlobt* sei, mir durch einen sittsamen Blick & den Tonfall ihrer Stimme jedoch zu verstehen gab, dass sie, sollten die Umstände sich ändern, erwägen würde, die Verlobung aufzulösen, um mit Dr. Silas Weir, Arzt, ein anderes Leben zu führen.

Ich bin mir sicher, das habe ich mir nicht eingebildet. Meine Sinne waren überfordert, eine Schwäche stieg in meiner Brust auf – mir wurde klar, dass ich mich *ans Werk machen* musste.

Mich *sofort ans Werk machen* musste, wenn ich reüssieren wollte.

Daher musste ich mich mit Eifer meinen Experimenten widmen & hatte *keine Zeit zu verlieren*.

Einfacher Famulus, der ich war, gedachte ich, den Erfolg des Versuchs mit dem Schädel zuerst Dr. Strether mitzuteilen, ihm den wieder hergerichteten Kinderschädel vorzuführen & phrenologisch zu erläutern – das würde sicherlich seinen Beifall finden, hatte ich geglaubt, das Kind dank meiner Bemühungen nun ja »normal«. Hatte in meiner Naivität dem eitlen alten Mann schmeicheln wollen, indem ich anerkannte, wie viel ich *ihm* verdankte, der mich als ärztlichen Novizen unter seine Fittiche genommen & von Anfang an Vertrauen in mich gezeigt hatte; wollte sogar anbieten, ihn gewissermaßen am Erfolg der Operation teilhaben zu lassen.

Und doch – wie war es zugegangen! – missglückte der Eingriff & ich durfte ihn nicht bei einem anderen Kinderexemplar wiederholen.

Sogar zugegeben, die kleine Brush war von minderwertiger Abkunft, praktisch untermenschlich & durch eine unverständige Hebamme erkennbar beschädigt, doch sie *lebte*, als man sie mir brachte, & war *gestorben*, als ihre trauernde Mutter sie wegtrug – das konnte ich nicht bestreiten.

Und so kam es: Er, der der *Erste* hätte sein sollen, stieg zum *Letzten* ab.

Gezwungen, im Schutze der Dunkelheit aus Chestnut Hill zu fliehen, mein gesamter irdischer Besitz in einen Koffer passend, wie ein gewöhnlicher Verbrecher hastig die wenigen Kleidungsstücke, medizinischen Lehrbücher & -zeitschriften & meine Bibel hineingepackt, meine Werkzeuge für den Aderlass & diverse Mengen von Arzeneien, aus Strethers liederlichen Schränken stibitzt, deren Fehlen nicht bemerkt werden würde, & die Schuhmacherahle, derer ich mich für den Eingriff in den Schädel bedient hatte, freilich ungeschickt, & der ich mich in der Wildnis von New Jersey gedeihlicher zu bedienen hoffte.

Die Hermitage, Ho-Ho-Kus, New Jersey

1839

Aus der *Chronik eines Arztlebens*
von Dr. Silas Aloysius Weir

»Dr. Weir – Sie müssen mit mir kommen, sofort, mein Herr bittet Sie.«

Die Überraschung meines Lebens – der Tag, der über meine Zukunft entscheiden sollte –, endlich!

Ein drückend heißer Junitag im feuchtheißen Morris County, New Jersey, an dem mein Denken zu zerfließen & zu modern begann wie schwärende Hirnmasse in einem Eimer & es für mich wenig Hoffnung gab außer lebenslanger niedriger Dienste in der ländlichen Gegend nördlich von Morristown mit ihren kleinen armseligen Farmen & Siedlungen, nicht mehr als triste unbefestigte Straßen, wo ein Arzt vermutlich mit Naturalien – geköpften Hühnern, Scheffeln unenthülsten Getreides, gebündeltem Feuerholz – entlohnt wurde, wenn es überhaupt einen Lohn gab; an diesem Tag, an dem meine Hoffnung, als forschender Wissenschaftler Pionierarbeit zu leisten, fast vollends zerschmettert worden wäre unter der Last der schieren Existenz als *armer Verwandter* auf dem Landgut meines Großonkels, im Rang kaum höher als seine bunt zusammengewürfelte Diener- & Arbeiterschaft; an diesem Tag, an dem ich um die Mittagsstunde in meine beengte Behausung zurückgekehrt war, benommen vor Erschöpfung & Demütigung, nachdem ich zu einem Patienten gerufen worden war, der sich, als ich ihn schließlich ausfindig machte, als adipöses Schlaganfallopfer von Ende siebzig erwies, bereits im Todeskampf befindlich, sodass nicht einmal unser Heiland persönlich ihn noch hätte retten können; an diesem Tag zur Hermitage Ho-Ho-Kus in der Gemeinde Bergen, dem abgelegenen Gehöft der Familie Rosencrantz gerufen, die mehrere Baumwollspinnereien am Bach Ho-Ho-Kus besaß & deren Reichtum 1839 bereits legendär war.

Die *Hermitage!* – Die Verwandten, bei denen ich logierte & die kaum sonderliche Begeisterung über meine dürftigen Neuigkeiten, geschweige denn meine Anwesenheit bekundeten, waren von dieser Aussicht wirklich beeindruckt & wünschten mir aufgeregt gute Reise.

Das Familienoberhaupt Elijah Rosencrantz hatte mir sogar seinen Wagen geschickt, einen Zweispänner samt livriertem Kutscher, der mich so schnell wie möglich nach Ho-Ho-Kus bringen sollte. Ausnahmsweise musste ich nicht selbst mit Pferd & Wagen fahren wie ein reisender Händler!

Auf Landstraßen über Stock & Stein, die Zähne klapperten mir im Kopf. Meine Tasche auf den Knien, die ich fest umklammerte.

Ich gebe es zu – mir war sehr bange. Ich konnte es mir nicht leisten, abermals zu scheitern; eine Chance wie diese würde sich wohl nicht noch einmal bieten.

»Gott steh mir bei! Das ist das letzte Mal, dass ich dich bitte, versprochen.«

In meiner fiebrigen Fantasie malte ich mir aus, ich sei zur Hermitage gerufen worden, um ein Mitglied der Familie Rosencrantz zu behandeln – den in die Jahre gekommenen Elijah selbst?

Oder – seine Frau? Tochter?

Ich hätte es eigentlich merkwürdig finden müssen, dass eine wohlhabende Familie nicht über einen eigenen Arzt oder eigene Ärzte verfügte, die in der Nähe lebten, & darauf angewiesen sein sollte, im Notfall einen Fremden beizuziehen, meine fiebrige Fantasie gab mir jedoch ein, es könne sich bei dem Patienten um ein weibliches Familienmitglied handeln. Könnte ich so einen Patienten behandeln? Brachte ich den Mut dafür auf?

Es war schon nicht leicht gewesen, in Tabithas Gegenwart nicht zu stammeln & zu erröten. Bei dem Gedanken, eine Patientin aus guter Familie zu behandeln, war mir ganz flau …

Ich wollte mich aufmuntern: War der Patient ein Mädchen oder eine Frau von den Rosencrantzes, wäre bestimmt eine weitere Verwandte bei der Untersuchung zugegen. Ein männlicher Arzt durfte mit einer Frau nicht allein in einem Raum sein, das also bliebe mir erspart. Sicherlich würde eine andere Frau aufpassen. Eine Mittlerin. Oder ein männlicher Verwandter. *Irgendjemand.*

Während der einstündigen Holperfahrt nach Ho-Ho-Kus jagten meine Gedanken wie toll dahin: wie denjenigen ansprechen, der mich empfing, wer immer es war, wie überhaupt sprechen; immer daran denken, *Kopf hoch, Schultern nach hinten &*, wie Mutter mich stets ermahnte, & *sie nicht hängen lassen.*

Aufpassen, nicht nervös zu schlucken, mir nicht die (trockenen, ausgedörrten) Lippen zu lecken. Mich nicht zu räuspern, was ich offenbar tat, ohne es zu merken, denn in der Familie meines Großonkels wurde häufig über eine »unerträgliche« Angewohnheit geklagt, die ich angenommen hätte, ein sehr unschönes Geräusch, das anderen zu Ohren kam & sie sehr verärgerte.

Ich war zwar sehr unruhig, aber auch beglückt & hochgemut, dass Elijah Rosencrantz *mich* gerufen hatte.

Wie hatte der Fabrikbesitzer überhaupt von mir erfahren? Die Zahl meiner »Erfolge« bei den einfachen Patienten im Morris County übertraf kaum die meiner »Fehlschläge« – in manchen Fällen waren »Erfolg« & »Misserfolg« kaum zu unterscheiden.

Elijah Rosencrantz galt als einer der erfolgreichsten Kaufleute im Norden von New Jersey, bei denen, die gezwungen waren, Geschäfte mit ihm zu machen, ebenso gefürchtet wie verhasst. Als ehrgeiziger junger Mann von Anfang dreißig, erst seit Kurzem in New Jersey ansässig, hatte er es durch Geschäfte mit Baumwollplantagen im Süden bereits zu einem kleinen Vermögen gebracht. Persönlich zwar ein entschiedener Gegner der Sklaverei, machte er jedoch trotzdem lukrative Geschäfte mit Sklavenbesitzern & deren Teilhabern. Von seinem erworbenen Vermögen hatte er das als Hermitage in Ho-Ho-Kus bekannte Anwesen gekauft, ein im holländisch-amerikanischen Stil errichtetes Herrenhaus aus Stein mit vierzehn Zimmern, in dem während des Unabhängigkeitskriegs General Washington & seine Adjutanten logiert hatten; wenig später war es der Wohnsitz von Aaron Burr & seiner Frau gewesen, bevor sie nach Manhattan zogen & die anrüchigste Phase in der Laufbahn dieses ehrgeizigen & umstrittenen Politikers begann.

Selbst seinen Konkurrenten galt Elijah Rosencrantz als »streng, aber gerecht« – doch obwohl er mit dem Abolitionismus sympathisierte & eher wegschaute, wenn entlaufene Sklaven auf dem Weg in die Freiheit in Ontario die Hermitage passierten, handelte es sich bei einem großen Teil seiner Arbeitskräfte um Dienstschuldner, vertraglich verpflichtet, viele Stunden pro Tag ohne jeglichen Lohn, nur gegen Kost & Logis zu arbeiten, & das zuweilen sieben Jahre lang.

Schwarze Sklaven gab es in Concord, Massachusetts, natürlich nicht. Praktisch die ganze Stadt war abolitionistisch. Die Familie Weir beschäftigte auch keine Schuldknechte – Vater glaubte nicht an solche Dienstverhältnisse, die, rechtlich gesehen, im Grunde auf das Gleiche hinausliefen wie Sklaverei, da Dienstschuldner nicht dieselben Rechte wie amerikanische Staatsbürger besaßen & die Knute, unter der sie den Tod fanden, Arbeit oder die Peitsche sein konnte, wofür ihre Herren nur gering bestraft wurden. Ein wesentlicher Unterschied war, dass Schuldknechte meist zur weißen Rasse gehörten & keine bewegliche Habe waren – ihre Nachkommen also nicht ihren Herren gehörten, sondern ihnen selbst.

Als Christ lehnte ich die Sklaverei & einen Schuldendienst, wie er für die Kinder von ihren Vätern in Europa vertraglich vereinbart wurde, um ihre Überfahrt nach Amerika zu bezahlen, aus tiefstem Herzen ab, & es dünkte mich eine besondere Form von Grausamkeit, dass Väter ihren eigenen Nachwuchs gegen Gewinst verkauften. Eine weitere Gefahr bestand darin, dass Herren, wenn die Arbeitskräfte ihre Dienstschuld bis auf wenige Monate abgeleistet hatten, nicht mehr viel Grund dafür sahen, sie weiter zu verköstigen oder medizinisch versorgen zu lassen, sondern ihre Pflichten in den Wind schlugen, wenn der Vertrag auslief.

Auch wenn Vertragsschuldner keine Besitzsklaven waren wie die grausam unterjochten Afrikaner, konnte der Umstand, dass ihre Kinder nicht ihren Herren gehörten, sondern freie, niemandem verpflichtete Amerikaner wurden, für sie eine Gefahr sein; denn während der Sklavenhalter seine schwangeren Sklavinnen naturgemäß gut genährt wissen wollte, damit sie eine neue Generation von Sklaven zur Welt brachten & seinen Reichtum mehrten, hatte der Dienstherr der Arbeitsschuldner kein Interesse am Wohlergehen einer neuen Generation oder einer schwangeren Frau. (Durchaus möglich, dass eine Dienstmagd, die das Pech hatte, geschwängert worden zu sein, zu verhungern drohte, getreten oder dazu gebracht wurde, eine bestimmte

Arznei zu schlucken, was eine Fehlgeburt zur Folge hatte, wie ich bald feststellen sollte.)

Zum Hausstand meines Großonkels gehörten mehrere Schuldknechte, sodass ich mich nicht unverhohlen kritisch über diese Sitte zu äußern wagte. Mein Großonkel war kein grausamer Herr, da er ein wohlhabender Gutsbesitzer war & ein ansehnliches Grundeigentum besaß. Philosophisch betrachtet, dünkte es mich, dass diejenigen von uns, die für Almosen arbeiten mussten, in gewissem Sinne ebenso »versklavt« waren; wir waren frei, das ja, aber frei zu hungern. Doch ich schwor mir, dass ich Mutter nicht noch einmal um Geld bitten würde, nur um Verständnis & Mitgefühl & um ihre Gebete; denn nach über einem Jahr war Vater noch immer nicht darüber im Bilde, wie unsanft ich aus Chestnut Hill fortgeschickt, ja schändlich gehasst *aus dem Staat Pennsylvania verbannt* worden war.

Man hatte vermutlich auch schon andere Ärzte in die Hermitage gerufen & wieder andere fortgeschickt, die den Hausherrn nicht zufriedenstellten. Wenn ich mich von der Vorsehung leiten ließ, *würde ich nicht scheitern.*

»Dr. Weir – hier entlang, bitte.«

Zu meiner Enttäuschung fügte es sich so, dass ich nicht mehr als einen flüchtigen Blick, & das aus vielleicht hundert Metern Entfernung, auf das schmucklose Steinhaus auf einer Anhöhe über dem Ho-Ho-Kus-Bach werfen konnte: ein Furcht einflößendes Bild in schimmernder Sonne, inmitten von üppigem Grün & roten Kletterrosen, so lebendig wie entblößte Herzen.

Bei späteren Besuchen der Hermitage konnte ich die Anlage des großen, 1750 aus Feldstein & Mörtel errichteten Hauses aus größerer Nähe bewundern; mit den steilen Holzschindelgiebeln, den hoch aufragenden Schornsteinen & den sehr schmalen Fenstern gemahnte sein Erscheinungsbild eher an eine Festung als an ein Wohnhaus, war insgesamt aber sehr eindrucksvoll, größer als jedes Anwesen in Chestnut Hill.

(Was *Ho-Ho-Kus* betrifft: Der seltsame Name soll auf den Stamm der Lenape-Indianer zurückgehen & das Geräusch von *Wind, der durch die Bäume streicht*, heraufbeschwören. Passend für den dichten Wald aus Laubbäumen & Tannen oberhalb des Ho-Ho-Kus-Bachs, der auch die Hermitage umgab.)

Bei meiner Ankunft zeigte sich schon bald, dass ich nicht zum Herrenhaus gerufen worden war, auch nicht zu einem der kleineren Wohnhäuser nahebei, sondern vielmehr zu einer dicht gedrängt stehenden Häuserreihe auf der Rückseite, von Wirtschaftsgebäuden verdeckt, dem beengten Quartier von Arbeitern, aus dem ein stechender Geruch nach entzündetem, ungewaschenem Fleisch drang, der mich in der Nase zwickte & mir Tränen in die Augen trieb.

Ach! – wenn das kein Abstieg in den Hades war, schändlich für einen Arzt aus einer aufrechten Familie aus Concord, Massachusetts!

Von einem Verwalter von Mr. Rosencrantz in Kenntnis gesetzt, dass ein Arbeitsmann »einen bedauerlichen Unfall erlitten« habe – (dies in einem Ton, dem es schockierend an Respekt mangelte) –, bot sich mir ein herzzerreißender Anblick, auf den ich, wie ich zugeben muss, ganz & gar nicht vorbereitet war, hatte ich mir doch so lebhaft eine Patientin vornehmer Art vorgestellt & nicht das: einen jungen Mann mit bloßer Brust, der auf der Seite im Schmutz lag, dem Anschein nach im Fieberdelirium, besinnungslos aufgrund seiner Wunden, der breite, muskulöse Rücken glänzend von Blut & von Fliegen wimmelnd; das Gesicht schmerzverzerrt & mit Schweißperlen bedeckt. Von den Wunden abgesehen ein Prachtexemplar von Mann, ungefähr in meinem Alter.

»Ein Unfall? Was für ein Unfall?«, konnte ich in meiner

Naivität nicht widerstehen zu fragen, doch der Aufseher ging nach kurzem verächtlichem Blick in meine Richtung seiner Wege.

Ein halbes Dutzend seiner Kameraden umgab den Verwundeten auf der Erde in geringer Entfernung & beäugte mich mit Misstrauen.

Ah, ich verstand: Dies war eine *Auspeitschung*. Es war überwältigend, zum ersten Mal in meinem Leben die entsetzliche Auswirkung einer Peitsche auf die nackte Haut eines Menschen zu sehen, die sie in rohes, schwärendes Fleisch verwandelte, auf dem sich Fliegen niederließen & ihn noch mehr quälten.

Ich erkundigte mich bei den Umstehenden, was um alles in der Welt der arme Teufel getan hatte, das so eine Bestrafung verdiente, & begegnete dezidiert leeren Gesichtern, so als hätte ich eine sehr dumme Frage gestellt, die niemand einer Antwort zu würdigen gedachte.

Schließlich lachte eine kräftig gebaute Frau von ungefähr vierzig mit großen, funkelnden Augen, geröteten Wangen & muskulösen Schultern, das Haar ein Gewirr heller Löckchen um die derbe Haut ihres Gesichts, voller Hohn. Und stieß mit starkem Akzent zornig auf Englisch hervor: »Verdienen? Was soll das sein, Doktor, verdienen? Hier gibt es kein Verdienen.«

Wie in einem Fieberdelir starrte der junge Arbeiter mit der bloßen Brust mich aus angstvoll aufgerissenen Augen an, als wäre ich in meiner dunklen Ärztetracht, die Tasche in der Hand, eine Gestalt aus einem Albtraum, herbeigerufen, um ihm weiteres Leid zuzufügen. Ich beeilte mich, ihn zu trösten: »Ich bin Dr. Silas Weir, Arzt. Ich bin hier, um mich um dich zu kümmern. Hab keine Angst!«

Diese Worte, mir wie aus sich selbst heraus eingegeben, schienen den jungen Mann zu beruhigen, der mich nun mit einem Anflug von kindlicher Hoffnung ansah.

Eine wilde Freude durchströmte mich. *Noch nie zuvor hatte jemand meines Trostes bedurft* – nicht auf diese Weise.

Dass ich – Dr. Silas Weir, Arzt – mancherorts verachtet & als Außenseiter betrachtet wurde, konnte *nützlich sein.*

Zu meinem größten Erstaunen empfand ich nicht wie sonst Angst bei der Behandlung eines Patienten, sondern vielmehr Mitleid & Erbarmen, denn der junge Mann war einer von mehreren zur Arbeit auf dem Gut von Mr. Rosencrantz verpflichteten Schuldknechten & kein amerikanischer Staatsbürger. In ihren Augen besaß ich einen Nimbus von Autorität, mir verliehen durch ihren Dienstherrn.

Es stellte sich heraus, dass ich ab diesem Tag der Wunder, mit der Autorität der Hermitage ausgestattet, als Arzt fortan Patienten aus der Arbeiterklasse oder noch niedrigeren Schichten viel souveräner behandelte, vor allem unglückliche Teufel wie diesen schlimm ausgepeitschten jungen Mann mit der bloßen Brust.

Und dass ich mit meiner Großherzigkeit als Christ Außenstehende überraschte & ihr Misstrauen gegen mich zerstreute, indem ich den Patienten so fürsorglich behandelte, seine Wunden mit eigenen Händen, wenngleich etwas ungeschickt auswusch, nicht nur die frischen von der Auspeitschung am Vormittag, sondern auch ältere, die nicht verheilt & unter der Peitsche wieder aufgeplatzt waren, ein Gewirr von Wunden, schwärend & von Maden befallen – schrecklich anzusehen.

Ich erwarb mir, wie ich glaubte, sogar den ungern gezollten Respekt der stämmigen Frau, die sich erbötig machte, mir zu assistieren, als sie sah, dass ich es ehrlich meinte, wenn auch (etwas) unerfahren war.

Ich blieb zurückhaltend, während ich den Patienten behandelte, erkundigte mich weder nach der Identität desjenigen, der den Mann ausgepeitscht hatte, noch nach den näheren Umständen, die dazu geführt hatten. Solche Strafen sind, könnte man sagen, *höhere Gewalt.* Es stand mir als vom Herrn der Hermitage Gedungenen nicht zu – nicht heute & nicht später –, einen seiner Angestellten zu beschuldigen, hieße das doch, *ihn* zu beschuldigen, wenn auch indirekt.

Ich verfügte über keinerlei Mittel & Wege herauszufinden, was der junge Arbeitsmann getan haben mochte, um so eine Strafe zu provozieren, dumm & kräftig, wie er war, vermutlich ein Hitzkopf wie alle solche jungen Männer, die es schlecht vertrugen, Anweisungen von Höherstehenden entgegenzunehmen.

Es ging mir allerdings zu Herzen, dass der Patient, als er schließlich imstande war, etwas zu sagen, vor Dankbarkeit für meine ärztliche Pflege weinte; auch er sprach Englisch mit starkem Akzent, mir als *Slawisch* kenntlich gemacht. Ich sann darüber nach, dass das Empfinden von Schmerz, genau wie das Empfinden von allem Unbehagen oder von Ungerechtigkeit, stark von der gesellschaftlichen Stellung des Patienten abhängt: Je größer ihre Armut, wie bei der liederlichen Brush, desto robuster waren sie, fühlten Schmerz nicht wie gebildetere & wohlhabendere Personen. Es war nicht in erster Linie eine Frage der Geschlechtszugehörigkeit – eine muskulöse dumme Frau wäre weniger anfällig für Schmerz als ein Mann in höherer Stellung.

Es gelang mir nicht nur, Wunden auszuwaschen, zu nähen & zu verbinden, so übel, wie ich sie noch nie versorgen musste, die Vorsehung stellte mir auch eine Krankenschwester zur Seite – die stämmige Frau mit der derben Haut, die über meine Frage gelacht hatte & sich als die »tüchtigste Hebamme« für die Arbeiterinnen in der Hermitage erwies: eine der Dienstschuldnerinnen namens Betje, aus Amsterdam stammend, die mir über die Jahre bei künftigen Visiten in der Hermitage zur Hand gehen sollte.

Was für ein Segen! Ohne Betje wäre diese *Chronik eines Arztlebens* ganz anders ausgefallen.

Wenn ich zögerte oder nicht weiterwusste, kam Betje mir

wortlos & unaufgefordert zu Hilfe. Wo die langgediente Schwester in Strethers Ordination mir als dem niedrigen Famulus gegenüber häufig unverschämt war, kannte Betje *immer ihren Platz*, war ich doch der von ihrem Dienstherrn einbestellte Arzt & sie nur eine bescheidene Dienstmagd, (noch) nicht einmal amerikanische Staatsbürgerin. Und natürlich war Betje schon viel länger eine ausgebildete Hebamme als ich ein zertifizierter Arzt.

An jenem drückend heißen Junitag war ich mit einer Arzttasche voller Medizin zur Hermitage gekommen & verabreichte meinem Patienten eine großzügige Dosis Belladonna, Johanniskraut & Laudanum, die die Heilung beschleunigen, Schmerz dämpfen & den Schlaf fördern; all das mit Betjes Zustimmung, denn als bloße Hebamme hatte sie keinen Zugang zu solchen Medikamenten für ihre Patienten, sondern musste mit dem auskommen, was sie zu der jeweiligen Zeit auf dem Feld ernten konnte.

Da es mit dem jungen Arbeitsmann überraschend gut ausgegangen war – (den, wie sich herausstellte, der zuvor in die Hermitage gerufene Arzt als »dem Tod geweiht« abgeschrieben hatte) –, behandelte ich auf Geheiß des Verwalters noch mehr Verletzte & Kranke, darunter Fabrik- & Feldarbeiter, einige Kinder & jüngere Menschen, Frauen verschiedenen Alters, auch Schwangere & solche, die kürzlich entbunden & sich nicht erholt oder die eine Fehlgeburt erlitten hatten. Insgesamt waren es wesentlich mehr Patienten, als ich an einem Tag behandeln konnte, & daher wurde gewünscht, dass ich im Laufe der Woche noch einmal zur Hermitage kam & in der folgenden Woche noch einmal. Sie können sich meine Freude darüber vorstellen, dass Mr. Rosencrantz mit meiner Arbeit zufrieden war & mich großzügig entlohnte! – durch seinen Verwalter, heißt das.

Alles in allem waren meine Patienten in der Hermitage ein bunt zusammengewürfelter Haufen, schon weil sie verschiedenster Nationalität waren – Holländer, Deutsche, Norweger, Schotten, Iren.

Einige litten an stark entzündeten Wunden (manche unverkennbar von Peitschenhieben auf den bloßen Rücken herrührend), an Sonnenstich, wenn sie in praller Sonne auf Äckern arbeiteten, auf denen Mais, Bohnen, Kohl & andere Feldfrüchte angebaut wurden, & an allen Arten von Unfällen unter klappernden Mühlwerken & bäuerlichem Gerät. Verstauchte & gebrochene Gliedmaßen, zertrümmerte Kniescheiben & Wirbel, Geschwüre, eiternde Wunden, Ballenzehen, Hernien, Zysten & tumoröse Geschwulste, eingewachsene Zehennägel, Fieber & fiebrige Erkältungen, Darmgrippe, Verstopfung, Diarrhö, Wassersucht, Gicht, Pfeifatmung & Kurzatmigkeit, Arthritis, Herzrasen, Brustschmerzen, alle Arten von Frauenleiden & uneheliche Schwangerschaft. Zuweilen litten die Betreffenden offenkundig an einer schweren Krankheit, die meine diagnostischen Fähigkeiten aber überstieg; viele davon waren bereits als »dem Tode geweiht« aufgegeben worden, erwachten nach meiner Fürsorge & unter Zutun der tüchtigen Betje aber wieder halbwegs zum Leben & konnten zur Arbeit zurückkehren.

War ein für sieben Jahre verpflichteter Dienstschuldner wochen- oder monatelang arbeitsunfähig, wurde diese Zeit dem Vertrag natürlich von Gesetzes wegen zugeschlagen. Je häufiger jemand krank oder verletzt war, desto länger dauerte der Schuldendienst, der schon einmal die gesamte Lebensspanne eines Menschen umfassen konnte, da die Schuldner im Allgemeinen nicht lange lebten. In ihrem niederländisch gefärbten Englisch, das klang, als wäre ihre Zunge zu groß für ihren Mund, erklärte Betje mir, sie hätte ihre »Freiheitsrechte« schon vor Jahren erhalten müssen, habe aber wegen Krankheit & Schwangerschaften nicht durchgängig arbeiten können, sodass ihr Vertrag mit den Rosencrantzes mehrere Male verlängert worden sei.

»Mittlerweile ist es ein Witz, Doktor: Ich werde niemals frei sein – sie werden mich arbeiten lassen bis zu dem Tag, an dem ich sterbe, & am Morgen dieses Tages werden sie mich mein eigenes Grab schaufeln lassen.«

Betjes Lachen war schrill & nicht eben feminin, ihre schwerfällige Sprache tat meinen empfindlichen Ohren weh, doch ich gab mir alle Mühe, ihr mit Anteilnahme zuzuhören. Es kostete mich einige Anstrengung, nicht vor dem strengen animalischen Geruch des Körpers der Frau zurückzuweichen, der nicht annähernd so oft gewaschen wurde, wie es angebracht gewesen wäre, denn Betje war eine Landarbeiterin, deren Domäne das Melken & die Versorgung der Kühe in dem großen Kuhstall war. Ihre Schultern hingen nach dem langen anstrengenden *Melken* herab, & der ranzige Milchgestank an ihren Händen ließ sich nicht mehr abwaschen.

Früher hatten sich Patienten kaum einmal bei mir bedankt & einige mich sogar unverhohlen kritisiert, daher rührte es mich sehr, dass ich in der Hermitage so respektiert wurde. Nicht nur der junge, so schlimm ausgepeitschte Arbeitsmann dankte mir, sondern auch andere, die ich gar nicht behandelt hatte, die jedoch dankbar dafür waren, dass ich ihre Familienangehörigen & Kameraden versorgt hatte. In der Hermitage lernte ich, für mich sehr befriedigend, mit Ruhe & Autorität & nicht mit Zaudern & Zagen vorzugehen. Schon bald fürchtete ich mich nicht mehr bei der Aussicht, Frauen dieses niedrigen Rangs, ob jung & wohlgeformt oder älter & verunstaltet, ob schön oder ganz gewöhnlich oder gar abstoßend, zu untersuchen & zu behandeln.

Wie kam das? Darüber habe ich viel nachgedacht & in meinen Tagebüchern ausführlich geschrieben.

In gewisser Hinsicht ist es degoutant, den weiblichen Körper zu genau anzusehen, ein Fluch des Fleisches, was kluge Frauen als eine von Eva überkommene Schuld anerkennen; weniger das Erscheinungsbild der Mammae, die, sofern sie schicklich geschnürt & gekleidet sind, ansehnlich sein können, als vielmehr die unteren Regionen von der Schenkelmitte aufwärts, wahrhaftig ein Dreckloch, seltsamerweise freilich identisch mit dem Geburtskanal mit seiner heiligen Mission.

Bei den Frauen in der Hermitage hatte ich jedoch ebenso wenig wie bei den Männern das Gefühl, in verbotenes Gelände einzudringen, sondern dass ich als Arzt von höherem Rang berechtigt war, zu tun, was ich wollte, ohne die Ansichten anderer zu berücksichtigen. Als Christ war ich natürlich *verpflichtet, Gutes zu tun.*

Uns wurde beigebracht, dass Hautfarbe alles ist & dass es »höherwertige« & »minderwertige« Rassen gibt. Meine eigene Ansicht hierzu ist aber komplizierter & beruht nicht allein auf Hautfarbe oder Erziehung, sondern berücksichtigt neben diesen auch die gesellschaftliche Stellung.

Ich wäre nämlich, müsste ich vornehme, aus einem alten afrikanischen Geschlecht stammende Schwarze untersuchen, zweifellos nicht weniger verlegen als bei der Begegnung mit vornehmen Weißen; wohingegen es bei den arbeitenden Klassen keinen Grund zum Zögern gibt, sie sind doch dankbar für jeden Dienst, den wir ihnen in unserer Großzügigkeit erweisen.

Bald darauf wurde Dr. Silas Weir, Arzt, zu einem Heilsbringer für die Patienten in der Hermitage; sie lernten allmählich, keine Angst vor mir zu haben wie ehemals bei anderen Ärzten, deren Behandlung sich darin erschöpfte, sie zur Ader zu lassen, ganz gleich, ob sie bei einer Auspeitschung oder einem Unfall bereits viel Blut verloren hatten. (War der *Aderlass* zu Heilzwecken allerdings offenkundig geboten, zögerte ich nicht, ihn anzuwenden.) Wenn die Peitsche des Aufsehers ihnen die Haut aufriss, war ich es, der die Blutungen ihrer Wunden stillte & die Entzündungen mit Betjes Hilfe auswusch; wenn es keine Hoffnung mehr gab & *ihre Zeit* gekommen war, war ich es, der ihnen eine letzte Dosis Laudanum gab, um ihren Schmerz zu betäuben & ihre aufgewühlten Herzen zu beruhigen. Ich sprach in Ruhe mit ihnen, wie man mit Kindern sprechen mag, & bewies nur Geduld, Freundlichkeit & christliche Seelenstärke.

Selbst wenn ich ein gangränöses Körperglied nicht vor Amputation bewahren konnte oder ein im Leib der (oft noch sehr jungen) Mutter feststeckendes totes Kind mit einer Zange herausziehen musste & auch die darauffolgende wie ein Geysir sprudelnde Blutung nicht zum Stillstand brachte – so änderte sich durch meine Anwesenheit unverkennbar etwas, war doch in der Vergangenheit, wie mir berichtet wurde, ein hoher Prozentsatz der Kranken & Verletzten gestorben oder hatte, da zum Arbeiten unbrauchbar geworden, verhungern dürfen.

Dank meiner Sorgfalt erholte sich eine beeindruckende Zahl der Kranken schon bald wieder so weit, dass sie zur Arbeit zurückkehren konnte; eine so große, dass der Hausherr selbst auf mich aufmerksam wurde & eines Tages verlangte, dass ich zu ihm gebracht wurde, damit er mir persönlich danken konnte – Elijah Rosencrantz!

Nach all dem, was ich über Mr. Rosencrantz gehört hatte, den sogar viele seiner Angestellten zu fürchten schienen, war ich nicht auf die Vornehmheit & Liebenswürdigkeit gefasst, mit der er mich empfing, nicht in dem großen Steinhaus freilich, sondern auf einer beschatteten Veranda. Mr. Rosencrantz hielt es sogar für angebracht, mir meinen Lohn eigenhändig zu überreichen & nicht durch den üblichen Mittelsmann, & zwar mehr als die zugesagte Summe.

Ich dankte ihm in gesetzten Worten. Diese Großzügigkeit berührte mich tief.

Vor Ehrfurcht vor dem Mann fiel es mir schwer, die Augen zu seinem Gesicht zu erheben. Mein Eindruck war, dass Mr. Elijah Rosencrantz völlig mühelos Kraft ausstrahlte – von Gestalt schlank, die Haltung würdevoll & die Augen tief liegend wie bei einer Schildkröte.

»Sie haben mir eine erhebliche Summe Geldes erspart, Dr. Weir! Diese Schuldknechte sterben wie die Fliegen. Ich komme für ihre Überfahrt aus Europa auf, für jeden verdammten Bissen, den sie essen, & sie fressen wie Pferde & danken es mir, indem sie sterben. Die Iren sind die Schlimmsten! Iren sind *immer* die Schlimmsten! Sie trinken sich einen Rausch an & geraten in die Maschinen, um *mich* zu ärgern. Ich hoffe, mit diesen Torheiten hat es jetzt ein Ende.«

Mr. Rosencrantz lachte, nicht schroff, sondern mit einem Anflug von Ungläubigkeit, als könnte er nicht verstehen, wie schlecht er behandelt wurde & wie grob.

Sein Alter war schwer zu schätzen, vielleicht bereits vorgerückt – Ende sechzig oder Anfang siebzig? Oder war er viel jünger, litt aber an einer Krankheit & hatte Gewicht & den Großteil seiner Haare verloren? Seine Haut sah pockennarbig aus, wenn auch nur leicht, das linke Augenlid schien ein wenig herabzuhängen.

Ich hatte geglaubt, ich würde vielleicht eingeladen, zum Abendessen in der Hermitage zu bleiben, & würde bei der Gelegenheit den Damen der Familie Rosencrantz vorgestellt werden, doch das geschah nicht. Auch erkundigte sich Mr. Rosencrantz nicht nach meiner Familie, wie er es aus Höflichkeit, meinte ich, hätte tun können. (Denn ich hatte mir zurechtgelegt, was ich über die Weirs aus Concord, Massachusetts, berichten würde – welche von Vaters zahlreichen Fähigkeiten ich mit Rücksicht auf den großen Reichtum & das Ansehen meines Gastgebers erwähnen würde, maßvoll & bescheiden natürlich.)

Mit einem Mal, dünkte es mich, war unsere Unterhaltung beendet.

»Sie kommen wieder zu uns, Dr. Weir? Uns steht eine gefährliche Zeit bevor – Gelbfieber –, & sie werden jeden sich bietenden Vorwand nutzen & wie die Fliegen umfallen. *Sie* halten sie auf den Beinen, hm?«, sagte er & zwinkerte mir zu, statt mir wie erwartet rasch die Hand zu schütteln. Schon erschien ein Verwalter an meiner Seite & geleitete mich von der Veranda zu dem wartenden Wagen.

An jenem Abend schrieb ich Mutter: *Heute habe ich einem höchst illustren Herrn die Hand geschüttelt – Elijah Rosencrantz persönlich. Mein Glück hat sich endlich gewendet!*

Anfangsjahre als praktizierender Arzt

1846–1851

Aus der *Chronik eines Arztlebens*
von Dr. Silas Aloysius Weir

In der Folge wurde mein Leben durch die Gunst von Elijah Rosencrantz & seiner Familie & durch meinen Umzug in eine bescheidene Bleibe in Ho-Ho-Kus, mit der Fähre vierzig Minuten von Manhattan entfernt, auf den Kopf gestellt.

Dem Schicksal eines niedrigen, von jedermann geschmähten *Landarztes* entronnen & auf eine ganz andere Ebene gehoben durch meine Fähigkeit, mich der Kranken & Verletzten anzunehmen, die es gab wie Sand am Meer; denn wie Mr. Rosencrantz gesagt hatte, trafen Dienstschuldner, zu sieben Jahren Arbeit verpflichtet, an unseren Küsten ein, dass es seine Art hatte, wurden schon bald krank, trugen Verletzungen davon oder fielen wie zur Schur der Person, die für ihre Überfahrt bezahlt hatte, tot um.

Von diesen Fabrik- & Landarbeitern, die in fremden Zungen stammelten oder Englisch so radebrechten, dass man sie kaum verstand, hielten nur wenige robuste Naturen durch & wurden vollwertige Bürger der Vereinigten Staaten. Von den in ihren Reihen geborenen Kindern überlebten nur sehr wenige – zweifellos ein Segen.

Am verblüffendsten für mich war, dass meine Angst vor Patienten, vor allem meine Angst vor Frauen von vornehmem Stand, nachließ, während ich Selbstvertrauen bei Patienten von niedrigerem Stand gewann; meine Angst war die des jungen Anfängers gewesen, der vor dem Urteil anderer zurückschreckte, wohingegen mir bei diesen Patienten vermittelt wurde, dass ich von *ihnen* wenig oder nichts zu befürchten hatte.

Ein junger Arzt muss lernen, selbstsicher aufzutreten, & darf sich Ängstlichkeit, Furcht oder Verzweiflung nicht anmerken lassen. Nicht der hippokratische Eid – *Richte keinen Schaden an* – leitet ihn, sondern vielmehr: *Zögere nicht bei deinen Entscheidungen, ob du nun Schaden anrichtest oder nicht.*

Die bei Weitem schwierigste Aufgabe stellt sich für den jungen Arzt durch das, wie man es nennen könnte, *Frauenproblem.*

Noch in der erhabensten Form ihrer geistig-seelischen Existenz, als Mutter, Ehefrau, geliebtes Wesen, ist die Frau in ihrer leiblichen Existenz dennoch unentrinnbar *weiblich.*

Das physisch Abstoßende des weiblichen Körpers ist keine Frage von Rasse, ethnischer Identität oder Hautfarbe, sondern vielmehr ein Erbe Evas, was kluge Frauen auch anerkennen. Tatsächlich haben vornehme Frauen nicht die geringste Vorstellung davon, wie ihre *Genitalien* aussehen, genauso wenig ein Ehemann, denn der eheliche Akt von Verheirateten wird im Dunkeln vollzogen, zudem in gequältem Schweigen. (In meinen Anfangsjahren als Arzt war ich natürlich noch nicht verheiratet & vor meiner Hochzeitsnacht genauso *unberührt* wie meine liebe Braut.) Bei der Untersuchung von Frauen meines eigenen oder eines höheren Standes war ich nie so unbefangen wie bei Frauen aus niedrigeren Schichten. Bei den Fabrik- & Landarbeiterinnen & bei den Hausangestellten in den Diensten der Rosencrantzes erwarb ich eine innere Ruhe, fast Heiterkeit, die mir in späteren Jahren helfen sollte, als meine Praxis auch wohlhabendere Patientinnen einschloss; genau wie die medizinischen Experimente, die ich an den frühen Patientinnen vornahm, sich mit der Zeit als unschätzbar erwiesen.

Am wichtigsten war – & ich achtete streng darauf –, bei einer Untersuchung oder überhaupt in irgendeinem Raum niemals mit einer Patientin allein zu sein. Meist war ein männlicher Verwandter zugegen; wenn nicht, ging Betje mir zur Hand. Dezent »lauschte« ich, die Finger an einem Handgelenk, einem Pulsschlag oder legte die Hand auf eine fiebrige Stirn, zog eine solche Berührung aber nie in die Länge. Litt eine Frau in einem »intimen« Bereich ihres Körpers an einem Ausschlag, Knoten, einer Zyste oder Geschwulst, wollte sie das für gewöhnlich keinem männlichen Arzt offenbaren, sondern vertraute es einem Verwandten an, der es dann mir berichtete, damit ich entschied, wie am besten vorzugehen war. Konsultationen bei Frauen aus besseren Schichten bestanden meist aus vorsichtigem Nachforschen, meinen Fragen & ihren Antworten, einer Aufzählung von Symptomen, häufig den bekannten: Atemlosigkeit, Ohnmachtsanfälle, Appetitlosigkeit, übermäßiger Appetit, Herzrasen, verlangsamter Herzschlag, nächtliche Angst, grundloses Weinen, Erregung oder eine extreme Müdigkeit, die es ihnen an manchen Tagen nicht erlaubte, aus dem Bett aufzustehen & sich in die Fischbeinkorsetts zu schnüren, et cetera; ich behandelte die Patientinnen dann für gewöhnlich mit einem kräftigen *Aderlass*, um den Tremor des nervösen Uterus zu bezwingen. Die früheste Vorform dessen, woraus in meiner Praxis der berühmte *Ruhestuhl* werden sollte, wurde in Ho-Ho-Kus mit angefeuchteten Handtüchern erprobt, fest um die nervöse Frau gewickelt, samt einer Dosis Laudanum, um Schlaf herbeizuführen. (Das genaue Gegenteil wurde für Männer empfohlen, die eine Anregung der Muskulatur benötigen, keine Beruhigung.) Zeigte sich am Zahnfleisch des Patienten eine starke Schwellung, schnitt ich es bis zu den Zähnen auf & verabreichte einen Extrakt aus Echinacea, Chinintabletten & eine Arsentinktur – eine Vorwegnahme der Methoden, die ich einige Jahre später bei meiner Suche nach Heilung des Wahnsinns durch die Beseitigung von Entzündungen perfektionierte.

Eine Neuerung, eingeführt nach meinem Umzug nach Ho-Ho-Kus & von Elijah Rosencrantz persönlich für die Behandlung verschiedenster Leiden vorgeschlagen, war das *Senfpflaster.*

(Es roch zwar widerlich – war aber gut für die Moral der Patientin, die starke Gerüche mit Wirksamkeit verbindet & durch aggressive Maßnahmen in eine angenehme *weibliche Passivität* versetzt wird.)

Einer genesenden Patientin wurden auf ihr Befinden abgestimmte Arzeneien verordnet, meist Morphiumtropfen oder Laudanum, die sich bei vornehmen Frauen als gut verträglich erwiesen, brauchten sie sich tagsüber doch nicht anzustrengen, anders als Fabrik- oder Feldarbeiterinnen, denen dieser Luxus nicht vergönnt war. Bei diesen robusteren Naturen sorgte eine Lösung aus Nikotinextrakt oder Kokaintropfen für einen schnelleren Herzschlag & eine rasche Stärkung der Glieder, die durch ihre Muskeln ungleich fester waren als die Glieder vornehmer Damen, deren Oberarme sich kaum umfänglicher als die Handgelenke & in mittleren Jahren bedauernswert welk & erschlafft zeigten.

In der überwiegenden Zahl der Fälle besprach ich mich erst eingehend mit einem Gatten, Vater oder Bruder, wenn ich eine Patientin aus vornehmem Hause untersucht hatte, bevor ich der Patientin meine Diagnose mitteilte; wünschten robustere Frauen die Wahrheit zu erfahren, scheuten vornehmere davor zurück wie vor einem blendenden Licht. Bis ins Detail wurde für die Behandlung einer solchen Dame selbstverständlich die Zustimmung eines Gatten oder männlichen Verwandten eingeholt, war er es doch, der für mein Honorar aufkam & den ich zufriedenstellen musste, zumal bei gewissen »umstrittenen« Operationen, mit denen ich nun auch betraut wurde: Ersuchen von Ehemännern, die sich um das Wohl ihrer Frauen sorgten, seien es eine außerordentliche Erregbarkeit oder Mattigkeit, manisches Gelächter oder hilflose Tränen, eine »Frigidität« des Unterkörpers, die eheliche Beziehungen verhinderte, oder eine widernatürliche »Gier« des Unterkörpers während der ehelichen Beziehungen – all das Formen von *Hysterie.*

Von der Unmenge solcher Ersuchen & nach Durchsicht medizinischer Zeitschriften dazu angeregt, erkundete ich ein für mich neues Gebiet medizinischer Behandlung, das die *weiblichen Organe* einbezog. Darüber hatte man uns im Studium praktisch nichts beigebracht; ersatzweise führte ich zu Forschungszwecken ein paar Eingriffe bei Tieren durch, namentlich bei Hunden & Katzen, was sich zwar unschön gestaltete & notgedrungen heimlich stattfand, damit ich die sterblichen Überreste im Dunkeln aus meiner Unterkunft tragen & in einem Garten vergraben konnte, sich für mich aber als unendlich hilfreich erwies.

Noch ergiebiger war, dass ich in den Besitz der Leichname mehrerer unlängst verstorbener Frauen gelangte, darunter eine, der dunklen Haut & niedrigen Stirn nach zu urteilen vermutlich Immigrantin aus Südeuropa, nicht älter als zwanzig & mit dickem Bauch – *eine Schwangere.* Ein unerwarteter Segen, durch den ich, als ich nervlich halbwegs gewappnet war, viel über die weiblichen Geschlechtsteile lernte, was mir bis dato unbekannt war & mich erstaunte.

(Ich erschauerte unweigerlich vor Genugtuung darüber, dass sich der Nachteil am Beginn meiner Laufbahn, als ich gezwungenermaßen sehr einfache Patienten behandelte, mir zum klaren Vorteil gereichte, noch dazu einem, wie mein Bruder Franklin, Teilhaber einer berühmten Praxis in der Beacon Street in Boston, ihn nicht erlangen konnte.)

Alles in allem erwies es sich für mich als sehr günstig, die

Patientinnen der Hermitage zu behandeln & meine praktischen Fähigkeiten zu vervollkommnen. Für die Heilung von *Neurasthenie* wurde in medizinischen Zeitschriften häufig zur Entfernung der Ovarien geraten, in gravierenderen Fällen zur Entfernung des gesamten Uterus (ergo einer »Hysterektomie«), & in wieder anderen Fällen zur chirurgischen Entfernung der vaginalen »Klitoris«, wie der Blinddarm ein funktionsloser Teil des weiblichen Körpers, von Galen beschrieben als hochgradig empfindlich bei Berührung mit einer Tendenz zur Verschlimmerung von Erregbarkeit, Anämie, Schlafwandeln, Hyperventilation, Esssucht, Appetitlosigkeit, krankhaften Gedanken, Migräne, Insomnie, atheistischen Tendenzen, Wahnsinn & gewissen entsetzlichen Gewohnheiten verderbter Art, die man häufiger mit dem adoleszenten männlichen Teil der Spezies in Verbindung bringt.

Während meiner Tätigkeit in Ho-Ho-Kus etablierte sich dieser Ablauf der Behandlung: Die (nichtsahnende) Patientin wurde von Verwandten in die Praxis des Arztes gebracht, der mit ihr über Themen wie das Wetter, die Poesie oder bevorstehende Feiertage plauderte, um ihr die Befangenheit zu nehmen, während ihr ein heißes Getränk gereicht wurde, meist Tee, der ein starkes Schlafmittel enthielt, meist Laudanum, wovon sie alsbald ohne den geringsten Argwohn in einen tiefen Schlaf fiel; war es Stunden später so weit, dass die Patientin geweckt werden konnte, war der chirurgische Eingriff an den unteren Regionen ihres Körpers ausgeführt, & sie wurde, außer bei mäßigem Schmerz, Blutungen & gelegentlichen Komplikationen, die eine weitere Behandlung erforderten, nach Hause befördert, wo sie in Stille & Abgeschiedenheit gesund werden konnte, solange das eben dauerte.

Seien Sie versichert, dass die Eingriffe mit Sorgfalt durchgeführt wurden & das Schamgefühl der Patientin gewahrt blieb: Kopf & Oberkörper der ohnmächtigen Frau waren schicklich mit weißem Tuch bedeckt, was die Umstände so unpersönlich werden ließ wie bei einer Anatomievorlesung, während die Schenkel hochgelagert & geöffnet waren & dem klinischen Auge des Arztes die unteren Regionen der Frau, das heißt Vagina, Schamlippen, Geburtskanal et cetera, enthüllten. Jeder Arzt, der sich auf solches Territorium vorwagte, brauchte Nerven aus Stahl, bot sich ihm doch ein höllisches Bild. Laut meines gewissenhaft geführten ärztlichen Tagebuchs für diese Jahre führte jedoch keine Patientin Klage über die reinigende Verwandlung ihres Körpers; eigentlich wurde die Entfernung von Ovarien, Uterus, Klitoris von denen, die überlebten & zumeist mit einer täglichen Laudanum-Kur fortfuhren, kaum bemerkt.

Jüngere Frauen – »Mädchen« – waren allerdings nicht immer so fügsam. Ein rebellischer Geist, in der Jugend von Nachteil, ist bei verheirateten Frauen aber auch dann längst abgekühlt, wenn sie noch recht jung sind. Es heißt, sündhafte Neugier treibe manche Mädchen in früher Jugend dazu, sich einen Spiegel vor den verbotenen Teil ihres Körpers zwischen den Beinen zu halten & sich verblüfft & bestürzt anzuschauen, was sie gar nicht genau erkennen können, sodass sie den Spiegel vor Schreck fallen lassen & nicht noch einmal zur Hand nehmen.

Das junge, unberührte Mädchen denkt voller Entsetzen daran, wie *überaus klein* das *Loch* zwischen seinen Beinen ist, der Kern seines Seins, & fragt sich verärgert, wie um alles in der Welt da ein Kind »hindurchpassen« soll; das ist ja sogar für uns in menschlicher Anatomie Ausgebildete ein unergründliches Rätsel. An der medizinischen Fakultät von Philadelphia hat uns ahnungslose Studenten die *Starre* der Schaufensterpuppen, mit denen uns die weibliche Anatomie nahegebracht wurde, in die Irre geführt, ließen sie sich doch so manipulieren, dass sie »Föten« fast mühelos ausstießen; während das Fleisch der Frau, Geburtskanal, Uterus et cetera, in Wahrheit *weich & nachgiebig* ist, nicht starr. Und natürlich geht eine Geburt meist mit einer Sturzflut von Blut einher.

Unter den jungen Mädchen, die in meine Ordination in Ho-Ho-Kus kamen oder vielmehr gebracht wurden, sticht ein Fall verstörend heraus: Mr. Rosencrantz' siebzehnjährige Enkelin Bettina, die Tochter seines ältesten Sohnes Joseph, mir als »schwierig, eigensinnig & querköpfig« geschildert & von ihrem Vater einer unsauberen privaten Gewohnheit & des Hangs zu Ungehorsam & Anmaßung in der Kirche verdächtigt – alles Ausdruck von *Renitenz*.

Als Joseph Rosencrantz seine schmollende Tochter zu mir brachte, war das Mädchen mit dem fuchsroten Haar sofort misstrauisch & verweigerte bei meinem spielerischen Geplänkel jegliches Lächeln, wollte den gesüßten Kakao nicht trinken, den wir ihm anboten, & beteuerte, ihm »fehle rein gar nichts«, sträubte sich, als ich es zur Ader lassen wollte, obwohl sein Blut zweifelsohne krankhaft erhitzt war & der Kühlung bedurfte.

»Tochter, du wirst dem Doktor *gehorchen*«, sagte Joseph Rosencrantz mit vor Empörung bebender Stimme, während sie mit ihrer *koketten Widerspenstigkeit* fortfuhr, gegen die ihre Familie, das sah man, zu lange Nachsicht gezeigt hatte, wohl weil Bettina mit ihrer milchweißen Haut, den hellen Brauen & den dunklen grünen Augen sehr hübsch war.

Nach vernünftigem Zureden durch Arzt & Vater musste die Schreiende durch Bedienstete, die Joseph Rosencrantz zu genau diesem Zweck aus seinem Haus mitgebracht hatte, festgehalten, an einen Tisch geschnallt & mit zwangsweise eingeflößten Morphiumtropfen sediert werden, damit ich mir anschauen konnte, was bei einem jungen & (vermutlich) unberührten Mädchen ein höchst schockierendes Bild war: das anstößige kleine Organ am Eingang zur Vagina aufgestellt wie ein kleines Männerorgan & entzündet, von innen heraus obszön-feurig leuchtend.

Joseph Rosencrantz & die anderen waren inzwischen hinausgeschickt worden, damit ich meine Kräfte sammeln & entschlossen handeln konnte; mit einem Stoßgebet zu Gott unserem Vater & zu Jesus Christus unserem Heiland, meine Hand möge nicht zittern bei dieser Ausschneidung, der ersten ihrer Art in meiner Praxis als junger Arzt & chirurgischer Neuling.

Das obszöne Feuer war dann bald gelöscht – das kleine Stückchen Fleisch flugs entfernt & wie Unrat in den medizinischen Abfall geworfen, das Blut der Wunde gestillt & sie mit festem schwarzem Faden genäht, der vierzehn Tage später entfernt werden sollte.

Noch immer bewusstlos, wurde die eigensinnige Bettina aus der Ordination & zurück in ihr Zuhause in der Hermitage befördert. Ich empfand ein wenig Mitleid mit ihr, es überwog jedoch ein Gefühl echter Erleichterung, dass dem doch noch so jungen Mädchen ein höchst trauriges Leben als Xanthippe erspart blieb & es für einen passenden Mann nun eine ideale Gattin & Mutter sein konnte.

Für diesen einfachen Eingriff wurde ich großzügig bezahlt & sagte Joseph Rosencrantz auf seine dringende Bitte sofort zu, niemandem von der Abwicklung zu erzählen, weil nur wenige in der Familie eingeweiht waren, darunter Bettinas Mutter.

Ich rechnete fest damit, in die Hermitage gerufen zu werden, um nach der sich erholenden Tochter zu sehen & die Fäden zu entfernen, doch ich sah sie nie wieder; auch setzte mich niemand von dem bestürzenden Faktum in Kenntnis, dass Bettina nur wenige Tage nach dem Eingriff, als die chirurgische Wunde noch frisch war, nachts aus dem Haus schlüpfte & sich im Schutze der Dunkelheit das Leben nahm, indem sie sich in einem von Mücken wimmelnden Sumpf unweit des Ho-Ho-Kus-Bachs, keine Meile von meiner Bleibe im Dorf entfernt, ertränkte.

Die schockierende Nachricht erreichte mich Wochen später auf Umwegen. Ich weiß noch, dass ich minutenlang mit Stummheit geschlagen war, als ich es hörte, auf die Knie sank & für die Seele des Mädchens betete, auf dass sie nicht in der Hölle schwäre. Ich quälte mich mit dem Gedanken, dass Bettinas Leben & ihre Seele vielleicht zu retten gewesen wären, hätte Joseph Rosencrantz sie nur früher zu mir gebracht & hätte ich den Eingriff vornehmen können, als sie noch jünger & daher weniger rebellisch war & sich ihr Charakter noch nicht verfestigt hatte – doch es ist müßig, über Versäumtes nachzusinnen.

Mit dem Segen der Vorsehung & dank der kontinuierlichen Gunst der Familie Rosencrantz begann meine früher so bescheidene Praxis bald darauf zu florieren. Binnen einiger Jahre hatte ich mit nimmermüdem Fleiß genügend Ersparnisse angesammelt & heiratete eine musterhafte Christin aus nicht unvermögender Familie aus New Jersey; eine Braut, nicht so wohlgestaltet vielleicht wie Tabitha Tyndale, auch nicht so wohlhabend, aber eine Gefährtin, die sich als treu & bedingungslos loyal gegenüber den Erfordernissen unserer – mit insgesamt neun Kindern gesegneten – Familie erweisen sollte.

Ruf nach Trenton

1851

Aus der *Chronik eines Arztlebens*
von Dr. Silas Aloysius Weir

»Dr. Weir? Silas Weir? Bitte folgen Sie mir, es gibt einen schweren Notfall & Sie werden dringend in Trenton gebraucht!«

Zum zweiten Mal griff die Vorsehung wie ein Blitz aus heiterem Himmel in mein Leben ein & änderte dessen Verlauf grundlegend, & dieses Mal höchst überraschend, denn dass Percival Weir *mir* eine Gunst erweist, hätte ich am wenigsten erwartet.

Es geschah an einem regnerischen Vormittag im September in meiner Ordination, an einem Tag, an dem ich zufällig keine Patienten erwartete; daher war ich dankbar, als mich ein dunkel gekleideter Mensch, dessen Namen ich in meiner Verblüffung nicht genau verstand, nach Trenton bestellte; ich verstand nur, dass die Lage ernst war & *meine Dienste dringend benötigt wurden*.

Ich hatte kaum Zeit, meine Tasche zu holen, verabschiedete mich eilig von meiner lieben Frau Theresa im anderen Teil unseres Wohnhauses & versprach vage, vor Mitternacht wieder zu Hause zu sein. Sollte im Umkreis von Trenton, der Hauptstadt von New Jersey, kein anderer Arzt verfügbar sein, der einen *dringenden Notfall* behandeln konnte? Ich gebe zu, ich war verwirrt, denn

Trenton war viele Meilen von Ho-Ho-Kus entfernt & das würde bedeuten, in einem Buggy durch strömenden Regen zu jagen.

Solche Herausforderungen versetzen mich jedoch stets in große, mit Angst vermischte Erregung: die Hoffnung, mit meinem ärztlichen Können der Aufgabe gewachsen zu sein, & zugleich die Furcht, schmählich zu versagen.

Während der holprigen Fahrt nach Trenton erklärte mir der neben mir sitzende dunkel gekleidete Mensch, meine *fachmännischen Kenntnisse der weiblichen Anatomie* & meine *chirurgischen Fähigkeiten* würden dringend benötigt, es handle sich um eine besonders schwierige Entbindung in der Heilanstalt für weibliche Geisteskranke in Trenton & um einen Mangel an qualifizierten Ärzten beim Personal.

»Heilanstalt für weibliche Geisteskranke! – Ich verstehe.«

Mit Unmut, noch mehr aber mit banger Vorahnung fiel mir wieder ein, dass ein entfernter Verwandter meines Vaters vor einigen Jahren zum Direktor der Staatlichen Heilanstalt für weibliche Geisteskranke in New Jersey ernannt worden war. Und so wie ein Schlüssel in ein Schloss passt, war wohl ein Kontakt zwischen Vater & diesem Verwandten hergestellt worden, um mein Fortkommen zu befördern.

Wenn ich mich recht erinnerte, hieß Vaters Verwandter – wahrscheinlich ein Cousin – ebenfalls *Weir*. Mein Puls schlug schneller, weil ich mir wie ein junger Mann in einem Abenteuerroman, auch wenn ich (streng genommen) nicht mehr *jung* war, schließlich meiner Bestimmung bewusst wurde.

»Diese Heilanstalt, ist sie sehr groß?« Ich konnte nicht widerstehen, meinen Begleiter zu fragen, der mir alles in allem zugänglich, Gesprächen aber eher abgeneigt zu sein schien, & bekam von ihm herausfordernd schmucklos zu hören: »Ja, *ist* sie.«

»Und ein Dr. Weir ist der Direktor?«

»Ja. Medrick Weir.«

Ich lachte nervös auf. Es dünkte mich überflüssig, anzumerken, dass der Direktor der berühmten Anstalt ein Verwandter von mir war, prahlerisch wäre es obendrein. Doch mein schwarz gekleideter Reisegefährte schwieg & blickte düster hinaus in den strömenden Regen, der wie ein sich ständig bewegender Vorhang vor dem Fenster des auf schlammiger Straße dahinjagenden Wagens lag.

Es war inzwischen eine Weile her, dass Mutter meinem Vater von meiner unglücklichen Vertreibung aus Chestnut Hill, ja sogar aus dem Staat Pennsylvania berichtet hatte; er wusste von meinen derzeitigen Umständen in Ho-Ho-Kus in den Diensten der wohlhabenden Familie Rosencrantz, wusste, dass ich verheiratet war & eine Schar Kinder hatte (von denen er nur drei kannte). In Vaters Augen war ich kein *junger Arzt* mehr – geschweige denn *vielversprechend*; da mein älterer Bruder Franklin mit seiner erfolgreichen Laufbahn als Arzt für die Begüterten in Beacon Hill in Boston mich überflügelt hatte. Vielleicht war er halbwegs zufrieden, dass ich in der Lage war, eine Frau & eine größer werdende Familie zu unterhalten, wie bescheiden auch immer, glaubte aber bestimmt nicht mehr ernsthaft, dass ich mich auf irgendeinem Gebiet der Medizin auszeichnen würde.

Von allen in der Welt bewahrten nur meine liebe Mutter & meine liebe Frau sich den Glauben an mich, meine Mutter, insgesamt gesehen, vielleicht sogar mehr als meine Frau.

Denn meine Frau & ich hatten mittlerweile einige finanzielle Belastungen durchgestanden, musste unsere Kinderschar doch von meinem mageren Salär ernährt & gekleidet werden, & das bei schwankender finanzieller Unterstützung von meinen Schwiegereltern, die Großgrundbesitzer in South Jersey waren & die die unbesonnene Hochzeit ihrer Tochter mit einem *aufstrebenden Mediziner* im Gewand eines *Landarztes* mit gehöriger Skepsis betrachteten.

Ergo war ich bei der Aussicht auf einen *schweren Notfall* so aufgeregt, wie es ein noch zehn Jahre jüngerer Arzt gewesen wäre, & betete inbrünstig zu Gott, er möge mich nicht scheitern lassen, wenn doch so viel von meinem Erfolg abhing.

Dieser Tag der Wunder, als ich zum ersten Mal den Blick auf Brigit Kinealy warf.

Den Namen des Mädchens kannte ich damals natürlich nicht & hätte nicht geglaubt, dass dieses mitleiderregende, missgestaltete Wesen, das sich vor Schmerzen auf blutbefleckten Laken krümmte, die Marter seiner Wehen überleben würde, geschweige denn eine so herausragende Rolle in meinem Leben spielen sollte.

»Doktor! – Gott sei Dank *sind Sie da*.«

Eine Wärterin bei der Entbindung, die ich für eine Hebamme hielt, berichtete mir mit erhitztem Gesicht & vor Erregung schriller Stimme, die junge Mutter liege schon seit achtzehn Stunden in den Wehen, werde laufend schwächer & verliere Blut. Ein Anstaltsarzt sei für die Geburt eingeteilt worden, jedoch, von dem Anblick & den Gerüchen übermannt, nur wenige Minuten im Geburtszimmer geblieben; ein anderer, vom Direktor der Anstalt zur Überwachung der Geburt bestimmter Arzt sei gar nicht erst erschienen.

Die junge Mutter (Brigit) sei »Waise« – »taubstumm« – & arbeite in niedriger Stellung im Krankenhaus, denn ihre Mutter, eine Küchenhilfe, habe sie kurz vor ihrem Tod an die Anstalt abgetreten; nach den Bedingungen von Brigits Vertrag würde sie erst im Alter von einundzwanzig aus dem Schuldendienst für das Krankenhaus entlassen werden. Man nahm an, sie sei von jemandem aus dem Personal ins Unglück gebracht worden, von einem Krankenwärter oder von mehreren, die ihre Naivität & ihr kindliches Wesen ausgenutzt hatten.

Nach so vielen Stunden grauenhafter Wehen rechnete offenbar

niemand mehr damit, dass die junge Mutter durchkam, der Direktor der Anstalt wollte bekanntermaßen aber, dass zumindest das Kind geschont wurde.

Ich fand es empörend, dass ein Mädchen, das noch so jung aussah, seiner körperlichen Entwicklung nach kaum mehr war als ein Kind & von dem etwas Engelhaftes ausging, überhaupt *schwanger* sein konnte & in einer angesehenen Heilanstalt, geleitet von Medrick Weir, einem Verwandten meines Vaters, solche Qualen litt! Das Mädchen war irischer Abstammung, was allerdings einen gewissen Verfall erklärte; ich dachte daran zurück, dass die weibliche Dienerschaft in unserem Haus in Concord & in den Häusern unserer Nachbarn häufig aus Irland kam, sich ständig von den jungen Männern in den Häusern schwängern ließ & fristlos entlassen werden musste.

Frauen, heißt es, gebären unter Schmerzen, eine Folge der Sünde Evas, doch wie traurig schien dies hier, denn dieses Mädchen hatte gewiss nicht (absichtlich) gefehlt & war, höchst eigenartig, so blass, als wäre alles Blut aus seinem Körper geströmt. Die Haut war wächsern weiß, die Augen sehr hell, wie durchscheinend, Augenbrauen & Wimpern farblos & das Haar in einem hellen Blond, fast weiß.

War das ein *Albino*? Eine Laune der Natur, wie ich aus dem Medizinstudium wusste, mit geringer Lebenserwartung & sehr schwachem Sehvermögen, wie es hieß.

Doch obgleich ein *Albino* & merkwürdig blass, war Brigit von einer gespenstischen, engelsgleichen Schönheit, anders als alles, was ich je gesehen hatte, & übertraf die herbere Schönheit von Tabitha Tyndale bei Weitem.

Eben erst in diese Schreckenskammer eingetreten – den *Geburtsraum*, wie er genannt wurde (denn in der Hermitage hatten wir nichts Vergleichbares, sondern benutzten in solchen Notfällen einfach eins der Nebengebäude) –, stand ich da & starrte auf das höllische Bild. Fragte mich *en passant*, ob mein grausamer Vater & sein Verwandter sich verschworen hatten, um mein Fortkommen nicht zu befördern, sondern mich noch mehr zu demütigen, ja zu entmutigen. Meine Glieder fühlten sich steif an, & meine Gedanken fielen wie Schwärme über mich her. Von allen medizinischen Gegebenheiten ist es der Schrecken der Niederkunft, vor dem Ärzte aus schierem Abscheu graut; der riesige geschwollene Leib der Schwangeren, blutdurchsetzt, die geweitete, blutglänzende Vulva grob entblößt, schon unter normalen Umständen ein obszöner Anblick & umso scheußlicher bei der Niederkunft, nach außen gekehrt; die Schönheit der jungen Mutter verunstaltet & nicht mehr feminin, was dem schaurigen Schauspiel wenigstens Zauber verliehen hätte.

(Der Kopf des Säuglings klemmte zwischen blutbeschmierten Schenkeln & steckte offenbar in der angespannten Vagina fest, was mich schon bei flüchtigem Hinsehen so erschütterte, dass ich ohnmächtig zu werden fürchtete. Ich kann darüber nicht schreiben, mir versagen die Worte, ich muss schweigen.)

Die Gebärende war so außer sich, dass sie es kaum wahrzunehmen schien, als ich sie zögernd, die Hebamme an meiner Seite, zu beruhigen versuchte; die hellen Augen zu sehen war entsetzlich, ich fürchtete fast, ich könnte in die Seele eines anderen schauen, erblickte dort aber nichts Menschliches.

Wie in den Unterkünften der Arbeiter in der Hermitage summte es von Fliegen, & ein übler Gestank lag in der Luft, das hier aber war die Staatliche Heilanstalt für weibliche Geisteskranke in Trenton, ein Anwesen mit eindrucksvollen roten Backsteingebäuden, von einem berühmten Architekten entworfen, wie es hieß, & kein Behelfskrankenhaus, & doch waren die Zustände im Geburtsraum so beklagenswert, als ob es so wäre.

Hätte ich mir nicht geschworen, dass mein Vater stolz auf mich sein sollte, wäre ich vom Schauplatz geflohen wie die Ärzte vor mir.

Dass die junge Albino-Irin taubstumm war, hinderte sie nicht daran, herzzerreißend zu schreien, wie ein Kind hilflos in Todesangst schreien mag. Denn das Becken des schmalen Mädchens war für die Geburt erkennbar nicht breit genug, & das Kind, von wer weiß welchem Wüstling gezeugt, war für den Geburtskanal zu groß. Wieso & warum, fragte ich mich unwillkürlich & nicht zum ersten Mal, hatte unser Schöpfer den weiblichen Körper so *untauglich* geschaffen. In der Hermitage kümmerten sich Betje & andere Hebammen um schwierige Geburten, denn für die Familie Rosencrantz rentierte es sich nicht, ein Arzthonorar aufzuwenden & mich zum Anwesen kommen zu lassen. War ich aus anderen, gewichtigeren Gründen, wertvoller Arbeitsmänner wegen, zufällig sowieso anwesend, konnte es sein, dass ich gebeten wurde, eine Geburt zu beaufsichtigen, tatsächlich damit betraut waren jedoch Betje oder eine andere Hebamme, während ich lediglich dabeistand, oft mit geschlossenen Augen, damit sich mir nicht einprägen konnte, welche Griffe die Hebamme mit bloßen, blutbeschmierten Händen ausgeführt hatte. Ich weiß noch, dass Betje die sich quälende werdende Mutter mit schriller Stimme anspornte, ich mich aber außerstande sah, so ein aufgeregtes Gebaren nachzuahmen, & ich wollte es auch nicht, denn ich bin ein Herr & kein *Schreihals*. Außerdem wusste ich nicht, was ich hätte sagen sollen, & war in Sorge, die Anstaltshebamme & andere Anwesende, die gaffend in der Tür des Geburtszimmers standen, würden mich für einen Hochstapler halten & auslachen.

Auch hier machte die Hebamme, deren Name Gretel war, der sich quälenden Mutter Mut, formte ihre Worte deutlich mit den Lippen, damit Brigit sie sah, wenn sie sie schon nicht hörte.

Alles in allem eine sehr laute Szene, die an meinen Nerven zehrte. Frauengeschrei & -gebrüll – darauf waren wir im Studium schlecht vorbereitet worden!

Ich sah keinen anderen Ausweg, als Gretel freimütig mitzuteilen, dass ich keine rechte Vorstellung hatte, was zu tun sei, hatte ich selbst doch noch nie ein Kind »zur Welt gebracht«, nur ein Schaufensterpuppenkind an der medizinischen Fakultät, zusammen mit mehreren anderen Studenten, & das vor Jahren; die Wehen & Geburten meiner lieben Frau hatte sehr patent eine Hebamme ihrer Wahl betreut, bei der man sich darauf verlassen konnte, dass sie nicht in Ohnmacht fiel, wie vielleicht ein Ehemann/Vater (denn mich hätte man natürlich aus dem Schlafzimmer verbannt, selbst wenn ich während der Niederkunft zu Hause gewesen wäre). Meine Sektion eines schwangeren Leichnams erwähnte ich nicht, denn auch diesen Eingriff hatte ich bestimmt verpfuscht – die sterblichen Überreste hinterher hastig zusammengekratzt & mit anderen Leichenproben, menschlichen wie tierischen, mit denen ich experimentiert hatte, am anderen Ende eines Maisfelds unweit unseres Hauses vergraben. *Nein, ich war feige & nicht stolz darauf.*

»Ein Kaiserschnitt«, hörte ich mich mit überraschender Autorität sagen. »Ich bin hier, um einen Kaiserschnitt durchzuführen.«

Denn mir ging auf, dass ich wegen meiner Fähigkeiten als Chirurg nach Trenton gerufen worden war. Deshalb stand ich hier! Es war weder Zufall noch eine Laune, sondern unverkennbar die Hand der Vorsehung.

Zum Glück hatte ich in Mußestunden in meiner häuslichen Ordination häufig Lehrbücher studiert, in denen solche Eingriffe, ergänzt durch anschauliche Zeichnungen der weiblichen Reproduktionsorgane, beschrieben waren, die ich mir vor Augen rufen konnte, wenn ich mich konzentrierte. Hätte man mich doch nur über die besondere Eigenart meiner Aufgabe in Trenton unterrichtet! Ich hätte die einschlägigen Seiten herausreißen & mitbringen können!

Wie Betje ging auch diese mir unbekannte Hebamme mit

überraschendem Können, aus Respekt für meine Autorität jedoch auch mit Ehrerbietung zu Werke. Es ist wirklich erstaunlich, wie gut ein Arzt & eine weibliche Untergebene zusammenarbeiten können, auch wenn sie einander nie zuvor begegnet sind.

In meiner Verstörung hatte ich vergessen, dass ich die Arzttasche noch in der Hand hielt & fest umklammerte, & die löste Gretel nun behutsam aus meinen Fingern, öffnete sie & fand darin das als *Geburtszange* bekannte hässliche Instrument – das ich, fiel mir ein, bereits benutzt hatte oder benutzen wollte, oft mit halb geschlossenen Augen, wenn Betje mich bei der einen oder anderen schwierigen Geburt in der Hermitage dazu anhielt.

Gretel legte mir derweil schon ein schützendes Tuch um, einem Laken ähnlich, das meine Kleidung bedeckte, denn ich trug an diesem warmen Septembertag meine formelle Arztkleidung: einen dunkelgrauen Anzug aus leichter Wolle, ein weißes Baumwollhemd mit gestärktem Kragen & eine ordentliche Halsbinde, unter diesen Umständen unpraktisch.

»Doktor, hier. Wir können anfangen.«

Mit erfreulicher Ruhe bereitete Gretel die Patientin für mich vor, half, sie niederzuhalten & ihre Beine zu spreizen, nahm die Zange auf, drückte sie mir in die Hand & führte sie, damit ich die Zange in die gedehnte Vagina einführen konnte, wies mich an, die Zange (behutsam) um den Kopf des feststeckenden Kindes zu schließen & daran zu ziehen – anfangs sacht – dann kräftiger. Ich kauerte mittlerweile in einer erbärmlichen Haltung zwischen den Beinen der Gebärenden & wagte kaum zu atmen, während ich den Kopf des Babys leicht hin & her drehte, um den Zugriff der Vagina zu lockern, während die Mutter schrie & Gretel sie mit kräftigen Rufen – »Pressen! *Pressen!*« – anspornte, so laut, dass es vielleicht sogar die Taubstumme hörte.

Wie lange dieser Albtraum dauerte, wusste ich hinterher nicht mehr. Wenn eine Frau unter Schmerzen gebiert, löscht Gott in

Seiner Gnade die Erinnerung daran; so, in Vergessenheit, lebt das Menschengeschlecht weiter, wie es wahrscheinlich nicht der Fall wäre, würde der männliche Teil der Spezies & nicht der weibliche geschwängert & müsste *gebären*.

In diesem höllischen Winkel der Anstalt in Trenton gab wohl Gott mir die Kraft zur Erreichung des Ziels. Ein feiner roter Nebel legte sich über mein Gehirn, & mein Herz hämmerte vor Verzweiflung, denn das verdammte Baby wollte nicht kommen. *Es wollte nicht geboren werden*. Die kluge Gretel drückte mir ein Messer mit einer langen, scharfen Klinge in die Hand, kein chirurgisches Instrument, sondern ein Fleischermesser, & sagte, ich müsse es gebrauchen, müsse Mutter & Kind befreien, sonst würden beide sterben. Irgendwie brachte ich es zustande, mir blieb ja auch nichts anderes übrig; schnitt die Beckenregion auf gut Glück & mit halb geschlossenen Augen ein wenig auf, hoffend, dass Gott mir die Hand führte, was er offenbar tat, denn schließlich glitt der übergroße Kopf vorwärts, ein Ausdruck von Verblüffung & Unmut in dem platten kleinen Fischgesicht.

Danach glitt der ganze Körper des Kindes, glitschig von Blut, wie eine kleine Robbe unter Erleichterungs- & Freudenrufen der Zuschauer aus dem Schoß der Mutter. Im Geburtszimmer & im Flur davor hatte sich ein lärmender Pulk von Beschäftigten der Anstalt eingefunden, kenntlich an grünen Uniformen, dazwischen da & dort derangierte Frauen in dunkelbrauner Kleidung, Insassen der Anstalt. Später sollte ich mich über das allgemeine Interesse an der Geburt von Brigit Kinealys Kind verwundern, *als wäre seine Vaterschaft von mehr als gewöhnlicher Bedeutung*, damals jedoch, ich muss es gestehen, tat ich das nicht.

Ah! – triumphierend wurde das runzlige kleine Wesen wie ein Sonderpreis von Gretel in die Höhe gehoben, ihr aber fast sofort aus den Händen genommen, um gewaschen zu werden, vermutete ich, sodass sie & ich uns der fiebernden jungen Mutter widmen konnten, die auf verschmutzten Laken lag & nach wie vor eine Menge dunkles Blut verlor.

»Ist ja gut! – jetzt wirst du wieder gesund, Liebes. Du & dein Baby. Kein Grund zu weinen, kein Grund, *Angst zu haben.* Wir passen auf dich auf«, beteuerte die Hebamme der jungen Mutter & gestikulierte auf übertriebene Weise mit Händen & Gesicht, von der erschöpften jungen Frau benommen bestaunt.

Ah! Trotz der Verwirrung des Augenblicks nahm ich wahr, das Kind des Wüstlings war ein *Er*. Es füllte seine winzige Lunge mit Luft & schrie herzhaft, als stünde ihm nicht nur das Leben zu, sondern auch Beachtung; hastig wurde es aus dem übel riechenden Geburtsraum fortgeschafft, uns aus den Augen.

»Doktor?« Gretels besorgte Stimme schwebte über mir.

War ich *ohnmächtig* geworden? Ich nahm nur undeutlich wahr, dass ich aufgehoben & in ein anderes Zimmer getragen, halb oder ganz wiederbelebt & auf eine Couch gelegt wurde, zu benommen, um die Augen aufzuschlagen. Mein Hinterkopf schmerzte an der Stelle, wo er auf etwas Hartem gelandet war.

Die übel riechende Luft des Geburtsraums einzuatmen & die Strapaze der bestialischen Wehen, ohne Vergleich zu allem, was ich bisher erlebt hatte, zu ertragen, hatte so lange gedauert, dass eine plötzliche Dunkelheit auf mich niederstieß wie Schläge schwarzgefiederter Flügel & ich besinnungslos zu Boden sank.

»Wir müssen die Wunde vernähen«, sagte ich aufgeregt, »wir sind bei der jungen Mutter noch nicht fertig …«

»Schon geschehen, Doktor!«, versicherte mir Gretel. »Es ist alles erledigt.«

Da setzte ich mich vorsichtig auf, blinzelte, & der unbekannte Raum drehte sich um mich.

»Sind Sie sicher, Gretel? Die Sutur ist geschehen?«

»Ja, Doktor.«

»Aber – wer hat das bewerkstelligt?«

»Ich habe es mir erlaubt, Doktor. Ich hoffe, Sie haben keine Einwände.«

»*Sie?* Haben es unternommen, eine chirurgische Wunde zu nähen?«

Das war schon eine Überraschung: eine bloße Hebamme, die eine Kaiserschnittwunde näht! Doch ich nahm an, so eine Frau hatte einschlägige Erfahrungen & wusste, was sie tat.

»Die junge Mutter wird mehr Pflege brauchen, sie hat viel Blut verloren ...«

»Oh, wir werden uns um sie kümmern, Doktor!«

Gretel sprach mit einer forcierten Deutlichkeit, als nähme sie an, jemand höre unser Gespräch mit.

Wieder ganz zu mir gekommen, erkundigte ich mich, ob Dr. Weir – Medrick Weir, heißt das – wusste, dass ich mich im Hause befand & dass die schwierige Geburt gut ausgegangen war.

»Ich bin sicher, dass Doktor Weir alles weiß, was es zu wissen gibt«, sagte Gretel mit einem verdeckten Sinn, den ich nicht erfasste, »& dass er Ihnen, Doktor, für Ihre fachmännische Aufsicht sehr dankbar ist.«

Da ich hauptsächlich in der Hoffnung, meinem berühmten Verwandten die Hand zu schütteln, nach Trenton gereist war, war ich ziemlich enttäuscht, denn statt Medrick Weir kennenzulernen, wurde ich von Pell, seinem Assistenten, begrüßt, einem schweineähnlichen Menschen etwa meines Alters mit fahler Haut, der mir kühl für meine Dienste dankte & mir mitteilte, der Direktor der Anstalt sei fortgerufen worden. »Unaufschiebbar.«

»Fortgerufen – wohin?«

Die Frage war unverschämt, ich sah es ein. Pell fixierte mich mit kalter, ungerührter Miene, doch um seine schmalen Lippen spielte ein leichtes Grinsen.

»Hier ist Ihre Vergütung, Doktor. Derzeit werden Ihre Dienste nicht mehr benötigt.«

Das war ein Schlag für meinen Stolz. Sollte ich von meinem eigenen Verwandten weggeschickt werden, ohne dass wir uns begegnet waren?

Beschämend auch, so unverblümt in bar bezahlt zu werden. Als hätte ich mich nur für frisch gedruckte Geldscheine in der Hand auf den langen Weg nach Trenton gemacht.

Ich dankte Pell zwar für die Bezahlung, zögerte aber, schon jetzt zu gehen. Denn mich dünkte, als der Arzt, der das Albino-Mädchen von seinem Kind entbunden hatte, sollte ich vor meiner Abreise zumindest noch einmal rasch nach der Patientin sehen.

»Nicht nötig, Doktor. Sie wird gut versorgt werden.«

»Eine so junge, unterernährte Mutter wird sterben, fürchte ich, wenn …«

»Wir werden uns um sie kümmern, Doktor. Wir sind hier alle Ärzte. Sie haben doch Ihr, wie ich glaube, großzügiges Honorar.«

Nun lag Schärfe in Pells Ton. Mir blieb nichts anderes übrig, als mich zurückzuziehen.

Hastig stopfte ich das Bündel Scheine in eine Tasche. Ich würde sie auf der holprigen Rückfahrt im Buggy zählen, sogar zweimal.

Wenngleich von meinem Ohnmachtsanfall noch nicht wieder ganz erholt, wurde ich von Pell zum Gehen gedrängt & umstandslos zu dem wartenden Buggy geführt. Gretel trat am Bordstein zögerlich von einem Bein aufs andere. Die Hebamme hatte erkennbar noch mehr zu sagen, konnte unter den Umständen aber nicht sprechen, denn Pell blickte sie zornig an & scheuchte sie mit einer Handbewegung fort.

Die junge Mutter wird sehr wahrscheinlich sterben. Sie haben kein weiteres Interesse an ihr. Sie wollen dich aus dem Weg haben, du hast ausgedient.

Als könnte Pell meine Gedanken lesen, verabschiedete er sich mit höhnischer Freundlichkeit von mir. Versicherte mir, Direktor Weir habe es »sehr bedauert, Sie verfehlt zu haben«. Zu meiner Verblüffung drückte er mir einen klobigen Gegenstand in die Hand – eine ziemlich große Flasche schottischen Whiskys. »Eine Aufmerksamkeit des Direktors.«

Mit stockender Stimme versuchte ich zu erklären, dass ich keine Spirituosen trinke, doch Pell schenkte dem keine Beachtung.

Mir blieb nichts anderes übrig, als in den Buggy zu steigen. Am Fenster erhob ich, mich hinausbeugend, schwächlich noch einmal Widerspruch: »Aber – wissen Sie – eigentlich ist meine Arbeit hier noch nicht getan …«

Niemand schenkte dem die geringste Beachtung. Das Pferd setzte sich mit einem Satz in Bewegung, die Hufe klapperten auf dem Pflaster.

»Gute Nacht, Doktor. Kommen Sie wohlbehalten in Ho-Ho-Kus an.«

Mich dünkte, bei dem Namen *Ho-Ho-Kus* habe Hohn in Pells Stimme gelegen.

Der Buggy entschwand in die Dunkelheit des ländlichen New Jersey. Eine holprige Fahrt über zerfurchte Straßen, nur mit Laternen, die scheppernd an die Seiten des Buggys schlugen & ein funzliges Licht auf den Weg warfen. Sorgenvolle Gedanken stürmten auf mich ein: Würde man das Kind seiner Mutter zum Stillen bringen? Oder würde man eine Säugamme herbeischaffen, die es statt ihrer versorgte, in der Annahme, dass die sehr junge Mutter nicht mehr lange zu leben hatte?

Ungebeten stiegen Bilder des Mädchens – *Brigit* – vor mir auf: engelsgleiche Schönheit, besudelte Unschuld, sich unter quälenden Schmerzen krümmend …

Du musst dich damit begnügen zu wissen: Du hast sie vor einem sofortigen Tod bewahrt.

Darüber hinaus bist du nicht verantwortlich.

Sehr müde nach der Tortur & geschwächt vom Mangel an Nahrung, gelang es mir, die Flasche schottischen Whiskys zu öffnen, der scharfe Aromen entwichen & mir zum Hirn aufstiegen wie Drähte. Ich riskierte es, die Flüssigkeit zu probieren – sie brannte mir auf der Zunge & versengte mir die Kehle wie flüssiges Feuer. Ich riskierte es zu trinken – nur einen Schluck. Eine stille Freude breitete sich in meinem Innern aus, denn anscheinend besaß ich die »Gabe zu heilen«, die eine Gnade ist & der nur wenige in der Ärzteschaft teilhaftig werden. Als könnte ich, anderswo zwar für einen Versager gehalten & von meinem eigenen Vater verachtet, in Trenton als Erfolg gelten, der in einer Notlage einen Kaiserschnitt durchgeführt & das Leben von Mutter & Kind gerettet hat.

Hofft, Sie schon bald wieder hinzuzuziehen, wenn Ihre Dienste benötigt werden – diese Worte klangen mir in den Ohren, als ich erschöpft einschlief, von dem dahinrumpelnden Buggy ins süße Vergessen einer Nacht in New Jersey befördert.

II

Staatliche Heilanstalt für weibliche Geisteskranke in New Jersey

Die Bestimmung

Aus der *Chronik eines Arztlebens*
von Dr. Silas Aloysius Weir

Die Vorsehung hat meine Laufbahn bestimmt, ohne dass ich immer verstand, wohin der mir vorgezeichnete Weg führt, jedoch darauf vertraute, mit meinem Tun Gottes Geboten zu entsprechen, & so geschah es, dass sich der Direktor der Staatlichen Heilanstalt für weibliche Geisteskranke in Trenton wenige Monate nach meinem ersten Besuch zum zweiten Mal an mich wandte & mich bat, unverzüglich in die Anstalt zu kommen, wo abermals ein *dringender Notfall* vorlag.

In der Zwischenzeit hatte ich mich öfters faszinierenden Träumen hingegeben, wieder mit der jungen Mutter Brigit zusammenzukommen, deren strahlende Schönheit & Unschuld mir in der Vorstellung klarer vor Augen standen als unter den scheußlichen Gegebenheiten des Entbindungszimmers; wenn ich den Mut aufgebracht hätte, hätte ich mich in der Anstalt nach dem Befinden des Mädchens erkundigt, wusste aber nicht, wie ich das hätte tun sollen, ohne unerwünschte Aufmerksamkeit auf mich zu lenken, was sich womöglich & mit unliebsamen Folgen dann sogar bis zu meiner Familie in Concord herumgesprochen hätte. *Du bist ein glücklich verheirateter Ehemann & Christ &*

mehrfacher Vater. Das ist dein Schicksal & ein begnadetes dazu. Freue dich!

Meist spülte die Vergesslichkeit jede Erinnerung an meine Patienten fort wie sintflutartiger Regen, ganz gleich, ob meine Behandlung erfolgreich gewesen oder gescheitert war. Bei einem schwer überlasteten Landarzt wie mir konnte man nicht erwarten, dass er viele seiner Patienten im Gedächtnis behielt, auch wenn ich mich bemühte. In der Hermitage, wo ich Schuldknechte & Arbeitsmänner versorgte, die ebenso oft Unfällen in den Fabriken oder auf dem Landgut der Rosencrantzes wie natürlichen Krankheiten zum Opfer fielen, hatte ich gelernt, nicht *Ursachen* in Zweifel zu ziehen, sondern mich auf die *Folgen* zu beschränken. Blutig geschlagene Rücken & Köpfe, gebrochene & zertrümmerte Glieder, Hitzeerschöpfung, Herz-Kreislauf-Versagen, Atemstillstand, Sehstörungen, Magen-Darm-Grippe, Manie – mir war alles eins, als erfahrener Arzt nicht bezahlt, um zu »heilen«, sondern um die Leistungsfähigkeit des Arbeiters »wiederherzustellen«, zu ermöglichen, dass er sich *seinen Unterhalt verdiente.*

Ich ahnte offenbar aber wohl trotzdem, dass so etwas wie die Bestimmung zu Höherem immer noch nicht ausgeschlossen war: Meine frühen Träume von chirurgischen Experimenten, mein (entsetzlich fehlgeschlagener) Versuch, die Schiefstellung des Schädels bei der kleinen Brush zu korrigieren, & andere, nie verwirklichte Vorhaben, standen mir vor Augen wie Trugbilder, als ich nachts in einen erschöpften Schlaf sank, & mich dünkte, diese Bestimmung harre meiner in Trenton, New Jersey.

Zum zweiten Mal im Dezember 1851 nach Trenton gerufen, mit so befriedigenden Ergebnissen, dass der Direktor mich zu sehen wünschte, um mir persönlich zu danken & mir eine feste Anstellung als ärztlicher Chirurg beim Anstaltspersonal zu offerieren, wo überraschend eine Stelle frei war.

Ich zögerte zunächst, das mir höchst willkommene Angebot anzunehmen, da ich während unseres Gesprächs die Annahme des Direktors, mein Abschluss sei von der medizinischen Fakultät der Universität von Pennsylvania, nicht richtiggestellt hatte, erst aus Schüchternheit & dann aus Scham, hätte eine nachträgliche Richtigstellung doch übermäßig viel Aufmerksamkeit auf das Versäumnis gelenkt. Aber als der Direktor sein Angebot in freundlichem Ton bekräftigte, nahm ich begeistert an.

Diese Anstellung würde mir ein stabileres Einkommen sichern, als ich es von der Familie Rosencrantz erwarten durfte, die sich angewöhnt hatte, mein Kommen für selbstverständlich zu halten, da ich für gewöhnlich auf Abruf zur Verfügung stand. Ich musste mich nur selten mit meiner Frau beraten, die schon lange unglücklich über die Situation in Ho-Ho-Kus war, wo ich, so ihr Einwand, eher wie ein Schuldknecht der Rosencrantzes behandelt wurde als wie ein geachteter Arzt mit einem Abschluss in Medizin.

Noch großartiger war, dass meine neue Position mit einem Wohnsitz für meine Familie auf dem Anstaltsgelände verbunden war, in dem wir gegen geringes Entgelt leben konnten; über diesen gänzlich unvorhergesehenen Segen brach ich in Tränen aus vor Dankbarkeit wie einer, der unter Mühen einen unruhigen Fluss durchschwommen hat & nun ans Ufer wankt, endlich wieder atmen kann.

»Dr. Weir, vielen Dank! – Sie haben mir das Leben gerettet.«

Ich schüttelte meinem Verwandten so kräftig die Hand, während mir Tränen über die Wangen liefen, dass ich den älteren Mann, fürchte ich, etwas in Verlegenheit brachte, denn er beteuerte rasch, die Position sei »voll & ganz verdient, Silas – Sie kommen ja mit nachdrücklicher Empfehlung & stammen natürlich aus gutem Hause« –, mit einem Zwinkern gesprochen, um mich in den Scherz einzubeziehen.

Bald darauf wurde Pell ins Büro des Direktors bestellt, um meinen Vertrag & die Regelungen für den Umzug meiner Familie nach Trenton zu besprechen; derweil sollte ich schon am nächsten Tag anfangen, denn es gab »Notfälle«, die schon zu lange unbehandelt geblieben waren.

Gerüchteweise hatte ich erfahren, dass die Staatliche Heilanstalt für weibliche Geisteskranke in Trenton bei ihrer Gründung im Jahre 1837 durch die Reformerin Dorothea Dix gepriesen, von politischen Gegnern des Direktors im Parlament von New Jersey angegriffen wurde; großen Unmut hatten die Kosten des Bauwerks erregt, ein Entwurf des Architekten Kirkbridge, der das Vorhaben verfolgte, Krankenhäuser mit Fenstern zu bauen, durch die so viel Licht in die Gebäude einströmte wie möglich, statt festungsartiger Zwingburgen mit nur wenigen Fenstern. In den Zeitungsmeldungen, die ich mit makabrer Faszination gelesen hatte, hieß es, unverständige Abgeordnete hätten Medrick Weir scharf dafür angegriffen, Geld für »hoffnungslose Irre« – »Frauen, die niemals geheilt werden können« – zu verschwenden, statt sie einfach wegzusperren wie früher & zu hoffen, dass sie bald ihr Leben aushauchen.

Natürlich war ich geehrt durch die Aufforderung, in die Ärzteschaft einer so fortschrittlichen Heilstätte einzutreten, denn Medrick Weir war für chirurgische Versuche, wie ich sie durchzuführen hoffte, erkennbar aufgeschlossen. Mir war nicht entgangen, dass Dr. Weir in Auftreten & Erscheinung ein wenig meinem Vater ähnelte, genauso im Alter; beide Männer waren Anfang sechzig & nicht groß, hielten sich aber mit der Autorität Großgewachsener; neigten zur Umgänglichkeit, ja sogar Herzlichkeit, womit sie den eisernen Willen kaschierten, dem sich in den Weg zu stellen verhängnisvoll war (wie ich wusste).

Ursprünglich war verabredet, dass ich mit Medrick Weir in seinem privaten Wohnhaus auf dem Anstaltsgelände zu Abend essen würde, sodass wir die Bedingungen meiner Anstellung genauer besprechen & uns besser kennenlernen konnten; leider kam irgendein Notfall dazwischen, & dieses Vorhaben wurde verschoben.

»Ich verlange nur, dass Sie mir gegenüber loyal sind«, sagte Medrick Weir herzlich, als wir an jenem Abend mit Handschlag voneinander schieden, »denn ich bin von Menschen umgeben, denen ich nicht trauen kann. *Sie* werden meine Augen & Ohren sein, hoffe ich – mein junger Verwandter Silas.«

Der Schwur

Aus der *Chronik eines Arztlebens*
von Dr. Silas Aloysius Weir

Bald zeigte sich, dass es in der Anstalt eine medizinische Krise gab, ob als Ursache der *Geisteskrankheit* oder als ihre Folge, war nicht klar.

In Gegenwart des Direktors, für den dies höchst peinlich war, wurde für gewöhnlich nicht angesprochen, dass sich über einen Zeitraum von zwölf Monaten elf Anstaltsinsassen das Leben genommen hatten, mit verschiedenen Methoden, die von Aufschneiden der Pulsadern & Erhängen mit Bettlaken bis zum Ertränken (im Delaware River) reichten. Ich war wirklich erschüttert! Denn *sich das Leben nehmen* ist eine schwere Sünde, die einzige, heißt es, die Gott nicht verzeiht.

Benjamin Franklin, Benjamin Rush, Dorothea Dix, in jüngerer Zeit Medrick Weir & andere Reformer in der neuen Wissenschaft der Psychologie waren der Überzeugung, dass der »Wahnsinn« de facto eine »Krankheit« war – das heißt, eine des *Geistes*. Kein irgendwie gearteter Fluch, keine Strafe oder Prüfung wie die Ursünde. Und bei der Behandlung einer *Krankheit* sollte man sich, wie man es bei jeder *Krankheit* tut, auch wenn dieses Übel seinen Ursprung im Gehirn hat, nicht auf Aberglauben verlassen, sondern vielmehr auf wissenschaftliche Beobachtung &, wann immer möglich, aufs Experimentieren.

Ein höchst revolutionärer Gedanke! Denn in der Medizin wurde, genau wie in der Religion, Autorität lange Zeit nur der Tradition zugestanden, nicht den von ehrgeizigen jungen Köpfen angestellten Untersuchungen.

Die experimentelle Forschung in der Anstalt in Trenton oblag dem Direktor & einem kleinen Zirkel zuverlässiger jüngerer Ärzte, in den ich (wie ich annehmen durfte) schon bald aufgenommen werden würde. Sie strebten nach »Heilung« von Erkrankungen des Geistes – ein Ziel, das in seiner Lebenszeit realistischerweise zu erreichen war, nahm Dr. Weir an.

»Geisteskrankheiten werden durch Infektion verursacht – wir müssen nach dem Erreger der Infektion suchen.« Das hatte Dr. Medrick Weir, Arzt, in den derzeit führenden Publikationen erklärt & damit heftige Kontroversen ausgelöst.

Ich fand es aufregend, solche Ideen zu hören. Im Leben eines Landarztes kommen »Ideen« nicht vor – Patienten zu behandeln ist praktisches Tun in der Hoffnung, den Kranken in sein normales Arbeitsleben zurückzuschicken; von einer Entdeckung wissenschaftlicher Wahrheiten oder der »Heilung« von Krankheiten kann keine Rede sein. In der Anstalt in Trenton oblag die Versorgung der Geisteskranken den Angestellten: Das Streben nach höheren Wahrheiten war Aufgabe des Direktors & seiner jungen Forscher.

Eine Geisteskrankheit äußert sich vorrangig als Unruhe, Erregbarkeit, schnelles & zusammenhangloses Sprechen, als »Brabbeln« oder geistige & körperliche Lähmung, als Weigerung, zu sprechen oder zuzuhören oder Augenkontakt herzustellen. Bei verrückteren & schillernderen Arten des Wahnsinns sieht & hört der Kranke Dinge, die nicht da sind, wähnt göttliche Botschaften zu empfangen & wird ohne äußerlichen Anlass plötzlich gewalttätig. Bei Frauen sind insbesondere eine derangierte Erscheinung, wirres Haar & abgebrochene Fingernägel, starker Körpergeruch, vor allem aber das Fehlen angemessener Bekleidung & Schnürung sichere Symptome von Wahnsinn, erkennbar noch für den unerfahrensten Arzt.

Im Medizinstudium wurde uns beigebracht, & die Erfahrung hat es weithin bestätigt, dass Frauen anfälliger für Wahnsinn sind als Männer, ist der Sitz der *Hysterie* doch der Uterus. Bei Frauen, gleich welchen Alters, fließen Tränen schneller; & wie Aristoteles feststellte, sind die Tränen bei Frauen »weicher & von geringerer stofflicher Dichte« als bei Männern. Bei Frauen entspringen Emotionen den spezifischen weiblichen Organen, während sie bei Männern ihren Ursprung im Gehirn haben. Da unmoralisches & kriminelles Verhalten eine Folge der Degeneration bestimmter Rassen & Abstammungslinien ist, so der feste Glaube, ist die staatlicherseits angeordnete Sterilisation betroffener Frauen ein unerlässlicher Bestandteil der chirurgischen Tätigkeit mancher für die öffentliche Gesundheitsfürsorge zuständiger Ärzte.

Schon als ungeduldiger junger Famulus dünkte mich die Entfernung des anstößigen Organs eine geeignete Maßnahme bei der Behandlung der *Hysterie*, daher hegte ich die Hoffnung, diesen Weg der Forschung verfolgen zu können, sobald ich in der Anstalt in Trenton mit ihrer Fülle an weiblichen Geisteskranken etabliert war, genauso wie ich auch die Hoffnung hegte, den in Chestnut Hill eingeschlagenen Weg der Korrektur missgebildeter Kinderköpfe weiterzuverfolgen. Falls es gewünscht wurde, wäre natürlich die Sterilisation bestimmter Elemente der Gesellschaft eine weitere, regelmäßig anfallende Aufgabe.

Medrick Weir hörte mir erfreulich aufmerksam zu, als ich über meinen ersten fehlgeschlagenen Versuch in Chestnut Hill sprach; ich gebe zu, den Umstand, dass die kleine Brush unter meinen

Händen ihr Leben ausgehaucht hatte, überging ich & konzentrierte mich darauf, dass der Schädel des Kindes bei der Geburt verunstaltet worden & es fraglos einem frühen Tod geweiht gewesen war.

»Ich bin mir sicher, Dr. Weir, dass ich den Eingriff perfektionieren könnte, sobald ich Gelegenheit habe, ein weiteres Kind, oder zwei, mit einer ähnlichen Fehlbildung zu operieren. Ein älteres Kind – zwei- oder dreijährig – wäre eine interessante Aufgabe, denn der Schädelknochen härtet, wie Sie wissen, mit den Jahren aus; der Schädel eines Neugeborenen ist bis zu einem gewissen Grad noch geschmeidig. Gibt es in der Anstalt Kleinstkinder oder Kinder mit Missbildungen des Schädels, die von Ärzten aus dem Personal untersucht werden können?«

Vor lauter Begeisterung hatte ich hastig & aufgeregt gesprochen; mich dünkte, Medrick Weir richte einen entsetzten Blick durch seine funkelnde Brille auf mich.

Dann überraschte er mich mit der Gleichmut seiner Antwort, die den Übereifer eines jungen Arztes sowohl rügte als auch verzieh. »Nun, Silas! Ihre Forschung ist zweifellos wertvoll & sollte zu gegebener Zeit fortgesetzt werden; es ist richtig, gesetzwidrige uneheliche Geburten kommen in der Anstalt vor, selten, & in den meisten Fällen werden die Kinder sofort von der kranken Mutter weggebracht & zur Adoption vermittelt. Doch wenn die Umstände es erfordern & ein junger Experimentator sich als würdig erweist, könnte es sein, dass ihm ein Versuchsobjekt zur Verfügung gestellt wird, abhängig von einer Prüfung durch den Vorstand der Anstalt, deren Direktor ich bin.«

Diese Worte bewegten mich so tief, dass ich kaum sprechen konnte. Dünkte mich doch, als fände ich in diesem entfernten Verwandten, der mich bis vor Kurzem noch nie zu Gesicht bekommen hatte, den gütigen, fürsorglichen *väterlichen* Vater, den ich in meinem früheren Leben nie hatte.

»Derweil, Silas, sind wir in der Anstalt mit einer entsetzlichen Krise konfrontiert, einem Hang zum Selbstmord bei den Schwachsinnigen unter den Kranken, was Ihnen zweifellos zu Ohren gekommen ist – ein sich so ausweitender Skandal lässt sich ja kaum unterdrücken. Meine Feinde im Parlament – mit böswilligen Gerüchten & Unwahrheiten von meinen Widersachern auf dem Gebiet der Psychologie gepäppelt, die nichts lieber täten, als mich in meinem Direktorenamt zu stürzen – agitieren für eine »öffentliche Darlegung« der Verhältnisse in meinem Krankenhaus, daher müssen wir den Selbstmorden sofort einen Riegel vorschieben. Die Schwerstkranken haben wir natürlich weggesperrt – auf die übliche Weise gesichert. Es würde aber sehr schlecht aussehen, *sämtliche Verrückte wie Gefangene wegzuschließen*. Denn das signalisierte unseren Widersachern, dass wir es aufgegeben hätten, sie ›heilen‹ zu wollen – was unser Auftrag ist.« Medrick Weir verstummte & heftete seinen Blick auf mich, durchdringend sogar durch die blitzenden Gläser seiner Brille. »*Sie*, mein lieber Neffe, sind für die Leitung einer Gruppe junger Ärzte vorgesehen, die körperliche Leiden behandeln soll, die derlei unbesonnene Handlungen heraufbeschwören können.«

Was mir unter diesen vielen erstaunlichen Worten am lautesten im Ohr klang, war: *Sie, mein lieber Neffe* …, denn es war das erste Mal, dass Medrick Weir mich mit genau diesen Worten angesprochen hatte, so als wäre er nicht bloß ein entfernter Verwandter, der lediglich meinen – in den Neuenglandstaaten nicht einmal seltenen – Familiennamen trug, sondern ein naher Angehöriger, der mich, als einen *Neffen*, gut kannte.

»Dr. Weir, ich werde Sie nicht enttäuschen. Ich schwöre, Sir – *ich stehe Ihnen zur Verfügung*.«

Ich wischte mir über die Augen. Medrick Weir sollte nicht sehen, dass Tränen der Dankbarkeit sie trübten.

Die Fistel

Aus der *Chronik eines Arztlebens*
von Dr. Silas Aloysius Weir

Die *Fistel* – fürwahr Evas Fluch, unter dem eine erkleckliche Anzahl von Frauen nach der Geburt litt, großteils aber schweigend.

Die *Fistel* – es hätte mich nicht überraschen sollen, war *die* eine Krankheit der wahnsinnigen Frauen, die die schwerste Sünde begingen & sich das Leben nahmen; denn eine *Fistel*, an sich schon widerwärtig, stürzte Betroffene fraglos in Verzweiflung & trübte ihr Urteilsvermögen noch mehr. Ich kannte die Erkrankung schon lange, allerdings nicht im Detail, galt sie den Ärzten doch als hoffnungsloses Leiden, der Lepra oder Syphilis vergleichbar, für das es keine Heilung gab. Dr. Strethers Ordination in Chestnut Hill wurde, hieß es, von einigen davon betroffenen Frauen aufgesucht, die seit Jahren kein Mensch zu Gesicht bekommen hatte; an *Fisteln* erkrankte Frauen, aus den angesehensten Familien stammend, wurden aus Scham verborgen oder verbargen sich sogar freiwillig in den Häusern ihrer Familien in einer Art Quarantäne, über die nichts nach außen drang. Diese Unglücklichen, obwohl oftmals Mütter & Großmütter, konnten keinen Umgang mit anderen pflegen & wollten es auch nicht, wussten sie doch um ihre Widerwärtigkeit & wollten lieber für exzentrisch oder gar wahnsinnig gehalten werden, als sich mit dieser Krankheit sehen zu lassen.

In der Hermitage waren unter den Mädchen & Frauen von niedriger Herkunft, den einfachen Dienerinnen & Arbeiterinnen in den Fabriken & auf dem Gutshof, einige an *Fisteln* erkrankt, deren Untersuchung mir nicht aufgetragen worden war; diese unglücklichen Wesen durften aus Barmherzigkeit der Rosencrantzes abgesondert weiterarbeiten, damit sie nicht letztlich Hungers starben.

In der Heilanstalt blieb ich von diesen Patientinnen jedoch nicht verschont, & in meiner Beflissenheit, der hohen Meinung meines Onkels von meinem Können & seinem Vertrauen in mich gerecht zu werden, wollte ich alles in meiner Macht Stehende tun & nach einer wirklichen *Heilung von Fisteln* suchen. Es war für mich ein vor Trenton völlig neues Forschungsgebiet.

Zu ihrem besonderen Kummer ist die *Fistel*-Kranke nicht nur von sich selbst abgestoßen, sondern auch von anderen – von allen, die in ihre Nähe kommen. Sie mag sich noch so sehr bemühen, sich sauber zu halten, es gelingt ihr nur für eine kurze Weile, falls sie nicht dem Essen & Trinken gänzlich abschwört, in welchem Fall sie in Ohnmacht fällt & rasch verstirbt.

Ein solcher Kummer, dünkte mich, war womöglich noch größer als Evas Sünde, obwohl ich mich beeile anzufügen, dass es mir fernliegt, die Dogmen des christlichen Glaubens anzuzweifeln, wie sie von geachteten Köpfen, Johannes Calvin etwa, niedergelegt wurden, dem protestantischen Reformer, den mein Vater am meisten von allen bewunderte.

Jedenfalls hat der Arzt die Aufgabe, die Kranken *zu heilen* & zu behandeln, & nicht, über sie zu urteilen.

Für die Leser, denen die *Fistel* als medizinischer Begriff neu ist: Er bezeichnet insbesondere Perforationen des weiblichen Harntrakts, was zu chronischer & ständiger Inkontinenz führt.

Schmutzig, widerwärtig, verflucht – so wurde oft über Kranke geurteilt, die die Funktionen ihres Unterleibs nicht steuern können & die deshalb keine Schuld trifft.

In angesehener Gesellschaft wurde über das Leiden kaum gesprochen. Es war nicht damit zu rechnen, dass ein Ehemann von der *Fistel* einer Ehefrau wusste, durfte der gemeine Begriff in seinem Beisein doch nicht erwähnt werden. Im Medizinstudium hörten wir von *Ulzera* – nicht exakt die männliche Entsprechung, aber mit gemeinsamen Merkmalen. Das *Ulkus* ist eine rätselhafte Geschwulst im männlichen Darm, die *Fistel* ist ein Riss in der weiblichen Harnblase, meist infolge einer komplizierten Entbindung.

Zugegeben, ich war etwas überrascht, wenn auch nicht schockiert, dass ich in der Anstalt in Trenton zunächst *Fistel*-Kranke behandeln sollte, von allen Patientinnen die reizlosesten, & begriff erst im Nachhinein, dass meine Anstellung, zwar zu großzügigen Bedingungen & eine Verbesserung gegenüber meiner Lage in Ho-Ho-Kus, jedoch völlig davon abhing, dass ich nach Anweisung meines Onkels & unter seiner Leitung tätig war.

Ja: Es ist tragisch, berichten zu müssen, dass Brigit Kinealy eine dieser verachteten Frauen geworden war. Zwar nicht Patientin, war Brigit durch die Schuldübertragung & in schlecht bezahlter Stellung an die Anstalt gebunden; es hieß, der Direktor persönlich zeige ein gewisses Interesse an ihr, der Waise, deren Mutter, eine Magd aus Limerick & per Schuldvertrag ebenfalls auf Zeit an die Anstalt gebunden, einige Jahre zuvor gestorben war.

Kaum hatte ich mit Erleichterung erfahren, dass Brigit nach dem Kaiserschnitt nicht an Blutverlust oder einer Infektion gestorben war, da berichtete Gretel mir, die junge Mutter leide an Inkontinenz wie die anderen & mache einen sehr niedergeschlagenen Eindruck.

»Soll ich sie untersuchen? Wo ist sie?«, fragte ich eifrig, jedoch auch bang, denn es wäre entsetzlich, das engelsgleiche Mädchen in so einem Zustand zu sehen & den Gestank von Urin & Exkrement zu riechen, der eine unvermeidbare Begleiterscheinung der *Fistel* ist.

»Brigit bleibt für sich, Doktor. Sie ist meist für die Nachtschicht eingeteilt, zusammen mit anderen *Dienstschuldnern*. Sie haben sich in einem Teil des Kellers, in den sich sonst niemand hineinwagt, jede ein kleines Nest eingerichtet. Arbeiten in der Küche & in der Latrine.«

Es war schmerzlich, das zu hören. Dieses engelsgleiche Gesicht – & arbeitet in der Latrine!

»Was ist aus ihrem Kind geworden? Ich vermute, sie stillt es nicht?«

»Natürlich nicht, Doktor! Sie haben es ihr gleich genommen. Ein weißes Kind ist immer wertvoll, sogar eins von niedriger Geburt. Es ist inzwischen von einem achtbaren christlichen Ehepaar in Trenton oder Princeton adoptiert worden. Das erfahren wir nicht – nie.«

»Was wollen Sie damit sagen – nie? Kommt so etwas denn öfter vor?«

Doch Gretel schlich mit finsterer Miene davon. Es sollte offenbar niemand sehen, dass sie im Hauptflur der Anstalt, in der Nähe der Krankenstation, mit mir sprach.

Ich schaute wohl recht ungläubig, denn ich war doch höchst erstaunt.

»Ich hoffe, sie ist wenigstens nicht lebensmüde«, hätte ich Gretel gern nachgerufen, wagte es aber nicht.

Nachdem ich eine Reihe von unglücklichen Wahnsinnigen von knapp unter zwanzig bis ins frühe Greisenalter, gut zwei Dutzend mindestens, untersucht hatte, wurde ich, wenngleich etwas widerwillig, zu einem Experten für *Blasenfisteln*, ein für mich wie für jeden achtbaren Arzt bisher unerforschtes Terrain.

Im Allgemeinen lässt sich die Erkrankung wohl auf eine Schwängerung in sehr jungen Jahren zurückführen, bevor das Becken ausreichend Zeit hatte, zu wachsen & die sichere Entbindung eines Kindes von normaler Größe zu ermöglichen (wie im Falle der sechzehnjährigen Brigit). Bei Mädchen aus einfachen Verhältnissen war es nicht ungewöhnlich, dass sie bereits mit zwölf geschwängert wurden – ich hatte das im ländlichen New Jersey schon geahnt, es war also keine große Überraschung.

In allen Verhältnissen von Unfreiheit – ob als Dienstschuldnerinnen oder als schwarze Sklavinnen (die es in New Jersey zu dieser Zeit noch gab, vor allem im Süden des Staates) – wurden Frauen schon in sehr jungen Jahren geschwängert, waren sie doch wehrlos gegen ihre Besitzer oder Aufseher. Solche Mädchen, wurde mir zur Vorbeugung gegen aufkommendes Mitleid erklärt, waren nicht zu stolz, sich auf die Weise Gefälligkeiten zu verschaffen, & einige waren, schon in jungen Jahren, entsetzlich *reif*.

(Ich merke schweren Herzens an, dass die Familie meiner Frau in Vineland, New Jersey, Sklaven besaß, ein schwarzes Paar, & dessen Kinder, sobald sie geboren waren, verkaufte; eines davon war Theresa als Mitgift zugedacht, wogegen ich mich mit der Begründung sträubte, dass meine Familie entschiedene Abolitionisten waren & mich vollends enterbt hätte, wenn ich eine Kindersklavin ins Haus gebracht hätte! Von diesem heiklen Anfang an gab es Spannungen zwischen meinen Cleff-Schwiegereltern & mir, die sich so bald nicht legen sollten.)

Während qualvoller, sich lange hinziehender Wehen kam es häufig vor, dass eine junge Mutter einen Scheidenriss erlitt, bei dem auch die Harnblase perforiert wurde, sodass flüssige Ausscheidungen (Urin) direkt in den Vaginalkanal gelangten & fast ununterbrochen aus dem Körper tropften. Die betroffene Frau wurde dadurch zum Paria in ihrer eigenen Familie, die ihren »Schmutz« & chronischen Gestank nicht ertrug. Sogar

Nahestehende, die starke Gefühle für die Betroffene hegten, ein Ehemann, ein Vater oder eine Mutter, ein Geschwister oder eines ihrer Kinder, hielten es in ihrer Gegenwart nicht lange aus. Das hatte zur Folge, dass an *Fisteln* erkrankte Frauen nicht nur aus allem, was einem normalen Leben ähnelte, verbannt, sondern auch anfällig für offene Wunden, schwärende Entzündungen & rasende Fieber waren, die ihrem elenden Leben schon bald ein Ende setzten, oftmals schon, bevor die Säuglinge entwöhnt waren.

In den schwersten Fällen wurden auch Kinder zu Opfern – von ihren unglücklichen Müttern verlassen, zu schwach oder zu krank, um bei Ersatzmüttern untergebracht zu werden.

Noch im Tode, stellte ich fest, verströmten die Leiber erkrankter Frauen einen so stechenden Geruch, dass es vergebliche Mühe war, sie dem Brauch entsprechend waschen zu wollen: In aller Eile, binnen Stunden, fand ein christliches Begräbnis statt, mit wenig Zeit zu trauern. Wenn eine an einer *Fistel* leidende Frau starb, galt das im Allgemeinen eher als Segen, wie traurig es auch für diejenigen sein mochte, die sie in glücklicheren Tagen kannten.

Warum, könnte man nun fragen, wehrten sich junge Mädchen dann nicht mit aller Kraft dagegen, geschwängert zu werden?

In so einem Alter & sowieso außerhalb der Ehe stellt eine solche sexuelle Frühreife die zivilisierte Gesellschaft vor ein Rätsel. Eine gewisse Laxheit der Sitten in den niedrigeren Klassen ist die wahrscheinlichste Erklärung; das Versäumnis, die eigenen Kinder so im christlichen Glauben zu unterweisen, wie ihre Eltern einst sie unterwiesen.

Wenn ich diese leidenden Wesen verzweifelt fragte: »Warum hast du denn zugelassen, dass so etwas passiert? Du hättest dich doch bestimmt *wehren* können?«, stieß ich oft auf tränenfeuchte Augen & eisiges Schweigen.

Einmal mischte sich Gretel, die mich zufällig gehört hatte, mit zornigem Lachen über meine Fragen ein & verriet mir, dass ein Mädchen oder eine Frau nicht »Nein« zu einem Mann sagen könne – es sei denn, sie stamme aus einer begüterten Familie; aber auch dann könne sie nicht »Nein« zu einem Heiratsangebot sagen, in das ihr Vater eingewilligt habe.

Sosehr ich Gretels Mithilfe auf der Krankenstation schätzte, die scharfe Zunge der Frau schätzte ich nicht. Es missfiel mir, wenn sie so grob über *Männer* sprach – als bedächte sie nicht, dass ich *ein Mann* war, von ihren Vorgesetzten in der Anstalt ganz zu schweigen.

»Das ist nicht wahr, Gretel. Es gibt anständige, rechtschaffene, gottesfürchtige *Männer* – vielleicht kennen Sie keine, aber es gibt sie wirklich.«

Gut möglich, dass ich errötete, weil wir so offen über derlei Dinge sprachen; so ein Wortwechsel konnte in meinem Haus oder dem meiner Schwiegereltern oder meiner Familie in Concord nicht stattfinden.

Gretel blieb mein Unbehagen nicht verborgen, sie fügte auf ihre seltsame Art hinzu: »Natürlich, Dr. Weir. Es können nur *Männer* von woanders sein, nicht aus New Jersey, die sich so schlecht benehmen. Die Sklavenhalter im Süden sollen ihre schwarzen Sklavinnen ja besonders grob behandeln, obwohl auch sie Christen sind. Aber das ist bestimmt nur ein *Gerücht.*«

Einige Umstehende lachten, ich lachte jedoch nicht, sondern wandte mich verärgert ab & ging davon, & Gretel sah mir mit Bedauern, da bin ich mir sicher, nach.

Ein weises, oft gehörtes Wort lautet: Wenn du deine Untergebenen nicht in die *Schranken* weist, reißen sie die Schranken nieder & nutzen deine Freundlichkeit aus, missverstehen sie als Schwäche der Überzeugung.

Ich schwöre, Sir – ich stehe Ihnen zur Verfügung.

Hätte ich es dem Direktor der Staatlichen Heilanstalt für weibliche Geisteskranke in New Jersey nicht geschworen & meinem Onkel Medrick dabei bewegt die Hand geschüttelt, hätte mich womöglich der Mut verlassen, & ich wäre, konfrontiert mit der anscheinend unlösbaren Aufgabe der *Fisteln*, geflohen.

Hinzu kam, dass sich eines frühen Sonntagmorgens im Februar noch eine Wahnsinnige das Leben nahm, sich im höchsten Stockwerk des Anstaltsgebäudes, dem zweiten, aus dem Fenster auf einen verschneiten Weg stürzte, sich beide Beine brach & eine schwere Schädelfraktur zuzog, aber einen gekritzelten Abschiedsbrief hinterließ: *Verflucht sei Gott & der Mensch.*

(Medrick Weir, nach diesem letzten Todesfall heftigen Angriffen seitens seiner Widersacher im Parlament von New Jersey ausgesetzt, tat mir zwar leid, doch ich war erleichtert, dass die Selbstmörderin nicht an einer *Fistel* litt, sondern an einer gewöhnlicheren Krankheit, chronischer Psoriasis, die den Großteil ihres Körpers befallen hatte, & an chronischem Reizhusten, die zu der in der Anstalt verbreiteten Bedrückung & Mutlosigkeit hinzukamen & daher nicht in meine Zuständigkeit fielen.)

Mir die erkrankten Frauen anschauen, mit Gretel oder einer anderen Schwesternhelferin, die mir assistierte, mehr konnte ich nicht tun & zuweilen nicht einmal das; oft musste ich abrupt aufhören, zum Fenster hasten, mich hinausbeugen & frische Luft einatmen, damit es mich nicht würgte & ich mich erbrach, so abstoßend war der Gestank. Sogar wenn Gretel dafür gesorgt hatte, dass der Beckenbereich der Patientin kurz vorher gründlich mit Borax-Seife gewaschen wurde, kam das vor.

Ich gebe es nicht gern zu, aber in dieser Anfangszeit war mein Widerwille gegen diese klinische Arbeit so groß, dass ich kleine Schlucke des schottischen Whiskys zu mir nehmen musste, den ich extra dafür in meinem privaten Zimmer auf der Krankenstation aufbewahrte, außerdem von Zeit zu Zeit Kokaintropfen & Laudanum aus den Stationsvorräten.

Es war ein erstaunlicher Befund, dass nicht alle betroffenen Frauen in jungen Jahren Opfer von gewaltsam erzwungenem Geschlechtsverkehr geworden waren; bei den meisten Kranken handelte es sich um ältere, verheiratete Frauen, die den Schaden bei der Niederkunft erlitten hatten, unabhängig von ihrem Alter. Gretel erfuhr von ihnen eher, dass sie zahlreiche Kinder hatten – manche acht, neun oder gar zehn. Dass ihre Körper zerschunden waren & man ihnen die Verzweiflung am Gesicht ansah, war keine große Überraschung. Dass diese Frauen *Verrückte* waren, merkte man nicht zwangsläufig, wenn man einfühlsam mit ihnen sprach, wie Gretel es tat; befragte jedoch ich sie, verstummten sie meist, blickten unstet umher & bekamen Angst.

Laut Medrick Weir war ein diagnostisches Merkmal *geistig erkrankter Frauen* ihre Unfähigkeit, simple, von einem Arzt gestellte Fragen zu beantworten, so als arbeitete ihr von den Infektionen des Uterus willenlos gemachtes Gehirn nicht mehr.

Ich wollte ergründen, ob die *Geisteskrankheit* dieser Patientinnen eine Folge der *Fistel* war oder ob beide nur zufällig zusammenhingen, oder aber, ob die Erfahrung der Schwangerschaft selbst der *Erkrankung des Geistes* vorausging & die *Fistel* den pathologischen Zustand verschlimmerte.

»Zu gebären ist die Erfüllung einer Frau«, sagte ich zu Gretel, »daher leuchtet mir nicht ein, dass eine Frau, je mehr Kinder sie hat, desto eher geistig erkrankt. Man fragt sich doch, warum die Vorsehung bestimmt haben sollte, dass so viele Frauen an *Fisteln* leiden, wenn sie durch die Mutterschaft doch gesegnet sind.«

»Nicht alle Frauen sind so glücklich, Mütter zu werden, Doktor. Für manche ist es eine böse Überraschung.«

»Für normale Frauen, in stabilen christlichen Familien mit

liebevollen & fürsorglichen Ehegatten ist es aber sicher ein freudiges Ereignis.«

»Für solche Frauen schon – vielleicht. Aber Frauen, die nicht von einem Ehemann beschützt werden, sondern durch einen Vertrag einem Herrn dienstverpflichtet sind, erleben es ganz anders.«

Es war das erste Mal, dass Gretel genauso verzagt über Dienstherren sprach, wie ich es von Betje gehört hatte.

»Wer ist eigentlich Ihr Dienstherr, Gretel?«, kam ich vor Überraschung nicht umhin zu fragen.

»Das ist der Direktor der Anstalt, Doktor«, sagte Gretel zurückhaltend, »aber nur, solange ich unter den Bestimmungen des Staates New Jersey in der Anstalt beschäftigt bin. Ich wurde aus einer Ortschaft in der Nähe von Düsseldorf im Alter von vierzehn hierhergeschickt – wir waren in der Familie zu viele. Das ist so lange her, ich kann mich kaum erinnern.«

»Das wusste ich nicht, Gretel. Sie sind also auch Vertragsschuldnerin?«

»Das sind wir alle. Der einzige Unterschied ist, dass einige von uns die Hoffnung aufgegeben haben & andere nicht – noch nicht.«

»Sie sind aus – Düsseldorf, sagten Sie? Ist das Deutschland? Haben Sie über die Jahre keine Verbindung zu Ihrer Familie gehalten?« Auch das verblüffte mich, da Gretel bisher nicht den Eindruck erweckt hatte, verbittert zu sein wie so viele in der Anstalt.

Gretel lachte schroff, wobei man kleine, sehr fleckige Zähne sah, kein schöner Anblick.

»Familie ist ein Luxus. Nichts für *uns*.«

Stirnrunzelnd lenkte Gretel meine Aufmerksamkeit zurück zu der Patientin, die mit verdrossener Miene an einem halb geöffneten Fenster stand, um ihren Körpergeruch so gut es ging zu zerstreuen, & auf ihre Untersuchung wartete; eine Frau, dünn wie ein Skelett mit krisseligem Haar rings um den Kopf wie Spinnweben.

»Kommen Sie, Mrs. Brunner«, sagte Gretel freundlich, aber bestimmt.

Besonders beklagenswert war, dass an *Fisteln* erkrankte Frauen binnen Kurzem selbst meinten, so abstoßend zu sein, wie die anderen sie fanden; die gleiche Scham quälte Frauen mit bestimmten Krebserkrankungen, etwa der Brust & der Unterleibsgegend; auch sie verkrochen sich manchmal lieber & starben, als dass sie sich um eine Behandlung bemühten. Da eine *Fistel* einer offenen Eiterbeule vergleichbar war, einem Riss im Fleisch, verschlimmerte sie sich dadurch, dass in säuregleichen Rinnsalen ständig Urin aus der gerissenen Blase durch den Vaginaltrakt, an den Innenseiten der Schenkel & der Beine entlang hinabfloss & überall, wo die Kranke für längere Zeit stand, den Boden beschmutzte, weshalb andere sie verärgert vertrieben & verscheuchten wie Fliegen.

Es war ein Jammer, wenn junge, hübsche Mädchen wie Brigit Kinealy an der Krankheit litten, war ihr Leben damit doch unweigerlich vorbei. Sie konnten nie heiraten, konnten nie in einer normalen Familie leben. Die niedrigsten, verächtlichsten Tätigkeiten, etwas anderes blieb ihnen nicht, denn sie konnten nicht einmal in einer ratternden Fabrik arbeiten, gemeinsam mit anderen. Schwer zu glauben, dass sie, von der Menschheit verworfen, nicht auch von Gott verworfen waren, wie der große Johannes Calvin es gelehrt hatte.

Wie grausam! – Ich konnte nicht begreifen, warum Gott ein so einnehmendes Wesen geschaffen hatte, nur um es zu verderben.

* *

Eines Tages mitten im Winter sah ich Brigit Kinealy einmal von ferne, als ich auf einen Hintereingang der Krankenstation zuschritt; es hatte den Anschein, als wäre Brigit zum selben Eingang unterwegs gewesen, jedoch verlegen zurückgewichen, als sie mich sah.

Ich hatte allmählich vergessen, dass Brigit Kinealy für das Auge eine *Laune der Natur* war: ein Albino mit unnatürlich blasser Haut & aschweißem Haar & mit Augen, so hell, dass sie durchscheinend wirkten wie Glas. Ihr Gesicht war von erstaunlicher Schönheit & dabei von einer Zartheit, dass ich fürchtete, es könnte brechen wie feinstes Wedgwood-Porzellan.

An diesem stürmischen Wintertag trug Brigit einen Umhang aus einem groben dunklen Stoff, der locker an ihrem schmächtigen Körper hing & nicht sehr sauber war, an den Füßen schlecht sitzende Stiefel, vielleicht Jungenstiefel. Obwohl ich energisch mit den Armen herumfuchtelte, um sie auf mich aufmerksam zu machen – sie sogar, ich konnte nicht widerstehen, freundlich anrief, mit den Lippen einen Gruß formte & meinen Namen nannte – »Dr. Weir« – »der dich von deinem Kind entbunden hat« –, wollte sie mir nicht begegnen & hastete davon wie eine erschrockene Katze.

Trotz der frischen klaren Winterluft wehte mich ein schwacher Uringeruch an – herzergreifend & widerwärtig.

»Armes Kind! Ich wünschte, ich könnte geloben – *dich* zu retten.«

Später am Tag sprach ich Gretel an & sagte ihr, ich hätte zufällig Brigit gesehen & frage mich, ob Gretel sie zu mir in die Krankenstation bringen könne. Ich wolle nach ihr schauen & in Erfahrung bringen, ob ich ihr irgendwie helfen könne; ich fürchtete nämlich auf einmal, Brigit könne wie so viele andere in Trübsinn verfallen & sich das Leben nehmen.

Doch Gretel schüttelte ernst den Kopf & erwiderte, Brigit scheue sogar vor ihr zurück & sei bestimmt sehr unglücklich, nachdem vor Kurzem eine ebenfalls an einer *Fistel* erkrankte Freundin von ihr gestorben sei, die man im Keller gefunden habe, zum Skelett abgemagert, & die in ihrem schändlichen Zustand nichts mehr habe essen & trinken wollen.

»Ich habe von diesem Tod nichts gehört«, sagte ich überrascht, & Gretel erklärte mir, das Mädchen sei keine Patientin der Anstalt gewesen, einer staatlichen Einrichtung, sondern Dienstschuldnerin, sodass ihr Tod nicht in den Akten verzeichnet war; außerhalb der Anstalt würde niemand davon erfahren.

»Gibt es davon viele? Die nicht in den Akten verzeichnet sind?« Womöglich, dachte ich, gibt es in irgendeiner Funktion in der Anstalt beschäftigte, aber nicht erfasste Personen, die für Versuche zur Verfügung standen, doch da musste Gretel passen.

»Es wäre eine schwere Sünde, sollte Brigit sich etwas antun«, sagte ich streng in der Hoffnung, dass Gretel Brigit meine Besorgnis ausrichten würde, »ein Affront Gottes, auch wenn sie entsetzlich leidet.«

Gretel stimmte mir, kaum hörbar murmelnd, zu – entweder aus voller Überzeugung oder mit heimlichem Spott, wie es ihre Art war: *Ja, Doktor.*

»Ich muss darauf bestehen, Gretel: Sie bringen Brigit Kinealy zu mir.«

»Aber, Doktor ...«

»*Sie bringen sie her.* Recht bald, bitte.«

»Aber ich bin mir nicht sicher, dass sie mitkommt, Doktor. Denn, wissen Sie ...«

»*Sie bringen sie her.* Das wäre alles, Gretel.«

Ich wandte mich rasch ab, damit Gretel den Ausdruck auf meinem Gesicht nicht sah, & ging eilig davon. Mein Herz schlug schnell, ich wusste nicht, warum. Die Festigkeit meines Entschlusses war für mich genauso überraschend wie für Gretel, denn für gewöhnlich tat ich mich nicht leicht damit, die Übersicht über die Patienten zu behalten, vor allem die aus der Anstalt, in der die kranken Frauen zu zwei Sorten, beide unangenehm, gehörten, die einander immer ähnlicher wurden: entweder zunehmend unförmig & fettleibig oder knorrig & knochig wie ein Skelett;

erbarmungswürdig kahl oder mit Haar, krisselig & verfilzt wie ein Rattennest; kränklich-bleich oder unansehnlich dunkel wie mit einer feinen Schmutzschicht überzogen, zu tief eingeprägt, als dass sie sich abwaschen ließe.

Doch sie – *Brigit* – *gehört nicht dazu.* Sie *ist auserwählt worden, wie du auserwählt worden bist* – *von der Vorsehung.* Diese Einsicht traf mich wie ein Blitz.

Das Wunder

11. März 1852

Aus der *Chronik eines Arztlebens*
von Dr. Silas Aloysius Weir

Doch die Vorsehung sollte mich noch einmal leiten & noch einmal unerwartet.

Mein Gebet vieler Jahre, endlich erhört – jedenfalls zu Beginn.

»Dr. Weir – ich habe sie hergebracht: Brigit.«

Ein paar Wochen waren vergangen. Heute aber, an einem ungewöhnlich hell strahlenden Tag im März, der auf Schneefall in der vorausgegangenen Nacht folgte, erschien hinter Gretel die Albino-Waise Brigit Kinealy, das Gesicht halb unter der Kapuze des Umhangs verborgen.

»Ah! – verstehe. Treten Sie *ein.*«

Das heftige Pochen in meiner Brust! Ein Hammerschlag.

Seltsam & beunruhigend, so dicht neben der Albino-Waise zu stehen, der ich Monate zuvor körperlich so nahe gekommen war. Dieses Mal war Brigit wach & bei vollem Bewusstsein, & ich erhob mich, richtete mich mit Autorität auf, kauerte nicht wie zuvor schändlich zwischen den Schenkeln der sich quälenden Mutter.

Diese erstaunt blickenden Augen! Das blasseste Blau, unheimlich.

»Brigit, guten Tag. Wie geht es dir?«

Ungerührt schaute sie mich an. Stumm.

Ich bat Gretel, die Patientin für die Untersuchung vorzubereiten, schlüpfte kurz zum Zimmer hinaus in mein angrenzendes Büro, um schnell einen Schluck schottischen Whiskys aus der fast geleerten Flasche zu trinken. Es war schließlich nur vernünftig, die geöffnete Flasche, ein Geschenk meines Wohltäters, nicht verkommen zu lassen.

Nur selten hat diese vorsorgliche Maßnahme meine Tatkraft & meinen Optimismus einmal nicht beflügelt.

Denn meine Hoffnung *verebbte* sonst schon manches Mal. Der Glaube an meine *Bestimmung*.

»Ah, gut! Niemand wird dir wehtun, weißt du.«

Es war meine Art, leichthin zu den Patientinnen zu sprechen, um sie, wenn möglich, zu beruhigen.

Einen spielerischen Plauderton anzuschlagen, wie er bei kleinen Kindern angebracht war, die sich besonders davor ängstigten, von Fremden berührt zu werden.

Während meiner gesamten Laufbahn hatte ich noch nie eine *taubstumme* Patientin untersucht, erst recht keine ohne jegliche Hautpigmentierung & mit Augen, so durchscheinend, dass man in den Augäpfeln winzige Kapillaren erkannte; bei zu genauem Hinschauen wurde mir schwindlig. *Das ist eine Falle, sie wird dich tief einsaugen. Obacht!*

Wie Dr. Strether es getan hätte, halb im Spiel & halb als Test der Schwerhörigkeit des Patienten, schnipste ich hinter Brigits Kopf mit den Fingern; sie zuckte nicht, entweder in echter Taubheit oder in eigensinniger Verweigerung jeglicher Reaktion auf mich. Denn eigensinnig war die irische Waise sehr, das merkte ich.

»Hallo? Hal-*lo*?« Doch auch als ich die Stimme erhob, hörte Brigit nichts; sie hatte aber wohl Schwingungen in der Luft & die Wärme meines Atems gespürt, denn sie wand sich vor Unbehagen.

»Wollen wir doch mal sehen …«

Vor Konzentration die Stirn runzelnd, schaute ich in ihre Ohren – so fein gewunden wie Blütenblätter & von wachsweißer Farbe –, entdeckte in dem umschatteten Inneren aber nichts Ungewöhnliches. Im Medizinstudium hatten wir zum Thema *Ohren* praktisch nichts gelernt.

Ein sehr heller, fein geringelter Flaum bedeckte die Nackenbeuge unter dem Haar des Mädchens, das ihm bis auf die Schultern fiel …

Als Nächstes testete ich Brigits Sehvermögen, indem ich die Hände vor ihrem Gesicht hin & her bewegte, um zu prüfen, ob der blasse Blick ihnen folgte; als ich ihren Augen mit den Fingern zu nahe kam, zuckte Brigit mit schnellem Blinzeln zurück, wie es ein normaler Mensch tun würde.

Als ich drei Finger hochhielt & sie fragte, wie viele sie sah, hob Brigit ihrerseits drei Finger, eine geistreiche Antwort, wie mich dünkte.

»Sagen kannst du es nicht, Brigit? – drei?«

Sie zog ein finsteres Gesicht, & eine feine Röte stieg ihr in die Wangen. Ich spürte, sie war verärgert über mich, konnte aber nicht widerstehen & berührte ihre Kehle, wollte nach den Stimmbändern tasten.

»Zu sprechen versuchen kannst du nicht, Brigit?«

Hartnäckiges Schweigen. Ihr Blick war nun ausweichend, sie wollte mir nicht in die Augen sehen. Als ich die Hand fester auf ihre Kehle legte & nach dem kleinen Adamsapfel suchte, der darin ja wohl vorhanden sein musste, wich Brigit mit scharfem Luftholen zurück.

Doch sie wollte nicht sprechen. Sie wollte mich nicht beruhigen, nicht einmal indem sie tief in der Kehle einen Gutturallaut produzierte.

»Weißt du, Brigit, du musst es *versuchen.*« Ich sagte es nicht verärgert, sondern eher in einem Ton elterlicher Nachdenklichkeit, so als durchschaute ich ihre kindliche List & würfe sie ihr nicht vor, verlöre aber vielleicht doch bald die Geduld.

Gretel erhob Einspruch: »Doktor, ich glaube, Sie sollten sich bei Brigit eine andere Stelle ansehen – die, wo sie erkrankt ist & Schmerzen hat. Wenn Sie sie zum Sprechen drängen, bringen Sie sie bloß durcheinander. Es schimpfen eh schon dauernd dumme Menschen mit ihr & sagen, sie könne sprechen, wenn sie es nur versuche.«

Es missfiel mir, dass Gretel *mich* tadelte, zumal im Zusammenhang mit *dummen Menschen*.

»Danke, Gretel, aber Sie sind falsch informiert. Es ist nämlich Konsens, dass es sich bei Taubstummen möglicherweise um Hysteriker handelt, die durch die richtige Behandlung schlagartig ihre Sprache wiederfinden«, sagte ich mit Bestimmtheit; obwohl das meines Wissens in der medizinischen Fachwelt keineswegs Konsens war, auch wenn es mich plausibel dünkte, war der *Uterus* nun einmal der Sitz vieler Krankheiten.

Ich vermutete jedoch, dass die Albino-Patientin nicht vollständig taub war, sondern eine laute Stimme vielleicht doch hörte, oder eine, die sie hören wollte; sie blickte unverwandt auf meine Lippen, als läse sie sie.

Manche tauben Menschen, hatte ich gehört, erlangten die Fähigkeit, anderen, wenn sie sprachen, von den Lippen abzulesen, & ich hatte den Eindruck, so tue es das Albino-Mädchen auch, & sei es instinktiv.

»Ist sie schon immer taub gewesen?« – Ich stellte meine Frage Gretel, aber so, dass Brigit sehen konnte, wie meine Lippen sie formten.

»Die Leute sagen, Brigit sei als kleines Mädchen von drei oder vier über Nacht taub & stumm geworden, als ihre Mutter starb«, sagte Gretel, »denn die starb unerwartet, durch einen Unfall in den kochend heißen Kesseln der Wäscherei hier in der Anstalt, & ihr Gesicht & ihr Körper waren stark verstümmelt. Das war so ein Schock für das Kind, dass es die Fähigkeit, zu sprechen & zu hören, verlor. Allerdings weiß ich es nicht genau, ich war noch nicht dienstverpflichtet. Und die Leute sagen vieles, was nicht stimmt, vor allem hier.«

»Ist das wahr, Brigit? Du bist durch den Schock über den Tod deiner Mutter taub & stumm geworden?«, fragte ich sie mit leiser Stimme & formte die Worte dabei sorgfältig mit den Lippen, da ich sie nicht noch mehr aufregen wollte.

Brigit antwortete nicht. Sie gab nicht zu erkennen, dass sie meine Frage gehört, nicht einmal, dass sie sie mir von den Lippen abgelesen hatte.

Ein jäher Widerwille durchfuhr mich. Sogar Zorn.

Du bist bloß eine Waise, die einen Bastard zur Welt gebracht hat. Und bist lädiert – verunstaltet. Du verlierst Exkremente, sogar während wir hier sprechen. Woher nimmst du diesen Hochmut?

Ich brachte einen ruhigen Ton zustande & erklärte Brigit, dass sich ihr Leiden lindern lasse. Wenn sie nicht taub & stumm geboren war, war sie *nicht von Natur aus* taub & stumm. Doch ich wollte sie nicht noch mehr durcheinanderbringen.

»Jedenfalls, was immer dir geschehen oder dir angetan worden ist, war nicht deine Schuld, denn du warst bloß ein Kind. Im Grunde bist du jetzt fast noch ein Kind.«

Es waren besänftigende Worte, die das Herz vieler Patienten erweicht hätten. Brigit aber mochte ihre hellen Augen immer noch nicht zu meinen heben. Womöglich hatte sie doch Schuldgefühle, weil sie einen Mann, vermutlich einen älteren, zu fleischlicher Sünde verlockt & ein uneheliches Kind zur Welt gebracht hatte.

»Jesus vergibt uns, weißt du. Maria Magdalena hat er ausdrücklich vergeben – einer Sünderin, der er sieben böse Geister ausgetrieben hat.«

Mich dünkte, die freundliche Mahnung mildere Brigits Steifheit doch ein klein wenig. Genauso, wie das Wort Gottes durch mich hindurchfuhr, einem reinigenden Feuer gleich, fühlte ich das Wunder, dass ich die irische Waise, eine Sünderin, gewiss, jedoch unschuldig, wieder aufrichten konnte.

Ich war in Hochstimmung. Der schottische Whisky hatte mir die Kehle & die Brust gewärmt, sogar die Hände, die zur Gefühllosigkeit neigten.

Auf ein Zeichen von mir wies Gretel Brigit an, sich auf den Untersuchungstisch zu legen – »Du lässt dich von Dr. Weir untersuchen, Brigit. Sonst stirbst du vielleicht.«

Auf ihre eigensinnig-stumme Weise gehorchte Brigit. Eine einzelne Träne lief die elfenbeinweiße Wange hinab, wie eine Perle schimmernd. *Meine Schöne!* – zwar widerspenstig gegen mich wie gegen jeden Mann, der es wagte, sie gegen ihren Willen zu berühren.

Doch Brigit half mit. Dies war der Beginn der ersten von zahllosen Beckenuntersuchungen, die ich bei der taubstummen irischen Waise Brigit Kinealy durchführte & die eine herausragende Rolle in der Geschichte der amerikanischen Medizin spielen sollten.

Es sollte nicht unerwähnt bleiben, dass ich zwar zahlreiche an der *Fistel* erkrankte Frauen untersucht, auf Verlangen von Vormündern verschiedentlich auch Exzisionen in der Region des weiblichen Genitals durchgeführt hatte, wie viele Ärzte meiner Zeit jedoch auf gut Glück vorgegangen war; ich hatte mir die Kranken nicht gründlich ansehen können, da geeignete Instrumente nicht vorhanden waren. In puncto *Fistel*, für die in der medizinischen Wissenschaft keine Heilung bekannt war, war meine Überzeugung, dass die Mühe zwecklos war, ein zusätzliches Hindernis.

Beim üblichen Procedere, der *Exzision* oder *Entfernung* eines erkrankten weiblichen Organs, war keine sonderliche chirurgische Präzision erforderlich, bei der Behandlung der *Fistel* hingegen konnte die Harnblase so wenig entfernt werden, wie das bei Nieren oder Leber möglich gewesen wäre. Hier musste man also anders vorgehen, präziser.

Dank Gretels Beistand & ihrer beruhigenden Art willigte Brigit ein, sich teilweise entkleiden zu lassen & sich rücklings auf den Operationstisch zu legen, die weißen Beine gespreizt. Prompt musste ich an die höllische Entbindung vor einigen Monaten, genau in diesem Raum, denken.

Ein kurzer Schwindelanfall überkam mich. Für einen grässlichen Augenblick fürchtete ich, ohnmächtig zu Boden zu sinken.

»Doktor! Obacht« – Gretel wagte es, mich zu stützen, denn ich hatte weiche Knie bekommen.

Als die Untersuchung nicht recht vorankam, sondern ins Stocken geriet – ich tastete mit halb geschlossenen, in Feuchtigkeit schwimmenden Augen –, schlug Gretel ein anderes Vorgehen vor: Brigit auf Händen & Knien auf dem Tisch, worauf Gretel ihre Vagina von hinten öffnen, so gut es ging, & der Arzt sie untersuchen konnte.

Das dünkte mich besser, da ich der Patientin nicht gegenüberzustehen brauchte, war auf seine Weise aber noch widerwärtiger & wohl genauso zwecklos.

Seufzend willigte ich in Gretels Vorschlag ein – denn mir blieb bei diesem Leiden nichts anderes übrig.

Ohne zu ahnen, dass die Vorsehung mich sogar jetzt leitete, wenngleich auf Umwegen & in Gestalt der grobschlächtigen Hebamme.

Außerdem hatte Medrick Weir mir den klaren Auftrag erteilt, die *Fisteln* zu erforschen & eine Möglichkeit zu ihrer Heilung zu suchen, damit weitere Selbstmorde in der Anstalt & noch mehr

Skandale verhindert wurden; & unter allen von der Krankheit betroffenen Patientinnen hielt ich den Fall der jungen Albino-Waise für den tragischsten.

Gretel postierte das Mädchen also auf Händen & Knien auf dem Tisch & spreizte die Schamlippen, die mit einem hellen, feinen Flaum wie bei einem neugeborenen Lamm bedeckt waren, den ich fasziniert betrachtete. Ich erblickte eine stark entzündete Körperpartie, vermutlich den Muttermund, der bei der sehr schmerzhaften Niederkunft vor mehreren Monaten schwer in Mitleidenschaft gezogen worden war. Wie konnte es sein, dass das arme Mädchen nicht mittlerweile zugrunde gegangen war!

Ich konnte nun deutlich erkennen, wie die kleine schlitzartige Öffnung in der Vagina bei der Geburt gedehnt worden, gerissen & nun erschlafft & entzündet war, konnte aber nicht ins *Innere* schauen, wo sich die *Fistel* verbarg.

Außerstande, die Vagina mit bloßen Fingern weiter zu öffnen, eilte Gretel davon & brachte, als sie wiederkam, nicht nur Nadel & Faden zum Nähen mit, sondern einen Gegenstand, so gewöhnlich, dass ich ratlos schaute.

»Doktor? – Wollen Sie es *damit* versuchen?«

»Gütiger Himmel, Gretel! Was ist das?«

Ein Löffel! Aus einem angelaufenen billigen Material, vermutlich aus der Anstaltsküche.

Eine groteske Idee, den weiblichen Körper mit einem Löffel für eine Untersuchung zu öffnen, die ich empört zurückgewiesen hätte, nur dass mir unter diesen Umständen keine große Wahl blieb.

Mit gehöriger Skepsis gelang es mir, wie von Gretel dirigiert, den Löffel in die entzündete Vagina einzuführen & leicht zu drehen – mit unvorhergesehener Folge: Ein Schwall Luft strömte in den offenbar geschrumpften & atrophierten Uterus ein, wodurch sich die Wände des Organs mit einem leisen *Sch-sch* sofort ausdehnten – & sich meinen erstaunten Augen das fürchterlich entzündete Innere darbot.

»Mein Gott! Was sehe ich da …«

Gretel bückte sich ebenfalls & schaute mit offenem Mund auf das Bild vor unseren Augen.

Das *Innere der Frau* dem Tageslicht preisgegeben, sein labyrinthisches Geheimnis enthüllt!

Und wirklich, als ich mich noch tiefer bückte, den Hals reckte & den Atem anhielt, sah ich schließlich & mit Gretels Hilfe den Riss am Boden der Harnblase, der nicht mehr als einen guten Zentimeter lang sein konnte: die *Fistel.*

Bis dato eine bloße Hypothese; jetzt eine *medizinische Tatsache.*

Begeistert fädelte Gretel den Faden für mich ein, einen ungewöhnlich feinen Faden, was ich mit meinen Fingern niemals bewerkstelligt hätte, & assistierte mir beim nächsten, äußerst diffizilen Schritt.

»Du musst stillhalten, Brigit« – ich bemühte mich um einen bestimmten Ton.

Die ganze Zeit über verhielt sich Brigit bewunderungswürdig stoisch, obwohl sie am ganzen Körper zitterte wie bei extremer Kälte; sie keuchte wie ein Tier, war jedoch willens, nicht aufzuschreien, als ich mich anschickte, den Riss in ihrem zitternden Körper zu nähen: Das erste Mal überhaupt in der Medizingeschichte weltweit, glaube ich, dass eine *Fistel* auf diese Weise von einem Chirurgen genäht worden war.

Es gab noch nicht einmal einen medizinischen Terminus für das Leiden – das *vesikovaginale Fistel* genannt werden sollte.

Genauso wie aus dem einfachen Löffel, den ich für die Untersuchung der Patientin benutzte, eines Tages ein *Speculum* werden sollte, von allen Frauenärzten verwendet & für Gynäkologen & Geburtshelfer unverzichtbar.

(Leider kam mir nicht in den Sinn, das Instrument beim amerikanischen Patentamt anzumelden, in welchem Falle es heute als *Weir-Speculum* bekannt wäre; ich wollte eine junge Frau mit akuten körperlichen Schmerzen behandeln & dachte in der Hitze des Gefechts nicht an schnöden kommerziellen Erfolg, sondern an ein *günstiges Geschick*.)

An jenem Abend kritzelte ich voller Hochgefühl & Hoffnung bis tief in die Nacht diese triumphierenden Worte in mein Ärztetagebuch:

11. März 1852

Als Luft in den kollabierten Uterus einströmte & ihn wieder in seine frühere, richtige Lage austrieb – das war das WUNDER. In dem Augenblick wurden mir die Augen geöffnet. Ich sah nun, was kein Sterblicher vor mir je gesehen hatte & was in Dunkelheit & Geheimnis gehüllt gewesen war: die *weibliche Vagina in ihrer ganzen Kompliziertheit*.

Wie Kolumbus staunend auf die *Neue Welt* blickte, wie Kopernikus & Galileo in den *Himmel* blickten, so blickte Dr. Silas Aloysius Weir, Arzt, an diesem Tage, im vierzigsten Jahr seines Lebens, in das dunkle Rätsel des Weibes.

Das Wunder

Postskriptum

Aus der *Chronik eines Arztlebens*
von Dr. Silas Aloysius Weir

»Dr. Weir! – *die Naht hält immer noch.*«

Nach dem Eingriff empfing Gretel mich jeden Morgen mit diesen aufregenden, ja herzerfrischenden Worten am Eingang zur Krankenstation. Offenbar ließ Brigit Kinealy keine Symptome von Inkontinenz mehr erkennen, sondern bezeugte vielmehr, *von ihrer Krankheit genesen* zu sein.

Vier Tage, fünf, sechs – *»Die Naht hält immer noch.«*

Zwar hätte ich Brigit gern ungestört in meinem Sprechzimmer mit dem neuentdeckten Instrument noch einmal untersucht, doch Gretel bestand darauf, mir zu berichten, denn Brigit mochte diesen Teil der Anstalt nicht betreten.

»Warum nur will sie nicht herkommen, Gretel?« – Ich konnte es mir nicht denken.

»Ich habe keine Ahnung, Doktor. Brigit erklärt ja nichts – wie Sie wissen. Sie hat nicht die Worte dafür.«

»Aber warum sollte sie *mich* nicht sehen wollen? Nachdem ich sie von diesem abscheulichen Leiden geheilt habe …« Es wollte mir nicht in den Kopf.

»Vielleicht widerstrebt es ihr, jemand anderem zu begegnen,

Doktor. Jemandem aus der Ärzteschaft, der nicht so freundlich zu ihr war wie Sie.«

Diese Andeutung würdigte ich nicht mit einer Kenntnisnahme, denn es ist immer ein Fehler, wenn man Untergebene ermuntert, zu offen über uns zu sprechen.

Doch mein Argwohn war geweckt: Konnte es sein, dass der Vater von Brigits unehelichem Kind jemand vom Anstaltspersonal war, dem ich regelmäßig begegnete?

Ich betete inbrünstig, die Naht in Brigits Harnblase möge halten, da ich auf so einen Erfolg kaum zu hoffen gewagt hatte, zumal die Anregung von einer Hebamme kam & nicht von einem ärztlichen Kollegen.

»Doktor Weir! – für Sie.«

Eine reizende kindliche Zeichnung von sich überlagernden Wellen oder von Spalten in Gestein oder von aufgefalteter Erde oder Fels, mit weichem Bleistift auf festem weißem Papier ausgeführt, ein Geschenk an mich, stellte sich heraus, von Brigit Kinealy, die nicht in der Lage war, mir persönlich zu danken.

»Aber was ist es, Gretel? Können Sie es erkennen?«

»Eine Rose, dicht vors Auge gehalten. Es sind Blütenblätter von Rosen, die einander überlagern.«

»Ah, eine Rose. Ja.«

Ich meinte es zu erkennen: eine vielblätterige Rose mit tiefen Schatten & Windungen.

Die große Freude über das kindliche Geschenk wurde ein wenig getrübt, als ich erfuhr, dass Brigit Gretel eine ähnliche Zeichnung geschenkt hatte, so als wäre sie mir, ihrem Arzt, nicht dankbarer als der Hebamme.

»Trotzdem, ich möchte mir Brigit bald anschauen, Gretel. Ich möchte die Naht kontrollieren.«

Nach acht Tagen war ich voller Hoffnung & hatte mit der Niederschrift eines Artikels begonnen, der den Titel »Erfolgreiche Reparatur einer vesikovaginalen Fistel bei einer jungen Mutter« tragen sollte & den ich an die führenden wissenschaftlichen Zeitschriften auf dem Gebiet der Chirurgie zu schicken gedachte. Ich konnte auch nicht widerstehen, den Anstaltsdirektor aufzusuchen, um mich meines (offensichtlichen) Erfolgs zu rühmen, denn unter allen Personen würde mein Großonkel Medrick Weir von der guten Neuigkeit Kenntnis erhalten wollen, die ein günstiges Licht auf ihn & die Anstalt werfen würde.

»Über eine Woche später ist die Patientin immer noch geheilt. Die Naht hält, die Harnblase ist so gut wie neu. Darf ich Ihnen den Artikel zeigen, wenn er fertig ist, Onkel? Ich werde ihn natürlich nicht ohne Ihre Zustimmung aussenden.«

»Hmm! Sehr gut, Silas.«

Ich hoffte natürlich, Medrick würde mich auffordern, seinem erlesenen *inneren Zirkel* beizutreten, der in einem oberen Stockwerk von North Hall mit Experimenten begonnen hatte, deren Art noch geheim gehalten wurde & zu denen ich erst noch hinzugezogen werden musste. Mein Onkel ließ es jedoch dabei bewenden & hörte mir ohnehin nicht eben aufmerksam zu. Sogar als ich ihm von dem höchst originellen Gebrauch des Löffels berichtete & schilderte, was er vom inneren weiblichen Genitale zu sehen gestattete, kritzelte der ältere Dr. Weir etwas in ein kleines Notizbuch; mein Bericht von der *Heilung der Fistel* mit Nadel & Faden, & dies zum ersten Mal in der Geschichte der Medizin (da war ich mir sicher), wurde grob durch Medricks Assistenten Pell unterbrochen, der nach knappstem Anklopfen eintrat & eine wichtige Mitteilung überbrachte, die umgehende Rückantwort erheischte.

Das war ärgerlich & enttäuschend, denn ich hatte mir eingebildet, zwischen mir & meinem Onkel bestünde ein besonderes *Einvernehmen*, das Pell ausschloss. Ich hatte jeden Grund zu glauben, dass Medrick Weir unter den jungen Ärzten, die er für sein

Personal angestellt hatte, mich favorisierte. Der Vorfall in seinem Büro gemahnte mich an die Störungen in meiner eigenen Familie mit den vielen Kindern, die Theresa nicht ausreichend erzog, was mich häufig aus meiner beengten Behausung auf das Anstaltsgelände trieb, wo ich bis zu vorgerückter Stunde in meinem Büro arbeitete.

Leider machten sich die Widersacher meines Onkels im Parlament von New Jersey für ein irgendwie geartetes öffentliches Tribunal stark, bei dem seine Arbeitsweise in der Anstalt in Zweifel gezogen werden sollte; Familien von Patienten, die von eigener Hand oder unter auffälligen Umständen gestorben waren, hatten zahlreiche Beschwerden bei den Behörden eingereicht.

Bei derlei Dingen versuchte ich wegzuhören, denn mein Onkel hätte es mir, wie ich wusste, von sich aus mitgeteilt, wenn es etwas Neues gab.

Ich bewunderte das Büro meines Onkels, ein großer, hübsch möblierter Raum in einem neuen Flügel der Anstalt mit Ausblick auf den verschneiten Garten oberhalb des Delaware River. Angenehm weit von den lautesten Stationen der Anstalt, den Geschlossenen, entfernt, war das Direktorenzimmer der Zufluchtsort eines Herrn mit eleganten Ölgemälden an den Wänden, die amerikanische Landschaften darstellten, mit Bücherschränken voller ledergebundener Klassiker, darunter Aristoteles, Thukydides, Galen & Gibbon. Auf einem glänzenden Eichentisch stand ein Fernrohr aus Messing, das zum Fluss hin zeigte, dank eines Drehgelenks aber mühelos auf andere Flügel der Anstalt oder auf den flachen Wohntrakt jenseits des kleinen Parks, in dem die begünstigten Mediziner aus dem Personal mit ihren Familien lebten, gerichtet werden konnte.

Es wäre sicher besser gewesen, ich hätte mich entschuldigt & meinen Onkel sich mit seinem Assistenten beraten lassen, doch da er seit meiner Ankunft in Trenton schon mehrmals ein gemeinsames Abendessen in Aussicht gestellt hatte, bei ihm zu Hause, unter der Woche, hätte ich es einleuchtend gefunden, wenn wir zur Feier meiner guten Nachricht noch am selben Abend zusammen aßen. Und ohne den aufdringlichen Pell wäre es vielleicht so gekommen. Seiner hämischen & arroganten Art mir gegenüber wie seines herrischen Umgangs mit Untergebenen wegen hegte ich eine starke Antipathie gegen Pell; es hieß, er nutze Frauen in der Anstalt aus, Angestellte wie Patientinnen gleichermaßen.

An jenem Abend beschäftigte Medrick Weir die Politik besonders stark, nicht nur die lokale, sondern auch die andernorts, nahmen doch die Spannungen zwischen den Nord- & den sklavenhaltenden Südstaaten von Tag zu Tag zu. Weil ich mich auf meine Arbeit als Mediziner & auf mein berufliches Fortkommen konzentrieren wollte, ging ich solchen Debatten aber lieber aus dem Weg. Ich hatte mir zur Regel gemacht, mit meinen angeheirateten Verwandten aus South Jersey, die Anti-Abolitionisten waren & mit dem Süden sympathisierten, nicht einmal über entfernt Politisches zu diskutieren. (Genauso mied ich das Thema mittlerweile in meiner eigenen Familie, deren Angehörige zwar entschiedene Abolitionisten waren, sich aber grundlegend in ihren Ansichten darüber unterschieden, mit welchen Mitteln der Abolitionismus dem Süden auferlegt werden sollte & welchen Preis man für die Befreiung der Sklaven zu zahlen bereit sein sollte.)

»Sklaverei ist verabscheuungswürdig, keine Frage, & muss per Gesetz abgeschafft werden, wie England es getan hat. Es ist wie ein brandiges Körperglied, das amputiert gehört. Doch *Aufruhr* ist auch schrecklich & gegen die Natur – die Erhebung der Farbigen gegen die Weißen, einer untergeordneten gegen eine überlegene Rasse.«

Bei der Heftigkeit, mit der Medrick Weir sprach, brauchte ich nur respektvoll zuzuhören. Der unmittelbare Anlass dafür war nach meinem Eindruck ein noch nicht lange zurückliegender

Sklavenaufstand in South Carolina, in dessen Verlauf einem halben Dutzend Weißer, darunter der Besitzer der Plantage & seine ganze Familie, die Kehle durchgeschnitten worden war, der persönlichere Zusammenhang aber war der Gesetzgeber von New Jersey, wo Medrick Weir »skrupellose, bösartige« Feinde hatte, aus schierem Neid auf seine Position als Direktor der finanziell üppig ausgestatteten Anstalt in Trenton darauf aus, ihn zu vernichten.

Probleme wie Rebellion, Aufstände & die Notwendigkeit, die Erhebungen *niederzuschlagen*, lagen 1852 in der Luft. Der Schrecken des Südens war das Grauen der Plantagen: Schwarze Sklaven wandten sich gegen weiße Herren; große Häuser wurden abgefackelt. In grellen Artikeln berichteten die Zeitungen von Sklavenbesitzern, denen ausgerechnet die von ihnen begünstigten Sklaven, ja sogar ihre eigenen (nicht anerkannten) nachts beschämt gezeugten Nachkömmlinge die Kehle durchschnitten. Von christlichen weißen Frauen, die von entlaufenen Sklaven brutal vergewaltigt & zum Sterben auf der Erde liegen gelassen oder, noch schlimmer, am Leben gelassen wurden & für den Rest ihres Lebens entehrt waren.

Ich mochte über eine *Vermischung der Rassen* nicht nachdenken, die mich gegen die Natur gerichtet & nicht sehr wahrscheinlich dünkte, da die Rassen naturgemäß lieber unter sich blieben & sich vor einer *Vermischung* fürchteten. Mir, einem Abolitionisten aus Prinzip, brauchte man nicht zu predigen & zu sagen, dass Sklaverei ein moralisches Unrecht war, ich hatte allerdings auch keinen Grund zu glauben, alle Rassen seien *gleich*, sowenig wie die beiden Geschlechter *gleich* waren.

Als Pell schließlich fort war, nahm mein zerstreuter Onkel wieder Notiz von mir. Ich hatte mir unterdessen durch das Messingteleskop die eisigen Bächlein im Delaware River angesehen, mich so unauffällig verhalten wie möglich, um ihn nicht zu verärgern oder zu kränken. Medrick bat mich, zu wiederholen, was ich ihm berichtet hatte, & ich tat es. Dieses Mal ließ er mehr Begeisterung erkennen & sagte, er würde meinen Artikel über die Behandlung von *Fisteln* sehr gern lesen, sobald er fertig war.

Dann erkundigte er sich nach dem Namen der Patientin, die ich so erfolgreich operiert hatte, & ich erwiderte, ich hätte keine Anstaltspatientin behandelt, sondern eine Frau vom Personal, eine junge Irin, der Anstalt dienstverpflichtet, die im vorigen September niedergekommen war & der man das Kind genommen hatte; dieselbe Frau, um derentwegen man mich ursprünglich aus Ho-Ho-Kus herbestellt hatte.

»Ah! – Verstehe.«

Da Medrick nicht weitersprach, war das Thema für ihn wohl erledigt. Ich fürchtete, einen Fehler begangen zu haben, indem ich eine Dienstschuldnerin behandelt hatte & nicht eine der amtlich bescheinigten Geisteskranken in unserer Obhut, deren Leben & Sterben behördlicherseits verzeichnet wurde.

Zu meiner Rechtfertigung erklärte ich, bei dem Mädchen, dessen *Fistel* ich genäht hatte, handele es sich um ein höchst ungewöhnliches Menschenkind – *Albino, taubstumm, Waise, irische Abstammung* –, dessen Mutter, wie ich hörte, eine Dienstschuldnerin aus Irland, bei einem Unfall in der Anstaltswäscherei ums Leben gekommen sei.

Nach Lage der Dinge, dämmerte mir, sollte ich den Namen *Brigit Kinealy* lieber nicht laut aussprechen, & tat es auch nicht.

Unvermittelt erhob sich Medrick seufzend hinter seinem schweren Schreibtisch wie jemand, der einen Entschluss gefasst hat. Erklärte mir in düsterem Ton, zu seinem großen Bedauern könne er mich nicht einladen, am Abend mit ihm zu essen, da seine Frau Agatha zu einem Verwandtenbesuch nach Providence gereist sei & er als Strohwitwer keine Gäste empfange.

»Aber wenn Sie zur Feier Ihrer guten Neuigkeiten ein Glas mit mir trinken würden, Silas, bevor Sie zu Ihrer Frau & Ihren

Kindern durch den Park nach Hause gehen – wäre mir das ein Vergnügen.«

Schon schenkte Medrick mit schiefem Lächeln in meine Richtung schottischen Whisky in zwei Gläser ein, & unter den Umständen wäre es unhöflich von mir gewesen, hätte ich nicht beflissen *Ja! Vielen Dank, Sir* gemurmelt.

Das Missgeschick

Aus der *Chronik eines Arztlebens*
von Dr. Silas Aloysius Weir

»Doktor, ich habe heute Morgen leider schlechte Nachrichten.«

Die Hebamme mit dem unangenehmen Düsseldorfer Akzent erwartete mich am Eingang zur Krankenstation. Sie hatte noch gar nichts gesagt, doch die Enttäuschung war ihr schon am Gesicht anzusehen; ein bisschen Scham war wohl auch dabei. So eine Schlappe für meinen Stolz hatte ich noch nicht erlebt.

»Nach zwölf Tagen, Dr. Weir! Wir haben alle so gehofft. Die arme Brigit hat so gehofft … Für sie ist das eine schreckliche Enttäuschung.«

Für sie? Für *mich*!

Ich starrte vor Verblüffung ins Leere, schwelgte noch in der Erinnerung an mein Gespräch mit Medrick Weir am Abend zuvor & malte mir wie ein Kind, das von Weihnachten träumt, meine Zukunft in der Anstalt aus: Beförderung auf einen höheren Rang, eine dringend benötigte Gehaltserhöhung, die Freiheit zu *experimentieren* …

Gretel berichtete nun rasch: Nach mehreren erfreulichen Tagen der Kontinenz, in denen die Patientin alle Anzeichen einer *Wiederherstellung des Normalzustands* erkennen ließ & regelrecht fröhlich wurde, sei heute, am frühen Morgen, das alte Leiden plötzlich zurückgekehrt, zuerst als dünnes Rinnsal, dann wie zuvor. »Ich glaube, ich weiß, was passiert ist, Doktor Weir. Der Faden war nicht fest genug, die Naht ist gerissen.«

Brigit sei ganz verstört zu *ihr* gekommen – habe geweint vor Kummer & neuerlicher Scham.

Es sah ganz danach aus, als würde Brigit Kinealy wieder zum verhassten Paria werden wie ihre Leidensschwestern. Nach so vielen Mühen! Nach so viel erniedrigendem *Bücken & mühsamem Schauen* in diesen scheußlichen Teil des weiblichen Körpers.

Nach meinem großsprecherischen Reden vor dem Anstaltsdirektor.

Schlicht unmöglich, mich nach dieser trostlosen Nachricht auf meine Arbeit auf der Krankenstation zu konzentrieren. Nichts greift einen innerlich mehr an als das Herumflicken an verrückten Frauen, bei denen es (um es frank & frei zu sagen) niemanden schert, ob sie leben oder sterben. Und das, als ich einer medizinischen Entdeckung so nahe gekommen war!

Meine Enttäuschung war so groß, dass ich Gretel sagte, ich wolle Brigit Kinealy nicht sehen & nicht noch einmal untersuchen.

Ja, es war aussichtslos. Bei ihr wie bei den anderen. Der Tod wäre eine Erlösung.

Doch wankelmütig ist des Menschen Herz, & ein, zwei Tage später sah ich, noch immer missmutig, das überirdisch bleiche ätherische Geschöpf zufällig auf dem Fußweg hinter dem Gebäude, wie schon bei anderer Gelegenheit. Es war ein lauer Märztag, Brigit war barhäuptig, ihr Haar so hell wie versponnenes Silber.

In dem Augenblick schnitt ihre fahle Schönheit mir ins Herz. Ich blieb stehen, wo ich war, meine Knie ganz weich geworden.

Genau in dem Augenblick sah Brigit mich & schreckte zurück

vor Scham, ihre blassen Geisteraugen noch größer als sonst. Sie kehrte sich ab & lief vor mir davon, als ich ihr gerade nachrief: »Brigit! Warte …«

Ausgeschlossen, ihr hinterherzugehen, schon gar nicht in der Öffentlichkeit, wo alle uns hätten sehen können, nicht zuletzt, säße er gerade in seinem Arbeitszimmer vor dem Messing-Teleskop, der Anstaltsdirektor.

Gretel berichtete, nach dieser unglücklichen Wendung habe sie Angst, Brigit könnte sich etwas antun, wie ihre junge Freundin es getan hatte, zumal Brigit in der kurzen Spanne ihres gebesserten Befindens daran gedacht habe, ein neues Leben zu beginnen, irgendwo außerhalb der Anstalt, die für sie mit so vielen traurigen Erinnerungen verbunden war.

Angesichts meiner Niedergeschlagenheit, aber auch auf der Hut vor meinem Missmut nach dem Fehlschlag, sprach Gretel mir gut zu, nicht zu *verzweifeln*.

Gab mir, scharfsinnig wie immer, zu bedenken, dass der Eingriff, objektiv betrachtet, zwölf Tage lang doch überraschend erfolgreich gewesen war; so lange war Brigit mehr oder weniger »normal« gewesen – versagt hatte wohl eher der Faden, nicht das Können des Chirurgen.

»Ein Garn, fester als Baumwolle, könnte halten, Doktor. Seide.«

Gereizt sagte ich: »Oh! *Seide*. Ich glaube nicht. Für *Seide* habe ich keine Zeit.«

»Soll ich Ihnen welche besorgen, Doktor? Eine Rolle Seidengarn …«

»Nein, nein, vielen Dank, Gretel, lassen Sie mich allein.«

Die Adern in meinen Schläfen pochten vor Ungeduld! Kein Arzt, der auf sich hielt, duldete um eines freundlichen Umgangs willen solche Unverschämtheiten des Pflegepersonals der Anstalt wie ich, davon war ich überzeugt.

Knapp eine Woche später, in der Gretel & ich das heikle Thema Brigit Kinealy dezidiert mieden, überraschte ich Gretel damit, dass ich in der Krankenstation eine Rolle *Seidengarn* hervorzog – aus dem Nähzeug meiner Frau stibitzt.

»Aber, Doktor! Sie haben das Seidengarn! Oh, das kommt sehr – überraschend! Soll ich Brigit zu Ihnen bringen? Wann?« Wie unter Sonnenlicht, das auf eine matte Landschaft fällt, erstrahlte das schlichte, ehrliche Gesicht der Hebamme vor Freude & vor Bewunderung für mich.

So geschah es, dass die Kranke ein weiteres Mal einbestellt wurde & sich ein weiteres Mal widerstrebend halb entkleiden & untersuchen ließ; mithilfe des Löffels, geschickt eingeführt, konnte ich die inneren Organe inspizieren, die wieder furchtbar entzündet waren; wie von Gretel vermutet, war der Baumwollfaden inzwischen tatsächlich gerissen. Auch wenn man mir die Bestürzung wohl ansah, rief Gretel mir in Erinnerung, dass ich die *Fistel* schon einmal erfolgreich repariert hatte. »Was Ihnen schon einmal gelungen ist, Doktor, gelingt Ihnen auch noch einmal – mit besserem Ergebnis.«

Es sollte sich bewahrheiten: Mit der Nadel, in die Gretel für mich den Seidenfaden eingefädelt hatte, konnte ich den prekären Riss in der Harnblase abermals schließen – *Seide*, stellte ich fest, ist tatsächlich das haltbarste Garn, sogar Katgut überlegen.

Nach dem strapaziösen Procedere war Brigit sichtlich erschöpft; ihre blasse, feine Haut wirkte durchscheinender & zarter denn je. Die Schmerzen, die sie unter meinen Händen ertragen hatte, waren trotz des verabreichten Johanniskrauts & Laudanums leider erheblich, doch ich wollte dem Mädchen nicht zu viel Betäubungsmittel geben aus Furcht, sie könne mir unter den Händen wegsterben.

Doch dass das Albino-Mädchen um meinetwillen wie um seiner selbst willen so starke Schmerzen ertrug, weckte in mir eine gewisse *Zärtlichkeit* für sie, eine *zitternde Erregung* – Gefühle, wie ich sie noch nie für eine in der Anstalt von mir operierte Frau empfunden habe.

Meine Ophelia! – wie aus dem Nichts kam der seltsame Name mir ein, beispiellos in meinem Leben. So eine merkwürdige Anwandlung hatte ich noch nie gehabt, weder als ich zum ersten Mal der gottesfürchtigen jungen Frau begegnete, die meine Gattin werden sollte, noch – es ist lange her, in einem heute für mich anderen, fernen Leben – während meiner jugendlichen Schwärmerei für Tabitha Tyndale.

Nach dem Eingriff musste ich mich in mein winziges Kämmerchen von Büro zurückziehen & ein, zwei Schluck von dem Whisky zu mir nehmen, der noch in der Flasche war.

Gütiger Gott, ich flehe dich an – lass nicht zu, dass ich sie wieder enttäusche.

Und wie als Reaktion auf mein inständiges Gebet kam ein, zwei Tage später Gretel zu mir & berichtete, Brigit sei *wunderbarerweise genesen*, sei auf den Beinen & habe beim Gehen nur mäßige Schmerzen. Könne sich erleichtern wie normale Menschen, willentlich, in bestimmten Abständen, & nicht mehr unwillkürlich wie Kinder; sie sei an ihre Arbeit in der Latrine & der Küche zurückgekehrt, mache sich wie immer nützlich.

»Eine gute Nachricht, Doktor!«, sagte Gretel zu mir; ich aber hütete mich zu frohlocken, hatte mich die Vorsehung doch schon einmal für mein eitles Prahlen bestraft. Eins darf ein Arzt nie vergessen: *Hochmut kommt vor dem Fall.*

Nur zu oft genasen die Anstaltspatientinnen, die ich auf der Krankenstation behandeln musste, genau wie die Patienten in der Hermitage, nicht von ihren Leiden, auch wenn sie meist nicht starben. Ihr Verrückten-Leben ging weiter mit der dumpfen, blinden Sturheit des Lebens selbst, das sich vorwärtsschleppt, auch wenn der Weg steinig ist & zu nichts führt, was über den Verlust von Intelligenz, Sprech- & Hörvermögen & der Fähigkeit, die Anwesenheit anderer zu registrieren, hinausgeht. Es war uns jedenfalls untersagt, diese Patienten als *hoffnungslos* zu bezeichnen. Die Reformwilligen in der Trentoner Anstalt waren immer *zuversichtlich*. Denn an die Stelle der alten Methoden zur Behandlung von Geisteskranken traten neue, experimentelle Verfahren einer Art, wie ich sie nicht durchführen konnte, noch nicht; sie waren Medrick Weir & seinem inneren Zirkel vorbehalten, in den ich (noch) keinen Einblick hatte.

Zugegeben, wenn ich nicht mit ihnen experimentieren konnte, war für mich bei den verrückten Frauen nur wenig von Interesse. Denn Wahnsinn ist meist monoton & stumpfsinnig, zumindest bei den meisten Frauen, mit denen ich zu tun hatte. (Es gab natürlich Ausnahmen, jüngere, hübsche Geschöpfe, noch nicht fest im Griff des Wahns, der sie schrill & abstoßend werden ließ; die Behandlung dieser kostbaren Wesen, so das Gerücht, blieb dem inneren Zirkel vorbehalten; einige von uns kannten sie nicht einmal vom Sehen.)

Auf der Krankenstation war ich also, nicht anders als früher in der Hermitage, in meiner Freiheit zum Experimentieren stark eingeschränkt & stieß mich zunehmend an den Grenzen von zehrendem Mittelmaß & Konformismus.

Daher freute es mich, als Brigit Kinealy mich eines Tages aufsuchte & mir dankte, wie es einer Taubstummen möglich ist, lächelnd & mit einem Ausdruck von Zufriedenheit, auch wenn ich beteuerte, nicht *ich*, sondern Gott mit mir als Seinem Werkzeug habe sie geheilt.

Zum Glück war Gretel anwesend & fungierte als Dolmetscherin für das taubstumme Mädchen, während Brigit mir mit einem Gesicht, strahlend vor jugendlicher Schönheit & Glanz, durch Gesten zu verstehen gab, sie wolle mir etwas schenken zum Dank dafür, dass ich ihr *das Leben gerettet* hatte: eine zierliche kleine Schnitzarbeit aus einem weichen Holz, eine *Trauertaube.*

Solche Regungen in dem Albino-Mädchen, die ich bei ihm noch nicht erlebt hatte, verblüfften & rührten mich, & natürlich bewunderte ich die Schnitzerei, so klein, dass sie in der offenen Hand kaum etwas wog.

»Sagen Sie ihr das doch bitte, Gretel: Vielen Dank, & Gott segne *dich.*«

»Nanu, was ist das, Silas?«, fragte meine liebe Frau Theresa überrascht, als sie die hölzerne Trauertaube in einer Kommodenschublade, in der wir kleine persönliche Dinge von mir aufbewahrten, entdeckte. »Ein Kinderspielzeug?«

»Ja! Ich glaub schon«, erwiderte ich rasch, als Theresa mit verdutzter Miene die Schnitzerei begutachtete. »Ein Geschenk von einem Kind, das vor Jahren in Ho-Ho-Kus meine Patientin war.«

»Aber warum ist es in der Schublade versteckt, Silas?«

»Weil das Kind hinterher gestorben ist & ich nicht daran erinnert werden wollte.«

Darauf nahm ich meiner Frau die kleine Schnitzerei aus der Hand & legte sie in die Lade zurück, schob sie energisch zu & nahm mir vor, die Taube tags darauf herauszunehmen & an sichererer Stelle zu verwahren.

Wendung des Schicksals

April 1852

Aus der *Chronik eines Arztlebens*
von Dr. Silas Aloysius Weir

»Doktor, ich – ich habe heute Morgen leider schlechte Nachrichten …«

Ach, nicht schon wieder! So grausam wäre Gott zu mir nicht, oder?

Die kräftige Gestalt der Hebamme stand vor mir wie in einem nur zu bekannten Albtraum, nicht am Eingang zur Krankenstation, sondern auf dem Gehweg vor meiner privaten Wohnung, in einem feinen, frösteligen Regen, einen Ausdruck völliger Leere im Gesicht, als sinnierte sie über einen Schock, zu schwer, ihn zu begreifen.

Es erschreckte mich, dass Gretel wusste, wo ich mit meiner Familie wohnte, & dass sie sich herausnahm, mich hier, wo meine Frau oder meine Kinder sie durchs Fenster beobachten konnten, anzusprechen.

Ist es wieder geschehen? – fehlgeschlagen? Lieber Gott, ich bin verflucht …

Doch die Nachrichten, die Gretel zu überbringen hatte, waren von unvorstellbarem Gewicht: keine neue Wendung in der Krankengeschichte einer Patientin, sondern ein Unglück, das meinem geschätzten Wohltäter & Verwandten *Medrick Weir* zugestoßen war – dem Menschen, der in meinem Herzen die Stelle meines Vaters Percival eingenommen hatte.

Ich schwöre, Sir – ich stehe Ihnen zur Verfügung.

Im Durcheinander der Tage nach der bestürzenden Mitteilung, dass Medrick Weir im Alter von dreiundsechzig Jahren an natürlicher Ursache, aber unter rätselhaften, nie befriedigend aufgeklärten Umständen gestorben war, hallten diese Worte in meinem Kopf wider.

Gegner wie Unterstützer meines Verwandten waren sich einig, es war ein *verfrühter Tod* für einen Herrn seines Alters, der sich ungewöhnlich guter Gesundheit erfreute, kräftig & rüstig war, der »Inbegriff der Streitbarkeit« – einer, der »jeden Strauß ausfocht, wie er sich bot«.

Medrick Weir war mit den Jahren sogar zu einer in Trenton beliebten Persönlichkeit geworden: im *Trenton-Times-Herald* lächerlich gemacht wegen seiner »radikalen Ansichten« über Reformen bei der Behandlung von Geisteskrankheiten & seiner tapferen Dauerfehde mit dem Parlament von New Jersey, in dem sich kürzlich ein neuer Wählerblock formiert hatte, der ihn scharf missbilligte, nachdem die Selbstmordrate in der Anstalt im vorausgegangenen Jahr gestiegen war.

Ich wollte widersprechen, als mir das zu Ohren kam: In Wahrheit war die Selbstmordrate unter den Anstaltspatienten in den ersten Monaten des Jahres 1852 *gesunken*, zumindest bei den gemeldeten Selbstmorden.

Doch es kam noch schlimmer: Am Tag nach Medricks Tod hieß es, sein langjähriger Assistent Pell sei verschwunden – »unauffindbar« – (später stellte sich heraus, dass Pell Gelder aus dem Anstaltsbudget veruntreut hatte; ganze zwanzigtausend Dollar); bald darauf gaben mehrere Mitglieder aus dem inneren Zirkel des Direktors ihre Stellen auf, wodurch die Krankenstation noch weniger Personal hatte als sonst schon & eine Menge zusätzliche Arbeit auf meinen Schultern lastete.

Meine Frau war beunruhigt, meine Kinder bangten, dass die Anstalt geschlossen werden & meine Arbeit sich in Luft auflösen würde, dass wir unsere Bleibe verlieren würden & gezwungen wären, nach Ho-Ho-Kus zurückzukehren, wo ich wieder auf Abruf für die Familie Rosencrantz tätig sein konnte, wenn ich Glück hatte.

Noch während das Aufsichtsgremium Dringlichkeitssitzungen abhielt, um einen Übergangsdirektor zu ernennen, verbreiteten sich wie ein Lauffeuer Gerüchte: Medrick Weir, so wurde behauptet, sei nicht an einer *natürlichen*, sondern einer *unnatürlichen* Ursache gestorben, er sei erstochen, ihm sei die Kehle durchgeschnitten worden, er sei zerstückelt, sei kastriert worden, sei an einer Schädelfraktur gestorben, niedergeschlagen mit einem Messing-Teleskop, einem wertvollen Besitz des Direktors, dem Geschenk eines wohlhabenden Gönners. Es gebe Anzeichen für ein Handgemenge in seinem Büro, hieß es, & offenbar fehlten Dokumente aus Aktenschränken, die geöffnet & durchwühlt worden waren.

In der grellsten Schilderung hatte jemand vom Reinigungspersonal Medricks leblosen Körper frühmorgens auf dem Boden seines Büros gefunden, nackt & teils verbrannt oder nackt & mit obszön besudelten Genitalien oder im Kamin, in ein Häufchen aus Asche, Knochenstücken & Zähnen verwandelt, dem Rest, der von dem großen Mann geblieben war.

Eilig wurde ein privates Begräbnis ausgerichtet, an dem bestürzend wenige von Medricks Kollegen teilnahmen; es habe keine Totenfeier gegeben, hieß es, & der Sarg sei *verschlossen* gewesen.

Ich fühlte mich dennoch schrecklich übergangen, da mein Onkel sicher gewollt hätte, dass ich an seiner Beerdigung teilnehme & seinen Verlust betrauere.

In den behördlichen Todesanzeigen war zu lesen, Medrick Weir sei an einer natürlichen Ursache gestorben, wahrscheinlich einem Herzinfarkt oder Schlaganfall, da eine Autopsie auf Verlangen der Witwe unterblieben sei. Weithin wurde jedoch spekuliert, die wahre Todesursache sei *Mord* gewesen, verübt von einer der geisteskranken Frauen, die der Direktor in seinen Privaträumen persönlich behandelt hatte, oder einem männlichen Angestellten, einem Konkurrenten um die Zuneigung einer Frau, einer Patientin wahrscheinlich, oder aber von dem auf rätselhafte Weise verschwundenen Assistenten Pell. (Dass der meinen Onkel ermordet hatte, stand für mich außer Frage.)

Skandalös auch die Behauptung, die geistesgestörte Mutter eines seiner illegitimen Nachkömmlinge habe Medrick aus Kummer darüber ermordet, dass man ihr das Kind nach der Geburt weggenommen & des Gewinstes wegen bei begüterten Eltern untergebracht habe.

Als das Interesse an diesen befremdlichen Gerüchten nachließ, kam die Spekulation auf, Medrick Weir habe seinen Tod kunstreich selbst inszeniert & wie von fremder Hand erscheinen lassen, um sein posthumes Ansehen zu schützen & dafür zu sorgen, dass seine getrennt von ihm lebende Frau & seine (legitimen) Kinder die Versicherung sowie den beachtlichen Geldbetrag erhalten, der (in bar) in seinem privaten Safe entdeckt worden war.

»Es sähe dem schlauen alten Fuchs ähnlich, seine Feinde noch aus dem Grab heraus zu verblüffen«, sagte einer der angestellten Ärzte mit bewunderndem Kichern. »Medrick dreht uns in der Hölle eine lange Nase.«

»Medrick prostet uns in der Hölle mit einem Glas seines Lieblingswhiskys zu & fordert uns zum Mitlachen auf«, fügte ein anderer Kollege hinzu.

Wie ungehobelt, wie respektlos, so etwas über einen Dahingegangenen zu sagen & zu lachen!

Ich hörte solches Gerede nicht gern. Wie so oft, wenn ich von Ärzten primitive Äußerungen aufschnappte, die man in gemischter Gesellschaft nicht wiederholen kann, machte ich auf dem Absatz kehrt & entfernte mich mit brennendem Gesicht.

Als Medrick Weirs Neffe wurde ich, zugegeben, doch sehr von ihm begünstigt, aber nicht in unbilliger Weise, denn ich hatte doppelt so viel gearbeitet wie meine Kollegen, für einen geringeren Lohn, ohne mich zu beklagen. Das hatte den Unmut der Kleingeister erregt; nun, wo Medrick gestorben war, fand ich als sein Verwandter, dass ich seinen guten Namen beschützen musste.

Ich war inzwischen zum Leiter der Krankenstation befördert worden, eine Aufgabe, die ich ganz selbstverständlich & klaglos übernommen hatte; es war sonst niemand verfügbar, der des Chaos einer nachlässig geführten Anstaltsabteilung mit, bei voller Belegung, gut achtzig Betten Herr geworden wäre.

Die heroischen Worte hallten in meinem Kopf wider: *Ich schwöre, Sir – ich stehe Ihnen zur Verfügung.*

Anfang April erblickte ich auf dem Weg zur Krankenstation einmal Brigit Kinealy, die neben zwei anderen jungen Frauen in Arbeitskleidung einherging; die Taubstumme konnte zwar mit den anderen nicht sprechen, stand offenbar aber auf gutem Fuß mit ihnen, & sie wiederum akzeptierten Brigit als eine von ihnen.

Es war faszinierend zu beobachten, wie Brigit sich mit anderen Mädchen ihres Rangs & Alters verständigte, mit den Händen gestikulierte & ihnen aufmerksam auf die Lippen sah, wenn sie sprachen.

Das Herz krampfte sich mir in der Brust zusammen, wie gern hätte ich ihr etwas zugerufen. Doch ich hielt mich abseits aus Angst, es brächte sie vielleicht in Verlegenheit, wenn sie mich sah.

Wie *normal* Brigit Kinealy wirkte trotz der Albino-Haut & des unnatürlich hellen Haars! Ich erschauerte vor Stolz, dass ich wenigstens *das* zustande gebracht hatte, bevor die Leitung der Krankenstation mein Leben geworden war & jeder Gedanke an experimentelle Chirurgie, die Heilung der *vesikovaginalen Fistel* oder andere Verbesserungen der Natur zurückgestellt werden musste.

Trotzdem war es bitter, dass Medrick Weir den großen Erfolg meines ersten chirurgischen Eingriffs mit dem Seidengarn nicht miterlebte; mein Artikel, betitelt »Die gelungene Reparatur der vesikovaginalen Fistel bei einer jungen Mutter«, sollte erst Monate nach seinem Tod im *New Jersey Journal of Medical Research* erscheinen. Medrick, hatte ich mir ausgemalt, würde das mit so viel Bewunderung lesen, dass er seinem Cousin Percival Weir in Concord schrieb & ihm zu diesem Sohn gratulierte!

Kurze Zeit später wurde, so als stimmte mich die Vorsehung abermals auf eine erstaunliche Wendung des Schicksals ein, öffentlich bekanntgemacht: Der Aufsichtsrat der Anstalt hatte einstimmig beschlossen, eine sieben Meter hohe Kupferstatue von *Medrick Weir, Gründungsdirektor der Staatlichen Heilanstalt für weibliche Geisteskranke in New Jersey,* in Auftrag zu geben, die auf dem Anstaltsgelände unweit des Haupteingangs aufgestellt werden sollte, & zu ihrem neuen Übergangsdirektor – *Dr. Silas Weir* zu bestellen.

III

Wegbereiter für Reformen

Heilige Monomanie

Aus der *Chronik eines Arztlebens*
von Dr. Silas Aloysius Weir

Nach meiner Ernennung zum *Übergangs-* & binnen Jahresfrist zum Direktor der Anstalt in Trenton im September 1853 verfiel ich, ich gebe es zu, der Monomanie, die chirurgischen Experimente an den Kranken, die praktisch hundert Prozent aller meiner Fürsorge anvertrauten Patientinnen ausmachten, als meine heilige Lebensaufgabe zu betrachten.

Diese Kranken, das Strandgut aller staatlichen Krankenhäuser & öffentlich finanzierten Institutionen, waren größtenteils namenlos. In Trenton ging ihre Zahl in die Hunderte & konnte bei wechselnder Belegung, in Hochzeiten des Wahnsinns – im Sommer oder in der Weihnachtszeit – die Eintausend erreichen.

Dabei bemühte ich mich nach Kräften, meine administrativen Pflichten, & sie waren erheblich, nicht so zu vernachlässigen, wie es mein Vorgänger Medrick Weir in seiner Konzentration auf *seine* speziellen Experimente offenbar getan hatte.

(Dies ist weder der Ort noch die Zeit, dem vormaligen Anstaltsdirektor weitere Verleumdungen nachzurufen, zumal der ältere Dr. Weir seine Forschungsmethoden nicht mehr erläutern oder rechtfertigen kann. Deswegen werden Sie in meiner *Chronik eines Arztlebens* keine reißerische Aufzählung der Experimente meines Vorgängers finden, die die Leser des *Trenton Journal* in den ersten Monaten des Jahres 1853 fesselten & schockierten, nur Hinweise auf diejenigen Behandlungen, die sich zufällig mit meinen eigenen Interessen deckten, namentlich den *Ruhestuhl*, das *Ruhebett*, die *Ruhejacke* & einige Varianten der *Hydrotherapie*, die zur rechten Zeit noch zur Sprache kommen.)

Ich rebellierte – & rebelliere nach wie vor – nicht annähernd so offen wie mein Vorgänger & zeigte mich zugänglicher für die Erwartungen des Aufsichtsrats der Anstalt & des Parlaments von New Jersey als Medrick Weir; denn wollte ich meine Forschungen ungehindert & in Freiheit betreiben, war es meiner Ansicht nach nur pragmatisch, mich *nach außen hin möglichst anzupassen* & zu gewährleisten, dass die Anstalt auf eine Weise geführt wurde, die den Erwartungen von Menschen gerecht wurde, die selbst nicht Männer der Medizin, geschweige denn Wissenschaftler waren.

Zu diesem Zweck traf ich mich mit dem Aufsichtsrat & einigen einflussreicheren Parlamentariern & bat sie um Ratschläge zur Einstellung von Verwaltungspersonal, sogar ausdrücklich zu Personen, die sie empfahlen, ob eigene Mitarbeiter, die sich als zuverlässig erwiesen hatten, oder Verwandte, die ihr Vertrauen genossen & die Gewähr auf Verlässlichkeit boten. Meines Erachtens war es ganz natürlich, einem ausgewählten Kreis heimischer Kaufleute mit Verbindungen zum Aufsichtsrat oder zum Parlament Verträge anzubieten; verschlangen der Unterhalt einer so großen Einrichtung wie der Heilanstalt, die sich über ein Gelände von über einhundert Hektar erstreckte, sowie neue Bauvorhaben doch einen großen Teil des jährlichen Budgets. Anders als Medrick Weir, der sich als *radikaler Reformer* gerierte & Zeitungen & Zeitschriften offenbar allzu oft Interviews gewährt hatte, schwor ich mir, mich aus den Schlagzeilen herauszuhalten, mich darauf zu konzentrieren, den Ruf eines seriösen Forschers & Wissenschaftlers zu erwerben, & meine Erkenntnisse ausschließlich in Fachblättern zu veröffentlichen. Ich durfte einflussreiche lokale Persönlichkeiten nicht gegen mich aufbringen, sondern musste *sie für meine Sache gewinnen.*

Statt des hochmütigen, unzuverlässigen & unredlichen Pell stellte ich mit Bedacht einen stets vertrauenswürdigen & redlichen Assistenten ein, einen jungen Verwandten des Aufsichtsratsvorsitzenden mit Erfahrung in Finanz- & Betriebswirtschaft. Diesen Amos Heller konnte ich bedenkenlos mit der Alltagsroutine in der Anstalt betrauen & mich somit meiner experimentellen Chirurgie widmen. (Solche Routineeingriffe, die in einer Einrichtung wie in Trenton, in einer Heilanstalt der Art, wie man sie überall in den Vereinigten Staaten in allen Städten einer gewissen Größe antraf, durchgeführt wurden, waren zumeist vom Gesetzgeber angeordnete *Sterilisationen* Ungeeigneter & Degenerierter beiderlei Geschlechts. Derlei war für mich wissenschaftlich nicht von Interesse, ich überließ es mit Freuden den jüngeren Medizinern, die das monatliche Soll zuverlässig erfüllten.)

Eine weitere wichtige Ernennung, die eines Schwiegersohns des Gouverneurs von New Jersey namens Horace Mackey, erwies sich wegen dessen juristischer Kenntnisse als sehr nützlich. Über die Jahre, es war kein Geheimnis, waren häufig Prozesse gegen die Anstalt angestrengt worden, wie gegen jede mit der Gesundheitsfürsorge für die breite Masse betraute Einrichtung, & eine Persönlichkeit wie der Schwiegersohn des Gouverneurs schreckte vor leichtfertigen Klagen ab.

Aus praktischen Gründen richtete ich mein privates Versuchslabor im selben Nordflügel der Anstalt ein, in dem auch Medrick Weirs Experimente stattgefunden hatten, obwohl für den Großteil von Medricks Gerätschaften (Wannen, in denen hysterische Frauen einer *Hydrotherapie* in kochend heißem Wasser unterzogen wurden, diverse Fesseln & Gurte, »Sandsackdecken« et cetera) kein Bedarf bestand & er eingelagert wurde. Da Medricks gesamter *innerer Zirkel* aus der Anstalt verschwunden war, machte ich mir die Vakanzen zunutze & stellte keine wissbegierigen ambitionierten jungen Ärzte ein, denn wenn ich auf weibliche Angestellte setzte, an ihrer Spitze die unverzichtbare Gretel, so meine Überlegung, würde mir das viel mehr Freiraum & sogar Loyalität verschaffen – denn bekanntermaßen ist das Weibchen der Spezies *loyaler* als das Männchen, da es nicht in Konkurrenz zu ihm steht, sondern naturgemäß seinen Platz als seine *Untergebene & Gehilfin* einnimmt.

Meine liebe Frau Theresa klagte darüber, dass ich so lange in der Anstalt war, nicht nur werktags, sondern auch an den Wochenenden vom Morgengrauen fast bis Mitternacht, dass unsere (neun) Kinder, vor allem die jüngsten, ihren Vater kaum kannten; die älteren Kinder, denen es zwar schmeichelte, dass ihr Vater in der Stadt nun als Anstaltsdirektor geehrt war & sie es in einem Sandsteinhaus mit acht Schlafzimmern & mit Blick auf den Delaware River komfortabler hatten, nicht mehr so eng zusammengepfercht wie in den kleineren Behausungen, nun aber jammerten, sie würden an ihrer Schule in Trenton verspottet, weil ihr Vater ein *Irrenarzt* sei.

So herabgesetzt zu werden schmerzte & erzürnte mich wie ein Netz, über die breiten starken Schwingen eines Adlers geworfen, dessen Bestimmung es doch ist, sich in die Lüfte zu erheben, & der von grausamen, törichten Kleingeistern niedergehalten wird!

Die Unverständigen & Missgünstigen äußerten ihre Anschuldigungen so unverblümt, dass mir seitens meiner eigenen Kinder, vor allem Jonathans, meines Ältesten, den die Schmähung tief kränkte, zugetragen wurde, unser Verwandter Medrick Weir sei »mit Satan im Bunde« gewesen – der »Grund für die Selbstmorde Hunderter weiblicher Geisteskranker« innerhalb weniger Jahre.

Die Kinder wurden instruiert, auf solche dummen Bemerkungen so ruhig wie möglich zu antworten: zu sagen, *ihr* Vater sei Silas Weir, habe nichts mit seinem Vorgänger zu tun & sei ein *persönlicher Freund von Gouverneur Horace Mackey.*

Die älteren Kinder wurden außerdem angehalten zu erklären, *Wahnsinn* sei bloß eine *Krankheit*, & ihr Vater sei ein Pionier in der Reform der Behandlung von *Geisteskrankheiten*, wie man eines Tages begreifen würde.

Zu ihrem Vorwurf, ich verbringe praktisch alle wachen Stunden in der Anstalt, teilte ich Theresa mit, dass weder sie sich zu beklagen noch ihre Familie abfällig über mich zu sprechen hätte, wie es fünfzehn Jahre lang der Fall gewesen war. Schließlich sei mein Einkommen mit der Beförderung zum Direktor erheblich gestiegen, & meine zunehmende Bekanntheit in Trenton wie in der gesamten medizinischen Welt verheiße noch mehr künftiges Glück. Ich strebe, ließ ich sie wissen, das höchste Ziel an: einen Platz im Pantheon der amerikanischen Pioniere der Wissenschaft einzunehmen, neben Vorbildern wie Benjamin Rush, Benjamin Franklin, Samuel Thompson & David Rittenhouse; ihre Familie werde eines Tages sogar stolz auf mich sein, genau wie mein Vater.

»Du vergisst, mein liebes Weib, dass es für einen Arzt weitaus besser ist, vielbeschäftigt zu sein als untätig, das Schicksal vieler junger Ärzte; es ist für einen Doktor weitaus besser, überarbeitet zu sein als unterbeschäftigt.«

»Aber, Silas, *fehlen wir* dir denn nicht?« – Fast flehentlich sah Theresa mich an, als ich Anstalten machte, für einen arbeitsreichen Tag aus dem Haus zu gehen.

Worauf ich so geduldig, dass sie kaum widersprechen konnte, erwiderte: »Was die Vorsehung für mich bestimmt hat, hat sie auch für dich & die Kinder bestimmt. Wir müssen alle Opfer bringen, meine Liebe.«

Es stimmte ja, wie ich häufig zur Belustigung von Zuhörern

scherzte, dass ich schon frühmorgens von unserer lebhaften häuslichen Bühne in die relative Ruhe des Tollhauses flüchtete – ein Spaß, stets mit herzlichem Gelächter quittiert von Herren, die als Familienväter genau wussten, wovon ich sprach.

Esther C__

November 1852

Aus der *Chronik eines Arztlebens*
von Dr. Silas Aloysius Weir

Mein privates Labor im zweiten, dem obersten Stockwerk des Nordflügels war eingerichtet, da kam nach meiner erfolgreichen Heilung der *Fistel* bei Brigit Kinealy ein noch schwererer Fall von *Fistel* zu mir in Behandlung.

Inmitten der Menge von Strandgut in meiner Anstalt ist Esther C__ eine deutliche, wenn auch unerfreuliche Erinnerung: ein Wesen von geschätzt Ende dreißig, schwer gezeichnet, anämisch & kränklich, von ihrer Familie in die Anstalt eingeliefert, weil sie »unsauber« – »nicht zu bändigen« – »von Dämonen besessen« sei. Nach einem gescheiterten Exorzismus, ausgeführt von einem Gemeindepriester, als die Versuchsperson zwölf Jahre alt war, sei Esther, hieß es, in eine Lethargie verfallen & habe zwangsernährt werden müssen; in später Jugend schließlich in die Anstalt eingewiesen, kam sie in eine der geschlossenen Stationen & hatte über Jahre keinen Besuch gehabt.

Wie es sich zugetragen hatte, dass diese unglückliche Frau, äußerlich nicht unansehnlich, aber mit krankhaft blasser, fleckiger Haut, geschwängert wurde – etwas anderes als eine höllische, beklagenswerte Liaison konnte es gar nicht gewesen sein –, war unbekannt oder konnte mir auf meine strenge Nachfrage bei den zuständigen Stationsschwestern & -wärtern zumindest nicht zufriedenstellend erklärt werden.

Bei der Niederkunft in einem Geburtsraum auf der Station machte Esther schwierige Wehen durch, die sich achtzehn Stunden lang hinzogen & mit einer Totgeburt endeten; ihr Unterleib war hinterher zugerichtet, als hätten wilde Tiere daran gezerrt. Laut Gretel, die bei der Entbindung assistiert hatte, wäre Esther verblutet, hätten sie & eine zweite Schwester die Blutung nicht stillen können. In Gefahr war Esther freilich immer noch, da sich eine Infektion eingestellt hatte.

So herzzerreißend die Totgeburt war, nach allgemeiner Ansicht war sie doch eine *Gnade*, denn die Zwillinge waren sehr klein & missgebildet gewesen; undenkbar, dass die Mutter sie hätte behalten & stillen wollen.

Infolge der schweren Wehen litt Esther an einer verglichen mit Brigits deutlich stärker ausgeprägten *Fistel*; fast ununterbrochen traten größere Mengen blutigen Urins aus ihrem Unterleib aus. Es bestand wenig Hoffnung auf eine Genesung der Patientin, & ich geriet in Erregung, sagte mir jedoch, als praktischer Arzt könnte ich erfinderisch vorgehen, vielerlei ausprobieren, & niemand würde wagen, es *mir* anzulasten, falls die Patientin starb.

(Denn nach meinem Patzer in Chestnut Hill, als ich den Kopf des missgebildeten Kindes richten wollte, das schon bei der Geburt beschädigt & dem Tod geweiht gewesen war, haderte ich ja oft mit mir. Eine törichte Idee, auch wenn es *nicht meine* Schuld gewesen war. Trotzdem waren gemeine Gerüchte durch die Stadt geschwirrt & drohten mir nach New Jersey zu folgen. Ich schwor mir, so etwas sollte nicht wieder vorkommen & meinen Ruf besudeln.)

Es darf auch nicht vergessen werden, dass Esther im Zustand ihres rasenden Fiebers selbst alle Hoffnung verloren hatte & Gott mit lautem Wimmern anflehte, sie zu sich zu nehmen & ihr Leid zu lindern. Ein gütiger Arzt, der sie gründlich untersuchte, der anordnete, sie zu baden, zu trösten, ihr beruhigende Medikamente zu geben, der anordnete, sie von der übel riechenden Station wegzubringen & in einem anderen Teil der Anstalt mit erfahreneren Wärtern ruhig & separat einzuquartieren, damit sie nicht als verächtliche »lose« Frau, die außerehelich geboren hatte, sondern als *schwerer Fall* behandelt wurde, erstaunte sie & kam ihr wohl vor wie ein Wunder.

Brigit Kinealy, einen einmaligen Fall, nicht eingerechnet, war Esther C__ meine erste Versuchsperson in der Heilanstalt in Trenton; die erste einer *historischen* Menge, die ich mir damals nicht hätte vorstellen können. So waltet die Vorsehung: vollkommen überraschend, wie die Gnade.

Gnade ist das, was wir nicht verdienen & nicht erbitten können, was vom Himmel auf uns herabkommt, wenn wir, wie Johannes Calvin es lehrt, von Gott gesegnet sind.

»Ich werde mich um dich kümmern, Esther. Mit Gottes Hilfe, ich werde es *versuchen.*«

Von Scham gequält wegen des Ausflusses aus der (unsichtbaren) *Fistel,* die so groß war, dass sie ständig saugfähige Tücher um den Leib tragen musste wie ein Säugling seine Windeln, konnte Esther mit brüchiger Stimme nur »Vielen Dank, Doktor« murmeln. Aus umschatteten Augen fixierte sie mich in verzweifelter Hoffnung, wie ein in die Falle gegangenes Tier den Fallenleger fixiert, um Erbarmen flehend.

Mein Puls beschleunigte sich vor Erregung, denn diese *Versuchsperson* war noch viel mehr gänzlich mein, als es die jämmerliche kleine Brush gewesen war, & vertraute mir aufrichtig, wie kein Säugling es vermochte.

Ich hatte mir von meinem Assistenten Amos Heller Esther C__s Krankenblatt bringen lassen & war fassungslos, als er mir lediglich ein Blatt Papier, zerknittert, eingerissen, reichte, darauf verzeichnet Name & Anschrift der Patientin in Trenton, Name der Person, die sie in die Anstalt eingeliefert hatte, vermutlich der Vater, nebst spärlichen Einträgen zu *Geisteskrankheit* & Behandlungen samt dem jeweiligen Datum; der letzte einige Jahre zurückliegend.

»Also, das ist unbrauchbar! Blamabel! Wir müssen sämtliche Akten auf den neuesten Stand bringen, angefangen bei dieser Patientin.«

»Ja, Doktor Weir.«

»*Sie* sind dafür zuständig, Amos. Sie stellen eine Gruppe zusammen, die Ihnen zur Hand geht, & machen sich unverzüglich an die Arbeit.«

»Ja, Doktor Weir.«

»Wir haben hier aktuell – wie viele Patienten? – acht- oder neunhundert? Sie werden einiges an Hilfe benötigen.«

»Acht- oder neunhundert ist eine Schätzung, Doktor Weir. Ich bin mir nicht sicher, wie viele es genau sind.«

»Also, Sie erledigen das! Nachlässige Aktenführung war einer der Vorwürfe des Gesetzgebers gegen meinen Vorgänger. Wir krempeln unsere Aktenführung von Grund auf um.«

»Ja, Doktor Weir.«

»Angefangen bei diesem Geschöpf, Esther C__.«

»*Ja*, Doktor Weir.«

Die arme Esther C__ war in so vielerlei Hinsicht geplagt, dass ich mir den Kopf zerbrach, welches Vorgehen das Richtige wäre. Dass sie an einer *Geisteskrankheit* litt, dünkte mich weniger akut als ihre körperlichen Leiden, der scheußliche Ausfluss von Exkrement aus den verletzten Organen etwa. Geisteskrank dünkte sie mich eigentlich gar nicht, vielmehr stoisch & schicksalsergeben. Die mit flehentlichem Blick auf mein Gesicht gehefteten Augen hätten die von sonst wem sein können.

Zunächst hätte ich Esther wohl innerlich untersuchen & mich vergewissern sollen, dass tatsächlich eine *Fistel* dafür verantwortlich war, ich mochte aber nicht den groben Löffel benutzen, wenn ich es vermeiden konnte, nicht einmal mit Gretels Unterstützung.

Viel lieber hätte ich mich zuerst um das Fieber der Patientin gekümmert & das heilen wollen; aber da Fieber von Entzündungen herrührt, war die *Fistel* vielleicht doch verantwortlich. Zugleich musste die akute Schwäche der Patientin behandelt werden, die eine Folge des Fiebers, aber auch der Anämie oder eines anderen Ungleichgewichts im Blut sein konnte. Allerdings kam die Schwäche wohl von Unterernährung, konnte Esther doch Speisen nicht bei sich behalten; also wäre es (vielleicht) besser gewesen, *hier* anzusetzen, aber da Appetitmangel wie man weiß von Fieber & Fieber von Entzündung herrührt, stand ich wieder am Anfang: der gefürchteten *Fistel.*

Ärztekollegen fragen sich jetzt vielleicht: Warum ließ ich die Patientin, der geheiligten Tradition der *Phlebotomie* folgend, nicht zur Ader? Denn Esther fieberte ja tatsächlich, & bekanntlich geht Fieber, wie von Benjamin Rush verfügt, auf »erhitztes« Blut zurück; eine Absenkung des Blutdrucks würde also »kühlend« wirken & den reizbaren Patienten beruhigen.

Aber – Silas Weir sollte im Pantheon der Wissenschaft *abtrünnig* werden! Ich ging meinen eigenen Weg, schlug mich durchs Unterholz.

Über Silas Weir würde es dereinst heißen, ich prüfte den Fall jedes einzelnen Patienten für sich, was sogar für Frauen ebenso galt wie für (in meiner Praxis selten, aber nicht unbekannt) Männer, & ich behandelte beide Geschlechter (fast) als Gleiche, häufig mit unerwarteten Ergebnissen.

Bei Esthers Schwäche, Bleichheit & Mattigkeit, fühlte ich instinktiv, wäre es schädlich, das arme Geschöpf zur Ader zu lassen; in Dr. Strethers Praxis hatten wir allzu oft erlebt, dass eine

Behandlung, die die Gesundheit des Patienten wiederherstellen sollte, zu dessen Tod führte.

Woraufhin Dr. Strether mit kurz aufflackerndem Bedauern sagte: *Für ihn war es Zeit zu sterben. Wir haben weiß Gott getan, was wir konnten.*

Während des Gelbfieberausbruchs in Philadelphia im Jahre 1793 ordnete der verehrte Benjamin Rush an, Erkrankte bis zu sieben Mal täglich zur Ader zu lassen & (ihren Darm) zu reinigen; dies, eine Tradition der »heroischen Medizin«, der ich in jeder Hinsicht zu folgen gedachte, war für männliche Patienten mit kräftigerem & »röterem« Blut besser geeignet als für weibliche mit »blasserem«.

Ich ließ Esther C__ also *nicht* zur Ader. Stattdessen führte ich mit ihr diverse, genau kalkulierte Experimente durch. Da ihr zu Appetit verholfen werden musste, verabreichte ich nacheinander folgende Arzeneien (eigenhändig gemischt, auf meine Kenntnisse als Apotheker halte ich mir etwas zugute): Johanniskraut, Belladonna, Echinacea, Chinintropfen, Kokaintropfen, Arsen, Christophskraut & ein, zwei andere & beobachtete ihre Wirkung auf die Patientin – einzeln nacheinander & gleichzeitig gegeben.

Solches Experimentieren erfordert große Exaktheit, da der Patient bestimmte Mittel erbrechen wird & der behandelnde Arzt nicht wissen kann, ob das Erbrechen ausschließlich auf die verabreichte Arznei oder auf die vorliegende Grunderkrankung zurückzuführen ist.

Ideal wäre es, mindestens zwei Versuchspersonen zu haben: eine, die das Mittel bekommt, & eine, die es nicht bekommt. Beide müssten bei leidlich guter Gesundheit sein, bei Anstaltsinsassen eine Seltenheit. Unter Bedingungen wie in der Anstalt, mit Versuchspersonen, die so kraftlos & ungefällig waren wie die unseren, lassen sich die Befunde nicht verallgemeinern. Als ich meine Ergebnisse zusammenstellte, um sie beim *New Jersey*

Journal of Physicians & Surgeons einzureichen, erwähnte ich diese Einschränkung allerdings nicht, zum einen weil ich mir denken konnte, dass die Herausgeber den Artikel in dem Falle wohl nicht zur Veröffentlichung annehmen würden, zum anderen weil ich vermutete, andere Forscher, weniger gewissenhaft als ich, würden ihre Daten bestimmt nicht freimütig offenlegen.

Unterstützt von Hilfsschwestern, die Esther feuchtkalte Tücher an die fiebrige Stirn hielten & ihr über Stunden Luft zufächelten, gelang es mir schließlich (glaubte ich), das Fieber zu senken, wodurch die abgemagerte Patientin in der Lage war, bei nur mäßigem Vomitus Flüssigkeit zu sich zu nehmen. Das senkte zudem die Herzfrequenz, die durch das Johanniskraut erhöht worden sein konnte, falls nicht ein geringes Quantum Christophskraut oder Kokaintropfen den schnelleren oder umgekehrt den langsameren Herzschlag ausgelöst hatten. (Belladonna hatte manchmal eine beruhigende & manchmal genau die gegenteilige Wirkung! Ich habe schon vollkommen gegensätzliche Reaktionen auf diese Arzeneien erlebt, manchmal bei ein & demselben Patienten, denn vieles hängt natürlich von der Dosierung ab, vieles auch von seinem Gesundheitszustand, der innerhalb eines Tages schwanken kann.)

»Esther, fühlst du dich besser? Kräftiger?«, erkundigte ich mich in freundlichem Ton bei der Kranken, & sie versicherte es mir mit mattem Kopfnicken: *ja.*

Da die Patientin nun halbwegs stabilisiert war, wollte ich mich tags darauf mit Gretels Hilfe um die entzündeten Stellen an Esthers Körper kümmern, die äußerlich sichtbar waren, konnte doch, wie ich wusste, jede dieser Entzündungen, die ihre geröteten Giftpfeile zum Herzen schickten, letal sein; wie Medrick Weir fand auch ich es schlüssig, dass Krankheiten meist oder immer ihre Ursache in Infektionen haben.

Im Falle von Esther C__ aber habe ich Furunkel, Zysten &

Struma womöglich fälschlicherweise für Entzündungen gehalten, aus denen ich den Eiter auszuleiten gedachte, indem ich sie mit einem Skalpell eröffnete. Ich hoffte, auf diese Weise die Entzündung »hervorzuholen« & Verunreinigungen zu entfernen, wie ich mich aus der Famulatur bei Strether erinnerte (glaubte ich); ein Versuch, bei dem sich die Patientin vor Schmerzen wand, da sie sich an besonders empfindlichen Körperstellen (Brüsten, Bauch, Schamlippen) befanden & mein Skalpell leider nicht so rasiermesserscharf war, wie es das hätte sein können, hätte Gretel nicht versäumt, es zu schärfen. Blut floss jedenfalls reichlich, vermischt mit fäkulent riechendem Eiter.

Eiter auszuleiten war *gut*, Unmengen von Blut allerdings *nicht*.

Als die Patientin keine Anzeichen einer Besserung zeigte, nicht einmal über mehrere Minuten bei Bewusstsein blieb, sah ich nach ein paar Tagen keine andere Möglichkeit, als die widerwärtige Beckenuntersuchung vorzunehmen, während der die Patientin keuchte & schwitzte wie ein abgehetztes Vieh, sich gegen einen weiteren Übergriff auf ihr Leben wappnete, den Anstaltsdirektor aber dennoch mit ihrem Stoizismus beeindrucken wollte.

Es war immer ergreifend, wie viele weibliche Geisteskranke aus dem Strandgut der Anstaltsinsassinnen es ihren Ärzten beim Ertragen von Schmerzen recht machen wollten, wie Frauen ja generell dazu erzogen sind, Männer zufriedenzustellen & so ihr Los im Leben zu verbessern.

Gretels Hände drückten zwar ihre Hüften nieder, doch schon das Einführen des Löffelspekulums in die Vaginalöffnung erzeugte neuen Schmerz, sodass Esther mit kehligem Schrei, als hätte sie sich verbrüht, zurückzuckte.

»Frau! *Möchtest* du nicht geheilt werden? *Möchtest du deine Tage in Schmutz beschließen?*«, rief ich entrüstet, vergaß die von mir sonst an den Tag gelegte Zurückhaltung des Fachmanns, denn ich war sehr verärgert.

Mit Gretels Hilfe erhob sich Esther C__ noch einmal auf Hände & Knie, zwar schwer keuchend, aber fest entschlossen stillzuhalten, damit ich sie richtig untersuchen konnte.

»Esther! – *Nicht bewegen.*«

Das Herz eines Christen hätte sich erbarmt, jedoch wie ich es verstand, war *mein Tun barmherzig* & die Patientin selbst das Hindernis, denn sie sträubte sich trotz meines sanften Zuredens weiter.

Wie fortfahren? Ich zerbrach mir den Kopf, denn nach der langen Tortur, die der Tag für die Patientin & den Arzt gewesen war, wollte ich mich *nicht geschlagen geben.*

»Sollen wir warten, Doktor? – & Esther morgen früh untersuchen? Sie wird dann kräftiger sein & wir geduldiger«, schlug Gretel nüchtern vor, was vernünftig war, allerdings auch vorlaut, & mich ärgerte.

»Zaudern & Zagen ist die Versuchung des Teufels, Gretel«, sagte ich. »Es wird nichts gebessert, wenn wir es nicht gleich in Angriff nehmen.«

Bestimmt waren das Johannes Calvins Worte, die ich als Kind gelernt hatte.

»Wir fahren fort, Gretel. Aber – wir versetzen die gereizte Patientin *in Schlaf.*«

Blitzartig kam es mir ein, denn dieselbe List hatte ich schon bei Bettina angewendet, der Tochter der Rosencrantzes.

Ein törichter Einfall – (wie der aufmerksame Leser erkennt) –, denn ich hatte Esther bereits ziemlich viele Arzeneien verabreicht, die meines Wissens noch nicht vollständig abgebaut sein konnten; Mitte des Jahrhunderts war Sedierung weniger üblich, als sie das heute ist, speziell die Folgen eines Gemischs aus Belladonna, Johanniskraut, Arsentinktur et cetera in Kombination mit einer gehörigen Dosis Morphium waren noch unbekannt. Allzu oft wachte ein auf diese Weise anästhetisierter Patient nicht wieder auf – eins der Argumente für den Verzicht auf Anästhesie, einen Zweig der Medizin, der zu dieser Zeit noch in den Kinderschuhen steckte.

Trotzdem gedachte ich der Versuchsperson eine maßvolle Dosis Morphium zu verabreichen, damit sie fest schlief.

Und so wurde Esther das Morphium in flüssiger Form zugeführt, & als sie nicht mehr zappelte & widerstandslos auf dem Tisch lag, ging Gretel zwischen ihren Beinen auf die Knie & bereitete den Zugang zu dem ulzerierten Organ: ein höllisches Bild schwärender Entzündung, dessen Anblick & Geruch Übelkeit in mir auslösten. Doch ich drang in gebückter Haltung energisch vor & entdeckte den Riss in der Harnblase; er war mindestens doppelt so lang wie bei Brigit & würde mir ein Meisterwerk mit dem Seidengarn abverlangen.

»Gretel? – die Nadel, bitte.«

»Die – Nadel, Doktor? – Ich habe keine Nadel …«

»Sie *haben keine Nadel*? Nach so vielen Mühen?«

»Ich – ich wusste nicht …«

Empört richtete ich mich zu voller Größe auf & warf den beschmutzten Löffel von mir.

Trat vor Erschöpfung taumelnd von dem stinkenden Tisch zurück & gab mit einer wegwerfenden Geste zu Gretel, die mir kläglich nachblickte, meine Bemühung für diesen Tag auf.

»Gute Nacht, Gretel! Wir machen morgen früh weiter, wenn *Sie daran denken, die eingefädelte Nadel mitzubringen.*«

Ich zog mich in das geräumige Direktorenzimmer in einem entfernten Gebäude auf dem Anstaltsgelände zurück, warf mich in den Ledersessel des verstorbenen Direktors & genehmigte mir ein kleines Quantum schottischen Whiskys aus einem Schrank, üppig gefüllt mit den Whiskys, Bourbons & Weinen des Verstorbenen, für die ich aber kaum Verwendung hatte, da ich normalerweise keinen Alkohol trinke.

Mit halbwegs beruhigten Nerven ging ich heim in die nur einen kurzen Weg entfernte Direktorenresidenz. Meine Frau beschwor mich, etwas von dem für mich warm gehaltenen Roastbeef zu mir zu nehmen, was ich höflich dankend ablehnte. Ich hatte keinen Appetit, war sogar zu zermürbt, mich richtig zu waschen, & bestand darauf, in einem separaten Bett in einem ruhigen Winkel des Hauses zu schlafen.

Als ich, schon vor Morgengrauen aufgestanden, in das Untersuchungszimmer zurückkehrte, in dem Esther C__ verblieben war, sollte ich feststellen, dass die Patientin sehr still auf dem Tisch lag, unter einem Tuch, das Gretel über sie gebreitet hatte: die umschatteten Augen weit geöffnet, die bleiche gesprenkelte Haut nun aschgrau, das grässlich steife Lächeln in ihrem Gesicht ein hartes Nein zur *Hoffnung*.

»Esther! Was ist mit dir geschehen!«

Ärgerlicherweise regte die Patientin sich nicht & schien auch nicht zu atmen.

»Esther! Ich verlange, dass du *aufwachst.*«

Entsetzt berührte ich den Hals der Frau, suchte eine pulsierende Ader: Da war nichts.

Herzschlag: nicht vorhanden.

Die Haut nicht feuchtkalt, sondern trocken wie ein kaltes Mineral, & ein wehmütiger Geruch, der von der Haut aufstieg wie der einer Grabkammer.

Christliches Begräbnis

1852

Abraham Langhorne, bediensteter Totengräber der
Staatlichen Heilanstalt für weibliche Geisteskranke in Trenton

Ich, bediensteter Totengräber der Staatlichen Heilanstalt für weibliche Geisteskranke in Trenton, eine Stellung, ererbt von meinem Vater Moses Langhorne, der 1838 entschlief, war überrascht, als es unter der Leitung von Silas Aloysius Weir zu einer wesentlichen Änderung im Reglement in Bezug auf den *Tod von Anstaltspatientinnen* kam.

Vor Silas Weirs Amtsantritt wurde deren Ableben vorschriftsgemäß an die Gesundheitsbehörde der Stadt Trenton gemeldet, die Leichname der Verstorbenen wurden auf dem Anstaltsfriedhof beigesetzt, einem Geländeabschnitt hinter der East Hall, ausgenommen die seltenen Fälle, in denen Angehörige einer Verstorbenen sie auf eigene Kosten in einem Familiengrab bestatten wollten.

Unter Silas Weirs Leitung & offenbar auf seine Anordnung wurde eine Kategorie von Patientinnen eingeführt, die gewissermaßen storniert wurden, *auf null gesetzt* – wie man eine Ehe oder einen Vertrag *annullieren* konnte. Somit hörte eine verstorbene Geisteskranke in den Akten der Anstalt auf zu *existieren*; sie wurde zwar auf dem Anstaltsfriedhof beerdigt wie zuvor, es wurde jedoch kein Name beigefügt. Und es wurde kein Vermerk über ihren Tod an die Stadt Trenton übermittelt.

Zahlenmäßig blieb die Kategorie *annullierter* Patientinnen relativ klein verglichen mit den jährlichen Sterbefällen in der Anstalt, die gemeldet wurden wie zuvor. Und mit der sinkenden Todesrate, darunter sämtliche Sterbefälle, die als *nicht natürlich/auffällig* oder als mutmaßlicher *Suizid* galten, klang die Hysterie bei den Beamten in der Hauptstadt rasch ab. Erstaunlicherweise stellte niemand Nachforschungen nach den Gründen für die Veränderung an.

Kurzum, dem jüngeren Dr. Weir blieb die gegen den älteren Dr. Weir gerichtete feindselige Strenge für den längsten Teil seiner Amtszeit erspart.

Das Reglement werde geändert, erläuterte mir Dr. Weirs Assistent Amos Heller, da sich einige Todesfälle unter »ungewöhnlichen Umständen« ereignet hatten, die, würden sie publik, »juristische Verwicklungen« & vermutlich eine »Kürzung« des Anstaltsbudgets nach sich ziehen würden. Das hieß, überprüften die Zuständigen in Trenton die Anstalt & die besonderen Umstände bestimmter Todesfälle weiter mit strengem Blick, würde das meine Anstellung als Totengräber gefährden & ich müsste mich auf einen spürbaren Einkommensverlust einstellen.

Außerdem, wurde mir erläutert, wollte Silas Aloysius Weir eine neue Vorgehensweise etablieren & die *moralische Therapie* von Geisteskranken einführen, ursprünglich ein Gedanke von Benjamin Rush, den er, von den Traditionalisten seiner Zeit gebremst, allerdings nicht zufriedenstellend ausgearbeitet hatte. Aus dieser Auffassung ergab sich, Geisteskranke nicht mehr als *Wahnsinnige* zu bezeichnen, sondern schlicht als *Anstaltspatienten*; sie waren *krank*, & *Krankheiten* ließen sich heilen, bei all jenen, die nicht in geschlossenen Stationen untergebracht waren, hauptsächlich durch *aktive Beteiligung* am Anstaltsbetrieb.

Unter den neuen Bedingungen sollten Patientinnen nicht mehr

stundenlang träge in ihren Zimmern oder in Gruppenstunden herumsitzen, in der Bibel lesen oder beten oder vor sich hin murmeln, sich mit anderen zanken oder ins Leere starren; & anstelle der verschiedenen Formen von *Hydrotherapie*, der Medrick Weir sie unterzogen hatte & die auch das Anstaltspersonal stark beanspruchte, sollten körperlich gesunde Patientinnen nun aktiv an der *moralischen Therapie* teilnehmen: in der Anstaltsküche, wo sie bei der Zubereitung & dem Servieren der Mahlzeiten helfen konnten; in der Anstaltswäscherei, beim Waschen & Bügeln; beim Schrubben & Fegen der Böden; bei Arbeiten auf dem Außengelände, wo sie im Winter Schnee schaufelten et cetera. Mehrere Morgen Außenanlagen mussten gerodet werden, um dort eine landwirtschaftliche Farm zu betreiben, in der Patientinnen unter Leitung von Amos Heller beim Pflanzen, Jäten & Ernten helfen würden. Die Früchte dieser Arbeit, ganz gleich, wie mangelhaft oder wurmstichig, würden im Speisesaal der Anstalt auf den Tisch gebracht & wären ein Beitrag zur Deckung der Lebensmittelkosten, einem der größten Anstaltsposten. Außerdem würden Patientinnen, die Durchhaltevermögen & Nervenstärke unter Beweis gestellt hatten, bei den *Verstorbenen* mithelfen, die Leichen waschen & für das Begräbnis herrichten & in geeigneten Fällen gegen ein bescheidenes Entgelt auch beim Begräbnis selbst zur Hand gehen.

»Sie werden Gehilfen bekommen, Mister Langhorne! Eine Gruppe von *weiblichen Geisteskranken*, die Ihre Anweisungen ausführen, wodurch sichergestellt wird, dass Sie weniger zu tun haben, aber ohne Einkommensverlust.«

Zu meiner Schande erklärte ich mich mit diesem Angebot sofort einverstanden, denn täte ich es nicht, das war mir klar, würde der durchtriebene Mr. Heller nach einem anderen Totengräber in der Gegend suchen, der mit ihm arbeiten sollte.

Von da an wurde ich weniger oft gerufen, denn eine erkleckliche Anzahl Gestorbener wurde *auf null gesetzt* & in der Anstalt kurzerhand klammheimlich von Angestellten in missverständlich gekennzeichneten Gräbern beerdigt; mir wurden meist an *natürlichen Ursachen* wie Herzstillstand, Tuberkulose, Schlaganfall & Demenz Verstorbene zugeteilt. Die *Selbstmorde* verschwanden fast über Nacht.

Gab es einen besonders heiklen Fall *null,* wurde mir der Auftrag – *für Sie persönlich* – durch einen Boten zu Hause übergeben.

Mr. Langhorne –
Bitte kommen Sie & wahren Sie Stillschweigen.
In der Anstalt besteht dringender Bedarf an einem christlichen Begräbnis binnen vierundzwanzig Stunden.
Großzügige Bezahlung ist hiermit zugesichert.
A.H.

Soweit ich mich erinnern kann, erreichte mich die erste Anfrage dieser Art eines frühen Morgens im November 1852 & betraf die Beerdigung einer stark abgemagerten weißen Frau, deren Gesicht im Tode zu einem grässlichen steifen Grinsen eingefroren war; ein bedauernswertes Geschöpf, offenbar auf einem stark verschmutzten Operationstisch in einem Raum im Labortrakt von North Hall zu Tode gekommen & unter dem darübergebreiteten unsauberen Tuch nackt.

Null bedeutete anonymes Ableben, das nirgends erfasst wurde.

In den Folgejahren gab es eine Reihe solcher Aufträge, alle erteilt von Amos Heller, Silas Aloysius Weirs Assistenten.

A.H. war der Name, mit dem der Auftrag unterzeichnet war. *Schlächter Weir* aber war der Name, den schon bald ganz Trenton flüsterte.

Der *Ruhestuhl*

Aus dem Tagebuch von Mrs. Thomas Peele (1853)
Trenton, New Jersey

So zärtlich wickelte er mich in feuchtwarme Tücher, die Festigkeit seines Griffs war nicht gleich zu spüren.

Eine Kapuze wurde mir über den Kopf gebreitet, aus einem leichten Gewebe, Musselin vielleicht, durch das ich nur Licht wahrnahm, aber keine Konturen, eine Wand aus Licht, wie man sie mit geschlossenen Augen »sieht«, wenn man das Gesicht in die Sonne hält.

Ein dickeres Tuch wurde mir um den Kopf gebunden & bedeckte meinen Mund wie eine Binde. Nicht straff – aber mit der Andeutung, dass es straff werden konnte, wenn ich diese Gefälligkeit ausnutzen & mit kindischem Geschrei auf mich aufmerksam machen wollte, weil ich bestraft worden war.

Wie die feuchtwarmen Tücher, die mir die Arme an den Körper pressten & die Beine festbanden, als ich auf den Ruhestuhl gesetzt wurde, sollte auch das meine aufbrausenden Gefühle & meine Neigung zu sinnlosen Tränen eindämmen, *die so viel Ungeduld, Schmerz, Wut & Verzweiflung bei meinem Ehemann ausgelöst hatten, dass er keine andere Möglichkeit sah, als mich in die Anstalt in Trenton zu bringen, wo eine Krankheit wie meine (glaubte man) womöglich geheilt werden konnte.*

Früher konnte man eine Krankheit wie meine nicht heilen. Man galt damit als »dämonisch« – vom Teufel besessen. Doch jetzt ist eine neue Zeit, die der moralischen Therapie *weiblicher Geisteskrankheit.*

Mit der moralischen Therapie *geht man gegen eine Krankheit vor, nicht gegen »Dämonen«. Der leitende Arzt zieht mit den Mitteln des gesunden Menschenverstands gegen die Krankheit zu Felde.*

Der Ruhestuhl *ist ein sehr stabiler Stuhl, etwas breiter als gewöhnlich & etwas höher als die durchschnittliche Körpergröße von Männern.*

Er ist gut gepolstert, das weiche flaumige Gewebe klammert sich regelrecht an dich & schließt dich ein. Nimmt dir die Luft.

Er ist dafür gedacht, einmal gründlich auszuruhen, zu »schlummern«.

Es stimmt, ich habe mich beschädigt. Mir an den Haaren gezerrt, mir das Gesicht zerkratzt & meine Kleider zerrissen.

Es stimmt, ich habe meine »Schönheit« beschädigt. Es stand mir nicht zu, meine »Schönheit« zu zerstören, die doch Eigentum meines Mannes ist, das war die Lektion, die ich zu lernen hatte.

»Hysterie« rührt von einer umherirrenden Gebärmutter her oder davon, dass abgebrochene Teile der Gebärmutter durch die Arterien wandern, am gefährlichsten im Gehirn. So haben die verehrten antiken Ärzte, angefangen bei Aristoteles, es uns gelehrt, doch auch in unserer aufgeklärten Zeit ist noch kein Mann der Wissenschaft über diese Weisheit hinaus vorgestoßen.

Wir waren keinen armen Schlucker wie die meisten Patienten der Anstalt. Wir stammten auf beiden Seiten der Familie aus guten Verhältnissen & lebten in einer vornehmen Wohngegend südlich von Trenton. Mein Ehemann war selbst Arzt, Allgemeinmediziner, & hatte von den »revolutionären« Ideen des neuen Direktors der Heilanstalt für weibliche Geisteskranke in Trenton, Dr. Silas Weir, für die Therapie des weiblichen Wahnsinns gehört.

Es war ja unser beider Wunsch, Kinder haben zu wollen. Erben.

Das hatte ich, wenngleich wortlos, geschworen, als ich meinem Mann vor dem Altar der Ersten Presbyterianischen Kirche in Trenton das Jawort gab.

Lieben, ehren & gehorchen. In schlechten wie in guten Tagen. Bis dass der Tod scheidet.

Doch in mir wallte ungestümes Gelächter auf. Es kam zu unbändigem Ausschlagen der Beine. Wenn Mr. Peele sich im Nachthemd auf Händen & Knien an mich anschlich, keuchend wie ein wildes Tier. Ich trat & trat & trat, biss mir auf die Unterlippe, bis Blut auf das weiße Leinen des Ehebetts tropfte.

Absprachen wurden getroffen. Zwischen Männern. Es gibt keine anderen Absprachen als die zwischen Männern.

Mein Vater genauso. Er wollte so gern einen Enkelsohn. Enkelkinder. Erben.

Ohne Erben hat das Leben wenig Sinn.

Reichtum anzuhäufen hat wenig Sinn, wenn man ihn nicht Erben hinterlassen kann.

Gott bestimmt es. Gott gebietet es: Seid fruchtbar & mehret euch!

Mein Vater & Mr. Peele & Dr. Weir. Absprachen wurden getroffen. Meine Anwesenheit war nicht erforderlich.

Privatbehandlung, zu privaten Gebührensätzen. In der staatlichen Heilanstalt von Trenton gab es einen Flügel für Privatpatienten, im zweiten Stock von North Hall, für Patienten, die der besonderen Fürsorge unter Silas Weirs Oberaufsicht bedurften.

Von uns Privatpatientinnen musste keine dem Ansturm der Insassen im Speisesaal trotzen, von uns wurde keine unter den Vorgaben der moralischen Therapie *in die Wäscherei oder in die Küche oder in die Latrine oder an Mopp & Eimer zum Bödenschrubben gezwungen.*

Wir sahen davon nichts. Hörten die Schreie nicht. Rochen den Gestank nicht. Wir betraten & verließen die Einrichtung durch einen separaten, Privatpatienten vorbehaltenen Eingang.

Unser Schicksal wurde von Ehemännern & Vätern besiegelt. Unser Schicksal wurde per Handschlag besiegelt.

Ein Handschlag von Männern hinter geschlossenen Türen. Man kann es sich vorstellen. Deine Hand ist zu weich, die Knochen sind Spatzenknöchelchen. Zerquetscht & gebrochen vom Handschlag eines Mannes. Das Risiko gehst du nicht ein.

Mrs. Peele! – Sie müssen still liegen.

Mit leise näselnder Stimme hielt er mich dazu an. Durch die Musselinhaube konnte ich sein Gesicht nicht sehen.

Man darf sich nicht wehren. *Eine Frau hat sich zu* fügen.

Man muss sich besinnen, wie eine Blume sich besinnt. Jedes einzelne Blütenblatt, vollkommen still.

Das Zifferblatt einer Uhr, deren Zeiger stehen geblieben sind. Im Ruhestuhl *erlischt die Zeit.*

Nicht nachdenken, sich nicht erinnern. Sich keine gedruckten Seiten – Bücher – ins Gedächtnis rufen. Die Schulbücher, die haben sich geirrt. Ein kleines Mädchen braucht keine Bücher. Ein kleines Mädchen aus gutem Hause, eine Schönheit mit goldblondem Haar.

Gereimtes, das ist (ab & zu) erlaubt. Mit Sorgfalt für Frauen ausgewählt, wenn es sie nicht aufreizt oder beunruhigt.

Ungereimtes lässt man in sein Bewusstsein nicht ein. Genauso wenig, wie man im Wald Steine in einen Teich wirft. Oder glimmende Kohlen auf eine unberührte Schneedecke. Genauso wenig, wie man in der Kirche laut herumschreit.

Man denkt nicht nach, denken widerspricht der Natur der Frau. Man denkt nicht nach. Denken schadet Frauen.

Ungehindertes Nachdenken brachte die unzufriedene Eva dazu, den verhängnisvollen Apfel vom Baum zu pflücken, ihn Adam, ihrem Ehemann, aufzudrängen & ihn in ihre Sünde, den Ungehorsam, zu verwickeln.

Es wird einem verordnet, acht bis zehn Wochen, abhängig von den inzwischen gemachten Fortschritten, tagsüber still im Ruhestuhl *zu sitzen. Nachts liegt man still im* Ruhebett.

Man ist durchgängig in feuchtwarme Laken gehüllt. Die Augen sind geschlossen, der Mund zum Stillstand gebracht. Die ungebärdigen Glieder können sich nicht befreien & geben bald auf.

Das Herz kann nicht wild & verrückt rasen & gibt bald auf.

Wenn sich die nervöse Gebärmutter immer noch losreißt & ihre Partikel durch den ganzen weiblichen Körper zerstreut, am schädlichsten im Gehirn, wird ergänzend noch eine drastischere Maßnahme eingesetzt: das Ruhebad.

Sehr sachtes Hinablassen des Ruhestuhls *in warm plätschernde Wellen. Eins fünfzig hohe Kupferwannen, das Wasser konstant bei einer von der Haut als wohltuend empfundenen Temperatur. Ständige Anwesenheit eines Bediensteten, der ein versehentliches Untertauchen verhindert.*

Die sogenannte Hydrotherapie *ist die im Vergleich zur Ruhigstellung riskantere Maßnahme, obwohl sie an die Ruhigstellung anschließt. Sie ist keine Bestrafung, obwohl es erforderlich sein kann, die Meuterei des Uterus niederzuschlagen.*

Nein, man ertrinkt nicht! Es ist töricht & albern, kindisch & müßig, mit so einem Schicksal zu hadern! – Dazu kommt es nicht, nicht unter den wachsamen Augen von Silas Aloysius Weir.

Wäre man eine gewöhnliche Verrückte, plötzlich der Anonymität enthoben, hätte man vielleicht Grund zu hadern – man ist aber nicht gewöhnlich, der Ehemann zahlt Dr. Weir (privat) ein üppiges Honorar.

Daher ist man geschützt. Wie gewöhnliche Verrückte es nicht sind.

Man ist durch das Wesen der Ruhe geschützt, wie das Männchen der Spezies durch das Wesen der Regsamkeit geschützt ist.

Die Seele der Frau, die Passivität & Ruhe ist; die Seele des Mannes, die Betätigung & Regsamkeit ist.

Die Seele der Frau, am besten veranschaulicht in der Ruhe; die Seele des Mannes, ihr bester Ausdruck die Bewegung.

Das Fleisch der Frau, weich & nachgiebig, üppig, fließend; das Fleisch des Mannes, muskulös, starkknochig, reaktionsschnell.

So unnatürlich, wie es für den Mann ist, der Ruhe zu frönen, so unnatürlich ist es für die Frau, der Bewegung zu frönen.

Im Bett liegend, hingebreitet, gelagert, ruhend; marschierend, ausschreitend, reitend, jagend.

Im Ruhestuhl *nimmt man pro Tag acht Mahlzeiten zu sich. Ruhig, ohne Hast zerkleinert man die Speisen im Mund nach der Weir-Methode, die vorschreibt, feste Nahrung nicht weniger als zweiunddreißigmal zu kauen, bis sie verflüssigt ist.*

Man schluckt auf keinen Fall Nahrung hinunter, die noch »fest« ist: Man schluckt nur Flüssiges.

Man bekommt gehaltvolle Brühen & Cremesuppen gereicht. Man nimmt Butter zu sich, Milch, speziell zubereitete Eier, kräftiges Brot & üppiges Gebäck. Die Haube wird entfernt, der Stoff über dem Mund wird entfernt, man wird von einer Bediensteten gefüttert, man braucht nicht die Hände zu benutzen.

Da man stark untergewichtig ist & eine Niederkunft riskant wäre, wird einem verordnet, gute vierzig Pfund zuzunehmen.

Man wird (wieder) zum Säugling, im Mutterleib genährt, absoluter Stille hingegeben, während das Weibliche im Innern aufquillt.

Man bekommt Arzeneien, speziell für einen verordnet & von Dr. Weir eigenhändig aus seinen Pflanzenpräparaten zubereitet.

Zur Behandlung der Hysterie wird die täglich mehrmalige Einnahme von Kalomel empfohlen.

Das Kalomel (Quecksilber) wird als Granulat gegeben, auf Brot gestreut & mit einer dünnen Schicht Butter oder Honig bedeckt.

Zur Behandlung von Frigidität & Unfruchtbarkeit wird empfohlen, Johanniskraut, Christophskraut, Rizinusöl & Milchdistel in sorgfältig dosierter Mischung zu verabreichen.

Zur Behandlung von spasmodischer Erregung der Glieder um ihrer selbst willen eine tägliche Dosis Laudanum, die erhöht wird, wenn die muskuläre Unruhe persistiert.

Die Befürchtung, die verabreichten Arzeneien könnten bitter schmecken, ist überflüssig. Sämtliche eingenommene Mittel haben den Beigeschmack von Süße.

Man ist privilegiert. Darf sich glücklich schätzen. Die Vorsehung hat einen zu Silas Aloysius Weir geführt.

Man spricht es nach: Ich werde für einen Zeitraum von sechs bis acht Wochen nicht lesen. Ich werde für einen Zeitraum von sechs bis acht Wochen nicht schreiben. Ich werde mir nicht ausmalen, meinen Cousinen, meinen Freundinnen, meiner Mutter zu schreiben & zu flehen, dass man mich vom Grauen dieses Wickelns & Erstickens erlöst.

Ich werde für einen Zeitraum von sechs bis acht Wochen nicht sprechen. Ich werde nicht um Gnade oder Freilassung bitten oder schreien.

Ich werde mein Gehirn für einen Zeitraum von sechs bis acht Wochen nicht in Erregung versetzen.

Ich werde mich nicht »erleichtern« müssen – eine Kinderfrau wird dafür sorgen, dass meine Bettpfanne bei Bedarf geleert & ausgescheuert wird.

Ja, ich bereue zutiefst, dass ich mir das Gesicht zerkratzt habe. Denn das Zerkratzen stand mir nicht zu.

Ja, ich bereue zutiefst, dass ich im heiligen Ehebett geschrien & gelacht, mich in spastischem Wahn herumgeworfen & mit den Beinen ausgeschlagen habe.

In Ruhe entschwebe ich in ein Reich jenseits von Worten. Der Ruhe gebe ich mich hin.

In Ruhe nehme ich zu, zweiunddreißig Pfund schweres weißes Fleisch, das sich unter meinem Kinn anlagert, meinen Bauch schwellen lässt, mir an den Schenkeln herabhängt & meine Brüste zu großen Eutern macht.

Ich werde ununterbrochen eine Pflegerin bei mir haben. Und eine Kinderfrau, die all meine Bedürfnisse stillt.

Man spricht sich ständig vor: Ich bin einzigartig, ich befinde mich in der Obhut von Silas Aloysius Weir, einem einzigartigen Praktiker & Pionier der Gynäkopsychiatrie.

Wenn ich von meiner Krankheit geheilt bin, kehre ich zu meinem Ehemann nach Hause zurück. Erst dann kehre ich zu meinem Ehemann zurück & empfange unseren ersten Sohn & Erben.

Bis dahin vertraue ich auf die Vorsehung & auf Dr. Silas Aloysius Weir.

Dies aus einem Tagebuch, aufgefunden unter der persönlichen Habe von Mrs. Thomas Peele, wohnhaft Lakeview Drive 228, Trenton, im April 1853, die eine Woche nach ihrer Entlassung aus der Heilanstalt in Trenton plötzlich zu Tode kam.

Unbekannt war, ob die Patientin gestorben war, weil sie während ihrer Hospitalisation neunundvierzig Pfund zugenommen hatte, durch die sie an Bauch, Rumpf & Oberarmen anschwoll & das Fleisch unter ihrem Kinn einem monströsen Kropf ähnelte, was die in den Wochen der Inaktivität bereits geschwächten Organe zusätzlich belastete, oder ob die Unglückliche es mit weiblicher Arglist & zum Spott von allem, was christlich, vernünftig & gut ist, geplant hatte, *sich das Leben zu nehmen.*

Halkyonische Jahre

1853–1860

Aus der *Chronik eines Arztlebens*
von Dr. Silas Aloysius Weir

Was für Visionen mir in diesen Jahren einkamen, eine wahre Flut, ohne Beispiel in der Geschichte der amerikanischen medizinischen Wissenschaft! Ein brennender Dornbusch von Einsichten, & ich blickte wie Moses hingerissen in die Flammen, so hell strahlend, dass sie die Augen eines Sterblichen blendeten.

Ich habe in der Öffentlichkeit häufig gesagt, etwa bei offiziellen Zusammenkünften des Parlaments von New Jersey, für mich liege es nahe, dass ein Amerikaner als Erster ein Verfahren zur *Therapie von Wahnsinn* entdeckt.

In der Lokalpresse & in überregionalen Zeitungen (darunter sogar die *New York Times* & der *Philadelphia Sentinel*) wurden solche »optimistischen« & »zukunftsweisenden« Aussagen als hochwillkommene Beispiele für »amerikanischen Pragmatismus« begrüßt, ganz im Gegensatz zum »trostlosen Pessimismus« der »älteren, weniger vitalen Nationen« Europas. Es wäre unanständig, nicht zuzugeben, dass ich vor Genugtuung erschauerte, wenn meine Frau, meine Verwandten & sogar meine älteren Kinder mit stolzem Lächeln solche Schlagzeilen lasen.

Denn alles, was ich erreicht habe & noch erreichen will, fällt mir von Gott zu; er selbst, Silas Weir, ist nur ein zerbrechliches Gefäß.

In der Medizinerschaft wurde weithin zur Kenntnis genommen & bewundert, dass Silas Aloysius Weir, Direktor der Staatlichen Heilanstalt für weibliche Geisteskranke in Trenton, bei den seiner Obhut anvertrauten Patientinnen voller Elan & höchst wirksam die neue *moralische Therapie* einsetzte, die Behandlungsmethoden seines Vorgängers übernahm, die ihm praktikabel dünkten, den Rest, der erfolglos geblieben war, aber abschaffte.

Zuvörderst der *Ruhestuhl* & ergänzend dazu das *Ruhebett*, entwickelt in meinem Labor in North Hall, bewährten sich von Anfang an sehr, reduzierten das Maß der Erregung bei den weiblichen Kranken sowie die Wahrscheinlichkeit ihrer Selbstverletzung, in einer Nervenheilanstalt stets eine große Gefahr.

Im Labor wurde ein noch nützlicheres Heilmittel entwickelt, bekannt als die *Weir-Jacke*: eine Jacke aus grobem Stoff mit Ärmeln, die vor der Brust übereinandergelegt & mit Gurten befestigt werden, dies, falls erforderlich, begleitet von Hydrotherapie. Sobald eine Geisteskranke sich herumwarf, tobte, den Körper verkrampfte & auf das Personal losging, wurde sie mit der Weir-Jacke fixiert. Hielt die Erregung an, bekam sie einen Weir-Helm aufgesetzt & eine dicke Binde über den Mund gebreitet, die die Schreie dämpfte. Im Interesse der Hygiene wurde diese Binde so befestigt, dass sie sich, war sie von Speichel durchtränkt, leicht abnehmen & durch ein sauberes Exemplar ersetzen ließ.

(Der Leser wird leicht erkennen, dass die mit Recht als *Weir-Jacke* bezeichnete Erfindung widerrechtlich hergestellt & als *Zwangsjacke* in Krankenhäusern & Heilanstalten vertrieben wurde: eine heimliche Aneignung, weil ich es versäumt hatte, die *Weir-Jacke* im Februar 1853, als das Modell ausgereift war, unverzüglich beim amerikanischen Patentamt anzumelden. Zu dieser Zeit nahmen meine Aufgaben als Arzt, Chirurg & Anstaltsdirektor mich so in Beschlag, dass an persönlichen Gewinst nicht zu denken war. Prompt stahl ein Arzt aus meinem medizinischen Personal, der ungenannt bleiben soll, die Idee & kopierte sie in allen Einzelheiten in der Irrenanstalt in Boston, in deren Belegschaft er eingetreten war. Meine Ärzte- & Direktorenkollegen wissen sehr wohl, wer ihre »Zwangsjacke« erfunden hat, & es dünkt mich unerhört, dass sie die von ihrem Personal so häufig verwendete *Weir-Jacke* nicht mit dem ihr zustehenden Namen bezeichnen.)

Zusätzlich zur *Ruhe*-Kur kam, wohl abgewogen, außerdem die *Hydrotherapie* zum Einsatz: nicht wie von Medrick Weir verordnet mit brühend heißen Bädern, in die man die Kranken mit Gewalt tauchte, sodass sie schrien & krampften, sondern mit lauwarmem Wasser, um zu beruhigen, nicht zu reizen oder zu bestrafen. Viel seltener, als Verleumder es dereinst behaupten sollten, war diese modifizierte Form der *Hydrotherapie* freilich mit dem Risiko des Ertrinkens behaftet, wenn die Patientin, durch straff gebundene Tücher an Armen & Beinen gefesselt, unbeaufsichtigt blieb; doch das ist ein geringes Risiko, hält man die Möglichkeiten der therapeutischen Besserung dagegen.

Weithin anerkannt sind meine wegweisenden Experimente mit dem Gebrauch von Arzeneien für die Behandlung geistiger Erkrankungen, dargelegt in Zeitschriften wie dem *Journal of the American Association of Medical Research* & dem *Atlantic Journal of Medical Science*. Für den interessierten Leser oder medizinischen Praktiker füge ich der *Chronik* einen Anhang mit meiner Bibliografie an.

Zu gegebener Zeit werde ich meine neuen Methoden bei der *chirurgischen Besserung des Wahnsinns* darlegen – die über Medrick Weirs Einsicht, dass Wahnsinn nicht vererbt & nicht durch Umweltbedingungen oder »dämonische Besessenheit« ausgelöst wird, sondern durch *Infektion*, hinausgehen.

Die Demütigung

1853

Aus der *Chronik eines Arztlebens*
von Dr. Silas Aloysius Weir

»Doktor Weir! Ich habe leider schlechte Nachrichten.«

Verwünschte Worte! Sie werden mich bis ins Jenseits verfolgen, fürchte ich.

Wieder wandte Gretel sich eines Morgens in aller Frühe an der Schwelle zum Labortrakt im zweiten Stock von North Hall an mich; von meinen Mitarbeitern hatte allein sie einen Schlüssel dafür, damit sie, falls erforderlich, nachts nach den Patientinnen in ihren Betten sehen & sie für meine Ankunft am Morgen vorbereiten konnte.

Die schlechten Nachrichten betrafen sicher das eine oder andere meiner *chirurgischen Experimente* aus der Vorwoche, dachte ich, in der ich unter anderem bei einer Wahnsinnigen, gut in den Vierzigern, einen schwer erkrankten & verdorbenen Uterus & bei einer Kranken im späten Jugendalter eine stark deformierte Klitoris entfernen musste – (beide kurz zuvor von ihren Familien in die Anstalt eingewiesen) –, & wappnete mich gegen das Schlimmste, was ein Chirurg hören kann: die Nachricht vom unerwarteten Tod eines Patienten.

Doch die Überraschung war auf ihre Art noch größer &

vernichtender, denn Gretel sprach nicht von den Versuchspersonen im Labor, sondern von Brigit Kinealy, die ich von der *Fistel* geheilt zu haben glaubte.

»Sie hatte einen Rückfall, Doktor. Der Seidenfaden muss gerissen sein.«

Der Seidenfaden! Gerissen! In meiner Verwirrung konnte ich Gretel nicht gleich folgen.

Meine Fortschritte im Labor waren so enorm, dass ich seit Monaten kaum Rückschläge hatte hinnehmen müssen; ausgenommen Esther C__, eine moribunde Kranke, die ohnehin nicht mehr lange gelebt hätte, & ein, zwei andere, Opfer selbst verschuldeter extremer Unterernährung aufgrund von *Anorexie*, die nicht einmal die Zwangsernährung der *Ruhetherapie* gerettet hatte. Mein »Die erfolgreiche Reparatur von vesikovaginaler Fistel bei einer jungen Mutter« betitelter Artikel, der kurz zuvor im *Atlantic Journal of Medical Science* erschienen war, fand große Zustimmung bei Ärzten mit einem besonderen Interesse an Gynäkologie.

Ich hatte darauf verzichtet, die Genesung Brigit Kinealys allzu genau zu verfolgen. Das Stigma der *Fistel* überwunden, war ihr gestattet worden, sich zur Hilfsschwester ausbilden zu lassen, im medizinischen Personal zwar ein bescheidener Rang, jedoch eine erhebliche Verbesserung gegenüber der Arbeit in den Latrinen. Ich wollte mich nicht in das Leben des Mädchens einmischen, sondern hoffte, mich damit begnügen zu können, sie von ferne zu sehen, wie zufällig.

»*Gerissen?* Und die Inkontinenz ist zurückgekehrt?«

»Ja, Doktor. Leider.«

Beim Blick in mein Gesicht trat Gretel zur Seite, ließ mich ins Labor eintreten, wo ich, ohne auf das halbe Dutzend kranker Frauen in ihren Betten zu achten, in mein privates Büro mit den hohen Fenstern ging, die Tür hinter mir schloss & mich seufzend an meinen Mahagonischreibtisch setzte. Mit einer tröstlichen kleinen Dosis Laudanum aus einem Becherchen, das ich in einer Schublade aufbewahrte, & mit einem Spritzer schottischem Whisky in einem Glas bereitete ich mich auf Gretels ausführlicheren Bericht &, schweren Herzens, aber doch hoffnungsvoll, auf das Zusammentreffen mit dem taubstummen Albino-Mädchen vor, nicht triumphierend, sondern zweifach enttäuscht.

»Großer Gott! In Deiner starken Hand bin ich wie Hiob – erniedrigt, gedemütigt, aber nicht gebrochen.«

Da ich gelobt habe, mein Leben & meine berufliche Laufbahn in dieser *Chronik* vollständig offenzulegen, muss ich nun frei heraus über mein häusliches Leben sprechen, wo ich *Demütigungen* anderer Art erlitt.

Denn das Glück war Silas Aloysius Weir nicht immer hold, nicht einmal im Nachglühen meiner Ernennung zum Direktor der Heilanstalt in Trenton, & noch weniger in den imposanten Räumen der Direktorenresidenz, die meiner Familie bei unserem Einzug so großzügig erschienen war.

Es gab Misshelligkeiten zwischen meiner Frau & mir in Bezug auf meine Arbeit in der Anstalt, denn Theresa war verärgert, dass ich die meiste Zeit fort war. War ich aber zu Hause & bemühte mich, mich mit ihr über die Anstalt zu unterhalten, wurde ihr Blick bald trüb, war es für sie, eine vornehme Frau, doch degoutant, sich vorzustellen, dass sich ihr Arztgatte in nächster Nähe zu Patientinnen befand, ja ihre nur halb bekleideten oder unbekleideten Körper betrachtete; sich derlei vorzustellen, ließ einen wirklich vor Entsetzen erschauern. (Unser gemeinsames Leben führten wir mit unfehlbarer Würde; in all den Jahren der Ehe hatte keiner von beiden den anderen je unbekleidet gesehen, & unser geräumiges Sandsteinhaus erlaubte beiderseitig noch mehr Respekt vor der Privatsphäre des jeweils anderen.) Sprach ich von Konflikten mit meinem Personal, die es fast täglich gab, nur natürlich bei der Führung einer so großen Einrichtung, erwiderte Theresa, & ihre kecke Nase kräuselte sich dabei: »Wie das, Silas, du bist der Direktor – sag deinen Untergebenen einfach, was sie tun sollen.«

Theresa, das muss ich gerechterweise zugeben, war nie vollends zufrieden mit der dem Haushalt des Direktors zugewiesenen Haushälterin, auch nicht mit den meisten unserer vier Dienstboten, die mit im Haus lebten, in bescheidenen Räumlichkeiten an der Rückseite. In ihr schwelte noch der Groll, dass meine abolitionistischen Prinzipien sie ihr Erbe des Kindersklaven im Besitz ihrer Familie in Vineland, New Jersey, gekostet hatten, ihr einst als Brautgabe zugedacht & mittlerweile wohl erwachsen.

Theresa & die Cleffs sagten zu gern *heiliger als du, Silas*, wenn sie über mich sprachen, sogar in meiner Hörweite. Mir blieb nichts anderes übrig, als das für zärtliches Necken & nicht unverhohlene Verachtung zu nehmen.

»Du hast deine Dienstschuldner in der Anstalt, Silas. Inwiefern unterscheiden die sich von Sklaven? Ich habe den Eindruck, dass du sie bis zum Umfallen schindest, genau wie Sklavenhalter *ihre* Sklaven bis zum Umfallen schinden.« Bei dieser Übertreibung lachte Theresa aufreizend. In ihrer Jungmädchenzeit war es charmant gewesen, wenn sie beim Plaudern oder Scherzen derart übertrieb.

Als ich beteuerte, dass alle Arbeitskräfte in der Anstalt gleich behandelt wurden, fiel Theresa mir ins Wort & sagte: »Aber werden sie auch *gleich bezahlt*? Deine Dienstschuldner bekommen gar keinen Lohn, genau wie Sklaven keinen bekommen. Und du lässt sie genauso hart arbeiten & verstößt sie, wenn du mit ihnen fertig bist.«

»Theresa, das ist nicht wahr! Kein Angestellter wird jemals ausgepeitscht oder grausam behandelt. Hat ein Dienstschuldner das Ende seines Vertrags erreicht, bekommt er seine Freiheitsrechte – & geht seiner Wege, frei. Ich glaube, das Thema können wir beenden.«

Die Angelegenheit der *Dienstschuldner* im Anstaltspersonal, dem vorherigen Direktor als ihrem Dienstherrn vertraglich verpflichtet & von ihm eingestellt, war neuerdings zwischen uns schwierig. Ich gedachte mit Theresa darüber nicht zu debattieren.

Außerdem war mir nicht wohl bei dem Gedanken, ihr anzuvertrauen, dass ich auf eine Karriere außerhalb von New Jersey hoffte, sobald ich mir ein *landesweites Renommee* als Vorreiter in der Reform der Therapie von Geisteskrankheiten gesichert hatte. Mein Vorbild war Dr. Francis Brickman, ehemals Dekan der medizinischen Fakultät von Harvard, der zum medizinischen Chefberater des Präsidenten mit Amtssitz im Weißen Haus in Washington ernannt worden war; gerüchteweise hieß es, Medrick Weir sei oftmals als Dr. Brickmans Nachfolger im Gespräch gewesen. Ich konnte mich jedoch, spräche ich leichtsinnig von meiner Hoffnung, meine Leistungen würden eines Tages dem Weißen Haus zur Kenntnis gelangen, nicht darauf verlassen, dass Theresa sich nicht vor ihren Schwestern & ihrer Familie damit brüstete, was kränkend für mich wäre, falls der Ruf des Präsidenten ausblieb.

Von Natur aus sehr feminin & aus einer Schicht & einem Milieu, für die Weiblichkeit gleichbedeutend war mit Schamhaftigkeit, konnte Theresa freimütige Erörterungen *körperlicher Dinge*, das heißt der *körperlichen Existenz*, nicht ausstehen. Noch nach neun Schwangerschaften, während derer sie so matronenhaft üppige Proportionen ausgebildet hatte, dass das Ehebett auf ihrer Seite hinabsank, stieg ihr die Röte ins Gesicht, kam die Rede auf Themen, an denen die feine Gesellschaft Anstoß nimmt. So empfindlich waren Theresas Nerven – darin ganz die Mutter & die Großmutter –, dass ich von dem ersten Kind, das wir erwarteten, erst erfuhr, als mein Schwiegervater Myron Cleff mich mit ruppigen Scherzen zu meiner Überraschung & meinem Unbehagen als damals noch junger Ehemann ins Bild setzte.

»Aber, Sir, ich bin mir nicht sicher, dass ich verstehe, was Sie sagen …«, stammelte ich damals & lief dunkelrot an, während Mr. Cleff mitleidig die Zähne bleckte, lachte & sagte, zu *verstehen* gebe es da nichts. Die Natur finde schon ihren Weg, in neun Monaten.

In neun Monaten. Ah! Dummerweise begriff ich erst im Nachhinein.

Es klang fast kameradschaftlich, wie Mr. Cleff über mich lachte. Ich aber dachte unweigerlich daran, dass er tief im Innern nicht die hohe Meinung vom Mann seiner Tochter hatte, die man sich gewünscht hätte, & dass es bei seinem (beneidenswerten) Bankkonto nicht anders war.

Unter anderen Umständen hätte ich gern gewusst, ob es unter Theresas vielen Schwestern & Cousinen auch Fälle von *Fistel* gab; doch darüber wagte ich nicht zu sprechen & wäre bei Nachfragen wohl auf verblüfftes Schweigen gestoßen. Theresa hätte es vermutlich auch nicht gewusst, denn das Leiden wäre verschwiegen worden, das unangenehme Wort *Fistel* war nicht bekannt.

Als mein Schwiegervater sich einmal bei mir erkundigte, was für *Operationen* ich in der Anstalt vornähme, dass sie mich so lange von zu Hause fernhielten, antwortete ich so schicklich wie möglich mit *Frauenleiden*, woraufhin Mr. Cleff erschauerte & mit abgewandtem Blick sagte: »Genug, Silas. Danke.«

Noch demütigender, mein ältester Sohn Jonathan entpuppte sich als Enttäuschung. In der Hoffnung, Interesse an klinischer Medizin in ihm zu wecken, damit sich Jonathan eines Tages in der Anstalt mit mir zusammentun & nach meinem Eintritt in den Ruhestand (noch weit in der Zukunft!) das Direktorenamt übernehmen konnte, hatte ich ihn mehrere Male mitgenommen & ihm bei einer denkwürdigen Gelegenheit mein Labor in North Hall vorgeführt. Hier aber reagierte mein Sohn zu meiner Überraschung & Bestürzung äußerst kindisch & flüchtete, eine Entschuldigung stammelnd, mit einem Ausdruck des Entsetzens im kränklich weißen Gesicht aus dem Gebäude. Hinterher rechtfertigte er sich damit, ihm sei schon von den Gerüchen übel geworden & der Anblick der liederlichen Irren in den Betten, teils an die eisernen Bettpfosten gefesselt, habe ihn verstört.

Auch die in allen Stationen vergitterten Fenster, die Schlösser & Riegel an vielen Türen & die großen kräftigen, Stöcke schwingenden Wärter hätten ihm Unbehagen bereitet, obwohl ihm erklärt worden war, dass es eine *Anstalt für Geisteskranke* war, kein *Picknickgelände*.

»Wie würdest *du* eine tobende Wahnsinnige behandeln, Sohn? Kennst *du* ein alternatives Heilmittel?«, erkundigte ich mich in einem Ton, triefend vor Sarkasmus, bei dem Jungen, doch Jonathan brachte nichts zu seiner Verteidigung vor & schüttelte bloß heftig den Kopf – *Nein, nein! Nein.*

»Ich folge den Geboten der Wissenschaft«, teilte ich Jonathan mit, »& untersuche durch gründliche Experimente, wie sich der Wahnsinn am besten aus dem Kopf der Kranken entfernen lässt, indem ich die *Entzündung* bekämpfe. Ich hatte gehofft, du, mein Ältester, würdest Anteil an der Arbeit nehmen, der dein Vater sein Leben widmet …«

Jonathan wich mir trotzdem weiter aus, vermied es, überhaupt über das Thema zu sprechen, als würde ihm schon beim Nachdenken darüber körperlich unwohl.

Nach diesem Debakel, das sich ereignete, als der verwöhnte Knabe in seinem achtzehnten Jahr stand, konnte ich das Thema Medizinstudium nicht mehr zur Sprache bringen, ohne dass er in Aufregung geriet; er erklärte, er habe keine Lust auf *experimentelle Chirurgie* oder darauf, sich wie auch immer mit *Irren* abzugeben.

Zu meiner großen Enttäuschung hatte Jonathan beschlossen, überhaupt kein wissenschaftliches Studium aufzunehmen.

»Wie kann ich am meisten zum Wohle der Gesellschaft – der Menschheit – beitragen? Ich glaube, indem ich die Rechte studiere.

Die Sklaverei beseitigen: *Das* ist das große Problem, das deine Generation nicht gelöst hat.«

Der Junge sprach mit tiefem Ernst, was klang wie der Widerhall des hochtrabenden selbstgerechten Geredes meiner abolitionistischen Verwandten aus Neuengland, die er nie kennengelernt hatte, & schob sich mit den Fingern beider Hände widerspenstige Haarsträhnen aus der Stirn, eine Geste der Gereiztheit, die ich störend fand, mir gegenüber respektlos.

Das Schulgeld für die Lawrenceville School von mir anzunehmen, war Jonathan allerdings durchaus gewillt, er rechnete damit, dass ich auch für die weiteren Gebühren aufkäme, die sich im nahe gelegenen College of New Jersey anschlossen – (diese interessante Bildungsstätte, ehemals ein theologisches Seminar, sollte bald darauf als Princeton University bekannt werden) –, obwohl beide Einrichtungen von den Söhnen der reichsten Sklavenhalter des Südens bevorzugt wurden & dort ein Geist von Anspruch & Vorrechten herrschte, der nicht recht zur abolitionistischen Bewegung passen wollte. (In dem College, aus dem Princeton werden sollte, war es sogar Brauch, dass die Studenten ihre persönlichen Sklaven zum Campus mitbrachten, die in Vierteln unweit der Studentenwohnhäuser untergebracht waren.)

Die Heuchelei der Jugend! – vor allem der *freiheitlich gesinnten Jugend*. Jonathan jedenfalls blickte ungewöhnlich zornig & wohl auch etwas mitleidig auf seinen angesehenen Vater.

Auf meine Bitte hin brachte Gretel eines frühen Abends unter der Woche, als die meisten medizinischen Angestellten das Anstaltsgelände verlassen hatten & im Labor niemand mehr zu erwarten war, Brigit zu mir.

Schon mehrere Tage hatte die Patientin nicht kommen können, so niedergeschlagen & unwillig war sie nach dem *Rückfall* gewesen.

Ach, wie kränklich Brigit aussah! Die weiße Haut wirkte ja kaum einmal strahlend, ihr Licht war vielmehr gedämpft, genauso wie nun das Licht ihrer blauen Augen, ganz anders als bei unserer letzten Begegnung, als sie mir die geschnitzte Taube zum Geschenk machte & mich voller Verehrung ansah.

Jetzt brachte Brigit es nicht fertig, überhaupt den Blick zu mir zu erheben. Zwar hatte sie mit Gretels Hilfe die anstößige Partie ihres Körpers gründlich gewaschen, doch sie umgab ein mitleiderregender Geruch, fäkulent wie der Gestank eines Sumpfes.

»Helfen Sie ihr beim Entkleiden, Gretel.«

»Ja, Dr. Weir.«

»Auf den Tisch. Auf Händen & Knien. Wie zuvor.«

»Ja, Dr. Weir.«

Gretel wirkte in letzter Zeit verhalten. Ihr Blick dünkte mich weniger klar, ihre Wangen schmaler, ohne die gesunde Röte. Eine hübsche Frau mit einem vollen runden Gesicht, die wie Brigit ein bestimmtes inneres *Feuer* verloren hatte.

Die Furcht, Gretel würde etwas zustoßen, kroch mir ins Herz! – der einzigen Frau aus dem Personal, der ich vertrauen konnte, was die Oberschwestern der Anstalt & andere mit einem richtigen Zeugnis einschloss, wie Gretel es nicht besaß; es hatte sogar den Anschein, als wäre die Hebamme von älteren Kolleginnen angelernt worden, ohne jegliche formelle Schwesternausbildung.

Von Amos Heller wusste ich, dass es Schwierigkeiten mit vielen in der Anstalt beschäftigten Dienstschuldnern gegeben hatte. Die vorherige Anstaltsleitung hatte offenbar unter Zwang & Pressionen unklarer Art die Vertragsbedingungen bei einigen dieser Kräfte verlängert, sie dazu verleitet, zusätzliche Klauseln zu unterschreiben, die sie zum damaligen Zeitpunkt nicht völlig verstanden. (Die meisten konnten weder lesen noch schreiben, & wenn sie Englisch sprachen, dann mit starkem Akzent.) Gretel war eine von ihnen, Brigit offenbar auch; höchstwahrscheinlich hatte ihre eigene Mutter sie in das Servitium verkauft, um Geld für Gin zu haben. (Das Gin-Trinken war eine der Plagen beim Anstaltspersonal & bei den niedrigen Schichten in Trenton gang & gäbe, hieß es.) Mich dünkte es pragmatisch, wenn die Dienstschuldnerinnen der Anstalt den Vertrag mit mir schlossen, dem Direktor, da ich ihre Rechtsansprüche wahrte wie sonst niemand. Wollte die aus armen Verhältnissen stammende Gretel die Einrichtung verlassen & anderswo arbeiten, würde sie bald verhungern, & dass Brigit außerhalb der Anstalt überlebte, war undenkbar, sie kannte ja von Geburt an nichts anderes. Wer außer Silas Aloysius Weir würde sich um *sie* kümmern! – ein Albino-Mädchen, taubstumm, Waise, an einer scheußlichen *Fistel* leidend.

Die Hand im Handschuh & Gretel neben mir, gelang es mir, mithilfe des Löffel-Spekulums, das ich inzwischen geschickter, wenn nicht gar vollkommen ruhig handhabte, in die entzündete Vagina der Patientin zu schauen.

Ein Schreck sondergleichen! – tatsächlich, wie Gretel vermutet hatte, hatte sich der Seidenfaden zersetzt, war gerissen & zum Teil wohl in die geschwollene, verfärbte Harnblase eingewachsen. Folglich war auch der Riss deutlich länger.

An dem Morgen war mir ein grundlegend neuer Gedanke gekommen: Ich wollte die Wunde in Brigits Blase nicht noch einmal mit Seidenfaden schließen, sondern den Riss mit einer heißen Zange verschweißen. Gretel war ziemlich überrascht von dieser Wendung, hütete sich aber, zu widersprechen oder Fragen zu stellen, & erhitzte, zwar zögerlich, aber doch pflichtbewusst das Kupferinstrument über einem offenen Feuer, & brachte es mir, damit ich das heiße Ende in die zitternd mit Händen & Knien auf den Tisch gestützte Patientin einführen konnte.

»Du musst stillhalten, Brigit. Es könnte ein bisschen *warm* werden.«

Leider konnte Brigit, als ich die erhitzte Zange an Ort &

Stelle schieben wollte, einen Aufschrei nicht unterdrücken, & ihrer Kehle entrang sich etwas, was wie *Oh Gott!* klang, die ersten Worte, die ich die Taubstumme hatte sprechen hören. Mich überraschte das nicht, denn nach meiner Überzeugung war Brigit weder taub noch stumm, sondern litt an einer Form von Hysterie.

»Brigit! Du bist kein Kind. Bleib so & lass die Dummheiten. Ich habe es dir schon gesagt – das Innere der Vagina ist für Empfindungen unempfänglich, genau wie der Geburtskanal. In diesen Organen befinden sich keine Nervenendigungen. Gretel, halten Sie sie fest.«

Nach einigen Sekunden des Wartens, dass sich die erhitzte Zange ein wenig abkühlte, wiederholte ich die Prozedur unter Schwierigkeiten, denn obwohl sie stoisch & tapfer sein wollte, zitterte die Probandin jetzt doch arg & musste von Gretel beruhigt werden.

Mit Beharrlichkeit gelang es mir, die Wunde mit der erhitzten Zange zu schließen, & ich setzte danach behutsam ein kleines Schwämmchen auf den Blasenboden, das Blut & Urin auffangen & das, da es nur als Provisorium gedacht war, achtundvierzig Stunden später wieder entfernt werden sollte.

Trotzdem bereitete es mir Sorge, dass die überempfindliche Patientin den Eingriff durch ihr Zurückzucken beim ersten Einführen der Zange torpediert haben könnte. *Glühend heiß*, wie ich es beabsichtigt hatte, wären die Erfolgschancen größer gewesen.

Bis zum Abschluss der Operation dürfte eine volle Stunde vergangen sein. Mein Hals & mein Rücken waren sehr angestrengt & meine Augen trüb vor Tränen der Konzentration.

»Also, Brigit! Wir haben jetzt beide eine Ruhepause verdient.«

Gretel half Brigit vom Tisch herunter. Überrascht bemerkte ich, das Brigits Teint aschfahl war & ihre Augen feucht schimmerten.

Nachdem sie Brigit geholfen hatte, sich den Unterleib zu waschen & frische Sachen anzuziehen, dankte ich Gretel für ihre

Hilfe & wünschte ihr eine gute Nacht. Ich bestand darauf, dass Brigit nun ein wenig Laudanum einnahm, damit sie nach der Strapaze die Nacht durchschlafen konnte. Mit feierlicher, wenn auch stummer Geste schloss ich mich ihr an & goss ein winziges Schlückchen Laudanum für mich selbst in ein Whiskyglas.

»Du bist sehr tapfer gewesen, Brigit! Ich hoffe, die Vorsehung ist dieses Mal auf unserer Seite.«

Die arme Brigit hatte vor Erschöpfung nicht die Kraft, etwas zu antworten, nicht einmal stumm. Ihre Lider sanken herab, das Fleisch ihres Gesichts war erschlafft.

Es dünkte mich eine freundliche Geste, Brigit für die Nacht nicht in die übel riechende Krankenstation zu schicken & auch nicht in den stickigen Keller der Anstalt, wo sie angeblich wohnte, sondern ihr zu erlauben, sich in einer Ecke meines privaten Büros, wo ich Decken auf dem Boden hinter einem Mahagoni-Bücherschrank ausbreitete, ein kleines Nest zu bauen.

Brigit nahm das Angebot an, vielleicht aus schierer Erschöpfung; zu müde, zu widersprechen oder zu zögern, sank sie zu Boden, & nur ich hörte, was wie ein Murmeln tief in ihrer Kehle klang: *Ja, danke, Dr. Weir.*

»Silas? Wo warst du so lange?«, fragte Theresa mich besorgt, denn es war kurz vor Mitternacht & fast überall im Haus dunkel, als ich die Treppe in den ersten Stock hinaufstieg, eine brennende Kerze vor mich haltend.

»Wo ich so lange war? Na, im Himmel – was hast du denn gedacht? In der Hölle?«

Trotz dieser munteren Antwort war ich sehr müde. Von der Strapaze des Wundverschlusses, dem eingenommenen Laudanum & dem Whisky war ich körperlich so ermattet, dass ich kaum an meiner finster dreinschauenden Frau vorbeigehen konnte, die in einem voluminösen Nachtgewand in der Tür zu unserem Schlafgemach stand. Mit einer gemurmelten schwachen Entschuldigung zog ich mich in meine Ecke des Raums zurück, entkleidete mich linkisch & ging zu unserem Himmelbett, sank mit einem Seufzer in den Schlaf wie einer, der von tosenden Atlantikwellen emporgetragen wird.

Verleumdung

Aus der *Chronik eines Arztlebens*
von Dr. Silas Aloysius Weir

Kretins, die von den Verhältnissen bei uns nichts wussten, behaupteten, Brigit Kinealy, eine per Vertrag an die staatliche Heilanstalt für Geisteskranke in New Jersey gebundene Dienstschuldnerin, würde von mir, dem Anstaltsdirektor, misshandelt; das Mädchen, minderjährig, nicht nur Waise, sondern ein Albino von prekärer gesundheitlicher Verfassung, taubstumm & ohne Familie, die sie beschützte, würde schamlos als *Versuchsperson* ausgebeutet; die ganzen Fünfzigerjahre hindurch hätte ich sie gezwungen, nicht weniger als ein Dutzend Operationen zu erdulden, um meine Karriere als Pionier der Gynäkopsychiatrie voranzutreiben, blind für ihr Leid.

Und, schlimmer noch, einige behaupteten (gemein, gewissenlos), ich betäubte Brigit Kinealy, hielte sie in einem abgetrennten, den unheilbar Kranken vorbehaltenen Bereich der Anstalt gefangen, fesselte sie an ihr Bett, ließe sie hungern oder zwinge sie, übermäßig viel zu essen, um insgeheim eine *ungesetzliche, unnatürliche* Beziehung mit ihr zu führen – eine abscheuliche Anschuldigung & vollkommen abwegig.

Eine verwaiste Dienstschuldnerin, jung genug, meine Tochter zu sein!

Wie Brigit Kinealy selbst oftmals bestätigte, verdankte sie ihr Leben im Grunde mir, ihrem Retter, & war dankbar dafür, dass unter allen Ärzten allein ich mich ihrer besonders widerwärtigen Krankheit annahm, die sie sonst dazu verdammt hätte, eines elenden Todes zu sterben.

Es stimmt, bisweilen habe ich, um die Ängste der Patientin & meine eigenen zu beschwichtigen, uns beiden am Ende eines mühevollen Tages im Labor eine winzige Dosis verordnet – *den süßen Trank der Lethe*, wie ich es nannte; ein sehr geringes Quantum, nicht einmal so viel, wie Ärzte ihren Patientinnen aus vornehmem Hause verordnen.

Es stimmt auch, dass ich der Küchenvorsteherin aufgetragen habe, Brigit gehaltvolle Mahlzeiten zuzubereiten oder ihr zu erlauben, sich selbst welche zuzubereiten, Privilegien, die anderen Arbeiterinnen nicht gewährt wurden, denn das Mädchen war von sehr schmächtigem Wuchs & untergewichtig & daher in Gefahr, an Tuberkulose zu erkranken wie so viele verfemte Patientinnen.

Auf solche verleumderischen Anschuldigungen noch weiter einzugehen hieße freilich, sie aufzuwerten, & das will ich nicht.

Derlei Schmutz wurde (& wird) von meinen Konkurrenten ebenso verbreitet, wie ähnlicher Schmutz von den geschworenen Feinden meines Vorgängers & Verwandten Medrick Weir verbreitet wurde & diesen Märtyrer & Vordenker der Gynäkopsychiatrie in ein frühes Grab brachte.

Unter meinen Kritikern zirkulierte auch die Anschuldigung, ich unterhielte in der Anstalt ein verschlossenes Labor für *teuflische Experimente*, die ich an Wahnsinnigen gegen ihren Willen & ohne Anästhesie vornähme; dieses Labor befände sich in einem abgelegenen, verwahrlosten Teil des Geländes, & außer einigen wenigen sorgfältig ausgewählten Schwestern & Wärtern, die zur Geheimhaltung verpflichtet & Silas Aloysius Weir, ihrem Herrn, hörig waren, hätte dort niemand Zutritt; hier würden die Patienten an ihre Betten gefesselt, in feuchte Tücher gewickelt & wie Tiere in Käfigen gehalten, & die Leichname derer, die nicht überlebten, würden im Schutze der Dunkelheit hastig fortgebracht & ohne Grabzeichen auf dem Anstaltsgelände verscharrt.

Dreiste Verleumdung! *Irrsinn.*

Dass solche Albernheiten dahergeredet wurden & den Weg in die Presse fanden, ist empörend & justitiabel, ich, ein frommer Christ, bin jedoch nicht streitsüchtig & habe nicht den Wunsch, noch mehr Aufmerksamkeit auf beleidigende Äußerungen zu lenken, indem ich vor einem ordentlichen Gericht Klage wegen übler Nachrede erhebe. Ebenso wenig möchte ich mich den Launen eines Richters im Mercer County aussetzen, der gegen mich voreingenommen & durch hiesige Gerüchte negativ beeinflusst ist.

Es trifft zu, der Großteil meiner Eingriffe fand ohne Anästhesie statt, aus dem praktischen Grund, dass sie in den Anfangsjahren meiner Leitung der Anstalt noch kaum bekannt war. Es ist außerdem wissenschaftlich anerkannt, wie ich Brigit erklärt hatte, dass weibliche Organe weniger Nervenendigungen aufweisen als andere Körperteile, zweifellos um die Schmerzen der Niederkunft erträglicher zu machen.

Mit Chloroform & Opiumtinktur habe ich tatsächlich zuweilen an meinen Anstaltspatientinnen experimentiert, die keine Angst erkennen ließen, das Prozedere ja nicht einmal wahrnahmen. Einen Patienten »in Schlaf zu versetzen« ist eine Sache mit ungewissem Ausgang, daher zögerte ich bei meinen Privatpatienten damit aus Furcht, sie wachten womöglich nicht mehr auf.

Der Laie hat meist keine Vorstellung davon, wie oft sogar erfahrenste & routinierteste Wissenschaftler bei Versuchen *scheitern* & wie selten ihnen etwas *gelingt*: Unter Umständen muss ein experimentierender Chirurg einen Patienten ein Dutzend Mal oder noch häufiger operieren, bevor es vorangeht; angesichts solcher Erfolgsaussichten muss ein Forscher hingebungsvoll, ausdauernd, ja *hartnäckig* sein! Unter Umständen müssen hundert Versuchspersonen für den Fortschritt der medizinischen Wissenschaft sterben, damit eine einzige leben kann. Warum ist das so schwer zu begreifen? Wir Wissenschaftler nutzen die Verlorenen nicht aus, sondern machen Gebrauch von dem, was die Vorsehung uns in Form von Menschen mit zweifelhaftem Wert zur Verfügung gestellt hat, Wahnsinnigen beispielsweise, Sträflingen & Insassen anderer Einrichtungen, die auf Staatskosten unterhalten werden.

In einer gerechten Welt sollte man dafür nicht *verleumdet* werden, sondern hätte *Lob & Preis* verdient!

Deshalb, sollen sich die Heiden doch ereifern: Meine chirurgischen Experimente an Brigit Kinealy führten zu einer *vollständigen Genesung* der Patientin von ihrer grauenhaften Erkrankung & waren nicht zuletzt ein *voller Erfolg* für mich als ihren Arzt, sicherten mir die auf dem Zenit meiner Laufbahn mir zugefallene Ehre: der *Vater der modernen Gynäkopsychiatrie* zu sein.

Hilfsschwester

Aus der *Chronik eines Arztlebens*
von Dr. Silas Aloysius Weir

»Wie geht es dir heute Morgen, Brigit?«, fragte ich ruhig, doch mit schnell schlagendem Herzen, die Worte sorgfältig mit den Lippen formend, was ich in diesem Fall gern gelernt hatte.

Mit niedergeschlagenen Augen ließ Brigit mich durch eine Bewegung ihrer schmalen, wohlgeformten Lippen wissen: *Ich glaube – gut …*

»Sagtest du, Brigit, es geht dir – *gut?*«

Wie seltsam das war, fast wie eine Liebkosung, die auf meinen Mund gehefteten durchscheinenden blauen Augen des Albino-Mädchens, als *läse* es meine Worte, die es nicht hören konnte.

Ja. Brigit nickte.

Wie selten das Waisenmädchen lächelte & wie strahlend dieses Lächeln war!

»Dann könnte es sein, dass Gott uns zugelächelt hat, Brigit. Wir werden beten, & wir werden hoffen.«

Nach der Heißnaht-Operation, der ersten ihrer Art bei *Fistel*-Behandlungen überhaupt (da war ich mir sicher), trug ich der Patientin auf, sich täglich bei mir vorzustellen, damit ich sie privatim untersuchen & nachschauen konnte, wie sie sich erholte.

Nach den fehlgeschlagenen vorherigen Versuchen der *Fistel*-»Reparatur« setzte ich, wie ich zugeben muss, große Hoffnungen in die neue Methode, & jeder Tag, an dem Brigit gutes Befinden ohne einen Rückfall berichtete, war für mich ein (vorläufiger) Sieg, für den ich Gott mit einem innigen Seufzer dankte.

Ich hatte vor, meine umfangreichen Notizen schon bald zu einem Artikel mit dem Titel »Die erfolgreiche Heilung einer *Fistel* durch Verschweißen« auszuarbeiten & klinische Anmerkungen beizufügen (Bleistiftskizzen der *Fistel*, der beschädigten Harnblase et cetera), denn vielleicht waren die Details meines Experiments eines Tages für andere Männer der Wissenschaft ja so wertvoll, wie es heute die anatomischen Zeichnungen Leonardo da Vincis sind.

(Mich dünkte, ich wäre auch imstande, Brigit Kinealys angebliche *Taubstummheit* zu behandeln. Die nächste bahnbrechende Leistung!)

In klinischen Studien tut die Identität des Probanden traditionsgemäß nichts zur Sache; der Patient ist nur das Material, an dem der ärztliche Chirurg zur Beförderung des wissenschaftlichen Fortschritts arbeitet. Daher ist es angemessen, dass in wissenschaftlichen Publikationen nur der ärztliche Chirurg als Verfasser des Artikels & Betreiber des Experiments namentlich genannt wird.

Hier jedoch bestand zwischen Versuchsleiter & Versuchsperson eine seltsame Nähe, die sich mit wissenschaftlichen oder medizinischen Begriffen nicht in Worte fassen ließ. Denn ich war überzeugt, dass ich Brigit Kinealy inzwischen so gut kannte wie sonst niemanden auf der Welt – Theresa & meine Kinder allemal eingeschlossen.

Ah, mich dünkte, ich kennte Theresa mit jedem Jahr, das verging, weniger! Bei jeder der – neun – Geburten war sie von einer Hebamme & gewissen weiblichen Verwandten betreut worden, während der werdende Vater diskret Abstand hielt, sich nervlich gegen die gedämpften Schreie aus einem anderen Teil des Hauses wappnete. Erst als Zeit verstrichen war, bekam er das Neugeborene schließlich zu sehen, war der Vater nachträglich als Beobachter des intimen Geschehens gelitten.

Doktor, Sie haben mir das Leben gerettet. Doktor – IHNEN verdanke ich mein Leben.

So ließ Brigit Kinealy es mich wissen, wortlos, mit kaum merklichem Lächeln & Nicken, mit bewundernd aufblitzenden Augen & anmutigen Gesten ihrer zarten Hände, sodass ich die ihren am liebsten ergriffen, sie mir zum Mund gehoben & geküsst hätte … Was ich noch nie im Leben getan, mir noch nicht einmal gewünscht hatte.

Aber – ich habe sie nicht angerührt! Nicht so.

Es war zu dieser Zeit, dass ich Brigit Kinealy zur Hilfsschwester im Labor ernannte, *mir* direkt unterstellt. Obwohl die Anstalt Dienstschuldnerinnen keinen Lohn zahlte & ihnen lediglich Kost & Logis gewährte, stellte ich Brigit in Aussicht, dass ich ihr, wenn sie sich als meine Gehilfin auszeichnete, aus der Privatschatulle des Direktors jede Woche eine bescheidene Summe zukommen lassen würde.

Bei dieser Großzügigkeit zuckten Brigits bleiche Lider, als hätte sie Mühe, nicht zu weinen.

Doktor – danke!

»Du musst sie dir aber verdienen, weißt du, Brigit. ›Ein Arbeiter ist seines Lohnes wert.‹«

Auch Brigits Unterbringung verbesserte sich grundlegend, von einem schäbigen Winkel im Keller zu einem eigenen Zimmer mit einem Krankenhausbett an der Rückseite des Labortrakts; zum ersten Mal in ihrem Leben wurden der Waise ein gewisses Maß an Privatsphäre & das Privileg einer Tür, die sie schließen konnte, zugestanden. (Von innen abschließbar war sie allerdings nicht.)

Das Wertvollste aber für ein junges Mädchen, das so leicht zu beeindrucken war wie Brigit, war die recht ansehnliche Schwesterntracht, die sie erhielt: ein langer hellgrauer Rock, ein weißer Baumwollkittel, eine weiße Baumwollschürze & ein keckes gestärktes weißes Häubchen, weiße Wollstrümpfe & zweckmäßige dunkle Schuhe von einer Qualität, weit entfernt von allem, was die irische Waise in der Vergangenheit besessen hatte.

All das, da mir aufging, dass Brigit Kinealy, ein junger Mensch von hoher Intelligenz & ungewöhnlichem Feingefühl, auch die schönste *Seele* hatte, wie man sie bei keinem anderen aus dem medizinischen Personal der Anstalt vorfand, gleich welchen Alters.

Als sie von der Beförderung einer bloßen Dienstschuldnerin der Anstalt erfuhr, bekundete die Oberschwester, deren Name Furst war, vehement ihren Unmut, da Brigit Kinealy keinen Abschluss hatte, nicht einmal die geringste Ausbildung als Krankenschwester; die von mir ausgesprochene Beförderung wäre nicht rechtens & würde von Furst auch nicht als rechtens anerkannt; das Ganze in ihren Worten ein »schamloser Trick«, noch ungeheuerlicher, als es die ähnlich unverdiente Beförderung meiner Gehilfin Gretel früher im Jahr gewesen war.

Furst beschwerte sich auch darüber, dass »angesehene Schwestern«, dem Labor des Direktors zugeordnet, kurzerhand entlassen worden waren, darunter einige, ihr persönlich bekannt & hochgeschätzt.

»Dr. Weir, ich warne Sie: Aufgrund meiner leitenden Stellung in der Anstalt & im Sinne der Integrität des Pflegeberufs muss ich eine förmliche Beschwerde beim Aufsichtsrat der Heilanstalt einreichen &, sollte ich damit auf taube Ohren stoßen, womöglich auch eine Petition beim Gesetzgeber des Staates New Jersey.«

Die Drohung überraschte mich. Die von Medrick Weir seinerzeit auf diese Stelle ernannte Person hatte gekündigt, & ich hatte geglaubt, ich hätte mir mit Fursts Beförderung zur Oberschwester die Unterstützung einer mächtigen Getreuen gesichert; jetzt aber ging mir auf, dass das verschlagene Weib womöglich Medrick Weirs Gegner gewesen war & bei der Vernichtung dieses großen Mannes die Hand im Spiel gehabt hatte.

Gelassen erwiderte ich: »Ich bin der Direkter der Anstalt, & Sie sind lediglich die Oberschwester, Miss Furst, Ihr Urteil hat weniger Gewicht als meins.«

Nach so einer Zurechtweisung hätte man doch erwartet, das törichte Weib schwiege still, doch die alte Vettel konnte sich nicht bezähmen: »Dr. Weir, in meiner Eigenschaft als Oberschwester & mit einem Zeugnis der Schwesternschule von der Universität von Pennsylvania würde ich behaupten, mein Urteil über unsere Schwestern & unsere Maßstäbe für Kompetenz ist besser begründet als Ihres.«

Worauf ich erwiderte: »Furst, Sie sind gekündigt. Sie können bei Amos Heller die Auszahlung Ihrer Abfindung beantragen. Dann können Sie Ihr Dienstzimmer räumen & das Anstaltsgelände unverzüglich verlassen. Und das ist *mein* Urteil.«

Brigit Kinealy war so darauf aus, mehr zu leisten, als man von einer Ungelernten erwarten durfte, dass sie mir schon im Labor assistierte, bevor sie wieder ganz bei Kräften war. Ich bestärkte sie nicht darin, denn ich fürchtete nach wie vor, die *Fistel* könnte wieder aufreißen.

Ich merkte aber schnell, dass meine Einschätzung richtig gewesen war: Nur wenige Schwestern waren so tüchtig wie Brigit & keine *mir* so ergeben. Im Gegensatz zu den oft dummen Kommentaren des Pflegepersonals war ihr Schweigen angenehm.

Ich war erleichtert, wenn Brigit mich jeden Morgen mit scheu zu meinem Gesicht erhobenem Lächeln wissen ließ, dass nach wie vor alles *gut* war, das heißt *normal.* Trotzdem befürchtete ich weiter ein Rezidiv der *Fistel* & betete jeden Tag, der Wundverschluss möge halten.

Bildete ich mir ein, die ätherisch schöne hellblonde Schwester mit den leuchtenden Augen flüstere mir zu: *Danke, Doktor! Ich liebe Sie, Doktor.*

Diese Worte, wenngleich stumm, trafen mich mitten ins Herz.

Obwohl Brigit alle Anzeichen dafür erkennen ließ, geheilt zu sein, gab ich ihr jeden Abend ein kleines Quantum Laudanum, unseren *süßen Trank der Lethe*, damit sie nach einem Tag angestrengter Arbeit an meiner Seite ruhig auf dem schmalen Bett in ihrem Zimmer im Labortrakt schlafen konnte.

Das Laboratorium: Das Experiment

(1853)

Aus der *Chronik eines Arztlebens*
von Dr. Silas Aloysius Weir

Alles in allem hatte der Labortrakt in North Hall über mehrere Jahre gut siebzig *Versuchspersonen* beherbergt; bei voller Belegung betrieben wir elf Betten im großen Krankensaal & ein halbes Dutzend in angrenzenden Zimmern, belegt vor allem von Patientinnen, bei denen spezielle Zwangsmittel & Schutzeinrichtungen erforderlich waren (etwa die *Weir-Zelle*, meine Erfindung, deren Wände zur Vorbeugung gegen Selbstverletzungen gewalttätiger Patienten kunstvoll gepolstert waren.)

Anfangs war das Labor sehr gepflegt, wurde vom Personal der Anstalt täglich trocken & nass gereinigt, die Bettpfannen gründlich ausgescheuert; als es mit der Zeit jedoch wichtiger wurde, ungestört zu arbeiten & mich dem prüfenden Blick meiner Gegner zu entziehen, wurde das Anstaltspersonal entlassen, & die Reinigung fiel meinen persönlichen Gehilfinnen zu. Die Patientinnen, die für eine Teilnahme an der *moralischen Therapie* gesund genug waren, hatten ihre Unterkünfte selbst sauber zu halten.

Eine ausgewählte kleine Gruppe junger Wissenschaftler aus dem ärztlichen Personal war eingeladen, unter meiner Aufsicht eigene Experimente im Labor durchzuführen, bis ihre Anwesenheit in den Räumlichkeiten mich zu sehr störte & die mir abverlangte Aufsicht die kollegiale Mitbenutzung nicht mehr praktisch erscheinen ließ.

Von der Menge der chirurgischen Eingriffe, die ich im Labor durchführte, weisen die Akten dreiundachtzig Prozent als vollständig geglückt aus, während zwölf Prozent teilweise glückten; die restlichen wenigen Prozent entfallen auf *ergebnislos* oder *null.*

Notgedrungen wurden bei einer Patientin häufig mehrere Eingriffe durchgeführt, von denen sich nur einer – (unweigerlich der letzte) – als vielleicht tödlich erwies, was allerdings den Erfolg der früheren nicht überschatten darf.

Somit *genasen praktisch alle*, entgegen den Gerüchten; eine große Anzahl erlangte wieder volle geistige Gesundheit & wurde aus dem Krankenhaus zu ihren Familien entlassen. (Es herrscht allerdings Uneinigkeit über diese Zahlen, denn bei einer Feuersbrunst im Labor wurden alle einschlägigen Akten vernichtet & sind damit öffentlicher Überprüfung leider entzogen.)

Im Vergleich der Bilanz meiner Heilanstalt in Trenton mit der anderer, ähnlicher Einrichtungen, einschließlich der Staatlichen Heilanstalt für Männer in Newark, New Jersey, hat es den Anschein, als könnte sich Trenton der meisten Heilungen & der meisten Entlassungen rühmen; umso bemerkenswerter, als *Wahnsinn* unter Frauen viel weiter verbreitet ist als unter Männern & bekanntermaßen viel schwerer zu heilen.

Seit meinen Anfängen in Chestnut Hill, als junger Famulus bloßes Anhängsel eines engstirnigen Klinikers im fortgeschrittenen Alter, war es immer meine Überzeugung, dass eine *geistige Erkrankung* eine *Erkrankung* ist – verursacht & verschlimmert durch eine *körperliche Erkrankung*. Während gerade mal eines Jahrzehnts meiner Anstrengungen im Anstaltslaboratorium wurden (von uns) große Fortschritte bei der Erweiterung des

Wissens über Frauenkrankheiten erzielt wie »gekippte« Gebärmutter, Milchbildungsstörung, Vaginismus/»hysterische« Vagina, Neurasthenie, Unfruchtbarkeit, Atrophie des Ovars, unregelmäßige Monatsblutung, übermäßig starke Monatsblutung, anhaltende Melancholie & Depression, Manie, Frigidität, Nymphomanie, Unterleibs- & Brusttumoren aller Größen & Varietäten et cetera – Leiden, die der großen Mehrheit der Ärzte zuwider sind, von Silas Aloysius Weir jedoch genauestens untersucht & behandelt werden, stehen sie doch alle im Zusammenhang mit *weiblicher Geisteskrankheit*.

Es kam jedoch darauf an, dass sich in meine Arbeit im Labor nicht Unkundige einmischten, deren überholte Begriffe von *Moral & Rechtschaffenheit* im Bereich der experimentellen Wissenschaft nicht gelten. Es ist mir nicht entgangen, wie kindisch mein Sohn Jonathan auf unsere kleine Station der »Eingeschlossenen« reagierte: ein Versagen der Vorstellungskraft, das mich ebenso tief enttäuscht hat wie die Reaktion meiner *Lieblingspatientin* Brigit Kinealy, die ähnlich reagierte wie mein Sohn, als sie zum ersten Mal an Wahnsinn Erkrankte sah, *eingesperrt & fixiert*, an ihre Bettstatt gefesselt oder straff in feuchte Tücher gewickelt oder, die gefährlichsten, zu ihrem eigenen Schutz in kleinen hölzernen Verschlägen mit Gitterstäben.

Von mir in diesen Bereich des Labors geführt, staunte Brigit über das halbe Dutzend Elender, die sie hier sah, & über die widerwärtigsten Gerüche, die sie roch, noch während die Unglücklichen, die nicht komatös waren, uns anflehten, stöhnten & Flüche gegen uns ausstießen, als würden sie uns am liebsten in Stücke reißen.

Mittlerweile achtete ich auf Brigits *stumme Worte*, konnte sie mir vorstellen, & hörte ihre leise Stimme deutlich in meinem Kopf.

Die von mir wissen wollte: *Dr. Weir – warum sind sie in Käfigen?*

Ich antwortete ihr also gefasst: »Das sind keine *Käfige*, Brigit, sie sind in Gewahrsam.«

Aber – warum?

»Weil sich gezeigt hat, dass diese Frauen eine Gefahr für andere sind, genau wie für sich selbst.«

»Wie – wie sind ihre Namen?«

»Ihre Namen …?«

Bei dieser Frage musste ich lachen. Die Idee, diese Unglücklichen hätten *Namen* – es war eine herzzerreißende Regung.

Die uns am nächsten Befindliche in einem der käfigartigen Verschläge, als Syphilitikerin diagnostiziert, beäugte Brigit & mich auf bedrohlichste Art & Weise; noch kein einziges Mal hatte diese Kreatur die mindeste Dankbarkeit dafür bekundet, dass ich versucht hatte, ihre *Fistel* zu reparieren & ihr zwei Reihen verfaulter Zähne aus dem entzündeten Gaumen gezogen hatte. Wenn ich Brigit nicht von dem Käfig fortgeschoben hätte, hätte die Verrückte das naive junge Ding mit widerwärtigem giftigem Speichel bespuckt.

Die im Anbau des Labors in Gewahrsam genommenen Patientinnen, erläuterte ich Brigit, seien verzweifelt & verwirrt, sie wüssten nicht, wie man sich in einer zivilisierten Heilstätte benimmt; die Kranken mit den schwersten Entzündungen seien verzehrt von dem Drang *wegzulaufen*.

»Wenn sie aus der Anstalt ausbrechen, kommen sie mit Sicherheit zu Schaden. Sehr viele von ihnen wollen sich beispielsweise unbedingt in den Delaware stürzen.«

Ganz still, mit großen Augen blickte sich Brigit in dem (fensterlosen) Raum um & erschauerte auf eine Weise, die mich an meinen Sohn Jonathan erinnerte.

»Die Strafe für den Versuch, aus der Anstalt zu fliehen, ist der zwangsweise Gewahrsam, Brigit«, sagte ich & wählte meine Worte mit Sorgfalt, damit die Waise mich nicht falsch verstand, »sonst würden zu viele von euch weglaufen. Und das würde schlimm ausgehen.«

Hier eins meiner frühesten Laborexperimente, dargestellt mit einem Vokabular, das dem Laien keine Schwierigkeiten bereiten sollte.

BEHANDLUNG BEI (VERDACHT AUF)
REMITTIERENDES GALLENFIEBER
BEI ZWEI GEISTESKRANKEN PATIENTINNEN
(HERBST 1853)

Versuchsperson #1 – »Beulah«: Alter 37, hohes Fieber, Schüttelfrost, Übelkeit, sehr dünn, chronischer Husten, apathisch, intermittierend Delirium & Aggression

Versuchsperson #2 – »Mary«: Alter 51, hohes Fieber, Schüttelfrost, Übelkeit, Gewichtsabnahme, aber immer noch »stark«, Stimmung zwischen Ruhe/Ergebung & Erregung/Delirium alternierend

* *

Dieses seltene Vorkommnis (das heißt die gleiche Erkrankung bei fast gleichen Patienten) verschafft dem Forscher eine sehr praktische Gelegenheit zum Experimentieren mit Medikationen.

Bewährte Arzeneien: Blaue-Masse-(Quecksilber-)Pillen, Schwarzwurz, Echinacea, Gingkoblatt, Chinintropfen, Senfpflaster, Fenchelöl, Belladonna.

In Medizinerkreisen setzte sich allmählich die Auffassung durch, »Chinin« in gelöster Form helfe, Gallenfieber zu senken, daher verabreichte ich bei Versuchsperson #1 eine Kombination all dieser Arzeneien, einschließlich der Chinintropfen, ließ bei Versuchsperson #2 die Chinintropfen aber weg.

In relativ kurzer Frist, stellte ich fest, besserten sich bei Versuchsperson #1 die augenfälligeren Symptome des Gallenfiebers, während sich der Zustand von Versuchsperson #2 sukzessive verschlechterte.

Nach zwei Tagen konnte Versuchsperson #1 Flüssigkeiten (Wasser, Hühnerbrühe) zu sich nehmen, hatte einen klaren Blick & keine Fieberfantasien mehr; Versuchsperson #2 war nach wie vor schwer krank mit hohem Fieber, Übelkeit, Delirium.

Brigit Kinealy hatte zu dieser Zeit gerade angefangen, mir im Labor zu assistieren, & war besonders wertvoll, wenn Gretel nicht anwesend sein konnte. (Seit einiger Zeit nämlich kam es immer mal wieder vor, dass Gretel nicht mehr so tüchtig & vertrauenswürdig war, sondern sich mal unverschämt, mal gutmütig benahm, Enthusiasmus beim Mittun jedoch vermissen ließ, wenn ich zu Neuem vorstieß.)

Voller Scheu & Bangnis angesichts ihrer veränderten Lebensumstände & ihrer Aufgaben bei der Führung einer kleinen Krankenstation befolgte Brigit meine Anordnungen zu Beginn widerspruchslos – ja sogar *dankbar*. Die hellen Augen des Albino-Mädchens leuchteten vor Bewunderung für mich, seinen Retter, wie man es bei einem Gesellschaftshund, der seinem Herrn nie misstraut, sieht.

Doch als die Tage vergingen, begannen die Augen des Albinos sich zu weiten & zu *verstehen* – führte die Hilfsschwester meine Anordnungen nur noch zögerlich aus, vor allem als der *radikale Unterschied* bei der Behandlung der zwei Versuchspersonen erkennbar wurde: ein vollkommen naives Verständnis der *Grundlagen von Experimenten* oder aber gar keins.

Da Brigit sich mir nicht mitteilen konnte, wie normale Menschen, auch Untergebene wie sie selbst, es täten, griff sie zu anderen Mitteln: zeigte auf die eine oder andere Arzenei auf einem

Regal im Instrumentenschrank & tippte mir (sacht, schüchtern) auf den Arm zum Zeichen dafür, dass die Patientin diese *Medizin* bekommen sollte – für jemanden ihrer niedrigen Stellung ein so dreistes Benehmen, dass ich im ersten Moment zu verblüfft war, um darauf zu reagieren.

Ernüchtert suchte Brigit sich ein Stück Papier & einen Bleistift & kritzelte mühsam, wie ein kleines Kind es tun würde, darauf:

Mary mus auch Schi ni hab

Was für ein Kauderwelsch! Ich warf das Stück Papier verärgert zu Boden. Meine eigenen Kinder hatten beizeiten gelernt, die Aufmerksamkeit ihres Vaters nicht mit solchen Tricks erregen zu wollen. Als ob ich nichts Besseres/Höheres zu tun hätte, als über kindischen Rätseln zu brüten!

Wäre Gretel dabei gewesen, hätte sie dem Treiben der unbesonnenen jungen Gehilfin Einhalt geboten, Brigit aber musste mir den Zettel gedankenlos noch einmal hinhalten, hob ihn mir unverfroren vors Gesicht, nur einen Fingerbreit vor die Brille.

Mary mus auch Schi ni hab

Als ich sie feindselig anstarrte, wagte Brigit es, die Aufforderung mit den Lippen zu formen: *Mary muss auch Chinin haben.*

»Mary muss auch Chinin haben? Du erdreistest dich, mir zu befehlen?«

Sie hätte mich erheitern können, diese Dreistigkeit einer »Krankenschwester« ohne jede Ausbildung in der ersten Woche ihrer neuen Stellung, das tat sie aber nicht; wäre eins meiner Kinder der Übeltäter gewesen, wäre die strenge Strafe auf dem Fuße gefolgt.

Ja, es war Zeit für eine *Bestrafung.* »Wer sein Kind liebt, züchtigt es«, war eine Lehre von Jesus Christus persönlich in Seiner Weisheit, wie Johannes Calvin sagte.

»Ich muss dich dran erinnern, Brigit, dass ein Arzt eine ihm treu ergebene Schwester braucht, die seinen Anordnungen Folge leistet & ihm nicht aus barer Einfalt & Unwissenheit sagt, was er anordnen könnte.«

Brigit machte große Augen. Wie? Hatte das unbedarfte junge Ding sich etwa eingebildet, zwischen uns bestünde irgendein *Einvernehmen* & es dürfe mich, den ihr in jeder Hinsicht Überlegenen, den Retter, dem sie ihr Leben verdankte, so plump vertraulich ansprechen?

Schließlich einsichtig geworden, wich Brigit zurück, schlich sich davon wie ein getretener Hund & fuhrwerkte mit dem Lappen herum, wischte den Boden des Labors, auf dem sich über die letzten Tage rings um die Betten der abscheulichen *Fistel*-Patientinnen unzumutbar viel Schmutz angesammelt hatte.

Ich hatte sogar vorgehabt, Versuchsperson #2 demnächst Chinin zu verabreichen; es sollte zeitlich mit dem Absetzen sämtlicher Arzeneien bei Versuchsperson #1 & der erstmaligen Gabe von Johanniskraut zusammenfallen, einem Mittel, zu dem ich große Zuneigung gefasst & über das ich bereits mehrere Artikel geschrieben hatte. (Zusammen mit meinem abendlichen *Trank der Lethe* nahm ich inzwischen selbst ein wenig Johanniskraut ein, das die Verdauung, das klare Denken, die männliche Virilität & das allgemeine Wohlbefinden zu fördern schien.)

Außerdem bestand das Experiment darin, die Medikation zu wechseln, bei einer Versuchsperson zu geben & bei der anderen abzusetzen, einem ausgeklügelten Plan folgend, wodurch ich die Wirkung einzelner Arzeneien auf die kranken Frauen unterscheiden zu können hoffte. Einen Patienten zu »heilen« ist das eine, genau sagen zu können, *warum* ein Patient geheilt worden ist, aber etwas völlig anderes.

Wissenschaft beruht auf Tatsachen, nicht auf Einbildungen. Eine medizinische Behandlung, die nicht wiederholt werden kann, ist sinnlos.

Ein Risiko gab es im Labor natürlich: Lebten die Patientinnen so lange, dass ich den Versuch mit der Medikamentengabe mit der gebotenen Gründlichkeit durchführen konnte? Kam es in der Anstalt doch allzu oft vor, dass sich der Zustand einer nur mittelschwer erkrankten Frau ohne offensichtlichen Grund plötzlich verschlechterte. Unsere Patientinnen litten ja unterschiedlich schwer an so vielen Erkrankungen & das über so lange Zeiträume, dass die Behandlung der einen zur Verschlimmerung einer anderen führen konnte.

In diesem Fall: *Hielt das Gallenfieber so lange an, dass klar werden würde, wodurch es geheilt wurde, wenn es denn geheilt wurde?*

Doch aus Prinzip & um zu unterstreichen, dass ich nicht gewillt war, wider besseres Wissen den Rat meiner Hilfsschwester zu befolgen, beschloss ich, bei Versuchsperson #2 sämtliche Arzeneien abzusetzen, während ich bei Versuchsperson #1 bisweilen zusätzlich zu den Chinintropfen noch Johanniskraut gab.

Folgerichtig verschlechterte sich der Zustand von Versuchsperson #2 weiter, die nun nur noch selten bei Bewusstsein war & eine aschig »brennende« Haut hatte, während sich der Zustand von Versuchsperson #1 stabilisierte. Ich hatte die Absicht, nach der Rückkehr von einem Tag voller Besprechungen über Verwaltungsangelegenheiten mit der Gabe provisorischer Arzeneien (Arsentropfen, Aloe-vera-Pulver, Kalomel) zu beginnen & nach abermaliger Untersuchung beider Kranker ein neues Dosierungsschema einzuführen.

Ich hatte Brigit erlaubt, während meiner Abwesenheit »Mary« (einer älteren Frau mit haarlosem, verbeultem Kopf & eingesunkenen Augen) feuchtkalte Tücher aufs Gesicht zu legen & ihr Luft zuzufächeln, um ihre erhitzte Haut zu kühlen; *jegliche Medikamentengabe* freilich hatte ich Brigit ausdrücklich verboten.

Am Ende eines langen Tages wieder im Labor angekommen, hatte es jedoch, warum auch immer, den Anschein, als hätte Versuchsperson #1 – »Beulah« – einen plötzlichen Rückfall erlitten, während Versuchsperson #2 – »Mary« – sich halbwegs stabilisiert hatte.

Das hatte ich nicht erwartet & änderte daher rasch mein Vorgehen, kehrte zur ursprünglichen Dosierung zurück, Chinintropfen für »Beulah« & keine Medizin für »Mary«, mit dem Ergebnis, dass »Mary« mit neuerlichem Fieber sukzessive schwächer wurde, während »Beulah« mit gesunkenem Fieber trotzdem ebenfalls schwächer wurde.

Sie begann, wie mir zum Schur, sogar zu krampfen, die Augen rollten in ihrem Kopf zurück.

Das alles vollkommen unerwartet! (Handelte es sich bei der Krankheit überhaupt um Gallenfieber? Oder etwas anderes? *Gelbfieber?*) Es war mir ein Rätsel.

»Das kann doch nicht sein, Brigit. Es ist nicht *wahrscheinlich.*«

Sie stand ganz still, das Gesicht vor Erschöpfung noch blasser als sonst. Meine neue junge Assistentin täuschte erkennbar mädchenhafte »Unschuld« vor, hinter der sich Schuld verbarg, wie ein Kind, das während der Abwesenheit der Eltern ungezogen war & nun hofft, nicht entdeckt zu werden.

Blitzartig kam mir nun der Gedanke: *Natürlich, Brigit hat meinen Patientinnen eigenmächtig Mittel verabreicht! Die »Schwester« hat in meinem Labor Arzt gespielt.*

Naturgemäß wies Brigit die Anschuldigung von sich, offenbar ohne Schwierigkeiten, mir den Vorwurf von den Lippen abzulesen.

In aller Ruhe inspizierte ich den Medikamentenvorrat, um festzustellen, ob irgendetwas gestohlen worden war.

»Brigit, ich sehe doch, was du getan hast. Natürlich sehe ich es, ich bin kein Narr.«

In Wahrheit bluffte ich nur. Ich hatte nicht die geringste Ahnung, welche Arzeneien Brigit genommen & den Versuchspersonen verabreicht haben mochte oder ob sie sie überhaupt angerührt hatte.

Im Labor lagerte ein nicht unerheblicher Bestand nützlicher Medikamente, mit denen ich im Rahmen eines längerfristigen Vorhabens experimentieren wollte, ein verwirrendes Sortiment für ein ungeübtes Auge wie das von Brigit.

Kleinlaut & mit flatternden Lidern stand sie vor mir, stritt nichts ab & gab nichts zu. Angesichts ihrer Zerknirschung lenkte ich ein wenig ein & nahm an, sie wäre unschuldig.

»Einstweilen will ich über deine Anmaßung hinwegsehen«, sagte ich streng, »aber dir ist klar, du musst wissen, was sich gehört.«

Zögerlich hob Brigit die hellen Augen zu meinen, als bäte sie: *Chi-nin. Wollen Sie es Mary geben …?*

Ein Wort wie *Chinin* im ungebildeten Kopf einer Dienstschuldnerin irischer Abstammung – grotesk!

Die Hartnäckigkeit des Mädchens war so beeindruckend wie unangenehm. All das höchst verwunderlich.

Mir entging nicht, dass Brigit seit ihrer Versetzung ins Labor mit Bett & eigenem Zimmer das Auftreten des medizinischen Personals *nachahmte*, während sie früher doch zu den niedrigen Anstaltsarbeiterinnen gehört hatte. Tags zuvor hatte ich beobachtet, dass sie, die Stirn gekräuselt wie ein Schulmädchen, in einer medizinischen Zeitschrift blätterte, die ich ins Büro mitgebracht hatte. – *War sie in der Lage, solchen Stoff zu lesen?*

Ich konnte mir nicht vorstellen, dass jemand der ungebildeten Irin Lesen, geschweige denn Schreiben beigebracht hatte, sie konnte auch keine öffentliche Schule besucht haben; das scharfsinnige Ding, so musste es sein, schnappte solche Kenntnisse von selber auf, wie eine hoffnungslose Kreatur die Nase in alle Winkel seiner Umgebung steckt, um herauszufinden, was sie zustande bringt.

»Ob ich Mary *Chinin* geben will? Nein, das will ich nicht.«

Soweit ich mich erinnerte, *hatte* ich Beulah wieder Chinintropfen verabreicht, Mary aber (noch) nicht. Nach den Besprechungen mit dem Verwaltungspersonal gereizt & abgelenkt, konnte ich mich auf mein Gedächtnis aber nicht verlassen; in meinen ausführlichen & mit zahlreichen Kommentaren versehenen Aufzeichnungen zu dem Experiment fand sich auch kein Vermerk dazu.

Es ging nicht an, in Brigits Beisein durcheinander oder vergesslich zu erscheinen, daher zog ich weiter eine strenge Miene & gab nicht nach. In Medizinerkreisen hielt man es inzwischen zwar für möglich, dass Chinin bei der Heilung von Fieber infolge von »erhitztem Blut« half, ich wollte mich aber nicht von einem Kind herumkommandieren lassen, dessen Statur der meiner ältesten Tochter Florence Nightingale glich. (So genannt im Überschwang in der, inzwischen schwindenden, Hoffnung, sie würde dereinst den Wunsch haben, sich in Krankenpflege ausbilden zu lassen & ihrem Vater zur Seite zu stehen.)

Mit verblüffender Hartnäckigkeit bot Brigit unverfroren an, den Patientinnen selbst die Chinintropfen zu geben! – doch ich sagte bestimmt: *Nein.*

»Meine Versuchsreihe verläuft nach einem bestimmten *Plan.* Du siehst ihn ja – ich habe ihn aufgeschrieben & lasse mich nicht durch impulsive Eingebungen davon abbringen.«

Für einen Augenblick dünkte es mich, Brigit wolle widersprechen, doch dann presste sie die Lippen aufeinander, ohne ein Wort zu formen.

»Du bist noch neu im Labor, wirst es aber bald merken: Der Direktor der Heilanstalt lässt sich *nicht* von seinen Vorhaben abbringen.«

Bei meiner Ankunft im Labor am nächsten Morgen befanden

sich Versuchsperson #1 & #2 fast gleich, in einem Fieberwahn, der sich dem Koma näherte. Über Nacht war mir ein glänzender Einfall für ein radikales Experiment zur Behandlung des Gallenfiebers gekommen: *entzündete Zähne ziehen.*

Hatte Medrick Weir mir nicht anvertraut, dass *Geisteskrankheiten* durch *Entzündung* verursacht werden?

Eindeutig, das war die Lösung. Ich hatte bereits mehrere reizbare Geisteskranke so behandelt, dass ich ihnen, eigentlich lange überfällig, die vereiterten Zähne zog, & das mit insgesamt vielversprechenden Ergebnissen. Allmählich setzte sich die Auffassung durch, so verschiedene Leiden wie Gicht, Hysterie oder viele Formen von Fieber rührten von Entzündungen in Kiefer & Gaumen her, Körperstellen, die nahe beim Gehirn lagen; der mit der Extraktion einhergehende Blutverlust war zudem eine praktische Variante der Phlebotomie.

Wenn der Zustand von Versuchsperson #1 nun also fast genauso war wie der von #2, könnte ich doch, fiel mir ein, einer die Zähne ziehen, der anderen aber nicht, wodurch sich ein sinnvoller Vergleich anstellen ließe.

Zähne ziehen, Doktor? Jetzt?, flehte Brigit mich in stummem Missmut an.

»Ja. Hol die Zange.«

Brigit gehorchte, aber wie benommen, & ging mir zur Hand, nicht annähernd so geschickt, wie Gretel es getan hatte, zumindest aber ohne Sträuben.

Mit einiger Mühe zog ich mehrere schlimm faulende, vergilbende Zähne aus dem Gaumen von Versuchsperson #2, »Mary«, & ließ sie in eine Schale fallen. Es war amüsant zu sehen, wie Brigit diese primitiv aussehenden Zähne mit den blutigen Wurzeln, von denen ein stechender Geruch ausging, bestaunte.

»Da siehst du, Brigit – das sind die Zähne von Dschungelbestien. Wenn sie könnten, würden sie sie in *dich* schlagen.«

Nach der Extraktion kam es zu erheblichen Blutungen aus dem Gaumen der Patientin & einer Schwächung ihres Gesamtzustands, während Versuchsperson #1, »Beulah«, uns mit schreckgeweiteten Augen beobachtete.

»Brigit, was in Gottes Namen hast du jetzt wieder angestellt!« Ich brauste sofort auf, denn sie hatte mich mit ihrem Zucken & Lippenspitzen & ihrem faszinierenden eigenartigen Mienenspiel so abgelenkt, dass ich einen dummen Fehler begangen hatte: statt wie gewollt bei Beulah Zähne zu ziehen, um die Krämpfe zu lindern, hatte ich sie Mary gezogen, die noch nicht krampfte.

»Mit Absicht, um mich zu beschämen!«

Brigit schaute mich so reumütig an, dass ich es nicht über mich brachte, sie weiter zu schelten.

Ich hatte auch nicht vor, meiner Assistentin zu erklären, dass ich die Patientinnen verwechselt hatte, die einander so ähnelten wie die meisten verrückten Frauen eines bestimmten Alters jenseits des Zaubers der Jugend, dass ich sie kaum unterscheiden konnte.

Inzwischen waren Patientin, Bett & Boden ringsherum mit einigem hell leuchtenden Blut bedeckt, was gründliches Reinigen erforderte, bevor Brigit die anderen Patientinnen auf der Station füttern & sich dann zum Schlafen niederlegen konnte; als Erstes musste sie die Blutung in Marys Gaumen mit Mull stillen, so gut es ging, & dafür sorgen, dass Beulah es für die Nacht bequem hatte. Für beide Versuchspersonen war die Gabe von Belladonna, Quecksilber & Nikotinextrakt empfohlen, womit ich Brigit wohl betrauen konnte. (Jedoch kein Chinin mehr! Vorläufig nicht.)

»*Du* wirst dich um sie kümmern, Brigit. *Du* wolltest ja unbedingt mittun & dir die Rolle des *Arztes* anmaßen. Gute Nacht!«

Ich war auf einmal wirklich sehr müde & hatte Hunger. Unser Koch hatte zum Abendessen einen Braten für die ganze Familie mit allen erdenklichen Beilagen zubereitet, den ich nach den Wechselfällen des langen Tages wahrlich verdient hatte.

Als ich später am Abend in meinem häuslichen Arbeitszimmer die neueste Ausgabe des *Journal of American Medical Research* durchblätterte, entdeckte ich, dass Zähneziehen bei Patientinnen mit *Hysterie* empfohlen wurde, nicht bei *Krampfanfällen.*

Was für ein Schnitzer! Von Zweifeln geplagt, sann ich eine Weile darüber nach & goss mir zur Beruhigung meiner Nerven einen winzigen Schluck schottischen Whisky in ein Glas ein, das ich in einem Zug leerte.

Bald darauf sprach die Vorsehung mit freundlicher Stimme zu mir: *Verzweifle nicht, Silas. Hysterie ist sehr wohl ein Krampfleiden, speziell bei Frauen.* Ich war getröstet.

Leider erlitt Versuchsperson #1 – »Beulah« – am nächsten Morgen in aller Frühe einen schweren Krampfanfall & atmete nicht mehr; Versuchsperson #2 – »Mary« – wirkte zunächst stabil. An ihrem stark geschwollenen Zahnfleisch hatten sich jedoch entzündete Zysten gebildet, die verhinderten, dass sie selbst verdünnte Flüssigkeiten aufnehmen konnte, sodass sie allmählich in ein Koma fiel & nach einigen Tagen starb.

Als ich eine Zusammenfassung meines Versuchs niederschrieb, die im Jahr darauf im *New England Journal of Medicine* publiziert werden sollte, stand für mich fest, dass Chinintropfen das Fieber bei einer an remittierendem Gallenfieber erkrankten Wahnsinnigen *signifikant gesenkt* hatten; während die Extraktion der Zähne bei einer gleichermaßen Erkrankten ohne begleitende Chiningaben eine geringere, wenngleich nicht unwesentliche fiebersenkende Wirkung gehabt hatte. In beiden Fällen wurde Johanniskraut ebenso empfohlen wie Chinin, maßvoll verabreicht.

Dieser bahnbrechende Aufsatz, betitelt »Zwei Fälle von remittierendem Gallenfieber bei geisteskranken Patientinnen: Zwei Behandlungswege & ihre Ergebnisse«, sollte sich als eine meiner populärsten Publikationen erweisen & wurde viele Male in medizinischen Fachzeitschriften nachgedruckt.

Fieber

Aus der *Chronik eines Arztlebens*
von Dr. Silas Aloysius Weir

»Was! Die kleine Taubstumme will uns zum Narren halten, jetzt schon?«, sagte ich in scherzendem Ton zu Gretel, wie ich ihn bei weiblichen Untergebenen immer anschlug, um ihnen die Befangenheit zu nehmen, obwohl mir vor Beunruhigung das Blut in den Adern gefror & meine Zähne gehörig klapperten.

Denn über Nacht war Brigit Kinealy plötzlich erkrankt & hatte hohe Temperatur. Zum Glück kümmerte sich Gretel in Brigits sehr kleinem, aber eigenen Zimmer um sie, als ich eintraf.

Es war herzzerreißend zu sehen, wie meine *Lieblingspatientin*, deren Heilung für mich eine Frage des Stolzes gewesen war, sehr still auf dem schmalen Bett lag, bedeckt von einem dünnen Laken, zitternd, während ihre Haut heiß war wie Feuer, obwohl totenbleich. Nervös sagte ich zu Gretel, ich hätte im Leichenkeller schon Tote mit gesünderer Hautfarbe gesehen. Doch Gretel hörte mein gut gemeintes Geplänkel in ihrer Sorge um die Patientin offenbar nicht.

Wie jede gute Schwester hatte sie Brigit feuchte Tücher auf Gesicht & Brust gelegt, um den Anstieg des Fiebers aufzuhalten, aber auch um Fliegen & Moskitos abzuwehren, die nicht nur im

Labor, sondern im Verein mit Schaben & Nagern in der gesamten Anstalt eine Plage waren.

Sehr behutsam legte ich den Handrücken auf Brigits Stirn, um die Schwere der Erkrankung abzuschätzen: Brigit zeigte keine Reaktion, ihre bläulichen, aber geschlossenen Lider flackerten kaum.

Fieber! Mein erster Gedanke war *Gallenfieber*. (Angesteckt bei meinen letzten Versuchspersonen, deren leblose Körper erst wenige Stunden zuvor in der Stille der Nacht über die Hintertreppe aus dem Labor getragen worden waren.)

Es war nie recht klar, was in den 1850er-Jahren mit *Gallenfieber* eigentlich gemeint war. Bestimmt wurden hier mehrere fiebrige Erkrankungen vermengt, darunter *Malaria, Gelbfieber* & *Denguefieber*. »Gallenfieber« hieß ja nichts weiter als gallig. Nicht alle waren ansteckend, & nicht alle waren vorhersehbar. Manche waren tödlich, manche harmlos; die Anfangssymptome jedoch waren fast identisch.

Da ich die *Fistel* in Brigits Harnblase (offensichtlich) geheilt hatte, fand ich es nicht nötig, hier noch einmal nachzuschauen, um meiner fiebernden Patientin die Strapazen einer Unterleibsuntersuchung & mir die Strapazen des untersuchenden Arztes zu ersparen. Ich ordnete an, Brigit Chinintropfen zu verabreichen, was mich sehr vernünftig dünkte, zögerte, einen *Aderlass* anzusetzen, den die meisten meiner Ärztekollegen bei Fieber verschrieben hätten. Brigit war bereits so geschwächt, & der Albino-Ton ihrer Haut deutete so stark auf Anämie hin, dass mir ein Zuviel an *erhitztem Blut* als Auslöser des Fiebers nicht einleuchtete.

»Jetzt wirst du bald gesund, Brigit! Chinin ist das Mittel – wie wir aus unserem Experiment gelernt haben.«

Doch Stunden vergingen, ein Tag & eine Nacht, & Brigits Fieber sank nicht.

Ich fügte dem Chinin ein kleines Quantum Johanniskraut & Belladonna-Pulver zu, um die Tätigkeit des apathischen Herzens anzuregen. Gretel verabreichte der Patientin die Arzeneien wie beauftragt.

Doch noch immer besserte sich Brigits Zustand nicht.

Reglos lag sie unter dem Laken, atmete kaum, die Augen so verängstigt geschlossen, dass ich mir, heftete ich den Blick auf sie, einbildete, ich könnte durch die dünnen Lider hindurchsehen.

Meine Ophelia! Ich verspreche, du wirst nicht sterben.

Es war bewegend, dass Patientinnen im Labor, die gesund genug waren, sich erbötig machten, nach Brigit zu schauen, wenn Gretel anderswo gebraucht wurde. (Wirklich, es darf nicht unerwähnt bleiben, wie diese Patientinnen, waren sie gesund genug, sich eine um die andere kümmerten, generell ein Charakterzug von Patientinnen, dass sie in einer bedrohlichen Lage, in der sie selbst Schaden nehmen könnten, eigene Beschwerden zurückstellen & nach anderen schauen, die in größerer Not sind. Es ist in der Ärzteschaft daher längst anerkannt, dass Frauen *geborene Krankenpflegerinnen, Hebammen* & *Betreuerinnen* sind, & ein Großteil dieser Arbeit geschieht rein aus karitativem Antrieb, ohne die Forderung eines finanziellen Ausgleichs.)

Zu ihnen gehörte auch ein Neuzugang im Labor namens Nestra, ich hatte sie noch nicht untersucht; diese Nestra blieb, obwohl selbst Schmerzen leidend, fast den ganzen Tag & die Nacht über bei Brigit & drückte ihr feuchtkalte Tücher aufs Gesicht, wenn Gretel nicht zur Verfügung stand.

Brigits Erkrankung lenkte mich so ab, dass es mir schwerfiel, mich auf meine sonstige Arbeit in der Heilanstalt zu konzentrieren; als Direktor hatte ich ja unzählige Verpflichtungen & konnte nicht so lange als behandelnder Arzt im Labor bleiben, wie ich es gewollt hätte. *Noch* wollte ich keinen der erfahreneren Ärzte aus meinem Personal, der sich mit Fieber besser auskannte als ich, hinzuziehen & Brigit anschauen lassen, um die über meine Beziehung zu der *taubstummen Dienstschuldnerin* kursierenden

Gerüchte nicht zu vermehren. Ich hatte ja Grund zu vermuten, dass unter Anstaltsmitarbeitern darüber bereits getuschelt wurde.

Bösartige Klatschmäuler! Darauf aus, den neuen Direktor zu Fall zu bringen, wie sie schon Medrick Weir zu Fall & zu Tode gebracht hatten!

Nach dem schändlichen Ende meines Vorgängers hatte ich gelobt, mein Personal gewissenhafter zu beaufsichtigen, als Medrick es getan hatte. Unverkennbar hatte mein Verwandter sein Vertrauen in Personen gesetzt, die es nicht rechtfertigten, den widerwärtigen Pell etwa (den die hiesige Polizei nicht aufgespürt hatte & der angeblich mit widerrechtlich erlangter Beute aus Medrick Weirs privatem Safe in einen Staat im Westen geflohen war), aber auch andere. Ich stand in dem Ruf, hohe Maßstäbe an meine Untergebenen anzulegen, erschien unangekündigt zu Visiten auf den schwierigeren geschlossenen Stationen, wo die Patientinnen Misshandlungen durch das Personal & ärztlicher Unachtsamkeit schutzlos ausgeliefert waren. Bei meiner Ernennung zum Direktor hatte ich mich öffentlich dazu bekannt, mich selbst voll & ganz der Anstalt zu widmen, eine *individuelle Behandlung* der Kranken bereitzustellen, niemanden als »hoffnungslos« abzuschreiben & Mittel für die *Heilung von Wahnsinn* zu suchen & zu finden, mit denen er für künftige Generationen ein für alle Mal ausgemerzt wurde.

Durch meine Sorge um Brigit abgelenkt, konnte ich mich nicht auf das Gerede des Personals konzentrieren. Trübsinnig blickte ich auf die Kranken & dachte: *Mag der ganze Haufen sterben, wenn nur sie lebt!*

Auch mit meiner Familie hatte ich keine Geduld, vor allem nicht mit Theresa, die ihr neues Leben in der geräumigen Direktorenresidenz offenbar weniger zufriedenstellte als das frühere in den kleineren, beengteren Räumen unserer Bleibe in Ho-Ho-Kus. Es ärgerte sie, dass die Frau eines *Irrenarztes* in den höchsten

Kreisen der Trentoner Gesellschaft nicht so viel galt, trotz meiner herausgehobenen Stellung. Meine Söhne & Töchter wirkten ebenfalls distanziert, wie Kinder von Fremden; bang schauten sie mich von ferne an, denn auch sie verübelten, wie ich wusste, ihrem Vater den Umgang mit *geisteskranken Frauen*. (Dass mein Beruf ihre kostspieligen Privatschulen & andere Annehmlichkeiten ihres verwöhnten Lebens finanzierte, war einerlei!) Und speziell bei Jonathan war ich seit seiner kindischen Flucht aus dem Labor nicht mehr unbefangen, er bei mir auch nicht.

Der Tod gilt gemeinhin als Banalität; die Friedhöfe sind voll von Grabzeichen & werden in einem fort größer. Ein einzelner Tod aber ist verheerend; so wäre Brigit Kinealys Tod für mich.

»Sie ist immer noch sehr krank, Doktor«, sagte Gretel beim Blick in mein Gesicht, »ihr Zustand hat sich aber nicht verschlechtert. Die Augen …«

Als sie mich sah, versuchte Brigit, deren Sehvermögen getrübt war, kläglich, den Kopf zu heben, mit den blassen Lippen Worte zu formen, war aber zu schwach. Der Schimmer ihrer Augen war nicht mehr blassblau, sondern irgendwie gelblich – konnte das *Gelbsucht* sein?

Wie viel weniger reizvoll wäre das Albino-Mädchen, von dem so ein Leuchten ausging, hätte ihre Haut einen urinfarben gelblichen Ton.

Vorsichtig legte ich den Handrücken auf Brigits Stirn. Glühend heiß, aber seltsam klamm.

(Ja, es war sehr ungewöhnlich, dass ein Arzt *die Stirn einer Patientin berührte*, wie eine Pflegerin es tun mochte, erst recht, wenn die Patientin eine junge hübsche Frau war.)

Mangels anderer Möglichkeiten setzte ich die Kur mit Chinin, Belladonna, Johanniskraut fort & fügte ein kleines Quantum Nikotinextrakt hinzu, um den Puls der Patientin zu beschleunigen, konnte mich aus früherer Erfahrung allerdings nicht erinnern, ob sich so eine *Beschleunigung* schon einmal als verhängnisvoll bei einer Fieberkranken erwiesen hatte.

»Schluck das, Brigit. Du wirst bald gesund – ich weiß es.«

Doch sie hatte größte Mühe, überhaupt etwas zu schlucken – erbrach beim Würgen & Ringen nach Luft wieder Flüssigkeit.

Ich trat so an das Bett heran, dass niemand es sehen konnte, vor allem die scharf beobachtende Nestra nicht, & zog die kleine geschnitzte Taube, die Brigit mir vor Monaten geschenkt hatte, halb aus der Tasche meines Arztkittels; die fiebernde Patientin sollte sie sehen, sie sollte ein wenig Mut fassen, damit sie an eine Zeit vor dem Krankwerden zurückdachte & in eine Zeit vorausdachte, in der sie wieder gesund sein würde.

»Siehst du, Brigit? Was ich hier habe?«

Doch nein, Brigits helle Augen sahen die Figur wohl nicht.

Es fuchste mich, dass sich Nestra, eine verrückte Schlampe wie Hunderte andere, die ihr glichen (Langzeit-Insassinnen der Anstalt, von ihren Familien aufgegeben), an Brigit angeschlossen hatte & dass Gretel es hinnahm, obgleich ich die Laborpatientinnen angehalten hatte, sich eine um die andere zu kümmern, die Räumlichkeiten sauber zu halten & mir bei Bedarf zur Seite zu stehen. Das war ja nur eine logische Erweiterung der *moralischen Therapie*, die Geisteskranke ganz praktisch in ihre Lebensumstände einbezieht & sie nicht von den normalen Abläufen trennt, wie Kranke, sofern sie dazu in der Lage waren, ja auch in anderen Anstaltsbereichen ein Gutteil der Hauswirtschaft, der Küchen- & Latrinenarbeit etc. unter meiner Aufsicht selbst erledigen & damit die Kosten senken lässt.

Nicht nur Nestra, sondern auch ein, zwei andere Laborpatientinnen hatten sich mit Brigit angefreundet, genauso mit Gretel. In solchen Fällen kommt es häufig vor, dass das Pflegepersonal Zuneigung zu Patienten fasst & umgekehrt, für den Arzt nicht nachvollziehbar. Bei Männern löst es Unbehagen & Ratlosigkeit aus, wenn Frauen solche Bindungen entwickeln, deren Zweck nicht recht erkennbar ist, wie sie auch zu Kindern entstehen, die nicht ihre eigenen sind.

Da Gretel nicht immer an Brigits Bett sein konnte, war es nur praktisch, dass Nestra auf sie achtgab, sich erbötig machte, mit einer von ihrem eigenen Lager abgenommenen Decke auf dem Boden vor Brigits Bett zu schlafen; schon bald kam eine weitere, große, kräftige, etwas aggressivere Patientin mit dem unglaublichen Namen Bathsheba hinzu. Diese beiden wechselten sich ab, fütterten die Kranke oder versuchten es zumindest & befeuchteten ihr die Lippen mit einem Schwamm.

Was für unansehnliche Kreaturen, diese zwei Irren! – beide an der *Fistel* erkrankt, verwahrlost in ihrer (schmutzigen) Anstaltstracht, das Haar wie Rattennester, seit Jahren nicht gewaschen & gebürstet.

Nestra war grausig entstellt mit ihrem blinden linken Auge & der Rückgratverkrümmung; eine Frau um die vierzig mit der nervtötenden Angewohnheit, vor sich hin zu murmeln & zu lachen, als amüsierte sie sich sehr. Bathsheba jedoch war mit dem ihr fehlenden rechten Unterschenkel noch unansehnlicher; für gewöhnlich taumelte & schlingerte sie, auf einen Knüppel gestützt, mit einer widernatürlichen Kraft durch die Gegend. Beide hatte ich noch in diesem Monat für ein chirurgisches Experiment vorgesehen, ein Plan, an dem ich festhalten wollte.

Ob die liebevolle Art, mit der diese Frauen Brigit umsorgten, einem Mutterinstinkt entsprang? Beide, so der Vermerk in ihren Krankenblättern, hatten in der Anstalt Kinder geboren, die ihnen genommen & zur Adoption freigegeben worden waren, worauf eine *therapeutische Sterilisation* folgte.

Diese Adoptionen in der Ära Medrick Weir waren in meinen Augen moralisch fragwürdig gewesen, mein Aufsichtsrat hatte jedoch überzeugend dargelegt, dass es dem Schutz des Kindes diente, ein Neugeborenes seiner an Wahnsinn erkrankten Mutter wegzunehmen. Eine Heilanstalt für Geisteskranke war schließlich *keine Kinderpflegeeinrichtung*.

Wenn die Adoption durch eine gute christliche Familie eine praktische Lösung war, war es ebenso praktisch, den Adoptiveltern zu gestatten, eine geringe Gebühr für das ersehnte Kind zu entrichten. Vernünftigerweise könne dagegen niemand einen Einwand erheben.

Dass sich in einer wahnsinnigen Mutter, der man zwangsweise ein Kind genommen hatte, Groll ansammelte, war leider unvermeidlich. Das Anstaltspersonal bemühte sich nach Kräften, die ihrer Kinder beraubten geisteskranken Frauen voneinander fernzuhalten, um Unzufriedenheit & Aufruhr vorzubeugen.

Ich hielt grundsätzlich nichts davon, wenn Patientinnen sich *verbündeten*, trieb das doch einen Keil zwischen sie & mich, ihren Arzt.

Im Labor konnte es nur einen Herrn geben: eine Wahrheit, so selbstverständlich, dass man sie nicht auszusprechen brauchte.

Und doch zollten weder Nestra noch Bathsheba mir den meiner Position schuldigen Respekt. Nicht ostentativ, sondern raffiniert & hinterhältig, als glaubten diese hirngeschädigten Individuen, ich mit meiner weit überragenden Intelligenz würde ihre Gesinnung nicht erkennen!

Von den beiden war Bathsheba die anmaßendere. Ein gemeines kleines Lächeln spielte um die Lippen der primitiven Frau, die eigenartig schmal waren & dicht auf den großen verfärbten Zähnen auflagen, den einzigen, die sie noch im Mund hatte nach einer Extraktion, die ihre Hysterie zwar gemildert, aber erkennbar nicht bezähmt hatte. Wann immer ich im Labor erschien, baute sie sich humpelnd so vor mir auf, dass der glänzende Stumpf ihres halben Beins unter dem ausgefransten Saum ihres Gewands hervorlugte, eine Obszönität, die ich zu übersehen versuchte.

Als ob ich dafür verantwortlich wäre, dass die Kreatur ein halbes Bein eingebüßt hatte! Die abstoßende Frau war, bereits entstellt, vor vielen Jahren eingeliefert worden, schon damals vollkommen verrückt. Die plumpe Amputation sah aus wie mit einer Axt ausgeführt & ging nicht auf *mein* Konto.

Es kam, seit ich mich zunehmend auf das Feld der geistigen Erkrankungen konzentriert hatte, nun tatsächlich selten vor, dass ich Gliedmaßen oder Finger & Zehen amputierte; ich spezialisierte mich auf die *Chirurgie des (weiblichen) Unterleibs* – auf Hysterektomien, Ovariektomien & Ähnliches.

Doch wie seltsam & beunruhigend, dass mich, lenkte ich meine Schritte zu den Kranken & Behinderten, die meiner Fürsorge harrten, zuweilen dünkte, ich hörte hinter mir ein Raunen – *Schlächter! Doktor Bluthand!* –, doch wenn ich mich umdrehte, sah keine der wahnsinnigen Frauen in meine Richtung.

Bevor Brigit krank geworden war, hatte ich Bathsheba für ein Ernährungsexperiment vorgesehen, bei dem die Versuchsperson mehrere Monate lang nur eine streng limitierte Kost aus Blattgemüse, Körnern & einer Tasse Wasser pro Tag erhalten & gleichzeitig häufig zur Ader gelassen werden sollte, um herauszufinden, ob sich die »Hitze« ihres Bluts auf diese Weise mäßigen ließ. Zu sehen, wie flink die einbeinige Bathsheba inzwischen mit ihrem Knüppel umherhumpelte, weckte in mir außerdem die wissenschaftliche Neugier, zu ergründen, wie sie sich darauf einstellen würde, wenn ihr das andere Bein ebenfalls bis zum Knie entfernt wurde.

(Einbeinige waren kein seltener Anblick, Menschen, denen beide Beine fehlten & die gelernt hatten, ihren Rumpf, auf zwei Krücken gestützt, vorwärts zu schwingen, aber doch. Ich erinnerte mich an mehrere Amputationen des Unterschenkels in Dr. Strethers Ordination, bei denen es eher auf Kraft als auf chirurgisches Können ankam, samt ausreichender Sedierung; sie waren alle an Männern vorgenommen worden, es wäre bestimmt aber weniger schwierig, bei einer Frau den Unterschenkel vom Knie abzutrennen. Bei meinem Experiment wollte ich die *Anpassung des Körpers* an seine veränderten Umstände untersuchen, ausgehend von der Theorie, dass erst eine geistige Anpassung stattfinden musste, bevor die leibliche folgen konnte. Die Rätsel der *Neurologie*, der *Wissenschaft vom Gehirn* interessierten mich nämlich sehr & ergaben sich logisch aus der Suche nach Heilung des Wahnsinns.)

Zu meinem Verdruss mussten solche revolutionären Experimente aber noch warten. Hoffentlich setzten sich meine ehrgeizigen Konkurrenten nicht an die Spitze!

Unerfreulich außerdem, dass die mir sonst treu ergebene Gretel sich neuerdings seltsam benahm: zusammenzuckte wie bei Gelenkschmerzen, oft kurzatmig war, Angst um Brigit bekundete, bei ihrer Pflege aber schwerfällig war, ungeschickt, & die anderen Patientinnen im Labor & in den angrenzenden Räumen, die sich, an ihre Betten gefesselt oder im *Ruhebett* liegend oder komatös, nicht selbst helfen konnten, erstaunlicherweise vernachlässigte.

Es ärgerte mich, dass Gretel sich bei mir nach ihrer *rechtlichen Stellung in den Vereinigten Staaten* erkundigte: denn sie war lediglich eine Dienstschuldnerin, von ihrem deutschen Vater vor vielen Jahren ins Servitium verkauft, & keine *Bürgerin.*

»Aber, Dr. Weir, haben Sie einen Vertrag für mich? – & steht mein Name darauf?«

»Selbstverständlich, Gretel! Ihr Vertrag liegt bei uns, sicher verwahrt.«

»Aber – woher wissen die, dass der Name auf dem Vertrag *ich* bin?«

»Wieso, was meinen Sie damit, Gretel? Das sieht man doch. Sie sind *Sie.*« Ich sprach in scherzendem Ton mit der nervösen Frau, obwohl es mir nicht gefiel, dass sie so dicht an mich herantrat, denn sie verströmte einen hefigen Geruch wie von ungewaschenem weiblichem Fleisch.

»Mein Vertrag – lief er über sieben Jahre? Wie viele Jahre sind noch übrig? Bis ich frei bin?« Fast scheu stellte Gretel diese unverschämte Frage, nicht zum ersten Mal.

(*Unverschämt*, weil das den Schluss zuließ, dass meine Assistentin nicht rundherum zufrieden damit war, wie die Dinge lagen, sondern sie lieber anders hätte.)

»Nun, Gretel, Sie sind doch jetzt schon frei. Im Gegensatz zu Bathsheba haben Sie zwei Beine & können die Anstalt verlassen, wann immer Sie wollen – in Trenton in der Gosse schlafen & verhungern, sofern nicht entlaufene Sklaven Ihnen vorher die Kehle durchschneiden.«

Gretel lächelte irritiert, als wäre sie sich nicht sicher, ob meine Bemerkung bloß scherzhaftes Geplänkel war oder eine Ermahnung.

»Aber wenn ich ginge, Dr. Weir, wäre *ich* eine Entlaufene. Man würde mich hetzen wie einen Hund.«

Diese Bitterkeit war überraschend & geschmacklos, kam sie doch von jemandem, in den ich lange mein Vertrauen gesetzt hatte; ich fragte mich unweigerlich, ob sie ein Symptom einer unmittelbar drohenden geistigen Erkrankung Gretels war.

Eine neue Theorie nahm in mir Gestalt an: Da der Wahnsinn von Infektionen herrührt & Infektionen ansteckend sind, könnte *Wahnsinn in der Anstalt ansteckend* sein.

»Also, ich würde dich nicht hetzen lassen, Gretel – wie einen Hund. Solange du *mein* Hund bist, werde ich dich beschützen.«

Dies mit scherzhaftem Lachen, um die Frau zu beruhigen & dazu anzuhalten, sich wieder ihren Aufgaben im Labor zuzuwenden, wo sie dringend gebraucht wurde.

Nach diesem Wortwechsel kam Gretel zur Vernunft & stellte keine unverschämten Fragen mehr. Versah wieder gewissenhaft ihre Pflicht bei den Kranken & Schwachen im Labor, kümmerte sich um Brigit wie um eine geliebte Tochter, bereitete ihr Kräutertees zu & rieb ihren feuchtkalten Körper mit Schwämmen ab. Erfreulicherweise hatte Gretel damit Nestra & Bathsheba als Pflegerinnen fürs Erste verscheucht.

Kräutertees? Es ist notwendig, dass ein Fieberpatient nahrhafte Flüssigkeiten zu sich nimmt, weil er sonst dahinsiecht & stirbt; mir stellte sich jedoch zwangsläufig die Frage, ob es sich bei Gretels Tees um eine von mir, dem behandelnden Arzt, nicht genehmigte Medikamentengabe handelte. Ohne mein Wissen hatte die kluge Hebamme nämlich hinter dem Gebäude von North Hall, auf einem vom Hausverwalter vernachlässigten Teil des Geländes, einen Kräutergarten angelegt, in dem hohe Gräser, Disteln & Wildrosen üppig gediehen. Zu Gretels Kräutern gehörten Salbei, Kamille, Pfefferminz & Hagebutte – ein regelrechtes Hexengebräu!

Wenn ich zu dem Raum, nicht größer als ein Schrank, unterwegs war, in dem Brigit in ihrem Bett lag, hörte ich manchmal, dass Gretel ihr vorsang, wie eine Mutter einem kranken Kind ein Schlaflied vorsingen mag; die einzelnen Worte waren unverständlich, beschworen aber eine eigenartige Schönheit herauf, & vergingen, wenn ich näher trat, wie der Schatten einer Wolke über eine heitere Landschaft fällt.

Wollst endlich sonder Grämen
Aus dieser Welt uns nehmen
Durch einen sanften Tod!
Und, wenn du uns genommen,
Laß uns in Himmel kommen,
Du unser Herr und unser Gott!

Konnte das eine Art heidnische Musik sein? Verführerisch schön, aber des Teufels? Je genauer ich hinhörte, desto weniger *hörte* ich.

Zuweilen dünkte es mich, die Stimme der Hebamme werde in

der Stille der Nacht bis in mein Arbeitszimmer im Erdgeschoss der Direktorenresidenz getragen, obwohl North Hall ein ganzes Stück über das zugewachsene Anstaltsgelände von meiner privaten Residenz entfernt war. Seit Neuestem verbrachte ich ja häufig die ganze Nacht in diesem Zimmer, arbeitete bei Lampenlicht, machte mir Notizen zu meinen Experimenten & plante eine Folge neuer für die Zukunft, wie ein General die Nacht durchwacht & einen Plan für einen Feldzug ersinnt, während seine Soldaten achtlos vor seinem Zelt den schweren Schlaf unschuldiger Tiere, den Schlaf der Vergessenheit schlafen. Überließ ich mich dem Schlaf zuletzt auch, war es auf der schweren Ledercouch, die mein Verwandter Medrick Weir in glücklicheren Tagen erworben hatte, bevor das Martyrium durch seiner Feinde Hand ihn zerstörte.

Dies war tröstlich, war besser, als die Treppe zum großen Schlafzimmer hinaufzusteigen & mich in das Himmelbett neben meine liebe Frau zu legen, deren Ruhe ich nicht stören wollte.

»Dr. Weir?«, rief Gretel mir kläglich zu, als ich an der Schwelle zu Brigits Zimmer stand, »kommen Sie heute schon früh zu uns?«

»Ja, natürlich – ich bin *hier*. Wo sollte ich sonst sein?«

Mich ärgerte, wie einfältig die Frau mich ansah, & ich schlug einen kühlen Ton an.

Stoisch näherte ich mich Brigits Bett. In so einem Augenblick fürchtet sich der Arzt vor seinem Patienten, darf aber niemals Schwäche zeigen.

Du kannst mich nicht alleinlassen, liebe Brigit, & sterben! Das würde Gott nicht zulassen.

Wenn Gott das zulässt, gibt es keinen Gott …

Ich befürchtete, Brigit würde die hellen Augen schließen & nicht mehr öffnen, & ich würde darin nie mehr das Leuchten ihrer Seele, nie mehr die grenzenlose Liebe der Taubstummen zu *mir* sehen.

Gretel hatte Brigits Körper mit einem Schwamm abgerieben,

tröstlich, beruhigend, breitete aber, als sie mich erblickte, schnell die Decke über deren schmale Schultern & Brüste. Ich hatte die Augen zwar sofort abgewendet, doch das Nachbild der blassen Brüste mit den dunklen, beerengleichen Brustwarzen schimmerte noch unter meinen Lidern, & ich war einer Ohnmacht nahe, stößt die Nacktheit einer Frau, die nicht seine Ehefrau ist, einen anständigen christlichen Mann naturgemäß doch ab.

Mich störte auch, den Schwamm in Gretels Hand zu sehen, einen neuen, sauberen Schwamm, den ich selbst ins Labor mitgebracht hatte, damit Gretel ihn für Brigit verwenden konnte, & der nun genauso arg verschmutzt war wie einer der älteren Schwämme.

Warum der Anblick mich so *störte*, hätte ich nicht zu sagen gewusst.

»Dr. Weir? – Ich habe Brigit die Arzeneien gegeben, die Sie verordnet haben, zusammen mit den Flüssigkeiten. Aber – wie Sie sehen – die Patientin ist unverändert ...«

Unverändert! Das war nicht die Neuigkeit, auf die ich gehofft hatte, sie war aber auch nicht so bestürzend, wie sie hätte sein können.

Zu meiner Fassungslosigkeit fügte Gretel, vor Ängstlichkeit unbesonnen, dann hinzu: »Haben *Sie* Brigit etwas getan, Dr. Weir? Mit der heißen Zange –?«

»Gretel! Was um alles in der Welt soll das heißen: Ob ich Brigit etwas *getan* habe? – Natürlich habe ich meiner Patientin etwas *getan*, als Chirurg. Es wäre sehr seltsam, wenn nicht.«

Bei dieser Unverschämtheit verschlug es mir doch die Sprache, das muss ich zugeben. Eine bloße Hebamme, nicht einmal ausgebildete Krankenschwester, stellt einem Arzt so unverblümt Fragen, die von anderen mitgehört werden konnten – das war beispiellos.

Mir behagte außerdem gar nicht, wie Gretel mich ansah, so als wüsste sie, dass ich gehört hatte, was sie hier im Labor Brigit vorsang, genauso wie ihr nächtliches Singen, die heidnische Musik, während wilde Gedanken durch meinen Kopf jagten wie Wolkenfetzen durch eine windige Nacht.

Mit kaum verhohlenem Sarkasmus sagte ich dem törichten Weib, was ich ihm schon einmal erklärt hatte: Brigit hatte sich *von dem letzten Eingriff vollständig erholt.* »Aber jetzt erschwert das vermaledeite Gallenfieber die Genesung …«

Schlagartig wurde es mir klar: *Der Schwamm! Ich hatte vergessen, den Schwamm aus Brigits Harnblase zu entfernen.*

Ein winziges Schwämmchen, das ich am Boden der verschlossenen Harnblase zurückgelassen hatte … & innerhalb der nächsten achtundvierzig Stunden entfernen wollte, jedoch vollkommen vergessen hatte, vierzehn Tage lang.

Ich war so bestürzt, so beschämt bei der Einsicht, dass ich nicht innehielt & überlegte, wie ich meinen Stolz wahren konnte, sondern vor Gretel damit herausplatzte, was ich getan & was ich zu tun vergessen hatte. Der Fremdkörper in Brigit hatte die Entzündung verursacht, kein Gallenfieber!

Gretels Miene: pure Verärgerung, Entsetzen.

Allerdings (zu meiner Schande halte ich es hier fest): nicht die geringste Überraschung.

»Der Schwamm, ja! Schnell, Doktor, wir müssen etwas tun! Bevor es zu spät ist.«

Auf der Stelle, mit zitternden Händen & mit Gretels Hilfe, untersuchte ich die fast komatöse, umständlich auf Knie & Hände gedrehte Patientin mit dem Löffelspekulum bei strahlendem Sonnenschein & sah erschüttert, dass sich, jawohl, das Schwämmchen noch in der Patientin befand, am Boden der Harnblase steckte, brackig-schwarz vor Urin, verschmutzt & schwärend …

Gott, vergib mir! Nicht viel, & ich hätte meine Lieblingspatientin ermordet!

Ich entfernte das mit Schmutz vollgesogene Schwämmchen mit einer Pinzette, verletzte dabei aber offenbar eine feine Ader an der Innenwand, denn schon floss Blut aus Brigit heraus, erst als feines Tröpfeln, dann heftiger.

Es war ganz gegen ihre Art – wäre gegen die Art eines jeden in der Medizin Tätigen gewesen –, einen erstickten Schrei auszustoßen wie ein verwundeter Papagei, doch genau das tat Gretel, die von mir forderte, die Wunde zu nähen, rasch die Blutung zu stillen, wenn ich es konnte.

Von mir forderte! Da Eile geboten war, zögerte ich nicht, sondern befolgte Gretels Anweisung; erst als meine ungeschickten Hände die Stelle verfehlten, nahm Gretel mir die Nadel aus der Hand & nähte die kleine Wunde selbst.

Könnte eine Frau doch nur *Chirurgin* sein, wie viel schonender wäre es für die Patienten!

Wirklich, wäre einer Frau wie Gretel nur gestattet, solche Tätigkeiten auszuüben, mit ihren geübten Augen & flinken Händen! – doch das konnte nicht sein: eine Frau, die ein Skalpell führt, ganz zu schweigen eine ungebildete Einwanderin.

Schließlich lag Brigit wieder ruhig auf dem Rücken & atmete gleichmäßiger, während Gretel ihr Luft zufächelte & sie mit einem ihrer Schlaflieder tröstete, unverständlich für meine Ohren – *Wollst endlich sonder Grämen aus dieser Welt …*

Das verschmutzte Stück Schwamm, das Sinnbild meiner Schande, warf ich schnell in einen Behälter für kontaminierten Abfall & wusch mir anschließend gehörig die Hände.

Der Tag des Sieges

28. April 1854

Aus der *Chronik eines Arztlebens*
von Dr. Silas Aloysius Weir

Ruhig erklärte ich Gretel, dass ich den Schwamm in Kürze schon selbst gefunden hätte – »Denn ich hatte ohnehin vor, nach Brigits Sutur zu sehen.«

Gretel konzedierte es stumm: *Ja, Dr. Weir.*

Vor Dankbarkeit, dass es unserer Lieblingspatientin endlich besser ging, ließen meine Gehilfin & ich belanglose Meinungsverschiedenheiten auf sich beruhen.

Es sollte eine Weile dauern, bis Brigit sich von der fast tödlich gewesenen Infektion erholt & das verlorene Gewicht wieder zugenommen hatte; sie schlief auch nicht gut & war anfällig für verstörende Träume. Zu ihrem Kummer war das alte *Fistel*-Leiden zurückgekehrt & zeigte sich an leichtem Ausfluss aus dem Darm, schmerzhaft & demütigend.

Es kam so weit, dass Brigit das Labor mied, wo sie nach ihrer Beförderung zur Hilfsschwester des Anstaltsdirektors so gern gewesen war, & an ihren früheren Arbeitsplatz im Anstaltskeller zurückkehrte. Ganz gleich, wie oft sie sich auch gründlich wusch, mit so einer Beeinträchtigung konnte sie nicht medizinisch tätig sein.

Sie ging mir aus dem Weg, als ich ihr einmal vor dem Gebäude von North Hall begegnete. Floh vor alter Scham wie ein Paria.

»Brigit?«, rief ich ihr flehentlich nach, doch sie beachtete mich nicht, zog sich wie ein Geist ins Zwielicht zurück.

»Dr. Weir! Ich hatte diese Nacht einen ganz erstaunlichen Traum, Jesus stand vor mir in makellosen weißen Gewändern, in der Hand hielt er einen Faden, der weder reißen noch verfaulen kann – *Draht.*«

Gretel erwartete mich am Eingang zum Labor, die Wangen erhitzt, breit lächelnd. Auf Anhieb fiel mir nichts ein, was ich hätte erwidern können – eine Dienstschuldnerin der Anstalt, die es wagt, von *mir* zu träumen!

Angesichts meiner verwunderten Miene sagte Gretel es taktvoll noch einmal, in gemessenerem Ton.

Draht? Was redete die Frau da? *Draht* – zum Nähen?

»Wenn Sie darauf hinauswollen, eine *Fistel* mit Draht zu verschließen, Gretel – der wäre zu dick für so einen feinen Riss. Wie sollte ein Chirurg Draht durch eine Nadel fädeln & diese dann durch die Blase eines Patienten führen, ohne das Organ zu zerstören – ausgeschlossen.«

»Irgendein sehr dünnes Metall, Doktor«, wandte Gretel nun ein, »wie Silber. Ich habe gehört, Uhrmacher verwenden *Silberdraht.*«

»Ich bin mir sicher, *Silberdraht* gibt es nicht, Gretel. Sie haben geträumt.«

»Aber, Dr. Weir …«

»Nein. *Lächerlich.*«

Doch in meinem Kopf hatte sich der Gedanke festgesetzt, es könnte tatsächlich einen sehr feinen, aber festen Draht geben, der sich anstelle von Faden für chirurgische Zwecke verwenden ließe. Ich befragte einige Personen aus meinem Bekanntenkreis, die

Silberdraht offenbar nicht für so unmöglich hielten, wie ich es geglaubt hatte. Theresa schlug mir sogar vor, einen bekannten Trentoner Uhrmacher aufzusuchen, der mir von Nutzen sein konnte.

Ah, ein Uhrmacher! Natürlich, Uhren sind sehr fein gefügt.

Ich ging also zu Erasmus Tunney – der in New Jersey als überragender Meister seines Fachs galt – & erkundigte mich bei ihm, ob er ein Stück feinsten Silberdraht für mich fertigen könne, was letztlich nicht so schwierig war.

Am nächsten Morgen kam ich ins Labor & verschloss mit einem Stück feinsten Silberdrahts von wirklich erstaunlicher Dünne in kürzester Zeit die kleine Wunde am Blasengrund meiner Patientin – es war dies die *zwölfte Operation*, die Brigit von meiner Hand über sich ergehen ließ & die Geschichte schreiben sollte.

Der Leser wird nachvollziehen können, wie unverständig & grausam es ist, wenn Verleumder einzig die Zahl der Eingriffe hervorheben, die Brigit Kinealy durchmachte, denn jeder einzelne erfolgte im aufrichtigen Bemühen, das erkrankte Mädchen zu heilen, & erst nach diesen zahlreichen fehlgeschlagenen Eingriffen konnte einer erfolgreich durchgeführt werden.

Brigit selbst hatte sich inzwischen damit abgefunden, nie mehr von der *Fistel* geheilt zu werden. Es war herzzerreißend, wie schwermütig das arme Mädchen trotz Gretels & meines Zuspruchs war, wie ein Tier, das sich mit dem Gesicht zur Wand gedreht hat.

»Brigit! Du musst Vertrauen haben. *Diese* Behandlung ist die letzte.«

Ich werde nie vergessen, wie Gretel es fertigbrachte, den Silberdraht in eine Nadel einzufädeln, was nicht einfach war, & wie die Vorsehung, von ihren & meinen Gebeten begleitet, mir die Hand führte. Noch einmal verschaffte ich mir mit dem Löffel-Spekulum Zugang zu dem entzündeten Areal, noch einmal nähte ich mit Gretels Hilfe den winzigen Riss in der Harnblase – diesmal sollte es eine Naht *für immer* sein.

Natürlich konnten wir zu dem Zeitpunkt nicht wissen, dass Silberdraht sich nach so vielen Fehlschlägen als *das* Heilmittel erweisen würde, mit dem Silas Aloysius Weir ein Platz im Pantheon der amerikanischen Wissenschaftspioniere sicher wäre.

Tage vergingen, ohne dass es Anzeichen für ein Leck in der Harnblase gab, nicht die geringste Spur von blutigem Urin.

Eine Woche verstrich – ohne (sichtbare) Entzündung.

Die Naht schien zu halten! Jeder Tag verging in Bangigkeit, doch – am Ende jeder Tag ein Sieg.

Ich machte mir ausführliche Notizen in meinem Arzttagebuch, ich betete zu Gott, er möge Erbarmen mit uns haben & uns endlich für unseren Eifer belohnen. Ich gelobte kleinlaut, mich der Rettung aller an dieser Krankheit leidenden Frauen zu widmen, genauso wie den weiblichen Geisteskranken. *Ich wollte ein Heiland der Medizin werden, sollte die Vorsehung mir weiter die Hand führen.*

Vier Wochen später hatte es den Anschein, als wäre die Patientin dauerhaft geheilt, da die Ausscheidung wieder auf natürlichem Wege vonstattenging. Die Versuchsperson war nun kräftig genug, um als Gehilfin zu mir ins Labor zurückzukehren.

Ergo ein Wunder: eine Heilung der *Fistel*, endlich!

Das Ergebnis, publiziert in dem Artikel, der zum berühmtesten meiner Laufbahn werden sollte: »Über die Reparatur der vesikovaginalen Fistel bei einer jungen irischen Mutter«, erschienen im November 1854 im *Journal of American Medical Science*.

Das Geschenk

Aus *Verlorenes Mädchen, wiedergefunden: Die wahre Geschichte einer Waise, erzählt von ihr selbst* von Brigit Agnes Kinealy

Es ist wahr: Ich verdanke Silas Aloysius Weir mein Leben.

Wahr ist auch: Silas Aloysius Weir war ein Schlächter, dem Mädchen & Frauen zum Opfer gefallen sind.

Dieser Widerspruch lässt sich nicht erklären.

Diesen Widerspruch muss ich hinnehmen, wie ich mein Leben hinnehmen muss, dankbar für das Leben selbst, das göttliche Geschenk, das sich dem Verständnis entzieht.

IV

Doktor Bluthand

Von Gott auserwählt

1854–1861

Aus der *Chronik eines Arztlebens*
von Dr. Silas Aloysius Weir

Nun zehrte die *heilige Monomanie* mich wirklich auf.

In den Jahren nach diesem anfänglichen Triumph & bis weit ins Frühjahr des schicksalsträchtigen Jahres 1861 hinein, in dem die Vorsehung mir einen Schlag versetzte, von dem ich mich nie mehr vollständig erholen sollte, dünkte es mich wie alle, die mich kannten, dass Gott mich damit gesegnet hatte, mir die Hand zu führen, unfehlbar.

Silas, du bist gewiss einer Meiner Söhne, an dem ich Gefallen habe.

Es dünkte mich nur natürlich, dass die Vorsehung mir die Freiheit gewährte, zu experimentieren, wie es dem Genius gebührt, zumal ich es zur Mehrung des menschlichen Wissens & zum Nutzen der Menschheit tat.

Zugegeben, sie ist eine eher kleine Welt – die *Gynäkologie*. Ich kann mich nicht einmal erinnern, warum die Bestimmung mich hierhergeführt hat. Doch die Bestimmung eines Menschen ist die *seine*.

Die *Gynäkologie* ist auch ein gemeinhin verabscheutes & gemiedenes Fachgebiet. Anders als die gehobenere ärztliche Versorgung, der sich mein Bruder Franklin in seiner Trutzburg in der Beacon

Street unter wohlhabenden Bostonern widmete, was dazu führt, dass er als reicher Kliniker dem Vergessen anheimfiel & keinen solchen Beitrag zur Heilkunde geleistet hatte wie sein jüngerer Bruder Silas.

Sehr bald schon, im Jahre 1854, wurde bekannt, dass Silas Aloysius Weir, Direktor der staatlichen Heilanstalt für weibliche Geisteskranke in Trenton, New Jersey, eine *zuverlässige Methode* zur Reparatur der *Fistel* bei davon betroffenen Frauen oder überhaupt zur Reparatur winziger Risse in den inneren Organen von Patienten beiderlei Geschlechts entdeckt hatte.

In Artikeln für sehr angesehene medizinische Zeitschriften berichtete ich über das Phänomen der *Besserung von Geisteskrankheiten* durch solche Reparaturen; in Vorträgen vor Zusammenkünften von Medizinern, zu denen ich allmählich eingeladen wurde, trug ich die Hypothese vor, dass sich *Geisteskrankheiten* bei amerikanischen Frauen um ganze achtzig Prozent vermindern ließen, käme dieses Operationsverfahren im ganzen Land zur Anwendung: »Da ein ärztlicher Chirurg seine Erfindung nicht patentieren lassen kann, wie es Erfindern noch der banalsten Apparaturen möglich ist, hinterlasse ich Ihnen allen den wohltätigen *Silberdraht*, mit dem das Leben der Kranken unter uns gerettet werden kann.«

(So pflegte ich meine Ansprachen zu beenden, gefolgt von stürmischem Applaus.)

Nach meinem Erfolg bei der »jungen irischen Mutter«, als die Brigit Kinealy in die Medizingeschichte eingehen sollte, experimentierte ich noch einige Monate mit *Silberdraht*, reparierte *Fisteln* mehrerer geisteskranker Frauen in meiner Obhut, denn ich nahm den Eingriff inzwischen mit einer gewissen Gewandtheit vor, vorausgesetzt, Gretel assistierte mir beim Postieren der Patientin & beim Beschwichtigen ihrer Ängste. Die *Fistel*-Reparatur verlor für mich daher bald ihren Reiz, sie war nun ein mechanischer Eingriff, den jeder tüchtige Arzt durchführen konnte.

Sogar dann noch gab es Widerstände gegen meine Methode, sind Ärzte & Chirurgen bei revolutionären Entwicklungen habituell zunächst doch eher skeptisch & zurückhaltend. So verhielt es sich auch bei den später von mir durchgeführten Experimenten, ganz gleich, wie einleuchtend sie waren: Es gab sporadisch Widerstandsnester, & diese oftmals bei der »Elite« meiner in Boston, Philadelphia oder New York City tätigen Kollegen, die auf den Pöbel in *Trenton, New Jersey*, herabsahen.

Nachfolgend für den in den Grundlagen der Wissenschaft versierten & an einer Erweiterung wissenschaftlicher Kenntnisse interessierten Laien eine Auswahl aus meinen bedeutenden Experimenten im Laboratorium in Trenton, aufgrund derer Dr. Silas Aloysius Weir als Mitglied in die Amerikanische Akademie für Medizin & die Amerikanische Gesellschaft praktizierender Ärzte sowie das Amerikanische Institut der Wissenschaften zugewählt sowie zum ständigen Kandidaten für das Amt des amerikanischen Gesundheitsministers & medizinischen Chefberaters des Präsidenten der Vereinigten Staaten ernannt wurde.

Dies trug mir in den letzten Lebensjahren meines Vaters nun auch die Bewunderung & den Segen von Percival Weir ein, der mit einer Anerkennung meiner Leistungen so lange gegeizt hatte, wie er auch mit seiner Liebe geizte. *Mein lieber Sohn, endlich kann ich stolz auf dich sein. Auch wenn der Präsident dich erst noch zum medizinischen Chefberater ernennen muss.*

FALLSTUDIE: REPARATUR DER HASENSCHARTE BEI EINER 37 JAHRE ALTEN GEISTESKRANKEN (1854)

Es hat mich immer interessiert, ob es sich bei Missbildungen wie Hasenscharten, Klumpfüßen, Gaumenspalten, Schielen u. Ä., verursacht bei der Entbindung durch nachlässige Hebammen, um bloße Anzeichen von Geisteskrankheit oder um eine Folge davon handelte oder ob hier gar kein Zusammenhang bestand.

Ob daher, wenn sie behoben wurden, die Geisteskrankheit gelindert oder geheilt wurde oder keins von beidem?

Und wenn die Patientin nicht nur geisteskrank, sondern von verminderter Intelligenz war, würde die Reparatur dann die Herausbildung höherer Intelligenz ermöglichen? Da ein Gehirn von Missbildungen des Schädels notgedrungen ebenfalls betroffen war, würde es, wenn die Schädelknochen neu ausgerichtet wurden, sich normaler ausdehnen können? Fragen, die niemand stellte – ausgenommen Silas Aloysius Weir.

Gott selbst, dünkte mich, versprach mir: *Wenn du Fisteln repariert hast, mein Sohn, kannst du gewiss einfache Hasenscharten reparieren!*

Bei Eingriffen dieser Art, die man *kosmetisch* nennen könnte, da sie *oberflächlich* stattfinden, müsste eine erfolgreiche Korrektur finanziell einträglich sein, denn viele enttäuschte Eltern von Missgebildeten würden sehr gern einen hohen Preis bezahlen, wenn ihr Sprössling *normal* gemacht wurde & nicht als *Laune der Natur*, als Peinlichkeit für die gesamte Familie, durchs Leben gehen müsste.

»Zenobia D__« dünkte mich ein vielversprechendes Exemplar, eine geisteskranke Frau von siebenunddreißig, bei der ein (kleiner) Geburtsdefekt an der Oberlippe vorlag, der zu verstümmelter, unverständlicher Aussprache führte. Zenobia sprach so, dass die meisten sie nicht verstanden, war anscheinend aber von durchschnittlicher Intelligenz, allerdings ausgesprochen eigenwillig & »schwierig«.

Es hieß, sie habe seit dem Alter von neun in einem Kornspeicher geschuftet, um zum Lebensunterhalt ihrer großen Familie beizutragen, mit dem Ergebnis, dass ihre Lunge von umherfliegenden Weizengrannen geschädigt worden war & sie angestrengt rasselnd atmete. Sie war anfällig für Atemwegserkrankungen, zudem deuteten Entzündungen des Unterleibs auf gewaltsame Übergriffe verschiedener Art sowie auf zahlreiche Schwangerschaften hin; bei ihr war eine Syphilis diagnostiziert, die sporadisch mit Quecksilbertinkturen behandelt wurde.

Obwohl fast ihr ganzes Leben eine zuverlässige Arbeitskraft im Kornspeicher, hatte Zenobia im Anschluss an einen Unfall, bei dem ihre rechte Hand zerquetscht worden war & nach dem sich ihr Gesundheitszustand insgesamt verschlechtert hatte, mit Anfang dreißig einen Zusammenbruch erlitten. Sie neigte nun zu Wein-, Lach- & Tobsuchtsanfällen, wurde in dem Kornspeicher entlassen & von ihren inzwischen ungeduldigen verärgerten Verwandten in die Heilanstalt in Trenton eingeliefert.

Da ich schon lange Operationsmethoden entwickeln wollte, mit denen sich Hasenscharten – (wie auch das Schielen, Gaumenspalten, Klumpfüße & Schädelmissbildungen) – korrigieren ließen, war die Ankunft von Zenobia im Labor ein glücklicher Zufall. Auf einer Auktion hatte ich kurz zuvor einige chirurgische Instrumente aus dem Besitz eines ehemals in Philadelphia tätigen Chirurgen erworben, für Eingriffe am Gesicht verwendbar, die ich unbedingt ausprobieren wollte.

Wie andere im Labor war auch Zenobia D__ bei ihrem Eintreffen in gesundheitlich so geschwächtem Allgemeinzustand & insgesamt zermürbt, da ihre fünf oder sechs Kinder, wie ich von Gretel erfuhr, alle entweder gestorben oder ihr genommen worden waren; folglich war sie zu apathisch, sich einem Eingriff zu widersetzen, & hätte vielleicht sogar eingewilligt, weil sie von dem, weswegen sie in der Anstalt eingeschlossen war, *geheilt* werden wollte.

Wie viele andere verrückte Frauen in meiner Obhut waren Zenobias Stimmungen unberechenbar. Mal erschien sie fast klar, konnte schon bald aber in Wut oder Verzweiflung verfallen & musste fixiert werden; ein andermal weinte sie & flehte das Personal in verstümmelter Rede an, *ein Arzt* möge ihr doch helfen, denn sonst habe sie keine Hoffnung mehr & wolle nicht mehr leben. Die unglückliche Frau wurde natürlich gescholten, solche blasphemischen Gedanken auszusprechen, & ihr wurde zugesichert, Silas Aloysius Weir, der Anstaltsdirektor persönlich, würde *sein Möglichstes tun* und sie so weit gesunden lassen, dass sie nach Trenton in den Kornspeicher zurückkehren & sich ihren Lebensunterhalt selbst verdienen konnte, nicht mehr auf die Almosen des Steuerzahlers angewiesen war.

Bei diesen Worten lachte Zenobia wehmütig, & ihre Oberlippe geriet ins Zucken, als wäre so eine Hoffnung jenseits aller Vernunft.

Nicht überraschend, zeigte meine jüngere Hilfsschwester Brigit Mitgefühl für Hasenscharten-Zenobia, die mit ihrer verstümmelten Sprache ja so etwas wie eine Schwester für den taubstummen Albino war. Auf der Station verweilte Brigit oft an ihrem Bett & lauschte, den Kopf gesenkt, ihrem Kauderwelsch mit schmeichlerischem Verständnis. Als ich mich bei Gretel erkundigte, ob Brigit Zenobia wirklich verstand oder nur diesen Eindruck vermitteln & der Frau mit der Hasenscharte bedeuten wollte, dass sie *nicht allein* war, erwiderte Gretel: »Das müssen Sie Brigit fragen, Dr. Weir. Nur sie kann mitteilen, was ihr am Herzen liegt.«

Als wir den Eingriff an der Hasenscharte vorbereiteten & die verängstigte Patientin auf einen Tisch legten, an den sie zu ihrer eigenen Sicherheit festgeschnallt werden musste, dünkte Brigit mich beklommen, so als müsste sie mich etwas fragen & wartete darauf, mich unaufgefordert ansprechen zu dürfen.

Schließlich wandte sie sich mir zu & hob zögerlich die hellen Augen zu meinen. *Doktor, ich denke …*

Niemand sonst hörte Brigit, denn ihre stumme Rede war nur an mich gerichtet. Gretel oder irgendein anderer Augenzeuge wäre womöglich überrascht gewesen, hätte ich erwidert: »Brigit, *nein.* Du *denkst nicht.* Das ist nicht deine Aufgabe.«

In heiterem Ton wandte ich mich an Brigit, denn ich war eher belustigt als erzürnt, dass das schmächtige Ding, so groß wie meine jüngste Tochter, mir so oft *medizinischen Rat antrug*, zusätzlich zu dem, was sich Gretel schon herausgenommen hatte.

»Denken ist *meine Aufgabe*, Brigit. *Deine Aufgabe* ist, zu assistieren.«

Es war wohl unausweichlich, wenn Arzt & Gehilfin so eng zusammenarbeiteten – zumal unter beengten Verhältnissen & nach der inzwischen vergangenen Zeit, mehreren Monaten –, dass Brigit sich einbildete, so mit mir sprechen zu dürfen, wie sie es sich nun herausnahm: Zenobias Atembeschwerden nachahmte, indem sie sich an ihre Brust klopfte & hustete; anschließend mit bestimmten Gesten beider Hände auf die Entzündung in Zenobias Unterleib hinwies, (vielleicht) auf eine (nicht diagnostizierte) *Fistel* hinauswollte, mir auf diese Weise vermitteln wollte, ihrer Ansicht nach müsse von den vielen verschiedenen Krankheiten Zenobias die Hasenscharte nicht als erste behandelt werden.

Darüber war ich doppelt verärgert, denn die Korrektur der Hasenscharte dünkte mich vordringlich, war sie doch mit bloßem Auge *erkennbar*; außerdem reizte mich die Aussicht, schon wieder eine wahrscheinlich an *Fistel* leidende Frau mit dem Löffel-Spekulum zu untersuchen, gar nicht. (Ich hätte Gott selbst am liebsten angefleht, mich einstweilen von weiteren weiblichen *Hinterteilen* zu verschonen; in diesem Weinberg hatte ich schon zu viele Jahre geackert. Zudem war Zenobia keineswegs eine ansehnliche Frau, in deren Genitalbereich man einen Blick hätte werfen wollen.)

Brigit ließ aber nicht locker, zeigte auf ihren Mund & formte die Worte auf übertriebene Art, als spräche sie zu einem Tauben; alldem entnahm ich, dass Zenobia schon ihr ganzes Leben lang eine Hasenscharte gehabt hatte & damit weiterleben konnte, denn sie gefährdete nicht ihr Leben, wie es beim Zustand ihrer Lunge & ihres Unterleibs aber der Fall war, der zum Tode führen konnte.

»Da du taub bist oder es zu sein vorgibst, scheinst du nicht zu begreifen, Brigit, dass Zenobias Sprache verstümmelt ist, was ihr großen Kummer bereitet & die Menschen um sie herum verdrießt, die sich ihr Paviangeschnatter anhören müssen.«

Fast hörte ich es, Brigits höhnisches Lachen: *Pavian! Haben Sie schon einmal einen Pavian gehört, Dr. Weir?*

»O doch, mein liebes Kind! Ich habe menschliche Paviane gehört. Schwatzen & schnattern.«

Wir verstehen Zenobia doch, Doktor. Man muss bloß zuhören.

»Lächerlich! Nur eine andere Verrückte versteht ansatzweise, was diese Frau sagt.«

Wenn Zenobia versteht, was andere ihr sagen, was macht es dann, dass sie nicht mit ihnen sprechen kann? Sie hat doch wenig zu sagen, was die anderen hören möchten. Aber wenn ihre Lunge geschwächt & ihr Blut vergiftet ist …

»Wenn ihr Blut ›vergiftet‹ ist, Brigit, ist es das schon lange. Dann kommt es auf ein klein wenig länger nicht an.«

Aber, Dr. Weir …

»Genug, Brigit. Entweder du bist still, wie Gretel, oder – du weißt, was dann geschieht.«

Bei diesen Worten war Brigit mit einem Mal reuig. Die Drohung, *du weißt, was dann geschieht,* versetzte dem dreisten Ding sofort einen Dämpfer.

(Wenn sich Brigit kindisch aufführte, mein Urteil anzweifelte, Gretel nicht so zur Hand ging, wie sie es sollte, vergaß, was ihr zustand, wurde sie in einen der Vorratsräume an der Rückseite des Labors, vom Personal *Kadaverräume* genannt, eingesperrt, wo ansteckender Abfall aufbewahrt wurde, aus Gründen der Zweckmäßigkeit gelegentlich auch die Leichname von verstorbenen Patienten lagerten, bis der anstaltseigene Totengräber kam, sie in aller Stille wegbrachte & begrub. Dies dünkte mich genug Strafe für eine Dienstschuldnerin, der es vor Leichen graute, jedenfalls besser als körperliche Züchtigungen, Schläge mit der Faust, mit einem Knüppel oder der Peitsche, die bei uns eher männlichen Bediensteten zustanden & die ich, als Reformer, aus der Einrichtung verbannen wollte.)

Als Brigits unsinnige Lippensprache verstummt war, konnte ich mir Zenobias Oberlippe gründlich anschauen. Der Eingriff erforderte dasselbe behutsame Vorgehen wie eine *Fistel*-Reparatur, ich hatte zum Glück aber viel mehr Bewegungsfreiheit & blieb von Widerwärtigem verschont. So nah an der Patientin zu operieren, brachte allerdings ein Unbehagen anderer Art mit sich, denn ich musste ihren Atem inhalieren, dem der Aschehauch der Angst anhaftete, & die *räumliche Nähe* zu der Verrückten aushalten, was mir größtes Unbehagen bereitete.

Ich hatte über die vielen Jahre, die meine Laufbahn mittlerweile währte, schon viele Wunden an diversen Teilen des menschlichen Körpers zusammengeflickt, darunter auch tiefe, stark blutende, die bis auf den Knochen gingen, jedoch wenig Erfahrung mit *Gesichtschirurgie*, wie man es nennen könnte, die große Präzision erforderte.

Von meinen Angestellten war niemand in diesem Spezialfach ausgebildet, & da ich keinen anderen Chirurgen zu Rate ziehen wollte, dämmerte mir, dass das ein anspruchsvolles neues Gebiet für mich werden konnte. Ich sah genau, was zu tun war: mit meinem (frisch erworbenen rasiermesserscharfen) Skalpell, das ich zu gern ausprobieren wollte, in die von der Oberlippe der Patientin bis zur Nase verlaufende Spalte schneiden, das Gewebe mit (manueller) Kraft neu ausrichten, die Wunde nähen mit einem Faden (aus Seide), so fest, dass sie geschlossen blieb, aber nicht so grob, dass sie vernarbte.

Die Spalte war freilich sehr eng, ähnelte dem Innern eines dritten Nasenlochs; erst einmal zusammengenäht, würde sie fast ohne eine Narbe zusammenwachsen & heilen.

Ich sah sie im Geiste schon vor mir, die bildliche Darstellung der Hasenscharte, die ich selbst zeichnen oder mit deren Zeichnung ich Brigit beauftragen wollte, als Beigabe zu meinem Artikel für das populäre *Harper's Weekly*: »Operation einer Hasenscharte: davor/danach«.

Mit Gretels & Brigits Hilfe wurde die Patientin auf dem Tisch fixiert, ich zitterte & bebte jedoch im Vorgefühl des Skalpells, ermahnte Zenobia streng, rief ihr ins Gedächtnis, dass sie den Eingriff selbst verlangt habe, die Entstellung ihres Gesichts behoben haben wollte. Ich tat ihr einen Gefallen, ein selbstloses Werk, von dem ich selbst nichts hatte. In ihrer verstümmelten Sprache murmelte Zenobia, sie würde *still liegen bleiben.*

»Das ist auch besser so, Zenobia. Denn wenn nicht, kann das Skalpell abrutschen & du hast nicht eine Hasenscharte, sondern *zwei.*«

Die Warnung ließ alle drei Frauen verstummen, äußerst angenehm.

Bei genauerer Betrachtung der entstellten Oberlippe bemerkte ich jedoch bestürzt, dass die entsetzliche Fissur mehr war als ein bloß oberflächlicher Spalt, sondern sich groteskerweise bis *in den Mund hinein* fortsetzte. Bis dato hatte ich die Patientin noch nicht gründlich angeschaut & erblickte entgeistert ein *Loch* im Dach des Mundes, so groß wie eine Traube!

War das Äußere der Spalte entstellend, aber doch ein vertrauter Anblick, so bot dieses *Loch im Innern* ein furchterregendes Bild. Ein Ohnmachtsgefühl stieg in mir auf, & meine Knie gaben nach, denn irgendetwas an dem höllischen Anblick ließ an den Unterleib der Frau denken, den zu untersuchen ich bisher vermieden hatte.

Vor Angst, eine meiner Hilfsschwestern würde merken, wie sehr mich diese neue Entwicklung überraschte & ängstigte, klammerte ich mich an die Tischkante & sagte kein Wort. Mir kam ein Gedanke, den ich als junger Arzt oft gehabt hatte: *Gott hilf mir! Ich habe keine Ahnung, was ich tun soll, aber ich muss es tun.*

Es stünde einem Arzt schlecht zu Gesicht, sich vor weiblichen Untergebenen anmerken zu lassen, dass er ratlos war; ich konnte mir lebhaft vorstellen, wie man hinter meinem Rücken in der Anstalt & anderswo über mich tuscheln würde.

Nichts ist einem Arzt so verhasst & bringt ihn so auf wie grundlose Beleidigung & üble Nachrede, die sich gegen seine Redlichkeit richten.

Ich sah Brigit & Gretel an den schreckenstarren Gesichtern an, dass beide mich gern gebeten hätten, der Patientin irgendein schmerzstillendes Mittel zu verabreichen, es aber nicht wagten, da ich mir Ratschläge ausdrücklich verbeten hatte.

Einfach bluffen – sollte ich das? Ich hatte die Hasenscharten-Operation nicht für so gravierend gehalten, dass eine Sedierung erforderlich war, hatte damit gerechnet, dass sie höchstens zehn, fünfzehn Minuten dauern würde; jetzt überlegte ich, ob Morphiumtropfen doch angebracht wären, denn ich traute weder den Lederriemen noch dem Versprechen der Patientin, still liegen zu bleiben & sich nicht schreiend wie eine Verrückte herumzuwerfen.

Von meiner zitternden Rechten gehalten, schwebte das Skalpell über Zenobias erstarrtem Gesicht, die Patientin wimmerte & erschauerte, was mich gehörig verärgerte, denn *ich ertrug keine Ablenkung.*

»Ich habe dich gewarnt, Zenobia: Nicht bewegen!«

Zenobia schloss die Augen & wappnete sich gegen das Skalpell, während Brigit in höchster Anspannung neben ihr stand, den Blick fest auf mich geheftet, als müsste sie unbedingt etwas sagen, tat es aber nicht.

»Ja, Brigit: Was ist denn?«, wandte ich mich verärgert an das Mädchen mit der weißen Haut, in dessen Hand ich einen Becher mit – waren das Morphiumtropfen? – erblickte.

»*Du*, Brigit: Was möchtest du mir sagen?«

Kleinlaut, stumm hob Brigit den Becher in die Höhe, so als wollte sie ihn genau genommen nicht mir reichen, sondern sich nur ansehen, worum es sich handelte.

»Also *du* verordnest nun Anästhesie – ist es das? *Du?*« Mit gereiztem Lachen sah ich Gretel an. »Und *Sie*?«

Doch die kluge Gretel blieb ungerührt, neutral. Ihre Zustimmung war so unparteiisch, dass ich mir nicht schlüssig wurde, was sie bedeuten sollte. (Doch als ich die Szene später, am Abend, noch einmal Revue passieren ließ, wurde mir klar, dass *natürlich Gretel Brigit den Becher mehrere Male in die Hand gedrückt hatte* in der Annahme, Brigit werde mich eher überzeugen als sie selbst.)

»Na gut. Es kann ja nicht schaden.«

Ich seufzte vernehmlich zum Zeichen dafür, dass ich weibliche Torheit geduldig ertrug, nahm Brigit den Becher grob aus der Hand, öffnete der Patientin gewaltsam den Mund & schüttete ein kleines Quantum flüssiges Morphium hinein, woraufhin Zenobia hustete & würgte, weil sie es anfangs nicht hinunterschlucken wollte. Die abergläubischen Anstaltspatienten glaubten nämlich, solche Arzeneien versetzten die Versuchsperson in einen tiefen Schlaf, aus dem es keine Rückkehr gab.

»Da hast du! Lächerlich. Dabei ist das bloß ein ganz *kleiner Eingriff*.«

Um abzuwarten, bis die Morphiumtropfen bei Zenobia wirkten, verließ ich den Operationstisch ohne ein erklärendes Wort zu meinen mir nachsehenden Gehilfinnen & zog mich in mein Büro zurück, wo ich, auch wenn es noch etwas früh am Tage war, ein paar therapeutische Schlucke schottischen Whisky trank, um meine Nerven zu stärken & murmelnd ein Gebet zu Gott Vater, meinem Wohltäter, zu sprechen; ich war verärgert, weil ich mich von meinen Hilfsschwestern zum *Verhätscheln* hatte nötigen lassen, ein Verhalten, das ich nicht gutheißen konnte.

Bei meiner Rückkehr sollte ich feststellen, dass Gretel & Brigit verlegen, wenn nicht gar zerknirscht dreinschauten. Die Patientin war in eine tiefe Ohnmacht gefallen, ein unangenehmer Anblick, da diese Verrückte äußerst unansehnlich war, die Lider nur knapp geschlossen, der Mund schlaff herabhängend, sodass ich, als ich mich bückte & hineinsah, das traubengroße Loch im Dach erblickte. Wie um alles in der Welt hatte die arme Frau von klein auf mit so einer Entstellung gelebt? Hätte Theresa so etwas zur Welt gebracht & wäre das Kind klein & mickrig gewesen, hätte ich Gott bewahre keine große Anstrengung unternommen, es am Leben zu erhalten.

Im Medizinstudium hatten wir bei den in unseren Lehrbüchern abgebildeten Launen der Natur große Augen gemacht, hatten vor Ekel erschauernd & mit wilder Heiterkeit auf etwas gestarrt, das als *Gaumenspalte* bezeichnet wurde. Solche Anomalien waren Anzeichen für die Ausschweifungen niederer Schichten & in Familien ehrenwerter Herkunft ja wohl nicht anzutreffen. Ich hätte nie gedacht, dass ich eines Tages gezwungen sein würde, etwas so Grauenhaftes zu beheben, noch dazu bei einer liederlichen Verrückten & unter den Augen liederlicher Frauen.

Während Brigit & Gretel gebannt zuschauten, fuhr ich mit dem Eingriff fort: Den ersten Schnitt, in die Oberlippe der Patientin, setzte ich noch zaghaft, den zweiten mit mehr Kraft.

Sofort begann Blut zu fließen, lief seitlich am Mund der Patientin herab, wie funkelnd rote Hauer, was mich nicht hätte überraschen dürfen, es aber tat, denn wenn Blut aus einem Mund austritt, ist das immer ein besonders befremdlicher Anblick. Meine alte Empfindsamkeit beim Anblick von Blut meldete sich wieder, während meine Hilfsschwestern es schon flink mit Lappen abwischten, sodass ich fortfahren konnte.

Ah, meine Hand zitterte! – nur leicht.

Eine Schrecksekunde lang hatte es den Anschein, als wachte

Zenobia plötzlich auf, schreiend vor Schmerz & Empörung, doch sie erschauerte nur & keuchte laut wie ein Tier, sträubte sich ansonsten aber nicht.

Ein dritter Schnitt, ein vierter. Meine Hand wurde ruhiger. Ich vernahm eine tröstliche Stimme – *Du bist mein Sohn, an dem ich Wohlgefallen habe. Alles, was du tust, Silas, ist so bestimmt.*

Das Äußere des Spalts tiefer öffnend, nun in den oberen Gaumen der Patientin schneidend, überlegte ich, wie die beiden (gespalteten) Teile zusammengebracht werden konnten; beim Operieren hatte es mich oft gedünkt, die Vorsehung führe mir tatsächlich die Hand, sodass ich das Skalpell *intuitiv, beseelt* gebrauchte. Ich mühte mich, mit den (blutigen, glitschigen) Fingern beider Hände die Hautlappen zusammenzuziehen, überlegte, ob ich zu tief geschnitten hatte. Flink kam Brigit mir zu Hilfe, hielt eine Seite der Wunde fest, während ich so gut es ging mit der Nadel arbeitete, über dem stinkenden Atem der Patientin die Luft anhielt & hoffte, mit dem Eingriff zu Ende zu kommen, bevor sie aufwachte.

Nein, ich ließ die Finger von dem Loch im Dach von Zenobias Mund, sagte mir, dass diese Absonderlichkeit wenig mit der äußerlichen Scharte zu tun hatte, da sie nicht sichtbar war; vermutlich wusste außer Zenobia niemand davon.

Wenn sie ihr ganzes Leben mit dieser Entstellung verbracht hatte, warum sich jetzt daran zu schaffen machen?

Zu Eile bestand kein Anlass: Zenobia wachte erst Stunden später auf, offenbar irgendwann in der Nacht, während Brigit an ihrem Bett wachte & den Mullverband wechselte, wenn er mit Blut vollgesogen war.

Tags darauf sah es für mein kritisches Auge so aus, als wären die Stiche im Gesicht der Patientin sehr geschickt ausgeführt. Daher war es merkwürdig, dass weder Brigit noch Gretel mich für den Eingriff lobten, sondern mit düsteren Mienen umhergingen & meinem Blick auswichen.

Hatte ich meinen Gehilfinnen tags zuvor das Sprechen verboten? Mit meiner *Schelte* ihre Gefühle verletzt? Wie kindisch sie sich jetzt aufführten.

Da die *Hasenscharten-Reparatur* mich sehr gekonnt ausgeführt dünkte, mit einem Minimum an Blutverlust & Blutergüssen, war es doch eine Überraschung, als Gretel zwölf Tage später die Fäden zog & sich zeigte, dass die Hasenscharte nicht unbedingt geheilt war, sondern sich an ihrer Stelle nun eine eigentümliche Wulst in der Haut befand: keine kleine Fissur wie zuvor, sondern ein Gewächs mit geriffelten Rändern von gut zwei Zentimetern Länge, mit dem Zenobia jetzt nicht mehr einem Hasen ähnelte, sondern einem Keiler mit einem einzelnen Mini-Hauer auf einer Seite des Gesichts!

Brigit, die Zenobias Operationswunde zwölf Tage lang pflichtbewusst versorgt, sie mit Aloe-Salbe bestrichen & feucht gehalten hatte, die Zenobia kalte Tücher aufs Gesicht gedrückt hatte, um die Schwellung zu reduzieren, & dabei in einem fort lästige Fliegen, Moskitos & Mücken verscheucht hatte, sah mich jetzt finster, mit einem Anflug von jugendlichem Sarkasmus an, als wollte sie sagen: *Dr. Weir! – gut gemacht.*

Gereizt, so als hätte das ungezogene Kind es laut ausgesprochen, sagte ich: »Jawohl, es ist *gut gemacht.* Der Chirurg hat etwas zu Ende gebracht, nicht nichts getan. Kritisieren ist leicht, wenn man unkundig & ahnungslos ist.«

In ihrer unverschämten lautlosen Sprache teilte die Taubstumme mir mit: *Zumindest sieht Zenobia jetzt nicht mehr aus wie ein Hase.*

Ich ließ mir nicht anmerken, dass ich diese Grobheit gehört hatte, denn eine freche Taubstumme wird zum Schweigen gebracht, wenn ihr Gegenüber das Hören verweigert.

Die Patientin, die zwölf Tage lang zwanghaft auf den Wundnähten herumgetastet hatte, war von dem Ergebnis vielleicht weniger überrascht, so als hätte sie mit trübsinniger Ergebung, die der vorherrschende Gemütszustand der Anstaltsinsassin ist, & eben nicht der reine Wahnsinn, nichts Besseres erwartet, keinen anderen Ausgang als dieses an einen Hauer gemahnende Gewächs, das ihr Gesicht stärker entstellte als die Hasenscharte.

Als ich an Zenobias Lager stand, unsicher, was ich sagen sollte, jedoch geneigt, einen heiteren Ton anzuschlagen, wie man es bei Patienten tut, um sie zu beruhigen, waren ihre Augen eingesunken & blutunterlaufen, aber doch intelligent & aufmerksam, wenngleich sie sie nicht mit Dankbarkeit zu meinen hob.

Darüber sah ich hinweg, fragte aufgeräumt, wie es ihr gehe, beugte mich hinab, um ihr gemurmeltes Gestammel – kein Deut anders als vor der Operation – zu verstehen.

»Ist das so, Zenobia! Ach, es freut mich, das zu hören.«

Ungescheut sprach ich mit lauter Stimme, damit andere auf der Station es ebenso hörten wie meine Gehilfinnen.

»Was deine anderen Beschwerden betrifft, Zenobia, sei unbesorgt. Wir werden sie mit der Zeit heilen – ich oder ein anderer Arzt aus dem Personal. Das verspreche ich!«

Ich beschrieb den bahnbrechenden Eingriff in aller Ausführlichkeit in meinem bedeutenden Artikel »Chirurgische Korrektur der Hasenscharte bei einer erwachsenen Frau«, veröffentlicht im *Journal of the Association of American Physicists and Surgeons* im Winter 1855 & viele Male nachgedruckt.

FALLSTUDIE: WAHNSINN, EPILEPSIE & STIMMENHÖREN BEI EINER ERWACHSENEN WEIBLICHEN IRREN: BEHANDLUNG & HEILUNG (1855)

Nennen wir sie »Mahala H__«: besonders dunkle grobe Haut, vulgäre Physiognomie wie bei bestimmten Völkern Südeuropas, deutlich verschieden vom heller pigmentierten protestantischen Norden; das Alter irgendwo jenseits der dreißig; gedrungener Körper mit kurzen muskulösen Beinen & geschwollenen Knöcheln; prognathischer Kiefer, tief eingesunkene Schweinsäuglein; »flatternde« Nerven; schauernd, zitternd, (gelegentlich) krampfartig verzerrt; Schmerzen im Unterleib/vermutete (nicht diagnostizierte) *Fistel*; Phasen von Manie & Hysterie alternierend mit Stummheit, Katatonie; Weigerung zu sprechen, abgesehen von drohendem Murmeln & Knurren; Rücken & Schenkel von Narben überzogen, nicht völlig verheilt & zum Teil entzündet, eventuell Indiz für *Auspeitschung*.

Durch einen seltenen Zufall war Mahala vorher Dienstschuldnerin in der Hermitage in Ho-Ho-Kus gewesen, wo sie auch, vermutete ich, ausgepeitscht worden war, höchstwahrscheinlich von einem der brutalen Vorarbeiter, die ich von dort kannte. Nach ihrer Ausweisung aus der Stadt war sie als Fabrikarbeiterin in Trenton beschäftigt gewesen, auch das mit katastrophalem Ausgang, denn nach einer Maßregelung oder einem Schlag des Vorarbeiters war sie »tobsüchtig« geworden & hatte dem Mann ein Stück vom Ohr abgebissen; mit Schlägen & Auspeitschung bestraft & entlassen, für »nichtsnutzig« – »unbrauchbar« – erklärt, von der Ordnungsmacht in Gewahrsam genommen & in die Staatliche Heilanstalt für Geisteskranke verbracht, die letzte Station vor dem Friedhof.

Ein elendes Leben, & die Frau noch keine vierzig Jahre alt!

Da meine frisch ernannte Oberschwester mir für den Gebrauch im Labor regelmäßig geeignete Exemplare zuführte, ging ich Mahalas Verlegung in mein Reich nicht auf den Grund, sondern machte mich daran, die bemerkenswerte Frau zu untersuchen, bei der so vieles von psychiatrischem Interesse in einer Person vereint war. Denn ich hatte, worüber Oberschwester Fussell genau im Bilde war, für das kommende Jahr ungewöhnlich ehrgeizige Pläne.

»Ein armes Erdenkind, was, Gretel?« – sagte ich zu meiner Gehilfin mit dem teigigen Gesicht, um sie zu einem Lächeln darüber anzuspornen, dass ihr Los als mir, ihrem Herrn, verpflichtete Dienstschuldnerin verglichen mit dem Mahalas doch kein so beklagenswertes war, woraufhin Gretel, die Augen niedergeschlagen, erwiderte: »Ja, Dr. Weir. Wir alle haben großes Glück, hier bei Ihnen zu sein.«

Ich war allerdings weniger glücklich, als ich herausfand, dass Brigit sich mit dieser neuen Bewohnerin des Labortrakts angefreundet hatte, zweifellos aus Mitleid & in der naiven Annahme, zwischen einer »sprachlosen« Taubstummen & einer dunkelhäutigen Frau, die über Murmeln & Knurren hinaus zum Sprechen nicht fähig war, bestehe eine Verwandtschaft.

Ja, es war bezeichnend für Brigit, dass sie noch mehr Aufgaben auf der Station übernahm, so als wollte sie mir, ihrem Herrn, zeigen, dass ich mit ihrer Beförderung nicht schlecht beraten gewesen war. Sie wusch Mahalas stämmigen, krummen, von Striemen überzogenen Körper mit dem Schwamm & widmete sich besonders behutsam den nach den Auspeitschungen ulzerierten Wunden am Rücken & den massigen Schenkeln der Patientin, die, nicht verheilt, eine Brutstätte für ekelerregende Maden waren.

Doch Mahala, die Brigit mit jemand anderem verwechselt hatte oder schlicht eifersüchtig oder neidisch auf das hübsche junge Mädchen war – (denn Brigit hatte nach der Reparatur ihrer Blase ihre jugendliche Gesundheit & Kraft wiedererlangt, leuchtete förmlich) –, schimpfte sie tags darauf einen »englischen Teufel« & senkte ihre fauligen Zähne in Brigits Hand, sodass sie aufschrie vor Entsetzen & beinahe die Besinnung verloren hätte.

Zum Glück war ich nicht Augenzeuge dieses grausamen Anschlags, sondern befand mich zu dem Zeitpunkt beim Mittagessen mit dem Bürgermeister von Trenton & seinen Beratern; Gretel & andere auf der Station schilderten ihn mir jedoch mit lüsterner Wonne in allen grellen Details. (Besonders amüsierte die Verrückten, dass die brutale Mahala Brigit fälschlicherweise für eine Engländerin gehalten hatte.)

»Brigit, das war sehr dumm von dir. Der Biss eines Menschen ist viel gefährlicher als der eines Tiers!«, schalt ich meine Hilfsschwester. Wie jeder Arzt weiß, bergen menschliche Bisse tatsächlich ein größeres Risiko in sich als Tierbisse, & hier war meine *Lieblingspatientin* das unschuldige Opfer.

Kenntnisse über die Ursachen von Infektionen oder Tetanus – »Blutvergiftung« – waren nicht Allgemeingut, als Behandlung verordnet war hier ein Aderlass auf der Seite der Wunde, gefolgt von oraler Aufnahme von Knoblauch, Belladonna, Kalomel & Arsentinktur.

»Brigit, du musst bei diesen Irren besser aufpassen, weißt du. Sie sind nicht von *deiner Art*. Ich glaube sogar, sie haben überhaupt keine Seele, so wie die hier umherschwirrenden Fliegen & diese schmutzigen Schwämme.«

Nach dem Angriff auf Brigit verfiel die Patientin in wütende Raserei, war wie ein wildes Tier, ertrug es nicht, an die Eisenpfosten ihres Betts gefesselt zu werden – es gab jedoch keine Alternative, es sei denn, wir riefen unsere kräftigen Aufseher herbei & ließen sie in den gepolsterten, fensterlosen *Weir-Raum* werfen.

Ich bezweifelte, dass Mahala lange leben würde, & sah schon eine Autopsie mit Dissektion ihres Gehirns voraus, um zu prüfen, ob sich darin auffällige Anzeichen für *Epilepsie* ausmachen ließen oder ob die in der Anstalt weitverbreitete Syphilis eine mögliche Ursache ihres Wahnsinns war.

Ich konnte nicht darauf hoffen, so eine Kreatur zu untersuchen, nicht einmal aus einigem Abstand, denn Mahala geriet schon bei meinem bloßen Anblick in noch größere Wut; ihre bösen Schweinsäuglein strichen über mich hinweg & ihre grausamen Zähne blitzten.

Ihrer chronischen Inkontinenz nach zu urteilen, litt Mahala zweifellos an derselben Erkrankung wie die meisten Frauen auf der Station – einer *Fistel* der Harnblase; meiner Ansicht nach hatte es jedoch keinen Sinn, die abscheuliche Patientin zu heilen, die mir wegen ihrer anderen Symptome nützlich war, ihren Anfällen von Raserei, die wohl die Vorläufer epileptischer Anfälle waren.

Danach war Mahala meist ruhiger & sogar reumütig. Sie wusste zwar nicht mehr genau, was sie getan hatte, nur, dass es »etwas Schlimmes« gewesen war, das ihr, hoffte sie, »verziehen« werden konnte, wie sie in ihrer abgehackten Sprache entschuldigend zu Brigit sagte.

Wenn sie wollte, konnte Mahala fast normal sprechen & sich verständlich machen. Sie bezichtigte die »Teufels-Stimmen« in ihrem Kopf, die lautstark von ihr verlangten, mit den Zähnen die »Gesichter der weißen Doktor-Teufel herunterzureißen«.

Im Medizinstudium hatten wir gelernt, dass *Hysterie* ein dezidiert weibliches Leiden war, das eine primäre Ursache hatte: eine »gesenkte« oder erkrankte Gebärmutter. Diese Entdeckung geht auf den großen griechischen Philosophen Aristoteles zurück & wird durch jahrhundertelange klinische Forschung gestützt. In Mahalas Fall war so eine *Hysterie* vermutlich die Ursache für die *Epilepsie*, falls ihre *Epilepsie* nicht die Ursache für die *Hysterie* war.

Eine Störung an der Gebärmutter wie am Gehirn, hervorgerufen womöglich durch eine falsche Ausrichtung der Schädelplatten, samt einer von »erhitztem Blut« beigesteuerten Pathologie. Augenfällig besonders am schlechten Zustand des Munds der Patientin, in dem bereits viele Zähne fehlten & die im entzündeten Gaumen noch vorhandenen kränklich gelb verfärbt & schartig waren.

Um ihr heißes Blut zu kühlen, musste die Patientin kräftig zur Ader gelassen werden, war mir klar; diese Routineaufgabe übertrug ich Gretel, die unter meiner Anleitung zu einer fähigen Phlebologin geworden war. Außerdem mussten ihr die Zähne gezogen werden, um die Entzündung & die Vergiftung des Bluts abzumildern & die bösartige Irre nach Möglichkeit daran zu hindern, irgendwem mit den Zähnen das Gesicht *herunterzureißen*.

Nach den Misslichkeiten der Hasenscharten-Operation hatte ich für die Durchführung solcher Eingriffe kurz zuvor eine sinnreiche Vorrichtung aus Holz ersonnen, die als *Weir-Rad* bekannt werden sollte; ein Zimmermann aus dem Personal hatte sie für mich angefertigt: ein regelrechtes Rad, in das der Kopf der Patientin hineingelegt & das anschließend enger gedreht wurde wie bei einer Schraubzwinge, sodass die Kranke fixiert war & sich nicht verletzte, wenn sie sich panisch herumwarf. (Zur Sicherheit wurden zusätzlich häufig Ledergurte verwendet, die die Gliedmaßen banden.)

Und so, Mahalas Kopf im *Weir-Rad* fixiert & ihr eine gehörige Dosis Laudanum verabreicht, gelang es mir, assistiert von meinen Hilfsschwestern, die wenigen in ihrem Mund noch verbliebenen verfaulten Zähne zu ziehen, wofür ich eine gewöhnliche Zange benutzte.

Flink eröffnete ich anschließend die entzündeten Gaumen der Patientin bis zum Knochen, damit darin befindlicher Eiter ausgeleitet & durch frisches Blut ausgespült werden konnte.

Die scheußlich vergilbten Zähne in eine blutbespritzte Schale werfend, sagte ich zu Brigit, die schon ganz schwach geworden war: »Du hast richtig Glück gehabt, Brigit, dass deine neue Freundin diese Fänge nicht tiefer in deine Hand geschlagen hat! Sie hätte dir dein zartes Pfötchen ganz abbeißen können.«

Wie zum Schutz drückte Brigit ihre verbundene Hand an die Seite ihres Körpers. Als Reaktion auf mein gut gelauntes Geplänkel zuckten ihre Lippen in einem matten Lächeln.

Nach der Behandlung besserte sich Mahalas Befinden deutlich. Zur Erleichterung aller im Labortrakt ließen die Anfälle von Wahnsinn nach, der Patientin fehlte die Kraft zum »Krampfen«. Ich war der festen Überzeugung, dass auch ihre Epilepsie geheilt war, mit den verfaulten Zähnen beseitigt.

Mahala vertraute mir indes an, dass die Teufelsstimmen in ihrem Kopf sie nach wie vor anhielten, dem *weißen Doktorteufel* wehzutun – sie würde aber *nicht gehorchen.* Die Stimmen hätten sie früher, vor langer Zeit, auch angehalten, ihren kleinen Schwestern wehzutun & einen Mann, der sich als ihr Ehemann ausgab, »mit bloßen Händen zu erwürgen«, außerdem ihren Aufsehern in der Hermitage & in der Trentoner Fabrik die »Ohren abzubeißen«.

Ich wollte von ihr wissen, ob die »Stimmen« in ihrem Kopf jetzt auch da wären.

Sie neigte den Kopf zur Seite, so als horchte sie aufmerksam, & sagte dann: *Ja*, denn die Stimmen gingen nie weg, Tag & Nacht nicht.

Zu manchen Zeiten waren sie offenbar leiser als zu anderen, in ihrem Kopf aber immer da.

Als wollte sie die lästigen Stimmen herausziehen, bohrte Mahala die Zeigefinger in beide Ohren, wie ein Kind es tut. Mir kam ein Gedanke: *Konnte es sich bei den Stimmen um Läuse handeln? Flöhe? Zecken? In ihrem Kopf?*

War das eine neue Idee? – Hatte sich ein Kliniker schon einmal gefragt, ob die Laute, die Verrückte hörten, *real* sein konnten?

Stimmen im Kopf waren schwerlich eine neue Krankheit & wurden meist auf »Wahnsinn« – »Irresein« zurückgeführt; gab es jedoch eine reale Ursache, mit der sich »Stimmen« erklären ließen, konnte es auch eine Heilung geben.

Da ich ihr Vertrauen gewonnen hatte, wie man zuweilen das Vertrauen eines großen, unberechenbaren Tiers gewinnt, untersuchte ich im nächsten Schritt die Ohren der Patientin, setzte sie in hellstes Sonnenlicht & öffnete den (dicht verstopften, verfärbten) Gehörgang mit einem Teelöffel-Spekulum. Zu dieser unangenehmen Aufgabe zog ich Gretel hinzu; wir kamen beide zum selben Ergebnis: Wie konzentriert wir auch in beide Ohren der Patientin blickten, wir fanden nichts Ungewöhnliches. Wohl hatte sich in beiden Gehörgängen verkrustetes Ohrenschmalz angesammelt, in dieser extremen Menge hatte ich es aber auch schon bei meinen begüterten Privatpatienten, Frauen wie Männern, gesehen.

(Da ich kein Ohrenspezialist bin, fühlte ich mich nicht verpflichtet, den Schmalz zu entfernen, sondern schlug Gretel vor, es zu probieren oder später eine andere junge Schwester damit zu betrauen.)

Als Nächstes horchte ich die Ohren der Patientin mit dem Stethoskop ab, um zu prüfen, ob ich ein Rascheln oder Summen hörte, das auf Ungeziefer oder gar Stimmen hindeutete. Anfangs meinte ich nichts als vielleicht den Pulsschlag des Bluts im Gehirn der Patientin zu hören, als ich das Stethoskop jedoch fester gegen das Ohr drückte, dünkte es mich doch, dass ich etwas Ungewöhnliches vernahm, wie von ferne, eine Art Murmeln oder Murren.

Wie sonderbar das war! Ich rechnete mit einem Geräusch trippelnden Ungeziefers, hörte offenbar aber wirklich menschliche Stimmen, wenn auch dumpf & unverständlich.

Da Brigit gerade auf der Station war, Bettwäsche wechselte & den Boden unter den Pritschen reinigte, rief ich sie zu mir & drückte ihr das Stethoskop an die Ohren, vernahm aber nichts Ungewöhnliches.

»Ich horche auf *Stimmen,* Brigit!«

Brigit gab sich verblüfft, fragte aber nicht nach, denn sie lernte mittlerweile doch die Regeln des Benimms einer Hilfsschwester: wenig sagen & sich keine Überraschung anmerken lassen.

Ich probierte es noch mehrere Male: horchte mit dem Stethoskop an Mahalas Ohren, an Brigits, Gretels, sogar an Nestras Ohren – (denn Nestra schlich häufig im Labortrakt herum, zu rastlos, um im Bett zu bleiben, aber nicht so aufgebracht, dass eine Fesselung gerechtfertigt wäre). Bei allen hörte ich nichts außer einem leisen Pumpen des Bluts, was das Vibrieren der Ohrtrommel sein mochte.

Als Nächstes hörte ich mir Mahalas Herzschlag an, ein hartes, trotziges *Bumm! Bumm! Bumm!*, das Brigits leiser säuselndem Herzschlag nicht im Geringsten ähnelte. Aus Neugier drückte ich das Stethoskop auf Mahalas mit hässlichen Striemen & Narben bedeckten Rücken & hörte erstaunt wieder etwas, was wie Stimmen klang, gedämpft, unverständlich, mit einem Unterton von Zorn oder Widerspruch, vermischt mit dem *Bumm* des Herzens.

Als ich noch einmal in Mahalas Ohren schaute wie in einen schmutzigen Fraßgang, dünkten ihre Ohrtrommeln mich entzündet; das konnte, dämmerte mir, mit der Entzündung der weiblichen Organe zusammenhängen; wie Aristoteles festgestellt hat, zerfällt ein infizierter Uterus & richtet bei seiner Wanderung durch den weiblichen Körper Unheil an.

Eine *Kauterisierung der erkrankten Ohrtrommeln*, das war geboten, um sie von den schändlichen Stimmen zu reinigen, den Teufelsstimmen, nicht zu vergessen von dem womöglich im Gehörgang tatsächlich vorhandenen Ungeziefer, Läusen etwa.

Als ich es ankündigte, starrte Brigit mich ungläubig an. Ich konnte ihre unverschämte Frage – *Dr. Weir, soll das ein Scherz sein?* – beinahe hören.

»Ich scherze nicht, Brigit! Ich werde die erkrankten Ohrtrommeln mit erhitzten kupfernen Stricknadeln behandeln.«

Bei diesen Worten schaute Brigit um sich & suchte Gretels Blick. Doch Gretel hatte sich abgewendet & wollte sich nicht ins Gespräch ziehen lassen.

Ängstlich schüttelte Brigit den Kopf wie zum Zeichen dafür, dass sie meine Idee nicht für gut hielt; was mich dazu veranlasste, sie in vor Sarkasmus triefendem Ton zu fragen, ob das Vorhaben mit unseren begrenzten chirurgischen Instrumenten nicht ausführbar oder ob es grundsätzlich keine *gute Idee* sei.

Brigit wand sich, drückte sich die Hände auf die Ohren. Jetzt konnte ich sie ganz deutlich »hören«, obwohl sie die Lippen fest aufeinanderpresste.

Keine Nadel, Doktor! Nicht ins Ohr!

Ich setzte diesem Unsinn sofort ein Ende. »Schau, Brigit. Hier geht es darum, eine Krankheit zu heilen. Es ist keine leichtfertige Unternehmung. Die Patientin *hört die Stimme des Teufels* – die ihr aufträgt, Böses zu tun. Wir können & werden sie heilen.«

Aber wenn die Nadel ins Gehirn eindringt, wird Mahala sterben …

Auf diesen (unausgesprochenen) Einwand entgegnete ich, um das überaus ärgerliche Thema zu wechseln, das ein wenig schmeichelhaftes Licht auf mein ärztliches Wissen warf: »Ich vermute, du meinst, der Nadel sollten erst Morphiumtropfen vorausgehen«, & auf diesen doch eher spöttischen Vorschlag reagierte Brigit mit einem hoffnungsvollen Blick: *Ja! Danke, Doktor.*

Doch als ich Brigit zum Vorratsschrank schickte, war unser Bestand an Morphiumtropfen so gut wie aufgebraucht, & wir hatten gerade nicht genügend Laudanum auf Lager, um es für so einen Fall zu vergeuden.

Zugegeben, vielleicht war es eine *grausame, ungewöhnliche Züchtigung*, einer Patientin erhitzte Stricknadeln in die Ohren zu stecken, auch wenn es eine Verrückte war, doch mir kam die Idee, bei der Gelegenheit mit einem neuen Narkosemittel zu experimentieren, über das in medizinischen Zeitschriften debattiert wurde: *Chloroform*. Das war eine stark riechende Flüssigkeit, deren bloße Dämpfe bereits beruhigend, betäubend, einschläfernd auf das menschliche Gehirn wirkten, bei Frauen noch leichter als bei

Männern. Von dem Arzt in Philadelphia, dessen chirurgische Instrumente ich erworben hatte, hatte ich auch ein Halbliterglas davon bekommen, zumindest war die Flüssigkeit mir gegenüber so bezeichnet worden: als *Chloroform*.

Einen Patienten ein Narkosemittel inhalieren zu lassen, statt es in Tablettenform zu verabreichen, war ein ausgesprochenes Novum; zudem wurde vor seiner Gefährlichkeit gewarnt, weswegen es den meisten Patienten (noch) nicht gegeben werden sollte, bevor man nicht mehr über seine Eigenschaften wisse. (Der exzessive Einsatz von Chloroform, der zum Tod mehrerer Kranker geführt hatte, hatte sogar den Ausschlag dafür gegeben, dass der Arzt in Philadelphia in den Ruhestand gegangen war.)

Ich dachte an das bedauerliche Vorkommnis bei Esther C__ zurück, die vor der Zeit infolge von geliefertem fehlerhaftem Morphium gestorben war, das ich ihr in gutem Glauben verabreicht hatte; das aber lag einige Jahre zurück & war natürlich kein Chloroform, sondern eben Morphium, oral eingenommen.

»Chloroform, das ist es, Brigit! *Du* wirst mir assistieren.«

Wie in meinem Artikel für das *Journal of American Medical Research* dargelegt, wies ich die irische Hilfsschwester an, Tücher mit flüssigem Chloroform zu tränken, das sehr stark roch & uns das Wasser in die Augen trieb; diese Tücher drückte ich der verängstigten Patientin sodann fest auf Nase & Mund, damit sie die Dämpfe einatmete & ihre Unruhe sich legte. Trotz anfänglichen Sträubens wurde sie sicher im *Weir-Rad* fixiert, sodass sie sich oder andere nicht mehr verletzen konnte, & erschlaffte bald, sank mit ergebungsvoll tiefem Seufzer in Schlaf wie ein großes Tier. Daraufhin wurden die Tücher entfernt, & meine Gehilfin erhitzte über einer offenen Flamme ein Ende einer fünfundzwanzig Zentimeter langen kupfernen Stricknadel, das ich nun unendlich behutsam in den Gehörgang des (rechten) Ohrs der Patientin einführte; ich hatte zuvor abgeschätzt, wie tief ich vordringen konnte, bevor ich auf die Ohrtrommel traf, & wie viel Druck ich ausüben musste, um sie zu durchstechen. (Denn ich wusste sehr wohl, ohne dass eine meiner Untergebenen mich darauf hinweisen musste, dass sich das Gehirn unmittelbar hinter der Ohrtrommel befindet!)

Auch wenn die Patientin nun *sediert* war, war ich auf Schmerzgebrüll & körperliche Gegenwehr gefasst – allerdings war es Brigit, die kurz aufschrie & in Panik geriet, es wagte, meine Hand mit der erhitzten Nadel wegzuschieben.

»Was! Was um alles in der Welt tust du, Brigit?«, schrie ich sie so laut an, dass alle in Hörweite es vernahmen, denn ich war empört über das Pflegepersonal im Labor, obwohl ich die Schwestern persönlich ausgewählt hatte & sie mir eigentlich bis in den Tod treu ergeben sein müssten.

Zum Ausdruck ihrer Bestürzung zeigte Brigit mir durch Gesten & Schaudern, dass sie es für keine gute Idee hielt, die erhitzte Nadel ins Ohr der Patientin einzuführen, woraufhin ich ihr mitteilte, sie dürfe das Labor sofort verlassen & sich *dorthin* begeben, wo sie ausgepeitscht gehörte. (Es war nämlich seit jeher Brauch in der Heilanstalt, dass Dienstschuldner aus dem Personal bei Nichtbefolgen von Anweisungen ausgepeitscht oder mit dem Stock geschlagen werden durften; das war nicht illegal, da solche Bediensteten keine amerikanischen Staatsbürger & nicht durch das amerikanische Gesetz geschützt waren.)

Sogar jetzt noch begehrte die taubstumme Irin auf – ich fiel ihr ins Wort: »Ich habe gesprochen. Schluss mit diesen albernen Gesten & Gesichtern. Ich bin dein Dienstherr. Du brichst deinen Vertrag. *Du wirst in den Kadaverraum verwiesen.*«

Wie eine getretene Katze wich Brigit sofort zurück & schlich zum Laborraum hinaus. Wäre sie, als ich später am Tage nachschaute, nicht im *Kadaverraum* gewesen, sondern ganz aus der Anstalt verschwunden, hätte ich wohl *Auf Nimmerwiedersehen* gedacht.

Ich war die dauernde Verhätschelung des taubstummen Albino-Mädchens nämlich leid & hätte schon längst eine körperliche Züchtigung veranlassen sollen.

Wutentbrannt, mit zitternden Händen rief ich Gretel herbei, damit sie Brigits Platz einnahm. Die erfahrene Hebamme würde es nicht wagen, einem Arzt den Gehorsam zu verweigern, obwohl sie ihrem einfältigen Gesicht nach zu urteilen über den Eingriff – ob über die erhitzte Nadel oder das Chloroform oder beides – entsetzt war.

Gereizt träufelte ich noch mehr flüssiges Chloroform auf einen Lappen & legte ihn der Patientin auf das ungerührte Gesicht. Ich wollte nicht, dass Mahala plötzlich aufwachte & ein zweites Mal die Stricknadel von ihrem Ohr schob. *Verdammt, wenn die Frauen mich zum Besten haben wollten.*

Dieses Mal fiel Mahala in noch tieferen Schlaf, ihr zahnloser Mund stand klaffend weit offen. Der verhutzelte Körper erschlaffte, bedeckt mit kühlem Schweiß; noch während ihr Kopf sicher im *Weir-Rad* fixiert war. Ruhig führte ich die rot glühende Kupfernadel erneut ins (rechte) Ohr ein, spürte einen leichten Widerstand, als ich auf das Trommelfell stieß, & schob sie sehr präzise weiter vor. Dasselbe wiederholte ich beim linken Ohr, wo ich verbranntes & brutzelndes Fleisch wahrnahm – hoffentlich merkte Gretel nichts davon.

Nichts ist so fein & zart wie ein Trommelfell, hatte ich just an diesem Morgen in einem Lehrbuch gelesen. Es befindet sich an einem strategischen Punkt im Gehörgang & wirkt wie eine *winzige Trommel*, die Schall verstärkt, damit er das Gehirn erreicht. Leider fehlten in dem Buch ein paar Seiten, vermutlich die dem Ohr, einschließlich dem »Innenohr« gewidmeten, ich erinnerte mich nur noch vage daran, dass ich sie für eine Prüfung im Medizinstudium einmal durchgesehen hatte.

Als ich meinem Eingriff später nachsann, war ich mir nicht

ganz sicher, ob ich die Stricknadel in beide Ohren gleich tief eingeführt hatte. Das Trommelfell *hatte* ich beide Male durchstoßen, aber ohne klare Vorstellung davon, wie dünn oder dick es überhaupt war & ob die Nadelspitze darüber hinausgeragt hatte.

Inzwischen hatte ich das unbehagliche Gefühl, dass Mahala nicht richtig atmete. Den unter Sedierung generell eigenartig flachen Atem zugestanden, war ihre Atmung doch unstet & abgehackt & dünkte mich für lange Sekunden gänzlich stillzustehen.

Ich fragte mich, ob die »Stimmen« im Kopf der Patientin verstummt waren – das Gekrabbel des Ungeziefers oder was immer. Mit dem Stethoskop horchte ich an beiden Ohren der Patientin, hörte aber nur den schnellen Schlag meines eigenen Herzens.

»Mahala! Du darfst jetzt aufwachen.«

Wie mir zur Schur regte sich der auf dem Operationstisch zusammengesackte liederliche Körper nicht.

»*Mahala! Du darfst aufwachen. Jetzt.*«

Gretel, die meine Bedrängnis sah, kam zu mir geeilt. Ich stand wie gelähmt, konnte mich nicht bewegen, ein Geruch von verbranntem Fleisch wehte mir um die Nase. Ob ich in meinem Eifer, die Patientin von ihren Leiden zu heilen, doch in ihr Gehirn eingedrungen war?

»Doktor, versuchen wir es mal so.« Gretel mühte sich, Mahalas Kopf aus dem eisernen Griff des *Weir-Rads* zu lösen, fasste sie bei den Schultern & schüttelte sie grob – befahl ihr *Wach auf!* –, indes schon ein feiner Faden Blut aus Mahalas Ohren rann.

Unbeholfen stützte ich die Patientin, damit sie nicht zu Boden fiel, doch die Frau war sehr schwer & unbeweglich, entglitt unseren Händen & plumpste auf den Boden wie ein Sack Zement.

»Mahala! Mahala!« Gretel hockte sich neben die Bewusstlose, trieb sie zum Aufwachen an, klopfte ihr auf die Wangen, was eine gewisse Wirkung auf die Patientin hatte & dazu führte, dass ihre Lider flatterten.

Es war Gretels Idee, Mahala an den kräftigen Beinen zu fassen & sie ein Stück vom Boden zu heben, damit Blut in ihren Kopf lief & sie auf diese Weise wieder zu sich kam; die darin liegende Logik erkennend & von Verzweiflung getrieben, schloss ich mich Gretel zum Aufheben des schweren Körpers an, umfasste Knöchel & Beine & schüttelte sie heftig.

Da fiel mir eine Episode in Dr. Strethers Praxis ein: Einen korpulenten Mann mittleren Alters, dem schwindlig geworden war & der ohnmächtig zu werden drohte, instruierte Strether, sich niederzusetzen & den Kopf auf die Knie zu senken, damit ihm Blut in den Kopf floss & er wieder zu sich kam – ein sehr guter Rat.

Ah! – zehn bange Minuten später hatte es den Anschein, als atmete Mahala wieder, zwar schwach, aber regelmäßig, doch als wir sie vom Boden aufheben & in eine sitzende Position aufrichten wollten, fiel sie in den vorherigen Zustand zurück & atmete nicht mehr.

»Hol dich der Teufel! Du willst offenbar *sterben*« – in meiner Not sprangen mir diese Worte von den Lippen.

Gretel legte Mahala wieder auf den Boden, & zwar so, dass ihr Kopf tiefer lag als ihr Körper; an ihren Knöcheln ziehend, konnten wir sie, wie zuvor ächzend vor Mühe, ein wenig anheben; wieder setzte nach mehreren bangen Minuten der Atem ein, öffneten sich die flatternden Lider, blicklos.

»Mahala! *Atme*«, befahl Gretel; nachdem sie mehrere Male »Jesus liebt dich – Jesus möchte, dass du lebst, Mahala« wiederholt hatte, kam die Patientin schließlich zu sich. Blut & ein gewisses Leben kehrten in ihr Gesicht zurück. Sie sah sich verwirrt im Zimmer um, als hätte sie keine Ahnung, wo sie sich befand.

Erleichterung durchströmte mich. Die Kreatur würde überleben. In der Stunde meiner Not hatte die Vorsehung mich nicht im Stich gelassen.

Dank Gretels Handreichungen hatte sich die Patientin anscheinend *stabilisiert*, war aber noch immer verwirrt & orientierungslos, während weiter aus beiden Ohren Blut floss. Ich war zuversichtlich, dass ich Gretel nun mit ihr allein lassen konnte; ich hatte meine Kräfte verausgabt bei dem Versuch, das Leben der Patientin zu retten, eine höchst unangenehme Tortur, die nun schon über eine Stunde andauerte.

An dem Abend fand im Haus des Vorsitzenden des Aufsichtsrats ein privates Essen statt, das ich & Mrs. Weir besuchten; es war eine Ehre für mich, unmittelbar zur Rechten der Gastgeberin platziert zu sein, genau wie meine Frau unmittelbar zur Rechten des Gastgebers.

Als man sich bei mir nach Geschehnissen in der Heilanstalt erkundigte, die von Interesse für die Zusammenkunft seien, antwortete ich mit stillem Stolz: »Wir experimentieren mit Verfahren zur Heilung von Epilepsie & Stimmenhören, einer Form des Wahnsinns – erstmalig, glaube ich, in der Geschichte der Medizin, & diese Arbeit wird hier geleistet, in Trenton, New Jersey.«

»Wahnsinn, Epilepsie & Stimmenhören bei einer erwachsenen Geisteskranken: Behandlung & Heilung« erschien im Herbst 1855 im *Journal of American Medical Research* & wurde viele Male nachgedruckt.

Nach der Behandlung sollte die Patientin nie mehr von »Stimmen« in ihrem Kopf geplagt werden. Sie verfiel nicht mehr in Wutausbrüche, war insgesamt ruhig & umgänglich, hatte statt böse dreinschauender Schweinsäuglein einen gutmütigen Kuhblick; eine generelle Steife erschwerte ihre Bewegungen, da sich in ihren Gelenken Arthritis ausbreitete. Therapeutisch am wirksamsten vielleicht: Ihr Hörvermögen war stark vermindert, was neben ihrem wiederentdeckten christlichen Glauben zu ihrer Friedfertigkeit beitrug; ihre einzige Verirrung war die fixe Idee, nicht Dr. Weir, sondern Jesus hätte ihr das Leben gerettet – *sie wie Lazarus von den Toten auferweckt.*

Mahala war, als sie ihre Kräfte teilweise wiedergewonnen hatte, so sanftmütig geworden, dass sie in unser Labor aufgenommen wurde, wo sie zuverlässig Dienst tat; sie erfüllte ihre Aufgaben, das Ausleeren & Ausscheuern der Bettpfannen, das Abtransportieren des medizinischen Abfalls, so bereitwillig wie ein dressiertes Tier.

Wilhelmina S__: Die Zwillinge

Aus der *Chronik eines Arztlebens*
von Dr. Silas Aloysius Weir

Ich gelobe es, mit Gott als meinem Zeugen: Ich lasse mir keine Schwäche mehr durchgehen! – von jetzt an.

Das nächste Mal – nahm ich mir vor –, wenn Brigit ihrem Herrn vor Zeugen nicht gehorchte & mir genügend Grund dafür gab, sie zu bestrafen, würde ich nicht zögern, entsprechend zu handeln.

Die Peitsche! Du darfst nicht schwach sein, sondern musst die Herausforderung annehmen.

Offenbar spürte Brigit diesen eisernen Vorsatz genauso wie andere aus der großen Schar von Untergebenen, mit denen ich in der Anstalt zusammenarbeitete. Oberschwester Fussell rief mir ins Gedächtnis, dass Medrick Weir auf dem Höhepunkt seiner Laufbahn nicht gezögert hatte, die Peitsche einzusetzen, wenn es verdient war, einem zögerlichen Wärter manches Mal sogar den Knüppel entwunden & eine ungebärdige Patientin eigenhändig verprügelt hatte. Sein Credo sei nämlich gewesen: »Sie haben mehr Achtung vor dir, wenn du der Herr für sie bist. Dann eifern sie dem nach, was *meisterhaft* an dir, nicht dem, was *wahnsinnig* an ihnen ist.«

Was Anhänger des neuen Gebiets *Psychologie* entdeckt haben, trifft ja zu: Beherrschung, Einsicht & Entschlusskraft sind Merkmale von *geistiger Gesundheit*; wohingegen fehlende Beherrschung, übersteigerte Emotionalität & eine allgemeine Wirrnis des Wollens Merkmale von *Wahnsinn* sind.

Erstere dezidiert *maskuline Züge*, Letztere dezidiert *weibliche*.

Nach ihrer Verweisung in den *Kadaverraum*, in dem sie über Nacht bleiben musste, war Brigit viel vernünftiger als in der letzten Zeit. Sie zweifelte mein Urteil nicht an, indem sie das Näschen kräuselte oder die hellen Augen verdrehte, & häufig vergingen mehrere Tage nacheinander, an denen ich keinen rebellischen Gedanken an ihr feststellen konnte.

Sie gab mir häufiger mit einem Nicken zu verstehen: *Ja, Doktor*.

Es hätte, wenn ich genauer hingesehen hätte, sogar bedeuten können: *Ja, Herr*.

Unter den Lesern dieser *Chronik eines Arztlebens* gibt es sicher diejenigen, die sich, nicht anders als der Chronist, mit dem Prinzip der Körperstrafe nie recht anfreunden konnten; jedoch sind wir in einer Gesellschaft aufgewachsen, sogar einer Religion – (dem Protestantismus mit seiner moralischen Strenge) –, die die Logik von Erziehung anerkennen. *Wer sein Kind liebt, züchtigt es* – ist ein Gemeinspruch, der in den vielgestaltigen Staaten von Amerika als Prinzip der Demokratie an sich tief verwurzelt ist.

Ich selbst wurde mit körperlichen Strafen vor allem deshalb nicht warm, weil mein Vater, Percival Weir, nicht damit geizte, sie seinen Kindern zu erteilen, auch wenn ich in der Kindheit eigentlich kaum einmal Unsinn angestellt habe; in den Augen meines Vaters waren meine Verfehlungen solche der Unterlassung, der Unzulänglichkeit. Meine Brüder schlugen über die Stränge, doch unser Vater war stolz auf sie, auch wenn er sie mit der Rute bestrafte – »Jungen sind nun mal Jungen«, lautete sein Sinnspruch.

Armer Silas! Mutter bemitleidete mich, da ich zwar nicht in

Jahren, aber in meiner Art & meinem Betragen der Jüngste & Zurückhaltendste war, wenn in Vaters Augen nicht gar unreif.

Aus solchen Gründen zögerte ich, für irgendwen in der Anstalt eine Körperstrafe anzuordnen, wenngleich ich sie auch nicht ausdrücklich untersagte, sondern es mit der Klugheit eines erfahrenen Verwalters vorzog wegzuschauen, wenn das Thema aufkam.

Mein Verwandter Medrick Weir hatte mir geraten: *Mischen Sie sich bei Ihrem Personal nicht ein, Silas. Es muss auf Ihrer Seite sein. Sie wollen nicht, dass sich Ihr Personal Ihnen entgegenstellt.*

Am bedrückendsten war, dass – ausgerechnet! – Brigit mein Urteil im Beisein anderer in Zweifel zog, während sie doch früher deutlich zum Ausdruck gebracht hatte, dass sie mich als ihren Retter betrachtete, ihren (buchstäblich) mehrfachen Lebensretter. Es fiel mir sehr schwer, diesen Widerspruch zu verstehen & zu verzeihen.

Zu meiner Bestürzung wurde offenbar verbreitet, Silas Weir sei als Direktor unzuverlässig & zöge einige (weibliche) Angestellte anderen vor. *Manche von uns bestraft er – andere, seine Favoritinnen, aber nicht.*

Fast konnte ich das Geflüster hören. Begleitet von gehässigen Blicken, die anzüglich über Brigit & mich hinwegglitten.

Bedrückend war auch, dass Mrs. Weir bei uns zu Hause indirekte Bemerkungen fallen ließ, so als hätte sie Gerüchte von anderen Anstaltsgattinnen gehört, die allzu häufig müßig im Haus der einen oder anderen herumsaßen. Noch schlimmer war die pauschale Ablehnung, die ich seitens meiner Cleff-Verwandten spürte, mit denen wir ohne Ausnahme jeden Sonntag zusammentrafen, in unserem Heim oder in ihrem.

Die Cleffs ließen mich wissen, dass ich schon bald verachtet & mein Ansehen in Trenton merklich geschmälert sein würde, käme der Verdacht auf, ich hätte bei den Dienstschuldnern unter meinem Personal die Zügel nicht fest in der Hand; Myron, mein

Schwiegervater, nahm mich beiseite & mahnte, wenn ich diese Leute nicht in Schach halten könnte, würde ich schon bald auch meine Frau & meine Töchter nicht mehr in Schach halten können – »So fängt es an, Silas. Sobald sie bei einem Mann Schwäche wittern, graben sie sich hinein wie der Kapselkäfer in die Baumwolle.«

Als wir allein waren, fragte ich Theresa, wer solche Dinge über mich gesagt hätte, & sie erwiderte säuerlich, ihr brauche das niemand zu sagen, es sei doch in ganz Trenton bekannt, dass der neue Direktor der Heilanstalt bei seinen weiblichen Angestellten ein *schwacher Zuchtmeister* sei.

»Hättest du den Gerüchten nicht selbst Vorschub geleistet, Silas«, sagte Theresa, & ihr traten Tränen des Kummers & der Empörung in die Augen, »wären sie auch nicht im Umlauf.«

Von meiner geschätzten Kollegin Oberschwester Fussell, die von meinem Interesse an einem bestimmten Gebiet der *experimentellen Psychologie* wusste, mir zugeführt, fand ich einen Neuankömmling im Labortrakt vor, »Wilhelmina S__«, für die ich mich im Winter 1856 tatsächlich sehr interessierte.

Wilhelmina S__, eine ungehobelte Frau Anfang dreißig von schlaksiger Gestalt, war von ihrer Familie, die in Basking Ridge, New Jersey, eine Farm betrieb & an ihr verzweifelt war, in der Anstalt abgeliefert worden; sie sei »zänkisch« – »werde schnell gewalttätig« – sei »unberechenbar«; sie galt als schwachsinnig & verderbt; groteskerweise schwanger, wurde sie zwangsweise in die Anstalt verbracht, weil man annahm, sie würde bald Zwillinge, wenn nicht gar Drillinge zur Welt bringen, ihrer Aggressivität wegen aber fürchtete, sie würde den Neugeborenen etwas antun.

Zu meiner Überraschung war Wilhelmina eine gut aussehende junge Frau mit eindrucksvollen nussbraunen Augen & einer klaren Stirn, krisseligem, leuchtend kastanienbraunem Haar & einer

Ausdrucksweise, die auf Anhieb nichts Rabiates oder Wahnsinniges erkennen ließ. Allerdings hatte ich erst einen flüchtigen Blick auf die neue Patientin im Labor geworfen, da ich zu der Zeit noch mit anderen Versuchspersonen beschäftigt war (mit denen es nicht wie erwartet voranging). Meine Hilfsschwestern berichteten mir aber, Wilhelmina S__ leide an einer Vielzahl von Gebrechen, darunter Magenbeschwerden einer Art, wie sie bei fortgeschrittener Schwangerschaft häufig auftritt, geschwollenen Knöcheln, Kurzatmigkeit, Schwindel; eine *Malaise* aber steche hervor: die Neigung zu anfallsartigem Weinen & tiefer Traurigkeit im Wechsel mit Ausbrüchen von Wut gegen die Verwandten, die sie, auf ein Pferdefuhrwerk geladen, an Händen & Füßen gefesselt & mit einem in den Mund gestopften Lappen, der sie daran hindern sollte, *Obszönitäten auszustoßen*, hergebracht hatten.

Symptome des »Zänkischen« kamen bald zum Vorschein, da Wilhelmina sich dem Anstaltspersonal widersetzte, darauf beharrte, nicht *verrückt* zu sein, sich nicht untersuchen & baden lassen wollte & Schwestern körperlich angriff, denen nichts anderes übrig blieb, als sie zu fesseln, damit sie sich & andere nicht verletzte. Mitten in dem Tumult bekam die Patientin schwierige Wehen, bei denen ihr Gretel & Brigit zur Seite standen & sie viel Blut verlor. Nach über einem Tag & einer Nacht gebar sie zwei eineiige Mädchen, hutzelig, leicht untergewichtig, anscheinend aber normal, mit hellem Haar wie Maisfäden & braunen Augen wie ihre Mutter. Wilhelmina verlangte, sie stillen zu dürfen, doch man nahm sie ihr weg & brachte sie in einen anderen Teil des Labortrakts.

Wie von meiner Kollegin Oberschwester Fussell richtig vorhergesagt, bot mir diese glückliche Geburt die ideale Gelegenheit für ein lange geplantes Experiment, das ich an eineiigen Zwillingen einer an *Geisteskrankheit* leidenden Mutter vornehmen wollte.

Für das Experiment sollten die Zwillinge sofort voneinander getrennt werden: Ein Kind sollte auf übliche Weise aufwachsen, gestillt & ernährt von der Mutter & anderen Frauen im Krankenhaus, die gewiss gern um es wären; wohingegen das andere Kind zwölf Monate lang in seinem Bettchen in einem stockdunklen, fensterlosen Vorratsraum bleiben sollte, ohne von der Mutter oder sonst wem auf den Arm genommen zu werden & ohne eine menschliche Stimme zu hören, »gestillt« lediglich aus einem Fläschchen mit Magermilch, gereicht von einer Schwester mit maskiertem Gesicht.

Während Kind #1 an der Brust der Mutter trinken & mit der bei Säuglingen üblichen breiig-weichen Nahrung gefüttert werden sollte, sollte Kind #2 die *Weir-Kost* aus zerstampften Gräsern, Minze & Johanniskraut bekommen. Auf die Weise konnte ich herausfinden, wie die Aufnahme von Nahrung das Wachstum von Knochen, Zähnen, Schädel & anderen Organen bei Kleinkindern begünstigt. Kind #1 durfte »spielen« – Kind #2 sollte regungslos in seinem Bett liegen. Dadurch konnte ich Daten von unschätzbarem Wert für die Wissenschaft gewinnen, etwa über die Effekte von Reizentzug auf Kleinkinder: Würde so ein Kind sehen können, wenn es schließlich ins Licht gebracht wurde? Oder wäre es blind? Würde es ein normales Sprechvermögen erwerben, wenn es schließlich Sprache hören durfte? Würde so ein Kind ein normalgroßes Gehirn haben oder nur ein geschrumpftes? Würde es seinen Zwilling »erkennen«, wenn es ihn schließlich sehen durfte? *Würde so ein Kind ein »Mensch« sein – oder mehr einem »Tier« ähneln, zum aufrechten Gehen nicht fähig, sondern sich knurrend & kriechend auf allen vieren vorwärtsbewegen?*

Und, von höchster Bedeutung: Würde Kind #1, gestillt von einer geisteskranken Mutter, mit der Zeit Symptome einer geistigen Erkrankung erkennen lassen, auch wenn alle anderen Umstände »normal« waren?

Als ich meinem Aufsichtsrat das Experiment in groben Zügen erläuterte & mehrmals betonte, dass man solche bahnbrechenden Fortschritte in der Gynäkopsychiatrie der Heilanstalt in Trenton zuschreiben würde, die ja unter ihrer Aufsicht stand, wurde das mit großem Respekt & mit Begeisterung aufgenommen, wenn auch nicht völlig verstanden, sind Laien doch nur in begrenztem Umfang zur Einsicht in wissenschaftliche Forschung fähig.

Als ich Brigit erste Anweisungen gab, Kind #2 von seiner Mutter zu entfernen & in dem (abgedunkelten) Vorratsraum in ein Kinderbett zu legen, reagierte sie mit einem Blick völliger Fassungslosigkeit; mich dünkte, sie hatte mich nicht verstanden, sodass ich meine Anweisungen wiederholen musste.

Wonach sie mich mit großen Augen ansah & mir wortlos ihre Beunruhigung mitteilte: *Dr. Weir? – Das ist nicht Ihr Ernst – oder?*

»O doch, Brigit. *Mein voller Ernst.*«

Brigit schaute mich von ihrer winzigen Höhe von unter eins fünfzig nur an, die Albino-Augen leuchteten in stummer Entgeisterung.

Ein von seiner Mutter getrenntes Kind wird schreien & schreien – nur schreien. Wenn die Mutter es nicht stillen, es nicht halten kann, wird es verkümmern & sterben – das wäre doch kein Wunder.

»Nun, Brigit. Das wird das Experiment für uns herausfinden.«

Das wäre doch kein Wunder, Doktor. Das Baby wird sterben.

»Nicht, wenn wir es am Leben erhalten, was deine Aufgabe sein wird, Brigit. Nach zwölf Monaten – wenn es ins Tageslicht gebracht wird – werden wir es mit dem anderen Kind vergleichen, es wiegen & messen, werden nachsehen, wie der Schädel gewachsen ist, & viel daraus lernen. Es wird ein Experiment von historischem Rang, das hier in Trenton ersonnen worden ist: Du wirst sehen.«

Doch Brigit wollte in ihrer Sturheit nicht sehen. Zeigte mir mit gespitzten Lippen, gekräuselter Nase & hell funkelnden Augen, wie sehr sie nicht sehen wollte.

So grausam sind Sie nicht, Doktor – oder? Das Baby seiner Mutter wegnehmen, zu so einem Zweck?

»Genug, Brigit. Verärgere mich nicht.«

Es ist nicht richtig, ein Kind seiner Mutter wegzunehmen …

Beim Blick in Brigits entsetztes Gesicht musste ich daran denken, dass man auch ihr das Baby genommen hatte, eine Erinnerung, die mich schmerzte & die mir zuwider war.

… die schlimmste Grausamkeit, die Gott vergelten wird.

»Ich sagte: *genug,* Brigit. Du wirst rührselig – eine Krankenschwester sollte es besser wissen. Geh auf die Station, du wirst dort gebraucht. Sofort.«

Aber, Doktor …

»*Fort mit dir.* Ich verliere die Geduld mit deinem Taubstummen-Blödsinn.«

Ich erhob vor ihr die Faust & schüttelte sie in gerechtem Zorn; wäre das kluge Kind bei dieser Machtdemonstration nicht instinktiv zurückgewichen, hätte es gut sein können, dass ich sie schlage, nicht fest, aber fest genug, ihr einen Dämpfer zu verpassen & die grinsende irische Anmaßung aus dem Gesicht zu wischen.

Die impulsive *mannhafte* Geste überraschte mich selbst & Brigit erst recht.

Fürs Erste war es genug, Brigit schlich gedemütigt davon. Und umso beschämender für sie, dass andere auf der Station unseren Wortwechsel mitgehört hatten.

Es sagt viel über den merkwürdig blinden Stolz der Iren, dass bestimmte Vertreter ihrer Spezies, obgleich ausschließlich Immigranten der Dienerschicht, sich wegen eines hübschen Gesichts oder einer hübschen Figur den übrigen überlegen wähnen & vergessen, was ihnen zusteht, als sprächen sie, sofern sie es überhaupt können, nicht ein völlig entartetes Englisch, lächerlich & dem Ohr unverständlich, & sich wieder andere Male starrköpfig geben, indem sie gar nicht sprechen. Und erinnert man sie daran, wer sie sind, ist es, als piekste man in den Ballon eines Kindes, & sie schrumpfen zu ihrer echten Größe.

Im Vertrauen darauf, dass Brigit ihre faden moralischen Bedenken bald überwinden & bereit sein würde, sich um Kind #2 zu kümmern, fuhr ich mit meinen Vorhaben fort; denn ich wusste, Brigit würde das Kind so lange am Leben erhalten wollen wie möglich, diese Weichheit war ihre Natur. Ohne ihre Anwesenheit würde das Baby bald sterben & das Experiment scheitern.

Es stimmt, ich hätte Gretel für das Experiment heranziehen können oder auch eine andere jüngere Schwester aus dem Personal, die mir zum Schmunzeln beflissen assistiert hätte, aber, Gott sei's geklagt! – die irische Albino-Waise war nun mal meine Lieblingsschwester.

(Ich erwog sogar, Brigit Kinealy an die Schwesternschule nach New Brunswick zu schicken; im Anschluss daran würde sie nach Trenton zurückkehren & mir zur Seite stehen.)

Nur dass ich, galoppierten meine Gedanken fort, es nicht riskieren konnte, dass das Mädchen Dummheiten machte, wenn ich es nicht mehr im Auge behalten konnte. Ich rief mir ins Gedächtnis, wie ich sie zum ersten Mal gesehen hatte: ein höllisches Bild von blutigen gespreizten Beinen & die enorme Strapaze für ihren zarten Körper, *ein illegitimes Kind zur Welt zu bringen.*

Auch Gretel äußerte Zweifel an der Durchführbarkeit des Experiments, denn mit Wilhelminas Gesundheit ging es nach der kräftezehrenden Schwangerschaft bergab; eins ihrer weiblichen Organe war in Mitleidenschaft gezogen, & Tage später blutete sie aus dem Unterleib. Und noch immer verlangte die verstörte Mutter weinend nach ihren Babys, glaubte fest daran, sie könne ihre Seele vor dem Teufel retten, wenn sie nur ihre Babys stillen dürfe, wie Gott es gewollt habe.

Das war auch Gretels Einwand: Wilhelmina solle erlaubt werden, ihre Kinder zu stillen, denn das wäre für Mutter & Kinder ein Trost, worauf ich versetzte: »Gretel – dies ist ein Labor, kein Säuglingszimmer, das wissen Sie.«

Wie viele Frauen ihres Alters wurde Gretel allmählich *mühsam*. Mit ihrer schwerfälligen deutschen Zunge, dem teigigen, mürrischen Gesicht & ihrer Art, die Nase in alle möglichen Dinge zu stecken, erinnerte sie mich an meine liebe Frau & andere weibliche Verwandte, die, während sie den anziehenden Kleidern ihrer Jugend entwuchsen, auch ihrem Charme entwuchsen.

Doch das revolutionäre Experiment, das Silas Aloysius Weir einen Platz im Pantheon der modernen Medizin gesichert hätte – zusätzlich zur Entdeckung eines Verfahrens zur Heilung der *Fistel* –, wurde sabotiert, noch bevor es begann: Zu meiner Verwunderung hatte Theresa davon erfahren & erklärte mir, sie *wolle nichts hören von »Experimenten« an christlichen weißen Kindern*.

Als ich von meiner Frau wissen wollte, wo sie derartige Gerüchte aufgeschnappt hatte, erwiderte sie, meine Nachbarn & Freunde, die auf dem Gelände der Heilanstalt lebten, sprächen von nichts anderem, als dass eine irrsinnige Mutter gemischtrassiger Abstammung hellhäutige, »engelsgleiche« Mädchen zur Welt gebracht hätte, eine untragbare Situation, die sofort abgestellt werden müsse.

Schon bald verbreiteten sich die Gerüchte bis zu den Gattinnen der Mitglieder meines Aufsichtsrats, die großen Wirbel veranstalteten & sich der Hilfe des anglikanischen Erzbischofs sowie des Bürgermeisters von Trenton versicherten, was dazu führte, dass die Säuglinge aus dem Labor entfernt & in Riverside, einer renommierten Trentoner Gemeinde, bei einem nicht mehr ganz jungen kinderlosen christlichen Ehepaar untergebracht wurden, das sich wiederum dadurch erkenntlich zeigte, dass es der Heilanstalt eine erkleckliche Summe spendete: mit besonderem Dank an Silas Aloysius Weir.

»Wer sein Kind liebt, züchtigt es ...«

Aus der *Chronik eines Arztlebens*
von Dr. Silas Aloysius Weir

Ich bin nicht stolz darauf, das Folgende festzuhalten. Doch ich schäme mich auch nicht, denn ich habe getan, was getan werden musste; ich habe nicht erkannt, wie grausam das Schicksal es mir mit dem Verrat meines ältesten Sohnes & Erben am Ende vergelten würde.

Denn schließlich kam es im Laboratorium zur Krisis: der Unbotmäßigkeit des taubstummen irischen Albinos & zu der Zucht, mit der ihr entgegengetreten werden musste.

Die Kunde von *wundersamen Heilungen* in der Anstalt in Trenton, nicht nur von Geisteskrankheiten, sondern auch von anderen Gebrechen, verbreitete sich, & so wurde ich mit der Zeit immer öfter von Privatpersonen aufgesucht, die mir ihre erkrankten Familienmitglieder brachten, zumeist Frauen; wie in Ho-Ho-Kus erwarb sich Silas Weir auch in Trenton & darüber hinaus einen besonderen Ruf als ärztlicher Chirurg mit *gynäkologischen Fähigkeiten.*

Eins war ja klar: *Geisteskrankheit* bei Frauen ist die Folge von Infektionen, vor allem der weiblichen Genitalien, & verantwortlich für eine Vielzahl von Verstimmungen, Dämmerzuständen,

Verschrobenheiten, »Launen« & dergleichen, ebenso wie für schwerere Ausbrüche dessen, was als *Wahnsinn* gilt.

Wahrscheinlich war ich der einzige Chirurg in New Jersey, geübt in der Behandlung von *Vaginismus*, welche auf Verlangen entmutigter Ehemänner erfolgte, die mir ihre hysterisch »frigiden« Gattinnen brachten & an denen ich einen leichten Eingriff vornahm, bei dem der Scheideneingang geweitet & zugleich Nerven im umgebenden Fleisch durchtrennt, somit die Empfindung abgetötet wird, häufig kombiniert mit einer von der Frau gar nicht bemerkten Klitoridektomie &, wo angezeigt, einer Ovariektomie. (Siehe meine Abhandlung »Klinische Anmerkungen zur korrigierenden Vaginalchirurgie«, Erstveröffentlichung im *American Journal of Medical Sciences*.)

Gelegentlich brachte ein unglücklicher Ehemann auch eine (nichts ahnende) Ehefrau, die schon mehr als einmal geboren hatte, für die umgekehrte Art von Eingriff, bei dem die schlaffe Vagina gemäß den Vorgaben des Ehemannes gestrafft wurde. (Siehe »Weitere klinische Anmerkungen zur korrigierenden Vaginalchirurgie«.)

Solche Eingriffe fanden unter behutsam dosierter Betäubung statt, da eine vornehme Patientin nicht ein Zehntel des Schmerzes ertragen kann, den Anstaltspatientinnen ertragen, ich hätte sie oder ihre Familien auch nicht solchen Torturen unterziehen mögen.

Ich war so bekannt geworden, dass ich es für vernünftig hielt, ein zweites Bankkonto zu eröffnen & darauf, abseits vom Gehalt als Direktor der Heilanstalt, meine Einnahmen aus privaten Quellen einzulegen. Für dieses Konto verwendete ich das Pseudonym *Dr. Adam Percival*.

Zur Verfeinerung meiner chirurgischen Fertigkeiten war es notwendig, im Labor mit Probandinnen zu experimentieren: Durch die Entfernung infizierter Organe half ich ihnen auch, die

Schwere ihrer Infektion & damit die Schwere ihrer Geisteskrankheit abzumildern.

Bei den Schwerstinfizierten blieben freilich Spuren geistiger Erkrankungen zurück wie Schmutzränder unter den Nägeln eines Arbeitsmanns, doch auch wenn (äußerlich) keine *sichtbare Infektion* vorlag, ließ sich auf eine *drohende Infektion* schließen.

Warum entfernen Sie ein Organ, Dr. Weir, wenn es doch nicht erkrankt ist?, erkundigte sich, wenn ich recht verstand, Brigit Kinealy mit keck gekräuselter irischer Nase & missbilligendem Stirnrunzeln.

»Damit es nicht erst erkrankt natürlich! Was für eine dumme Frage.«

In Anbetracht dessen, dass Wilhelmina ständig Schmerzen im Unterleib hatte & verzweifelt war vor Kummer über den Verlust ihrer Kinder, dünkte es mich notwendig, ihr die weiblichen Organe bei einer langwierigen Operation komplett zu entfernen; sie würde dadurch, eine günstige Nebenwirkung, auf der Stelle weniger lästig werden & mehr christliche Frömmigkeit & fügsames Verhalten zeigen.

Auch andere Patientinnen im Labor, denen die Entlassung aus der Anstalt in Aussicht gestellt wurde, sobald ihre Geisteskrankheiten geheilt waren, willigten sehr gern in meine Experimente ein, zu denen auch die Erprobung von Chloroform & Äther gehörte. Das hatte zur Folge, dass ich schon bald recht geschickt in der Entfernung kanzeröser & präkanzeröser Brüste, Uteri, Ovarien et cetera war, was wiederum den Anstieg der Zahl meiner Privatpatientinnen nach sich zog. (Solche Dienstleistungen wurden vertraulich erbracht, da schon die bloße Andeutung, eine Frau müsse sich einer Operation unterziehen, schambehaftet war; es konnte ja nicht einmal das Wort *Krebs* in gemischter Gesellschaft ausgesprochen werden.)

Es stimmt, von den Krebspatientinnen überlebten nur wenige,

doch ohne die Entnahme der kanzerösen Organe hätte gar keine überlebt.

Ich war auch nicht gänzlich erfreut darüber, dass meine Patienten nun ausschließlich *weiblich* waren; doch das hatte nicht ich so entschieden, sondern es war die Vorsehung, die den Weg bestimmte, den meine Laufbahn nehmen sollte. Allerdings konnte ich das weder meinem Vater noch anderen in der Familie verständlich machen, auch nicht den angeheirateten Verwandten, die mein Tun in einem fort herabsetzten – *Aber Silas ist Frauenarzt! Ein Arzt für verrückte Frauen.*

Gleichwohl wurde ich infolge meines wachsenden Ansehens & der Gefälligkeiten, die ich prominenten Ärztekollegen erwies, im ausgehenden Winter des Jahres 1861 zum Eintritt in den exklusiven Verband der Ärzte & Chirurgen Neuenglands eingeladen, dem mein älterer Bruder Franklin trotz seiner geringeren Verdienste bereits angehörte.

Zu den Kostbarkeiten jener Jahre gehört ein Telegramm, das mir trotz der ziemlich lapidaren Wortwahl nach Jahren väterlicher Entbehrung hochwillkommen war:

Lieber Sohn,
Glückwunsch zu dieser Ehre. Ich bin stolz auf euch beide.
Euer Euch liebender Vater
Percival

Nach den an ihnen vorgenommenen Eingriffen stellte sich bei zwei Versuchspersonen im Labor eine besonders aggressive Form *blutiger Diarrhö* ein; sie lagen beide da mit benommen geweiteten Augen, unfähig zu sprechen. Es konnte kein Zufall sein, dass die Betten der Frauen dicht nebeneinanderstanden & sich der übel riechende Atem Lucys mit dem übel riechenden Atem Juels vermischte.

Die Gelegenheit für ein (außerplanmäßiges) Experiment! – befand die Vorsehung.

Rasch ersann ich einen Plan. Jede Probandin würde nach einem individuellen Schema behandelt werden, & meine Gehilfin Brigit war angehalten, täglich die Befunde zu notieren.

Eine sollte die eine Medikation erhalten, die andere eine davon abweichende. Eine sollte täglich zur Ader gelassen werden, die andere gar nicht. Einer sollten die Zähne gezogen werden, der anderen nicht. (Bei beiden waren entzündete Zähne bereits bei vorherigen Operationen entfernt worden, ebenso entzündete Vulven.) Eine Probandin sollte in ein Bett neben einem offenen Fenster verlegt werden, die andere in ein Bett in einem fensterlosen Raum ohne Licht. Die Ernährung der einen sollte massiv so eingeschränkt werden, dass sie praktisch nichts Flüssiges oder Festes zu sich nahm, die andere sollte die übliche Kost aus der Anstaltsküche erhalten.

Es lag doch nahe, Diarrhö zu behandeln, indem man schlicht die Zufuhr von Flüssigkeit beschränkte! – sie ließ bei der Versuchsperson, der man sie vorenthielt, sofort nach, wohingegen sie bei der anderen andauerte.

Nach einigen Tagen war die *blutige Diarrhö* bei Person #1 (Lucy) völlig verschwunden, wohingegen sie bei Person #2 (Juel) weiterhin bestand, allerdings mit täglich wechselnder Heftigkeit. Die Unterschiede waren so vom Zufall bedingt, dass man nicht wissen konnte, ob beispielsweise Johanniskraut bei der Behandlung von Diarrhö hilfreich oder schädlich war oder ob es gar keine Wirkung hatte. Aus dem Arsenal der Arzeneien war Laudanum offenbar das Nützlichste für ihre Eindämmung; über lange Zeit verabreicht, führte es bekanntermaßen jedoch zu schwerer Verstopfung, zu Demenz & zum Tod. Ähnliches galt für starke Sonnenexposition durch ein offenes Fenster, das bei Kranken das Fieber steil ansteigen ließ & ein vorübergehendes Ende der Diarrhö zur Folge hatte, aber einen Hitzschlag auslösen, zu Delirium & Tod führen konnte. Durch das Zähneziehen ließen sich so wenig spezifische Veränderungen bei den Probandinnen belegen, wie sich die vollkommene *Wirkungslosigkeit* der Extraktion nachweisen ließ.

Brigit überwachte all das schweigend, ohne sich einzumischen; ich sah dem Waisenmädchen aber an der starren Miene an, dass es meine Methoden nicht guthieß & meine Anweisungen nur befolgte, weil es keine Wahl hatte.

Mich dünkte sogar, Brigit *betete stumm* – ohne auch nur die Lippen zu bewegen, damit ich nicht dahinterkam. (Umso ärgerlicher, als sie bestimmt zu einem katholischen Gott betete & nicht zum protestantischen.)

Als Lucy schließlich schwächer & Juel kräftiger wurde, bekundete Brigit durch einen gequälten Ausdruck & aufgeregtes Gestikulieren doch ihren Unmut: Lucy würde *sterben vor Durst*, wenn sie kein Wasser bekam; das solle ich ihr doch erlauben, bat sie mich.

Ah, ich hatte das schon erwartet! Ich wusste, Brigit würde Einwände gegen meine Pläne erheben, wie es ihre Art war, & wie ein eigensinniges Kind Gefühle vor Wissenschaft stellen. Ich tadelte sie streng: »Dies ist ein medizinisches Labor, in dem Bahnbrechendes geleistet wird. Die Augen der Welt sind auf uns gerichtet. Wir sind der Weiterentwicklung des medizinischen Wissens verpflichtet, nicht der Verhätschelung kindischer Patienten.«

Brigit zuckte zusammen, konnte aber nicht widerstehen, mir mit der nach einem mit Wasser getränkten Schwamm greifenden Hand zu zeigen, dass ich ihr erlauben solle, ihn Lucy an die Lippen zu halten, damit sie Flüssigkeit daraus saugen konnte; ich versetzte, das würde das Experiment sabotieren, bei dem untersucht wurde, welche Auswirkungen Flüssigkeit, Nahrungsaufnahme & ihr Entzug auf Probanden hatte.

Aus den blassblauen Augen quollen Tränen. Lächerlich!

Aber, Dr. Weir …

»Hier gibt es kein Aber, Brigit. Aber ist ein Fahrschein zum *Kadaverraum*.«

… das ist inhuman, Dr. Weir. Lucy wird verdursten …

»Hast du mich nicht gehört, Brigit? Bist du wirklich *taub* & nicht nur *dumm*?«

Als hätte ich die Faust vor ihr erhoben – (das hatte ich nicht) –, schrak Brigit zurück wie ein verängstigter Köter & belästigte mich einige Tage lang nicht.

Obwohl ich ja schmunzeln musste, wie ein Vater es tun mag, verwundert & stolz, dass seine Kleine so ein ausgefallenes Wort verwendete. Die kleine irische Waise musste irgendwo das Wort *inhuman* aufgeschnappt haben – (das, glaube ich, französischen Ursprungs ist).

Nach sechs Tagen dieser rigorosen Behandlung litt Person #2 (Juel) immer noch an Diarrhö, jedoch nicht mehr blutiger, wohingegen Person #1 (Lucy) vollständig davon geheilt war & über mehrere Tage auch keine Anfälle mehr hatte.

Entsprechend fiel der Bericht über eins meiner bedeutsamen Experimente aus, veröffentlicht in *The American Journal of Medical Sciences* (1857) unter dem Titel »Ein Heilmittel bei chronischer Diarrhö: Klinische Anmerkungen«.

Hinterher schlich Brigit schmollend durch das Labor & wollte den Blick nicht zu meinem heben, wenn ich sie morgens begrüßte.

Als ich mich in ihrer Hörweite bei Gretel erkundigte, was sie habe, teilte die mir in neutralem Ton mit: »Brigit ist sehr bestürzt, Doktor, dass Sie Lucy haben sterben lassen.«

»Was! Ich habe Lucy nicht sterben lassen. Bei dem Experiment sollte erforscht werden, wie Diarrhö geheilt werden kann, & das hat es zu meiner Zufriedenheit erbracht.«

Darauf gab Gretel keine Antwort, Brigit aber, die wohl meine Lippen gelesen hatte, mimte frech: *Doch, haben Sie. SIE HABEN LUCY STERBEN LASSEN.*

Das war nun wirklich schockierend & eine Beleidigung. Dass Brigit es wagte, mir so entgegenzutreten, vor aller Augen auf der Station! Auch wenn die Taubstumme es nicht laut sagen konnte, war für jedermann offensichtlich, was sie sagen wollte.

Ich wies sie streng zurecht, doch sie wollte sich nicht entschuldigen. Dass Lucy an der einen oder anderen Krankheit gestorben sein konnte, wie Patienten es häufig tun, ändert nichts daran, dass sie *von der Diarrhö geheilt* worden war.

Wie ich es von meinen sturen Töchtern kannte, tat Brigit auf unverschämte Weise jetzt so, als könnte sie mich nicht hören oder nicht verstehen, & das während Patientinnen auf der Station gespannt weiter hersahen, vor allem die Unruhestifterinnen Nestra & Bathsheba.

»Diesmal bist du zu weit gegangen, Brigit. Du wirst ausgepeitscht.«

Erstaunlicherweise lachte Brigit. Ihre Lippen ließen keinen Zweifel: *Ausgepeitscht! Ich habe keine Angst.*

So hatte sich mir, seit ich erwachsen bin, noch niemand entgegengestellt. Vor Benommenheit konnte ich die Beleidigung nicht gleich erfassen.

Verblüfft stolperte ich aus dem Labor hinaus in den Flur, rief einen Wärter herbei & befahl, dass Brigit Kinealy sofort geholt & in den *Kadaverraum* eingesperrt wurde, der sich an der Rückseite von North Hall befand, gleich beim Eingang.

»Soll ich sie auspeitschen, Sir?«

»Nein! Das nicht.«

»Soll ich sie mit dem Knüppel schlagen, Sir?«

»Nein! Du – sperrst sie nur ein.«

»Soll ich ihr die *Weir-Jacke* anlegen?«

»Nein. Du legst ihr nicht die *Weir-Jacke* an. Tu einfach nur, was ich gesagt habe.«

Meine Stimme erhob sich vor Verärgerung. Es war eine Qual, lauter begriffsstutziges Personal um sich zu haben!

Nur wenige Stunden zuvor hatte der Leichnam der verstorbenen Lucy in dem Raum gelegen, schicklich in eine Leinwand gewickelt, bis er auf den Friedhof gekarrt wurde. Das genügte, dachte ich, um die rebellische irische Waise zur Besinnung zu bringen, doch als ich Brigit am späteren Nachmittag im *Kadaverraum* gegenübertrat, war sie noch immer aufsässig, eine rebellische Gestalt in weißer, nun mit Blut & Schmutz bespritzter Schwesterntracht.

»Du wirst dich entschuldigen, Brigit, & Buße tun. Du hast mich zutiefst beleidigt.« Ich formte diese Worte mit kalter Wut, gestikulierte mit den Händen.

Darauf sie, die sich kaum die Mühe machte, die Lippen zu bewegen, damit ich ihre stummen Worte verstand: *Doktor, nein. Ich habe nichts Unrechtes getan.*

»Du möchtest also ausgepeitscht werden? Willst du das sagen?«

Ich sage: Ich habe nichts Unrechtes getan.

Ich sage: Lucy HÄTTE NICHT STERBEN MÜSSEN.

So viel Widerstand – ich war erstaunt! Auch wenn dem Mädchen anzusehen war, dass es geweint hatte, denn das grellweiße Gesicht war tränenverschmiert.

Ich ging wieder, schloss die Tür fest hinter mir, sperrte sie ab, ging, in der Anstalt eine Peitsche aufzutreiben; der junge Wärter, groß & kräftig, der sie mir reichte, sah mich mit großen Augen an, denn er hatte bis zu dieser Stunde noch nie mit dem Direktor gesprochen.

»Eine – Peitsche, Sir? Sie bitten um eine – Peitsche?«

»Eine Peitsche! Ja.«

Die Peitsche schwenkend, ging ich, etwas wacklig auf den Beinen, zurück zum *Kadaverraum*, in dem es äußerst übel roch & den zu betreten man sich ekelte. Die Peitsche war überraschenderweise kleiner, als ich erwartet hatte, unverkennbar keine *Bullenpeitsche*, wie sie auf Plantagen verwendet werden mochten, um einen schwarzen Sklaven zu schlagen, sondern nur gut einen Meter lang.

Mir war inzwischen schwindlig, ich hatte mir den Kragen vom Hals gezogen, um freier atmen zu können.

»Brigit, bittest du um Entschuldigung? Bereust du?«

Ich – nein, Doktor.

»Siehst du, was ich in der Hand habe, Brigit? Das ist eine Peitsche.«

Ja, Sir. Eine Peitsche.

Ich packte das verstockte Ding grob am Oberarm & schüttelte es, wie man es bei einem ungebärdigen Kind tun würde, & war verblüfft, wie zierlich Brigit war, wie dünn der Arm im gestärkten Ärmel der Schwesterntracht – & das trotz der Kraft, die sie oft an den Tag legte, wenn sie auf der Station dabei half, schwere Patienten zu heben, oder sie gar allein hob.

»Brigit, du wirst dich entkleiden. Jetzt.«

Nein.

»*Doch.* Denn du wirst ausgepeitscht, auf dem Rücken.«

Nein.

»*Doch.*«

Ich brachte kaum noch einen Ton heraus, meine Stimme klang heiser & brüchig, dieser Wortwechsel war für mich, einen Gentleman, so beschämend, dass ich mir keinen Ohrenzeugen hätte wünschen können.

»Du bist Dienstschuldnerin. Ich bin dein Herr.«

Sie sind nicht mein – Herr …

Die blassblauen Augen blitzten vor Leidenschaft, vor Aufsässigkeit. Das waren die Iren, in Auflehnung gegen ihre *englischen* Herren.

Forderte Brigit mich heraus, ihr die pedantisch saubere Schwesterntracht auszuziehen? Ihr die Kleidung vom Leib zu reißen? In der Hermitage war ich mehrmals widerwillig Zeuge von Auspeitschungen durch den brutalen Vormann gewesen; das Opfer war dabei immer halb nackt, der Oberkörper entblößt, damit der Peitschenriemen tief ins Fleisch einschnitt. Meines Wissens waren die Ausgepeitschten allesamt Dienstschuldner gewesen, Frauen waren aber nicht darunter.

Mich als Arzt hatte ein solches Spektakel abgestoßen, war ich im Innersten doch Pazifist. Als Mann war ich jedoch ziemlich erregt & begeistert, denn solche Aufsässigkeit verdiente Strafe, & ein mannhafter Mann wusste, wie man eine Peitsche schwingt & dafür sorgt, dass Untergebene begreifen, was ihnen zusteht.

Bei Brigit lagen die Dinge auf eine nicht leicht erklärbare Weise anders. Fast verhöhnte mich meine Gehilfin, forderte mich heraus, sie zu schlagen, wie es (fiel mir ein) mein ältester Sohn manchmal tat, weniger mit Worten als vielmehr mit einer bestimmten Anmaßung in den Augen & um den Mund; denn Jonathan war das eigensinnigste unter meinen Kindern, schrecklich verwöhnt, zeigte nicht das geringste Interesse, in die Fußstapfen seines Vaters zu treten & dessen noblen Beruf ebenfalls zu ergreifen; außerdem ließ er ständig durchblicken, sich den *Abolitionisten* anschließen zu wollen.

Mir kam in den Sinn, dass ich als Arzt gelobt hatte, den hippokratischen Eid hochzuhalten & *keinen Schaden* anzurichten, solche moralischen Gebote, sagte ich mir, galten jedoch sicher nicht für Untergebene, sondern nur für meinesgleichen, Personen aus der Herrscherklasse.

Brigit kauerte vor mir. Ich erhob die Peitsche mit zitternder Hand. »Du hast mich dazu gebracht! *Du* – die sich als Kind Gottes ausgibt – *du bist ein heidnischer römischer Teufel.*«

Ich geriet in eine Raserei, wie ich sie an mir noch nie erlebt hatte. Die Hilfsschwester erschauerte & sank auf die Knie wie zum Gebet, doch ohne jede Reue, ein unerträglicher Anblick. In blinder Wut erhob ich die Peitsche noch höher – brachte es aber nicht über mich, sie auf den Rücken des Mädchens niedergehen zu lassen, der zudem bekleidet war & nicht wie gefordert bloß …

Ich hatte weiche Knie, konnte vor Feuchtigkeit in den Augen kaum sehen & spürte etwas höchst Unangenehmes in der Leiste, die für gewöhnlich gefühllos war wie ein Körperglied, das eingeschlafen war, jetzt aber pochte & schwoll vor Empörung & Rechtschaffenheit … Es war so quälend, dass die Peitsche meinen Fingern entglitt & mit einem dumpfen Ton auf dem Boden landete.

Bevor ich mich's versah, taumelte ich aus North Hall ins Freie, in der Dämmerung blinzelnd & keuchend, durch einen Streifen wilder Gräser & Dornicht auf die nur schwach erkennbare Direktorenresidenz zu. Ich musste für mich sein, mir kaltes Wasser ins Gesicht spritzen, mich beruhigen. Denn das Herz hämmerte mir im Leibe, & mein Blutdruck war so hoch, dass mein Gesicht puterrot & meine Brillengläser beschlagen waren.

Da trat, wie eine Erscheinung aus der Hölle, mein ältester Sohn in mein Blickfeld, der mit einem Ausdruck völliger Verblüffung, als hätte er nicht die geringste Ahnung, wer ich war, vor mir auf dem Weg stand.

»Du! – Was guckst du denn so?« Ich krächzte vor Zorn, & meine Finger zuckten, weil ich die Peitsche nicht mehr in der Hand hielt, um dem Milchbart diesen Ausdruck aus dem Gesicht zu schlagen.

»Vater? Bist du das? Ist etwas nicht in Ordnung?«

»Etwas? *Nichts* ist in Ordnung!«

Jonathans Blick fiel auf meine Füße & hob sich, nahm meine derangierte & erhitzte Haut auf, während mir Tränen der Demütigung über die Wangen liefen. Nachdem ich in meinen Augen vollkommen versagt hatte, musste ich nun damit fertigwerden, in den Augen meines Sohnes zu versagen, dessen Respekt ich doch begehrte.

Ich hatte mir gewünscht, meine Kinder – vor allem meine ältesten Söhne – wären für meinen Vater Percival der Beweis, dass ich, der ich Söhne gezeugt hatte, *ein Mann unter Männern* war, sogar *ein Weir unter Weirs*. Genau so, wie ich ein Erbe unserer bedeutenden Familie war, wenngleich ein von meinem Vater weniger geschätzter, würden auch meine Söhne Erben der Weirs sein & zu ihrem Ansehen beitragen.

Es schmerzte mich, daran zurückzudenken, wie ich als leichtgläubiger junger Vater in das Gesicht meines kleinen Sohnes geblickt hatte, als suchte ich darin einen Widerschein meiner selbst, ohne je überzeugt zu sein, ihn gefunden zu haben. Als Jonathan jetzt vor mir stand, gab es mir unweigerlich einen Stich vor Stolz, denn mein Sohn war hoch aufgeschossen, größer als ich, hatte ein starkknochiges Profil & rehbraunes, dickes, welliges Haar; seine Augen waren von einem verblüffend dunklen Kobaltblau, die Iris in bestimmtem Licht regelrecht schwarz, was ihm einen Ausdruck von Skepsis, sogar Falschheit verlieh.

Jonathan blickte mich an, als ich ihm mit bebender Stimme befahl, sofort zur North Hall zu gehen, zur Rückseite des Gebäudes, & dort in den ersten Raum, auf den er stieß, dessen Tür offen war – den *Kadaverraum*, wie er genannt wurde, der aber auch zur Erziehung benutzt, in dem unbotmäßiges Anstaltspersonal bestraft wurde.

»Geh, Sohn – du kannst ihn nicht verfehlen! –, heb die Peitsche auf, die ich fallen gelassen habe, & verabreiche dem darin kauernden irischen Mädchen *nicht weniger als zwölf Schläge*, nicht übermäßig hart, aber hart genug, um schmerzhaft zu sein. Du erkennst die Betreffende sofort: Sie trägt eine Schwesterntracht, die sie beschmutzt hat. Sie ist eine unserer Dienstschuldnerinnen & vertragsbrüchig geworden. Wir können sie auspeitschen oder sie entlassen, aber wir können sie nicht in ihre Heimatländer zurückschicken, denn so lautet der Vertrag. Fängt sie an zu wimmern oder zu schluchzen oder fleht um Gnade – darfst du die Schläge einstellen, bleibt sie aber aufsässig, wovon ich ausgehe, musst du sie peitschen, bis sie zur Besinnung kommt.«

»Vater? *Was?*«

Jonathan riss die Augen auf, denn so einen Schwall von Worten hatte er noch nie aus seinem Vater hervorströmen hören, der zu Hause doch meist schweigsam, wenn nicht gar reserviert war.

In ruhigerem Ton wiederholte ich meine Anweisung. Jonathan sah mich immer noch ungläubig an.

Er *wolle niemanden auspeitschen*, stammelte er – & gewiss nicht ein Mädchen …

Woraufhin ich ihm unmissverständlich klarmachte, er werde es *nicht wagen, mir nicht zu gehorchen.*

»Aber, Vater …«

»Du *tust, was ich dir sage.*«

Mit fast furchtsamem Blick wich Jonathan einen Schritt von mir zurück. Ich fragte mich unweigerlich, was für eine Wildheit in mein Gesicht getreten sein mochte.

Der unreife junge Mann erwog zweifellos, kehrtzumachen & vor mir zu fliehen; ich traute ihm ohne Weiteres zu, nach Hause zu laufen & sich bei seiner Mutter zu beschweren, hatte Theresa die Kinder doch alle verwöhnt & gegen ihren Vater aufgebracht.

Noch vor zwei, drei Jahren hatte ich gehofft, Jonathan den Idealismus des Arztes & Wissenschaftlers einzupflanzen; er hatte meine Vorschläge schroff zurückgewiesen, was ich ihm nur schwer verzeihen konnte.

»Jonathan: Ich habe es dir befohlen: Geh zur North Hall – du erkennst die Tür, ich zeige hin. Sieh nicht mich an, sieh zu der Tür. Das Mädchen dahinter wartet. Sie soll *ausgepeitscht* werden. Die Peitsche liegt auf dem Boden. Die Irin hat sich mir widersetzt – meiner Autorität. Sie hat sich gegen *das gesamte Volk, dem wir angehören*, gestellt.«

»Das – gesamte Volk …?«

»Ja. *Du* gehörst auch dazu, wenn mich nicht alles täuscht, oder etwa nicht? Sieh mich nicht so rüpelhaft an! Du stammst von angesehenen Engländern ab, deine Vorfahren kamen in dieses Land, lange bevor es Vereinigte Staaten waren! *Die* sind wie Ungeziefer, sie kommen an unsere Küste, um sich zu vermehren & unsere Autorität zu untergraben. Sie sind mit schwarzen Sklaven im Bunde! Gib ihr nicht weniger als zwölf Hiebe.«

»Zwölf …?«

»Bist du ein Papagei, Jonathan? Geh einfach! *Geh!* Bevor es zu spät ist & ich dich enterbe.«

Warum ich so heftig drohte, konnte ich mir selbst nicht erklären. Meine Kleider waren derangiert, der gestärkte Kragen hing mir vom Hals herab, mein Gesicht war bestimmt glühend rot & verschwitzt; vielleicht fürchtete mein Sohn, dass sein Vater einem Schlaganfall nahe war, denn in so einem Zustand hatte er mich noch nie erlebt.

Meine Begründung schien den jungen Mann zu überzeugen, er holte tief Luft & sagte: »Also gut, Vater. Wenn du darauf bestehst.«

»Ja! Du hast mich gehört – *ich bestehe darauf.*«

Damit stürmte ich in hochgradiger Erregung an Jonathan vorbei, ich hätte keinen Augenblick mehr in seiner Gegenwart bleiben können.

Atemlos & aufgewühlt betrat ich das Haus von der Rückseite, konnte es aber nicht vermeiden, auf meine Frau Theresa zu treffen, die sich in der Küche mit unserer Köchin beriet, sich nun umwandte & mich ansah wie einen Wilden.

»Silas! Was um alles in der Welt? Dein Kragen – was ist dir geschehen?«

»Nichts! *Mir* ist nichts geschehen.«

»Silas, was ist? Bist du krank?«

»Nicht – *rühr mich nicht an*, Theresa! Ich warne dich – *nicht.*«

Ich ging in mein Arbeitszimmer & schloss hinter mir die Tür, setzte mich schwerfällig an den Schreibtisch, die Hände auf die Ohren gepresst, nahm meine Umgebung kaum wahr wie einer, der aus einem Albtraum erwacht, nur um sich in einem anderen Albtraum wiederzufinden.

Zittrig zog ich eine Schublade auf, in der sich zwischen medizinischen Zeitschriften eine kleine Flasche Whisky befand, aus der ich hastig trank.

Eine kleine Weile saß ich so da – meine Gedanken wirbelten umher wie dürres Laub in einem Sturm.

Jeder einzelne Laut der gedämpften Stimmen vor meiner Tür, die zu meiner Frau & dem einen oder anderen Kind gehörten, war mir zu viel. Wie enervierend sie waren! Theresa hielt sie an, *still* zu sein, das jedoch auf unüberhörbare Weise.

»Gott steh mir bei. Gott stehe *ihm* bei – dass er das Mädchen tüchtig auspeitscht!«

Dieses Gebet sprach ich so leise, dass ein Lauscher an der Tür es nicht hören konnte.

Die geschnitzte Taube, ein Geschenk Brigits aus glücklicheren Zeiten, hatte ich auf Augenhöhe auf ein Regalbrett hinter meinem Schreibtisch gesetzt & betrachtete sie nun mit heftig schlagendem Herzen.

»Und Gott steh *ihr* bei – dass sie bereut.«

Ich fügte einen Teelöffel Laudanum zu dem Whisky hinzu. Bald darauf, ich hatte ein paar tröstlich warme goldbraune Schlucke getrunken, wurde eine glühende kleine Flamme in meiner unterkühlten Brust entfacht, sie weitete sich, & meine Verzweiflung ließ nach. Mir kam die Idee, großzügig zu sein, Brigit Kinealy Schulgeld & Logis für eine Ausbildung zur Krankenschwester an der New Brunswick zu finanzieren, wonach sie ins Laboratorium zurückkehren & an meiner Seite arbeiten konnte.

Dann wurde, von mir so erwartet wie befürchtet, zaghaft an die Tür geklopft.

»*Sir?*« – Es war Jonathan.

Eilig verstaute ich den Whisky im Schreibtisch. Die geschnitzte Taube schob ich auf dem Regalbrett nach hinten, damit sie nicht zu sehen war.

In einer anderen Schreibtischlade hatte ich zwischen alten Geschäftsbüchern einen Stapel amerikanischer Geldscheine versteckt, von meinen Privatpatienten an mich bezahlt; in der Verwirrung meines Lebens hatte ich es versäumt, sie auf das Konto von *Dr. Adam Percival* einzuzahlen, von dem Theresa nichts wusste.

Diese Lade war stets geschlossen & wäre sogar abgesperrt, hätte sie denn ein Schloss, was leider nicht der Fall war.

Als Jonathan noch einmal klopfte, bat ich ihn herein. Wie blass er geworden war, sein Ausdruck gequält, die Augen feucht, der Mund hart! In seiner Hand die Peitsche, die ich für ihn auf dem Boden des *Kadaverraums* liegen gelassen hatte & die er nun, noch zitternd vor schlangengleich dunkler Kraft, mit schroffer Geste wortlos auf meinen Schreibtisch warf.

»Nun, mein Sohn – hast du? Sie ausgepeitscht?«

Es war frappierend, der große, kräftige junge Mann war außer Atem, als ob er gerannt wäre. Dass er den Blick seines Vaters nicht erwidern konnte, ließ ahnen, was für eine Prüfung die Tat für ihn gewesen war, hatte doch noch nie einer meiner verzärtelten Söhne eine Peitsche gegen irgendwen erhoben.

»Ja, Vater. Hab ich.«

Die Büßerin

Aus der *Chronik eines Arztlebens*
von Dr. Silas Aloysius Weir

Dr. Weir – verzeihen Sie mir! Ich flehe Sie an.

Die reumütigen Worte, geformt von Brigit Kinealys stummem Mund, verfolgten mich in den Stunden nach dem Debakel bis in meinen (unruhigen, gestörten) Schlaf & noch den Großteil des darauffolgenden Tages, wie ein Gespenst die Lebenden verfolgen mag. In Wahrheit freilich sagte das unverschämte irische Mädchen gar nichts zu mir, als ich es am nächsten Tag an seinem üblichen Platz im Laboratorium erblickte, sondern stand, nur wenige Schritte entfernt, in seiner Schwesterntracht – (diese immerhin frisch gebügelt & ordentlich gestärkt) – an seinem gewohnten Platz & wartete auf Anweisungen, von mir oder von Gretel, weder ungehorsam noch völlig gehorsam, sondern arbeitswillig, wie eine Untergebene es sein muss, einen teilnahmslosen Ausdruck im Gesicht, das mich etwas starr & verhärmt dünkte wie vor Schmerz.

(Ich beobachtete Brigit Kinealy insgeheim: Sie bewegte sich, als spürte sie durchaus Schmerz, wie wenn man sich das Knie oder den Rücken verletzt hat, ich wollte sie aber nicht ausführlich anschauen & konnte nur ahnen, wie ihr *nackter Rücken nach den Peitschenhieben* aussehen musste, mit roten Striemen bedeckt; schon bei der Vorstellung bekam ich weiche Knie.)

Da mein Zorn noch nicht verraucht war, wollte ich nicht mit Brigit sprechen, ja sie nicht einmal zur Kenntnis nehmen; ich richtete meine Anweisungen an Gretel, die mir in ihrem Auftreten vorkam wie immer & wohl nicht wusste, was tags zuvor zwischen mir & Brigit vorgefallen war.

(Ob die ganze Anstalt schon darüber tratschte? Es war ungeschickt von mir gewesen, einen Wärter zu beauftragen, Brigit in den *Kadaverraum* zu sperren & mir eine Peitsche zu bringen, ohne ihm vorher einzuschärfen, mit keiner Menschenseele darüber zu sprechen.)

Brigit kam also ihren Aufgaben auf der Station nach, & ich wandte mich ab, denn ich musste anderweitigen Verpflichtungen nachgehen. Ich hatte mich gegen sie verhärtet & würde ihr nicht verzeihen, auch wenn sie mich darum bat.

Den Großteil der Woche war ich genötigt, mich mit Verwaltungsangelegenheiten zu beschäftigen, & konnte mich nicht im Laboratorium aufhalten. Als ich wiederkam, um nach meinen Versuchspersonen in ihren Betten zu sehen & mich mit Gretel zu besprechen, ging ich Brigit mit Bedacht aus dem Weg, wie auch sie in meinem Beisein mit Bedacht leise umherschlich, um keine Aufmerksamkeit auf sich zu lenken.

(Doch, jetzt hatte es durchaus den Anschein, als bewegte sich Brigit zuckend, die zarte Haut ihres Rückens war zweifellos mit Striemen bedeckt.)

(Ich hatte den Impuls, mir ihren Rücken anzusehen, wagte es aber nicht. Denn damit würde ich eingestehen, dass ich ihr Schaden zugefügt hatte & das auch wusste, während ich aber doch nur glauben durfte, dass ich Gerechtigkeit geübt & dass das widerspenstige Ding sich selbst geschadet hatte.)

(Ich *hatte* mir die Peitsche gründlich angesehen, die Jonathan auf meinen Schreibtisch geworfen hatte; sie dünkte mich von einer übel riechenden Flüssigkeit nachgedunkelt, die Blut sein konnte, sodass ich sie mir aus den Augen schaffte, weil ich den Anblick nicht ertrug.)

(Ob Gretel Brigits Wunden gesäubert & verbunden hatte? Ich konnte ja nicht fragen.)

(Eigentlich glaubte ich es nicht, denn sonst wäre Gretel mir gegenüber nicht so sachlich gewesen, sondern hätte mich erstaunt & missbilligend angesehen, als wäre ich nicht ihr Herr, sondern ein Ungeheuer.)

(Was wiederum bedeuten konnte, dass jemand anders Brigits Wunden versorgt hatte, denn die Patientinnen im Labor kümmerten sich ja häufig eine um die andere. Das freilich konnte ich nicht in Erfahrung bringen & wollte ich auch nicht wissen.)

(Es wäre doch sehr unpassend gewesen, hätte sich der Direktor der Heilanstalt nach seinen niedrigsten Hilfsschwestern erkundigt!)

Nach fünf Tagen hatte sich Brigit offenbar vollständig von ihrer Strafe erholt & zu ihrem üblichen Arbeitseifer zurückgefunden. Sie versorgte unsere Patienten auf eine Weise, die man nur als *liebevoll & tüchtig* bezeichnen konnte. Es lag sogar so etwas wie ein neues Zögern in ihrem Schreiten, das nur das Zeichen einer neuen Reife sein konnte, nicht anders als die feinen Linien auf ihrer Stirn. Es war mädchenhafte *Buße*, nur eben nicht mit Worten.

Da ich auf jede erdenkliche Weise hoch über ihr stand, hielt ich es für am klügsten, wenn Silas Aloysius Weir, Direktor der Heilanstalt in Trenton, sich so gab, als ob Hilfsschwester Brigit Kinealy ihn um Verzeihung gebeten & er sie ihr großmütig gewährt hätte: Denn das ist christlich.

Ah! – hätte die Vorsehung mich doch dazu ermahnt, weniger gutgläubig zu sein & den unbekleideten Rücken des irischen Mädchens zu untersuchen! Es wäre anders ausgegangen, & die einzigartige Katastrophe meines Lebens wäre abgewendet worden.

Gottes Segen, Gottes Zorn

Aus der *Chronik eines Arztlebens*
von Dr. Silas Aloysius Weir

Niemals hätte ich gedacht, dass in meinem Erfolg meine Vernichtung beschlossen lag. Vor allem damit, dass ich ein Labor einrichtete, wie es in den Vereinigten Staaten kein zweites gab, & es mit Personal besetzte, das ich *mir* treu ergeben wähnte, hatte ich unwissentlich den Grundstein für den Verrat an mir gelegt, wie man eine Schlange am Busen nährt.

Die große Ironie, die darin liegt, wird einem Historiker der amerikanischen Medizin nicht verborgen bleiben: ein Pionier der Forschung, ein Arzt, der die höchste Stufe wissenschaftlicher Entdeckungen erklimmt, aber gemeinste Demütigung & physischen Schmerz erfahren muss, & das alles in derselben kurzen Zeitspanne!

Gottes Segen & Gottes Zorn: tragisch vereint.

Am Anfang der Erfolg! Denn mein Ansehen als bedeutende Persönlichkeit in der medizinischen Forschung unserer Epoche wuchs stetig & ging mit Ehrungen wie meiner Zuwahl in den Verband der Ärzte & Chirurgen Neuenglands einher, von dem ich berichtet habe, sowie mit der noch größeren Ehre einer Auszeichnung durch die Amerikanische Akademie der Wissenschaften, die ich für meine bahnbrechende Arbeit bei der Behandlung der *Fistel* zur Vorbeugung gegen Geisteskrankheit erhielt, samt einer sehr schmeichelhaften ehrenvollen Erwähnung, in der es hieß: *Dr. Silas Aloysius Weir ist der Magellan der weiblichen Geschlechtsorgane.*

Leidenschaftlicher denn je stürzte ich mich in diesen berauschenden Jahren in die Arbeit! Meine liebe Frau Theresa, die oft geklagt hatte, sie bekäme mich kaum zu sehen, besänftigte letztendlich der stetige Anstieg unseres Einkommens, denn zu meinem bereits generösen Gehalt in der Anstalt kamen immer mehr private Einkünfte hinzu. Als meine Kinder an Reife gewannen, waren sie besser in der Lage, zu ermessen, welche Bedeutung die Arbeit ihres Vaters für die ganze Welt hatte; ihre Beschwerden, sich vor ihren begüterten Altersgenossen dafür zu schämen, dass ihr Vater ein *Irrenarzt für Frauen* war, ließen mit der Zeit erst nach & hörten dann ganz auf. Sogar die Cleffs, meine angeheirateten Verwandten, mussten einräumen, dass mein Stern im Steigen begriffen war – ihre geliebte Theresa hatte am Ende doch keinen so großen Fehler gemacht!

Ältere Ärzte & Chirurgen, die meine Methoden früher angezweifelt & verächtlich auf das kaum bekannte Gebiet der Gynäkopsychiatrie herabgesehen hatten, waren jetzt genötigt, mir respektvoll Aufmerksamkeit zu schenken, ja sogar nachzufragen, ob sie bei Operationen hospitieren dürften, als wären sie bloße Famuli vor einem Lehrherrn.

Mit jedem Eingriff zur Reparatur einer *Fistel* gewann ich mehr Erfahrung & handwerkliches Können. War es früher schon mühsam gewesen, das Becken nur zu untersuchen, konnte das geheimnisvolle Innere der Vagina mithilfe des *Weir-Spekulums* jetzt sichtbar gemacht werden; mit Silberdraht konnten jetzt im Körperinnern Nähte gelegt werden, die vorher undenkbar waren. Hinzu kommt noch, dass meine chirurgischen Experimente bei der

Behandlung von Wahnsinn oder Geisteskrankheit, wie es nun häufiger hieß, darunter auch die Entfernung infizierter Teile des weiblichen Körpers, von führenden praktischen Ärzten der Zeit in den angesehensten Krankenhäusern nachgeahmt wurden.

Auf Aufforderung nahm ich Eingriffe in Boston, New York City, Baltimore & Cleveland vor, in Chicago, Philadelphia, Buffalo & Cambridge, auf einer Reise durch den Süden dann in Montgomery, Atlanta, Charleston, Richmond & New Orleans, reiste stets in luxuriösen Zugabteilen & logierte in den luxuriösesten Hotels. Besitzer der größten Baumwollplantagen im Süden suchten meinen Rat, da ihre schwarzen Sklavinnen fast alle an *Fisteln* erkrankt waren – ein Leiden, das für gewöhnlich viele zu einem frühen Tod durch Verhungern verurteilte, da Sklavenbesitzer keinen Sinn darin sahen, nutzlose Arbeiterinnen am Leben zu erhalten.

In den Südstaaten wollten die Plantagenärzte daher unbedingt das Verfahren zur Heilung der *Fistel* mit Silberdraht erlernen & rissen sich darum, hospitieren zu dürfen, wenn ich meine Operationstechniken an medizinischen Fakultäten demonstrierte.

Ach, bei solchen Gelegenheiten fehlte mir Gretel doch sehr! Ich musste mich aber mit den am Ort verfügbaren Schwestern & Gehilfen begnügen, die alles in allem zufriedenstellend waren.

Nach einem erfolgreichen Eingriff in einem angesehenen Krankenhaus kam es nicht selten vor, dass eine dankbare Patientin mir die Hände küsste & in den höchsten Tönen von mir als ihrem *Retter* sprach – nachdem Kollegen, darunter prominente Namen, sie abgewiesen & eine Heilung ihres Leidens für aussichtslos erklärt hatten.

Dann ergab sich die köstliche Ironie, dass mein sonst so spröder Schwiegervater Myron Cleff gezwungen war, seine erkrankte Frau zur Behandlung eines Gebärmuttervorfalls mit Silberdraht zu mir zu bringen, ein Eingriff, den ich unter behutsam dosiertem

Chloroform im Allgemeinen Krankenhaus von Trenton mit großem Erfolg durchführte.

Nichts erfreulicher als ein Schwiegervater, der sich mit einem gemurmelten *Danke, Silas!* erniedrigt.

Zur Erleichterung meiner Frau verlobte sich unsere älteste Tochter Florence im gefährlich reifen Alter von einundzwanzig mit einem anständigen Baumwollmakler, dessen Büro sich in Baltimore befand. Unser zweitältester Sohn Solomon studierte Betriebswirtschaft an der Universität von Delaware. Unser ältester Sohn Jonathan hatte einen nutzlosen Abschluss in Philosophie & Geschichte am College von New Jersey gemacht, verfolgte jedoch den ehrgeizigen Plan, in ein, zwei Jahren Jura in Yale zu studieren; in der Zwischenzeit arbeitete er für ein bescheidenes Gehalt als Juniorpartner in einer Anwaltskanzlei in Philadelphia.

Zwischen uns bestand eine Befangenheit, fast mit Händen zu greifen wie der Nebel, der sich über Trenton legt, wenn der Ostwind den Rauch der Fabriken auf dem Delaware heranträgt – ich hatte sogar Anlass zu vermuten, dass Jonathan mir aus dem Weg ging, wenn er konnte.

Im Streben nach einer gewissen Unabhängigkeit lebte er allein in einer Pension in fußläufiger Entfernung zu seiner Kanzlei, kam aber, wie ich irgendwann feststellte, häufig zu Besuch nach Hause, zufällig immer dann, wenn ich nicht da war.

Warum er oft nach Trenton zurückkehrte, war zu dem Zeitpunkt beiden Eltern nicht recht klar.

»Wir fehlen Jonathan«, sagte Theresa wehmütig, »er ist immer noch so *jung*. Ich wünschte, du wärst nicht so schroff zu ihm, Silas.«

»Schroff? Ich bin nicht schroff zu ihm«, erwiderte ich erstaunt. »Es ist Jonathan, der schroff zu mir ist.«

Ich dachte daran zurück, wie mein Sohn die Peitsche, die nach dem malträtierten Fleisch des irischen Mädchens roch, auf meinen Schreibtisch geworfen hatte, mit einem Ausdruck, der mich im Nachhinein bedauernd & geringschätzig dünkte.

Es war ein Gradmesser für meine Naivität hinsichtlich unseres ältesten Sohnes. Ich hatte keine Ahnung, dass er eine heimliche Beziehung zu Brigit Kinealy unterhielt & sich, wenn er zu Besuch nach Hause kam, ohne Theresas Wissen mit ihr verabredete; all das sollte auf skandalöse Weise mit der Zeit ans Licht kommen.

Ebenso unvermutet: Wie dumpfes, trübes Klima das Wachstum toxischer Pilze fördert, begünstigte meine häufige Abwesenheit von der Heilanstalt die Entstehung eines Klimas von Unordnung & Missmut im Laboratorium; mein Vertrauen darauf, dass die Hilfsschwestern Gretel & Brigit die Aufsicht im Krankenhaus führten, wenn ich nicht da war, erwies sich als gänzlich unangebracht.

So kam es, dass an einem milden Märztag 1861 wie aus dem Nichts der *Zorn Gottes* herabfuhr wie ein Wirbelwind.

Schon unmittelbar nach dem *Fistel*-Erfolg plante ich als Nächstes eine Kampagne zur Popularisierung der chirurgischen Entfernung infizierter weiblicher Organe als einen Baustein bei der Behandlung von Geisteskrankheit zu beginnen, wozu ich seit Jahren im Laboratorium forschte. *Hysterie* wuchs sich in den Vereinigten Staaten zunehmend zu einer Epidemie unter weißen Frauen vornehmer Schichten aus, möglicherweise unter dem Einfluss der wachsenden Spannungen zwischen Norden & Süden, die vor allen anderen Themen die Schlagzeilen beherrschten. Mein Wissen über das weibliche Genital hatte nicht seinesgleichen, ebenso mein Wissen über weibliche Anatomie & Physiologie überhaupt, woraus sich der bei Frauen essenzielle Zusammenhang zwischen Genital, Fortpflanzungsorganen & Gehirn herleiten lässt. Wie neuere Studien zeigen, stellt das Streben nach sogenannter höherer Bildung bei ihnen eine Gefahr für den Blutfluss vom Uterus zum

Gehirn dar, beschleunigt ihn um das Zehnfache mit der Folge, dass durch solche Betätigung die Ovarien der Frau schrumpfen & sie ihre Mutterpflichten vernachlässigt. In Anbetracht dessen taten streng kontrollierte Experimente auf diesem Gebiet der Physiologie not.

Ich wollte methodisch vorgehen & bei einer Reihe von Versuchspersonen im Labor weibliche Organe – Ovarien, Uterus, Klitoris, Vulva & weitere Reste der Vagina – eins nach dem anderen entnehmen, um festzustellen, welches für die Hysterie verantwortlich war, falls überhaupt, oder ob die Hysterie im gesamten Genitalbereich der Frau generalisiert war oder ob sich, wie Aristoteles & Galen angenommen hatten, die Gebärmutter losgerissen, durch den weiblichen Körper bewegt haben & beispielsweise in den Rumpf gewandert sein konnte, was im Falle eines Kontakts mit Lunge oder Herz schwerwiegende Folgen hatte.

Das heißt, Person #1 wollte ich die Ovarien entnehmen, Person #2 den Uterus, bei Person # 3 die Klitoris & so weiter. (Einer schwangeren Versuchsperson wollte ich Belladonna, Ammoniak & Quecksilber in den Geburtskanal & den Uterus injizieren & schauen, ob sich herbeiführen lässt, was *Totgeburt* genannt wird.) Einer oder zwei Versuchspersonen wollte ich, abhängig vom Grad der Geschwätzigkeit, die Zunge entnehmen, wird doch seit Langem vermutet, dass Geisteskrankheit in erster Linie durch Sprache zum Ausdruck kommt: Entnähme man einer Versuchsperson die Zunge, sodass sie nicht mehr zetern & toben konnte, wäre ihre Krankheit dann gebessert? – womöglich *geheilt*?

Es versteht sich von selbst, dass die Eingriffe mit gewissem zeitlichem Abstand erfolgten, damit ich anschließend genau beobachten konnte, ob sich die *Hysterie* der Patientinnen gebessert oder verschlimmert hatte oder ob sie unverändert geblieben war.

Außerdem beabsichtigte ich ein paar Eingriffe mit praktischen Experimenten zur Gabe von Morphium, Chloroform & Äther zu verbinden, war ich doch selbst nach jahrelanger Verabreichung von *Anästhesie* nicht überzeugt, bereits zu wissen, wie diese wirksamen Chemikalien am besten anzuwenden waren, die nach meiner Erfahrung oft zufällige & unvorhersehbare Ergebnisse erbrachten.

Die Probandinnen in meinem Laboratorium waren großteils robuste Naturen, für Schmerz, der vornehmere Frauen gänzlich bewegungsunfähig machen würde, unempfänglich & aufgrund ihrer verminderten Intelligenz weniger wissbegierig. Die Voraussetzungen für solches Experimentieren waren also ideal, denn in allen *gynäkologischen* Belangen waren die Genitalien von Frauen aller Schichten, die es ansonsten freilich nicht waren, *identisch.*

Ich wollte mit Bathsheba anfangen, deren Jähzorn & Verschlagenheit klare Symptome für Hysterie waren, & gab Gretel den Auftrag, ihr am Tag vor der Operation eine starke Dosis Morphium ins Essen zu mischen, damit sie über Nacht durchschlief & morgens nicht aufwachte, sondern bewusstlos blieb & sich nicht sträubte. Sobald Bathsheba am Abend fest eingeschlafen war, sollten Gretel & Brigit sie leise, von ihr unbemerkt, aus der Krankenstation in den Operationsraum tragen, denn ich befürchtete heftige Gegenwehr, wenn Bathsheba erfuhr, dass sie für einen meiner Eingriffe vorgesehen war.

Mit ihrer bangen Miene, die mich so lächerlich wie ärgerlich dünkte, wollte Brigit von mir wissen, *was mit Bathsheba war.*

»Bathsheba muss dringend notoperiert werden, da sie Symptome eines *Gebärmuttervorfalls* gezeigt hat«, erwiderte ich so ernst, als spräche ich mit einem Kollegen.

(Dieser pathologische Zustand, bei dem die Gebärmutter in den Geburtskanal sackt & sogar aus dem Körper der Frau austreten kann, war die überaus abstoßende Erkrankung, an der Dr. Cleffs Frau litt & die ich erfolgreich geheilt hatte.)

Schon das Wort – *Gebärmuttervorfall* – war besorgniserregend.

Könnte die kleine Taubstumme meine Lippen lesen, würden sich weitere Fragen erübrigen.

Meine Anweisungen an Gretel & Brigit waren sehr präzise: »Sobald ihr Bathsheba in den Operationsraum getragen habt, bindet ihr sie mit den Lederriemen am Operationstisch fest. Ihr vergewissert euch, dass sie *fest* sind. Ich rechne zwar nicht damit, dass sie vorzeitig wach wird, aber wir wollen vorbereitet sein.«

Bei diesen Worten wurden meine Gehilfinnen sehr still. Die kleine Taubstumme brauchte offensichtlich nicht mehr zu fragen. Stumpfsinnig murmelte Gretel: *Ja, Doktor.*

Ich hatte keinerlei Anlass zu vermuten, dass eine Meuterei unmittelbar bevorstand!

Auch bereitete die Vorsehung mich nicht darauf vor, wie der Bund zwischen dem Schöpfer & mir es doch verheißen hatte.

Der Abend des 13. März 1861. Es ging auf neun Uhr zu. Durch das einen Spaltbreit hinaufgeschobene Fenster in meinem häuslichen Arbeitszimmer hörte ich, als ich bei Lampenlicht einen medizinischen Text studierte, eine klagende Stimme oder glaubte sie zu hören – *Dr. Weir! Oh, Dr. Weir! Sie werden dringend im Laboratorium gebraucht …* Anfangs war ich mir nicht sicher & hob den Kopf, um genauer hinzuhören – *Dr. Weir! Bitte kommen Sie, Sie werden dringend gebraucht …*

Es war die (stumme, melodische) Stimme des irischen Mädchens, die an mein Ohr drang, getragen von einer vorfrühlingshaften Brise! Bei diesem Anruf meines Bluts machte mein Herz einen Sprung, denn ich war bereits erregt & voller Erwartung auf die Operation am Morgen eingestimmt.

An diesem Abend waren einige meiner angeheirateten Verwandten zum Dinner bei uns zu Gast, darunter Theresas Schwestern & deren Kinder, & nach dem schweren Essen hatte ich mich unter dem Vorwand, für mich fange der Tag sehr früh an, in mein

Büro zurückgezogen, während sich die übrige Gesellschaft im Salon versammelte, munter plauderte & lachte. Was mich sonst sehr gestört hätte, war mir heute recht, denn in dem Lärm hörte niemand Brigits Sirenenruf nach *Dr. Weir*.

Als ich ihn vernahm, sprang ich sofort auf, denn ich wollte nicht, dass sich jemand von den Hausangestellten auf den Weg machte & an meine Tür klopfte. Eilends entzündete ich eine Laterne, die ich mit hinausnehmen konnte, & griff aufgeregt nach meinem Arztkoffer.

Dr. Weir – kommen Sie schnell!

Das Haus durch den Hinterausgang verlassend, stellte ich zu meinem Erstaunen fest, dass meine Hilfsschwestern Gretel & Brigit in den Schatten auf mich warteten, beide in der pedantisch sauberen Schwesterntracht mit den gestärkten weißen Hauben auf dem Kopf & einer brennenden Kerze in der Hand, die kokett im Wind flackerte. Gretels Gesicht war teigig-düster, Brigits Gesicht strahlte im zurückgeworfenen Kerzenlicht, ihre hellen Augen leuchteten wie die einer Katze.

Gretel berichtete mir, die Zunge belegt vor Hast, eine der Versuchspersonen benötige dringend Hilfe: »Sie blutet stark, Dr. Weir!«

»Sie? – Wer ist es, Gretel?«

»Juel.«

Juel! Was scherte mich *Juel*! Ich hatte damit gerechnet, dass es sich um Bathsheba handelte, um eine Störung, wegen der die Operation verschoben werden musste.

Juel war die scheußlichste Patientin von allen, sie hatte schon etliche Eingriffe hinter sich gebracht, klammerte sich wie mir zur Schur jedoch verbissen an ihr Leben; so verheert, unterernährt & verschrumpelt, wie sie war, ähnelte sie mehr einer großen Fledermaus als einem Menschen. Es gab keinen vernünftigen Grund mehr, sie noch als Versuchsperson zu verwenden, zumal sie sich mir stets widersetzte & nichts sie von ihrem Wahnsinn heilen konnte, welches infizierte Organ ich auch entnahm. Doch als christlicher Arzt durfte ich mir Gleichgültigkeit nicht anmerken lassen. Außerdem war es in meinem Laboratorium Gesetz, dass kein Arzt außer mir selbst gerufen werden durfte, nicht einmal in Notfällen, denn ich wollte nicht, dass jemand vom medizinischen Personal den gesperrten Bereich betrat & die Nase in meine private Forschung steckte.

Mit einem tiefen Seufzer gab ich Gretel & Brigit zu verstehen, dass mir ihre Umsicht zwar lästig war, ich ihnen als verantwortungsbewusster Arzt aber ihren Willen lassen wollte.

Während sie mir auf einem von hohem Gras & Disteln überwucherten Pfad zu dem imposanten Gebäude von North Hall vorausgingen, dünkte mich, es sprächen zwei Stimmen zu mir, nicht nur die Gretels …

Es kam so plötzlich, Dr. Weir …

… so viel Blut …

… eine H-häm-or …

… eine Hämorrhagie …

Kommen Sie, Dr. Weir! Nur Sie können sie retten.

Mein Herz schlug schnell vor Erwartung. Auch wenn ich mich vor meinen Gehilfinnen gebärdete, als wäre ich ungehalten über die Störung in meinem eigenen Haus, war ich in Wahrheit begeistert, von dem verdrießlichen Frohsinn fortgelotst zu werden, der dort herrschte & dem ich nun entkam.

Hoch oben bliesen Windböen seltsame, wie gemeißelt aussehende Wolken über den Himmel, gewaltige Schoner & Galeonen, Schiffe, die mit vielen Masten & Segeln prunkten, mal beleuchtet von einem grollenden Mond, mal in Schatten getaucht, dann wieder beleuchtet. Nur selten setzte ich nach Anbruch der Dämmerung den Fuß in North Hall so wie jetzt, die Laterne hoch vor mich haltend, damit ich auf der Treppe nicht stolperte, während meine Hilfsschwestern mir vorauseilten, ihre Kerzen hoch erhoben, & mir winkten: *Kommen Sie!*

Nachts herrschte in dem roten Backsteingebäude eine düstere Atmosphäre. Die natürlichen Gerüche eines Irrenhauses – Kampfer, verdorbenes Essen, verfilztes Haar, Verzweiflung & Raserei – waren stärker als bei Tage. Die Treppe, die wir nun ins oberste Stockwerk, das zweite, hinaufstiegen, dünkte mich viel steiler als sonst. Korridore führten in mehrere Richtungen, denn der Architekt hatte so viele Fenster wie möglich als für eine Nervenklinik wünschenswert vorgeschrieben, damit Licht in die verletzte Seele fiel.

Nachts jedoch strahlen Fenster kein Licht aus, sondern spiegeln ein schimmerndes Innere wider, verzerrt von Kerzenlicht.

So verwandelt von der Nacht, mein eigenes Laboratorium – die Krankenstation, so vertraut am Tage & völlig fremd in der Nacht! Als ich fast zögernd eintrat, konnte ich die schemenhaften Gestalten der Patientinnen kaum ausmachen. Einige lagen in ihren Betten, zu schwach zum Aufstehen, andere standen aus irgendeinem seltsamen Grund daneben, die Säume der zerschlissenen Nachtgewänder zu den Knöcheln herabgesunken. Alle, dünkte es mich, hielten in Vorbereitung auf meine Ankunft oder eine Feier brennende Kerzen in die Höhe, durch den ganzen Raum verteilt, eine geisterhafte Beleuchtung.

Wie still sie waren, während diese verrückten Frauen bei Tage doch Lärm & Getöse auf der Station veranstalteten, zeterten, kreischten, weinten, beteten. Und wie merkwürdig, dass das Dutzend oder mehr Patientinnen, mir am Tage vertraut, in der Nacht kaum wiederzuerkennen war. Da war – Mahala? Zenobia? Nestra? Andere, die ich, wie ich hätte schwören können, noch nie gesehen hatte. Schweigend beobachteten sie mich, in ihren Augen der matte Widerschein eines lohfarbenen Lichts, wie Glasscherben, die in den verheerten Gesichtern aufblitzten & sich mit Schatten wie afrikanische Masken mischten.

... hier entlang, Dr. Weir ...

... Juel ist hier ...

... Kommen Sie! ...

Jetzt fiel es mir wieder ein: Ich hatte angeordnet, die widerspenstige Juel nach ihrer Operation von der Station in einen angrenzenden Raum zu verlegen & zu fesseln, damit sie nicht sich selbst oder andere verletzte. Die fledermausartige Kreatur, entsann ich mich, hatte mich mit den wenigen Zähnen, die sie noch im Mund hatte, beißen wollen.

... hier ist sie, Dr. Weir ...

... Juel, hier ist Dr. Weir! ...

... er wird dich retten ...

So dumpf & stickig es im Laboratorium mit seiner Doppelreihe Krankenhausbetten & den sich mischenden Gerüchen zahlreicher Frauenkörper auch war, der Korridor zu den Zellenräumen war noch abscheulicher. Hier waren nur Elendsgestalten untergebracht, hoffnungslose Fälle von Geistesschwäche, gemeingefährlichem Wahnsinn, schmutzigen Gewohnheiten. Hier war nicht nur der *Geist* erkrankt, sondern das *Gehirn*. Versuchspersonen, die ihre Brauchbarkeit hinter sich hatten, aber weiterlebten, waren notgedrungen hier untergebracht, da sie in ihrer postoperativen Verfassung nicht auf ihre ursprüngliche Station in der Anstalt zurückverlegt werden konnten, ohne dass das beim Pflegepersonal Fragen nach sich gezogen hätte, auf die es keine Antworten gab.

Naturgemäß war die Sterblichkeitsrate in diesem Teil des Labors hoch. Keine Patientin, die hier hineinkam, kam lebend wieder heraus.

Diese Irren wurden auf *null* gesetzt. Damit sie die alljährlich von der Heilanstalt veröffentlichte Statistik nicht verzerrten.

Gegenwärtig befanden sich drei dieser Kreaturen in getrennten Zellen, von denen zwei uns mit Augen, blutrünstig wie Eulen, böse anstarrten; die dritte, die verschrumpelte Juel, lag auf dem Boden ihrer Zelle auf einem Lager aus schmutzigem Stroh so zusammengerollt, dass wir ihr Gesicht nicht sahen.

Juel! Dr. Weir ist gekommen, er wird dir helfen.

War es Brigit, die so deutlich sprach? In der Dunkelheit sah ich nicht, ob ihre zarten Lippen sich bewegten, war mir aber sicher, die glockenhelle Stimme, so anders als die Gretels, war die des irischen Mädchens.

»Juel? Bist du das? Schau her, was fehlt dir?«, fragte ich die Patientin so zuvorkommend wie mir möglich.

All das, während ich meine Laterne in Schulterhöhe an die Gitterstäbe der Zelle drückte, ohne freilich gut in das Gehege hineinsehen zu können; die Patientin half mir aber auch nicht, indem sie mir das Fledermausgesicht zuwandte. Tatsächlich, das Stroh unter der zusammengerollten Gestalt war voller dunkler Flecken, ob von Blut oder anderen üblen Flüssigkeiten, war nicht auszumachen.

Mir blieb nichts anderes übrig, als die Zellentür mit einem Schlüssel aufzusperren, den ich an einem schweren Schlüsselring in meinem Koffer bei mir hatte, & meine Hilfsschwestern traten vor, um mir zur Hand zu gehen.

Dr. Weir? – erlauben Sie, dass ich die Laterne nehme. Sprach Brigit, wie mich dünkte.

Dr. Weir? – erlauben Sie, dass ich den Schlüssel nehme. Sprach Gretel, wie mich dünkte.

Es war nicht unüblich, dass ein Wärter die Tür zu so einem Gehege bereits aufgesperrt hatte & auf die Ankunft des Arztes vorbereitende Handgriffe erledigte, hier allerdings wunderte ich mich doch, wie wenig hergerichtet war, etwa beschmutztes altes Stroh weggefegt & durch frisches ausgetauscht, bevor der diensthabende Arzt die Zelle betrat.

Im selben Moment vernahm ich scharfes Luftholen. Mehrfach.

Und hinter mir einen Tritt, schwerer, als ich es erwartet hätte. Noch einen. Und einen dritten.

»Was? Was ist …«

Wie betäubt vor Verwirrung blickte ich mich um & sah gehässig grinsende Masken & lohbraun funkelnde Augen hinter den vertrauten Gesichtern meiner Gehilfinnen & noch mehr, die sich in die Tür drängten, als mich seitlich am Kopf schon etwas traf, vernichtend wie ein Hammer, & mich verblüfft & verständnislos wie einen zur Schlachtung bestimmten jungen Ochsen auf den schmutzigen Boden warf.

Mein Bewusstsein schrumpfte auf Stecknadelkopfgröße zusammen, schwach wie ein Flämmchen, & von allen Seiten ertönten Rufe, mörderische Schreie wie von Raubvögeln, die auf mich niederstießen …

Schlächter! Schlächter! Doktor Bluthand!

V

Der Aufstand

Verlorenes Mädchen, wiedergefunden: Die wahre Geschichte einer Waise, erzählt von ihr selbst

1868

Von Brigit Agnes Kinealy

1.

… wir hatten noch nicht angefangen, ihn zu ermorden, da war es schon vorbei. Doktor Bluthand, der Schlächter, war sofort auf den schmutzigen Boden geplumpst wie ein von Gott persönlich gefälltes blödes Tier, wand sich jämmerlich in seinem eigenen Blut. Wie ein gescholtenes Kind weinend, aller Hoffnung beraubt & beschämt, die Kleider zerfetzt & ihm vom Leib gerissen, blutete er in seiner Nacktheit aus verstümmelten Genitalien zwischen bleichen Altmännerschenkeln, wir kreischten vor Lachen bei dem Anblick. *Halleluja!* – der Ruf des zornigen Jehova, Gott der Israeliten, wir drängten voran in seliger Wut, wie Hochwasser über die Ufer tritt, die Kühnsten von uns sannen auf Mord, die Wonne des Metzelns, unsere Messer lechzten nach dem zarten Fleisch der Brust des Schlächters mit den roten Händen, der uns gefangen gehalten hatte, nach dem Herzen des Schlächters mit den roten Händen, der uns gefoltert hatte, nach dem Leib des Schlächters mit den roten Händen, der uns sodomisiert hatte, während die Besonnensten riefen – *Nein! Nein, das dürfen wir nicht! – es nimmt für uns ein schlimmes Ende, wenn wir den Schlächter-Doktor ermorden.*

Ich verbarg die Augen, konnte nicht ansehen, was wir getan hatten.

2.

… jeden Abend eigens für mich einen Sirup wie gipsartige Molasse zubereitet, den ich zu trinken bekam, *süßer Trank der Lethe* nannte er ihn, für sich selbst, den Arzt, & für mich, *seine* Hilfsschwester, denn die Arzthände zitterten erregt, wenn das Skalpell in weibliches Fleisch fuhr, leuchtendes Blut hervorbrach wie ein schriller Schrei, wenn es das verstockte weibliche Fleisch von einer aufschnitt, deren Namen er bereits vergessen hatte, nicht mehr gewusst hätte, denn die *Namen der verrücken Frauen*, die er operiert, dringen zu dem, der das Messer schwingt, nicht durch; meinen Namen kannte er aber, murmelte mit leiser Stimme erregt *Brigit! – du bist so schön, schau dich an! – wunderschön, nicht wie die andern, die so hässlich sind, abscheulich in Gottes Augen.* Ich wollte mich wehren, konnte es aber nicht. Ich wollte ein Rasiermesser über die Schlächter-Kehle ziehen, schnell & zielsicher, konnte es aber nicht. Darum war mir die Fühllosigkeit recht, Gott verzeih mir. Andenken meiner Mutter, verzeih mir. Alle, denen mit meiner Hilfe ein Leid angetan wurde, meine Schwestern, verzeiht mir. Mit Reue dankbar für die Fühllosigkeit, die mich überkam, *süßer Trank der Lethe.*

Nichts so angenehm wie Fühllosigkeit für jemanden, der so unglücklich ist in seiner Not wie ich, so im Fleisch beschämt ist wie ich, wenn der brennend heiße Schmerz zwischen meinen

Beinen nachließ & die barmherzige Dunkelheit kam, in die ich sank, tausendmal tausend Spinnweben weich. Und in der alles Ängstliche & Zage in mir ausgelöscht wurde – wie man mir vor langer Zeit die Mutter genommen hat, sie sagten, sie sei *bei einem grässlichen Unfall gestorben, verbrüht, durch eigene Schuld, Trunkenheit, Gott vergib ihr.* So lange her, dass ich mich nicht mehr an ihr Gesicht erinnere, es nur noch im Traum sehe, so süß, dass mir Tränen über die Wangen fließen & ich, obwohl ich schlafe (& es auch weiß), *die Nässe auf der Haut spüre*; im Traum kann ich auch sprechen, ist meine Kehle nicht verriegelt, sondern offen, ich kann frei atmen, kann sprechen, aber nur im Traum. Das kann ich im Wachen nämlich nicht. Ich kann ihre schrecklichen Worte nicht hören. Bin dagegen gefeit, denn ich bin *taub & stumm.* In ihren Augen bin ich schwachsinnig. Habe einen Hirnschaden. Meine Vorfahren, Iren, sind für sie, Engländer von Geburt, manche auch Schotten von Geburt, Gesindel. Wir sind Katholiken, sie sind Protestanten. Ihre Grausamkeit ist uns in die neue Welt gefolgt. Ihre Grausamkeit, von der ich aus unvermittelt abbrechenden Geschichten weiß. Wir sind keine Sklaven, sondern Bedienstete, wird uns erklärt. Wir sind keine *Besitzsklaven*, sondern *Dienstverpflichtete.* Wir sind keine Schwarzen wie die entführten & mit brutalen Mitteln in die Sklaverei gezwungenen Afrikaner, wir sind weiß, aber *weißes Gesindel.*

Warum ich nicht sprechen kann? Ich habe panische Angst davor. Angst, den Schlächter Doktor Bluthand anzuschreien, er soll mich nicht anfassen. Denn als mein Dienstherr hat er das Recht dazu. Hat das Recht, mich auszupeitschen. Das Recht, mich zu zwingen, über meinen Körper zu verfügen. Ich kann nicht herausschreien, wie man mir mein Baby genommen, mir aus dem aufgerissenen Körper gezogen hat, heulend vor Schmerz, ein Messer, das mir den Bauch aufschnitt, um das Baby mit dem großen Kopf & der hohen Stirn seines Vaters zu holen, ich weinte, man solle mir mein Baby wiedergeben, aber sie *taten es nicht*, sagten, ich sei *ungeeignet zu stillen*. Denn ich sei zu jung & meine Brüste zu klein. Denn meine Haut sei zu weiß & ich eine Missgeburt & außerdem *taub & stumm*. Und von da, wo ich aufgerissen war, von innendrin, wo ein Loch war, ein Riss, flossen mir Exkremente die Beine hinab, von den Knochen abschmelzendes Fleisch. Und seither gepeinigt von Scham, dass mir solche Dinge angetan worden sind & ich nicht Nein sagen konnte; es war ja nicht nur einer, das männliche Personal, die Ärzte & der Direktor, & zu keinem konnte ich sagen: *Nein*. Denn ich bin eine Bedienstete, die niedrigste von allen, Dienstschuldnerin. Mein Vertrag kann verlängert werden. Er kann, wenn ich *vertragsbrüchig* werde, verlängert werden. Wenn ich krank werde, nicht arbeitsfähig bin, kann er verlängert werden. Denn ich bin irisch-katholisches Gesindel. Mein Baby war wertvoll, weil es das Kind seines Vaters war, darum wurde es mir weggenommen & von einem reichen Ehepaar adoptiert, von Protestanten, englischsprachig, dem Vater des Kindes bekannt, natürlich hat er mich angelogen, als er sagte: *Dein Baby ist gestorben, Brigit. Das ist ein Segen.* Doch wäre mein Baby gestorben, dann aus Scham über den ungenannten Vater. *Medrick Weir* – er hat es nie gesehen, sein eigenes Kind, hat die Ausgeburt des Teufels nicht sehen wollen. Bittere Erinnerung an Medrick Weir, der meine Schönheit pries, als ich gerade mal ein Mädchen war, meinen Kopf mit den Händen umschloss & mir in die Augen schaute, in die Seele, die sich danach sehnte, geliebt zu werden, gemocht, beschützt, nachdem gerade meine Mutter gestorben war, alle priesen sie mich, tätschelten mich, Frauen wie Männer, zum Erbarmen dieses Kind, das jetzt Waise ist, zum Erbarmen, dass die Mutter keinen Ehemann hatte, zum Erbarmen, die Mutter auf solche Weise gestorben, Wäscherin bis ans Ende, die Haut ihr in schimmernden Streifen verbrühten Fleischs von den Knochen gezogen. Aufgejauchzt über mein weißes Haar, meine weiße Haut, meine Augen, das blasseste Blau, wie Glas, aufgejauchzt, ich sei wie ein Engel, später aber, als mein Leib zu schwellen begann, wie ein Teufel, ein kleiner Heidenteufel. Sie verachteten mich wegen der Scham meiner Geburt & wegen des Gestanks meines Körpers nach der Geburt. Die Schönheit eines Gesichts wiegt ja den Gestank eines weiblichen Körpers, den es auseinandergerissen hat, nicht auf. Verbannten mich sogar aus der Wäscherei, aus der fürchterlichen Hitze des Kellers, so ekelten sie sich vor meinem Gestank, gegen den ich hilflos war. Verbannten mich von über Tage, schickten mich zur Arbeit unter Tage, in die Latrinen.

Denn es war ein Fluch Gottes, dass aus meinem Körper Schmutz floss. Ich konnte es nicht leugnen, es war ein Fluch. Ich konnte nicht einmal sprechen vor Scham über solch einen Fluch.

Meine Schwestern beneidet, die sich in den dahinfließenden breiten Fluss stürzten – in den schwarzen Morast am Ufer des Flusses –, versanken & den Tod fanden im fetten schwarzen Morast des Sumpfes neben dem Fluss. Wenn ich den Mut besessen hätte. Die Kraft. Von hier wegzulaufen, in den schwarzen Morast des Sumpfes & das faulig stinkende Wasser in die Lunge einzuatmen, mein Leben auszulöschen, wozu *ich mich nicht überwinden konnte.* So wenig, wie ich meine Mutter fragen konnte: *Wer ist mein Vater? – ist es einer der Herren?* Denn es erfüllte einen mit Stolz, über die anderen erhoben zu werden. Wenn auch nur, um grausam wieder fallen gelassen zu werden; zumindest vorübergehend über die anderen erhoben zu werden, sich falsche Hoffnungen zu machen.

Der schmelzende Eiszapfen, seine Schönheit ist nicht weniger real als sein Schmelzen & Verschwundensein.

Es war jedoch bekannt, dass der Direktor ein besonderes Interesse an mir zeigte unter dem Vorwand, Anteil an der Waise zu nehmen. Ganz auf sich gestellt, keine Familie, eine Mutter, die an der Trunksucht gestorben ist (wurde behauptet), & keinen Vater (keinen, der sich als Vater zu erkennen gab). Noch nicht einmal eine *gute Katholikin* war die Frau, sondern vom Glauben *abgefallen* & zur Hölle bestimmt.

Aber eine Waise kann nicht fragen: *Wer ist mein Vater?* – denn zur Antwort bekommt sie die Peitsche. Eine Waise kann nicht fragen: *Sind Sie mein Vater?* – denn zur Antwort bekommt sie die Peitsche. Eine Waise kann nicht fragen: *Warum wird Jesus mich nicht retten?* – denn zur Antwort bekommt sie die Peitsche. Eine Waise ohne Schulbildung, ohne einen Menschen, dem ich nicht so gleichgültig bin, dass er mich zur Schule schickt, die irischen Mädchen sind die geborenen Bediensteten, sie sind Wäscherinnen, schuften in Latrinen, es ist ihnen nicht erlaubt, Krankenschwester zu werden, für sie genügt es, wenn sie danach streben, Hilfsschwestern zu werden, & verachtet werden sie trotzdem. Nicht nötig, Schulen an sie zu verschwenden! Bring dir das Lesen selbst bei, wenn dir so viel am Lesen liegt – so wurde ich verlacht. Denn lesen können nur wenige. Nur wenige wissen, dass die Evangelien die frohe Botschaft von Jesus unserem Heiland verkünden. Die Armen, die Geschmähten, die Sanftmütigen. Wie Hunde wurden die Waisenkinder zu *ihm* gerufen, dem Herrn. Ein Fingerschnipsen, & das verängstigte Waisenkind hat in der Direktorenresidenz zu erscheinen. Es gibt einen geheimen Weg, einen Hintereingang. Alle Bediensteten wissen davon, & ein Teil davon sind Iren & halten routiniert den Mund. Wenn sie Weinen hörten, Schreie. Wenn sie die Spuren sahen, morgens auf den Laken. Sie hielten den Mund, sie sind keine Staatsbürger, haben nicht die Rechte der Herrscherklasse.

Die beschmutzte Wäsche abziehen, die Waschzuber brühend heiß, trotzdem bleiben die schwachen Spuren, nichts kann sie tilgen.

Dein Baby ist gestorben. Es war von Gott vorherbestimmt.

Es war *dein Baby*, nicht seins. Nicht unseres. Und dieses Baby war nicht gestorben, ich wusste es sehr wohl. Aber mir genommen, weil ich Gesindel bin. Ungeeignet.

3.

Weglaufen, sich verstecken geht nicht; vor Verzweiflung vom Anstaltsgelände in den Sumpf am Fluss fliehen. Ein Waisenmädchen von elf, fast zwölf, das gefährliche Alter erreicht, denn die Blicke erwachsener Männer schweifen zu ihr, *er* heftet den Blick jetzt anders auf sie.

Ringt nach Atem, während ihre (bloßen, blutenden) Füße in den schwarzen Morast sinken, der schwarze Morast nach ihren Füßen greift, nach den Knöcheln, Beinen, sie ganz & gar verschlingt, wie ein großer Fisch sie verschlingen mag, aus Mitleid. In Schwärmen lassen sich aufgeregte Moskitos auf ihr nieder, um ihr das Blut auszusaugen, sie rennt, bis ihr Mädchenherz zerspringt & sie zusammenbricht in dem endlosen Sumpfgebiet, schimmernd vor irisierenden Insekten, Libellen, Bienen, bunt gefiederten Singvögeln & schwarz gefiederten Raubvögeln, kein Versteck nirgends als tief im Sumpf, wo ihr hellblondes Haar in die Wurzeln der Sumpfbäume hineinwächst, ihre Finger & Zehen in das Wurzelgeflecht der Sumpfbäume hineinwachsen, wo wohlgenährte schillernde Schlangen, dick wie der Oberarm eines Mannes, träge durch das dumpfige nasskalte Wasser gleiten, in dem ihre Mädchenseele eine harte kleine Nuss ist, die in ein robustes Bäumchen hineinwachsen wird, in ein unsichtbares Bäumchen, sie wird kein Licht ausstrahlen, sondern es einsaugen, eine Seele, schöner als jedes Licht – doch nichts davon wird geschehen, denn grobe Hände finden sie binnen Stunden, Wärter spüren sie auf, keine Meile von der Anstalt entfernt, packen sie am Haar, umfangen mit schroffen

Fingern ihren Brustkorb mit einer Kraft, unter der ihr die Knochen brechen können, heben sie so mühelos hoch, als wäre sie noch ein sehr kleines Kind & nicht ein Mädchen von zwölf.

Medrick Weir hat uns geschickt – sucht sie, das kleine irische Luder. Bringt sie lebend zurück.

4.

Süßer Trank der Lethe, der das Unerträgliche erträglich macht. Doch der Preis ist, so vieles ist uns genommen, was diejenigen, die das Joch der Knechtschaft tragen, vergessen haben, um leben zu können.

5.

Dann kam der Jüngere, ein Verwandter – *Silas Weir*.

Behutsamer als Medrick Weir, das Gesicht bleich vor Angst & Ekel, als er mich im Entbindungsraum sah.

Ein Frauenkörper, weit geöffnet, blutend, aufgerissen, der sich aufwarf, um zu gebären, gellende Schreie, dem (männlichen) Ohr unerträglich, doch er hatte, wenn er hätte fliehen wollen, es nicht getan; hatte es, wenn er das Waisenmädchen bei der strapaziösen Niederkunft hätte sterben lassen wollen, nicht getan, sondern war bei ihr & der Hebamme Gretel geblieben, hatte das blutbeschmierte Messer ergriffen, mir den Bauch aufgeschnitten & dem Baby & mir das Leben gerettet, weil wir sonst beide gestorben wären.

Und hinterher aus freien Stücken mich aufgesucht. Denn er erinnerte sich an mich & sah meine Verzweiflung, eine Mutter, die ihr Kind verloren hat, eine Frau, deren Körper aufgerissen &

abstoßend geworden ist, & hatte Mitleid mit mir. Damals war er nämlich (noch) nicht der Schlächter, sondern der, wie gesagt wurde, junge Verwandte des Direktors: (noch) nicht der Teufel, der er werden sollte.

Begann danach mit den Untersuchungen, den Operationen, eine nach der anderen. Öffnete meinen fest zusammengepressten Körper mit einem Blechlöffel! – entsetzliche Schmerzen, ich bekam keine Luft zum Schreien.

Kein anderer Anstaltsarzt wollte mich berühren. In meine Nähe kommen. Denn ich war keine Patientin, sondern ein dienstverpflichtetes Mädchen & in meinem Zustand nicht von Wert. Ein unnützer Esser, eine Beleidigung fürs Auge. Doch: *Das Mädchen da – Brigit? Ich verspreche, ich finde eine Möglichkeit, ihr zu helfen. Ich habe Töchter in ihrem Alter. Ich werde ihr & anderen, die an der Fistel erkrankt sind, helfen. Das verspreche ich, denn die Vorsehung hat es so entschieden, das ist meine Bestimmung.*

Jetzt schäme ich mich, wie dankbar ich war, von Silas Weir so herausgehoben zu werden.

Wie feige in meiner Unterwürfigkeit ihm gegenüber, der mein Dienstherr werden sollte. Vor Dankbarkeit kriechen wir wie Tiere. Wenn du nicht weißt, ob du *leben* darfst, & es dir dann gewährt wird, hältst du am jämmerlichsten Leben fest. Niemand auf der ganzen Welt außer Silas Weir scherte sich so viel um mich, um mich zu heilen.

In dem Punkt hat er nicht enttäuscht. Er hat Wort gehalten, mit der Zeit. Ein Dutzend Operationen – & schließlich der Erfolg.

Zu lange habe ich nicht wahrhaben wollen, welches Leid er anderen antat. Denn in blendendem Licht schließt man die Augen. Man *will nicht sehen*, was einem grell vor Augen steht.

Es lag nicht lange zurück, aber ich war damals sehr jung. War ein Mädchen – eins, das ein Kind zur Welt bringen musste & das sein Kind verlor; ein Waisenmädchen, ein taubstummer irischer Albino, die Niedrigste der Niedrigen.

Damals konnte ich kaum lesen & schreiben überhaupt nicht. Heute bin ich nicht mehr dieser Mensch, notiere diese Lebenserinnerungen. Aber ich möchte aufrichtig sein, wenn ich niederschreibe, woran ich mich aus Silas Weirs Laboratorium in North Hall in der zweiten Hälfte der Fünfzigerjahre erinnere.

Das ist dein Reich, Brigit! Dieses Zimmer, dieses Bett.

Niemand hat einen Schlüssel zu dieser Tür, Brigit. Außer mir.

Ein Lagerraum im Labortrakt, neben der Station. Ohne Fenster. Dicht neben den Verwahrräumen, in denen verrückte Frauen in vergitterten Zellen gefangen gehalten wurden & Nacht für Nacht vor Verzweiflung stöhnten, wehklagten, weinten.

Trotzdem war es *mein Zimmer*, mein eigenes, mein Versteck. So etwas hatte ich noch nie im Leben besessen.

Gretel hatte es mir geraten – *Du bist Waise, eine Dienstschuldnerin ohne Familie, die dich beschützt – nimm, was du von ihnen kriegen kannst, um dein Leben zu retten. Wie wir alle es tun.*

Es war so, dass ich aus der Anstaltsküche nicht dieselben Mahlzeiten bekam wie der Großteil der Insassen, sondern die für Silas Weirs Privatpatienten zubereiteten.

Nicht karge, fade, häufig verdorbene Speisen, die die anderen wohl oder übel essen mussten, sondern nahrhafte Mahlzeiten, frisch zubereitet – Haferbrei, Pasteten, Maisbrot & Roggenbrot, Schweinefleisch, Rind, Huhn – Kartoffeln, Blattgemüse, Grütze, sogar Kuchen – Blaubeer, Kirsch, Rhabarber!

Es bereitete dem Direktor Vergnügen, mich auf die Weise zu belohnen. Seine *Hilfsschwester*.

Da ich taub & stumm war, nicht sprechen konnte, bereitete es dem Doktor Vergnügen, mit mir zu sprechen, alles zu sagen, wie es ihm großsprecherisch, aufgeregt über die Lippen kam – *Unser Geheimnis, Brigit. Niemand darf es erfahren!*

Über eines breitete er sich gern aus, als ich schon eine Weile Hilfsschwester war: die Idee, mich in die Schwesternschule in New Brunswick zu schicken, wo ich in gynäko-psychiatrischer Pflege ausgebildet werden sollte, um anschließend nach Trenton zurückzukehren & für den Rest meines Lebens eng mit ihm zusammenzuarbeiten.

Dinge, von denen alle anderen nichts wissen durften. Was sie natürlich trotzdem taten.

In einem Strom wie ein turbulenter Fluss wurden jede Woche neue *verrückte Frauen* in die Anstalt eingeliefert & einige ausgewählte in Silas Weirs Labortrakt in North Hall gebracht, anfangs mit der Hoffnung, seine chirurgischen Experimente würden ihren Wahnsinn heilen & sie befreien. Mit der Zeit gab es immer weniger Patientinnen, die von meiner Herkunft wussten – dem Tod meiner Mutter, der mir aufgezwungenen Schwangerschaft, überhaupt von mir als der *taubstummen irischen Waise*, die zu bedauern war. Kam ihnen zu Ohren, dass ich ein Baby bekommen hatte & dass dieses Baby mir weggenommen worden war, fragten die Unerschrockenen unter ihnen, ob Silas Weir der Vater gewesen wäre; ob Doktor Bluthand (wie Dr. Weir allmählich genannt wurde) sein eigenes Kind entbunden & es, als er sah, dass es entstellt oder missgebildet war, angewidert einfach weggeworfen hätte.

Nein – nein! Es war nicht – Silas Weir …

Obwohl ich widersprach, es mit den Lippen formte, das Gesicht verdrehte & gestikulierte, gab es welche im Laboratorium, die nichts Anderweitiges glauben wollten & die mir nicht trauten, wie freundlich Brigit Kinealy auch zu ihnen war, wie liebevoll sie sie auch pflegte, denn ich war Doktor Bluthands *Lieblingsschwester* & daher verhasst.

6.

In meinem Versteck in finsterer Nacht bloß ein Kerzenstummel zum *Lesen* in flackerndem Licht.

Bewegte die Lippen zu den gedruckten Wörtern, die mir von der Seite in die Augen sprangen. So eine Freude, ein richtiger Freudenrausch, denn Druckerzeugnisse waren Dienstschuldnern verboten, jeglicher Versuch zu *lesen* verboten, da die wachen Stunden nicht ihnen gehören, sondern ihrem Dienstherrn.

Die bemitleidenswerten schwarzen Sklaven im Süden durften, hieß es, totgepeitscht werden, wenn sie Druckwerke entwendeten, um sie zu *lesen*; & sogar Weiße wurden streng bestraft, wenn sie einem Sklaven das Lesen beibrachten.

Lesen muss verboten werden, damit die Verachteten hilflos & machtlos bleiben.

So grausam unser Leben als Dienstschuldner für uns im Norden auch war, die schwarzen Sklaven im Süden waren noch schlimmer dran.

Mit meiner *weißen Haut* wusste ich mich nicht rundheraus abgelehnt. Denn ich konnte meiner Lage entkommen, ich ging vielleicht als freie Bürgerin durch. (Auch wenn ich als Irin in den Augen der Engländer so gut wie verflucht war.)

Er wusste nicht oder störte sich offenbar nicht daran, dass ich Druckwerke anhäufte – alte Zeitungen, Zeitschriften, ein medizinisches Lehrbuch, die er ausrangiert hatte & nicht vermissen würde.

Ein Vater, eine Mutter würde sich auch nicht daran stören, wenn das eigene Kind, das es noch nicht konnte, *lesen* spielte; es nachzuahmen konnte schließlich nichts schaden.

Dennoch: aufregend, ein Buch in den Händen zu halten.

Aufregend, die Seiten eines Buchs umzublättern.

Und sehr langsam sprangen mir Worte, die ich erkennen konnte, ins Auge.

Fasziniert von dem angestoßenen alten medizinischen Lehrbuch, in dem einige Seiten stark beschmutzt waren.

Zeichnungen der *Anatomien*, wie sie genannt wurden. Des Körperinneren, sodass die *Organe* zu sehen sind.

Die anatomischen Zeichnungen sollte ich genau ansehen, schlug Dr. Weir mir halb im Ernst selber vor, damit ich ihm bei den Eingriffen besser zur Hand gehen könne.

Für mich war es eine Freude. Inmitten von so viel Schmerz & Demütigung – Glück!

Da meine Mutter Analphabetin war, nahm man an, dass ihre ganze Familie in Limerick, in Irland, Analphabeten waren. Der Großteil derer, die in der Anstalt schuften, konnte nicht lesen.

Oder ihre armen Hirne waren so durchlöchert, dass *Wörter* hindurchfielen wie durch ein Sieb.

Dr. Weir merkte nichts, denn von dem, was um ihn herum vorging, *sah* er das meiste nicht. Er nahm kaum Notiz davon, dass seine Hilfsschwester neugierig auf Broschüren war, auf Bücher – aus dem Abfall zog, was andere achtlos beiseitegeworfen hatten.

Dr. Weir war wie die anderen – Männer wie er selbst –, musste lachen, wenn Mädchen & Frauen sich zu *lesen*, zu *denken* mühten. Für seine eigenen Töchter war Bildung über die achte Klasse hinaus überflüssig, glaubte er – *Das wird nur ihre Gehirne übermäßig strapazieren. Wird ihren Gehirnen das Blut entziehen. Die weiblichen Instinkte werden ihnen den Weg weisen, Ehefrauen & Mütter zu sein, nicht Ideen in Büchern!*

Ich war gefesselt von den Zeichnungen in den medizinischen Lehrbüchern. Das Innere des menschlichen Körpers: *Herz, Lunge, Oesophagus, Leber, Milz, Nieren, Pankreas, Gallenblase, Magen, Dünndarm, Dickdarm, Blase, Uterus.*

Mit Papier & Bleistift zeichnete ich sie ab.

Aufregend! – etwas nachzuahmen, was gedruckt worden war, aus dem Besitz von Männern wie Dr. Weir.

Hier war die Zeichnung eines (weißen, männlichen) Kopfes, der in zwei Hälften geteilt war, sodass man kleine Kammern im Schädelinnern sah, in denen Verhaltensweisen ihren Sitz hatten: *Wahrsprechen, Genügsamkeit, Intuition, logisches Denken, Tapferkeit, Mut, Nächstenliebe, Voraussicht, Menschenliebe, Verehrung, Respekt, Mitleid, Gerechtigkeit, Redlichkeit, Zuversicht, Hoffnung, Zielstrebigkeit, Verlogenheit.*

(Wie seltsam das war! – denn ich hatte schon oft Gehirne gesehen, die aus zertrümmerten Tierköpfen gequollen waren, eine Masse aus blutigem Talg & Fleisch, miteinander vermischt, & war mir sicher, dass die Gehirne von Menschen genauso waren, nicht wie die Zeichnungen in *Die Wissenschaft der Phrenologie.*)

Noch seltsamer waren einzelne Zeichnungen von weiblichen Organen: *Uterus, Geburtskanal, Vulva, Vagina.* Hier lag ein Baby im Mutterleib, in Geburtslage, erkennbar an dem bereits von einer Zange umschlossenen Kopf – hässlich! Man sollte glauben, das Kind könne nur geboren werden, wenn die (männliche) Hand nach der Zange griff & es herauszog.

Eine andere sehr hässliche Zeichnung zeigte so etwas wie ein abgehäutetes junges Kaninchen mit einer kleinen Ausstülpung wie der Flosse eines Fischs mit einem dunklen Loch in der Mitte – der *Vagina.*

Das glaubte ich zu kennen. Das Wort – *Vagina* – lesen konnte ich nicht, verstand aber die Logik.

Denn so etwas Hässliches würde nur ein Mann zeichnen! – ich musste unwillkürlich lachen, so komisch war es.

Dr. Weir sah mich scharf an, nahm mir das Buch aus der Hand & runzelte die Stirn bei dem, was er erblickte. Eine tiefe Röte stieg ihm ins Gesicht.

Sagte, ich würde hoffentlich niemandem verraten, dass ich in seine medizinischen Bücher geschaut hatte.

Schnell mimte ich: *Nein, Doktor.*

»Bei Dienstschuldnern wird nämlich nicht empfohlen, dass sie Bücher zur Hand nehmen. Das würde ein sehr schlechtes Beispiel geben.«

Ja, Doktor.

»Richtig lesen kannst du nicht, Brigit, oder? Du tust nur so – zum Spiel.«

Es war eher eine Feststellung als eine Frage, aber ich war klug genug, brav zu murmeln: *Ja, Doktor.*

Vor seinen Augen hinter der funkelnden Brille versteckte ich alles, was ich ihm verheimlichen wollte, was mir verboten war, & rettete mein Leben.

7.

… als ich eines Nachts vom *süßen Trank der Lethe* aufwachte, war ich nackt & lag mit heißer Haut schwitzend auf dem Rücken. Ich hatte keine Kraft in den Gliedern, war kaum richtig wach in dem stickigen geheimen Raum, dessen Tür ich nicht abschließen konnte, dem Raum, dessen eine Tür nur *er* auf- & zuschließen konnte. Hilflos, auf dem Rücken. Schatten von flackerndem Kerzenlicht & über mir ächzend & stöhnend das so vertraute Gesicht, jetzt fratzenhaft verzerrt. Grobe Finger bohrten & stocherten dort, wohin ehemals Chirurgenfinger & chirurgische Instrumente vorgedrungen, unter qualvollen Schmerzen vorgestoßen waren. Jetzt Ächzen, Stöhnen. Denn das *der Lethe* mich freigab, kam unerwartet. Dass ich aufwachen & das Gesicht, riesig wie ein Mond, sehen würde, kam unerwartet. Und in der geöffneten Hose ein kurzer, dicker fleischiger Stummel, der sich reckte wie ein hautloses Tierchen, sodass ich erstaunt ausrief: *Dr. Weir? Was tun Sie?*

Das war nicht ich, Brigit. Das weißt du.

Ja, Dr. Weir. Ich meine – nein.

Es war ein Traum, ein Laudanum-Traum, den du hattest. Solche Träume haben alle Frauen, denen Laudanum verordnet ist. Solche grellen Träume entstehen aus der Schwäche des Weibchens.

Ja, Dr. Weir.

Die Personen, die du zu sehen glaubst – sie sind nicht real. Uns nicht bekannt.

Ja, Dr. Weir. Uns nicht bekannt.

8.

Arme ausgebreitet, Beine gespreizt, Handgelenke & Knöchel festgebunden. Das war das *Ruhebett*, das Dr. Weir im Laboratorium ausprobierte.

Durchnässte Tücher fest um mich gewickelt, die sich beim Trocknen zusammenziehen sollten. Fast bis zur Erstickung, dieses Risiko muss man eingehen, damit der *krankhafte Wille des Weibchens* vom Arzt gebrochen werden kann.

An welchem Tag es war, weiß ich nicht. Die Zeit ist zerbrochen, wie ein Spiegel zerbricht. Löffelt mir *Trank der Lethe* an die Lippen, die taub geworden waren. Doch die Menge reichte nicht aus, den durchdringenden Schmerz zu betäuben.

Aber es ist Tag. Die Mittagsstunde. Sonne strömt durch das Fenster, damit der Chirurg sehen konnte, was seine Instrumente taten.

Diese Monate, Jahre. Entschlossen, die *Fistel* zu heilen.

Still liegen, Brigit! Es tut nicht weh, wenn du still liegst, ehe du dich's versiehst, ist es vorbei, mach die Augen zu.

Denn ich werde dich gesund machen, Brigit – das verspreche ich. Ich werde dich heilen, ich bin von der Vorsehung geschickt, dich zu heilen & in das Pantheon der amerikanischen Medizin einzugehen, wie es uns beiden verheißen worden ist.

9.

Wann fing die *Schlächterei* an?

Schwer, das genau zu sagen. Denn wir bekamen keine Kalender zu sehen, wussten wenig über die Zeit.

Uhren gab es in der Heilanstalt schon, & man hatte sich genau danach zu richten, aber keine Kalender. Wir trieben dahin, der Zeit enthoben, wie auf einem endlosen Fluss.

Wann wird es zu *Schlächterei*, wenn sie es anfangs ja gut meinen. *Helfen* wollen, *retten*.

Er wollte *Wahnsinn* heilen, hatte es sich vorgenommen. Wollte dem Körper der Frau die *Infektion*, die *Krankheit* austreiben.

Tat damit, wie er glaubte, was Gottes Wille war. Der Wille von Jesus Christus, dem Heiland. Von Johannes Calvin, Seinem Sendboten.

Fisteln beheben, Zähne entfernen. Organe. Aderlass.

Schrei, bis deine Kehle rau & wund ist, es wird niemand hören, der es nicht hören will.

Das medizinische Personal der Anstalt, von Silas Weir eingestellt, es hörte nicht, was es nicht hören wollte, ausgenommen vielleicht ein paar Schwestern, die nicht bleiben wollten, aus der Anstalt ausschieden mit unbekanntem Verbleib.

Doch es stimmte, er hatte einige von uns gerettet. *Mich* hatte er ganz gewiss gerettet.

Doch das Skalpell hatte denen, in deren Fleisch es schnitt, immer entsetzliche Schmerzen bereitet, Qualen, schreckliche Angst.

Weil er es nicht *fühlte*. Er sah, hörte, verstand, doch er *fühlte* den Schmerz eines anderen nicht.

Befahl mir: *Stopf ihr einen Lappen in den Mund, damit sie still ist.*

Achte darauf, dass sie angeschnallt ist – fest.

Lächerlich! Sie spürt keinen *Schmerz, sei versichert.*

Sie krümmten sich vor Schmerzen, Schweißtropfen drangen durch die Poren der Stirn, die Augen weiß, verdreht vor Angst, wie bei einem Pferd, dessen Augäpfel sich in den riesigen Höhlen verdrehen.

Hinterher Blut, Urin & Fäzes abwaschen. Die benommene Patientin zurück auf die Station tragen helfen, sie am Bett festbinden.

Gretels düstere Miene, ihr Blick gesenkt. Denn sie hatte sich auf *seine* Seite geschlagen, genau wie ich. Um uns das Leben zu retten.

Nachts beten, dass die Patientin nicht stirbt.

Für sie kein Laudanum. Zu kostspielig, um es für die Todgeweihten zu vergeuden.

Den langen Tag, die lange Nacht hindurch die komatöse Patientin nach der *Hysterektomie* versorgt. Der Chirurg muss üben, er erwirbt sein Können durch Übung. Der Chirurg muss vorbereitet sein, wenn seine Privatpatienten kommen.

Geschickt wechselte Gretel Verbände, die sich rasch mit Blut vollsogen. Nicht nötig, mit mir zu sprechen, aber mir ungeduldig bedeuten, ich solle ihr assistieren, als sie sah, dass die grobe schwarze Naht, die Dr. Weir hastig gesetzt hatte, wieder aufging & blutiges Fleisch aus der verwüsteten Vagina sackte. Nasse Tücher auf das Gesicht der Patientin drücken, die im Fieber lag, vor Schmerzen stöhnte & zum Glück schließlich ins Koma fiel, kaum noch atmete.

Die überall umherschwirrenden Fliegen verscheuchen.

Frühmorgens war es unsere Aufgabe, den (erstarrten) Körper für den herbeigerufenen Totengräber herzurichten; er brachte den Leichnam mit seinem Maultierkarren zu dem Teil des Friedhofs, auf dem die Grabsteine schlichte weiße Holzkreuze waren.

10.

Denken ist meine Aufgabe, Brigit. Deine Aufgabe ist assistieren.
In meiner Bestimmung spielst du eine Rolle.

11.

… schwüle Spätsommerhitze in New Jersey, die ersten Wespen waren da. Wie aus dem Nichts. Dann waren sie überall, wir entkamen ihnen nicht.

Mit ihren glänzenden Äuglein & den durchsichtigen Flügeln warfen sie sich uns in die schwitzenden Gesichter, wir schrien & schlugen sie weg, doch sie bestürmten uns weiter, & einige (von uns) hörten ihre leisen Schreie, aus denen der Teufel sprach: *Bringt ihn um! Beißt! Reißt dem Schlächter das Gesicht herunter!*

Man hatte große Angst. Lachte, die Handknöchel zwischen die Zähne geschoben.

Das Stethoskop auf Mahalas Ohren gepresst, hörte der Schlächter-Doktor die Stimmen des Teufels nicht, denn sie galten nicht *ihm*. Er presste das Stethoskop auf Brigits fein gewundene wächsern weiße Ohren, hörte die Stimmen des Teufels aber nicht, denn sie galten nicht *ihm*.

Er ordnete an, dass Brigit, deren Willen er gebrochen & die er verdorben hatte, die kupfernen Stricknadeln in einer Flamme erhitzte, damit er Mahalas Ohren durchstechen & sie von den Stimmen des Teufels befreien konnte, die er ja wohl (doch) hörte, auch wenn er es für möglich hielt, dass es in Wirklichkeit nicht *Stimmen* waren, sondern Läuse, Flöhe, Zecken oder anderes Ungeziefer, das sich in Mahalas Kopf eingenistet hatte.

Er klemmte Mahalas Schädel in die hölzerne Vorrichtung, die er stolz als *Weir-Rad* bezeichnete.

Während Mahala sich steif machte & sich zu wehren begann, in panischer Angst die Augen verdrehte.

Chloroform? Ein befeuchtetes Tuch, auf den angstverzerrten Mund gedrückt, die Nase.

Die kupfernen Nadeln in der offenen Flamme erhitzt. Kann es sein, dass der Schlächter-Doktor Mahala wirklich die Ohren durchstechen will?

Die (kleine) Hand der Hilfsschwester wagt es, die (größere) Hand des Doktors zu berühren! – als hätte Gott sie dazu gedrängt, trotz des Risikos für sie selbst.

Der Doktor überrascht, wütend. Seine Hilfsschwester, *wie kann sie es wagen*!

Anschließend für die Nacht verbannt, *du weißt, wohin.*

Den Gerüchen des *Kadaverraums* sollte Brigit nie entkommen. Den Gerüchen des Todes, des Sterbens & der Verwesung ihrer gefangen gehaltenen Schwestern, die sie im Stich gelassen hatte.

So viele, jahrelang. Könnten sie ihr verzeihen!

Im Laboratorium gab es zahllose Eingriffe, die nicht im chirurgischen Arztbuch verzeichnet waren. Nicht in den Akten der Heilanstalt. Zahllose Sterbefälle, Leichen, die bei Nacht zu namenlosen Gräbern gekarrt wurden.

Jedes Mal fielen die Wespen mit den glänzenden Äuglein & den durchsichtigen Flügeln über uns her. *Er* sah es nicht, *er* hatte keine Ahnung.

Leise Schreie, nur von uns zu hören – *Bringt ihn um! Beißt! Reißt dem Schlächter das Gesicht herunter!*

12.

Wer ist dein Herr, Kind?

Sie, Dr. Weir. Sie sind mein Herr.

Das klingt nicht überzeugend, Brigit. Verhöhnst du mich, Brigit?

Herr, verzeihen Sie: Nein, das tu ich nicht.

Du widersprichst mir, Brigit: sagst, das tätest du nicht.

Herr, ich – ich b-bin nicht …

Nicht so unverschämt, ja, Brigit? In diesem schändlichen Verlies, in das du gehörst.

Es tut mir sehr leid, Herr …

Natürlich tut es dir leid, jetzt wo du du weißt schon, wo *bist. An unserem geheimen Ort, wo niemand etwas hört & niemand etwas sieht.*

… ich wollte nicht unverschämt sein, Herr.

Glaubst du, du kannst dich mir gegenüber aufführen wie eine meiner Töchter? Grinsen & die Augen verdrehen? Mir freche Widerworte geben?

Ich wollte keine frechen Widerworte geben, Herr.

Möchtest du lieber, dass ich dir einen Arm amputiere oder ein Bein?

Das – das möchte ich nicht …

Wie diese, wie heißt sie noch, Nester, die kommt doch mit einem Bein & einem Stumpf sehr gut zurecht – & ohne Zähne …

Das ist nicht Nestra, Herr. Das ist …

Lächerlich! Diese Elenden haben nur die Namen, die ihnen gegeben worden sind.

Ja, Herr …

Du hast dich noch nicht entschieden, Brigit: ein Bein oder einen Arm?

Ich – ich – würde … Ich würde nicht ein Bein oder einen Arm verlieren wollen, Herr.

Aber ich frage dich, Brigit: Was würdest du lieber verlieren?

Einen – einen Arm, Herr.

Dann könntest du mir nicht assistieren! Mit einem Arm wärst du nutzlos & faul, im Laboratorium nicht zu gebrauchen.

Ich – ich würde es versuchen …

Du müsstest in die Latrine zurückkehren. Eine taubstumme Irin mit nur einem Arm! Lächerlich!

N-nein, Herr …

Wenn ich dir die Zunge amputieren würde, könntest du mir nicht mehr freche Widerworte geben.

Ich – ich gebe Ihnen keine frechen Widerworte, Herr …

Oh, doch, das tust du, Brigit! Du gibst mir jeden Tag freche Widerworte, wenn nicht laut ausgesprochen, dann doch in Gedanken.

N-nein, Herr …

Gerade jetzt, wo du mir vorspielst, du wärst stumm, *sehe ich es dir an den Augen an, ich durchschaue dich vollkommen. Natürlich nimmst du dir heraus, deinem Retter freche Widerworte zu geben, aber du täuschst dich gewaltig, wenn du glaubst, ich wüsste das nicht.*

Herr, nein.

Du hast es gewagt, dich gegen meine Pläne für die Amputation von Zungen zu stellen?

Das wäre sehr grausam, Herr. Sie sind nicht grausam …

Ich habe es dir schon gesagt, Brigit! – Grausamkeit, das gibt es bei wissenschaftlichen Experimenten nicht, genauso wenig wie Freundlichkeit. Der Zweck ist festzustellen, ob eine Versuchsperson lernen kann, ohne Zunge zu »sprechen« – irgendeine Sprache, & sei es Gebrabbel. Verschiedenen Versuchspersonen, die meistens eh nur brabbeln, die Zunge entfernen, mehr ist dafür gar nicht nötig.

J-ja, Herr …

Das Gebrabbel, das ich zufällig mithöre, hat aber einen »Sinn« für sie – für dich; meine Theorie ist, ohne Zungen würdet ihr euch eine eigene Brabbelsprache ausdenken & euch gegenseitig verstehen – ihr alle miteinander.

Ich – ich weiß es nicht, Herr. Bitte amputieren Sie mir nicht die Zunge …

Anderen darf ich die Zunge aber amputieren?

Herr, nein – bitte.

Bitte – was?

Ich – ich weiß nicht, Herr. Ich habe so Angst …

Aber doch nicht vor mir, Brigit? Denn ich bin dein gütiger Herr, ich bin der Herr, der dir das Leben gerettet hat.

Ja, Herr.

Dir mehr als einmal das Leben gerettet hat & entschlossen ist, dich zu heilen, bei Gott.

Ja, Herr.

Dann hast du also keine Angst vor mir?

N-nein …

Vor mir darfst du nie Angst haben, Brigit.

J-ja, Herr.

Denn es stimmt. Ich bin ein guter Mensch – ich bin der Direktor der Heilanstalt & habe sie reformiert, *nach den Ungeheuerlichkeiten meines Vorgängers.*

Jeder weiß es, ich bin in ganz Trenton berühmt. Ich bin in ganz New Jersey berühmt & in Manhattan & in Philadelphia. Und da ich erhoben bin, bist auch du, die Niedrigste der Niedrigen, mit mir erhoben: meine Hilfsschwester.

Denn Gott hat mich dir geschickt, aus deinem Volk allein dir. Dich erhoben über dein hinterhältiges Volk.

Denn es ist von der Vorsehung bestimmt, dass ich dich gesund machen soll – dich heilen –, den winzigen kleinen Makel in dir. Ich soll dich über deinen Stand erheben. Ich werde uns beide erheben, du wirst sehen.

Eines Tages, wenn die Vorsehung es bestimmt. Noch nicht jetzt, jetzt ist nicht der Zeitpunkt.

Beschließen wir den Tag nun mit dem Trank der Lethe, *Brigit, den wir uns beide verdient haben. Denn wir haben hart gearbeitet im Dienste Gottes.*

Die Lider wurden mir schwer, & eine schläfrige Schwäche erfüllte meinen Körper. Für die anderen unsichtbar, abgeschieden in meinem Zimmer. Es war schon spät, es dämmerte bald.

So gut aufgelegt, wie ihn nur wenige erlebten, sehr wenige außer mir, drückte Dr. Weir mir nun den Mund auseinander & umfasste meine Zunge mit den Fingern. Im Spiel, derlei Dinge tat Dr. Weir im Spiel, doch als ich würgte & mich ihm entwinden wollte, hielt er mich fest, meinen Kopf in seiner Armbeuge eingeklemmt.

Möchtest du, dass ich das *Weir-Rad* anbringe, wenn du dich weiter sträubst?

Möchtest du, dass ich ein Tuch mit Chloroform tränke & dich in den tiefsten Tiefschlaf versetze?

Der *Trank der Lethe* breitete sich aus, floss durch meinen Körper, & ich hatte nicht mehr die Kraft, mich zu wehren.

Wie seltsam es war & wie beängstigend, dass Dr. Weir mit meiner Zunge spielte. Die Kraft floss mir aus den Gliedern wie Wasser & schien in den Arzt einzuströmen, eine Männlichkeit, die er für gewöhnlich nicht besaß, & den beschleunigten Atem der Wollust in ihm zu wecken. Ich wollte mich entziehen, doch ohne ihn zu verärgern, denn verärgern dürfen wir unsere Unterdrücker nicht, sonst werden wir streng bestraft. Auf die Weise hechelnd, hielt der Schlächter mich fest, mein helles Haar wie ein Wasserfall glatt an seine Schulter gedrückt, umarmte mich in scheußlicher vorgetäuschter Innigkeit.

Schon bald gab ich allen Widerstand auf. Meine Lider so schwer, ich konnte sie nicht offen halten.

Was für eine Wohltat, in Schlaf zu versinken, in einen heißen, breiigen Schlaf, einen ungestörten, bis das Zwitschern der Vögel mich Stunden später im Morgengrauen weckte; voller Dankbarkeit, dann allein zu sein in dem klumpigen Bett zwischen beschmutzten Laken in dem fensterlosen Vorratsraum, im Mund den Geschmack der Finger des Schlächters & mit einer traumähnlichen Erinnerung an – ich weiß nicht, was.

Denn ich bin dein gütiger Herr, ich bin der Herr, der dir das Leben gerettet hat, Brigit.

13.

Lucy hätte nicht sterben müssen.

Da! Mutig sprach ich es vor Dr. Weir aus, formte unmissverständlich die Lippen, sah ihn böse an, beschuldigte ihn, er konnte es nicht überhören.

Ohne Nahrung & Wasser starb Lucy einen elenden Tod, der sich mit Fieber & Krämpfen über einen Zeitraum von zwölf Tagen hinzog. Denn der Schlächter hatte ihr Flüssigkeiten verwehrt, weil sein Experiment das erforderte. Und deswegen war es, wie ich ihm sagte, ein *inhumanes* Experiment.

Erstaunt schaute er mich, eine bloße Hilfsschwester, an, als hätte sich ein Hund auf die Hinterbeine erhoben & in Menschensprache widersprochen. *Inhuman! Was redest du da! Hier geht es um Wissenschaft, nicht* um Gefühle.

(Ich hatte Lucy sogar heimlich Wasser gebracht, einen in kühles Wasser getunkten Schwamm, an dem sie saugen konnte, als sie zum Schlucken zu schwach war, doch da sie im Kampf mit der Diarrhö so viel Gewicht verloren hatte, war es viel zu wenig & für sie zu spät.)

Dieses Mal bist du zu weit gegangen, Brigit. Du wirst ausgepeitscht.

Ausgepeitscht! Ich habe keine Angst.

Denn plötzlich fürchtete ich mich nicht mehr; wie Lucy hatte ich die Angst hinter mir.

Ich fürchtete mich nicht einmal vor dem schmutzigen & stinkenden *Kadaverraum*, in den ich verbannt wurde & in den Dr. Weir mir keuchend & stammelnd folgte, nach einer Peitsche greifend.

Eine Peitsche! Von einem der Wärter hatte sich der Direktor der Anstalt eine Peitsche bringen lassen.

Ich befehle es dir, Brigit: entkleide dich.

Nein.

Du willst mir nicht gehorchen, Brigit?

Mit Bestimmtheit schüttelte ich den Kopf. Der Schlächter würde mir die Kleider selbst ausziehen müssen, denn ich *tat es nicht*.

Eine Flamme stieg in mir auf, pure irische Hartnäckigkeit & Meuterei.

Über die Jahre in der Anstalt war ich kein einziges Mal ausgepeitscht worden, denn Medrick Weir hatte, als er der Herr war, eine Schwäche für mich gehabt, & auch andere aus dem Personal hatten mich begünstigt oder bemitleidet, teils wegen meiner Behinderung, teils wegen meines weißen *Engelsgesichts* & meiner durchscheinenden Haut, in der zarte blaue Adern sichtbar waren wie bei einer zerbrechlichen Porzellanpuppe.

Doch ich war Zeugin vieler schrecklicher Auspeitschungen gewesen, Züchtigungen mit dem Stock, hatte gesehen, wie Wärter Insassen, über die sie herrschten, traten oder mit Fäusten schlugen, mit Peitschen & mit Knüppeln, mit jedem Werkzeug, dessen sie habhaft wurden, um Auflehnung zu ersticken.

Ich war mir sicher, dass Silas Weir es nicht fertigbrachte, so zu züchtigen wie seine Wärter es taten. Seine Grausamkeit war von anderer Art, war die Grausamkeit des Skalpells & der Kürette, der

Therapie; er konnte nicht brutal sein ohne solche Bemäntelung, ohne die Pose des Gentlemans, der eine hohe Meinung von sich haben musste, damit ihm diese Grausamkeit gestattet war.

Folglich zitterten ihm die Hände, als er die Peitsche vor mir erhob, keine Bullenpeitsche, wie die schlimmsten Wärter sie benutzten, sondern eine kleinere, wie man sie bei einem Pferd oder Maultier gebrauchen mag; drohte mich zu schlagen, bezichtigte mich, ein *irischer Teufel* zu sein, während ich unerschrocken vor ihm stand, entschlossen, mich nicht zu ducken.

Für einen Augenblick hatte es den Anschein, als könnte er die Peitsche aus purem Verdruss auf mich niedergehen lassen, nicht auf den Rücken (denn ich stand ihm gegenüber, ohne mich zu beugen), aber auf meinen Kopf & die Schultern; er schloss sogar die Augen & verzog das Gesicht, um es zu können.

Doch dann warf er mit einem erstickten Schrei die Peitsche auf den Boden des *Kadaverraums*, wandte sich ab & torkelte ins Freie wie jemand, der dringend an die frische Luft muss.

Es war lachhaft, der feine Herr Doktor hatte seine Peitsche *fortgeschleudert*, als verbrennte er sich die Finger daran – ein Bild, wie es sicherlich noch keine irische Dienstmagd je gesehen hatte.

Danke, Jesus! – die Worte kamen mir stumm, während ich auf dem schmutzigen Boden schlotternd auf die Knie sank.

Ich war einer Auspeitschung so nahe gekommen, dass mir ganz schwindlig war & ich die Hände vors Gesicht schlug. Doch mir war auch bang, denn ich wusste, der Schlächter würde mich nicht verschonen; meine Bestrafung würde noch folgen.

Allerdings setzte ich eigentlich kein großes Vertrauen in Jesus, wie es so viele andere zweifellos taten, denn selbst wenn er *mir* in dem Augenblick geholfen hätte, hatte er es bei meinen Schwestern ja nicht getan. Hatte zugelassen, dass Lucy auf entsetzliche Weise starb, hatte die Frauen, an denen Dr. Weir über Jahre experimentierte, nicht beschützt.

Jesus hatte sehr wenig für die Sanftmütigen & Hilflosen getan – für uns, denen verheißen war, dass wir das Erdreich besitzen werden & unserer das Himmelreich sein wird. Jesus hatte nichts für die versklavten Afrikaner getan – *das* stand fest. Doch wenn man Ihm wortreich dankte, & Gott dem Vater, dem Schöpfer von Himmel & Erde, & wenn man beiden mit ihrer Güte & Barmherzigkeit schmeichelte, würden sie, die Hoffnung blieb, einem eines Tages schließlich Gutes tun, man durfte nur nicht nachlassen & sie stattdessen verwünschen.

Der Schlächter-Doktor kann zur Hölle fahren, sagte Nestra lachend. *Jesus stellt den Fuß auf seinen Nacken & zermahlt ihn zu Staub.*

Wenn wir konnten, lachten wir. Sogar diejenigen von uns, die in Zellen eingesperrt oder an die Betten gekettet waren.

Übermütiges Johlen, krampfhaftes Husten & Keuchen.

»Bist du – das irische Mädchen?«

Die Hände vom Gesicht nehmend, erblickte ich erstaunt in der Tür zum *Kadaverraum* einen Fremden, der ungefähr in meinem Alter oder etwas älter & offensichtlich kein Wärter war, da er keine Dienstkleidung trug – einen bestürzt aussehenden jungen Mann, dessen Gesicht mir zwar bekannt vorkam, den ich sicherlich aber noch nie gesehen hatte.

Er erklärte mir errötend, während ich fest auf seine Lippen achtete: *Ich bin Jonathan Weir, sein Sohn. Aber nicht – sein Eigentum.*

14.

So trat er in mein Leben.

So veränderte er mein Leben, wie ein Flusslauf durch einen scheinbar willkürlichen Eingriff verändert werden kann, der sich am Ende als schicksalhaft erweist, von Anbeginn der Zeiten bestimmt.

Jonathan Weir! – Silas Weirs ältester Sohn.

In meiner Verzweiflung verstand ich nicht viel von dem, was Jonathan sagte. Indem ich die hohle Hand ans Ohr hielt & nachahmte, wie ein Kind das Gesicht verzieht, gab ich ihm zu verstehen, dass ich ihn nicht *hören* konnte.

Verwirrt schaute Jonathan mich an. Sagte etwas, wohl eine Entschuldigung, die ich nicht verstand.

Unsicher stand er in der Tür zum *Kadaverraum*. Seine Nasenflügel zuckten bei dem Geruch, nervös ging sein Blick zwischen dem schmutzigen Boden & den Wänden hin & her. Er hatte keine Ahnung, was dieser Raum war, das merkte ich. Keine Ahnung wahrscheinlich, was sein Vater war.

Helles rehbraunes Haar, das sich über der Stirn erhob wie eine fahle Flamme.

Augen von großer Intelligenz, Mitgefühl, Eindringlichkeit – die unschlüssig meine suchten.

So als überlegte er – *Soll ich bleiben, oder soll ich gehen?*

Dann ging er aus Höflichkeit in die Hocke, ich saß ja auf dem Boden, meine Beine waren so schwach geworden. Er wollte nicht über mir aufragen, mich nicht einschüchtern.

Er sah zu der Peitsche, die nicht weit entfernt auf dem Boden lag. Ich verstand, sein Vater hatte ihn geschickt – um mich auszupeitschen?

Der Sohn des Schlächters. Wie war sein Name – *Jonathan.*

Er war ein junger Mann von vielleicht zweiundzwanzig. Schlaksig, größer als sein Vater. Allerdings nicht missmutig wie er, obwohl seine Stirn durchfurcht war wie ein Teig von den Zinken einer Gabel. In den Augen ein stechender Schmerz, in dem ich (noch) nicht den Schmerz der Sohnesscham erkannte.

Mit wenigen Schritten Abstand betrachteten wir einander wie lauernde Tiere, jeder wartete darauf, dass der andere sich zuerst bewegte.

Doch *er* war der Sohn des Direktors. *Er* hatte Anweisungen erhalten.

Was nun sagen? Wie es sagen? In welcher Sprache? Mit welchen Worten? In seiner Hand die kurze stumpfe Peitsche.

Sie wog in seiner Hand wie das Gewicht der Pflicht. *Scham, Unmut.*

Jonathan bewegte die Lippen so, dass ich jedes Wort verstand – *Er hat mich geschickt, um dich auszupeitschen. Du hättest das gesamte englische Volk beleidigt, hat er gesagt.*

Was ihn zum Lachen brachte. Beide lachten wir, atemlos.

Er *würde niemanden mit der Peitsche schlagen*, sagte er. Er sei davon überzeugt, dass *niemand das Recht habe, irgendwen mit der Peitsche zu schlagen*.

Er würde aber *denjenigen schlagen*, sagte er, der sich unterstand, *ihn* mit der Peitsche zu schlagen. Oder *mich*.

All das teilte Jonathan Weir mir mit einiger Mühe mit.

So schwierig, so seltsam war es aber eigentlich gar nicht. Denn Jonathan Weir konnte mich von Anfang an verstehen, genauso wie ich ihn verstehen konnte, oder fast.

In langsam artikulierten Worten fragte er, ob ich verletzt sei – ob sein Vater mir wehgetan habe –, & ich schüttelte den Kopf: *Nein*.

Fragte, ob ich krank sei, eine Patientin seines Vaters aus dem Laboratorium, & ich schüttelte den Kopf: *Nein*.

Ich bin eine, die sich um die Kranken kümmert. Um die Frauen, die dein Vater verletzt hat.

Begeistert schaute er auf mein Gesicht. Meine Lippen. Meine gestikulierenden Hände.

Fragte, ob ich Hunger hätte – Durst. Ich wollte ihm *Nein* bedeuten, geriet aber ins Stocken.

Denn noch nie hatte jemand aus seiner Welt auf diese Weise mit mir gesprochen. Nicht herablassend, nicht mitleidig. Vielmehr liebevoll. Mit brüderlicher Sorge. Daher fiel es mir schwer zu antworten. Ich wollte mich nicht dadurch verraten, dass ich zu weinen begann.

Er ging weg & kam mit einem Glas, einem Krug Wasser & einem abgedeckten Teller mit Essen wieder, das wohl aus seinem Haus stammte, wie ich annehmen musste, es war ja nicht weit bis zur Residenz des Direktors.

Wie einfach das erledigt war, wie offen & bestimmt Jonathan Weir war, sobald er sich erst einmal zum Handeln entschlossen hatte!

Und blieb doch so höflich oder zurückhaltend wie zuvor. Ließ sich direkt hinter der Tür in die Hocke nieder & wahrte Abstand zwischen uns.

Ich hatte großen Durst & unbändigen Hunger. Tränen stiegen mir in die Augen, ich erinnerte mich nicht mehr, wann ich zuletzt etwas gegessen hatte. Erinnerte mich nicht mehr an den langen Tag, der wohl mit Lucys Tod angefangen hatte.

Ich aß wie ein Tier. Tränen flossen mir über die Wangen. *Jetzt wird er mich bemitleiden, mich verachten*, glaubte ich.

Doch Jonathan Weir hatte an irgendetwas gedacht, was ihn zum Lachen brachte. Formte lächelnd mit den Lippen die Worte – *Für ein Mädchen, das das gesamte englische Volk beleidigt haben soll, bist du verdammt schmächtig.*

Ja, es war komisch!

Mit einem Mal lachten wir zusammen. *Wir*, gegen ihn.

Die Wildheit, die in uns aufsteigt, wenn etwas entschieden ist, wovon bis zu diesem Augenblick niemand etwas ahnte.

Er ging weg, doch ich wusste – *Wir sehen uns wieder, Brigit.*

Er hob die hässliche kleine Peitsche auf, schleuderte sie auf den Boden.

Bleckte die Zähne zu einem wütenden Grinsen.

Eines Tages werde ich ihn mit der Peitsche schlagen – sie alle.

15.

Die Lügen, die man uns auftischt, schon in der Kindheit, wir wären nicht ihr & ihr wärt nicht wir. Das ist die Lüge, Brigit: Dass diejenigen, die »von Gott gesegnet« sind, würdig seien, & die Armen, die kein Grundstück & keine Besitztümer haben, die krank sind oder behindert, hätten ihr Schicksal verdient, nicht unser Mitgefühl.

Als Arzt weiß mein Vater, dass das eine Lüge ist, er weiß, dass alle Menschen unter ihrer Haut Brüder & Schwestern sind.

Herren & Diener, das gibt es bei Gott nicht. Herren & Sklaven, das gibt es nicht. Die Eroberer, die Engländer, sind den Iren nicht übergeordnet.

Das ist mein fester Glaube, & diesen Glauben werde ich nicht verraten.

Wisse, dass ich dich als meine Schwester liebe, Brigit. Und ich verspreche, dass ich dich aus der Anstalt befreien werde. Aus der Dienstschuld. Ich werde mich den Vätern widersetzen.

16.

Wochen & Monate wie ein dahinstürzender Strom, dessen Schaumwirbel die Steine & das Geröll unter der Oberfläche überdecken; wie viele Male verabredeten wir uns am Rand des von Disteln & Wildrosen überwachsenen Anstaltsgeländes, Jonathan Weir & ich; oft schweigend, lächelnd & schauend, uns berührend – zart, zögernd.

Du bist so schön, Brigit.

Deine Seele leuchtet in deinen Augen. Wunderschön.

Umfasste mein Gesicht mit den Händen. Starke Hände, aber sanft.

Wohingegen die Hände seines Vaters schwach waren & Stärke durch Herrschaft erlangten, durch den Schrecken des Messers.

Diese feine blaue Ader an deiner Schläfe, Brigit. Wunderschön.

Was für ein Geschenk für mich, eine Offenbarung. Der Sohn des Schlächters. In *seinen* Augen war ich nicht widerwärtig, war kein irisches Gesindel & verächtlich.

Berührte mich an der Kehle, als ich zu sprechen versuchte. Hörte zu, als ich versuchte, den Wörtern *Ton* zu verleihen – eine Frage der Atmung, des Atemdrucks.

... ja, genau so, Brigit! Ja!

Er brachte mir das Sprechen (wieder) bei. *Seine Worte* konnte ich bereits (wieder) hören.

Wenn Vertrauen da ist, können wir sprechen. Wir können hören.

Vielleicht kann ich dich aus deinem Vertrag herauskaufen. Dich retten – vor ihm.

Und er brachte mir das Lesen bei, seine Augen beim Versprechen von Freude & Auflehnung, als ob wir kleine Kinder wären, Bruder & Schwester.

Im Frühling wild wachsende Glyzinien, deren Duft uns benommen machte, betäubte. Und wir wagten es, uns zu berühren, zu liebkosen.

Er brachte mir Kinderbücher von zu Hause mit. Die konnte ich natürlich lesen, die meisten jedenfalls.

Papierbogen & farbige Stifte, mit denen ich A B C D E F G H I J K L M N O P Q R S T U V W X Y Z abmalen konnte, ein Zoll hoch, in traumähnlicher Folge, Buchstaben, die ich mir einprägte, während ich schlief oder in dumpfer Erschöpfung meiner (wieder aufgenommenen) Arbeit im Laboratorium nachging. (Wo sich der Schlächter darin gefiel, so zu tun, als hätte sich zwischen uns nichts verändert & als wäre es ein Gebot christlicher Nächstenliebe, dass er *mir* verzieh.)

Jonathan staunte, war überrascht & lachte vor Bewunderung, dass ich, die nicht einen Tag lang eine Schule besucht hatte, mit einem Buntstift sprachliche Wunder wie

OESOPHAGUS, LEBER, MILZ, NIEREN, PANKREAS, GALLENBLASE, MAGEN, DÜNNDARM, DICKDARM, HARNBLASE, UTERUS, VAGINA, RÜCKGRAT, GEHIRN

niederschreiben konnte, meist ohne eine Ahnung zu haben, was diese Wörter bedeuteten oder wie sie überhaupt ausgesprochen wurden.

Brachte ich gewöhnlichere Wörter mit Buntstift zu Papier –

BAUM, HAND, TISCH, KATZE, FEUER, HIMMEL, FUSS –

mussten wir sehr lachen & wussten nicht, warum.

Beim sanften Licht der Laterne las mein Freund mir Gedichte vor. Jedes artikulierte Wort wie ein Kiesel in einem Bach. Leise zischende tröstliche Wörter, Wörter wie Liebkosungen, vermischt mit den Schreien nächtlicher Insekten & Vögel & Nachteulen in den höchsten Bäumen & den Dachtraufen der Nebengebäude der Anstalt.

Denn in kleinen Schritten wurde mir mein *Gehör* wiedergegeben. Ich spürte, *Hören* war für mich nicht schädlich, *Hören* war für mich nicht beängstigend, deshalb konnte ich es annehmen, dazu wieder fähig zu sein.

Seit dem Tod meiner Mutter hatte mein Hörvermögen nachgelassen. Am Morgen nach ihrem Tod war das Hören schon gedämpft gewesen. Und als ich sprechen wollte, war meine Kehle fest verriegelt.

Sprechen ist ein Rätsel, darin besteht seine Macht. Der Großteil der Dichtung. So schwer fassbar wie Falter, die vom Licht der Lampe angezogen werden & ihre wunderschönen puderigen Flügel gegen das Glas der Laterne schlagen.

Dichtung ist die Sprache der Seele. Sie lässt Hoffnung in mir keimen. Die auflodert & mich daran denken lässt, eines Tages, wenn ich geheilt bin, vielleicht selbst Stift & Papier zur Hand zu nehmen & zu *schreiben*. Nicht bloß einzelne Wörter wie ein Kind, sondern *schreiben* – wie Erwachsene es tun.

Jonathan im Ton der Begeisterung:

Ruhig, heiter zieht dahin dein Leben,
Es soll die Muse dir noch viele Lieder geben!
Und voll der Süße seliger Gedanken
Mit sachten Schwingen dein Gemüt umranken!

Es faszinierte mich, wenn Wörter sich reimten. Auch wenn ich mir unsicher war, was sie bedeuteten.

Diese Dichterin, Phillis Wheatley, geboren in Afrika, im vorigen Jahrhundert als Sklavin nach Amerika gebracht, sie hatte das Glück, sagte Jonathan, von einem gebildeten Bostoner & seiner Frau gekauft worden zu sein, nicht von einem Plantagenbesitzer aus dem Süden, der sie gezwungen hätte, Kinder zu gebären, & sie hätte schuften lassen, bis sie tot umfiel; sie hatte das Glück, für ihre Klugheit geschätzt & nicht bestraft zu werden. Ihre Besitzer hatten ihr nicht nur das Lesen & Schreiben beigebracht, sondern einen Verleger für ihre Gedichte gefunden & sie, als sie zwanzig war, freigelassen.

Freigelassen! Ein schwarzes Sklavenmädchen – freigelassen! Wie konnte das sein, überlegte ich. Es wurde viel erzählt von dem Schlimmen, das Afrikanern im Süden angetan wurde: totgepeitscht, in Sümpfe geworfen, den Alligatoren zum Fraß. Von Bluthunden in Stücke gerissen.

Solche Gerüchte – zu Dienstschuldnern. Um uns zu beschwichtigen – *Ihr seid weiß, ihr bleibt von solchen Strafen verschont. Lobet Gott, seid zufrieden mit eurem Schicksal.*

Jonathan erklärte, Phillis Wheatley sei eine berühmte Dichterin gewesen, sehr begabt. Sie habe ganz andere Erfahrungen gemacht als die meisten afrikanischen Sklaven.

Weil sie in den Norden kam, nicht in den Süden. Denn der Süden war für die Versklavten schlicht die Hölle.

Zu hören, dass über solche Dinge gesprochen wurde, so offen, mir blieb fast das Herz stehen.

In der Anstalt sprach niemand von dem, was sich außerhalb der Anstalt befand. Von Norden, Süden hatten wir nur eine ungefähre Vorstellung. Afrikanische Gesichter hatten nur wenige von uns einmal flüchtig in Trenton gesehen.

Ich konnte nicht allem folgen, was Jonathan über die schwarze Dichterin berichtete. Auch wenn ich auf seine Lippen schaute & den Großteil seiner Wörter »hörte«, verstand ich nicht immer. Die Sprache fließt schnell dahin, & das Verstehen hinkt hinterher.

Irgendetwas in mir scheute, ich wollte das nicht hören. *Freigelassen!* Der Gedanke, dass so etwas für mich möglich sein könnte, flößte mir Angst ein …

Allerdings sprach Jonathan nicht leichtfertig über diese Dinge, über nichts, was mit Dienstschuld, Sklaverei, Leibeigenschaft, »Befreiung« zu tun hatte.

(Das war ein Wort, das ich kannte – *Befreiung.*)

Meine Augen füllten sich mit Tränen, ich hätte nicht angeben können, warum. Ich konnte nur an ein schwarzes Mädchen namens Phillis Wheatley denken, das Gedichte geschrieben hatte, die nun von Weißen wie Jonathan gelesen wurden, der sie mir vorlas. Und an den Mut, den sie mir, deren Leben so viel leichter war als ihres, mit ihrem Beispiel machte.

Jonathan ergriff meine Hand – nicht um mich an sich zu

ziehen (wie ich für einen Augenblick befürchtet hatte), sondern um mich zu trösten.

Eines Tages, bald schon, Brigit. Dein Tag wird kommen.

17.

… *Dein Tag wird kommen* wie die leisen Vogelrufe bei Morgengrauen in den Eichen oberhalb von North Hall, die ich nach Jahren der Stille nun wieder hören konnte: ein Geschenk.

18.

Wenn man nichts besitzt, nimmt man gierig alles an sich, was einem in die Hände fällt, ganz gleich, ob es von anderen Weggeworfenes oder Liegengelassenes ist.

In allen Einrichtungen wie der Anstalt werden die herrenlos gewordenen Habseligkeiten derer, die gestorben sind, rasch von den Lebenden gefunden & aufbewahrt.

Derer, die so lebten wie wir, als Niedrigste unter den Arbeitern. Was uns in die Hände fiel, ließen wir uns nicht entgehen.

Nicht dass wir stahlen, wir bewahrten auf. In einem Versteck.

Der Schlächter-Doktor hatte mir versprochen, mir in Zukunft etwas zu zahlen, nur einen Hungerlohn zwar, aber immerhin. Ich war schließlich seine *Lieblingsschwester*. Meine Arbeit für ihn war nie zu Ende, ich konnte zu jeder beliebigen Zeit gerufen werden, zu jeder beliebigen Stunde. Er war schließlich mein Dienstherr, von Gesetzes wegen.

Denn ich hatte keinen Schlüssel, um die Tür zu meinem winzigen Raum von innen abzuschließen.

Wochen vergingen, Monate, & er kam nicht mehr darauf

zurück. Betrachtete mich kalt oder grausam. Betrachtete mich mit feuchten Augen & hartem Mund. Den *Trank der Lethe* abzulehnen wagte ich nicht.

Beschämend für mich, bekennen zu müssen, dass ich aus Angst, seinen Zorn zu schüren, nicht wagte, mit dem Schlächter-Doktor darüber zu sprechen; auch mit Jonathan sprach ich nicht darüber, denn zwischen uns gab es Geheimnisse, die ich nicht offenbaren konnte.

(Dass ich ein Kind bekommen hatte & dass man es mir weggenommen hatte. Dass ich *Beziehungen*, wie es genannt wird, mit Medrick Weir & anderen unterhielt, die mir jahrelang Gewalt angetan hatten.)

(Wenn er es wüsste, würde er sich von mir abgestoßen fühlen. Wenn er wüsste, wie jung ich gewesen war, als das anfing – noch keine dreizehn. Der Sohn des feinen Herrn Doktor zu sein, wie ertrug er das? – zu wissen, dass mein Körper hoffnungslos verheert & geschändet worden war.)

Wenn wir zusammen waren, war Jonathan derjenige, der am meisten sprach.

Jonathan Weir, der eines Tages Anwalt sein würde, tat sich leicht damit, Wörter zu bewegen, als hielte er glatte kleine Kiesel in den Händen.

An mir war es, ihm zuzuhören, mich anzustrengen, damit ich *hörte*.

Und seine Finger an meiner Kehle, wo meine »Stimme« vibrierte, es bereite ihm Freude, wenn er es an den Fingerspitzen spürte (sagte er).

Auf die Weise brachte er mir das Sprechen bei, was ich früher ja konnte. Brachte es mir an Beispielen bei, ohne mich je zu nötigen.

Und ich bewahrte auf, was ich im Anstaltsmüll fand. Wie Schlick in einem Gewässer hinabsinkt & sich in dem Morast am

Grund ansammelt. Jeder von uns in North Hall hatte ein geheimes Lager seiner jämmerlichen Habe. Sogar die in den Zellen & Kaninchenställen Eingesperrten (so niedrig, dass sie in der Hocke sitzen mussten wie Tiere in schmutzigem Stroh) konnten kleine Gänge aushöhlen & ihre Schätze darin verstecken.

Meine wertvollste Habe waren weder Kleidungsstücke noch Strümpfe, Haarspangen oder Kämme wie bei den anderen, sondern Zeitschriften, Broschüren, Zeitungen & Kalender. Sie kamen in meinen Besitz, wenn Abfall aus den Behältern über einen Gehweg auf dem vernachlässigten Gelände hinter North Hall geweht wurde.

Eine zerlesene alte Bibel, die aussah, als hätte sie schon die Sintflut mitgemacht, war mein Lieblingsstück. Bei ihrem Anblick lachte Jonathan traurig – *Oh, Brigit!* Hätte er das gewusst, hätte er für mich eine Bibel mitgebracht.

Wenn ich versprach, niemandem zu sagen, wer sie mir gegeben hatte, was ich bereitwillig tat: *Ja, ich verspreche es.*

Denn es dürfe kein Mensch davon wissen, sagte er, dass er mich besuchte & dass wir *Freunde* wären.

Sein Vater wäre sehr verärgert & würde uns auseinanderbringen. Und mir könnte ein Schaden entstehen, den Jonathan nicht verhindern konnte.

Noch nicht verhindern. Aber bald, eines Tages.

Den Zorn seines Vaters auf ihn könne er hinnehmen, nicht aber den Zorn seines Vaters auf mich.

»Er wird dir nie wieder wehtun, Brigit. Ich verspreche es.«

Jonathan brachte mir nicht die Heilige Schrift mit, sondern das Neue Testament in einem biegsamen schwarzen Einband & mit Bildern, die für Kinder bestimmt waren; aus diesem Geschenk las er mir mit solcher Inbrunst von Jesu Wundertaten vor, dass ich mich fragte – *Glaubt er? An Jesus? An Wunder?*

Ich traute dem christlichen Jesus nicht, hoffte aber, er würde sich, wenn es ihn denn gab & wenn er von mir wusste, meiner erbarmen.

Mit liebevoller Geduld fuhr Jonathan mit dem Zeigefinger unter den Zeilen entlang, damit ich mit den Augen folgen konnte. Das Gelesene wiederholte, damit ich es mir auf diese Weise einprägen konnte.

Im Grunde, als wäre ich ein Kind. Von allen Sünden gereinigt, innerlich wieder ein Kind, dankbar für alles, was Jonathan in mein Leben gebracht hatte.

In kleinen Schritten lernte ich beim Lesenlernen auch wieder sprechen.

Mit meiner heiseren Mädchenstimme, die sich kaum über ein Flüstern erheben konnte, & das nur im Beisein meines geliebten Freunds.

Denn auch wenn ich bei Jonathan *hören* konnte & *sprechen* konnte, wie holprig auch immer, war ich noch nicht bereit, das auch im Beisein anderer zu tun.

Ich artikulierte langsam die Wörter, während Jonathan mit dem Zeigefinger darunter entlangfuhr.

Selig sind, die da geistlich arm sind; denn ihrer ist das Himmelreich.
Selig sind, die da Leid tragen; denn sie sollen getröstet werden.
Selig sind die Sanftmütigen; denn sie werden das Erdreich besitzen.
Selig sind, die da hungert & dürstet …

Ich geriet ins Stocken, verhaspelte mich. Jonathan sprach mir die Wörter vor, wenn es nötig war. Verlor nie die Geduld. Lachte nie über mich, wenn mich der Mut verließ.

»Lesen kommt mit der Übung, Brigit. Wir lernen lesen, ohne zu wissen, dass wir lernen.«

Das stimmt nicht – oder? An manchen Tagen vergaß ich alles,

was ich gelernt hatte. Wörter, die ich kannte, entfielen mir, wie Vogelküken, die aus dem Nest gefallen waren.

Doch wenn ich an anderen Tagen noch einmal las, was Jonathan mir beigebracht hatte, sprangen mir die Wörter sofort auf die Lippen, & ich konnte sie ohne Zögern laut »sagen«.

Mit großer Geduld brachte Jonathan mir auch das Rechnen bei. Vieles davon wusste ich schon, brauchte es nicht gesagt zu bekommen, doch es war tröstlich, wenn das geschah. Sorgfältig schrieb ich die Ziffern nieder: 1 2 3 4 5 6 7 8 9 10 11 12.

Addierte, subtrahierte. Frag nicht, was Zahlen *sind*, denk dir die Zahlen als Gegenstände wie Pennys, Schuhe, Bäume.

Wenn eine Aufgabe mich verwirrte, wollte ich instinktiv drauflosraten, so als schlösse ich die Augen & spränge ins Dunkel, doch Jonathan beruhigte mich – *Nein, nein! Lass dir Zeit, Brigit.*

Zeit ist immer genug.

Er brachte mir den Gebrauch von Stift & Papier bei. Nicht ungeduldig mit mir zu sein. Beim Rechnen gibt es keine Finten, nur eine einzige Antwort: die richtige.

Nur eine Lösung für jede Frage.

Nur eine Lösung für die Ungerechtigkeit der Welt, die so viele zu Gefangenen von so wenigen macht. Zu Dienern, Sklaven.

In der Bibel gab es das *Himmelreich*. In unserer Welt hier unten gab es die *Freiheit*.

Immer aufgeregter sprach Jonathan von unserer *Flucht*. Davon, dass er an einen Geldbetrag gelangen, *meinen Vertrag kaufen* würde.

Wenn sein Vater es ihm verweigerte, würden wir *zusammen weglaufen*.

Von dem, was in mir vorging, sagte ich Jonathan nicht viel. Auch anderen, die sich mit mir angefreundet hatten, Gretel etwa, hatte ich nicht viel erzählt, ich konnte damals ja nicht sprechen & wollte mich niemandem anvertrauen.

Während Jonathan so lebhaft sprach, war ich sehr still. Mir war wichtig, dass der Schlächter-Sohn *mein Freund* war & mich nicht für jemanden hielt, der seinen eigenen Kopf hatte, unabhängig von ihm. Es machte mir nichts aus, dass Jonathan mich der Umstände meines Lebens wegen bemitleidete, denn wenn *Mitleid* ein Mittel zur *Flucht* war, war es eine gute Sache.

Dass Jonathan sich als meinen *Freund* betrachtete, bedeutete nicht, dass ich Jonathans *Freund* war. Das hatte ich instinktiv verstanden.

Für ihn war ich wie ein Kind, was ich ja *war*. Zwar nicht wesentlich jünger als er, aber schmächtig & völlig ahnungslos bei all dem, worüber er viel wusste: die Welt außerhalb der Anstalt, das Leben, Wissen, Schulbildung, Bücher & den *normalen Alltag von Menschen*, die mir so fremd waren wie eine andere Spezies. Und so war ich in seinem Beisein still vor scheuer Bewunderung für ihn & auf der Hut.

Jonathan spürte ein Bedürfnis, das Empfindlichste in mir zu beschützen. Seine Augen waren wunderschön & feucht, so zart waren seine eigenen Empfindungen. Und so waren die (warmen, kräftigen) Hände, wenn er meine (ausgekühlten) Hände umfasste, um mich zu trösten & zu beruhigen.

Der Sohn des Anstaltsdirektors, unseres Dienstherrn & Unterdrückers, zu sein, gab ihm diffuse Schuldgefühle ein. Er hatte nie Mangel erlebt, war nie verzweifelt auf allen vieren gekrochen, hatte nie in Schmutz hausen müssen, sogar dafür dankbar, weil der Atem des Lebens noch in ihm war, wenn auch nur für wenige Stunden.

Er war nie so ausgehungert gewesen, dass er Essen hinunterschlang, durch das Maden krochen. Nie so durstig, dass er verfärbtes, nach Jauche schmeckendes Wasser trank.

Das Schuldgefühl wegen der Stellung seines Vaters erfüllte den Sohn & war zu einer schmerzenden Wunde geworden, fast lustvoll. Denn *er* war nicht der niederträchtige Herr, & das würde *er* auch nie sein.

Trotzdem war er der Sohn des Herrn & hatte von der Stellung des Herrn profitiert. Er hatte nie Hunger gehabt, es hatte ihm nie an Kleidung oder Schulbildung gefehlt; sein Verstand war scharf & wach, denn er war wohlgenährt, war einer von denen, die es zu etwas gebracht hatten, während andere auf der Strecke blieben & umkamen.

Jonathan wusste das. Ihm war auch bewusst, dass er es wusste, & er betrachtete dieses Wissen voller Ironie. Denn es war aufregend für ihn, sich kritisch über seinen Vater & seine Verwandten zu äußern, mir zu bedeuten, dass er anders war als sie. Auch wenn er auf flüchtigen Blick gar nicht so anders war, war er doch *im Innern nicht wie sie.*

Es war aufregend für ihn, sich heimlich mit mir, der irischen Waise, zu treffen. Sogar wenn sein Vater gar nicht weit entfernt war. Sowieso (erzählte er mir) sprachen er & sein Vater kaum miteinander, & schon gar nicht über *Brigit Kinealy.*

Und es war aufregend für ihn, mir zu versichern, er denke so oft an mich, als wäre ich seine Seelenschwester.

Bei dieser Beteuerung musste ich lachen vor Überraschung & Unglaube. Hitze stieg mir ins Gesicht, ich erhob die Hände & verbarg es in plötzlicher Scheu.

Ich verstummte auch, als Jonathan es wagte, sich nach den Eingriffen zu erkundigen, die sein Vater an mir vorgenommen hatte. Er habe davon gehört, sagte er, & es schmerze ihn, etwas zu berühren, was mit *Frauenangelegenheiten* zu tun hatte. Ein Abgrund tat sich zwischen uns auf.

Was mein Körper durchgemacht hatte, *hatte* er durchgemacht. Und diese Erinnerungen jetzt hinter sich.

Einmal, gab Jonathan zu, hätte sein Vater ihn in die North Hall mitgenommen, ins Laboratorium. Wo er so schreckliche Dinge gesehen hatte, dass er beinahe kollabiert wäre & sofort die Flucht antreten musste.

Er habe gehört, sagte er mit gesenkter Stimme, sein Vater hätte an mir »experimentiert«, genau wie an anderen im Laboratorium.

Ich schüttelte rasch den Kopf. *Nein.* Ich wollte darüber nicht sprechen. *Nein.*

Er habe gehört – *schreckliche Dinge werden ihnen angetan, den Wehrlosen.*

Diese Worte hörte ich nicht. Es dröhnte in meinen Ohren, ich wandte mich ab. *Nein.*

Vater hat seine Fähigkeiten bei den Mittellosen geschult, in Vorbereitung auf die Operationen an begüterten Privatpatienten.

Eines Tages wird er dafür zur Rechenschaft gezogen werden. Irgendwie.

Ich hörte es nicht, nichts davon.

Es stimmte: Der Schlächter-Doktor hatte an unzähligen verrückten Frauen »experimentiert«, die er in seinem Laboratorium gefangen hielt. Bei diesen Experimenten hatte er mich zur Hilfe herangezogen, denn ich war seine *Lieblingsschwester.*

Doch an *mir* hatte Dr. Weir nie experimentiert. Bei mir hatte er nichts weiter getan, als mich von der *Fistel* zu heilen.

Denn ich war etwas Besonderes für ihn, den Schlächter-Doktor. Daraus bezog ich einen makabren kleinen Stolz.

Von alldem sagte ich Jonathan Weir natürlich nichts. Meine Schande gestand ich niemandem ein, der es gut mit mir meinte.

Wenn er von so etwas sprach, hatte ich ein taubes Ohr für ihn. Wie früher war *nicht zu hören* mir ein Trost.

19.

Er darf es nicht erfahren. Wird es nicht erfahren – niemals.

Schon bald dachte ich an nichts & niemanden mehr als an Jonathan Weir.

Ich wollte unbedingt für mich behalten, was mir zugestoßen war, bevor Jonathan in mein Leben getreten war & es völlig verändert hatte.

Er sprach davon, mich zu lieben wie eine Schwester. Doch ich bezweifelte, dass er noch so empfände, wenn er den geschändeten Menschen kennen würde, der ich bin.

Er hatte sein Studium am College von New Jersey abgeschlossen, hatte von seinen Professoren dort alles gelernt, was sie ihm zu lernen anzubieten hatten; jetzt wollte er sich *im Leben* einschreiben – halbtags bei der Abolitionistischen Gesellschaft in Philadelphia am Rittenhouse Square arbeiten & an der Universität Jura studieren.

Seinen Eltern hatte er diesen Entschluss nicht mitgeteilt – noch nicht.

Er hoffte, in seinem unabhängigen neuen Leben ein anständiges Gehalt zu verdienen. Ausgaben hatte er nur wenige, & er wollte jeden Penny sparen, den er erübrigen konnte, & eines Tages die Restschuld aus meinem Vertrag von der Anstalt übernehmen.

Als er mir davon berichtete, sprach er so leise, dass ich fast nicht glauben konnte, was ich hörte.

Denn *Hören* war für mich ein sehr fragiler Zustand; wenn ich dem Sprecher nicht vertraute, *hörte* ich nichts.

Er habe Erkundigungen über den Vertrag angestellt, der mich an die Anstalt band, sagte er, & sich als neutraler Dritter ausgegeben, der sich um das Wohl der Nachkommen irischer Einwanderer sorge, aber nicht zu sehr nachgebohrt, weil er fürchtete, Aufmerksamkeit auf sich zu ziehen, vor allem die seines Vaters, der seinen Bemühungen ablehnend gegenüberstehen & es mir vielleicht noch schwerer machen würde.

Laut Gesetz wurde Dienstschuldnern ein »Freiheitsentgelt« gewährt, wenn ihre Verträge ausliefen – manchmal außerdem ein halber oder ganzer Hektar Land. Viel hing vom Wohlwollen des lokalen Bürgermeisters ab, der auch zugunsten des Dienstherrn entscheiden & den Vertrag »aus triftigen Gründen« verlängern konnte.

Er würde auf meinen Rechten bestehen, beteuerte Jonathan. Würde niemandem erlauben, mich auszubeuten. Er wollte sich auf *Emanzipationsrecht* spezialisieren.

Wenn ich frei war, würden wir gemeinsam reisen, hoffte er – *als Mann & Frau.*

Frau! Das Wort hing über uns in der Luft wie ein mitten im Flug getroffener wunderschöner Falter.

Es hatte mich tief bewegt, als Jonathan von mir als seiner *Schwester* gesprochen hatte. Auch wenn ich ihm nicht so recht glauben konnte.

Und jetzt – *Frau*!

Er hatte mir einen Ring mitgebracht, als ein Unterpfand. Eine filigrane silberne Fassung mit einem kleinen Opal – so bezeichnete er den Stein selbst, da ich nicht wusste, was es sein mochte. Ich möge den Stein, ein *Halbedelstein* nur, dicht am Körper tragen, so hoffte er, vielleicht an einer Kette um den Hals; offen tragen könne ich ihn ja nicht.

Protzig war der kleine Stein nicht, seine Schönheit dezent – changierende Töne von hellem Blau, schillerndem Grün, sehr blassem Gold.

Natürlich würde ich über diesen Ring kein Wort verlieren – zu niemandem. Würde ihn niemandem zeigen, nicht einmal Gretel.

Diesen Ring würde ich verbergen, im sichersten Versteck von allen, wie eine Ratte es tut, die ihrer eigenen Art misstraut.

Ich konnte Jonathan – dem Sohn des Schlächters – nicht angemessen danken. Mir fehlten die Worte dafür. Ich konnte nur mein Gesicht, in das nackte Hoffnung geschrieben stand, vor dem prüfenden Blick meines lieben Freundes verbergen.

Einerseits wollte ich glauben, dass *Frau* mit Jonathan Weir möglich sein konnte, andererseits bezweifelte ich, dass er selbst eine klare Vorstellung von dem hatte, was er da sagte.

Es ist sein Schlächter-Vater, dem er die Stirn bietet. Mit dir hat es wenig zu tun.

Solche Stimmen kamen mir nachts ein. Sie tadelten mich für meine törichten Hoffnungen & sprachen mir doch Trost zu.

20.

Für Lucy & die anderen ist es zu spät. Wir müssen Bathsheba retten.

Diese Nacht! Denn morgen ist es zu spät.

Lachend, ihr Atem nach Gin riechend, stolperte Gretel mir in die Arme, keuchte mir heiß ins Ohr – »Niemand weiß es! Niemand hat es je erfahren.«

Niemand je erfahren – was?

»Wer ihn ermordet hat – in seinem Bett. Den vorigen.«

Ermordet – wen?

»Medrick Weir« – den Namen mit ihrem schweren deutschen Akzent ausgesprochen, als könnte nichts komischer sein.

Könnte ein Pferd lachen, klänge das ebenso laut & derb. Die Lippen über die verfärbten großen Pferdezähne zurückgezogen, halb auf der Treppe sitzend, halb fallend.

Ich sah Gretel mit großen Augen an. Leichtsinnig formten ihre Lippen diese Worte, sie glaubte vielleicht, dass ich *nicht hörte*.

»Ja! Ich war das. Wegen *dir* – dem, was er *dir* angetan hat.«

Sie wischte sich den vor Spucke glänzenden Mund ab. Lachte & zitterte.

Medrick Weir, das wusste ich, hatte auch anderen Gewalt angetan. Gretel, als sie jünger war, bestimmt auch.

»Hab ihm die Kehle aufgeschlitzt, dem Schwein, das er war. In seinem dreckigen Bett.«

Hielt mich in ihren Armen, als unsere Herzen gleichzeitig schneller schlugen.

Es war der Abend vor Bathshebas Operation. Wir sollten sie mit Morphium im Essen betäuben, in den Operationsraum tragen & an den Tisch fesseln zur Vorbereitung auf das, was der Schlächter-Doktor, was Doktor Bluthand, für den Morgen geplant hatte.

Bathsheba muss dringend notoperiert werden, da sie Symptome eines Gebärmuttervorfalls gezeigt hat – hatte der Schlächter mit einem Ausdruck von Widerwillen verkündet.

Warum sich Gretel an mich klammerte, warum ich sie nicht verblüfft fortstieß, weiß man nicht, soll man auch nicht wissen. Wohlgemerkt nur: *Brigit hatte keinen Gin getrunken.*

Zusammen kicherten wir, wie junge Mädchen es tun, wenn sie gekitzelt werden. Gretels schwere Brüste ohne Halt unter der Schwesterntracht, ihr keuchender Atem heiß, die Augen wild verdreht.

Wir lachten, als wir etwas sagen wollten. Ich nahm Gretels von den Jahren des Dienstes derb gewordene Hand & drückte die Finger an meine Kehle, damit sie die erregende Schwingung der Worte spürte, die sich mühten hinauszukommen.

Wir weigern uns – Bathsheba zu verraten.

Wir betäuben Bathsheba nicht. Wir tragen sie nicht in den Operationsraum, fesseln sie nicht an den Tisch.

Wir bereiten Bathsheba nicht dafür vor, dass der Schlächter sie umbringt.

Wir tun es nicht, nein! Wir tun es nicht, niemals.

Zu spät für Lucy & alle, die durch sein Skalpell gestorben sind.

Es ist an der Zeit, dass Doktor Bluthand stirbt.

21.
Zeugnis ablegen

Von jetzt an lege ich diese Worte nicht als Brigit Kinealy nieder, sondern durch die Hand & den Stift von Brigit Kinealy.

Sie war zwar eine Waise aus einem verachteten Volk, erlangte im Bestreben, sich zu retten, jedoch ein Privileg, das ihren Schwestern, die als Wahnsinnige in der Anstalt festsaßen, verwehrt blieb. Denn nur wenige von ihnen waren des Lesens & Schreibens über das Niveau eines kleinen Kindes hinaus kundig.

Denn sie wurde vom Schlächter-Doktor begünstigt, wie ich in dieser Erzählung deutlich gemacht habe. Und war außerdem mit dem Sohn des Schlächter-Doktors befreundet.

Es stimmt, Brigit Kinealy wurde vom Schlächter-Doktor »gerettet« – das lässt sich nicht leugnen.

Dafür ist sie dankbar. Doch – verbunden ist sie ihren Schwestern, deren Schicksal sie teilen muss.

In Gretels Worten gesagt: Wenn die Würfel gefallen sind, stehen wir mit unseren Schwestern zusammen bis zum Tod.

22.
Aufruhr: 13. März 1861

Halleluja! – Triumphgeschrei verrückter Frauen, als Flammen aus dem obersten Stock von North Hall schlagen, Doktor Bluthands Schlupfwinkel.

Halleluja! – rasch breitet sich das Feuer durch den Labortrakt & abwärts in untere Stockwerke & Nebengebäude aus, die wie Zunder in einer Feuersbrunst in die Luft fliegen & den nächtlichen Himmel über Trenton, New Jersey, erleuchten.

Ginge doch *ganz Trenton* zuschanden in diesem reinigenden Feuer! *Und führen doch alle, die uns als Verrückte gefangen hielten & es sich inmitten unseres Elends gut gehen ließen, zur Hölle.*

Wir debattierten lebhaft darüber, ob wir den Doktor Bluthand liegen lassen, wo er ermordet in den Schmutz gefallen war, oder ob wir den blutbefleckten Körper vom obersten Stock von North Hall hinunterschleppen & den verstümmelten Schlächter öffentlich ausstellen wollten.

Keine Zeit zu verlieren! Noch ehe die ersten Feuerwehrmänner eintrafen, wollten wir in Männerkleidern am Ufer des Delaware entlang bis zu einer Brücke fliehen, über die wir nach Pennsylvania gelangten. Einige von uns sollten binnen eines oder zweier Tage in der Wildnis von Bucks County aufgegriffen werden, andere wurden nie wieder gesehen – waren *verschwunden*!

Als hätte sich die Erde aufgetan & uns verschluckt.

Für immer aus Doktor Bluthands Gefängnis befreit. Wenngleich alle fürs Leben gezeichnet, von ihm.

Jahrelang in Doktor Bluthands Laboratorium gefangen gehalten. Niemand wusste von unserem Schmerz & von den an uns verübten Gräueln, ausgenommen die eine, die diese Worte niederschreibt & damit Zeugnis ablegt.

Eine von uns, wie durch ein Wunder verschont geblieben. Von so wenigen, denen zu leben vergönnt war & das Privileg, *lesen & schreiben*, Zeugnis für alles ablegen zu können.

Für uns alle, von unseren Familien alleingelassen. Beleidigt, beschädigt & an Bettpfosten gefesselt. In Zellen gesperrt, & einige von uns, die *Widerspenstigsten*, in Käfigen gefangen gehalten, kaum groß genug für Kaninchen, zu klein, als dass wir darin aufrecht sitzen, geschweige denn stehen konnten. Es mag ein *Experiment* gewesen sein, mit dem man herausfinden wollte, inwieweit Knochen einer erzwungenen Position nachgibt, welche Ernährung Knochen spröde werden lässt, ihn zum Bogen biegt. Für uns schmutziges Stroh, darauf zu schlafen, zu träumen. Offene Wunden am Körper, von Maden wimmelnd.

Jesus hilf mir! Jesus hilf mir! – erhoben sich unsere aussichtslosen Schreie in die Dunkelheit, vermischten sich mit denen der Nachtvögel, vom Wind davongetragen, ungehört.

Eine nach der anderen wurden wir zu ihm befohlen. Durch funkelnde Brillengläser von ihm untersucht. Ein grobes Instrument, das uns den Augen des Doktors Bluthand *feilbot.*

In pedantisch sauberer dunkler Herrenkleidung, gestärktes weißes Baumwollhemd, gestärkter weißer Kragen & Halstuch unter einer weißen Chirurgenschürze, die schon bald von unserem Blut beschmutzt & bespritzt sein sollte.

An einen Tisch gefesselt, dunkel verfärbt von den Qualen unserer Schwestern. Senkte sein Skalpell in uns, kratzte uns wund mit seiner Kürette, schnitt uns mit Scheren das Leben ab, dämpfte unseren Schmerz kaum je mit Morphium, mit Chloroform. Denn *Anästhesie* war kostspielig, blieb Privatpatienten vorbehalten.

Amputationen von Zehen, Fingern, Füßen, Beinen – um die Ausbreitung von Wundbrand zu verhindern, dessen Versorgung er absichtlich hinausgezögert hatte, bis es zu spät war.

Ein Plan, Zungen zu amputieren – um herauszufinden, ob wir lernen konnten, auch ohne Zunge zu sprechen.

Gebrabbel *verrückter Frauen*, wer versteht das schon? – ohne Wert.

Prahlte, nicht *amputieren* sei die Kunst, sondern *den Patienten hinterher am Leben zu erhalten.*

Band Venen & Arterien ab, kauterisierte Stümpfe. Behandelte »Schocks«. Denn die Sterblichkeitsrate bei »Schock« ist genauso hoch wie bei Blutverlust.

Postoperative Patientenversorgung. Darüber weiß man so wenig, erklärte Doktor Bluthand. Ein ganzes wissenschaftliches Gebiet, das er erforschen konnte.

Das *er* erobern konnte, das ihn auf den Gipfel seines Ruhms trug.

Am schlimmsten, einige (von uns) mussten dem Schlächter bei seinen Eingriffen assistieren. In dem Wissen, dass bald auch wir angeschnallt werden würden, Lappen in den Mund gestopft bekämen, unsere gequälten Schreie zu dämpfen.

Es sei denn, wir wollten ausgepeitscht oder in die Zelle gesteckt werden.

In den *Ruhestuhl*, das *Ruhebett*, den *Weir-Raum*, das *Weir-Rad*. In den *Weir-Tod* geschickt.

Nur bei seinen Favoritinnen war Doktor Bluthand barmherzig. Aber auch nicht immer.

Bei *Gretel*, & später bei der Jüngeren, dem taubstummen Albino-Mädchen *Brigit*. Die eine unerschütterlich, mit gerötetem Gesicht, zuverlässig wie eine Milchkuh, die andere mit gespenstisch weißer Albino-Haut, durchscheinenden hellblauen Augen, mit der *Seele eines Teufels* hinter einem *Engelsgesicht*.

In dieser Nacht im März 1861 waren auch *Nestra, Bathsheba, Wilhelmina, Zenobia, Mahala* & *Juel* anwesend.

Gottes Zorn & das Jauchzen über Gottes Zorn erleuchteten den Nachthimmel über der verhassten Stadt.

Aus freien Stücken lässt Doktor Bluthand euch niemals gehen, lässt euch niemals frei. Ihr müsst euch gegen ihn erheben. Ihr müsst euch die Freiheit erobern.

Die Kollegen des Schlächters wussten um seine Grausamkeit, sahen & hörten aber jahrelang darüber hinweg, damit ihr eigenes grausames & niederträchtiges Tun nicht zur Sprache kam.

Krankenschwestern, Hilfsschwestern & Wärter, Verwaltungspersonal, medizinisches Personal, Aufsichtsräte – alle wussten es oder hätten es wissen müssen.

Die Familien des medizinischen Personals, die auf dem Anstaltsgelände wohnten, hätten es wissen müssen. Sie hörten mit

Sicherheit unsere Schreie aus dem obersten Stock & rochen unsere panische Angst. Man förderte das Wachstum dichter Hecken aus Wildrosen & süß riechenden Glyzinien, ließ dichten Efeu sich die Backsteinfassade von North Hall hinaufranken, der die Gerüche des *Kadaverraums* kaschierte.

Wir starben jung. Wir waren alle jünger in Jahren, als man es unseren mitgenommenen Gesichtern ansah.

Unter dem achtlos in Chloroform getunkten Tuch, das uns auf Mund & Nase gedrückt wurde. Verblutet, während ein *infiziertes Organ* aus uns herausgesäbelt wurde, das Doktor Bluthand triumphierend in einen Schweineeimer fallen ließ.

Er rühmte sich zwar, dass er keine Sklaven besaß, von Sklaverei nicht überzeugt war, sondern dem abolitionistischen Glauben anhing, verfügte aber über die Macht, die Niedrigsten von uns schuften zu lassen, bis sie tot umfielen, & bei Ungehorsam mit der Peitsche oder dem Knüppel schlagen zu lassen.

Verfügte, dass die Niedrigsten von uns schreiend in den Operationsraum getragen, an den Operationstisch gefesselt & mit dem Kopf ins *Weir-Rad* gespannt wurden.

Wenn wir starben, wurden wir nachts fortgeschafft & im abgelegensten Winkel des Anstaltsgeländes begraben, nur mit kleinen Holzkreuzen für das Gemeinschaftsgrab, damit niemand Notiz von uns nahm & um uns trauerte.

Es hieß, Langhorne, der Totengräber, habe es im *Kadaverraum* nicht fertiggebracht, sich unsere zerbrochenen & verstümmelten Körper genau anzusehen, die er ja wegtragen & begraben musste. Damit ihm nicht Tränen des Mitleids in die Augen stiegen. Ein Totengräber sieht in seinem Leben vieles, das ihn gegen die Menschheit aufbringt & an der Barmherzigkeit Gottes zweifeln lässt, doch Abraham Langhorne staunte darüber, dass er noch nie *gewollte Schlächterei* wie die gesehen habe, die er zum Hintereingang von North Hall hinaustragen musste.

Auch wenn Doktor Bluthand selbst ein reinlicher & pingeliger Mann war, vermehrten sich in den verschlossenen Stationen der Anstalt, in die sich nur wenige Besucher verirrten, & im obersten Stock von North Hall, den nie jemand besuchte, Fliegen, Schaben & anderes Ungeziefer ungehindert.

Die öffentlich zugänglichen Räume der Anstalt im Hauptgebäude – ein Empfangsbereich, ein Besuchersalon, private Speiseräume & sogar ein kleiner Ballraum mit Blick auf einen Garten – waren ansprechend möbliert & wurden sehr sauber gehalten, genauso die Stationen & Privatzimmer für die *leichteren Fälle* geistiger Erkrankung, denn hierher kamen häufig Besucher, die stets höflich & von kundigem medizinischem Personal begrüßt wurden.

Bekanntermaßen achtete Doktor Bluthand sehr darauf, dass diese öffentlichen Räume immer instandgehalten wurden, damit nicht der Verdacht aufkam, der Rest der Anstalt werde vernachlässigt.

Im Laufe der Zeit, hieß es, sei er noch abhängiger von seinem nächtlichen *Trank der Lethe* – Laudanum, Whisky, Kokaintropfen – geworden.

Im Laufe der Zeit nachlässiger & primitiver in seinen Gelüsten.

Die Eitelkeit war seine Schwachstelle, genau wie bei seinem Verwandten Medrick Weir: Er machte sich vor, seine Patienten bewunderten ihn wie einen Heiland & hielten ihn voller Ehrfurcht & Verehrung für einen hochangesehenen Arzt & Chirurgen.

Medrick Weir: dessen Tod so geheimnisumwoben war wie sein Leben, denn es sollte niemand erfahren, dass ein Mensch dieses Formats in einem Schweinestall von Bett gestorben war, die Kehle aufgeschlitzt, wie man es bei Schweinen tun mag, die dicke Matratze völlig durchtränkt von seinem Blut, das an vielen Stellen bis auf den Boden des Direktorenschlafzimmers getropft war.

Erregend zu wissen, dass eine von uns diese Kehle aufgeschlitzt & das Schlachtmesser verächtlich aus der Hand hatte fallen lassen, auf den nackten Leib des dicken Schweins.

In ihrer Eitelkeit ahnten sie nicht einmal, dass wir sie hassten & uns verschworen, uns gegen sie zu erheben, genauso wie (erfuhren wir von Gretel, die Kenntnis von solchen Dingen hatte) ein schwarzer Sklave namens Nat Turner, der in Virginia eine Revolte gegen weiße Unterdrücker angeführt hatte, bei der in einer einzigen Nacht über fünfzig getötet worden waren.

Wir rissen die Augen auf, wenn wir solche Geschichten hörten. Denn Gretel gehörte zu denen von uns, die lesen konnten, & sah Zeitungen durch, die das medizinische Personal weggeworfen hatte.

Erregend: von der Hand (schwarzer) Sklaven aufgeschlitzte (weiße) Kehlen.

Das Erstaunlichste war die Schilderung, dass der junge Nat Turner, einem Racheengel gleich, sogar weiße Frauen getötet hatte, die freundlich zu ihm gewesen waren, ihm das Lesen beigebracht hatten. Sogar weiße Kinder, die ihm kein Unrecht angetan hatten, nur durch den Zufall ihrer Geburt eben *weiß* waren.

Doch der Aufstand war nicht gut ausgegangen, sagte Gretel. Denn Nat Turner konnte keine anderen Sklaven davon überzeugen, sich ihm anzuschließen.

Mit der Gerechtigkeit auf seiner Seite & mit Gott, der ihn dazu drängte, hatte Nat Turner den Fehler begangen, seine Unterdrücker brutal zu töten, anstatt schlicht *sein Leben durch eine Flucht zu retten & seine Leute in die Freiheit zu führen.*

Daher mahnte Gretel uns: IHR DÜRFT NICHT TÖTEN. KEINE AUFGESCHLITZTEN KEHLEN.

Doch Kehlen aufschlitzen, das wollten wir unbedingt. Wir hatten bis jetzt noch nicht begriffen, dass wir nicht nur Doktor Bluthand unbedingt umbringen wollten, sondern auch die anderen, die ihm geholfen hatten, seine Arztkollegen, die Verwalter, brutalen Wächter & sogar bestimmte Schwestern, die kein Mitgefühl für uns hatten. Wir wollten unbedingt die Kehlen der gesamten Familie Weir aufschlitzen, denn wir wussten, wo der Direktor wohnte, welche Residenz, groß & stattlich wie eine Villa, die seine war. Einige von uns hatten Weir-Kinder flüchtig gesehen, ohne freilich ihre Namen zu kennen oder zu wissen, wie viele von ihnen noch zu Hause wohnten; sie alle miteinander würden wir am liebsten ermorden, sogar die jungen Mädchen, die unschuldigen jungen Mädchen, die den Namen Weir wie einen Fluch trugen, & zwar vor den entsetzten Augen Doktor Bluthands & seiner Frau; danach wollten wir ihnen die Kehle aufschlitzen, sie ausnehmen wie Schweine! – sie kopfunter aufhängen, ihnen mit bloßen Fingern die Därme aus dem Leib zerren.

Gretel erschrak, als sie unsere aufgeregten Stimmen hörte – *Nein.*

Die unerschütterliche Gretel mit den warmen braunen Kuhaugen, die vor Schreck groß wurden – *Nein.*

Sie mahnte uns: *Flucht* ist das Mittel, *Befreiung* ist der Zweck.

Nicht nur uns aus dem Laboratorium befreien, sondern fliehen, in den Staat Pennsylvania, eine Zuflucht auf dem Land suchen. Erklären, dass wir nicht mehr *Geisteskranke* unter der Aufsicht des Staates New Jersey sein wollten.

Es wäre ein schwerer Fehler, zu tun, was Nat Turner getan hatte: töten.

Denn Töten zeugt Töten. Schwerter haben immer zwei Schneiden.

So lautete die Mahnung, die wir von Gretel zu hören bekamen. Denn die Hebamme war eine der älteren Schwestern in North Hall, wo nur wenige mit über vierzig noch zum Personal gehörten.

Doktor Bluthand war in seiner blinden Eitelkeit unbekannt, dass seine langjährige Gehilfin Gretel, der er vor allen anderen vertraute, als Erste von *Revolte*, von *Aufstand* zu sprechen begonnen hatte.

Ihm war unbekannt, uns aber nicht, dass Gretel es schon Jahre vorher verstanden hatte: Medrick Weir musste Einhalt geboten werden, in seinem eigenen Bett.

Denn es gebietet ihnen niemand Einhalt, den gierigen Chirurgen, die über uns herfallen, uns das Mark aus den Knochen saugen & uns wegwerfen, wenn sie mit uns fertig sind.

Wir so viele & er nur einer – so flüsterte Gretel es uns in unserer Knechtschaft zu.

Bevor Gretel diese Worte aussprach, hatten wir es noch gar nicht begriffen. Denn die meisten von uns waren krank, schwach, zerschlagen & gebrochen. Aus unseren Körpern rann Blut, weiblicher Schmutz. Unsere Körper waren bloße Säcke Fleisch, von anderen herumgestoßen. Man ließ uns Blut ab, entfernte uns Organe, angeblich der Sitz von *Infektionen*. Untauglich in der Welt der *Gesunden* & daher weggeworfen, der Krankenhaushölle Doktor Bluthands zum Sterben überlassen.

Wie bei einem verschmierten Gitterfenster, das zerbrochen ist & durch das in Böen frische Luft eindringt, weckte der bloße Gedanke an *Revolte*, an *Aufstand* uns auf. Wild knatternde Fahnen der Unabhängigkeit, unsere Herzen taten einen Satz, sie zu grüßen.

Die Vorstellung, *Kehlen aufzuschlitzen, Brände zu legen* flößte uns eine unbändige Kraft ein.

Es breitete sich rasend schnell aus, wie Gelbfieber, das Fiebern nach Revolte. Sogar diejenigen von uns, die lange in Käfigen gehockt hatten, eingesperrt gewesen waren, sogar die todgeweihte Juel, sogar Mahala, die nach mehreren Operationen ihren rebellischen Geist verloren hatte, spürten den spitzen Stachel der Revolte, wollten nun unbedingt leben & sich an unserem Unterdrücker rächen.

Ein entzündetes Streichholz in das nach der Hitze des Sommers verdorrte Gras werfen. Schon bald störten Träume von Revolte unseren Schlaf.

Auch wenn Gretel mahnte – *Wir lassen uns Zeit. Wir überstürzen nichts. Wir denken uns etwas aus.*

Über ihre Kirche hatte Gretel Verbindungen zu Menschen in Morrisville, Pennsylvania, die uns bei unserer Flucht helfen würden & uns *sicheren Unterschlupf* bieten konnten, wie er auch afrikanischen Sklaven, die die Freiheit suchten, angeboten wurde; wir durften aber nicht unbedacht handeln & irgendwem unnötig Schaden zufügen, wie schuldig er auch war, denn sonst werde man uns schwer bestrafen.

Es war Gretel, die uns einschärfte, keine anderen Patienten in der Anstalt in unseren Plan einzuweihen. Nicht einmal unsere Schwestern in den geschlossenen Stationen, die ganz ähnlich wie wir in Schmutz lebten & starben. Denn wüssten sie davon, würde bei ihnen die Aufregung über die Vorsicht siegen, & wir wären bald entdeckt & würden entsetzlich gemaßregelt werden.

Auch Hilfsschwestern & Wärtern konnte man nicht trauen – nicht einmal den Niedrigsten der Niedrigen. Denn sie schließen sich dir nicht an, sondern verraten dich, um sich einen Vorteil beim Herrn zu verschaffen.

Gretel wandte sich klugerweise an eine ihrer ältesten Freundinnen in der Anstalt, die aus schon jahrzehntelang währendem abgrundtiefem Hass auf unsere Herren unser Geheimnis bewahren würde; sie war ebenfalls Hebamme, hatte Zugang zu Vorratsräumen mit Zivilkleidung & konnte uns vor allem mit Männerkleidung versorgen.

Wir mussten uns nicht nur als *Gesunde*, sondern als *Männer* verkleiden. Als *Frauen* erkannt, würden wir sofort festgenommen werden.

Wir begeben uns in den Staat Pennsylvania & meiden die Städte. Mit Glück können wir uns *in Luft auflösen.*

Von alldem ließ Gretel sich nicht abbringen & war nicht damit einverstanden, Kehlen aufzuschlitzen: nicht einmal Doktor Bluthands Kehle.

Gretels Plan war: Den Schlächter überwältigen, ihm die Schlüssel abnehmen, die eingesperrten Gefangenen herauslassen & uns alle vom Laboratorium befreien; der Schlächter durfte aber nicht verletzt werden, zumindest nicht schwer verletzt, das war sehr wichtig. Denn eine schwere Verletzung, gar der Tod – hatte keinerlei praktischen Sinn.

Das Einfachste war, den Schlächter zu fesseln, wie er uns gefesselt hatte, & ihm Lumpen in den Mund zu stopfen, wie er sie uns in den Mund gestopft hatte; dadurch hätten wir nachts stundenlang Zeit, aus der Anstalt zu fliehen, jede auf einer (eigenen) Strecke.

Nicht Rache, sondern Flucht. Revolte & Flucht. In die Freiheit.

Nicht nötig, Feuer zu legen. Und zwar – gar keins.

Nicht nötig, sich dem Haus der Weirs zu nähern, sagte Gretel bestimmt.

Doch *nein*. Denn diejenigen unter uns, die am schwersten geschädigt waren, sehnten sich danach, in die Sandsteinresidenz des Direktors einzudringen & allen, verwundert in ihren Betten, *die Kehle aufzuschlitzen* & das Haus in Brand zu stecken – nichts weniger! Es kam uns vor, als hätten wir unser Lebtag von so einer Gerechtigkeit geträumt.

Und als Gretel noch strenger tadelte, als stünde sie in ihrer Eigenschaft als Hebamme & langjährige Dienstverpflichtete der Anstalt, ja sogar als die *Gehilfin*, die das größte Vertrauen Doktor Bluthands genoss, über uns anderen, die bloß *verrückte Frauen* waren, murrten wir; denn nachdem Gretel das Streichholz geworfen & den Funken in uns entzündet hatte, hatte sie nicht das

Recht (meinten wir), uns die Rache & Blutgier zu verweigern, die wir verdient hatten; es gefiel uns nicht, dass die *Gehilfin* des Schlächters uns wie jemand vom Personal oder wie eine Oberschwester darüber belehrte, was wir tun oder lassen sollten.

Nun erhob auch das kleine irische taubstumme Albino-Mädchen mit seinen zuckenden Grimassen Einspruch & bettelte, kaum fähig zu sprechen, mit kehlig flüsternder, kaum hörbarer Stimme: *Wir sollten niemanden verletzen. Vor allem nicht die Weirs, sie trifft keine Schuld an seinen Verbrechen.*

Es wohnten doch noch Töchter in dem Haus, hieß es. Und natürlich die Frau.

Sie wussten nichts von uns & hatten uns nie etwas zuleide getan.

Aber es sind *seine Kinder*, hielt Bathsheba dagegen. Und die Frau da ist *seine*.

Auch Juel brachte vor, wir wären verpflichtet, dem Schlächter die Kehle aufzuschlitzen, so, wie sich die Israeliten gegen ihre Unterdrücker erhoben, sie & alle aus seiner Familie, derer wir habhaft werden konnten, vollständig zu vernichten. North Hall sollte der Fackel anheimgegeben werden & die Residenz des Direktors – niedergebrannt; & jeder, der das Pech hatte, darin gefangen zu sein, sollte in den Flammen sterben.

Die Vorsehung hatte es sogar angeordnet. Die Gefangenen müssen sich gegen ihre Bewacher erheben & die Anstalt niederbrennen, in der so viele (von uns) gelitten haben & gestorben sind.

In den Gesang dieses Chors stimmten wir alle mit Inbrunst ein, ausgenommen Gretel & Brigit, die zu Ruhe & Besonnenheit mahnten wie jemand, der einen Flächenbrand mit bloßen Händen ausschlagen will – zu spät.

Gretel wiederholte es noch einmal: Wir mussten versprechen, nichts zu überstürzen & niemandem unnötig Schaden zuzufügen, denn sonst würden ihre Freunde aus der Kirche auf der anderen

Seite des Flusses in Morrisville nicht mit uns zusammengehen wollen, & man würde uns schwer bestrafen.

Sie werden uns jagen, werden uns in Fesseln zurückschleifen. Wir werden erneut weggeschlossen als gemeingefährliche verrückte Frauen. Die Geschichte unseres Aufstands wird gegen uns gewendet werden, das Verständnis für unsere Notlage wird konterkariert, wir werden hinterher schlechter dran sein als vorher, & man wird alle »verrückten Frauen« wegen unserer Taten als »gemeingefährlich« abstempeln.

Doch gelänge Gretels Plan, wären diejenigen von uns, die aus der Anstalt flohen, bloß aus dem Krankenhaus Entwichene & keine Kriminellen, die bestraft werden mussten; für den Schlächter Weir, dessen Ungerechtigkeiten offengelegt werden würden, vielleicht in Trentoner Zeitungen, würde es wenig Verständnis geben. Es wären sogar alle, die von seiner Schreckensherrschaft in der Heilanstalt wussten, erleichtert, ihn los zu sein.

Er musste weiterleben dürfen, in Schmach & Schande. Sein nackter angegriffener Leib für alle sichtbar.

In dem Falle würde er von seinem Posten zurücktreten. Wäre keine Gefahr mehr für irgendeine Anstaltspatientin, nie wieder.

Vor allem aber *sollte es kein Feuer geben. Denn in einem Feuer konnten Unschuldige ums Leben kommen.*

Dieser Logik stimmten wir (zögerlich) zu. Wir sahen ein, dass Gretel recht hatte. Als bloße Entwichene waren wir bedeutungslos, niemand würde sich großartig dafür interessieren, uns einzufangen, Belohnungen würde es nicht geben.

Nicht Rache, Schwestern! – Aufstand, Freiheit & Flucht.

* *

Dr. Weir! Dr. Weir! Sie werden gebraucht …

Am Abend vor der angesetzten Operation Bathshebas drang in der Dunkelheit nach der Dämmerung das flehentliche Rufen der kleinen taubstummen Irin ans Ohr des Schlächters, der sich in einiger Entfernung im luxuriös eingerichteten Arbeitszimmer seiner Residenz befand.

Hörte der Schlächter die zitternde Stimme des irischen Mädchens, die wie eine (dunkle, schimmernde) Feder bei Windstille in der Luft schwebte, oder bildete er sich das nur ein?

Konnte er dem Lockruf widerstehen? Natürlich *konnte das ein alter Narr wie Dr. Silas Aloysius Weir nicht.*

Im Halbdunkel saß er an dem massiven Mahagoni-Schreibtisch in seinem Arbeitszimmer, nippte Laudanum, Whisky. Eigentlich wollte sich der Schlächter-Chirurg Notizen zu der *Hysterektomie* machen, die für morgen bei der einbeinigen Verrückten angesetzt war, wie hieß sie noch, funkelnde Augen, schreiend hässlich, glänzender Stumpf, der furchtbar anzusehen war.

Die *Hysterektomie* wurde ohne Betäubung vorgenommen, nicht einmal mit Morphiumtropfen, denn so ein läppischer Eingriff war ja wohl kaum schmerzhaft, nicht für eine, die so dumpf & stumpf war, ein bloßes Viech mit spitzer Zunge; *der Chirurg konnte ihr die (infizierte) Zunge sogar entnehmen*, wenn die Umstände es erforderten.

So in Gedanken, sein Geist in luftigen Höhen, strichen seine Finger lüstern über die kleine geschnitzte Taube, die Brigit Kinealy ihm vor Jahren in unterwürfiger Dankbarkeit geschenkt hatte.

Die kleine irische Waise, sie bedeutete Silas Weir mehr als seine eigenen Töchter, die er kaum kannte. Mehr als seine eigene Frau, deren Leibesfülle ihn bedrängte. Die gute christliche Ehefrau! – mehr als einmal hatte Silas Weir gebetet, er möge Theresa ein paar Jahre überleben & seine kleine irische Gehilfin hier mit ihm in der Residenz wohnen.

Sein Stolz ertrug es nicht, dass seine Sehnsucht nach Brigit so stark war; sie hatte sich in seinem Innern zu einem Gift angereichert, wie sich Gift in einem stehenden Sumpf bildet. Als Mann von Stand & Format konnte er so einem niedrigen Wesen nur als Dienstherr gegenübertreten, für den Grausamkeit der Zärtlichkeit vorausgeht.

Als es Nacht wurde, breitete sich die Sehnsucht in Doktor Bluthand aus wie ein Nebel, dem der Ruf entstieg: *Dr. Weir! Dr. Weir!*

Die Hand ans Ohr haltend, horchte er begierig.

Mit aufgeregt zitternden Fingern hob er die Laterne hoch, um sie mit hinauszunehmen.

Hob seinen Arztkoffer auf, in dem sich der kostbare Schlüsselring befand. Der Schlüssel zum Laboratorium & Schlüssel zu anderen privaten Räumen.

Rief in barschem Ton – *Was ist denn jetzt wieder?*

Vor der Tür im Dunkel Silas Weirs zwei *Gehilfinnen*. In der gestärkten Schwesterntracht, die weißen gestärkten Hauben keck auf dem Kopf. Ah, seine getreuen Sklavenmädchen! Die Hebamme & die kleine Irin, die ihm sein schrumpeliges Herz gestohlen hatte.

Eine Ihrer Patientinnen, Dr. Weir. Stark blutend.

In flackerndem Kerzenlicht ein Gesicht von solcher Schönheit, dass es einem Mann den Atem verschlug. Und dicht neben ihr die nüchterne Gretel, für ihn seit Langem die Verkörperung von gesundem Menschenverstand, praktischer Klugheit & nimmermüder Sorge um sein Wohlergehen. Und so folgte Doktor Bluthand bedenkenlos seinen *Hilfsschwestern*, die Laterne erhoben in der einen Hand, die Tasche in der anderen.

In der Süße der Illusion entging ihm, dass hoch oben ein feiner Wolkenflor über ein grellweißes Mondgesicht hinwegzog, verwundert darüber, was sich da in Trenton, New Jersey, zutrug & bald zutragen würde.

Von den zwei Kerzenträgerinnen über den windgepeitschten Gehweg hinter das Gebäude von North Hall & zu dem vertrauten Eingang geführt; atemlos die schmale Treppe hinauf & ins

Laboratorium im obersten Stock des Gebäudes, dem zweiten, wo Patientinnen vor ihren Betten standen wie in Habacht, brennende Kerzen in den Händen hielten, als der Doktor vorüberging, & zuletzt zum *Zellen*-Flur, in den der Doktor nur selten den Fuß setzte, da die in diesen Teil des Laboratoriums eingewiesenen Patientinnen voraussichtlich bald *auf null gesetzt* wurden.

Dort, in Zellen, zu niedrig, als dass sie aufrecht hätten stehen können, waren drei Elendsgestalten eingesperrt. Der Doktor wusste nichts mehr von diesen Verrückten, außer dass eine *Juel* hieß; um ihretwillen hatten seine beiden *Gehilfinnen* ihn herbeigerufen: Juel sei zusammengebrochen, Juel blute stark, ob er Juel bitte untersuchen könnte? – denn niemand könne sie retten, nur Silas Weir!

Um ihm die Last zu erleichtern, machte sich die Jüngere erbötig, ihm die Laterne abzunehmen, um ihm die Aufgabe zu erleichtern, machte sich die Ältere erbötig, ihm den Schlüsselring abzunehmen & den Käfig selbst aufzuschließen; & wie ein Blitz, der den Himmel zerreißt, drängte in dem Augenblick unsere keuchende Meute hinter dem Schlächter heran & stürzte sich in dem Rachefieber auf ihn, dem nicht nachzugeben wir Gretel auf ihr Bitten hin versprochen hatten; unser Blut pochte in dem Moment so glühend & hart, dass wir wie heißhungrige Raubvögel, denen die Beute zu lange versagt geblieben war, über Doktor Bluthand herfielen, bevor er Luft holen & protestieren konnte, bevor er Luft holen & um Hilfe rufen konnte, wir griffen nach ihm, schlugen auf ihn ein, verpassten ihm Hiebe mit eisenharter Faust, fällten ihn wie einen Bock, der blökend auf dem Opferaltar landet. Erregend für uns so lange Entrechtete, als das erste glänzende Schlächterblut hervortrat, das wir noch nie zuvor gesehen hatten, wohingegen er schon tausendmal auf unser Blut geblickt hatte; erregend, als wir zum ersten Mal den Geruch des Schlächterbluts einatmeten, das nie gekannte Gelüste in uns weckte. Gierig zogen unsere Finger an seinem Haar, das grau & schütter wurde, die Farbe von Zinn hatte; unsere Nägel rissen an seiner dünnen Kopfhaut & an den Läppchen seiner übergroßen Ohren; wir packten den gestärkten Kragen & zerrten & zogen mit großer Häme an der sauberen dunklen Hose, rissen sie ihm bis zu den höckrigen weißen Knöcheln herunter, entblößten die Nacktheit des Mannes in ihrer Erschlaffung & Blässe; voll Verachtung & Hohn griffen wir nach den schrumplig-weichen Genitalien & dem wabbeligen Gesäß, indes der Schlächter wie ein Bettler um sein Leben flehte, verdutzt auf allen vieren wimmerte & weinte, sich kriechend in Sicherheit bringen wollte, wie eine Schlange mit gebrochenem Rückgrat kriechen mag; wir grölten vor Lachen über ihn, den Narren, der sich einbildete, es gäbe in der Hölle, die er für uns ersonnen hatte, ein *sicheres* Plätzchen.

Schmutzige Lappen wurden ihm in den Mund gestopft, Händevoll dreckverkrustetes Stroh, trunken vor Häme, indes der Schlächter in seiner erbärmlichen Nacktheit um Gnade winselte, sein blutendes Gesicht mit den Fingern schützte, die von unseren im Freudentaumel grob beiseitegeschoben wurden, indes der Schlächter bettelte, weinte, zu Jesus seinem Heiland, zu Gott Vater betete, ihn zu verschonen, indes jede von uns ein Instrument aus dem Laboratorium schwang, um den Schlächter damit zu »behandeln« – Skalpell, Kürette, Löffelspekulum, Geburtszange, Katheter, Kanüle, Zahnzange, Aderlassmesser, Handsäge für Amputationen, Écraseur mit einer sinnreichen Stahlkette, die den vor Angst geschrumpften Penis & die Hoden umschloss & durch allmähliches Zusammenziehen grausam zerquetschte, bis das weiche Fleisch zwischen den mageren Schenkeln des weißen Mannes ein blutiger, gallertartiger Matsch war & der Doktor außer sich vor Schmerz & unermesslichen Qualen.

Halleluja! – inzwischen waren die in den Zellen & Käfigen Eingesperrten befreit & aus der Lethargie zur Tat erwacht, konnten zum ersten Mal seit Monaten aufrecht stehen, konnten, vom Hochgefühl gekräftigt, den Kopf heben; da kam Juel, die einer verschrumpelten Fledermaus ähnelte & gerade mal siebzig Pfund wog, aber Nägel, lang & scharf wie die eines Nagers, wie wild in das weißliche Fleisch der Brust des Schlächters senkte, nach seinem Herzen griff; da kam Zenobia mit der verstümmelten Oberlippe & dem schartigen Hauer eines Schweins & krallte sich knurrend & schnaufend in seinen Unterleib; da kam Bathsheba auf ihrem Beinstumpf herangehumpelt, schwenkte strahlend & böse die Handsäge, um dem Doktor die (infizierten) Zehen zu amputieren, & da Nestra, das Löffel-Spekulum fest in der Hand, um den fest zusammengekniffenen Anus des Schlächters aufzustemmen & ihm mit einer Kanüle eine brennende Lösung aus Schwarzwurz, Ammoniak, rotem Pfeffer, Belladonna & Quecksilber zu injizieren; da kam Wilhelmina, aus deren malträtiertem Leib der Schlächter einmal Zwillingsmädchen gezogen hatte, mit der nämlichen Zange, mit der Wilhelmina nun nach den zerfetzten Gedärmen des Schlächters fasste & so kräftig zog wie beim Ausnehmen eines geköpften Huhns; & da war die auf Rache sinnende Lucy, zu uns zurückgekehrt mit einem scharfen Messer, Venen & Arterien aufzuschneiden, & mit weißen Verbandsrollen für straffe, sehr straffe Aderpressen, &, überraschend in unserer Mitte, ein rothaariges Mädchen mit einem blassen Gesicht voller Sommersprossen, das wir noch nie gesehen hatten & das mit einem geraden Rasiermesser auf den Bauch des Schlächters losging – *Haben Sie mich vergessen, Doktor? Ich bin Bettina, an der Sie in Ho-Ho-Kus herumgeschnitten haben* –, & nun wechselten sich diejenigen von uns, denen der Schlächter ohne Betäubung die Zähne gezogen hatte, an der Zange ab, rissen ihm unter Gebrüll die hässlich verfärbten Zähne aus dem Kiefer, indes der Mund des Schlächters sich mit Blut füllte & die Kehle des Schlächters sich mit Blut füllte – der in seinem Blut ertrinkende Schlächter hatte nicht mehr die Kraft, weiter um Gnade zu flehen, denn inzwischen hatten sogar seine getreuen *Gehilfinnen* ihn im Stich gelassen, hatten es aufgegeben, unseren brutalen Händen Einhalt zu gebieten, Gretel & Brigit in ihrer ordentlichen Schwesterntracht hatten sich uns sogar angeschlossen, die wir wie Hyänen jauchzten über die Beute, die blutigen Überreste von Doktor Bluthand aufschleckten, indes er leblos auf dem wie nie beschmutzten Boden lag, denn es konnte keine Gnade geben, keine Nachsicht, so wenig wie die nach einem Krampfanfall der Erde austretende, sengend heiße Lava Nachsicht kennt, wenn sie hinabstürzt & alles auf ihrem Wege verschlingt.

VI
Epilog: Nachleben

Das Versprechen

Jonathan Weirs Zeugnis

Es hat einen Brand gegeben, dein Vater ist schwer verletzt. Komm sofort nach Hause!

Das erste Telegramm meines Lebens erhielt ich am Morgen des 14. März 1861 in meiner Wohnung in Philadelphia, & ich kehrte fraglos mit dem nächsten Zug nach Trenton zurück.

Dass es so etwas wie einen *Aufstand* unter Patientinnen der Anstalt & zudem ein verheerendes Feuer gegeben hatte, bei dem zahlreiche Patientinnen ihr Leben lassen mussten, war schockierend für mich & für alle, die diese bestürzende Nachricht erreichte.

Meine große Angst war, dass Vater seinen Verletzungen erliegen würde. Gestorben sein würde, wenn ich zu Hause eintraf. Ich fürchtete im selben Maße um das Schicksal der rebellischen Patientinnen wie um Vater selbst.

Denn ich dachte an Brigit Kinealy: War sie bei dem Brand auch verletzt worden? Gar *getötet* worden?

Entsetzlich, mir vorzustellen, meiner geliebten Brigit wäre etwas zugestoßen, weil ich sie nicht beschützen konnte.

Es war ein Stachel in meinem Fleisch, dass ich sie schon einige Zeit nicht mehr gesehen hatte. Bei unserem letzten Zusammentreffen hatte ich ihr mitteilen müssen, dass ich nach Philadelphia zog, weil ich nicht mehr unter dem Dach meines Vaters leben & seine Wohltaten nicht mehr annehmen konnte, wie in all den

Jahren meines Lebens zuvor. Als ich ihr versprach, ich würde ihr schreiben & sie besuchen, wann immer ich konnte, trat ein solcher Ausdruck von Überraschung & Schmerz in ihr Gesicht, dass daran denken & weinen eins ist …

Ich schrieb Brigit, wie ich es versprochen hatte, in die Heilanstalt, die einzige Adresse, erhielt jedoch keine Antwort; wusste ja auch nicht mit Sicherheit, ob mein Brief sie erreicht hatte.

Ich schrieb ihr noch dreimal dorthin, hörte zu meiner Bestürzung von ihr aber nichts.

Trotzdem verfolgte ich weiterhin den Plan, mit ausreichenden Geldmitteln nach Trenton zurückzukehren & Brigit aus ihrem Vertrag herauszukaufen. Ich wollte frei heraus & ohne Furcht mit Vater sprechen, würde nicht zulassen, dass er mir damit drohte, mich zu *enterben*, oder mich einschüchterte.

Ich wollte klarstellen, dass *ich an einem väterlichen Erbe nicht interessiert war*. Ich wollte meinen eigenen Weg im Leben gehen. Mich nicht an meine Vorfahren anpassen, um meine Laufbahn voranzutreiben.

Ich wollte Brigit Kinealy bitten, meine Lebensgefährtin zu werden – als *Schwester* oder *Ehefrau*. Unbekümmert ob der Ablehnung meiner Familie.

Wenn Brigit *Ja* sagte, würde ich sie nach Philadelphia mitnehmen & dafür sorgen, dass ihre Bildung fortgesetzt wurde. Ich würde Brigit als meine Gehilfin für die abolitionistische Bewegung heranziehen.

Vielleicht gingen wir nach Boston, denn die mutigen Publikationen von William Lloyd Garrisons Antisklavereigesellschaft sprachen mich an. Die Antisklavereigesellschaft selbst sprach mich an, in der Frauen als Gleiche neben Männern arbeiteten, um die Sache des Abolitionismus voranzutreiben. Eine befreite weiße irische *Dienstschuldnerin, die von ihrem Herrn schwer misshandelt worden war*, wäre in solchen Kreisen sehr gern gesehen.

Und nun – diese schockierende Nachricht! Der ältere Bruder meiner Mutter hatte das Telegramm geschickt, eine knappe Mitteilung, der nicht viel zu entnehmen war, wie den meisten Mitteilungen meiner mütterlichen Verwandten, die weder meine politische Gesinnung noch meinen Umzug nach Philadelphia, einen »Bienenstock« abolitionistischer Betätigung, billigten.

Auf der Fahrt nach Trenton las ich im *Philadelphia Inquirer* von dem Brand in der Staatlichen Heilanstalt für weibliche Geisteskranke in New Jersey. Eine unbekannte Anzahl von Patientinnen geschlossener Stationen war in den Flammen oder durch eingeatmeten Rauch umgekommen. Eine Erhebung von Patientinnen wurde für das Feuer verantwortlich gemacht, ausgelöst durch Lumpen, in einem »Forschungslabor« angezündet.

Silas Aloysius Weir, den Anstaltsdirektor, hatte man bewusstlos auf der Erde vor dem Gebäude von North Hall aufgefunden, der Umfang seiner Verletzungen »unbekannt«.

Im zeitigen Frühjahr 1861 lag vieles in der Luft – alle möglichen Bedrohungen oder Gerüchte über *Sklavenaufstände* im Süden. Unter den Unterdrückern ging die Angst um. Nahezu täglich hörte man eine entsetzliche Geschichte über eine *niedergeschlagene* Sklavenrevolte. Trotzdem tauchten sie weiter auf wie Flammen, die aus schwelendem Material herausschlagen.

Es hätte mich kaum überrascht, wenn die in der Anstalt gefangen gehaltenen unglücklichen Patientinnen vom aufrührerischen Geist der afrikanischen Sklaven angesteckt worden wären, sich gegen ihre Unterdrücker aufzulehnen.

Silas Weirs in North Hall weggesperrte Patientinnen hatten sich also wohl gegen ihn aufgelehnt & ihn verletzt, ich konnte mir allerdings nicht vorstellen, dass ein solcher Aufstand nicht tragisch enden würde, & fürchtete, von Brigits Festnahme oder noch Schlimmerem zu hören.

»Gott, gib, dass beide verschont geblieben sind – Brigit & Vater!«, betete ich im Stillen.

Denn wenn ich auch nicht an den strengen calvinistischen Gott meines Vaters glaubte, an einen gütigeren Gott – der Gerechtigkeit, Barmherzigkeit & Vergebung – glaubte ich doch.

Anfangs war nicht bekannt, ob die abtrünnigen »verrückten Frauen« (wie sie in der Presse genannt wurden) den eigenhändig gelegten Brand überlebt hatten oder ob der Brand unbeabsichtigt entstanden war & alle in dem Feuer, das durch North Hall & ein oder zwei angrenzende Nebengebäude fegte, umgekommen waren.

Mit Erleichterung erfuhr ich, dass das Feuer nicht auf die Direktorenresidenz übergegriffen hatte; alle im Haus, einschließlich meiner Mutter & meiner (sechs) noch zu Hause wohnenden Brüder & Schwestern, waren unverletzt geblieben & vorübergehend bei der Familie meiner Mutter in Vineland untergekommen.

Da die Patientinnen meines Vaters in der Mehrzahl ja als geistig wie körperlich schwerkrank galten, gingen die Behörden davon aus, dass die Wahrscheinlichkeit, eine solche Katastrophe zu überleben, gering war & die meisten also wohl mit den anderen in dem Feuersturm umgekommen waren.

Binnen wenigen Tagen war das Rätsel teilweise gelöst. Mehrere derangierte, verstörte Frauen, eine davon mit einem Beinstumpf, & alle miteinander ohne Zähne im Mund, wurden einige Meilen entfernt im ländlichen Bucks County aufgegriffen, wo sie mit zerlumpten Männerkleidern am Leib orientierungslos umherzogen; die einbeinige Frau redete wie mit der Stimme eines alttestamentarischen Propheten wild daher, dass *Gott den Schlächter mit einem Feuer geschlagen* & ihnen befohlen habe, zu fliehen & ihr Leben zu retten; eine andere, eine schrumpelige fledermausartige Kreatur, die nur ein heiseres Flüstern herausbrachte, behauptete, *der Schlächter Weir habe den Brand selbst gelegt aus Reue über seine Sünden.*

Andere, offenbar ebenfalls in der Anstalt abgängig, hatten sich den Berichten zufolge *in Luft aufgelöst.*

Vaters (private) Aufzeichnungen waren bei dem Brand abhandengekommen, wie er behauptete, & er selbst war nicht fähig, mit den Behörden zu sprechen, sodass man nicht wusste & auch nie erfahren würde, was genau dem Ausbruch des Brandes vorausgegangen war, nicht einmal, wer ihn miterlebt hatte, ob als Verursacher oder unglückliches Opfer.

Klar war allem Anschein nach nur, dass *einige Personen vermisst wurden, lebendig oder tot.*

Wieder versuchte ich, etwas über die Lage der vertraglich an die Anstalt gebundenen Dienstschuldnerin Brigit Kinealy in Erfahrung zu bringen, wurde von einer beflissenen Verwaltungsangestellten aber erneut abgewiesen; als ich darauf bestand, mit der Oberschwester zu sprechen, teilte man mir glattweg mit, jemand dieses Namens sei nie als Schwester in der Heilanstalt angestellt gewesen.

»Aber das kann nicht sein«, widersprach ich. »Brigit Kinealy war Dr. Weirs Laboratorium zugeteilt, das weiß ich genau.«

»Und *ich weiß*, dass sie das nicht war.«

So wurde ich von Aufseherin Fussell abgefertigt, die die Zähne so wütend aufeinanderpresste, als hätte ich es insgeheim darauf abgesehen, Silas Weir, ihren Schutzherrn, noch mehr zu schädigen.

In der Familie war alle Aufmerksamkeit auf Vater gerichtet, der, am Leben, die schlimmsten Verletzungen zwar überstanden hatte, nach Aussage aller, die ihn kannten, aber *von Grund auf verändert war, seelisch wie körperlich.*

Durch meine Erleichterung, dass Vater nicht gestorben war, ging mir auf, dass ich den Mann liebte – lieben *musste*, ebenso stark, wie ich ihn ablehnte.

Ich sann darüber nach, ob ich Vater um Verzeihung für das respektlose Verhalten bitten sollte, das ich in der Vergangenheit ihm gegenüber an den Tag gelegt hatte, für die Täuschung in Bezug auf meine Beziehung zu dem »irischen Mädchen«, das ich hatte auspeitschen sollen, & für den schwierigen Sohn, der ich eine Zeit lang gewesen war, als ich unter seinem Dach lebte.

Klugerweise beschloss ich, dass es vorläufig besser wäre zu warten, bis er noch weiter genesen war.

Es war mein Bruder Solomon gewesen, der beim Eintreffen der Brandbekämpfer selbst auch schon zum Feuer geeilt war & unseren zwischen North Hall & der Residenz reglos auf der Erde liegenden Vater gefunden hatte.

Als er sich über den nackten, schlimm zugerichteten Körper beugte, glaubte Solomon zuerst, Vater müsse tot sein. Er konnte weder Atmung noch Herzschlag feststellen, rief Vater zu, er solle aufwachen, flehte ihn an, jedoch vergeblich. Eines von Vaters Augen war geschwollen & blutunterlaufen, das andere starrte blicklos ins Leere. Aus seiner gebrochenen Nase sickerte Blut. Der Großteil seines Haars fehlte, als wäre es ihm büschelweise ausgerissen worden. In seinem blutenden Unterkiefer fehlten anscheinend mehrere Zähne. Die Finger beider Hände waren verstümmelt.

Vater war überall verletzt & blutete aus einem Dutzend oberflächlicher Wunden. Am schwersten waren die Verletzungen an seinem Unterleib, wo von den Geschlechtsorganen nur platt gedrückte, geschrumpfte Stummel blutigen Gewebes, kaum noch als Penis & Testikel erkennbar, übrig geblieben waren; allem Anschein nach waren sie so stark zusammengequetscht worden, dass das Innere gallertartig hervorgequollen war. Sein eingefallenes Gesäß war mit Spuren von Stichen, Krallen & Kratzern überzogen, als ob ein wildes Tier ihn angefallen hätte; aus seinem wunden & entzündeten Anus traten Blut & Gedärme aus. Seltsamerweise wies Vaters Körper kaum Brandspuren auf, &

von dem, was ihm an Haar noch geblieben war, war kaum etwas versengt.

Da er Vater nicht wiederbeleben konnte, lief Solomon verzweifelt los, Hilfe zu holen.

Nach seiner Darstellung war Vater offenbar zur North Hall geeilt, um Patienten bei der Flucht aus dem Feuer zu helfen, musste aber zurückweichen, war gestürzt, hatte sich verletzt, sich über die Erde kriechend in Sicherheit bringen wollen & dabei das Bewusstsein verloren.

Kurzum, Vater hatte heldenhaft gehandelt, bis er vor Feuer & Rauch kapitulieren musste & im Gras zusammenbrach.

Es sollte die von der Familie Weir & Verwandten propagierte Darstellung werden, die sich nachfolgend auch in der Presse wiederfand: Nach Dienstschluss auf ein Feuer in seinem Forschungslabor aufmerksam geworden, war Silas Weir mutig zur North Hall geeilt, um Patienten zu retten, hatte sich aber den Flammen & dem Rauch geschlagen geben müssen & sich selbst kriechend nur knapp in Sicherheit bringen können.

Diese Darstellung von Silas Weirs heldenhaftem Handeln in der Nacht des 13. März 1861 wurde zur offiziellen Darstellung, die so von lokalen Berichterstattern, Nachrichtenquellen & Historikern verbreitet wurde, sogar dann noch, als das Gerücht aufkam, Silas Weir hätte North Hall selbst in Brand gesteckt, um ein *fehlgeleitetes Rachebedürfnis* zu stillen, entstanden wegen einer *schönen verrückten Frau*, die ihn verschmäht hatte.

Ich selbst vermutete, dass irgendjemand Vater in Sicherheit gebracht hatte – jemand, der ausdrücklich nicht wollte, dass Silas Weir starb. Seine Wunden waren zahlreich & teilweise sehr schmerzhaft, keine aber sollte sich als tödlich erweisen.

Nachdem sie den angesehenen Arzt auf äußerst barbarische Weise bestraft & völlig *entmannt* hatten, achteten seine Peiniger besonders sorgsam darauf, dass er *nicht starb.*

Auf diese Weise – (vermutete ich) – würde Dr. Weir für den Rest seines Lebens über seine Wunden & diejenigen nachdenken können, die sie ihm beigebracht hatten; noch wichtiger, seine (unbekannten) Angreifer hatten kein Kapitalverbrechen begangen & würden von den Behörden weniger energisch verfolgt werden.

Überflüssig zu erwähnen, dass ich diese Gedanken für mich behielt. Ich mag bei den Weirs wie den Cleffs ja in dem Ruf stehen, verantwortungslos, unzuverlässig & unverschämt zu sein, für *dumm* hält mich jedoch niemand, da bin ich mir sicher.

Es gab in meiner Familie oder unter meinen Verwandten auch niemanden, dem ich mich nahe genug gefühlt hätte, mich ihm zu offenbaren; unter meinen abolitionistischen Freunden & Kameraden hütete ich mich, Familiengeheimnisse auszuplaudern.

Zu dieser Zeit, in der Vater allein in einem Zimmer im Obergeschoss der Direktorenresidenz lag & sich, von Schwestern aus der Anstalt versorgt, erholte, köchelten überall in den Vereinigten Staaten Verschwörungen & Träume von Aufstand & Meuterei. Die Zeitungen berichteten täglich von Forderungen nach Sezession seitens der Sklavenstaaten, ebenso täglich von Forderungen der Abolitionisten, die Ausbreitung der Sklaverei in die Grenzstaaten müsse eingedämmt werden. Nat Turners fehlgeschlagener Aufstand war dreißig Jahre – (lange vor meiner Geburt!) – her, sein Geist aber lebte weiter & verfolgte die Sklavenbesitzer bis in den Schlaf. Und die kühnste Erhebung von allen, angeführt von dem christlichen Märtyrer John Brown in Harper's Ferry, West Virginia, lag noch keine zwei Jahre zurück; ein Debakel, von dem ein bitterer Geruch der Reue blieb, den man in der Nase hatte wie Schießpulver.

Von allen Aufständen schien mir dieser am klügsten: Gefangene überwältigen ihren Wächter, bestrafen ihn schmachvoll, verzichten aber darauf, ihn zu töten, auf dass er das Zeichen ihrer Verachtung für den Rest seines Lebens trage; sie kaschieren ihre

Erhebung mit einem Großbrand so, dass es unmöglich war, ihren Anteil am Geschehen festzustellen, auch nicht, wenn sie überlebt hätten.

Ich zweifelte nicht daran, dass Brigit & Gretel auf irgendeine Weise daran beteiligt waren, waren sie doch die Hilfsschwestern, denen Vater am meisten vertraute. Ich konnte aber nicht glauben, dass eine von beiden, die für ihren Lebensunterhalt von Silas Weir so abhängig waren & denen er so vertraute, meinem Vater körperlich ein Leid hätten antun wollen.

»Nicht Brigit. Nicht mein engelsgleicher Liebling« – das war für mich eine Gewissheit, von der mich nichts abbringen konnte.

Hieraus folgt, was nur als *Nachleben von Dr. Silas Aloysius Weir* bezeichnet werden kann.

Mein Vater lebte noch weitere siebenundzwanzig Jahre bis zu seinem Tod in seinem siebenundsiebzigsten Jahr im November 1888. Er blieb zwar die ganze Zeit über Direktor der Staatlichen Heilanstalt für weibliche Geisteskranke in Trenton, jedoch mit schrittweise abnehmender Leitungsverantwortung, da sein jüngerer Assistent Amos Heller zum geschäftsführenden Direktor berufen wurde. Bezeichnenderweise wurde Vaters ursprüngliche medizinische Forschung nach der Zerstörung von North Hall samt dem (notorischen) Laboratorium massiv beschnitten.

Es war in dieser Zeit verminderter Berufsausübung, dass Vaters Fachkollegen ihm Anerkennung zu zollen begannen, anfangs nur widerwillig, dann jedoch in einem wahren Begeisterungssturm. Die renommierte Vereinigung amerikanischer Ärzte & Chirurgen wählte Silas Weir wegen seiner »zukunftsweisenden Forschungen an den Grenzen der Medizin« als Mitglied zu, & die noch renommiertere Amerikanische Gesellschaft für medizinische Wissenschaft erklärte ihn zum *Vater der modernen Gynäkopsychiatrie* – der Erste in der Geschichte der Heilkunde, der so geehrt wurde.

Nach seinem Tod in Trenton, New Jersey, erschienen Nachrufe in einer Vielzahl von Publikationen, einschließlich der Zeitungen von Trenton, Newark & New Brunswick, wo ihm auf den Titelseiten höchstes Lob gespendet wurde, sowie medizinischer Fachzeitschriften; der Nachruf in der *New York Times*, der Dr. Silas Aloysius Weir in zwei Spalten als *Pionier & Reformer, furchtlosen Visionär & Menschenfreund* pries, beeindruckte sogar die Cleffs, Vaters angeheiratete Verwandte.

Nach einer Weile wurde eine Statue zu Vaters Gedenken am Haupteingang zum Gelände der Heilanstalt errichtet, die die Statue für seinen Vorgänger Medrick Weir ersetzte; beide Bildnisse, überlebensgroß, zeigten sitzende Gestalten in der Haltung würdevoller & ernster Männer, die den Blick in die Zukunft richten.

Im Lichte dieser Anerkennung war es paradox, dass sich Silas Weir nach dem verheerenden Brand von 1861 nach übereinstimmender Ansicht aller, die ihn kannten, von seinen Verletzungen, den körperlichen wie den seelischen, nie mehr vollständig erholte. *Es war, als wäre ein inneres Licht erloschen.*

In Gesellschaft wurde Vater immer schweigsamer & reservierter; sogar im Kreise von Berufskollegen, wo er sich einst mit der Überheblichkeit der Jugend gebärdet hatte, schien seine Tatkraft geschwunden. Infolge einer gastrointestinalen Erkrankung unbestimmter Art brauchte Vater stets eine Toilette in der Nähe, eine Einschränkung, die ihm sehr lästig war & ihn beschämte & vielleicht gehegten Hoffnungen auf Reisen – zu großen Krankenhäusern in den Vereinigten Staaten etwa, in die er eingeladen worden war, um seine chirurgische Heilung der *Fistel* vorzuführen – einen Riegel vorschob.

Seine Medizinerkollegen nahmen an, Silas Weir verbringe seine Zeit eben am liebsten im Schoß seiner Familie, während seine Familie wiederum annahm, er verbringe seine Zeit eben am liebsten in seinem Arbeitszimmer in der Anstalt.

Es tat meiner schuldbeladenen Seele wohl, von meinen Brüdern & Schwestern zu hören, dass sie sich mit Vater ebenso unbehaglich fühlten wie ich & ihn zu Hause nie anders als unnahbar empfunden hatten, so von seinen Verpflichtungen in der Anstalt in Anspruch genommen, dass er gelegentlich ihre Namen verwechselte.

Meinen Namen jedoch nicht! Als Erstgeborener war ich für Vater immer »Jonathan« – trotz all unserer Differenzen liebte Vater mich wohl am meisten.

Nicht von Mutter selbst (die über so persönliche Dinge niemals mit ihren Kindern gesprochen hätte), sondern durch Verwandte erfuhr ich, dass Vater nach den in der verhängnisvollen Nacht erlittenen Verletzungen nicht mehr im gemeinsamen Schlafzimmer, erst recht nicht mehr im selben Bett wie Mutter schlafen wollte. Er ließ auch nicht zu, dass sie oder sonst jemand, auch kein anderer Arzt, seinen unbekleideten Körper zu sehen bekam. Obwohl er zu schweren Kopfschmerzen, Atemnot, Rücken- & Gelenkschmerzen neigte, auch zu Verstopfung & episodischer Diarrhö, wollte er nichts davon hören, einen Spezialisten zu konsultieren. Sein älterer Bruder Franklin, der von seiner Not erfahren hatte, schlug ihm brieflich vor, aus Boston zu kommen & ihn zu untersuchen, doch Vater erwiderte kühl: »Wenn die Vorsehung das für mich bereithält, dann soll es so sein. Ich möchte nicht ins Walten der Vorsehung eingreifen.«

Mutter glaubte, ihr Gatte hätte als junger Arzt keine Zeit für Glück gehabt, weil er so beschäftigt war, & hätte nun als älterer Arzt vergessen, was Glück ist.

Wie es oft der Fall ist, wenn Pionierarbeit Kontroversen auslöst & ein junger Forscher verbreitet auf Widerstand gegen seine Entdeckungen stößt, mussten etliche Jahre vergehen, bis Vaters Beiträge zur Heilkunde von anderen überprüft wurden. Praktische Erfindungen wie das *Weir-Spekulum*, ein zu Unrecht nicht mit seinem Namen verbundenes Instrument, das heute von allen Gynäkologen verwendet wird, oder Verfahren wie die Heilung von *Fisteln* mit Silberdraht & der Einsatz von Chinin zur Fieberbekämpfung, setzten sich schnell durch. Umstrittenere Methoden wie die *Ruhetherapien* oder die Experimente, bei denen zur Behandlung von Hysterie, Epilepsie, Fettleibigkeit, Nymphomanie, Wahnsinn etc. weibliche Organe entnommen wurden, werden wie das Entfernen der Zähne unter Klinikern jedoch nach wie vor kontrovers debattiert. (In Trentoner Medizinerkreisen wurde oft gescherzt, die Hälfte der Stadtbevölkerung liefe *zahnlos* herum. Frühere Anstaltspatientinnen erkannte man meist an ihrem eingefallenen Untergesicht, da nur wenige so begütert waren, dass sie sich Zahnersatz leisten konnten.)

In ähnlicher Weise wurden Vaters Experimente mit Medikationen, Ernährung & Fasten von manchen Forschern für wertvoll erachtet, von anderen jedoch missbilligt, genauso wie seine Verwendung von Geisteskranken als Versuchspersonen von den einen standhaft verteidigt & von den anderen rundheraus verurteilt wird.

Selbst bei verringerten Aufgaben in der Anstalt widmete sich Silas Weir noch vierzig Stunden pro Woche seinen Patienten, einschließlich der Privatpatienten; trotz seiner ziemlich verstümmelten Hände nahm er weiterhin die praktischen gynäkologischen Eingriffe vor, die von den Vormündern der Patientinnen am häufigsten nachgefragt wurden. Daneben verfasste er in einem fort Artikel für medizinische Fachzeitschriften sowie die *Klinischen Anmerkungen zur Gebärmutterchirurgie* (1871) & das *Handbuch des Gynäkologen* (1876), die beide jahrzehntelang lieferbar bleiben sollten.

Ungeachtet dieses Fleißes sollte Vater aber nie wieder völlig »gesund« sein. Seine alte Robustheit war für immer verschwunden, an ihre Stelle war ein Mangel an Selbstvertrauen getreten wie bei jemandem, der es in Erwartung von Gelenk- oder Rückenschmerzen vermeidet, sich zu überanstrengen. Sein Gang, mit einem glänzenden Gehstock, war langsam & bedächtig; die teigig-bleiche Haut seines Gesichts wirkte zerschrammt, so als hätte jemand mit einem spitzen Stift darauf geschrieben. Sein feines angegrautes Haar wurde so schütter, dass stellenweise eine zerschrammte Kopfhaut durchschien. Sein Mund war zu Schneckengröße geschrumpft.

Vater entwickelte die spleenige Eigenheit, bei der Allerweltsfrage *Wie geht es dir?* die Augen hinter der Drahtgestellbrille zusammenzuziehen & in näselndem Singsang: »Sehr gut. Und *dir?*«, zu antworten, was wie spöttisches Nachäffen klang.

Begüterte Frauen, die es gewohnt waren, ihren Ärzten schönzutun, standen bei ihm vor einem Rätsel, war er doch anscheinend nicht fähig, ihnen gegenüber das gewisse Maß an Galanterie an den Tag zu legen, das sich einem Mann von Stand geziemte. Er lehnte ihre Einladungen zu Zusammenkünften höflich ab, verzog bei ihrem koketten Flehen den Mund kaum je zu einem Lächeln, so verständnislos wie ein vorpubertärer Knabe oder ein Mönch. Es hieß, in der Privatsprechstunde vermeide es Dr. Weir, Frauen direkt anzusehen, & berühre sie, falls erforderlich, nur durch taktvoll aufgelegte Tücher. Zumindest eine Schwester sei während der Konsultation ständig mit ihm & der Patientin im Raum, stehe bei der Untersuchung dicht daneben.

Dr. Weir ist ein Gentleman alter Schule! – wurde weithin bewundernd & belustigt festgestellt.

Mit der mir eigenen Furchtlosigkeit & Unverfrorenheit, die mir auch in meiner Laufbahn als Anwalt dienlich war, & mit meinem Hang, nicht vorschnell aufzugeben, unternahm ich im Laufe der Jahre mehrmals den Versuch, unter vier Augen offen mit meinem Vater zu sprechen.

Mutter bestärkte Vater darin, mir gegenüber gelassen zu bleiben & das Thema Politik auszuklammern, doch er blieb unnahbar oder beließ es bei Oberflächlichkeiten. Erkundigte ich mich danach, wie es ihm ging, antwortete er mit dem knappen Singsang: »Sehr gut, Jonathan, & *dir*?«

Vater gestand in dieser späten, verhaltenen Phase seines Lebens also lediglich zu, dass wir einander im gesellschaftlichen Leben mit einer bloßen Maske begegnen, wenig echtes Interesse am Befinden des anderen haben & unser eigenes vor anderen zu verbergen hoffen.

Es stimmt, ich habe nie aufrichtig mit meinem Vater, übrigens auch nicht mit meiner Mutter, über meine wahre Gefühlslage gesprochen; ganz gleich, wie aufgewühlt ich war, meine Antwort lautete stets: »Mit geht's gut, danke.«

Und nun, es war nicht zu übersehen, traute Vater mir nicht zu, dass ich den Anschein des Schicklichen wahrte. Er wollte nicht, dass eins seiner Kinder ihn freiheraus mit Dingen konfrontierte, die er nicht gutheißen konnte.

Ich wagte auch kein einziges Mal, mit ihm über Brigit Kinealy zu sprechen. Kein einziges Mal über das schreckliche Feuer.

Dass Silas Weir über den berüchtigten Brand von 1861 kein Wort verlor, genauso wenig wie über seine Patientinnen aus dieser Zeit, war allgemein bekannt; spielte jemand auf diese Themen an, erstarrte er & wurde sehr still, saugte wortlos & mit finsterem Blick an den Lippen, so als wollte er sie in den kleinen Schneckenmund zurückziehen; dann entschuldigte er sich & ging humpelnd seiner Wege.

Nachdem er sich von den schlimmsten Verletzungen erholt hatte, gestattete Vater den Trentoner Behörden, ihn kurz zu befragen. Seinen Worten nach war das Feuer ein Werk Gottes, keine Brandstiftung.

Höchstwahrscheinlich, betonte er, sei es durch einen Funken entstanden, der in einem Nebengebäude aus einer Laterne auf ölige Lumpen gefallen war.

Oder es sei von einem Blitz aus dem Nachthimmel ausgelöst worden, denn seiner Erinnerung nach sei es an dem Abend *stark bewölkt* gewesen.

Er behauptete, er sei in seinem Arbeitszimmer in der Residenz gewesen, habe im Lampenschein zur Vorbereitung auf eine Notoperation am nächsten Morgen einen Text durchgesehen, als er von North Hall her Schreie vernahm, Rauch roch & nach draußen lief, zu seinem Erstaunen North Hall in Flammen stand & er ohne einen Gedanken an die Gefahr gelaufen sei, um bei der Evakuierung der Patientinnen aus dem Gebäude zu helfen, fünf oder sechs *verrückte Frauen* gerettet habe, bevor er von lodernden Brettern getroffen wurde, in den Rauchschwaden keine Luft mehr bekam & wohl auf der Erde zusammengebrochen war …

Als er wieder wach wurde, war Zeit vergangen, wie ihn dünkte, & Solomon kauerte über ihm. Ihm sei berichtet worden, dass er *beinahe gestorben* wäre, er selbst habe aber keine Erinnerung daran.

Die Ermittler fragten, ob er im direkten Umkreis von North Hall irgendjemanden bemerkt habe, der sich verdächtig verhielt. Krankenhauspatienten oder Angestellte?

Vater schüttelte den Kopf: *Nein.* Er hatte nichts Verdächtiges bemerkt – niemanden.

Er habe sich des Feuers erwehren müssen, habe keine Zeit gehabt, irgendetwas zu bemerken, beteuerte er.

»Wenn die Vorsehung etwas für uns bereithält, dann soll es so sein. Es ist fruchtlos, wenn wir es uns anders wünschen.«

Wie die Behörden ihre Fragen auch formulierten, Silas Weir blieb bei seiner Überzeugung, dass *der Brand nicht durch Menschenhand entstanden, sondern das Werk Gottes gewesen* sei.

Allem Anschein nach neigten die Behörden wohl zu der Vermutung, dass der Brand absichtlich gelegt worden sei, hatten dafür aber weder Beweise noch Zeugenaussagen. Silas Weirs Beteuerung, *niemand habe den Brand gelegt, er sei das Werk Gottes gewesen*, war ein überzeugendes Argument gegen ihre Vermutungen.

Auch ich wurde von Menschen, die mich kannten, aus müßiger Neugier oft nach dem Vorkommnis ausgefragt: War es Brandstiftung oder nicht? Ich erwiderte jedes Mal kurz & bündig: »Der Anstaltsdirektor hat Grund zu der Annahme, der Brand sei ein Werk Gottes gewesen. Mehr können wir nicht wissen.«

Im Winter 1861, im letzten Gespräch, das wir unter vier Augen führen sollten, gestand ich Vater, ich hätte ihm schon lange beichten wollen, dass ich ihm an dem Abend, als er von mir verlangt hatte, die irische Krankenschwester in dem Raum in North Hall auszupeitschen, nicht gehorcht hatte. »Ich hielt die Peitsche in der Hand, & da war das Mädchen – mit der weißen Haut & den leuchtenden Augen –, ich brachte es einfach nicht über mich, sie zu schlagen.«

Ich sagte es mit einem Ausdruck jungenhafter Arglosigkeit & ohne Streitsucht, eine Art, die mir als junger Anwalt gute Dienste leistete, wenn ich vor einem älteren Richter für etwas plädierte.

Den Namen Brigit ließ ich vorsichtshalber weg. Er war für mich noch immer so wunderschön – etwas so Besonderes –, dass ich befürchtete, meine Stimme könnte sonst zittern.

Vater gegenüber tat ich jedoch so, als wäre er mir entfallen, sei für mich ohne Bedeutung.

Er erstarrte bei meinen Worten. Ein gequälter Ausdruck trat in das maskenartige Gesicht.

Als hätte jemand aus bloßem Mutwillen nach dem entblößten wunden Herzen des Mannes gegriffen.

»Du – hast sie nicht *ausgepeitscht*? Nicht – einen Schlag mit der Peitsche?«

»Nein, Vater.«

»Du – hast mich angelogen?«

»Ja, Vater.«

Es dauerte lange, bis sich der gequälte Ausdruck in seinem Gesicht verlor & nur noch in den feucht gewordenen Augen erhalten blieb. Eine unbehagliche Stille trat ein.

Es wäre nur natürlich gewesen, wenn ich zu einer aufrichtigen Entschuldigung angesetzt hätte, doch ich war stur, wollte mich nicht entschuldigen, denn ich hatte nichts Unrechtes getan, für das ich mich hätte entschuldigen müssen.

Hätte ich es getan, hätte Vater mir vielleicht verziehen; in einem Roman aus der Zeit, in der Sohn & Vater häufig uneins waren, nicht unähnlich den Nord- & den Südstaaten, die vor Empörung über die vom anderen begangenen Untaten schäumten, wäre auf die (demütige) Entschuldigung des Sohnes gewiss die (noble) Vergebung des Vaters gefolgt.

Doch dieser Sohn wollte sich nicht *entschuldigen*, & sein Vater wollte nicht *verzeihen*.

Wir waren in Vaters Arbeitszimmer, umgeben von seinen alten Sachen, die seit Jahren nicht umgestellt, ja nicht einmal besonders gründlich abgestaubt worden waren. An den Wänden dominierten förmliche Bildnisse bedeutender Wissenschaftler, von Medrick Weir geerbt, sowie ein großes grüblerisches Porträt Medrick Weirs selbst in einer Pose, die eines Rembrandts würdig gewesen wäre. Er war angeblich ein Großonkel meines Vaters, über den viele seltsame Gerüchte kursierten, als ich auf dem Anstaltsgelände aufwuchs; es wurde getuschelt, dieser Anstaltsdirektor sei bei einem Aufstand der Insassinnen ermordet & seine sterblichen Überreste just in diesem Zimmer im Kamin verbrannt worden.

Vom Mobiliar war für mich, der sich als kleiner Junge zur Wissenschaft hingezogen fühlte, nur das Messingteleskop von Interesse; doch als ich bei einem seltenen Besuch in Vaters Arbeitszimmer das Teleskop einmal zum Fenster schleppte, um den Himmel bei Dämmerung zu betrachten, hatte ich die Linse nicht richtig einstellen können & sah nur das Spiegelbild meines eigenen blinzelnden Auges. Als ich Vater bat, mir zu helfen, blickte er verärgert von seinem Schreibtisch auf & sagte: *»Junge, wer hat denn Zeit für Kinderspiele!«*

Dieser Wortwechsel stand mir jetzt lebhaft vor Augen. Im Nachhinein hätte ich Vater zu gern korrigiert: *Ein Leben, in dem keine Zeit für Kinderspiele ist, ist keines.*

Dem düsteren, faltigen Gesicht sah man nicht Verärgerung an, sondern Schwermut. Nicht Verdruss, sondern Verzicht. Ich war erleichtert, dass er mich (offenbar) nicht schelten oder mir befehlen würde, ihm aus den Augen zu gehen.

Mit meiner Bemerkung hatte ich ihm Brigit Kinealy wohl ins Gedächtnis gerufen, eine Erinnerung, die für ihn sicher schmerzlich war. Und vielleicht dachte er auch an seine andere Hilfsschwester – die Hebamme aus Düsseldorf –, hieß sie nicht Gretel?

Wie viel jünger Silas Weir in diesen Tagen gewesen war! Es war mir peinlich, daran zu denken, dass mein schwer gezeichneter Vater einmal ein *jüngerer Mann* gewesen war, der Brigit Kinealy sehr attraktiv gefunden haben dürfte, obwohl die junge Frau Irin & taubstumm & eine niedrige Dienstschuldnerin war.

Unweigerlich fragte ich mich: Was war nach dem Brand aus Brigit & Gretel geworden?

Hatte Vater je von einer der beiden gehört? Vielleicht sogar – von ihnen direkt?

Ich fragte mich: Dachte Vater daran, was seine (unbekannten) Angreifer ihm angetan, mit seinem Körper angerichtet hatten – so präzise ausgeführt, dass er nicht starb, sondern überlebte, dass ihm nichts übrig blieb, als sich für den Rest seines Lebens mit Scham & Pein daran zu erinnern?

Oder – er sah eher traurig aus als entrüstet, fiel mir auf – dachte er zärtlich an etwas Kostbares zurück, das er verloren hatte? Etwas, das zu benennen er nicht über sich brachte?

»Niemand darf je davon erfahren, Jonathan. Du musst es mir versprechen.«

Vater sagte es so eindringlich, dass ich verblüfft war. Denn ich hatte keine genaue Vorstellung davon, was er meinte.

Nahm er an, ich wüsste etwas, was andere nicht wussten? Und dass es etwas mit Brigit Kinealy zu tun hatte, die *ich nicht wie verlangt ausgepeitscht hatte*?

Aus Unbehagen wollte ich Vater zulächeln, um ihn zu beruhigen. Er appellierte ja doch ganz unverhohlen an mich.

Auch wenn ich nicht wusste, worum er mich bat, murmelte ich rasch: »Ja, Vater! Natürlich, ich verspreche es.«

Der Handschlag, mit dem wir Abschied nahmen, war überraschend warm & kraftvoll, meiner Erinnerung nach sogar das einzige Mal, dass mein Vater & ich uns die Hände schüttelten, & umso denkwürdiger, als es das letzte Mal war.

Das Versprechen

Natürlich suchte ich nach ihr.
Wochen, Monate, (sechs) Jahre. Vergeblich.
Vom Antlitz der Erde verschwunden – so sah es aus.

Wie der Leser bereits vermutet, ist Teil V dieses Buchs, *Der Aufstand*, zur Gänze aus *Verlorenes Mädchen, wiedergefunden: Die wahre Geschichte einer Waise, erzählt von ihr selbst* von Brigit Kinealy entnommen, einem Memoir, 1868 veröffentlicht, das viel Anerkennung fand, aber auch gehörigen Anstoß erregte, eine der ersten persönlichen Darstellungen des Lebens einer Dienstschuldnerin in den Vereinigten Staaten, die zu einem Klassiker der irisch-amerikanischen Literatur des neunzehnten Jahrhunderts werden sollte.

Solche Memoirs, die mit zunehmender Häufigkeit nach dem Bürgerkrieg erschienen, traten an die Seite populärer Sklavenberichte aus früherer Zeit wie von Sojourner Truth, Mary Prince & William Grimes.

Da es mir nicht zusteht, über den Wahrheitsgehalt von *Verlorenes Mädchen, wiedergefunden* zu urteilen, habe ich mich dafür entschieden, den Bericht nicht zu bearbeiten, sondern rücke hier wortgetreu Auszüge aus dem Originaltext ein, der im Gegensatz zur steifen & »förmlichen« Prosa der Auszüge aus Silas Weirs

Chronik eines Arztlebens eine höchst idiosynkratische poetische & bildreiche Prosa erkennen lässt.

Die Veröffentlichung dieses Materials, das ist mir bewusst, mag Leser verletzen & wird Mitglieder meiner Familie, darunter meine Mutter Theresa, fraglos beleidigen; ich möchte sie um Entschuldigung bitten, gleichzeitig aber zu bedenken geben, was wir in jüngster Zeit in diesem tragisch gespaltenen, von Konflikten zerrissenen Land gelernt haben: *Die Wahrheit setzt sich durch, koste es, was es wolle.*

Es war im Oktober 1867, ein volles Jahr vor der Veröffentlichung von *Verlorenes Mädchen, wiedergefunden*, als ich von Boston (wo ich zu der Zeit als juristischer Berater für William Lloyd Garrisons Wochenzeitung *The Liberator* tätig war) nach Ardmore, Pennsylvania, reiste, wo im Athenaeum einige junge Dichterinnen ihre Arbeit vorstellten, darunter »Brigit Agnes Kinealy«.

Nach einiger Zeit erfuhr ich, wie es Brigit nach dem Brand in der Heilanstalt ergangen war. Hier zur Information des Lesers nur eine knappe Zusammenfassung:

Kurz nach ihrer Flucht aus dem Flächenbrand auf dem Anstaltsgelände & aus Trenton fanden Brigit & mehrere mit ihr geflohene Frauen Unterschlupf in einem sicheren Haus in Philadelphia, das Dienstschuldner & andere, die grausamen Herren entkommen waren, aufnahm. Anschließend kam Brigit bei den Parrishs unter, einer wohlhabenden Familie von Quäkern in Ardmore, berühmt für ihren Einsatz bei der Rettung selbstbefreiter (das heißt entlaufener) schwarzer Sklaven & junger Menschen wie Brigit, die von älteren Verwandten in den Schuldendienst verkauft worden waren, zu der Zeit in den Vereinigten Staaten völlig legal.

Bei den Parrishs war Brigit als Kinderfrau der kleinen Kinder des Ehepaars & als Betreuerin für ein älteres krankes Familienmitglied angestellt; sie wurde in eine Quäker-Schule geschickt, erwarb dort Zeugnisse über die Lehrbefähigung & das Rüstzeug, mit dem sie als Dichterin veröffentlichen konnte.

Es war eine große Überraschung, als ich im Mai 1867 die Seiten von *The Stylus* umblätterte & mein Blick auf ein Gedicht von »Brigit Agnes Kinealy« fiel.

Es trug den Titel »Freude« – unverständlich & verwirrend insofern, als es eine merkwürdig unpoetische Gestalt hatte, wie ein zerbrochenes Ei mitten auf der Seite stand & auf beinahe unverschämte Weise *ungereimt* war.

Freude

Freude gab es, im Schmerz.
Im Schmerz, Freude.
Denn Freude, die schmerzt,
dringt tiefer
als reine/reinste
Freude.

Mehrere Male las ich dieses rätselhafte Gedicht. Mein erster Gedanke war, dass es mir nicht gefiel – aber: Verstand ich es?

Doch – es *brachte mich zum Nachdenken.*

(Wie es der Zufall wollte, war der Vers als Motto dem Anfang von *Verlorenes Mädchen, wiedergefunden* vorangestellt.)

In der klaren, fast klanglosen Musik dieser Sprache drang der kaum wahrnehmbare Tonfall der irischen Stimme an mein Ohr. Obwohl in Amerika geboren, hatte das irische Waisenmädchen etwas von dem englischen Akzent seiner Mutter übernommen.

Zu meiner Bestürzung traten mir Tränen in die Augen.

Meine geliebte Brigit!

Natürlich schrieb ich Brigit Agnes Kinealy sofort an die Anschrift von *The Stylus*, wartete ungeduldig Tage & Wochen, erhielt aber keine Antwort.

Ich schrieb mehrmals, doch auch dieses Mal war es nicht klar, ob meine Post Brigit überhaupt erreichte. Da ich mich nicht aufdrängen wollte, wenn es vielleicht unerwünscht war, nahm ich von weiteren Briefen Abstand, blieb aber wachsam, achtete darauf, ob die Dichterin noch einmal Arbeiten von sich veröffentlichen würde – was im August desselben Jahres im *Atlantic Monthly* geschah.

Dorthin schrieb ich naiverweise, jedoch mit Hoffnung, noch ein einziges Mal, & unterzeichnete meinen Brief wie früher mit *In Liebe, dein Freund Jonathan.* Und erhielt wieder keine Antwort.

Zufällig fiel mir im Herbst 1867 im *Harper's Weekly* dann die Mitteilung auf, unter der Schirmherrschaft der Poetischen Gesellschaft von Ardmore würden mehrere Dichterinnen im Athenaeum im Oktober aus ihren Werken vortragen.

Mit dem Zug musste ich auf der Hauptstrecke erst von Boston nach Philadelphia fahren & dort in den Zug nach Ardmore umsteigen, aber ich wollte Brigit Kinealy unbedingt ausfindig machen, zumindest in Erfahrung bringen, ob ich nicht mehr auf ihre Liebe zu hoffen brauchte oder ob zwischen uns noch ein Rest von Gefühl vorhanden war.

Im Jahr zuvor hatte ich – es sollte mein letzter Versuch sein, während eines Weihnachtsbesuchs bei meiner Familie in Trenton – noch einmal bei der Verwaltung der Heilanstalt vorgesprochen; im Glauben, eine kleine Summe Geldes wäre meinem Anliegen förderlicher als bloßes inständiges Bitten, brachte ich einen Angestellten mit zwanzig Dollar dazu, für mich genau das Dokument zu finden, das ich gesucht hatte, den Vertrag, der das Kind Brigit Agnes Kinealy in die Dienstschuld gegenüber der Anstalt band. Nachfolgend der Text dieses Schriftstücks, der das Traurige des vergilbten, knittrigen & angeschimmelten Papierbogens, der an die Rückwand eines Karteikastens gedrückt lag, freilich nicht vermitteln kann.

11. Januar 1849. Am Sitz des Magistrats T. Bedwell in Trenton, New Jersey, ist heute in eigener Person Mary Kinealy erschienen, um ihre Tochter Brigit Agnes, ein Kind von fünf Jahren, freiwillig für ein vereinbartes Entgelt aus freien Stücken der Staatlichen Heilanstalt für weibliche Geisteskranke in Trenton, New Jersey, zu verpflichten, bis sie das Alter von einundzwanzig erreicht hat, zu welchem Zeitpunkt Brigit Agnes Kinealy aus dem Dienst entpflichtet & ganz aus genannter Heilanstalt entlassen werden soll, sofern nicht ein Bruch des Vertrags oder andere Verstöße gegen das Gesetz diesen Vertrag in die Zukunft verlängern.

Ich gab mich als der von genannter *Brigit Agnes Kinealy* beauftragte Anwalt zu erkennen & trug dem Angestellten vor, dass kein Schaden entstünde, wenn er den *aufgehobenen* Vertrag, dessen Ablaufdatum im Januar 1865, vor elf Monaten, erreicht worden war, an mich aushändigte; Nachfragen hierzu waren nicht zu erwarten, es würde aber viel Schriftverkehr zwischen unseren Büros, mithin überflüssige Arbeit für ihn nach sich ziehen, sollte sein Büro den Vertrag jetzt nicht herausgeben.

»Könnten weitere zwanzig Dollar die Erledigung des Vorgangs erleichtern?«, fragte ich den Angestellten freundlich, & seine Antwort war keine Überraschung.

Ich verließ das im Untergeschoss der Anstalt liegende Archiv, in der Tasche das schändliche Schriftstück, hoffend, es Brigit Kinealy eines Tages persönlich als Vertrag, der nun *null & nichtig* war, überreichen zu können.

Kaum hatte ich Brigit im Athenaeum erblickt, überkam mich plötzlich eine Schwäche, & ich wusste nicht mehr, wo ich war.

Wie oft hatte sich mein Herz zusammengezogen, wenn ich *sie* an öffentlichen Plätzen erspähte – das heißt, jemanden, der ihr ähnelte, bei genauerer Prüfung aber kaum noch der leuchtenden Brigit aus meiner Erinnerung glich.

Solche Streiche spielt das hoffnungsvolle Auge dem sehnsüchtigen Herzen.

Brigit stand an der Vorderseite des Raums, & mir ging sofort erschrocken auf, wie töricht ich gewesen war, denn sie war (natürlich) nicht allein, wie ich es mir ausgemalt hatte, sondern von Gefährten umringt. Auch wenn ich sie gleich wiedererkannte, war sie nicht mehr die verlorene kleine irische Waise, der ich in ihrer Not beigestanden & zu deren »Heilung« ich ein wenig beigetragen hatte; das prahlerische Benehmen, mit dem ich in der Anstalt ihren Vertrag an mich gebracht hatte, kam mir nun selbstgefällig vor.

Doch es erfreute mein Herz – Brigit hatte sich unverkennbar von dem Trauma erholt, das sie in der Anstalt & danach erlitten hatte.

Niemand, der die souveräne junge Frau an diesem Abend erlebte, hätte geahnt, dass sie früher nicht einmal wie normale Menschen hatte *sprechen* & *hören* können; Brigit hatte auch nichts mehr von der kaum kaschierbaren Ängstlichkeit an sich, die früher so typisch für sie war.

Dennoch, diese junge Frau war eindeutig ein »Albino« – mit verblüffend weißer Haut, seltsam durchscheinenden Augen & hellblauen, dicht unter der Stirn liegenden Adern, ein äußerst ungewöhnlich aussehender Mensch von einer Schönheit, die nicht nach jedermanns Geschmack war, genauso wie ihre eigentümliche Poesie nicht nach jedermanns Geschmack sein dürfte.

Sie trug Kleidung von hoher Qualität, einen langen Rock &

eine Jacke in einem dezenten dunklen Maulbeerton, ein blasslila Tuch um den Hals & auf dem hoch erhobenen Kopf einen eleganten modischen Hut mit abfallender Krempe, der ein Gutteil ihres geflochtenen aschblonden Haars verdeckte.

Ah! – im Profil hätte ich *sie* erkannt. Doch wie unwirklich, meine Geliebte zu sehen, die mich, obwohl nur wenige Schritte von mir entfernt, nicht bemerkte.

Es gefiel mir nicht, dass Brigit von anderen begleitet wurde, von einem älteren Paar mit biederen Gesichtern & gleichmütigem Auftreten, & einem Herrn um die fünfunddreißig mit kurz geschnittenem Bart, der sich überaus besorgt & aufmerksam um sie kümmerte, wie mich dünkte; ein enger Freund, vielleicht ein Verlobter. (Der Gedanke, dass Brigit verheiratet sein könnte, überstieg meine Fassungskraft – er war mir nie gekommen, & ich schob ihn gleich wieder weg.)

Widerstreitende Gefühle hatten mich erfasst. Zwar begeistert, dass ich Brigit Kinealy endlich gefunden hatte, fühlte ich aber trotzdem den stechenden Verlust, dass das kleine taubstumme irische Mädchen für immer verschwunden war & ich diese gefasst wirkende Fremde vor mir hatte, der mich zu nähern ich (vielleicht) nicht gewagt hätte, würde ich sie nicht bereits kennen.

Es schmerzte mich, Brigit in ihrem von Grund auf veränderten Leben zu sehen. Ich wusste, ich sollte ihr fernbleiben, wenn schon nicht um meinet-, dann um ihretwillen.

Denn ich wollte sie vor diesen Menschen, mit denen sie sich ein neues Leben aufgebaut hatte, nicht verlegen machen. (Fast hätte man meinen können, das ältere Paar wären ihre Eltern – ein bisschen unbeholfen & unsicher wie Menschen, die Gesellschaft nicht gewöhnt sind; sie sollten sich als die Parrishs aus der angesehenen Quäker-Familie erweisen.) Denn diese Brigit konnte keine Erinnerung an mich haben, nur Erinnerungen an meinen Vater, das verhasste Laboratorium & an die rätselhaften Umstände ihres Verschwindens aus der Anstalt.

Ich fragte mich, ob sie die Briefe erhalten hatte, die ich ihr c/o der Zeitschriften, in denen ihre Gedichte erschienen waren, geschickt hatte: In dem Fall hätte sie entschieden, nicht zu antworten, & es wäre falsch von mir, jetzt nicht abzulassen & mit ihr sprechen zu wollen.

Oder, auch das war möglich: Sie hatte meine Briefe erhalten & wäre gar nicht überrascht, Jonathan Weir unter den Zuhörern im Athenaeum zu erblicken.

All das & anderes ging mir durch den Kopf, als ich mich relativ weit hinten in dem dicht besetzten Raum am Gang an einer Stelle niederließ, von der ich Brigit Kinealy während des gesamten Programms, das an mir vorüberrauschte wie ein Fiebertraum, im Blick hatte; sie trug als Vorletzte vor, mit etwas dünner Stimme wie jemand, für den das (noch) nicht Routine ist.

Von Brigits Gedichten blieb mir an diesem Tag nicht eine Silbe im Gedächtnis haften, während ich sie mit klopfendem Herzen & heißem Gesicht anschaute, denn sie trug den kleinen Ring mit dem Opal, den ich ihr als Unterpfand geschenkt hatte; soweit ich feststellen konnte, schmückte kein weiterer Ring ihre Hände.

Als das Programm endete & die Zuhörer begeistert applaudierten, wusste ich nicht, was ich nun tun sollte.

Gratulanten scharten sich um die jungen Dichterinnen, schienen sich nicht gleich zerstreuen zu wollen, & ich trat in den Gang, meinen Hut in der Hand. Ich, der ich allein war, stach etwas ab von dieser Gesellschaft wohlmeinender, gut situierter Menschen. Niemand kannte mich oder blickte auch nur in meine Richtung, als wäre ich unsichtbar.

Mir war so unbehaglich, dass es mich schmerzt, daran zu denken, geschweige denn es aufzuzeichnen.

Diese schlimmen Momente, in denen wir uns in emotionaler Not ganz nach innen wenden, sie können dem Verlauf unseres Lebens eine ganz andere Richtung geben, wie wir in dem Augenblick begreifen; daher das Gefühl von Lähmung: Was tun?

Du musst mit ihr sprechen. Du bist so weit gereist, dich jetzt schweigend zurückziehen – das geht nicht.

Das darfst du nicht. Du wirst sie beunruhigen & dich lächerlich machen.

Schließlich ging Brigits Blick über mich hinweg, stockte & kehrte schockiert zurück – ein Ausdruck von Überraschung & fast von Angst in dem feinen Gesicht, als sie mich erkannte.

Das ältere Paar neben Brigit war anderweitig in ein Gespräch vertieft & bemerkte es nicht, der männliche Begleiter aber registrierte mich sofort mit argwöhnischer Wachsamkeit.

Dein Rivale! Er liebt sie, beansprucht sie für sich.

Da ich mich weder entfernte noch weiter nach vorn kam, entschuldigte sich Brigit nach einer peinlich langen Weile bei ihren Begleitern & kam mit einem nervös strahlenden Lächeln auf mich zu.

Murmelte so leise, dass ich es kaum hörte: *Guten Tag, Jonathan!*

Ich wiederum grüßte sie stumm & reichte ihr die Hand.

Sechs Jahre! So lange hatte ich geprobt, was ich Brigit sagen wollte, & war nun sprachlos, als sie mit stockender Stimme wissen wollte, wie es mir gehe – & mir die Röte ins Gesicht stieg, als ich eine Antwort stammelte.

Flüssiger konnte ich dann sagen, dass ich inzwischen in Boston lebte & dass sich mein Leben seit unserer letzten Begegnung stark verändert hatte.

Wie sehnsüchtig ich dreinschaute, vermag ich mir nicht vorzustellen! Doch Brigit bewahrte Haltung & blieb gefasst.

In einem sehr um Nüchternheit bemühten Ton berichtete sie

ungefragt, dass sie nun in Ardmore lebe & bei einer hiesigen Familie beschäftigt sei; sie habe Ermutigung als Dichterin erfahren & angefangen zu veröffentlichen … Allmählich verstummte sie, während wir dicht voreinander in der Menge standen, uns weder direkt ansahen noch abwendeten.

Die ganze Zeit über beobachtete Brigits Begleiter uns mit großem Interesse. Ich fürchtete, er würde schon bald zu uns herüberkommen.

Wenn die Zeitungen, in denen ihre Gedichte erschienen waren, meine Briefe an Brigit weitergeleitet hatten, hatte sie vielleicht geahnt, dass ich versuchen würde, sie in Ardmore aufzuspüren, & mein Anblick konnte sie nicht völlig überraschen.

Es machte uns verlegen, dass wir in Anbetracht der Umstände förmlich miteinander sprechen mussten, was wir früher, als wir uns in unserem Versteck auf dem Gelände der Heilanstalt trafen, nie getan hatten.

Als wollte sie Fragen zuvorkommen, die ich ihr stellen mochte, sprach Brigit in herzlichen Worten von ihrer »Quäker-Familie« – ihrer »neuen, geliebten Quäker-Familie« –, dem Haus in Ardmore, in dem sie behandelt wurde, als gehörte sie »dazu«. Einen Verlobten erwähnte sie nicht, bot auch nicht an, mich ihren Begleitern vorzustellen.

Spürbar nervös, aber höflich erkundigte sie sich nach meiner Familie, ohne den Namen *Dr. Weir* auszusprechen; ich erzählte ihr von mir aus, mein Vater sei nach wie vor Direktor der Heilanstalt, wenngleich mit weniger breit gefächerten verwalterischen Aufgaben wie ehedem; seine experimentelle Forschung habe er so gut wie ganz aufgegeben.

Für einen kurzen Moment schaute Brigit völlig ausdruckslos, so als wäre sie plötzlich ertaubt. Ich konnte nicht widerstehen zu fragen: »Dachtest du, mein Vater wäre gestorben, Brigit? Bei dem Brand?« – & als sie noch immer nicht zu hören schien, fügte ich säuerlich hinzu: »Vater blüht & gedeiht auf seine Weise. Er wird als ›Pionier‹ gefeiert, gilt als ›Reformer‹. Er hat sein Ziel erreicht, die Anerkennung der Fachwelt, die ihn als ›Vater der Gynäkopsychiatrie‹ sieht.«

»Gynäkopsychiatrie! Was ist das?« Brigit zuckte zusammen, als schmerzte das Wort ihr in den Ohren.

»Es hat etwas mit Psychiatrie zu tun & etwas mit Frauen.«

Ich lachte bei diesen Worten, während Brigit weiter bestürzt schwieg. Ein feiner Hauch von Röte war in dem porzellanweißen Gesicht aufgestiegen, das jetzt sehr jung & zart aussah.

Ich fragte Brigit, was aus Gretel geworden sei, der Gehilfin meines Vaters, & nach einigem Zögern sagte sie, Gretel habe einen neuen Namen angenommen & lebe jetzt in Waltham, Massachusetts, sei als Schwester & Hebamme bei einem Arzt in Stellung.

»Sie ist sehr gläubig geworden, Gretel, ja. Sie hat es verdient, glücklich zu sein.«

Brigits Augen waren randvoll mit Feuchtigkeit, & ich sah darin so etwas wie Angst vor all dem, was zwischen uns nicht ausgesprochen werden konnte – oder glaubte es zu sehen.

Da sie an dem kleinen Ring an ihrem Finger gedreht hatte, ohne es selbst zu merken, erwähnte ich ihn, was ein Fehler war, denn sie hob sich sofort die Hand vors Gesicht & stammelte, sie würde ihn mir zurückgeben … Sie trage ihn, sagte sie, zum Andenken an meine Großzügigkeit & Güte ihr gegenüber, als Beweis dafür, dass ein Mann auch ein gutes Herz haben konnte, obwohl er zur *Herrscherklasse* gehörte.

Ich wurde hochrot. Das war doch lächerlich! – *Herrscherklasse.* Es tat weh zu hören, dass sie so von mir dachte.

»Du hast dir viel Zeit genommen, Jonathan – mir das Lesen & Schreiben beizubringen. Ich habe es allein dir zu verdanken, dass ich Zahlenreihen addieren & im Kopf zweistellige Zahlen mit einstelligen multiplizieren kann.«

Diesem Versuch, mich zu erheitern, begegnete ich mit steinerner Miene.

»Das würde ich doch stark bezweifeln, Brigit. Du kanntest schon viele Wörter, als ich sie dir beigebracht habe – du konntest ziemlich gut lesen. Du hattest Wörter aus dem Anatomiebuch meines Vaters auswendig gelernt, wie ich mich erinnere.«

»Ich – ich – erinnere mich nicht …«

»… Wörter wie *Oesophagus, Leber, Dickdarm* … Doch, du erinnerst dich, du hast sie auf ein Blatt Papier geschrieben, mit Buntstiften.«

Ich sah Brigit an den Augen an, dass sie sich sehr wohl daran erinnerte – & an vieles andere außerdem.

Doch es war ihr *Wille*, sie ließ sich nicht zwingen, wollte nicht gezwungen werden. War nicht mehr das fügsame dienstverpflichtete Mädchen, bereit, sich zu beugen & Vorgesetzten zuzustimmen, sondern nun eine junge Frau, die sich gerade hielt & den Kopf hob, entschlossen, sich zu behaupten.

Aus einem Impuls heraus sagte ich dann, was ich nicht hatte tun wollen, mit leiser Stimme, damit nur sie es hörte: »Weißt du noch, Brigit, wir hatten vor, zusammen aus Trenton wegzugehen – das heißt, ich hatte versprochen, zu dir zurückzukommen & dich aus dem Vertrag herauszukaufen, sobald es mir möglich war.«

Brigit erstarrte, so als hätte ich sie spontan berühren wollen.

»Ich hoffe, ich beunruhige dich nicht, wenn ich das sage. Aber – ich habe sechs Jahre gewartet, bis ich es sagen kann, & es muss gesagt werden.«

Stammelnd erwiderte Brigit: »Ich – ich – ich glaube, da war manches nur gespielt. Du wusstest nicht, wer ich bin – hast aus Freundschaft nicht an mir gezweifelt.«

»Was willst du damit sagen, nicht an dir gezweifelt?« – das war eine seltsame Wendung, die ich nicht verstand.

»An mir gezweifelt – meiner Person. Daran, wer ich war. An meiner – Reinheit.«

»Deiner Reinheit!« Mein Gesicht wurde heiß, ich brachte für einen Moment kein Wort heraus. Spielte Brigit auf etwas an, das so persönlich, so vertraulich war, dass es kaum unter vier Augen eingestanden werden konnte, geschweige denn hier in der Öffentlichkeit?

Angesichts meiner Verwunderung sagte sie steif: »Wir waren – wir sind – zu verschieden, Jonathan. Du musst es schon damals gewusst haben. Ich war zu jung – zu naiv & unwissend –, um es zu begreifen. Jetzt bin ich bei Menschen, die solche wie mich – Waisen, Dienstschuldner, Dienstherren – verstehen. Alles, was uns angetan worden ist, was wir nicht verhindern können. Wodurch wir mit Sünde behaftet sind – wenn auch nicht eigener, aber den Sünden anderer, die uns beschmutzen. Die Parrishs haben mich aufgenommen, sie haben mich gerettet. Wie sie andere gerettet haben. Sie verurteilen mich nicht, denn Gott ist ein ewiges Licht, das uns liebt & nicht urteilt.«

Ratlos & verwirrt versuchte ich, Brigits Worte zu begreifen, die mit einer Heftigkeit gesprochen waren, als glaubte sie, ich könne es unmöglich verstehen. Mein Kopf fühlte sich an wie ein Glockenturm, in dem aus einer Laune heraus ohrenbetäubend geläutet wurde.

Als sie sah, wie sehr mich ihre Worte trafen, sagte Brigit beschwichtigend: »Ich – ich glaube nicht, dass es dir damals ernst damit war, Jonathan. Du hattest Mitleid mit mir. Wolltest mir gut zureden, nicht zu verzagen.«

»Brigit, das ist ungerecht! Mir war es immer ernst, das musst du gewusst haben. Natürlich wollte ich dir gut zureden, nicht zu verzagen. Ich habe dich geliebt – ich hatte nicht den Mut, es dir zu sagen, nicht einmal den Mut, es mir selbst einzugestehen.«

Wieder zuckte Brigit zusammen, warf verstohlen einen schuldbewussten Blick auf mich. Mit einer kindlichen Geste, die ich bei ihr noch von früher kannte, legte sie die Hände vors Gesicht, so als wollte sie die Augen verdecken, doch mit gespreizten Fingern. Der kleine Opal am Mittelfinger ihrer rechten Hand schimmerte sacht, wie zur Beteuerung.

Nach dieser Aufwallung, wurde mir klar, ging ich wohl besser fort. Es war das Letzte, was ich gewollt hätte: *eine Szene machen* & Brigit Kinealy in Unruhe versetzen.

Töricht stammelnd, sagte ich ihr gute Nacht. Ich hatte ein Exemplar der literarischen Zeitschrift *Thalia* in der Hand, die im Athenaeum zum Kauf angeboten wurde; hier waren alle Dichterinnen des Abends abgedruckt, & ich wies darauf für den Fall, dass Brigits Begleiter uns beobachtete, um zu bedeuten, dass ich die Zeitschrift bald lesen wollte & mich nun von Brigit verabschiedete.

Meine Mundwinkel zuckten auf höchst gefährliche Weise. Ich hatte Angst, kindisch zu werden.

Blicklos wandte ich mich zum Gehen. Stieß auf meinem Weg mit ein oder zwei Herren zusammen. In meinem Kopf summte es – *Lässt sie mich wirklich gehen? Liebt sie mich wirklich nicht?*

Ich Tor, den aufgehobenen Vertrag in der Jackentasche mitzubringen! Als könnte ich ihn Brigit Kinealy mit großer Geste vorzeigen, sie verblüffen & nicht vielmehr erschrecken & beleidigen, vielleicht unwiderruflich.

Als ich durch die Marmorportale des Athenaeums schritt & im böigen Wind ins Freie trat, war mir, als schnürte mir ein eiserner Ring die Brust ein. Ich konnte kaum atmen.

Ich hatte mir für die Nacht ein Zimmer im Ardmore Inn reserviert. Dorthin wollte ich zu Fuß gehen, eine Strecke von etwa einer halben Meile, die literarische Zeitschrift wie einen Talisman an mich gedrückt.

Blieb jedoch stehen, um die Fassung wiederzuerlangen.

Mehrere Leute sahen fragend zu mir herüber, als wären sie im Zweifel, ob es mir gut ging.

»Jonathan – warte!«

Brigit kam aus dem Athenaeum, aufgeregt & atemlos, holte mich ein.

In dem weißen Gesicht ein Ausdruck von unverhohlener Furcht. Die blasse blaue Ader an ihrer Schläfe zitterte.

»… ich bin mir sicher, dass wir es nicht ernst gemeint haben, Jonathan. Wir waren beide noch so jung. Ich … ich glaube nicht …«

»Aha! Ich *schon.*«

»Du wusstest doch damals gar nicht, wer ich bin – ich war so ein Kind & in so großer Not –, & du weißt auch jetzt, nach so vielen Jahren, nichts von mir.«

»Sechs Jahre sind nicht viel – in einem Leben.«

»Für mich ist es ein ganzes Leben gewesen.«

»Für mich genauso. Ich habe nach dir gesucht.«

»Jonathan, bitte! Dass du mich liebst – das kannst du nicht ernst gemeint haben …«

»Nein. Das ist nicht wahr. Es war das erste Mal in meinem Leben, dass ich etwas so Ernstes gefühlt habe. Ich habe die Peitsche zu Boden geworfen, so ist das Gefühl in mir aufgewallt – das musst du doch noch wissen.«

»N-nein …«

Doch zweifelsohne: *ja.* Brigit erinnerte sich.

Und zweifelsohne: *nein.* Ich durfte sie nicht zwingen, sich zu erinnern.

Die Peitsche zu Boden geworfen, das war natürlich schon früher gewesen. Dass ich sie liebte, hatte ich ihr erst später gesagt.

Doch sinnlos, in so einem Moment zu streiten. Wie jeder erfahrene Anwalt wusste ich, wann es strategisch vorteilhaft war, sich zurückzuziehen, ob tatsächlich oder zum Schein.

»Brigit, ich verstehe: Ich habe deine Lage ausgenutzt. Du warst damals nicht frei – du hattest keine Wahl.«

»Ich – ich hatte keine Wahl …«

»Wirst du mir wenigstens schreiben? Werden wir uns wiedersehen?«

»Ich weiß nicht, wozu das gut sein soll, Jonathan. Mein Leben ist jetzt anders.«

»Das ist es bei jedem von uns. Wir sind keine Kinder.«

»Ich – ich bin jetzt Teil einer Familie. Bin ein Quäker. In unserer Gemeinschaft gibt es Aufgaben, Erwartungen …«

»Ich habe große Achtung vor Quäkern! Vor ihrem Glauben! Ich würde mit Freuden selbst Quäker werden, vom calvinistischen Glauben habe ich nichts mehr in mir, keine kalten Reste.«

»Jonathan, bitte! – über so etwas scherzt man nicht.«

»Ich lache auch nicht – & bin nicht zu Scherzen aufgelegt. Ich bin aus Boston hierhergekommen, extra um dich zu sehen & dir zu sagen – dass ich dich nicht vergessen habe & heute noch so stark für dich empfinde wie vor sechs Jahren.«

»Jonathan, bitte – lass mich einfach gehen …«

»Ich liebe dich, Brigit. Und ich lasse dich ja gehen«, versicherte ich ihr rasch mit gesenkter Stimme.

Aus dem Versprechen schöpfte sie wohl Kraft. Ein Licht erschien in ihrem Gesicht, das angegriffen ausgesehen hatte, schuldbewusst. Der Gedanke, mir den Opalring zurückzugeben, war ihr offenbar entfallen.

Sie zog mir die Zeitschrift *Thalia* aus den Fingern, schrieb mit einem kleinen Stift hastig ein paar Zeilen auf die Titelseite, drückte mir das Heft wieder in die Hand & wandte sich rasch ab, als fürchtete sie, ihre Begleiter kämen ihr nach & sähen uns zusammen.

Dankbar für die Geste, wandte ich mich ebenfalls ab & widerstand dem Impuls, mich umzudrehen. Hoffnung quoll in meinem

Herzen auf. Ich musste mich zügeln, damit ich nicht sofort nachsah, was Brigit geschrieben hatte, sondern wartete, bis ich wohlbehalten im Ardmore Inn angelangt war.

Leser, es ist wahr, dass ich sie liebte. Und ich hatte nicht die Absicht, sie gehen zu lassen.

Dank

Dies ist eine erfundene Geschichte, in die Begebenheiten aus dem Leben folgender historischer Gestalten eingeflossen sind: Dr. J. Marion Sims (1813–1883), »Vater der modernen Gynäkologie«; Dr. Silas Weir Mitchell (1829–1914), »Vater der Nervenheilkunde«; und Dr. Henry Cotton (1876–1933), von 1907 bis 1930 Direktor der Nervenheilanstalt von New Jersey.

Diverse im Text verstreute Passagen sind in abgewandelter Form aus Sims' *The Story of My life* (1888) entnommen. Besonderer Dank gebührt Andrew Sculls *Madhouse: A Tragic Tale of Megalomania and Modern Medicine* (Yale University Press, 2005), einer Chronik des Lebens und des beruflichen Werdegangs von Henry Cotton, und Elaine Showalters *The Female Malady: Women, Madness, and English Culture (1830–1980)* (Pantheon Books, 1985).